Limetten retten in Sydney

Dany R. Wood

Dany R. Wood

Limetten retten in Sydney

Über den Autor:
Dany R. Wood, Jahrgang 1978, wuchs in einem klassischen saarländischen Arbeiterhaushalt (Vater Bergmann, Mutter Hausfrau) auf. Er hatte bereits im pubertären Alter von 14 Jahren die ersten Kontakte zur Verlagsbranche: beim Zeitschriftenaustragen! Wood erlangte dadurch in Marpingen-Berschweiler, einem 1.079-Seelen-Ort, eine umwerfende Bekanntheit, vergleichbar mit der des Pfarrers, des Ortsvorstehers und der Vorsitzenden des Landfrauenvereins.

20 Jahre später – nach Studium der Medienwirtschaft in Köln und Sydney – lebt Dany R. Wood in München. Für seinen Roman hat er sich eine mehrmonatige »kreative Auszeit« von seinem Marketingjob genommen. »Limetten retten in Sydney« entstand vor Ort am »Bondi Beach«, wo Wood bis zu seiner Rückkehr und Landung auf dem verschneiten Münchener Franz-Josef-Strauß-Flughafen im Februar 2013 pausenlos schrieb.

Dany R. Wood ist ein Pseudonym, da gewiefte PR-Berater meinten, mit Woods bürgerlichem Namen könne man keine Bücher, sondern höchstens Zeitschriften-Abos an der Haustür verkaufen. Wobei dies eigentlich kein Problem wäre, dank jahrelanger Erfahrung im Teenageralter ...

Danke

Wann ist ein Urlaub ein schöner Urlaub? Ist das abhängig vom Wetter, vom Hotel oder davon, wie viele Sehenswürdigkeiten man abgeklappert hat? Nein, denn eine Reise wird unvergesslich und einmalig durch die Menschen, die einem begegnen und mit denen man Zeit verbringt.

Ich habe in Australien ganz viele tolle Menschen getroffen. Stellvertretend möchte ich mich bei folgenden Personen bedanken: meinen Mitbewohnern Dini, Pablo und Noah, die mich sofort in ihre Familie aufgenommen haben. Und wie gelang es mir, dem deutschen Babysitter, den 18 Monate alten, plärrenden Noah zu beruhigen? Indem ich ihm auf dem Spielplatz »Old McDonald had a farm, hia, hia, ho« vorgesungen habe – und es hat tatsächlich gewirkt.

PS: I wish you all the best for your sailing trip around the world. We will stay in contact via facebook.

Und natürlich möchte ich mich bei Tomasz bedanken. Er ist ein ganz toller Freund geworden, mit dem ich sehr viel gelacht habe, und der nie sauer war, wenn ich mich über sein Übergewicht lustig gemacht habe, denn »you have the most fun with fat people«.
An Silvester haben wir eine Wette abgeschlossen: der moppelige Tomasz musste bis Mai 15 Kilo abnehmen und ich dieses Buch veröffentlichen. Wir haben es beide geschafft.

PS: Tomasz, I am very proud of you that you lost about 15 kg in only 4 months. I knew that you could do it with running and swimming and not drinking alcohol. And, yes, of course: You will be famous in Germany for losing your weight!

Dany R. Wood

MIX
Papier aus verantwortungsvollen Quellen
FSC® C006701
FSC
www.fsc.org

Bibliografische Information der Deutschen Nationalbibliothek: Die Deutsche Nationalbibliothek verzeichnet diese Publikation in der Deutschen Nationalbibliografie; detaillierte bibliografische Daten sind im Internet über http://dnb.dnb.de abrufbar.

2. Auflage, Februar 2014

Lektorat: Anja Nengelken, Berlin, www.anja-nengelken.de
Gestaltung Buchumschlag: Alexander Roedig, München
Verlag: Arturo Verlag, München, www.arturo-verlag.de
Druck und Bindung: CPI – Ebner & Spiegel, Ulm
ISBN: 978-3-00-042014-6

Personen und Handlungen sind frei erfunden. Ähnlichkeiten mit lebenden Personen sind rein zufällig.

Teil I

Dienstag, 20. November
15:41 Uhr (Tina)

»Ist das etwa Tinnitus oder meine biologische Uhr?«, fragt sich Tina, als sie plötzlich ein Surren hört. Dabei hat sie doch ganz andere Sorgen, um die sie sich kümmern muss: Sie ist Ende 30, Single und gerade arbeitslos geworden. Außerdem muss sie jetzt dringend ihren Drang nach einer Beziehung mit einem »echten Kerl« sowie ihren erhöhten Gin-Tonic-Konsum in den Griff bekommen. Dabei hatte sie ja bereits einen Mann gefunden, dem sie ewige Treue geschworen hat und den sie niemals verlassen würde. Und auf dem Weg zu ihm befindet sie sich gerade.

Endlich hat sie einen Sitzplatz in der U-Bahn »Königsplatz – Hohenzollernplatz« ergattert und stellt fest, dass eine ihr unbekannte Nummer, die für das Surren die Verantwortung trägt, versucht sie anzurufen. Sie hasst es, wenn Leute in der U-Bahn telefonieren und deshalb ignoriert sie den Vibrierton ihres I-Phones, dessen Kopfhörer fest in ihren Gehörgängen verankert sind. Als der hartnäckige Anrufer endlich kapiert hat, dass Tina in öffentlichen Verkehrsmitteln nicht erreichbar ist, kann sie sich wieder ganz der Musik von Adele und ihrem »Skyfall« widmen. Und gerade als diese voller Leidenschaft »Let the sky fall« in Tinas Hirn posaunt, »fällt« auch bei ihr etwas: und zwar ihre Laune, als nämlich abrupt die göttliche Stimme der Grammy-Gewinnerin verstummt. Wäre ihr jetziger Gemütszustand ein Börsenkurs, könnte man annehmen, sie sei für die nächste Finanzkrise verantwortlich. Sie überlegt, warum Apple-Guru Steve Jobs nie einen Erfinder-Nobelpreis erhalten hatte, und kennt die Antwort: Er hatte einfach nicht berücksichtigt, dass ständig in den blödesten Situationen dieser Akku leer war. Und jetzt war ihr I-Phone tot, inklusive Adele-Musik, und Steve Jobs ist es ja sowieso.

Nun sitzt sie in der überfüllten Bahn und weiß nichts mit sich anzufangen. Zum gefühlt 20. Mal schaut sie auf die Uhr und hofft, dass sie wenigstens heute nicht wieder zu spät zu ihrem Meeting kommt. Seit über acht Jahren ist dies ein fester Bestandteil in ihrem Terminplaner. Sollte sie ihn einmal verlieren, würde der Finder denken, dass sie eine wichtige, erfolgreiche Businesslady ist, die jeden Dienstag um 16 Uhr ein Meeting hat. Und zwar mit einem besonderen Mann, den sie sich aus ihrem Leben nicht mehr wegdenken kann. Ein Mann, der ihr 50 Minuten die Woche zuhört und ihr die starke Schulter bietet, die sie im Alltag so vermisst: ihr Psychotherapeut.

Wer Tina richtig gut kennt – und das tun nicht so viele Menschen –, weiß, dass sie therapiesüchtig ist. Ohne ihren Therapeuten wäre sie fast nicht überlebensfähig. Allerdings gilt das auch für ihn. Ohne das Dauer-Abo von Tina müsste er sich vermutlich ernsthafte Gedanken um seine Altersversorgung machen und sich wohl noch mit 93 Jahren die Probleme anderer Leute anhören. Es war also eine absolute »Win-win-Situation«.

Bei Dr. Weber ist sie nun schon seit ihrem 30. Geburtstag. Während ihre Freundinnen Heiratsanträge oder tolle Urlaubsreisen zu dem runden Geburtstag bekommen haben, entschied sie sich für eine monogame Einmal-die-Woche-Beziehung bei dem älteren Herrn, der glatt ihr Vater sein könnte. Er war damals ihr Rettungsanker, als ihr Exfreund – dessen Vornamen sie nie wieder erwähnen will – sie einfach von einem Tag auf den anderen verlassen hatte. Bis heute kennt sie nicht den wahren Trennungsgrund, was sie wahnsinnig macht. Damals flüchtete sie sich in die »Meetings« sowie in jede Menge Zigaretten und Gin Tonic, um das Trauma zu verarbeiten. Jetzt ist sie 38 Jahre alt, und wirklich viel hat sich gegenüber damals nicht verändert. Nur die Namen ihrer Männerbekanntschaften, die wechseln ständig.

»Hohenzollernplatz«, knarrt es in tiefstem Bayerisch durch die alten Lautsprecher der U-Bahn. Sie schnappt sich ihre Tasche und rennt aus dem Waggon. Wenigstens heute will sie mal pünktlich sein. Noch drei Minuten bis 16 Uhr, es wird knapp. Es regnet wie aus Kübeln, und Tina ärgert sich, dass sie in der Eile den Schirm in der Bahn liegen gelassen hat. Tina sieht aus wie Sau, denn binnen weniger Regenminuten hängen ihr die blonden Haare klatschnass auf der Stirn. »Mist, Mist, Mist«, schimpft sie vor sich hin, und bemerkt, wie ihr gerade die Wimperntusche in den Mund läuft. Sie sieht jetzt etwa so aus wie ein Footballspieler, nur ohne Helm, aber halt mit dieser dicken, schwarzen Kriegsbemalung um die Augen.

Tina fühlt sich schlecht. Schlechter als je zuvor und sie steht vor einem Scherbenhaufen, der ihr Leben ist. Das triste Novemberwetter gibt ihr noch den Rest. Tina ist ohne Job, sie hat keinen Freund, ist chronisch pleite und sieht im Moment garantiert echt scheiße aus. Sie merkt schon: Es wird allerhöchste Zeit für ihr Seelen-Meeting – mit vier Minuten Verspätung, aufgrund wetterbedingter Umstände.

Sie ist schon wieder unpünktlich, denkt er, und das stört ihn. Es ist immer das Gleiche. Sie bekommt es einfach nicht hin. Dr. Weber lehnt sich hinter seinem Schreibtisch zurück, während sein Blick zur Uhr wandert, die direkt neben dem Kalender an der Wand hängt. Der Kalender ist mittlerweile sein wichtigstes Utensil in der Praxis. Nur noch 489 Tage sind es bis zur Rente. Er zählt in jeder freien Minute die Tage, die er noch zu arbeiten hat. Er kann es sich nicht oft genug sagen, dass er keinen Bock mehr hat sich die langweiligen Probleme seiner Patienten anzuhören. Früher hatte ihm der Beruf Spaß gemacht, sein ganzes Leben hatte ihm Spaß gemacht. Bis zu jenem Tag vor drei Jahren, als ihn seine Frau, mit der er 27 Jahre verheiratet gewesen war, verlassen hatte. »Auseinandergelebt« hatte sie ihm am Frühstückstisch beiläufig vorgeworfen, und dass sie die

Scheidung wolle. Seit die beiden erwachsenen Kinder das Elternhaus verlassen hatten, waren die Gemeinsamkeiten eben auf der Strecke geblieben. Für ihn war damals eine heile Welt zusammengebrochen und er hatte immer noch schwer daran zu knabbern. So sehr, dass er selbst seit einiger Zeit bei einem Kollegen in Behandlung war. Er hatte schließlich echte Probleme – anders als seine Patienten, von denen er heute noch drei sehen würde und deren langweiligen Kram er sich anhören musste. Diese Vorstellung ermuntert ihn zu einem Glas Whisky, denn mit Alkohol in der Birne lässt es sich einfach besser zuhören.

Da klingelt es an der Tür. Es ist ein Sturmklingeln, das ihn aus seinen Überlegungen darüber reißt, wie lange er Patienten wie diese Tina noch ertragen muss und wann er endlich in Rente gehen kann.

»Ja, ja, ich komme ja schon!«

»Sie ist zu spät und zu ungeduldig. So bekommt die doch nie einen Mann ab!«, denkt sich der Seelenklempner und schleppt sich Richtung Eingangstür.

»Ist er nicht da? Ist er etwa krank? Nein, das kann nicht sein! Bis auf die drei Wochen Sommerurlaub ist er immer da. Aber wo bleibt er denn?«, wundert sich Tina. Sie drückt die Klingel wie von Sinnen, denn der alte Herr Doktor wird vergesslich und schwerhörig, das ist ihr bereits öfter aufgefallen. Er wirkt oft geistesabwesend und scheint nicht bei der Sache zu sein. Tina fragt sich, ob es am Alter liegt und wer wohl sein Nachfolger würde. Würde er gut aussehend, sportlich, reich und humorvoll sein? Und ebenfalls Single? Bestimmt wieder nicht, denn die besten Typen waren nach ihrer Erfahrung vergeben. Sie musste Dr. Weber unbedingt sagen, dass er bei der Nachfolgersuche auf die Attribute »männlich« und »Single« achten sollte – und hetero. Denn die Psycho-Docs waren oft zu weich. Sie wollte schon einen echten Kerl und keinen weichgespülten Softie, der ihr nur stundenlang in ihre schöne Augen schauen will.

Nervig! Hatte sie schon, und nach dem vierten Date hatte sie diesem Weichei freundlich, aber bestimmt mitgeteilt, dass der Satz »Wer ficken will, muss freundlich sein« bei ihr so was von überhaupt nicht zog. Tina hatte den Typ nach diesem Satz nie mehr gesehen. Er ging danach nicht mehr an sein Handy. Auch nicht mehr an seinen Festnetzanschluss. Und auf die vielen »WhatsApp«-Nachrichten hatte er auch nicht reagiert. Ebenso nicht auf die Postkarten zu Weihnachten, zum Geburtstag und zum Vatertag (ganz wichtig: Sende einem Mann in der Kennenlernphase nie zum Vatertag eine Karte – kann falsch verstanden werden).

Aber hatte sie es nötig einem Mann hinterherzulaufen? Ja, hatte sie. Wobei »laufen« nicht ganz zutraf. Tina musste hinterherrennen, damit sie noch einen abkriegt. Sie wurde bald 39 und hatte mit ihrem Alter ganz definitiv ein Problem. Sie wollte die Mischung aus Macho und Familienmensch. Wobei sie die 23/1-Regelung befürwortete: 23 Stunden Familienmensch und im Schlafzimmer eine Stunde Macho. Das reichte ihr. Eine Stunde (inklusive Vorspiel) war eine super Zeitspanne, die konnte sie gut abschätzen, da fast so lange immer ihr Seelen-Meeting lief. Dafür hätte sie automatisch ein gutes »Timing«. Apropos Zeit. In Zeitlupe drückt Dr. Weber die Türklinke nach unten.

»Wie sehen Sie denn aus?«

»Na, nach was sieht es wohl aus? Wissen Sie, ich wollte mal als Meerjungfrau zu Ihnen kommen«, antwortet Tina auf ihre ironische Art. An ihr tropft es nur, als wäre sie gerade höchstpersönlich in der Autowaschanlage gewesen.

»Lassen Sie mich endlich rein oder soll ich mir im Treppenhaus eine Lungenentzündung holen?«, drückt sie ihn zur Seite und geht in das Behandlungszimmer. Genervt und kopfschüttelnd folgt ihr Dr. Weber. Er reicht ihr ein Handtuch, damit sie sich wenigstens etwas abtrocknen kann.

»Na, Frau Essers, wie war Ihre Woche? Hatten Sie Erfolge zu verzeichnen?«

»Mhmmm, da muss ich überlegen, sehr lange überlegen«, sagt sie erneut ironisch. »Nein!«

»Und wie kann ich Ihnen weiterhelfen?«, dabei schaut er sie erwartungsvoll an.

»Moment, ich bin hier, damit Sie mir Tipps geben, wie es mir besser geht – nicht umgekehrt.«

»Na, aber was darfs denn heute sein?«, fragt Dr. Weber.

»Wie, was darfs denn heute sein?«, äfft sie ihn nach. »Ich bin hier doch nicht an der Fleischtheke.« Tina wird langsam sauer, dabei hätte sie Frischfleisch, was Typen angeht, mehr als nötig. Sie sagt ihm, dass ihre biologische Uhr tickt und tickt, und dass sie dringend jemanden für die Familiengründung benötigt. Dabei erhebt sich Dr. Weber hinter seinem Schreibtisch und geht zum Fenster.

»Ja, ja, das erzählen Sie mir seit Jahren und so langsam, aber sicher frage ich mich wirklich, ob es noch was bringt?«

»Was bringt? Wie meinen Sie das jetzt?«, fragt sie irritiert.

»Ich bin mit meinem Latein am Ende. Sie sind doch eine attraktive Frau in den besten Jahren und ich verstehe nicht, warum Sie einfach keinen Mann finden.«

»Natürlich lerne ich Männer kennen, aber die falschen, immer wieder die falschen, Dr. Weber. Der letzte meldete sich einfach nicht mehr, verstehen Sie? Sich einfach nicht mehr zu melden, das ist doch keine Art.«

»Sie müssen lernen, dass es dann auch vorbei ist, wenn man Sie ablehnt. Er hat doch Familie und Kinder. Das können Sie doch nicht einfach so zerstören.«

»Jetzt hören Sie mir auf, den Moralapostel zu spielen! Jeder muss gucken, wo er bleibt. Und wenn man so eng zusammenarbeitet, wie ich es mit ihm getan habe, dann ist es doch völlig normal, dass man sich näherkommt.«

»Also bitte, es gibt genügend Kollegen, die nicht deswegen eine Affäre anfangen, nur weil sie zusammenarbeiten.«

»Er war so smart, so sexy, so intelligent, so ...«

»Verheiratet ...«, zischt er ihr ins Wort. Für Fremdgeher hat Dr. Weber nämlich kein Verständnis. »Und wie soll es nun weitergehen, Frau Essers?«

Tina kann nicht glauben, dass ihr der Seelenklempner gerade diese Frage gestellt hat. Irgendwas läuft schief mit dem Doc: Ständig stellt er ihr Fragen zu ihrer Zukunft, wo sie doch eigentlich erwartet, dass er diese beantwortet. Das ist schließlich der Grund, warum sie seine Patientin ist. Er soll ihr aufzeigen, wie sie den nächsten Tag, die nächste Woche, den nächsten Monat, das nächste Jahr übersteht. Wahrscheinlich wird er alt und vergesslich. Er vergisst ständig was und hat öfters einen glasigen Blick. Sie fragt sich, ob das »Grauer Star« ist? Oder ist er breit? Aber das kann doch nicht sein, dass der kleine, alte Herr von 63 Jahren ein heimlicher Säufer ist. Das passt so was von gar nicht in ihr Bild von einem Psychotherapeuten. Oder wird sie schon wieder von einem Mann getäuscht? Er ist schließlich auch ein Mann – wenn auch ein sehr alter und unattraktiver, aber rein biologisch gesehen ist er immer noch ein Mann.

»Können wir noch einmal den Tag der Kündigung durchgehen? Ich komme da einfach nicht drüber weg«, bittet Tina und hofft, wenigstens noch etwas in dieser Therapiestunde aufarbeiten zu können, denn zu oft schon haben sie über Männer gesprochen, immer ohne Erfolg.

»Gähn ... meinetwegen.« Er bekommt Geld fürs Zuhören! Egal, ob er sich dafür interessiert oder nicht! Tina beginnt zu erzählen.

»Also, diese blöde Ziege hat mich einfach rausgeschmissen. Einfach so! Nach zwölf Jahren treuer Dienste in der Public-Relations(PR)-Abteilung für Haushaltsgeräte – zuständig für Staubsauger und Bügeleisen. Da kommt einfach so eine neue Chefin und schmeißt mich raus. Es ist ungeheuerlich! Verstehen Sie, Herr Doktor? Sie hat nur auf einen Fehler von mir gewartet – und schwups, hatte ich meine Kündigung. Fristlos.«

»Was ist genau geschehen, bevor man sie kündigte?«, fragt er leicht gereizt.

»Sie hat mich gemobbt. Ja, ich bin ein Mobbingopfer. Egal, was ich tat, es war falsch.«

»Frau Essers ... was war der Grund für die Kündigung? Los, kommen Sie auf den Punkt! Sie waren sicherlich kein Engel«, ermahnt er sie. Tina schnauft zweimal kräftig und fährt dann in ihrem Bericht fort.

»Also, die erste Abmahnung gab es im Februar zu Karneval. Ich hatte die Deadline für unser Übersetzungsbüro verpasst. Unser Vorstand hatte ein Interview gegeben, dessen Inhalt an eine englische Finanzzeitschrift verschickt werden sollte. Zwei Seiten Text. Donnerstagabend sollte alles zum Druck nach London gehen, doch ich hatte den Freitag im Kopf«, rechtfertigt sie sich. Und erklärt Dr. Weber, dass sie das Interview angesichts der Umstände kurzerhand selbst übersetzt hatte.

»Toll, Frau Essers, da haben Sie ja bewiesen, dass Sie eine tüchtige Arbeiterin sind. Was ist dann passiert?«

»Das Drama begann um kurz nach acht Uhr am nächsten Morgen, als mich meine Chefin zu Hause anrief und fragte, was zum Teufel ich mit dem Artikel gemacht hätte. Und ähm, ... ja, also, so richtig berühmt war meine Übersetzung natürlich nicht ... und im letzten Absatz des Interviews war mir doch tatsächlich ein dummer Fehler unterlaufen ...«, stammelt sie auf seiner Couch sitzend herum.

»Frau Essers, kommen Sie zum Punkt, was ist passiert?«, ruft er energisch.

»Schon gut, schon gut«, antwortet sie. »Ähm, also unser Vorstand hatte alle Fragen zu den weiteren Ertragsaussichten für den englischen Staubsauger-Markt beantwortet, als noch eine persönliche Frage gestellt wurde. Der Journalist fragte ihn, ob er denn auch am Wochenende Karneval feiern würde, da dieses Ereignis doch nun in ganz Deutschland anstünde. Er antwortete, dass er ein Karnevalsmuffel sei – was ich als gebürtige Kölnerin nicht verstehen kann – und lieber mit seiner Frau und Schwiegermutter zum Skifahren führe.«

Dr. Weber schaut sie fragend an.

»Tja, also«, druckst Tina rum. »Ich habe Karnevalsmuffel halt wörtlich übersetzt. Und: ›No I don't celebrate carneval because I am a muffle‹ bedeutet in England nicht wirklich, dass man ein Karnevalsmuffel ist ...«

»Sondern?«, fragt Dr. Weber nun sehr neugierig und schaut zu ihr herüber.

Tina blickt daraufhin in eine andere Richtung, denn ihr ist die Situation sehr peinlich und sie will nicht in Dr. Webers Augen blicken.

»Fotzenlecker«, gibt Tina kleinlaut zu. »Ja, ›muffle‹ ist ein englischer Slangausdruck für Vaginalecker, oder auch Fotzenlecker. Und so kam es, dass in der englischen ›Financial Times‹ stand, dass unser Vorstand lieber mit Gattin und Schwiegermutter zum Skilaufen fährt, als Karneval zu feiern, da er gerne ... Punkt, Punkt, Punkt ... leckt«, versucht sie jetzt jenen Begriff zu umgehen, der den Vorstand in so ein schlechtes Licht gerückt hatte.

»Sie sind ja verrückt! So was kann doch keinem wirklich passieren?«

»Doch! Wenn einer ›Scheiße‹ ruft, dann halte ich oft noch die Hand auf und verlange Nachschlag«, stellt sich Tina als Opfer hin, und setzt dann ihre Erzählung fort. Nun berichtet sie ausführlich, dass es zur eigentlichen Kündigung vor ein paar Wochen gekommen war, nachdem ihr erneut ein Fehler unterlaufen war. Diesmal war sie zu einer Pressekonferenz zwei Stunden zu spät gekommen. Als Ausrede hatte sie behauptet, ein Selbstmörder habe sich auf die Schienen geworfen und daher sei ihr Zug zu spät angekommen. Dummerweise war das Vorstandsmitglied mit demselben Zug angereist. Ironisch hatte er hinzugefügt, dass der Selbstmörder die Waggons der ersten Klasse wohl außen vor gelassen haben musste, da er es pünktlich geschafft hatte ...

»Aha, das war dann also Ihre Kündigung«, stellt Dr. Weber seufzend fest.

»Jein«, sagt Tina. Sie hatte nämlich auf der Rückfahrt eine heftige Auseinandersetzung mit ihrer Ex-Chefin gehabt, die damit endete, dass die Bahnpolizei die beiden Randaliererinnen in Augsburg aus dem Zug hinauskomplimentierte. Jetzt noch hatte Tina die Biss- und Kratzspuren am ganzen Körper, von einem Zickenkampf, aus dem sie eindeutig als Siegerin hervorgegangen war. Wobei, so ganz stimmte das natürlich nicht. Denn ihr wurde noch am gleichen Tag fristlos gekündigt, ihren Job war sie damit los.

»Jetzt wissen Sie alles, Dr. Weber, aber ich brauche einen Mann, denn ...« Daraufhin gerät sie in einen locker halbstündigen Monolog und ist in ihrer Quasselei fast nicht mehr zu bändigen.

KLING! macht es irgendwann – und ein Wecker zeigt an, dass die Zeit mal wieder um ist.

»Und was raten Sie mir nun zu tun? Denn jetzt habe ich keinen Job und keinen Mann.«

Dr. Weber zuckt mit den Achseln und drückt ihr einen Flyer in die Hand. Tina schaut sich das kleine Stück Papier eher skeptisch an, und liest laut vor: *100. Ausgabe Speeddating: Triff Deinen Traummann/Deine Traumfrau – und gewinne eine Reise nach Australien!*

»Nein, ich werde auf keinen Fall so ein Dating mitmachen, das ist was für ganz schwer vermittelbare Fälle, also für die, die wirklich nix mehr abbekommen«, wehrt Tina ab.

»Genau, Frau Essers, daher viel Spaß am Donnerstag um 20 Uhr. Und ganz viel Glück!« Mit diesen Worten schiebt er sie durch die Tür. Dann schenkt er sich ein weiteres Glas Whisky ein, das er sich jetzt wirklich verdient hat.

17:39 Uhr (Stefan)

»Es ist einfach passiert, ich wollte das nicht ... Doch nach sieben Cocktails konnte ich mich nicht mehr wehren. Es geschah am Freitagabend, kurz nach Mitternacht ... Sie fragen sich jetzt sicher, wieso ich das noch so genau weiß? Ganz einfach: Monika, unsere Sekretärin, hatte um null Uhr auf unserer Betriebsfeier Geburtstag und Stevie Wonders ›Happy Birthday‹ ertönte gerade aus den Lautsprechern. Alle waren schon ordentlich angetrunken und grölten mit schiefer Stimme ... Er hatte mich schon den ganzen Abend angeflirtet, dieses kleine Luder. Oder wie heißt das bei Männern? Sie müssen wissen, ich kenne mich in dieser Welt nicht wirklich gut aus. Felix ist BWL-Student und kommt aus Berlin. Ein 21-jähriger Praktikant, der seit zwei Monaten bei uns in der Privatkundenabteilung sein Pflichtpraktikum absolviert. Jemand so Blutjunges, das hat mich völlig aus der Bahn geworfen. Ich fühle mich, als ob mein Leben an diesen Abend einmal durch den Reißwolf gedreht wurde. Sie fragen sich, wie es dazu kommen konnte? Okay, das war so.«

Und Stefan redet weiter. Und das, obwohl Dr. Weber überhaupt nicht reagiert oder etwas fragt. Aber Stefan muss sich jetzt alles von der Seele reden.

»Ich war auf dem Weg zur Toilette, als mich dieses Schlitzohr plötzlich gegen eine Tür drückte und wir uns im Kopierraum wiederfanden. Da drin war es stockdunkel. Ich habe nach einem Lichtschalter getastet, aber keinen gefunden. Dann spürte ich die behaarten Arme um meinen Hals, merkte, wie sich seine Bartstoppeln in mein Kinn reinbohrten ... Ich kann Ihnen nicht sagen, wie lange wir dort waren, doch es war intensiv und es war was Neues, Aufregendes und Verbotenes. Ich hatte bis zu diesem Zeitpunkt noch nichts mit einem Mann. Bis zu diesem Moment im Kopierraum.«

Stefan holt tief Luft, denn es ist das erste Mal, dass er darüber mit jemandem spricht. Er erzählt weiter:

»Doch wissen Sie, Dr. Weber, die Geschichte geht noch weiter«, aber der Doktor reagiert überhaupt nicht und schweigt.

»Am Montag ging ich dann wie gewohnt zur Arbeit. Übers Wochenende hatte ich mir eingeredet, dass dies ein Ausrutscher aufgrund des Alkohols gewesen sein musste. Ich wollte den Abend einfach vergessen, so als ob nichts passiert sei. Nachdem ich mir im Büro einen Kaffee geholt hatte, checkte ich meine E-Mails. Lediglich vier Nachrichten im Posteingang warteten darauf, geöffnet zu werden.

Die erste Mail war von unserem Chef, der fragte, wer am Freitagabend über seinen Schreibtisch gekotzt hätte? Derjenige solle die Sauerei unverzüglich wegmachen, dann würde es auch kein Nachspiel geben.

Die zweite Mail war von Monika, dem Geburtstagskind, die sich noch mal für die gigantische Birthday-Party um Mitternacht bedankte. Sie war wohl so gerührt gewesen, dass sie einen Kuchen gebacken hatte, der jetzt in der Küche darauf wartete von mehr als drei Dutzend Kollegen verspeist zu werden ...

Die dritte Mail war von meinem Kollegen Andi, der mir schrieb, dass er von der fetten Monika nichts essen würde. In dem Kuchen wäre sicher so viel Zucker und Fett, dass er spontan vom Sportler zum Diabetiker mutieren würde.

Apropos Veränderung. Die vierte Mail veränderte mein Leben von einer Sekunde zur nächsten. Dabei waren es gerade einmal 1.245 KB, die dafür sorgten, dass mein Blutdruck in den Keller sackte und mir schwarz vor Augen wurde. In der E-Mail stand: *Wer hat wie bekloppt kopiert und seinen Papierstapel nicht abgeholt? Bitte melden, denn jetzt ist Papierstau.*

Diese Mail kam auch von Monika. Und anscheinend hatte sie noch Restalkohol im Blut oder einfach die Kontaktlinsen vergessen, denn sie hatte einen Anhang mitgeschickt, der ganz eindeutig Felix und mich zeigte. Sie hatte ihre dämliche Frage an den kompletten Firmenverteiler gesendet. Somit wusste jetzt jeder, dass Felix und ich eine kleine Rangelei auf dem Kopierer gehabt hatten und dabei ca. 180 Mal an den Kopierknopf gestoßen waren.

Die nächste E-Mail kam von mir und ging an alle: *Bin krank. Mir ist schlecht. Muss weg. PS: Ich bin nicht der, der dem Chef über den Tisch gekotzt hat.*«

Stefan seufzt laut. Endlich ist es raus. Doch er ist noch nicht fertig. Und er erzählt weiter, während Dr. Weber immer noch erstaunlich gut zuhört, ohne ihn zu unterbrechen.

»Ich habe die Frau, die ich bald heiraten wollte, betrogen. Und bei der Arbeit kann ich mich auch nicht mehr blicken lassen, nachdem mich alle in dieser verfänglichen Position mit dem Praktikanten gesehen haben. Und alles nur wegen fünf Minuten Spaß im Kopierraum während dieser blöden Betriebsfeier in der Abteilung. Ich hätte es wissen müssen. Boris Becker hat so eine Aktion in der Besenkammer auch die Beziehung gekostet ... Aber was soll ich denn nun tun? Steffi weiß natürlich nichts von meinem kleinen bisexuellen Ausrutscher. Sie glaubt, dass eine andere Frau dahintersteckt und tippt auf die fette Monika, die seit dem Vorfall ein paar Mal versucht hat, mich zu Hause anzurufen. Allerdings weiß ich gerade nicht, was schlimmer ist – dass meine Freundin denkt, ich betrüge sie mit unserer korpulenten, nikotinabhängigen Sekretärin Monika oder mit dem Praktikanten. Übrigens bin ich bei Steffi erst mal ausgezogen mit der Begründung, dass ich mich gerade in einer Midlife-Crisis befände. Was ja auch stimmt. Aber ich konnte ihr ja nix über meine plötzlichen bisexuellen Ambitionen sagen und ...«

KLINGGGGGGGGGGGGGGGGGGGGGGG!!!

Stefan zuckt hoch. Und kapiert, dass die 50 Minuten Therapie schon wieder vorbei sind.

»Ähm ... Dr. Weber, hallo?«, fragt er vorsichtig.

Der Abstand zwischen Stefan und dem älteren Mann mit Rauschebart beträgt nur etwa einen Meter. Doch erst jetzt realisiert Stefan, dass Dr. Weber in seinem Sessel liegt, auf seinem

Schoß einen Anamnesebogen, und dass ihm Speichel aus dem Mundwinkel tropft ... Im ersten Moment denkt Stefan, dass sein in die Jahre gekommener Seelendoktor einen Schlaganfall erlitten habe und springt auf ihn zu.

»Hallo, Herr Doktor? Oh, nein! Sie dürfen nicht sterben, bitte nicht in meiner Sitzung! Können Sie damit nicht warten, bis der nächste Bekloppte hier sitzt?«

Er zerrt an ihm, und schlägt ihm leicht auf die von grauen Barthaaren überzogenen Wangen, die Dr. Weber wie eine billige Kopie des Weihnachtsmanns wirken lassen ... Jetzt wird er wach, und schaut Stefan mit verquollenen und verkniffenen Augen an. Schnell greift er nach seiner Brille, sitzt plötzlich kerzengerade auf seinem Sessel und tut, als ob nichts gewesen sei.

»So, die Zeit ist mal wieder verflogen«, räuspert er sich zweimal und gähnt. »So, lieber ... ähm ... Herr ... ähm.«

»Winckelmann ist mein Name, Dr. Weber. Ich bin derjenige, der seine Freundin mit einem ...«

»Stimmt, Sie sind der mit dem halben Teenager«, fällt ihm Dr. Weber ins Wort.

»Na, Teenager ist jetzt übertrieben. Er ist 21 Jahre alt und arbeitet als Praktikant bei uns.«

»Ach, Herr Winckelmann! Don't fuck the company! Wie oft muss ich das meinen Patienten noch sagen?«, dabei grinst er verschmitzt.

»Ich kann darüber aber gar nicht lachen. Seitdem läuft alles schief! Ich bin krankgeschrieben, weil ich nicht mehr weiß, was ich will – Mann oder Frau. Das alles belastet mich so sehr, dass ich offiziell unter einem Burn-out leide. Wissen Sie, ich frage mich, ob ich etwas verpasst habe. Nach elf Jahren mit meiner Freundin, da hat man doch mal Lust auf was anderes. Das ist doch normal, oder nicht?«

»Total normal, Herr Winckelmann, daher gehen viele fremd. Allerdings mit der Sekretärin oder mit der besten Freundin der Partnerin. Aber unter uns, die wenigsten machen plötzlich mit Jungs rum. Und ich weiß natürlich, dass Sie nicht wirklich unter Burn-out leiden. Sie sind in der Coming-out-Phase. Nur, da hilft keine Psychotherapie.«

»Nein, ich will mich nur ausprobieren. Jetzt bin ich jung und gut aussehend. Und – wenn nicht jetzt, wann dann?«

»Mhmmm, also Herr Winckelmann, gut aussehend ist ja wohl relativ.« Stefan muss erst mal kräftig schlucken, als er den Spruch von seinem Therapeuten hört. Schnell versucht er das Thema zu wechseln und ergänzt, dass bei ihm noch hinzukäme, dass er unter seiner nervigen Mutter leide. Die will ihn nämlich am liebsten gleich neu verkuppeln, damit sie endlich Enkelkinder und damit eine Aufgabe bekommt.

»Stop! Das klären wir in der nächsten Stunde«, fällt ihm der Seelenklempner ins Wort. Dabei drückt er ihm schnell einen Flyer in die Hand. »Hier ein Ticket für ein Speeddating. Das ist gleich ums Eck. Gehen Sie mal dahin und probieren Sie aus, ob Ihre Antenne bei Männlein oder bei Weiblein ausschwenkt«, lächelt er hämisch.

»Ach, Sie machen es sich ja einfach, mich auf eine Kuppel-Party zu schicken«, erwidert Stefan, steckt den Zettel aber zähneknirschend ein.

Auf dem Nachhauseweg ärgert sich Stefan, dass selbst Dr. Weber nicht den Ernst seiner, Stefans, Lage erkannt hat. Wo steht er denn im Leben mit seinen Mitte 30? Er hat nichts erreicht und befindet sich in einer handfesten Midlife-Crisis: sexuell, beruflich und finanziell. Die 1.000 Euro Warmmiete für seine Schwabinger Altbauwohnung sind für sein Budget viel zu viel. Und laut seinem Kontostand hätte er schon seit sechs Wochen ausziehen müssen. Aber irgendwie kommt er mit seinen letzten Ersparnissen gerade noch so über die Runden, denn er bekommt jetzt Krankengeld von seiner Krankenkasse.

Als er seine Wohnungstür öffnet, bemerkt er aus dem Augenwinkel ein rotes Blinken. Der Anrufbeantworter schreit im

Sekundentakt danach, endlich abgehört zu werden, denn er war den ganzen Tag unterwegs. Stefan legt die Post auf die Kommode und drückt die Abruftaste: »Sie haben vier neue Nachrichten«, verkündet die roboterartige Frauenstimme.

Nachricht 1, heute, 10:42 Uhr

Hallo Stefan, hier ist deine Mutter Traudl! (Die Angabe des Vornamens ist doch völlig überflüssig, er hat schließlich nur diese eine Mutter ...) Bitte ruf mal zurück, es ist sehr dringend. Es geht um die Hochzeit. Also, bitte ruf zurück, wenn du diese Nachricht abhörst. Kuss, deine Mutter. Und du erreichst mich auch auf dem Handy. Also, falls es nicht ausgeschaltet ist. Also bitte, mein Sohn, ich warte auf deinen Rückruf.

Nachricht 2, heute, 10:59 Uhr

Hallo Stefan, wo zum Teufel bist du denn um diese Zeit? Du arbeitest doch nicht mehr wegen diesem »Borning out«, oder wie das heißt. Hast du etwa eine neue Frau kennengelernt? Ja, bestimmt, wenn du um elf Uhr nicht daheim bist. Ach, das ist ja toll, das freut mich für dich! Wenigstens einer aus der Familie Winckelmann, der an diesem tristen Dienstag Sex hat ... Na, außer deinem Vater, schätze ich mal. Der wird es wohl jeden Tag mit seiner 25-jährigen Russin wild ... Na, mir egal! Hoffentlich bekommt er einen Herzinfarkt bei dem, was er treibt. So, also bitte wegen Hochzeit zurückrufen. Ich warte und es ist dringend!!!

Nachricht 3, heute, 11:21 Uhr

Stefan, alles okay bei dir? Ich mache mir Sorgen. Oh mein Gott! Du wirst doch nicht einer Sexualstraftäterin in die Hände gefallen sein? Es sind ja nicht immer Männer, die so was anstellen. Auch immer mehr Frauen werden zu Vergewaltigern ... Ach, du je, das wäre ja schrecklich, wenn dir was passiert wäre ... Ich darf gar nicht daran denken. Also, bitte melde dich ganz dringend bei mir!

Ich drehe hier sonst durch. Nicht, dass was Schlimmes vorgefallen ist … Ich rufe gleich die Polizei, wenn du dich nicht meldest.

Nachricht 4, heute, 12:28 Uhr

Stefan??? Stefan??? Liegst du etwa leblos in der Wohnung? Oh, ja, du bist suizidgefährdet. Klar, wegen der Trennung von Steffi … Und weil dein jüngerer Bruder bald heiratet, und du nicht. Ich hätte darauf kommen müssen, dass dir das auf die Psyche schlägt. Ich hätte mich kümmern müssen. Ich mache mir gerade Vorwürfe und jetzt gehst du nicht mehr ans Tele… PIEPPPPPPPPPPPP!

Das Band des Anrufbeantworters ist voll. Stefan pustet einmal kräftig durch die Backen, und setzt sich neben das Telefon auf die weiße Kommode. Gedankenverloren fährt er sich durch die fast dunkelbraunen kinnlangen Haare und überlegt, was er nun tun soll: Mama anrufen und ihr sagen, dass er sich in einer schwierigen sexuellen Phase befindet und nicht weiß, ob er Männer oder Frauen liebt? Oder Mama anrufen und ihr sagen, dass er Post von der Frauenklinik München bekommen habe, da vor 36 Jahren zwei Babys vertauscht wurden, weshalb sie mit 99-prozentiger Wahrscheinlichkeit nicht seine leibliche Mutter sei? Seine Mutter nervte ihn einfach. Und er würde nie diesen Tag vor gut einem Jahr vergessen, als er von den Abgründen in der Ehe seiner Eltern erfahren musste.

Sein Vater hatte die 25-jährige Russin in der Kantine bei BMW getroffen, wo sie hinter dem Tresen der Essensausgabe stand. Es gibt sicherlich romantischere Kennenlernen, als sich bei Wiener Schnitzel und Currywurst zu begegnen, doch Liebe geht bekanntlich durch den Magen. Die beiden hatten ein paar Monate ein Verhältnis gehabt, dann hatte der Vater es seiner Frau gebeichtet – und war ausgezogen. Seit diesem Tag nervte sie ihre beiden Söhne, da sie nun nichts mehr zu tun hatte. Jahrelang hatte sie nur für die Familie gelebt, jetzt musste sie sich neu erfinden. Und zwar so neu, dass sie mit Yoga und Esoterik-Kursen angefangen hatte. Neuerdings ging sie auch zu einer Wahrsagerin, die ihr prophezeite, dass sie bald ihrer großen Liebe begegnen würde. Darauf wartete sie nun. Und Stefan hoffte, dass diese Hokuspokus-Tante Recht behalten würde, damit er Mama endlich von der Backe hätte.

Erst letzte Woche hatte Mama ihm von Patric erzählt. Als Stefan dessen Foto sah, dachte er im ersten Moment, seine Mutter hätte eine Patenschaft für ein Dritte-Welt-Kind übernommen. Doch Traudl belehrte ihn eines Besseren, und berichtete, dass sie den knackigen Studenten aus Kenia über das Internet kennengelernt hatte, um mit ihm auf der Hochzeit von Stefans jüngerem Bruder im Januar anzugeben. Sie wollte ihn für die Feierlichkeiten extra einfliegen lassen, damit ihr Exmann (so nennt sie ihn, wobei die Scheidung noch läuft) vor Neid tot umfallen würde. Schließlich konnte Stefan seine Mutter dann doch überreden, die Finger von der Partnersuche in Afrika zu lassen und auf Männer in ihrem Alter zu achten. Er kann sie sich mit einem »Toyboy« irgendwie überhaupt nicht vorstellen. Das funktioniert vielleicht bei Jennifer Lopez oder bei Madonna, aber doch nicht bei seiner 59-jährigen Mama Traudl Winckelmann, die nach 40 Jahren Ehe verlassen wurde. Er musste das Problem »Mama« endlich in einer der nächsten Therapiestunden aufarbeiten. Und er musste für sich klären, ob er bi-, homo- oder heterosexuell sein wollte. Und dafür konnte er Mama überhaupt nicht gebrauchen, denn die ahnte von diesem Problem natürlich nichts. Stefan beschließt sie später noch anzurufen, denn er will nicht, dass Mama heute noch mit dem Sondereinsatzkommando der Polizei vor der Tür steht.

18:27 Uhr (Johannes)

»Frauen sind eigenartig. Ich durchblicke sie einfach nicht. Ich habe Ihren Ratschlag befolgt, gleich letzte Woche habe ich Ihre Tipps angewendet. Sie haben gesagt, man lernt Frauen am besten im Alltag kennen, nicht in einer Disco oder in einem Internet-Chat, sondern beim Einkaufen, beim Sport oder beim Bahnfahren. Also habe ich mich getraut, diese tolle, atemberaubende Frau anzusprechen.«

Dr. Weber gähnt. Es ist der letzte Patient für heute und er ist von seinem dritten Glas Whisky sehr müde. Johannes ist für ihn ein hoffnungsloser Fall. Wäre Johannes ein Landwirt, dann hätte Dr. Weber ihn höchstpersönlich zum Casting von »Bauer sucht Frau« angemeldet. Doch Johannes ist ein IT-Freak und wuchs in einem Kaff in der Nähe von Stuttgart auf. Mit seinen 1,80 Meter und 62 Kilogramm ähnelt er einem Spargeltarzan. Die Nickelbrille steht ihm nicht besonders, und Dr. Weber überlegt, ob er ihm das mal sagen sollte. Aber wieso machte er sich eigentlich über das Aussehen dieses Schwaben so viele Gedanken? Er wundert sich, denn eigentlich interessiert es ihn überhaupt nicht, was seine Patienten sagen oder machen. Das Gestammel von dem Häufchen Elend langweilt und beschämt ihn zugleich, denn er will endlich Feierabend machen.

»Gähn, ähm, was meinen Sie, Herr Läberle?«

»Ei, habe Sie denn nicht richtig zugehorcht?«, fragt dieser schwäbelnd.

»Doch, doch, natürlich. Fahren Sie fort, das ist eine interessante Feststellung. Bitte, fahren Sie einfach fort!«

»Also, als ich letzte Woche Ihre Praxis verließ und dann zu meinem Wagen kam, stand sie direkt vor mir. Ich sah in ihre blauen Augen und dachte mir: Das ist sie – meine absolute Traumfrau! Blond, groß, schlank, etwas zurückhaltend, kühl, leicht arrogant wirkend. Ich fand sie wahnsinnig sexy. Nach einem kurzen Small Talk habe ich ganz megacool nach ihrer

Telefonnummer gefragt. Und in der Tat, sie hat mir einen Zettel in die Hand gedrückt ...«

»Ach, das hört sich doch toll an, Herr Läberle!«

»Neee, isses aber leider nicht«, Johannes schaut beschämt auf den Boden. »Da stand mein Autokennzeichen drauf ...«

Dr. Weber schaut irritiert. Dann begreift er, dass Johannes versehentlich eine offensichtlich sehr attraktive Politesse angesprochen hatte. Und die hatte ihm nicht etwa ihre Telefonnummer gegeben, sondern ihm lediglich ein Knöllchen verpasst – wegen »Überschreiten der Parkzeit um zehn Minuten«. Schnell versucht Dr. Weber das Thema zu wechseln.

»Herr Läberle, erzählen Sie mir doch lieber noch mal, warum Sie eigentlich zu mir in die Praxis kommen. Das liegt doch an Ihrer Kindheit, nicht wahr? Wir müssen dort anfangen, alles von Anfang an aufarbeiten. Erst dann kann ich Ihnen Tipps geben.« Johannes fängt an, wie ein kleiner Junge unruhig auf der Ledercouch herumzurutschen.

»Ähm ... also, ja, wo genau soll ich anfangen?«

»Na, mit Ihrer Mutter, was ist mit ihr? Vielleicht liegt da der Grund, warum es mit den Frauen nicht klappt.«

»Sie ist weg.« Dr. Weber nickt eifrig, denn er erinnert sich, dass sein Patient so etwas bereits einmal angesprochen hatte.

»Mama hat uns verlassen, als ich vier Jahre, acht Monate und 13 Tage alt war.«

»Haben Sie Ihre Mutter seitdem wiedergesehen?«, will er nun von seinem traurigen Patienten wissen.

»Nein«, sagt dieser mit einem langen tiefen Seufzer. Und Dr. Weber denkt sich, dass er dies bei einem so hässlichen Sohn nur zu gut nachvollziehen kann. Offensichtlich ist damit aber aus dem Thema »Mutter« auch nicht mehr rauszuholen.

»Hatten Sie denn schon einmal eine Beziehung zu einer Frau?«

»Nein ...«, antwortet Johannes mit gesenktem Kopf.

»Sex, Petting, Oralverkehr?«, fragt Dr. Weber seinen Patienten forsch.

Dieser antwortet nicht, schüttelt nur den errötenden Kopf. Dr. Weber macht sich Notizen auf einem Blatt Papier. Nun will er wissen, wie es mit »küssen« aussieht.

»Mhmmm, jein ...«

»Was heißt ›Jein‹, Herr Läberle? Entweder ja oder nein!«

»Na, was verstehen Sie unter ›küssen‹, Dr. Weber?«

Dr. Weber schiebt seine Zunge vor und macht damit merkwürdige, schlabbernde Bewegungen.

»Na, Zungenkuss, eben.«

»Ja, also in der siebten Klasse war ich auf einem Geburtstag eingeladen und wir spielten Flaschendrehen. Ich musste dann so ein dickes Mädchen küssen, das alle nur ›Miss Piggy‹ nannten. Sie hatte eine Zahnspange, aber nicht innen sitzend, sondern so ein Gestell von außen. Es war sehr unangenehm, denn sie schmeckte nach diesen Tabletten, die man benutzt, um die Zahnspange zu reinigen. Ich musste zehn Sekunden mit ihr knutschen. Dann bin ich ins Bad gelaufen und musste kotzen. Es war so ekelig, dass ich zum lieben Gott gebetet habe, mich von Frauen mit Zahnspangen definitiv zu verschonen. Leider hat der ›Herr da oben‹ das irgendwie falsch verstanden. Mein nächster Kusskontakt mit dem weiblichen Geschlecht war dann vier Jahre später. Ich war 17 und auf Tante Helgas 70. Geburtstag eingeladen. Jeder wusste, dass sie nach dem Tod ihres Mannes oft zu tief ins Glas schaute und dann gerne Beherrschung und Kontrolle verlor. Irgendwann hatte sie mich auf der Tanzfläche einfach gepackt und geküsst. Ich war so überrascht, dass ich mich nicht gewehrt habe beziehungsweise mich nicht wehren konnte. Auch danach rannte ich auf die Toilette und hatte ein Déjà-vu-Erlebnis: Wieder musste ich mich übergeben. Schon wieder hatte ich diesen ekelhaften Geschmack, nur diesmal nicht von Zahnspangentabletten, sondern von Corega®-Tabs, mit denen meine Tante ihr Gebiss reinigte. Ach ja, Tante Helga hat dieser ›zweite Frühling‹ an ihrem 70. Geburtstag auch nicht so viel gebracht: Sie ist ein halbes Jahr später an einem Herzinfarkt gestorben. Die Tatsache, dass ich wohl der letzte ›Mann‹ in ihrem Leben war, erfüllt mich schon etwas mit Stolz. Aber ist das nicht tragisch, dass auch sie seitdem meine letzte Frau war? Eine alte Verwandte!«

»Sie müssen endlich entjungfert werden, Herr Läberle. Denn sonst sterben Sie irgendwann und gehen ›ungeöffnet zurück‹.«

»Ja, ich weiß, ich will ja eine Frau. Ich brauche eine Frau, die dafür Verständnis hat.«

Dr. Weber schüttelt mit dem Kopf. Ein 34-Jähriger, der noch nie Sex hatte – das ist ja so, als würde man behaupten, der Papst hätte noch nie gebetet, denkt er sich.

»Und welche Tipps bekomme ich nun von Ihnen bis zum nächsten Mal? Und reden wir auch mal darüber, dass ich von meinen Kollegen irgendwie verarscht werde, da ich noch nie eine Freundin hatte?«

»Eins nach dem anderen, Herr Läberle, gell? Hier haben Sie einen Flyer von einem Speeddating. Probieren Sie das mal aus! Vielleicht hört dann auch das Mobbing durch die Kollegen auf.«

Dabei stellt er den Wecker aus, der in diesem Augenblick eigentlich hätte klingeln müssen.

»Ach, noch was! Ziehen sie sich aber bitte was Ordentliches an, wenn Sie zum Speeddating gehen«, ruft er Johannes noch nach, der bereits im Treppenhaus ist und den letzten Satz nicht mehr hört. Der Therapeut freut sich jetzt auf seinen Whisky, um diesen langweiligen Tag schnell zu vergessen. Er hofft, dass seine drei Patienten bei dem Speeddating endlich unter die Haube kommen, damit er sie nie wieder mit ihren belanglosen Problemchen ertragen muss.

Speeddating
Donnerstagabend, 22. November

15 kleine, weiße Holztische mit jeweils zwei weißen Stühlen sind so nebeneinander aufgereiht, dass sie zusammen den kompletten Saal des Restaurants »Zum goldenen Hirschen« ausfüllen. Die einzelnen roten Rosen in den weißen Blumenvasen wirken so verloren und einsam, wie die 30 »Herzen«, die an diesem Abend ihren Traumpartner finden sollen. Ein perfekter Abend sollte es werden! Sie war heute extra ganz früh aufgestanden, um vom Viktualienmarkt frische Blumen zu holen. Sie liebte die Perfektion. Jahrelang hatte sie hart für diesen Traum der Selbstständigkeit, das Veranstalten von Speeddatings, gekämpft. Es war anstrengend gewesen, und doch hatte sie sich niemals den Ärger mit Banken, Behörden, Gastronomen anmerken lassen. Nach außen war und ist sie immer ganz Profi gewesen. So wurde sie erzogen und so liebt sie es. Sie ist eine professionelle Businessfrau, und sie ist Kylie – die Veranstalterin des heutigen Abends.

»Hast du den Sekt bei acht Grad gekühlt, Schatz? In einer Stunde eröffnen wir«, ruft sie ihm zu.

»Sure, Darling, everything is fine«, antwortet eine tiefe Männerstimme.

»Bitte sprich nicht in Englisch mit mir, wenn die Gäste kommen. Das ist unhöflich, wir sind in Deutschland. Do you understand me?«

»Okay, honey, I will do, whatever du von mir wollen willst«, sagt ihr Gegenüber mit breitem australischem Akzent.

»Hilfst du mir bitte mit dem Transparent, alleine schaffe ich es nicht – jeder soll es sehen, wenn er den Saal betritt.« Darauf steht in weißen Buchstaben auf blauem Hintergrund (die Flagge Australiens): »100. Speeddating – Reise für 4 Singles nach Australien zu gewinnen«.

Heute ist sie besonders aufgeregt, denn noch nie hat sie eine Reise nach Australien verlost, dem Ort, der in ihrem Leben eine entscheidende Wendung brachte. Dort hatte sie den Mann ihres Lebens kennengelernt und ihn prompt zwei Monate später geheiratet. Nun lebte Bob, gebürtiger Australier, seit drei Jahren mit ihr zusammen in München. Gemeinsam hatten sie die Speeddating-Agentur gegründet und veranstalteten circa 40-mal im Jahr diese heiteren Verkuppelevents für verzweifelte Singles.

Ein kurzes Sechs-Minuten-Kennenlernen reichte ihrer Meinung vollkommen aus, um sich einen ersten Eindruck vom anderen zu machen. Hätte es eine solche Veranstaltung schon vor 25 Jahren in ihrer Heimat Wiesbaden gegeben, dann wäre ihr so manches erspart geblieben. Insgesamt dreimal war sie verheiratet – und wurde von einem notorischen Fremdgeher, einem Heiratsschwindler und schließlich einem Spielsüchtigen belogen, betrogen und hintergangen.

Aber heute, am großen 100. Speeddating-Tag, will sie nach vorne blicken. Erhobenen Hauptes steht sie vor den weißen Tischen und schaut zu ihrem Bob, der nur verschmitzt grinst. Das liebt sie so sehr an ihm, dieses Grinsen mit den Grübchen. Es war Liebe auf den ersten Blick und jeder hielt sie für verrückt, als sie von einem Australien-Trip, der eigentlich nur für sechs Wochen angesetzt war, erst nach einigen Monaten mit einem Ring am Finger zurückkehrte – dem Symbol für Ehe Nummer vier.

In diesem Moment klopft es an der Tür.

»Einen kleinen Moment noch!«, sagt Kylie, und bittet Bob den Sekt zu öffnen. Bob gehorcht artig und tut, was seine Ehefrau und Chefin befiehlt.

»Das sind keine acht Grad! Wie oft habe ich dir gesagt, das alles perfekt sein muss?«, schnauzt sie, nachdem sie kurz an einem Sektglas genippt hat. Bob entschuldigt sich für seinen Fehler – einen Temperaturunterschied von zwei Grad Celsius ...

»Es ist mein Abend, mein 100. Speeddating – ich will, dass alles perfekt ist!« Sie schüttelt den Kopf, denn sie kann es nicht fassen, dass ihr Ehemann dafür so wenig Verständnis zeigt.

»Ohhh, Darling, I thought it is OUR 100. Speeddating. Not only your event«, sagt er verwundert. Aber sie hört gar nicht mehr richtig hin, denn sie überprüft gerade mithilfe ihres Handspiegels, ob Frisur und Perlenkette noch richtig sitzen.

TUT, TUT, TUUUT!!! Unten auf der Straße hupt ein Auto wie verrückt. Und zwar so laut, dass Tina kaum noch etwas von ihrer Musik hört. »I'm too sexy« von Right Said Fred aus den 90er-Jahren dient ihr gerade als Motivationssong und Tanzuntermalung. Leicht verärgert unterbricht sie ihr wildes Sofa-Hüpfen zum Takt und legt die Haarbürste, die ihr bis eben als Mikrofon diente, zur Seite. Schnell dreht sie den Lautstärkeregler der Hi-Fi-Anlage lauter, und singt dann wieder den Anfang der Strophen: »... I'm too sexy for my love... too sexy for my shirt... too sexy for my car...«. Ihre Gesangskünste, die sie niemals vor oder mit anderen präsentieren würde, kommen immer dann zum Vorschein, wenn sie ein wenig »vorglüht«. In ihrem Fall bedeutete das: Gin Tonic süffeln! Denn dann findet sie ihre raue, leicht versoffen klingende Stimme nicht ganz so schrecklich. Und mit ein paar Gläschen intus fällt es ihr auch leichter, fremde Menschen anzusprechen, was gerade heute Abend besonders wichtig ist. Heute ist Tinas Abend! Es soll ein Abend voller »Love« werden.

Obwohl sie anfangs nicht gerade erfreut gewesen war, als ihr Psycho-Doktor ihr die Einladung zu einem Speeddating in die Hand gedrückt hatte, sieht sie den Anlass nun als gute Gelegenheit, einen kostengünstigen Abend außer Haus zu verbringen. Sie will sich einfach auf Kosten der Veranstalter den Bauch vollschlagen und jede Menge Alkohol trinken. Idealerweise findet sich dort dann auch ein attraktiver, reicher Singlemann, der nur auf sie gewartet hat ... Tina ist geldmäßig zurzeit so abgebrannt, dass in ihrem Kühlschrank jede Maus verhungern oder freiwillig den Freitod durch Ertrinken in der Spülmaschine wählen würde.

Hoffentlich knurrte ihr hungriger Magen nicht so laut, denn sie hatte noch kein Abendbrot. Das wäre ihr total peinlich. Zur Not könnte sie einen Hustenanfall vortäuschen, um von dem Knurrgeräusch abzulenken, so wie sie es zuvor schon öfter gemacht hatte. Aufgrund ihres äußeren Erscheinungsbildes würde allerdings niemand annehmen, sie leide an Hungersnot. Ihre 79 Kilo verteilten sich auf gerade einmal 1,75 Meter. Ihr Bauch war leider so speckig, dass man ihn problemlos als Rettungsring für Nichtschwimmer einsetzen könnte. Letztens im Schwimmbad hatte sie der Bademeister schon so schräg angeguckt ... Tina wusste, dass ihr Körper die letzten Jahrzehnte hindurch stets gut genährt worden war. Zu ihrer Verteidigung erwähnte sie gelegentlich, dass sie mal nur 60 Kilo auf die Waage gebracht hätte – und vergaß zu erwähnen, dass dies im zarten Alter von zwölf Jahren war. Zur Reduzierung ihres Übergewichts würde ihr eine Diät also mehr als guttun. Auch angesichts ihrer momentanen Arbeitslosigkeit böte es sich an, auf zu häufiges und zu üppiges Essen zu verzichten. Aber nicht heute Abend! Da will sie richtig zuschlagen. Sie freut sich auf Schnittchen und Champagner für »lau«. Aber sie will es nicht übertreiben mit dem Alkohol, schließlich will sie bald ein Baby haben und muss sich daher langsam, aber sicher daran gewöhnen »die Flaschen gegen Fläschchen einzutauschen«. Um dieses Ziel zu erreichen, fehlt ihr jedoch noch die zweite Hälfte. Aber vielleicht lernte sie diese Hälfte ja schon ganz bald kennen?

Babyblau ist das Kleid, das sie sich für diesen Abend extra im Internet bestellt hatte. Sie muss aufpassen, dass man das Etikett nicht sieht, damit sie es morgen wieder zurückschicken kann mit dem simplen Grund: »Größe zu groß – passt leider nicht«. Sie findet diese Begründung sehr viel besser als zuzugeben, dass sie gerade arbeitslos und zahlungsunfähig ist.

»Yeah, yeah, yeah, I'm too sexy«, grölt sie nun wieder laut durchs Wohnzimmer und tanzt dabei auf dem Sofa. Gerade ist ein letzter Schluck Gin Tonic in ihren Blutgefäßen verschwunden, da hört sie ein störendes Geräusch. Es ist ihre Klingel! Der bestellte Taxifahrer, der seit sieben Minuten vor der Tür wartet, und dessen Hupen Tina versehentlich überhört hatte ... Dummerweise ist der Fahrpreis durch die Wartezeit schon so hoch, dass Tina ihn genervt bezahlen und wieder wegschicken muss, denn das kann sie sich unmöglich leisten. Unverdrossen hofft sie dennoch, heute Abend einen unglaublich tollen Fremden kennenzulernen, der ihre große Liebe und der Vater ihres Kindes in einem sein wird. Allerdings muss sie jetzt erst mal zusehen, dass sie schleunigst zu dem heilversprechenden Speeddating kommt. Nun allerdings nicht mehr mit dem Taxi, sondern auf den Schienen der Münchner Verkehrsbetriebe.

Nachdem Bob die schweren Holztüren geöffnet hatte, stehen die Singlekandidaten nun vor der Chefin des Abends. Sie greift schwungvoll zu einem Sektglas, wirkt aber leicht nervös, als sie mit ihrer Rede beginnt.

»Einen wunderschönen guten Abend, ihr Singles der Stadt! Kommt zu mir, kommt nur, näher ran, kommt nur näher ran! Ich beiße nicht«, flötet Kylie, während sie die Singles mit einem leicht affektierten Lachen zu sich winkt. Mit diesen Einführungsworten hört sie sich an wie eine Sektenmutter, die ihre Jünger auffordert, der Übermutter die Füße zu küssen. Sie erzählt von der gut vierwöchigen Traumreise nach Australien, die es zu gewinnen gibt. Die ist allerdings an eine klitzekleine Bedingung geknüpft: Am Montag, den 3. Dezember, geht es schon los und keiner darf dieses »Projekt« vorzeitig abbrechen. Alle müssen bis zum Abflug am 3. Januar durchhalten.

Kylie erklärt nun den Ablauf des heutigen Abends: Die Gruppe würde geteilt, in Männer und Frauen. Jeweils ein Mann und eine Frau sollen dann an einem der Tische Platz nehmen –

und sich gegenseitig kennenlernen. Jeder Single habe drei Minuten Zeit seinem Gegenüber Fragen zu stellen. Pro Paarkonstellation ergab sich damit also ein jeweils sechsminütiges »Date«. Beim Gongschlag müssen dann die Männer zum nächsten Tisch und damit zur nächsten Teilnehmerin weiterrücken. Zuvor erhielte jeder ein Blatt Papier, auf dem untereinander die Ziffern eins bis 15 stehen. Daneben solle sich jeder Notizen zum zugehörigen Teilnehmer machen und ankreuzen, ob sie oder er die jeweilige »Nummer« wiedersehen möchte. Ganz wichtig sei, dass auch der eigene Name auf dem Blatt stehe, da der Zettel gleichzeitig der Teilnahmeschein für das Australien-Gewinnspiel sei. Weiterhin teilt Kylie mit, dass noch heute Abend die vier Gewinner gezogen würden. Plötzlich unterbricht ein heftiger Krach ihre Erläuterungen.

Rums! Die Tür fliegt auf und Tina poltert herein. »T'schuldigung, ist das hier der Singleabend?«, fragt sie. Und jede Menge partnerlose Köpfe drehen sich zu ihr um.

»Herzlich willkommen – toll, dass auch du den Weg zu uns gefunden hast«, sagt Sekten-Kylie mit leicht ironischem Unterton. Sie hasst Unpünktlichkeit und gibt dies der Nachzüglerin mit einem eisigen Blick auch zu verstehen.

»Ich war so busy in meinem Job heute. Sorry, dass ich es nicht früher geschafft habe. Aber diese ewige Parkplatzsuche in der City ist ja einfach fürchterlich«, lügt sie, denn schließlich hat sie weder Arbeit noch ein Auto. Kylie kommt zu ihr, während sich die anderen bereits ihre Nummern zur Identifizierung anheften.

»Na, jetzt bist du ja hier. Nimm dir auch eine Nummer und stecke sie dir ans Kleid, damit die anderen gleich wissen, mit wem sie es hier zu tun haben.«

Tina nimmt den Zettel und zögert, denn sie kann unmöglich etwas auf das »geliehene« Kleid kleben. Es ist aus 100-prozentiger Seide. Wenn da was dran käme, würde sie bis nächstes Jahr Ostern putzen gehen müssen, um die Schulden dafür abzustottern. Sollte sie sich den Zettel mit der Nummer auf die Stirn pappen? Wäre das hier ein Kindergeburtstag, hätte sie als rheinische Frohnatur damit sicherlich kein Problem. Aber hier ging es schließlich darum »Mister Right« kennenzulernen, und der steht bestimmt nicht auf Frauen mit einem Post-it auf der Stirn. Sie entscheidet sich dafür, den kleinen gelben Zettel auf den Oberarm zu heften, denn Gott sei Dank ist das Kleid ärmellos. Dann erkundigt sie sich bei Kylie nach dem Buffet, denn sie hat einen Mordskohldampf.

»Du kannst à la carte bestellen, aber alles geht auf eigene Rechnung. Gleiches gilt auch für die Getränke, außer den Begrüßungssekt«, kommt die eisige Antwort von Kylie.

Tina ist einigermaßen überrascht, lässt sich aber nichts anmerken. Dann versucht sie Missverständnisse zu beseitigen.

»Gilt das denn auch für mich? Ich habe schließlich ein Gratisticket und wollte mir das heute nur mal anschauen«, versucht sie richtigzustellen. Um nicht ertappt zu werden, täuscht sie jetzt schnell einen Hustenanfall vor, denn in diesem Moment hört man ihren Magen laut und vernehmlich knurren.

»Ach, hast du das Ticket von Dr. Weber bekommen?«, fragt Kylie mit einer hochgezogenen Augenbraue. Den Flyern für Dr. Weber hatte sie Gratistickets beigelegt, alle anderen Singles mussten für die Teilnahme 19 Euro zahlen. Jetzt fühlt sich Tina wirklich ertappt. »Ja, von Dr. Weber, kennen Sie ihn?«, fragt sie neugierig.

»Flüchtig. Und Sie sind seine Patientin?«, fordert Kylie sie nun heraus.

»Oh, nein, Dr. Weber ist mein …« Tina überlegt, was sie nach dem Hustenanfall nun sagen soll. »Ähm, also, er ist mein Patenonkel und wollte mir, seiner kleinen, entzückenden Nichte mit diesem Ticket eine kleine Freude machen«, lügt sie erneut. Um keinen Preis der Welt möchte sie, dass irgendjemand erfährt, dass sie in psychotherapeutischer Behandlung ist.

»Und wie ist das nun mit dem Gratisessen für mich?«, fragt sie daher noch mal, auch um von Dr. Weber abzulenken, und nippt dabei an ihrem Sekt, den es umsonst gibt.

»Hör zu, wir zahlen hier den Sekt und machen die Veranstaltung. Es gibt sogar die Chance, eine tolle Reise zu gewinnen. Das sollte wohl wirklich von unserer Seite genügen. Das Essen und alle anderen Getränke gehen auf deine Kosten, verstanden?« Kylies Tonfall wird nun ein wenig schärfer.

Tina schluckt. Wehmütig verabschiedet sie sich von Züricher Geschnetzeltem, Lammragout und all den anderen Köstlichkeiten, von denen sie nach einem kurzen Blick in die Speisekarte schon geträumt hatte. In Gedanken sieht sie sich nun eher spätnachts mit Currywurst an einer Imbissbude stehen.

»Gibt es denn wenigstens Knabbergebäck?«, hakt sie noch mal nach. Sie kann es sich definitiv nicht leisten, Geld für eine warme Mahlzeit in einem richtigen Restaurant auszugeben. Kylie zeigt in Richtung Bar. »Na, wenigstens etwas«, denkt Tina erleichtert. Doch angesichts der neuen Situation hieß es nun »Plan B« aufzurufen: reichen Mann finden, der sie heute Abend noch zum Essen einlud – und am besten gleich für den Rest des Lebens durchfütterte.

Kopfschüttelnd betrachtet Kylie diese Kandidatin, die sich anscheinend nur auf Kosten anderer durchmampfen will. Dennoch wünscht sie Tina viel Glück bei der Männersuche, und versucht so wieder etwas Frieden zwischen sich und ihre Kundin zu bringen.

Tinas Blick wandert nun ein Mal durch den ganzen Saal, von links nach rechts und wieder zurück. Es scheint nichts für sie dabei zu sein. Außer einem Mann mit angegrauten Schläfen und einem charismatischen Lächeln, der jetzt genau in ihre Richtung schaut – und sogar winkt. Sollte es doch so einfach sein? Noch bevor das Dating losgeht, wird sie bereits vom ersten Kandidaten angeflirtet?

»Ja, also, ich glaube, ich habe da schon was Heißes gefunden. Und auch wenn nicht für immer, dann doch immerhin für heute Nacht«, kichert sie, und stößt zur Versöhnung sogar mit Kylie an. Die will natürlich sofort wissen, wen Tina im Auge hat und schaut dann einigermaßen verdutzt, als Tina ihr zuflüstert, dass sie den George-Clooney-Typ mit dem Sekttablett toll fände.

»Das ist Bob – mein Mann! Finger weg, Schätzchen. Sonst gibt es heute Abend noch Krieg!« Kylies Stimme gefriert zu Eis. Sie drückt Tina ein paar Salzstangen in die Hand und dreht sich um, sodass Tina nur noch deren eisigen Rückenwind abbekommt. Hier ging es also darum, ein Revier zu verteidigen! Tina hatte bereits in den ersten Minuten des Speeddatings mal wieder kräftig danebengegriffen. Da stand sie nun mit einem halbleeren Glas Sekt, einer Handvoll Salzstangen, null Geld in der Tasche und in einem geliehenen Kleid. Und der einzige Typ, den sie scharf fand, war der Mann der Veranstalterin.

Wie sollte dieser Abend noch zu retten sein? Sichtlich enttäuscht schreitet sie zu einem der Tische. Okay, sie würde brav mitspielen und dann nix wie ab nach Hause – im Notfall zu Fuß. In ihrem seidenen Fummel und der Novemberkälte würde sie sich dabei zwar garantiert eine Lungenentzündung holen, aber das war ihr jetzt auch egal. Immerhin bedeutete Krankenhaus: drei Mahlzeiten am Tag und frei trinken – zwar nur Tee, aber vielleicht könnte man den Pfleger ja dazu bewegen, ihr statt Kamillentee einen Gin Tonic zu bringen. Das bekäme sie schon irgendwie hin in ihrem aufreizenden »Negligé«, das sie zwar eigentlich nicht für einen Krankenhausaufenthalt vorgesehen hatte ...

Für Stefan ist es das erste Mal, dass er an einem Speeddating teilnimmt. Er hat sich überhaupt keine Fragen oder gar Antworten vorab überlegt. Er lässt alles auf sich zukommen. Er greift zum Begrüßungssekt, den ihm »George Clooney« alias Bob reicht.

»I hope, you will enjoy this evening«, sagt Bob und lächelt ihn dabei so an, dass es ihn fast umhaut. Noch nie hatte er so ein Zahnpastalächeln gesehen! Der musste entweder beim Bleeching gewesen sein oder er hatte verdammt viel Tipp-Ex benutzt. Stefan spült den Sekt in einem Zug runter, und legt seine Hand aufs Herz. Er spürt etwas. Er merkt, dass es heftig pocht und schlägt. Oder ist es der Sekt, der gerade durch seine Adern pumpt? Verdutzt fragt er sich, ob nun der heiße Kellner oder der Schaumwein schuld daran ist, dass sein Inneres gerade Achterbahn mit Doppel-Looping fährt. Er bemerkt auch Blitze und Sternchen vor seinen Augen. »Ist das so, wenn man merkt, dass man schwul oder bisexuell veranlagt ist?«, fragt er sich. Dieses Karussellfahren der Gefühle! Stefan kann gerade nicht genau einordnen, was in seinem Körper passiert. »Oder ist das die oft beschriebene Liebe auf den ersten Blick, die ihn plötzlich wie ein Blitz getroffen hatte?«, fragt er sich.

»Do you feel okay?«, fragt ihn Bob, der George-Clooney-Verschnitt.

»Hmmm, wie? Was?«, Stefan steht da und sieht immer noch Blitze vor seinen Augen.

Bob schaut ihn besorgt an und legt ihm den Arm um die Schulter. Dann hakt er Stefan unter und führt ihn zu einem Stuhl. Er öffnet ihm die obersten Knöpfe seines Hemdes und reicht ihm ein Glas Wasser.

»Hui, das geht bei den Homos aber flott! Gerade mal ein Glas Sekt getrunken, schon geht einem der Kellner an die Wäsche«, denkt Stefan bei sich.

»I think, it was too much alcohol for your … Kreislauf«, sagt Bob mit seinem deutsch-englischen Akzent, der ein wenig an Howard Carpendale erinnert. Stefan grinst. Diesen George Carpendale findet er irgendwie ganz aufregend. Doch länger seinen Gedanken nachhängen kann er nicht, denn gerade kommt Kylie zu ihnen. Sie will wissen, was mit dem Teilnehmer passiert ist (selbstverständlich hätte sie einen entsprechenden Notfallplan parat).

»Alles wieder in Ordnung«, antwortet Stefan schnell. Er hofft sehr, dass sie nicht durchschaut, dass er durchaus auch an Typen interessiert war ... Bevor sie ihm unangenehme Fragen stellen kann, greift er schnell zu seinem Nummern-Post-it und geht, noch etwas wackelig, in Richtung der Tische, damit es endlich losgehen kann.

Kleine Kinder freuen sich auf Weihnachten. Und auf ihren Geburtstag. Vorher sind die Kleinen meist total aufgeregt und können es kaum erwarten, bis der große Tag endlich kommt. Doch was ist, wenn Weihnachten und Geburtstag auf einen Tag fallen? Ist man dann doppelt aufgeregt? Für Johannes ist der heutige Abend so ein doppelter Feiertag. Sein ultimatives Großereignis – das absolute Highlight seines bisherigen Lebens. Er wird mit 15 fremden Frauen sprechen dürfen. Und diese Damen müssen volle sechs Minuten mit ihm verbringen und können dabei nicht weglaufen. Das ist seine ganz große Chance endlich eine attraktive nette Freundin zu finden, die auch mit seinem kleinen Handicap – seiner Jungfräulichkeit – umgehen kann. Die letzten Nächte hatte er kaum geschlafen, so aufgeregt war er. Für ihn könnte dieser Abend die Wendung seines Lebens bedeuten. Letzte Nacht hatte er es sich schon vorgestellt: er mit Frau und drei Kindern, mit Hund, vor seinem Einfamilienhaus. Jetzt musste er sie nur noch finden, die Auserwählte! 15 Chancen und nur eine konnte gewinnen. Gewinnen konnte er auch eine Reise nach Australien. Selbst diese Vorstellung machte ihn nervös – so nervös, dass er schon schwitzige Hände bekam und hoffte, den Damen nicht die Hand schütteln zu müssen. Denn mit einer feuchtnassen Hand fielen seine Chancen sicher rapide. Eine Alternative wäre gewesen, Handschuhe anzuziehen und zu erzählen, er leide an Neurodermitis. Er war sich allerdings nicht ganz sicher, was für Frauen unerotischer war: Schuppenflechte oder eine schwitzige Hand? Doch dies war nur eine von vielen Fragen, die ihm durch den Kopf gingen.

Nachdem er Kylies Begrüßungsworten gespannt zugehört hatte, geht er nun direkt auf sie zu.

»Guten Abend, mein Name ist Johannes Läberle. Ich bin Teilnehmer hier bei Ihnen«, sagt er in schwäbischem Dialekt. »Ich hätte da noch ein paar Fragen.«

Kylie sitzt hinter ihrem Tisch am Kopfende des Raumes – von hier aus hat sie das gesamte Geschehen im Blick und alles unter Kontrolle. Dazu dienen auch ein Gong sowie eine Uhr, die vor ihr auf dem Tisch stehen.

»Natürlich, was willst du denn wissen?«, fragt die Sekten-Mutti.

Johannes holt ein kleines Büchlein hervor, denn er hat sich ein paar Fragen notiert. Und auch während Kylies Rede hatte er ein paar Punkte mitgeschrieben.

»Zum einen wüsste ich gerne, wie viele Fragen gestellt werden dürfen.«

»So viele, du willst. Du hast drei Minuten Zeit. Dann ist die Dame dran.«

»Und wenn einem vorher schon nix mehr einfällt, was ist dann?«

»Dann mach doch etwas Small Talk«, versucht sie ihn zu beruhigen.

»Und wenn mir auch kein Small Talk einfällt? Muss ich dann aufstehen?«, schaut er sie fragend an.

»Also, in der Regel sind drei Minuten sehr kurz, da haben die meisten noch sehr viel mehr Fragen auf dem Herzen. Auf dem Zettel kannst du dann ankreuzen, wen du gerne näher kennenlernen möchtest«, antwortet Kylie nun schon ein wenig gereizt.

»Aha! Sind alle Fragen erlaubt oder gibt es Tabuthemen?«

»Na, frag halt das, was du bei jedem anderen Date auch fragen würdest!«

Kylie wusste ja nicht, welch wunden Punkt bei Johannes sie damit angesprochen hatte. Sie konnte nicht ahnen, dass er total unerfahren in puncto Dates war und überhaupt nicht wusste, was er fragen sollte.

»Ich hätte noch eine ganz intime Frage«, hakt er nach. »Sind heute Abend auch Jungfrauen dabei?«

Kylie wirkt sichtlich irritiert: »Ähm, darüber haben wir keine Kenntnis und das Sexualleben unserer Teilnehmer geht uns auch nichts an. Würdest du dich bitte auf deinen Platz setzen, und dir deine Nummer anheften. Wir fangen gleich an«, entgegnet sie, und schaut dabei noch einmal prüfend auf die Stoppuhr, ob alles startklar ist. Kylie atmet tief durch und wirft Bob ein professionelles Lächeln zu. Es schien heute ein anstrengendes Speeddating zu werden. Aber sie liebte Herausforderungen. Da war zum einen diese blöde Kuh, die ein Auge auf ihren Mann geworfen hatte und offensichtlich nur zum Futtern gekommen war. Dann der Typ, der schon nach einem Sekt zusammenklappte. Und jetzt noch dieser Freak mit den komischen Fragen. Sie hoffte nur, dass keiner dieser drei die Reise nach Australien gewinnen würde, denn mit einem von ihnen zu verreisen wäre wohl der reinste Albtraum.

Gong! Das Startsignal fällt. Alle Männ- und Weiblein setzen sich brav an die Tische. Sekten-Kylie hält beide Daumen hoch, und ruft: »Toi, toi, toi für eine neue Zukunft!«.

Gähn! Gelangweilt sitzt Tina da. Sie fühlt sich wie bei der »Reise nach Jerusalem«, dem bei vielen Hochzeiten durchexerzierten Stühle-Spiel. Einziger Unterschied war, dass hier nicht nach jeder Runde ein Stuhl verschwand. Obwohl sie sich ein »Verschwinden« gerade sehr wünschen würde, denn der Abend war auf dem besten Wege sich zu ihrem persönlichen Reinfall zu entwickeln. Im Moment würde sie so ziemlich alles dafür tun, mit einem Schleudersitz diesen Event verlassen zu können. Jedoch wollte sie bei der Veranstalterin auch nicht als frustrierte Enddreißigerin in Erinnerung bleiben. Sie schaut auf die Uhr. Nach einer Spielzeit von knapp 25 Minuten hatte sie bereits vier Männer »gedated«. Tina achtet dabei auf die wichtigsten Kriterien ihrer Partnerauswahl: beruflicher Status, derzeitiger Familienstatus und gewünschter Familienstatus in den nächsten zwei Jahren. Sie lernt einen Polizisten, einen Schuhverkäufer, einen Hausmeister und einen Briefträger kennen, die ihr allesamt jobmäßig zu wenig Kohle verdienen und somit ausscheiden.

Der nächste Kandidat (Nummer fünf) spricht in tiefstem Bayerisch, sodass sie nicht wirklich versteht, was er in den sechs Minuten gefragt oder geantwortet hat. Er scheidet aufgrund von Kommunikationsschwierigkeiten also auch schon mal aus.

Bei Nummer sechs imitiert sie vorzeitig den Gongton, nachdem sie erfährt, dass er als Gas- und Wasserinstallateur arbeitet. Eigentlich hätten sie noch eine knappe Minute Gesprächszeit gehabt. Von insgesamt 15 Typen hatte sie nun schon fast die Hälfte durch – und die Reihe der uninteressanten Männer schien kein Ende zu nehmen.

GONGGG! Kylie ergreift wieder das Wort und verkündet, dass nun 30 Minuten Pause angedacht sind. Vorsorglich erwähnt sie noch einmal, dass jeder seiner Getränke selbst zahlen muss. Schließlich kennt sie schon eine Schmarotzerin unter den Teilnehmern.

Johannes zieht sich in der Pause in den Lounge-Bereich zurück und macht sich eifrig Notizen. Fein säuberlich trägt er auf dem Zettel die sexuellen Erfahrungen seiner bisherigen Kandidatinnen ein. Dabei hat er seine ganz eigene Faustregel: Hat eine Frau mehr als zwei Beziehungen gehabt, gilt sie als »erfahren«. Nach so einer sucht er, denn noch eine Jungfrau kann er nicht gebrauchen. Bei mehr als fünf Beziehungen allerdings kategorisiert er als »Schlampe«. Auch glaubt er, dass so eine Frau mit seiner Unerfahrenheit nicht gut umgehen könnte. Leider trifft das Attribut »Schlampe« nach dem ersten Teil des Abends auf fast alle zu. Obwohl, Silke findet er toll. Sie hatte mit ihren langen roten Haaren und dem eng sitzenden schwarzen Kleid etwas Erotisches, sodass er sofort feuchte Hände bekommen hatte, als er ihr gegenübersaß. Doch als sie ihm berichtet hatte, dass sie bereits zweimal verheiratet war und mit mehr als 40 Männern geschlafen hatte, wurde ihm ganz mulmig. Sie hatte rein optisch alles, was ihn an einer Frau interessierte. Allerdings zeigte sie null Interesse an ihm und klebte bereits an einem anderen Typen. Zu gerne würde er ihn warnen und ihm die Wahrheit über »Schlampe Silke« sagen, diesen männerverschlingenden Vamp.

Es ist genau dieses Erotische in ihrem Blick und an ihren Bewegungen, das Stefan dazu veranlasst hat mit ihr in der Pause einen Drink an der Bar einzunehmen. Bei den beiden war von Anfang an klar, dass da noch was ging. Silke fragte ihn gleich zu Beginn, ob er Lust auf ein erotisches Abenteuer habe und einmal was Aufregendes erleben wolle. Sie hatte viel Erfahrung und konnte so manches bieten. Stefan hatte bei diesen Worten direkt an sein Herz gefasst, das merkwürdig gepoltert hatte. Er wusste nicht, ob es an der direkten und offenen Art von Silke lag oder eher daran, dass er einfach absolut heterosexuell war und endlich wieder wusste, auf welches Geschlecht er abfuhr.

Silke flüstert ihm gerade ziemlich verbotene Dinge zu, was er immer wieder mit einem lauten Lachen kommentiert. Er flirtet sie auf diese Weise richtig an. Sicher wirken sie auf andere wie ein frisch verliebtes Paar. Ein Paar allerdings, das sich nur für Sex am heutigen Abend interessiert. Sie will Sex und er die Bestätigung, nicht schwul oder bisexuell zu sein. Bei einem Kennenlernen ist es halt immer ein Geben und Nehmen.

Als Silke zur Toilette gegangen ist, kommt ihm ein langer Seufzer der Erleichterung über die Lippen – erleichtert darüber, dass er total »normal« war. Im gleichen Moment kommt ein dürrer Mann mit Nickelbrille schnellen Schrittes auf ihn zu. Es ist Johannes, der ihn nun doch vor »Schlampen-Silke« warnen will und ihm von den 40 Beischlafmännern erzählt. Stefan ist so irritiert, dass er glaubt, Johannes wolle ihm die Frau ausspannen, und ihn wegschickt. Er will sich sein »Ja, ich bin doch hetero«-Outing nicht von diesem kleinen Moralapostel kaputt machen lassen.

Bei einem trockenen Mund hilft Flüssigkeit. Und solch ein Trockenheitsgefühl verspürt Tina. Kurz: Sie ist megadurstig. Zu gerne würde sie jetzt einen Gin Tonic trinken, aber leider ist der hier viel zu teuer. Da bleibt nur die Alternative: Wasser. Und da sie richtig pleite ist, tut sie das auf ihre ganz spezielle Art.

Rums! Sie reißt die Toilettentür auf, und der Frust angesichts eines nicht erhaltenen alkoholischen Getränks spiegelt sich deutlich in ihrem Gesicht wider. Ohne zu zögern dreht Tina den Wasserhahn auf und hält ihren Kopf darunter. 30 Sekunden hängt sie so und schlürft das Leitungswasser wie ein ausgetrockneter Hund. Als sie sich wieder aufrichtet und in den Spiegel schaut, während sie sich das nasse Gesicht mit Papiertüchern abtrocknet, sieht sie Sekten-Kylie kopfschüttelnd hinter sich stehen. Mit süffisanter Miene drückt diese ihr eine Zwei-Euro-Münze in die Hand.

»Hier Schätzchen, kauf dir ein Mineralwasser! Das ist ja so was von peinlich ...« Sie verlässt die Toilette und hört nicht mehr, was ihr Tina hinterherruft:

»Blöde Kuh! Ein Mineralwasser kostet hier 2,50 Euro. Wenn schon, dann gib es mir passend!«

Klick! Eine der Klotüren öffnet sich und »Schlampen-Silke« kommt aus der Kabine. Gönnerhaft legt sie 50 Cent auf den Waschbeckenrand und meint, dass sie es ganz toll fände, dass auch das Klo-Personal beim Speeddating mitmachen dürfe. Natürlich hatte sie Tina eben noch draußen an einem der Tische sitzen sehen ...

Tina ist fassungslos. Sie steht da wie ein begossener Pudel, mit 2,50 Euro in der Hand und einem Wasserbauch. Jetzt heißt es nur noch, den zweiten Teil des Abends irgendwie durchstehen. Doch sie sieht es auch betriebswirtschaftlich: Vielleicht schaffte sie es auf diese Weise bis zum Ende des Abends fünf Euro zusammenzukriegen? Dann könnte sie sich wenigstens einen Longdrink leisten. Ob es im »Zum goldenen Hirschen« eigentlich auch eine Happy Hour gab?

Der zweite Teil des Speeddatings beginnt für Stefan ganz anders als erwartet. In Gedanken ist er noch (oder schon wieder) bei Silke und ihren langen roten Haaren. Er kann sich gar nicht mehr richtig konzentrieren, trotzdem sagt er routiniert zu seiner nächsten Kandidatin:

»Hallo, schön, dich kennenzulernen. Ich liebe Fußball und Tennis und am Abend gehts mal ins Kino«, rattert er seinen Text runter, ohne sein neues Gegenüber dabei richtig anzuschauen.

»Stefan? Du? Hier? Das ist ja eine Überraschung!«

Jäh wird er aus seiner Träumerei von der sexy Silke gerissen und ist zurück auf dem Boden der Tatsachen. Genauer auf dem Boden seiner wahren Herkunft – seines Fleisch und Blutes.

»Mama!!! Was machst du denn hier?«, raunt er leise, denn er will nicht, dass die anderen etwas mitbekommen.

»Na, was wohl? Deine Mutter will auch noch mal jemanden kennenlernen. Da ich mir ja zur Hochzeit deines Bruders nicht einen jungen Typen aus Afrika einfliegen lassen darf«, sagt sie etwas beleidigt, und nimmt dabei Bezug auf ihre letzte Unterhaltung in Stefans Wohnung.

»Aber doch nicht hier!«, entgegnet ihr Sohn verzweifelt. »Das ist ja peinlich. Auf einem Singleabend die eigene Mutter zu treffen. Was hast du dir nur dabei gedacht hierherzukommen?«

»Wohin soll ich denn sonst gehen? Auf Seniorentanznachmittage habe ich keine Lust.«

»Ich habe dich gar nicht reinkommen sehen.«

»Ich bin erst zur Pause gekommen. Habe mich verspätet, keinen Parkplatz gefunden. Weißt ja, wie das ist. Und du, mein Junge? Darf deine Mama bald auf eine Schwiegertochter und auf Babys hoffen?«, fragt sie, ihm dabei zweideutig zuzwinkernd. Sein Blick wandert hinüber zu Silke, während er sich fragt, ob sie geeignet wäre, seiner Mama vorgestellt zu werden? Sicherlich nicht! Aber es wäre noch tausendmal besser, als ihr irgendwann einen Horst, Hans oder Hubert mit adoptiertem Jungen aus Mali vorstellen zu müssen. Dann nimmt er doch lieber »Schlampen-Silke«. Doch jetzt wird er erst einmal durch den Gongschlag aus seinen Gedanken gerissen.

Tina ist immer noch gelangweilt, erst recht, als sich Johannes ihr gegenüber auf den Stuhl fallen lässt.

»Du hast ja wunderschöne, warmherzige, tolle blaue Augen«, versucht er den Einstieg mit einem Kompliment, denn auf den ersten Blick betrachtet gefällt ihm Tina schon sehr gut. Wahrheitsgemäß muss man allerdings sagen, dass er SEINE Augen nicht von ihrer Oberweite lassen kann.

»Sie sind braun. Aber danke«, entgegnet Tina kühl, denn so eine Art der Anmache gefällt ihr nicht.

»Oh, Entschuldigung, ich habe mich versprochen, ich meinte natürlich braun.« Dabei schaut er beschämt nach unten und versucht möglichst unauffällig auf seinen Spickzettel zu lugen, den er vorsorglich auf seinem Oberschenkel befestigt hatte. Mit neuem Input versorgt fragt er denn auch gleich weiter:

»Wer so schöne Augen hat, hat doch sicherlich schon viele Erfahrungen mit Männern gesammelt, oder?«

»Häää? Was ist das denn für ein Spruch?«, giftet sie ihn an.

Johannes nimmt seinen ganzen Mut zusammen und versucht es jetzt auf die ehrliche und offene Art.

»Also, ich hatte noch nicht sooo viele Frauen.«

»Ach, du Scheiße! Du bist Anfänger! Oder sogar noch Jungfrau?«

»Neeein ... wie kommst du darauf? Ich hatte nur noch nicht so viele Frauen, aber ich bin doch keine Jungfrau«, verbessert er schnell.

»Ich finde, du hast die schönsten großen Augen, die ...«, versucht er abzulenken.

»Schnauze«, raunzt sie ihn an. »Du schaust mir die ganze Zeit auf die Titten. Und du hast meine Augen eben für blau gehalten. Du willst mich doch verarschen. Du bist ein verklemmter Typ, der hier was aufreißen will. Sorry, mein kleiner Jüngling, aber da bist du bei mir falsch. Mit Anfängern fange ich nix an, vergiss es!«

Johannes ist irritiert. Dennoch versucht er es noch ein letztes Mal, indem er Tina fragt, ob sie auch dieses Kribbeln in ihrem Bauch spüre.

»Hä? Bei mir kribbelt nur die Galle, die mir gleich hochkommt«, faucht sie ihn an. Tina ist jetzt richtig in Fahrt. »Hör endlich auf, mir auf die Titten zu starren, du Lüstling, verstanden? Ab ... los ... weg ... GSCHH, GSCHH!«, scheucht sie ihn weg wie eine Katze. Sie will, dass er sofort verschwindet, obwohl der Gong noch nicht ertönt ist.

Nach dem Erlebnis mit dieser Pfeife würde sie am liebsten die ganze Veranstaltung verlassen. Lediglich die Aussicht auf die zu gewinnende Traumreise zwingt sie, noch brav und artig auf ihrem Stühlchen sitzen zu bleiben. Sie ist jetzt endgültig davon überzeugt, dass heute Abend nichts Interessantes an Typen für sie rausspringen wird.

Gong! Und schon kommt die nächste Nummer an ihren Tisch.

»Na, Nummer neun, was geht mit dir heute Abend?«, fragt Tina und gähnt Stefan dabei an.

»Alles gut, aber eigentlich will ich bald heim. Bitte nicht persönlich nehmen, aber meine Mutter ist hier.«

»Wie, deine Mutter ist hier?«, fragt Tina mit großen Augen. Sie versteht die Welt nicht mehr: Wie konnte man als erwachsener Mann mit seiner Mutter zum Speeddating erscheinen?

Stefan erzählt, dass sie einfach da ist, und zeigt dabei auf seine Mutter, die gerade mit Johannes flirtet.

»Der Kerl ist harmlos, der ist total unerfahren, was Frauen angeht. Ich tippe sogar darauf, dass er noch Jungfrau ist. Da musst du dir keine Sorgen machen«, versucht sie Stefan zu beruhigen.

»Echt, der ist Jungfrau? Der hat mich eben in der Pause ganz dumm von der Seite angemacht«, erzählt er verstört.

»Na, mich wundert heute nix mehr. Nach der Jungfrau habe ich nun mit dir das Muttersöhnchen entlarvt«, sagt sie frustriert. Tina fragt sich, ob hier vielleicht »Verstehen Sie Spaß?« gedreht wurde und der tote Kurt Felix gleich mit Paola um die Ecke kommen würde.

»Ach, wisst ihr was? Ihr könnt mich jetzt alle mal am Arsch lecken! Ich bin eine erfolgreiche, junge, extrem gut aussehende Frau im besten Alter und verbringe hier meinen Abend mit einer Truppe aus Geizhälsen, männlichen Jungfern und Muttersöhnchen. Nein, danke. Ich gehe!«

Tina steht auf. Sie hat endgültig genug von diesem Abend, der sich für sie als absoluter Reinfall entpuppt hat. Wutentbrannt geht sie zu Kylie und wirft ihren Teilnahmezettel in die Lostrommel, die vor ihr auf dem Tisch steht. Sie verlässt das Restaurant »Zum goldenen Hirschen« wie eine Hirschkuh: Stampfend und trotzig bewegt sie ihren etwas molligen Körper durch die Schwingtür, während sie sich ihre Jacke überstülpt. Sie hat Hunger, und die gelbe Leuchtschrift einer amerikanischen Fast-Food-Kette strahlt ihr entgegen. Noch 500 Meter, dann ist ihr Hunger besiegt. Dank dem Toilettengeld sind schließlich zwei Cheeseburger für sie drin.

Johannes und Mama Traudl verstehen sich auf Anhieb. Sie denkt sofort, dass sie mit so einem jungen Typen locker ihren Exmann bei der Hochzeit ihres Jüngsten eifersüchtig machen könnte. Und Johannes mag reifere Frauen. Er macht ihr Komplimente zu ihren Augen und ihren Haaren, und Traudl fühlt sich geschmeichelt.

»Ach, meine Haare ... Na ja, ich weiß nicht. Ich finde, von dem Sprühregen im Herbst werden die immer so fusselig und liegen so komisch. Aber freut mich, dass sie dir gefallen. Nicht viele Männer mögen rote Haare. Hatte sonst immer blond, aber seit zwei Monaten trage ich Rot.« Sie ist in einem Redeschwall und labert ihn voll, sodass er innerhalb von drei Minuten alles über die Frau weiß, die am 5. Januar 60 Jahre alt wird, in Scheidung lebt und sich 40 Jahre nur um die Familie gekümmert hat.

Für Johannes wird in jedoch diesem Moment klar, dass er sich mit Traudl nichts Ernstes vorstellen kann. Denn was sollte er mit einer Rentnerin? Sie hatte sicherlich die Wechseljahre durchlebt, als er noch für sein Diplom büffelte. Johannes wünscht sich noch eigene Kinder, da kann er nix mit ihr anfangen – außer rein platonisch.

Jetzt tönt erneut der Gongschlag durch den Saal und das »Daten« ist nun offiziell zu Ende. Kylie will nun mit der Unterstützung ihres Assistenten Bob die Gewinner der Traumreise ziehen. Dafür war es egal, wenn man nach ein paar Minuten noch nicht auf den Traumpartner gestoßen war. In Down Under würde noch genügend Zeit sein, sich besser kennenzulernen. Und wenn man erst einmal aufeinanderhockt und ganz viel Zeit miteinander verbringt, dann kommt man sich automatisch etwas näher, findet die Veranstalterin und gleichzeitige Reiseleiterin Kylie. Sie ist überzeugt, dass man auf diese Art einfach wahllos Paare auswählen und diese dann verkuppeln kann.

Kylie greift mit spitzen Fingern in die durchsichtige Glasbox und zieht ein gelbes Kärtchen heraus. Laut und deutlich verkündet sie, dass Silke mit der Nummer vier die erste Gewinnerin der Reise ist. Silkes Freude ist allerdings verhalten. Bei ihrer Reaktion hätte man annehmen können, sie habe soeben ein Waffeleisen und nicht einen Australien-Trip gewonnen. Gequält lächelt sie in die Kamera, mit der Bob schnell ein Foto schießt, so wie es ihm seine Chefin befohlen hatte. Dann stellt Kylie die entscheidende Frage, ob Silke denn auch Zeit und Lust auf Australien habe. Diese nickt zwar etwas zögerlich, bejaht die Frage aber.

Für Stefan hätte der Zeitpunkt nicht idealer sein können: Von der Freundin getrennt, im Job krankgeschrieben – und nun darf er für ein paar Wochen ans andere Ende der Welt reisen. Er ist sofort in Jubelschreie ausgebrochen, als er seinen Namen hörte. Er ist der zweite Gewinner und damit der Reisepartner von Silke. Die Tatsache, dass Silke mit dabei ist, stimmt ihn zuversichtlich, dass er sich nach den vier Wochen in einem Punkt sicher sein wird: nämlich, dass er weder schwul noch bisexuell ist. Sexy Silke wird ihm schon das Gefühl geben, ein richtiger Kerl zu sein. Der Abend ist für ihn mehr als erfolgreich gelaufen – und er ist noch nicht zu Ende. Er wird nämlich nicht zu sich nach Hause fahren, sondern zu Silke. Die beiden wollen den Gewinn auf ihre eigene Art und Weise feiern und schleichen sich nun klammheimlich aus dem Saal.

Mutter Traudl ist sauer, denn sie hätte zu gerne mal mit der Schwiegertochter in spe ein paar Worte gewechselt. Kylie hingegen schätzt sich glücklich, denn mit diesem Paar ist der Erfolg ihrer Speeddating-Agentur garantiert. Davon ist sie mehr als überzeugt. Die Ziehung der nächsten Gewinner verläuft jedoch ein wenig problematischer: Eine Absage nach der anderen kratzt an Kylies Ego. Der kurzfristig angesetzte Start der Reise ist für viele einfach nicht möglich. Als sie dann die Nummer elf, die Nummer von dieser Schnorrer-Tina, zieht und feststellt, dass diese tatsächlich nicht mehr anwesend ist, sinkt ihre Laune zunehmend. Vor den Anwesenden betont sie, dass sie die abwesende Gewinnerin im Nachgang telefonisch informieren wird, obwohl Tina nun wirklich nicht ihre Wunsch-Teilnehmerin ist.

Johannes sitzt gespannt auf seinem Stuhl, während er zuschaut, wie Kylie nun wieder in die Losbox greift. Dann hört er wie in Trance, dass sein Name genannt wird. Wie durch einen dichten Nebel dringt der Applaus zu ihm. Und plötzlich steht er vorne neben Kylie ... Er erlebt das alles wie in einem Film, allerdings einem Stummfilm, denn die Stimmen klingen weit weg und Kylie hört sich wie ein Zombie an:

»Haaalllooo Jooohaaannnesss«, hört er ihre Stimme wie von einem anderen Planeten. Er ist vor Freude völlig überwältigt. Schweiß rinnt ihm aus allen Poren seines Körpers. Mit zitternden Knien geht er nun wieder brav und artig an seinen Platz zurück. Traudl kommt angelaufen und fällt ihm um den Hals.

»Du bist wohl sprachlos, eine so tolle Reise mit dieser rothaarigen Silke zu machen, was?«, fragt sie ihn mit großen Augen.

»Ja, ich bin gerade etwas fertig und fühle mich unwohl«, gesteht Johannes. Er muss sich erst mal setzen.

»Unwohl?«, fragt Traudl. »Doch nicht wegen der weiblichen Mitreisenden?«

Johannes schüttelt den Kopf. Langsam und traurig murmelt er: »Nein, ich habe panische Flugangst.«

Gegen ein Uhr in der Früh kommt Kylies SMS, die Tina darüber informiert, dass sie eine glückliche Gewinnerin ist. Erst kann sie sich gar nicht recht darüber freuen, denn ihr ist noch ein wenig schlecht von den beiden, in Sekundenschnelle verdrückten Cheeseburgern, und glaubt, dass dies ein Scherz sei. Aber dann realisiert sie, dass sie in ein paar Tagen den Wintermantel gegen ein Sommerkleid wird eintauschen können – und drückt gleich noch einmal die »Play«-Taste ihres CD-Players.

»I'm too sexy for my love ... Yeah, yeah! Es geht nach Down Under! Yeah, yeah!«, trällert sie laut mit und springt nun besonders ausdrucksstark auf dem Sofa rum. Schließlich hat sie eine spektakuläre Reise zu einem Traumziel gewonnen! Da hört sie plötzlich ein lautes, dumpfes Geräusch ... Jetzt hat Tina ein Problem! Zwar hat sie gerade einen vierwöchigen Australien-Trip gewonnen, aber wenn sie wiederkommt, wird es kein Sofa mehr geben, auf das sie sich setzen und das sie bespringen kann ... Denn das ist leider gerade unter ihrem Übergewicht in Kombination mit der besonders rabiaten Hüpfbehandlung zusammengekracht.

Stefan hat die Nacht wie geplant mit »Schlampen-Silke« verbracht. Doch es kam ganz anders, als er sich das vorgestellt hatte: Zwar waren sie binnen kürzester Zeit in ihrem Schlafzimmer gelandet und hatten Sex, doch mitten »im Akt« hatte Stefan dieses Foto auf dem Nachttisch entdeckt. Sein Blick war durch das Zimmer gewandert und hatte noch viele weitere Fotos von einem glücklich in die Kamera lächelnden Paar entdeckt. Auf die Frage, wer das auf den Fotos denn sei, hatte Silke zugegeben, dass sie verheiratet sei und eine offene Beziehung führe. Sie erklärte ihm, dass sich beide außerhalb der Ehe austoben dürften. Sie seien beide bisexuell, und sie und ihr Mann hätten auch Sex mit anderen Paaren – mal Silke mit einer Frau oder ihr Mann mit einem anderen Mann. Stefan war von Silkes Offenheit und der Art und Weise, wie andere mit ihrer Sexualität umgingen, so beeindruckt, dass er beim Verlassen der Wohnung wusste, dass er bald ein neues Freundespärchen für den etwas anderen »Spieleabend« haben würde. Besonders die Tatsache, dass sie in einer »offenen bisexuellen Beziehung« lebten, fand er richtig spannend. Schließlich könnte er so quasi zwei Fliegen mit einer Klappe schlagen – oder anders gesagt: zwei Geschlechter in einem Bett treffen und dann genau entscheiden, für wen sein Herz mehr schlug.

Teil II

Montag, 3. Dezember
Abflug ab München

Rinnnggg!!!

Es ist sieben Uhr. Kylie tastet mit der linken Hand nach dem Ausschaltknopf ihres Digitalweckers. Heute muss sie beim Aufstehen nicht wie sonst auf Bob Rücksicht nehmen. Er war bereits vor vier Tagen nach Sydney geflogen, um das Haus am »Bondi Beach« herzurichten, in dem sie alle leben würden. Heute trat der Rest der Gruppe die Reise nach Down Under an. Und damit alles vom Abflug bis zur Rückkehr perfekt organisiert war, hatte sie gestern noch viel zu erledigen gehabt. Unter anderem war sie für eine letzte Sitzung zu Dr. Weber gefahren. Er hatte ihr beigebracht, wie man sich gegenüber Männern durchsetzt, und wie man sich von dem naiven Frauchen, das drei Scheidungen durchlebt hatte, zu einer selbstbewussten Frau entwickelt. Dank seiner Hilfe wusste sie, wie sie mit Bob umzugehen und ihm klare Anweisungen zu geben hatte. Er war der Mann, auf den sie lange gewartet hatte, da brauchte sie keinen Therapeuten mehr. So hatte sie Dr. Weber gestern Lebewohl sagen können und ihm dafür gedankt, dass sie ihre Flyer in seiner Praxis hatte auslegen dürfen.

Gegen 16 Uhr beginnt es zu schneien. Dicke Schneeflocken landen auf dem Asphalt, auf Autodächern und auf Kylies Gepäck, das der Taxifahrer gerade für sie auslädt. Endlich im trockenen Check-in-Gebäude angekommen, wartet sie auf die Gruppe. Sie hofft, dass alle rechtzeitig da sein werden, denn nichts kann sie mehr in Aufregung versetzen als Unpünktlichkeit und anschließende Hektik vor einem Flug. Da sieht sie auch schon aus der Ferne den ersten aus ihrer Reisegruppe herankommen: Johannes, der Freak mit den komischen Fragen bezüglich Jungfrauen. Ganz Profi winkt sie ihn herbei, etwa so wie eine Sektenanführerin ihre Anhänger zu sich bittet. Nachdem sie mit ihm kurz ein paar Worte zum Wetter in Sydney und in München gewechselt hat, sucht sie verzweifelt nach einem weiteren Gesprächsthema.

»Und, schon aufgeregt vor so einem langen Flug?«

»Sicher doch. Ich bin noch nie geflogen, ich habe nämlich Flugangst«, sagt Johannes mit betretener Miene.

Spätestens jetzt wird Kylie klar, dass Johannes ein echter Verlierertyp ist. Ein Angsthase und einer, der nicht gut bei Frauen ankommt. Der arme Kerl tut ihr so leid, dass sie ihm am liebsten ein paar Buntstifte zur Beschäftigung während des Flugs gegeben hätte. Doch stattdessen versucht sie ihn anders aufzumuntern und versichert, dass das Fliegen die sicherste Art zu reisen sei.

»Ich habe vorsichtshalber trotzdem Schwimmflügel eingepackt«, berichtet er stolz.

»Das ist ein guter Witz, mein lieber Johannes«, und sie lächelt ihn an.

»Es ist aber kein Witz. Meine Kollegen meinten, dass sie von einem Flugzeugabsturz gelesen hätten, bei dem die Maschine ins Meer stürzte. Alle Passagiere hatten den Aufprall überlebt, waren dann aber ertrunken, weil sich keine Schwimmwesten an Bord befunden hatten. Die waren wohl gerade an diesem Tag in der Reinigung gewesen. Daher meinten die Kollegen, ich solle mir Schwimmflügel mitnehmen, für den Fall der Fälle. Supertipp von den Jungs, finde ich.«

Jetzt wird Kylie klar, dass Loser Johannes zu allem Überfluss auch gerne mal von seinen Kollegen verarscht wurde. In ihr regen sich bisher nicht gekannte Muttergefühle. Sie nimmt seine Hand und versichert ihm, dass alles gut wird und dass er keine Angst vorm Fliegen haben müsse. Kylie ist sich sicher, dass sie mit Johannes eine harte Nuss zu knacken hat, wenn sie ihn tatsächlich mit Tina verkuppeln will. Aber sie liebt Herausforderungen und wird sich auch dieser stellen.

»Hi, ihr zwei!« Die beiden drehen sich um.

Stefan steht grinsend vor ihnen, gut gelaunt in Jeans und weißem Poloshirt. Mit leicht gebräunter Haut (ging er ins Solarium?) sieht er aus, als käme er gerade aus dem Urlaub und benötige eigentlich keinen weiteren mehr.

»Wow, du duftest ja gut!«, macht Kylie ihm ein Kompliment. »Ich liebe es, wenn Männer gut riechen.«

»Danke schön! Das ist Dolce und Gabbana«, sagt Stefan.

Ein verblüffter Johannes gibt offenherzig zu, dass er nur Wasser und Seife an seine Haut lässt und nur einen Deoroller benutzt. In diesem Moment versteht Kylie wieder einmal, warum ihr viele Freunde davon abgeraten hatten, sich auf die Gründung einer Speeddating-Agentur einzulassen. Es schien, als ob ihre Freunde einen guten Riecher gehabt hätten, denn Johannes war definitiv eines dieser schwer vermittelbaren Exemplare. Ein naives, unerfahrenes Lebewesen, dem auf die Sprünge geholfen werden musste, und dies bedeutete für Kylie jede Menge Arbeit.

Wie ein Popstar oder eine stinkreiche Millionärsgattin kommt sie mit zwei großen Koffern plus Handgepäck durch die Schwingtür. In brauner Lederhose und mit weißer Bluse. Mit Stiefeletten an den Füßen, Pelzstola um die Schultern und Sonnenbrille auf der Nase ist sie der Blickfang am Münchener Flughafen. Ganz professionell begrüßt Kylie »ihre liebste Zickenfreundin« und kann es sich nicht verkneifen, sie bereits mit dem ersten Willkommenssatz ein wenig zu piesacken:

»Und hier ist dein Reisepartner Johannes. Ich glaube, ihr werdet euch prächtig verstehen, vielleicht nur nicht, was euren Kleidergeschmack angeht.« Damit spielt sie natürlich auf die extremen äußerlichen Gegensätze der beiden an. Tina in ihrem teuren (zusammengeliehenen) Outfit, und Johannes mit Nickelbrille und grasgrünem Jogginganzug. Seiner Meinung nach braucht man Wohlfühlklamotten, wenn man so lange im Flieger sitzt, auch wenn es für ihn sein erstes Mal sein wird.

»Wir kennen uns doch? Du bist doch der, der mir ständig auf die Titten geglotzt hat«, sagt Tina in ihrer direkten Art.

»Nein, habe ich überhaupt nicht. Das stimmt nicht«, rechtfertigt sich Johannes. Vergeblich. Denn Tina flüstert ihm ins Ohr: »Hör zu, mein Jüngling, ich sage dir das jetzt nur ein Mal. Ich bin nur hier wegen der Reise. Das hat null damit zu tun, dass ich dich kennenlernen will oder so. Also, spar dir deine Annäherungsversuche, sonst gibt es was auf die Zwölf, dass du nur noch Engelchen siehst, verstanden?«

Johannes zuckt erschrocken zurück, wobei er sich unsicher ist, ob er erschrocken darüber ist, dass

a) sie ihn nicht gut findet oder
b) sie ihm nicht einmal eine Chance geben will oder
c) eine Frau mit solch tollem Aussehen und Styling so aggressiv sein kann.

»Sollen wir schon mal durch die Sicherheitskontrolle gehen?«, versucht er Tinas Kampfansage zu entkommen und schaut dabei Hilfe suchend zu Kylie.

»Hm, wir warten noch auf die vierte Gewinnerin«, sagt die Reiseleiterin und schaut dabei auf die Uhr. Eigentlich müsste sie schon längst da sein, schließlich ist in 30 Minuten Boarding Time. Vorsichtshalber schreibt Kylie noch schnell eine SMS, dass sie sich am Gate treffen.

Nachdem alle ihr Gepäck aufgegeben haben, gehen sie nacheinander durch die Sicherheitskontrolle. Stefan ist bereits voller Vorfreude und ungeduldig darauf, nun bald Silke wiederzusehen. Doch während der Security-Check zunächst reibungslos abläuft, gibt es bei Tina Probleme. Sie schleppt zu viele Cremes und Flüssigkeiten mit sich im Handgepäck, die sie nun leicht murrend in die dafür vorgesehene Tonne wirft. Auch bei

Johannes geht sofort das Piepsgeräusch los. Die anderen wundern sich, denn was soll bei einem grasgrünen Jogginganzug und Turnschuhen schon einen größeren Alarm ausüben? Ein Gürtel kann es auf keinen Fall sein. Verantwortlich für das Piepsen ist Johannes' Schweizer Taschenmesser, das er angeblich immer mit sich trägt. Voller Überzeugung verkündet er, dass er mit dem Messer seinen mitgebrachten Apfel schälen will. Der Sicherheitsbeamte schaut ihn etwas ungläubig an und klärt ihn dann darüber auf, dass es an Bord sowohl ausreichend Essen als auch Besteck gäbe. Widerwillig händigt ihm Johannes nun sein geliebtes Messer aus.

»Alle Passagiere für den Flug nach Sydney über Abu Dhabi bitte zu Gate 24. Wir beginnen jetzt mit dem Boarding«, ertönt es in diesem Moment aus den Lautsprechern. Und obwohl »Schlampen-Silke« immer noch nicht erschienen ist, stellen sich die vier in der Schlange an. Kurz drauf sitzen sie in der Boeing 777-300ER der Etihad Airways. Kylie hat ihren Gangplatz in Reihe 32. Neben ihr auf dem Mittelplatz sitzt Johannes und am Fenster Tina. Stefan sitzt genau vor Tina, ebenfalls auf einem Fensterplatz.

»Ladies and Gentlemen, this is your Captain speaking. Schönen guten Abend, hier ist Ihr Kapitän. Mein Name ist Björn Hansen und wir können jeden Moment starten. Allerdings warten wir noch auf eine Passagierin, die jeden Augenblick eintreffen soll. Wir bitten um Ihr Verständnis«, kommt die nuschelnde Begrüßung aus dem Cockpit. Kylie wird nun richtig unruhig und schaut verzweifelt auf ihr Handy. Nichts! Ihr viertes Gruppenmitglied musste kommen! Sie benötigte doch dringend die zweite Dame in der Runde, denn sonst würde ihr Plan nicht aufgehen.

In der Regel kehrt immer Ruhe ein, nachdem alle Passagiere ihre Plätze eingenommen haben und nur noch darauf warten, dass das Flugzeug startet. Doch heute Abend durchbricht diese

Ruhe ein jähes Poltern. Die Person, die für den Lärm verantwortlich ist, sieht man zunächst nur von hinten. Die Reisetasche des Nachzüglers hat sich in einem Sitz verkeilt, sodass der jetzt mit genervten Passagieren und einer Flugbegleiterin wild diskutiert und gestikuliert.

Stefan freut sich, dass die, die ihn aus seiner sexuellen Midlife-Crisis befreien soll, nun gleich da sein wird. Sie trägt ein orangefarbenes Batikkleid, was ihm für diese Jahreszeit entschieden zu kalt erscheint. Er erkennt sofort ihre roten Haare, an die er sich nur zu gut erinnert. Allerdings ist es ein Kurzhaarschnitt – weg ist die lange Lockenpracht! Und Silke schien etwas zugenommen zu haben. Er hatte sie schlanker in Erinnerung. Oder hatte er sich da etwas vorgemacht? Schließlich hatten sie im Dunkeln Sex ...

»Geht schon, komme schon durch«, verkündet die Zu-spät-Kommende, nachdem die Reisetasche erfolgreich befreit werden konnte, und watschelt mit schwerem Handgepäck durch die Reihen.

Stefan ist beruhigt, als er die vertraute Stimme hört. Bis ihm dämmert, dass diese Stimme mehr als vertraut ist – ja, fast schon zu vertraut. Silke hatte doch viel erotischer gesprochen. Er blickt erschrocken von seinem Sitz hoch und starrt in, ihm höchst bekannte Augen.

»Mama?«

»Huhu, mein Sohn! Entschuldige, dass ich zu spät komme, aber ich habe das Gate im falschen Terminal gesucht.«

»Was um alles in der Welt treibst du hier?«

»Na, ich habe die Reise gewonnen, so wie du. Ist das nicht eine tolle Überraschung?«, posaunt sie fröhlich heraus und winkt wie eine Blöde zu Kylie rüber. Stefan dreht sich zu Kylie um.

»Wo ist Silke? Die von letzter Woche. Die hat doch gewonnen, oder nicht?«, will er fassungslos wissen.

Kylie erklärt ihm, dass Silke am Morgen zuvor spontan abgesagt habe. Angeblich dürfe sie aus privaten Gründen nicht fliegen. Und daraufhin habe Kylie eine Ersatzkandidatin gezogen, um den Platz neu zu besetzen.

»Aber das ist meine Mutter! Das geht nicht. Ich kann doch nicht eine Singlereise mit meiner Mutter antreten«, protestiert er. »Ich will sofort aussteigen! Nein, das mache ich keine vier Wochen mit.« Stefan sitzt wie ein trotziges Kind mit verschränkten Armen auf seinem Platz.

»Ach, komm Schätzchen! Wir waren schon so oft zusammen im Urlaub. Weißt du noch, mit dem Wohnwagen an der Adria? Da wird dich das doch hier nicht stören«, versucht seine Mutter ihn aufzumuntern.

»Mama, da war ich ein Kind. In dem Alter ist es ganz üblich mit den Eltern zu verreisen.«

»Aber du bist immer noch mein Kind! Ein Leben lang. Und unter uns gesagt, ich freue mich auf dich und den tollen Urlaub. Ich fand sowieso, dass dein Vater zu wenig Urlaub mit uns gemacht hat.«

Traudl steht glücklich und zufrieden im Gang, bis sie von der Flugbegleiterin gebeten wird, endlich weiterzugehen und ihren Platz einzunehmen, denn sie habe schon für genug Verspätung gesorgt.

Durch die Umbuchung am gestrigen Tag von Silke auf Traudl war es leider nicht mehr möglich gewesen, dass Mutter und Sohn zusammensitzen können, und so nimmt sie in Reihe 43 Platz, was Stefan gar nicht so schlimm findet.

»Mir war klar, dass du ein Muttersöhnchen bist, das habe ich schon beim Speeddating bemerkt«, giftet Tina von hinten.

Johannes freut sich über Traudls Anwesenheit und hält zaghaft beide Daumen in ihre Richtung hoch. Was gar nicht so einfach ist, denn eigentlich hatte er sich, seit er auf seinem Platz sitzt, kaum gerührt. Er sieht dem bevorstehenden Flug mit Panik entgegen und hat seine Finger fest in die Armlehnen gekrallt. Ihm ist ziemlich flau in der Magengegend. Hatte er womöglich Hunger? Da fallen ihm die Kekse ein, die er heimlich in seinem

Rucksack mit ins Flugzeug geschmuggelt hatte. Schnell stopft er sich einen nach dem anderen in den Mund und ist froh über die kurzzeitige Ablenkung. Stefan löst seinen Gurt, denn er gedenkt das Flugzeug mitsamt seiner Mutter zu verlassen. Sofort wird er von einer Flugbegleiterin ermahnt, sich hinzusetzen und angeschnallt zu bleiben, bis die Flughöhe erreicht sei, ansonsten würde er auf der Stelle »rausfliegen«.

Kylie glaubt sich kurzfristig mit der Situation überfordert. Sie hatte nicht geahnt, dass beide Kandidaten tatsächlich verwandt waren, nur weil beide Winckelmann hießen. Sie musste etwas an ihrer Verkuppel-Planung ändern. Vielleicht könnte sie die Paare einfach tauschen? Wenn sie darüber so nachdachte, fand sie ihren Einfall sogar genial. Die Rentnerin passte sowieso viel besser zu dem Freak Johannes. Und Tina und Stefan waren eigentlich ein Traumpaar. Entspannt lehnt sie sich zurück und nippt an ihrem Wasser. Während die Maschine von der Startbahn abhebt, hängen alle vier Teilnehmer ihren Gedanken nach. So unterschiedlich sind ihre Absichten und Erwartungen im Hinblick auf diese Reise nach Down Under.

Tina

Sie will schnell einen reichen Australier kennenlernen und so wenig Kontakt wie möglich zu den anderen der Gruppe haben. Sie findet die Reiseleiterin Kylie total bescheuert. Johannes hält sie für einen Lüstling, und Stefan ist eindeutig ein Muttersöhnchen, da er sogar noch mit seiner Mutter in den Urlaub fährt. Hier ist nix für sie dabei! Sie ist ein großer Fan der Serie »Sex and the City« und träumt davon, sich auf die Spuren von Carrie und Samantha zu begeben. Nur nicht in New York, sondern eben in Sydney. Und bei ihr gibt es keinen Cosmopolitan, sondern gerne ganz viel Gin Tonic – ihr Lieblingsdrink. Und gerne auch viel Sex, bis »Mister Right« endlich gefunden ist. Sie weiß, dass sie so günstig wie jetzt nie wieder nach Down Under kommen wird. Gerade für sie als Arbeitslose wäre es undenkbar gewesen auch nur den Flug zu bezahlen. Sie hatte ihren Berater, Herrn Mayerhuber, bei der Bundesagentur für Arbeit nur mit Mühe dazu bewegen können, diese Auszeit als Weiterbildung anzurechnen, und hatte versprochen in Sydney eine Sprachschule zu besuchen. Jedoch plante sie keinesfalls wirklich die Schulbank zu drücken, sondern vertraute vielmehr darauf, dass sie mithilfe ihrer sexy Outfits die männlichen Lehrer dazu bewegen würde, ihr ein Zertifikat auch ohne ständige Anwesenheit auszustellen.

Stefan

Sein ursprünglicher Plan, ganz viel Sex mit Silke zu haben und damit ein für alle Mal zu klären, dass er nicht schwul war, war mit dem Auftauchen seiner Mutter geplatzt. Gleichzeitig sieht er aber auch die Chance, seine bisexuellen Neigungen in diesem fremden Land ausleben zu können und so etwas auszuprobieren, wofür ihm in Deutschland bisher der Mut fehlte. Das einzige Problem, das zu bewältigen war, nennt sich »Mutter«! Sie würde für seine sexuelle Identitätskrise sicherlich kein großes Verständnis haben. Er musste sich vor Ort unbedingt eine andere Bleibe suchen, denn er wollte auf keinen Fall mit seiner Mutter unter einem Dach wohnen. Außerdem musste er sich Gedanken darüber machen, wie er sich beruflich neu orientieren könnte. In seinen Job bei der Bank würde er nur ungern zurückkehren, denn das Bild von ihm und dem Praktikanten auf dem Kopierer war wohl immer noch in den Köpfen seiner Kollegen verankert.

Johannes

Er findet alle drei Frauen toll. Bei Tina steht er auf ihren Busen und ihre rundliche Figur. »Etwas mehr dran« stört ihn nicht und spendet im Sommer bekanntlich auch Schatten. Traudl ist ihm zwar ein bisschen zu alt, aber mit ihr könnte er sicherlich ganz viel Spaß haben und er könnte von ihrer Erfahrung profitieren. Kylie findet er sehr attraktiv, doch leider ist sie schon an Bob vergeben. So bleiben für ihn dann nur Tina oder Traudl übrig. An eine von beiden würde er schon seine Jungfräulichkeit verlieren. Dann wäre er nach diesem Urlaub ein »richtiger Mann«. Dabei würde er auch ein paar Kompromisse in Kauf nehmen, wie zum Beispiel Traudls fortgeschrittenes Alter, oder die Tatsache, dass Tina sicherlich schon viele Männer in ihrem Leben gehabt hatte. Aber erst mal musste er diesen Flug überstehen! Er merkt, wie er am Sitz klebt. Angstschweiß rinnt ihm aus allen Poren, und er hofft, dass er bei seinem »ersten Mal« dieses schwitzende Problem nicht haben wird.

Mutter Traudl

Sie hat zwei Ziele bei dieser Reise: Erstens will sie einen jungen Mann finden, mit dem sie auf der Hochzeit ihres Jüngsten am 4. Januar angeben kann. Sie will nicht mehr die Exfrau sein, die depressiv zu Hause sitzt. Sie will Spaß haben. Johannes ist ihr sympathisch, aber für einen »Toyboy« findet sie ihn eigentlich zu nett. Am besten angelte sie sich einen knackigen Surfer-Typen. Dann würde ihr Exmann vor Neid erblassen. Sie hatte lange genug verzichtet und sich immer daran gehalten, was die Nachbarn sagen. Jetzt war sie dran, das Leben zu genießen. Das andere Ziel besteht natürlich darin, ihrem Sohn in Sachen Liebe auf die Sprünge zu helfen und ihm bei der Suche nach der perfekten Ehefrau (ihrer Schwiegertochter in spe) zur Seite zu stehen. Sie wünscht sich Enkelkinder. Denn dann hätte sie endlich wieder eine sinnvolle Beschäftigung für den Fall, dass es mit der Suche nach dem »Toyboy« nichts wird.

Kylie

Nach der Reise mit den vier Singles will sie die Erfahrungen mit diesen unterschiedlichen Charakteren in einem Buch zusammenstellen. Mit ihrem Ratgeber für Singles will sie als die erfolgreichste Speeddating-Veranstalterin und Autorin den

Durchbruch schaffen. Damit das gelingt, müssen mindestens zwei Teilnehmer ein Liebespaar werden. Dann würde sich ihr Erfolg von ganz alleine einstellen. Es würde sich herumsprechen, dass sie der Garant dafür war, langjährige Singles oder auch ganz schwere Fälle (siehe Johannes) unter die Haube zu bringen. Damit die Gruppe immer in Bewegung blieb, hatte sie ein tolles Programm zusammengestellt. Ausflüge zu den bekanntesten Sehenswürdigkeiten sollten den Teamgeist fördern. Und neben ihrem beruflichen Vorhaben wollte sie natürlich auch die Zeit mit Bob, ihrem Traummann, genießen. An den Platz zurückzukehren, wo ihre Liebe begann, war für sie etwas ganz Besonderes. Es war ein Nachhausekommen nach Sydney – ihrer Lieblingsstadt. Und für ihre vier Schützlinge sollte der Ort Ausgangspunkt für einen unvergesslichen Traumurlaub werden, sodass nach einem Monat hoffentlich keiner mehr ein einsames Herz haben würde.

In diesem Moment ruckelt das Flugzeug etwas, und man hört Johannes kreischen:

»Ahhh!!! Hilllfeee!«

Seine beiden Sitznachbarinnen schauen irritiert zu ihm hin, doch er krallt sich an die Armlehnen und schreit weiter: »Ahhh ... oh, mir wird ganz schlecht!«, brüllt er.

»Halt doch einfach mal die Schnauze! Schlecht ist dir von den ganzen Keksen, die du die ganze Zeit futterst und mit denen du alles vollkrümelst«, meckert Tina.

»Du musst was singen, das hilft gegen die Angst. Probier es einfach mal aus«, versucht Kylie ihn zu beruhigen.

»Wie? Was? Singen? Mir fällt nix … ahhh ... ein …«, stammelt Johannes mit zitternder Stimme.

Doch Kylie versucht noch mal ihn davon zu überzeugen, dass das Singen gegen die Angst hilft. Das weiß sie aus einem Flugangsttraining der Lufthansa. Allerdings hieß es da, man solle im Stillen singen.

Und so kommt es, dass Johannes Läberle in 35 Kilometern Entfernung vom Münchner Flughafen und in luftiger Höhe versucht, mit einem Lied seine Flugangst zu bekämpfen:

»Du hast mich tausendmal belogen, du hast mich tausendmal verletzt, ich bin mit dir so hoch geflogen, doch der Himmel war besetzt«, kommt es schief und schräg aus seinem Mund, mit zittriger Stimme, die immer nur diese eine Passage wiederholt.

Tina verdreht die Augen: »Das kann doch jetzt nicht dein Ernst sein! Du kannst doch hier nicht den Flieger mit Schlagern von Andrea Berg unterhalten und alle nerven.«

»Aber es soll helfen, hat Kylie gesagt!«

»Hat Kylie gesagt, hat Kylie gesagt«, äfft sie ihn nach. »Steck dir doch beide Daumen in die Nase und warte, bis es blitzt. Vielleicht hilft das ja. Aber tu mir bitte den Gefallen und hör mit diesem Katzenjammergesang auf!«

Johannes geht jetzt dazu über, sein Beruhigungslied leise vor sich hin zu summen. Schließlich will er es sich mit seiner Traumfrau Tina nicht von Anfang an verscherzen.

Nachdem sich die Economyklasse des Etihad-Flugs nach Sydney Andrea Berg in einer A-cappella-Version hatte anhören müssen, fragte sich so mancher Passagier, ob er versehentlich im Ferienflieger nach Mallorca gelandet war. Und auch die nette Flugbegleiterin, die eben erst Traudl zu ihrem Platz geschoben hatte, schüttelt innerlich den Kopf über ihre heutigen Passagiere. Denn erneut muss sie sich um Traudl Winckelmann kümmern.

»Entschuldigen Sie, aber auf Platz 30 A sitzt mein Sohn. Könnten Sie bitte den Nachbarn fragen, ob er mit mir tauscht? Ich würde gerne neben meinem Sohn sitzen«, sagt eine penetrante Traudl, die gerne in die Nähe von Stefan rücken möchte.

Die Flugbegleiterin erklärt sich höflich dazu bereit. Nach kurzer Zeit kehrt sie zurück und fragt Traudl leise, ob sie sicher sei, dass der Herr auf 30 A ihr Sohn sei.

»Also bitte, natürlich ist das mein Sohn! Ich habe ihn neun Monate in mir getragen. Ach, und der hat gestrampelt, sage ich Ihnen. Sagen Sie, haben Sie auch Kinder?«

Die Flugbegleiterin schüttelt den Kopf, damit Plaudertasche Traudl nicht noch mehr erzählt. »Ich kann nicht glauben, dass das Ihr Sohn ist, weil ....«

»Ja, ja, ich weiß. Er hat viel von seinem Vater. Ich hoffe nur, er ist nicht so ein Mistkerl wie er. Wissen Sie, mein Mann hat mich vor einem Jahr wegen einer Jüngeren sitzengelassen. Sagen Sie, haben Sie einen Partner? Passen Sie bloß auf, Männer sind Schweine! Nach einiger Zeit wird man einfach gegen eine Jüngere eingetauscht ...«

»... also, das kann unmöglich Ihr Sohn sein, verehrte Dame«, lenkt die Flugbegleiterin schnell vom Thema ab.

»Ach, jetzt hören Sie doch auf! Wo ist das Problem, Fräulein?«

»Ist ihr Exmann Asiate?«, fragt ›das Fräulein‹ dann sehr offensiv. »Da sitzt nämlich ein Chinese.«

Wie sich zeigt, hat sich Traudl in der Sitzreihe vertan, denn Stefan sitzt eine Reihe weiter hinten. Der junge Austauschstudent neben Stefan ist dankbar seinen Platz mit Traudl tauschen zu können, da er sich von der deutschen Schlagermusik seines Hintermanns gestört fühlt und kurz davor ist, diesem die Fresse zu polieren.

Zu dem Zeitpunkt, als das Flugzeug den Luftraum über dem europäischen Festland verlässt, hat Tina bereits zwei Gin Tonic intus. Sie verspürt eine Fröhlichkeit, die sie nach nur zwei Drinks nicht von sich kennt. Als sie jetzt nach Nachschub verlangt, weist die Flugbegleiterin sie freundlich darauf hin, dass es besser wäre mit dem Alkohol etwas vorsichtiger zu sein. Derartige Bevormundungen gefallen Tina überhaupt nicht!

»Ich habe gerade mal zwei Drinks und jetzt einen Lotwein ... Ups! Rotwein, meine ich«, und sie macht sich über die R-Schwäche der asiatischen Servicekraft lustig.

»Das hier ist Urlaub, Spaß, Vergnügen!« Dabei schwenkt sie ihren Rotweinbecher hin und her. Just in dem Moment gerät das Flugzeug in eine Turbulenz, sodass Tina ihren Rotwein verschüttet – und Johannes wieder mit Andrea-Berg-Schlagern anfängt. Mit den dunkelroten Flecken auf ihrer braunen Hose sieht Tina aus, als habe sie auf diesem Flug gerade »ihre Tage« bekommen, was ihr überhaupt nicht gefällt.

In der Sitzreihe vor ihr herrschen bei Mutter und Sohn Winckelmann ganz andere Probleme. Traudl hat zuvor so viel Wasser getrunken, dass sie nun im 30-Minuten-Rhythmus ihre Blase entleeren muss. Stefan wird seine Mutter zunehmend peinlich. Er versucht sie zum Sitzenbleiben zu bewegen, doch Fehlanzeige.

»Also, wenn ich muss, dann muss ich – da kann ich auch nix dran ändern!«

»Aber doch nicht ständig? Das ist doch nicht mehr normal, Mama!«

»Ich war diesbezüglich schon beim Arzt, Stefan, und stell dir vor, ich habe eine Reizblase.«

Traudl schaut zu ihrem rechten Sitznachbarn: »Wissen Sie, was das ist, eine Reizblase?« Der Passagier gibt an, kein Deutsch zu verstehen und damit ist das Thema Reizblase erst mal erledigt, so hofft Stefan. Aber da hat er die Rechnung ohne seine Mutter gemacht. Hektisch winkt sie die Flugbegleiterin von vorhin herbei und fragt, ob sie denn wisse, was eine Reizblase sei.

Die Flugbegleiterin schüttelt den Kopf und entschuldigt sich, da sie angeblich wegen eines Notfalls ins Cockpit müsse. Ein Trick, um Traudl zu entfliehen.

Allerdings löst das Wort »Notfall« bei Johannes, der die Unterhaltung mitangehört hat, jetzt noch mehr Panik aus. »Notfall«: aus dem Mund einer Etihad-Mitarbeiterin! Schnell kämpft er wieder gemeinsam mit Andrea Berg gegen die Flugangst an, während sich Tina neben ihm mit beiden Fingern die Ohren zuhält, um sein Gedudel nicht ertragen zu müssen.

Nach sechs Stunden Flugzeit ist für die Reisenden das Etappenziel Abu Dhabi erreicht. Der kleine Stopover von zwei Stunden führt dazu, dass alle nach der langen Zeit des Sitzens endlich wieder rumlaufen können. Bis auf eine, die läuft nicht: Traudl wird von ihrem Sohn und von Johannes gestützt, quasi aus dem Flugzeug getragen. Sie hat vom langen Sitzen dicke Füße bekommen, weshalb sie jetzt keinen Schritt mehr machen kann. Stefan glaubt eher, dass die ständige Flüssigkeitsaufnahme dazu geführt hat, dass sich das Wasser in ihren Füßen gestaut hat. Schließlich erbarmt sich ein arabischer Flughafenangestellter und organisiert einen Rollstuhl, in dem sie die Wartezeit geduldig überbrückt.

Beim Weiterflug von Abu Dhabi nach Sydney hat die Gruppe weitere 14 Stunden Zeit, um sich besser kennenzulernen – so Kylies Plan. Doch die Realität sieht anders aus: Tina liegt mit Decke und Kissen schnarchend gegen das Fenster gelehnt. Von weiteren zwei Gin Tonic, die ihr die neue Crew serviert hatte, ist sie nun so fertig, dass sie wie ein Baby schläft.

Johannes spielt seit Stunden ununterbrochen Videospiele über das Entertainment-Programm, um sich abzulenken. Lustigerweise hat es ihm das Spiel »Flugsimulator«, bei dem man im schlimmsten Fall sogar abstürzen kann, am meisten angetan. Kylie hofft, dass er nicht gleich wieder zu singen und zu summen anfängt, wenn »sein Flugzeug« schaukelt. Sie liest eifrig in ihrem Ratgeber »Lerne glücklich zu lieben«, und markiert mit einem Textmarker Passagen, die sie bei den Singles anwenden möchte.

Traudl darf nach einer ordentlichen Standpauke ihres Sohnes nur noch Wasser mit Strohhalm trinken, damit sie nicht wieder so schnell auf die Toilette muss.

Stefan selbst schläft. Genauer gesagt, er stellt sich schlafend, damit ihn seine Mutter nicht nerven kann. Er überlegt, wie er in Sydney seine Sexualität ausleben kann, ohne dass seine Mutter etwas mitbekommt. Dabei kommt ihm die rettende Idee: Sie leidet schließlich an dicken Füßen und Reizblase, was sie sicher oft ans Haus fesseln wird. Dann könnte er den ganzen Tag für sich alleine auf »Männer-Flirt-Suche« gehen.

Daher nimmt er seiner Mutter jetzt den Strohhalm aus ihrem Becher und weist die Flugbegleiterin an, seiner Mutter viel zu trinken zu geben. Das sei schließlich für ältere Menschen extrem wichtig! Danach wirft er sich zwei Schlaftabletten ein, um die nächsten Stunden seine Ruhe zu haben.

Einige Stunden später machen sich die Strapazen der langen Reise bei allen bemerkbar. Vor allem Traudl leidet mehr und mehr. Zu ihrem häufigen Harndrang, der Reizblase, war nun auch noch ein Reizdarm hinzugekommen. Sie war der festen Überzeugung, dass dieses Essen im Flugzeug an ihren Bauchschmerzen kombiniert mit Durchfall schuld war, obwohl es den anderen ausgezeichnet schmeckte. Eigentlich hätte sich Kylie die Kosten für Traudls Sitzplatz sparen können, denn diese verbringt die meiste Zeit vor der Toilettentür, die sie förmlich belagert. Vereinzelt beschweren sich sogar schon andere Fluggäste darüber, und fragen, ob die Deutsche eine Privattoilette gebucht hätte. Allerdings muss sich Traudl das WC mit einem weiteren Dauergast teilen – Johannes. Sein Appetit auf Kekse hatte jedes normale Maß überschritten. Jetzt verspürt er eine heftige Übelkeit, verständlich angesichts eines halben Kilos Kekse. Tina hatte für die restliche Flugzeit noch mal zwei Gin Tonic nachbestellt, und Stefan träumt in aller Ruhe, da die Schlaftabletten ihre Wirkung tun.

Kylie grübelt darüber, wie sie den vor ihr liegenden Monat mit dieser bunt gemischten Reisegruppe so gestalten kann, dass sich am Ende der für ihr Buchprojekt notwendige Erfolg einstellte. Plötzlich wird sie jäh aus ihren Gedanken gerissen, denn sie muss Johannes ein weiteres Mal freien Zugang zum WC gewähren. Traudl hatte ihm ein Zeichen gegeben, dass bei ihr jetzt »alles raus sei«. Zumindest für die nächsten 20 Minuten. Sie lässt leider auch alle Mitreisenden wissen, dass jetzt nur noch Wasser aus ihrem Darm komme. In der Folge wenden sich manche Gäste mit vor Ekel verzerrtem Gesicht von ihr ab, und suchen fortan – aus Angst vor einer Ansteckung – nur noch die Waschräume in der Businessklasse auf. Sehr zum Leid der Flugbegleiterinnen, die nun wieder einmal wegen Traudl schlichten müssen und versuchen, das Chaos zwischen erbosten Gästen der Business- und der Economyklasse in den Griff zu bekommen. Aber so ist Mama Traudl! Sie sorgt eben gerne für Chaos und kann unendlich nerven.

»Tag 1« Mittwoch, 5. Dezember
Ankunft in Sydney

Beim Anflug auf den »Kingsford Smith International Airport« in Sydney gegen sechs Uhr morgens wird für die vier deutschen Urlauber und ihre Reiseleiterin ein Traum wahr. Die Millionenstadt am Pazifischen Ozean erscheint in der Morgensonne wie aus einer anderen Welt. Dazu überall blaues Wasser, Buchten, kleine Häuser und Segelboote. Für heute werden 36 Grad erwartet, angesichts der frühen Stunde sind es im Moment »nur« 22 Grad.

Nach dem Verlassen des Fliegers und der Gott sei Dank reibungslosen Gepäckübernahme stehen alle fünf vor dem Flughafengebäude und atmen erst einmal die warme australische Luft ein. Kylie schaut beunruhigt auf ihre Armbanduhr. Warum war Bob noch nicht da? Er sollte ab 7:15 Uhr vor der Halle auf sie warten. Mehrmals versucht sie ihn per Handy zu erreichen, nichts. Schließlich schickt sie ihm noch eine SMS und eine WhatsApp-Nachricht. Auch hierauf kommt keine Antwort.

»Vielleicht hat er sich im Tag geirrt?«, mutmaßt Johannes.

»Unmöglich, wir haben ganz genau besprochen, wann wir ankommen.«

»Vielleicht ist er im Stau steckengeblieben?«, meldet sich Stefan zu Wort.

»Aber dann könnte er wenigstens ans Telefon gehen«, sagt Schlauberger Johannes.

Kylie, der es recht unangenehm ist, dass gerade ihr eigener Mann den von ihr perfekt organisierten Urlaubsbeginn zerstört, gibt sich gekonnt professionell und resolut. »Dann fahren wir eben mit der Bahn, das ist ja kein Problem.«

»Bahn?«, empört sich Tina, die noch die Nachwirkungen des Alkohols spürt. »Ich glaub, ich spinne! Ich werde doch nach über 20 Stunden Flug nicht in eine Bahn einsteigen. Also, ein Taxi ist wohl das Mindeste, was wir als glückliche Reisegewinner erwarten können.«

Mama Traudl gibt Tina recht, denn sie kann mit ihren dicken Füßen, die schon aus den Schuhen rausquellen, keinen weiteren Schritt mehr machen. Letztendlich überzeugt dies Kylie, und sie winkt ein Großraumtaxi herbei, das die Gruppe aufnimmt.

Wenige Minuten später müssen die Speeddater ihre Fahrt allerdings für einen kurzen Halt unterbrechen, denn Johannes ist es nicht so wohl. Das ständige Gasgeben und das abrupte Bremsen des Fahrers haben dazu geführt, dass er ein komisches Magengefühl hat und dringend frische Luft braucht. Als sie die Fahrt fortsetzen können, waltet Kylie auf dem Beifahrersitz ihres Amtes als Reiseleiterin und verkündet ein paar Details über Sydney, die sie vorab fein säuberlich recherchiert hat – dabei ist es ihr egal, ob die anderen es hören wollen oder nicht.

»Man sagt nur ›G'day‹. Das heißt ›Guten Tag‹«, beginnt sie. »Ist das nicht eine herrliche Stadt? Heute soll es richtig heiß werden. Ich möchte euch ein bisschen was über Sydney erzählen, und davon, was uns erwartet. Also, wenn ihr Fragen habt, dann einfach fragen!«

Johannes meldet sich wie ein Schuljunge per Handzeichen. »Wann sind wir denn endlich da?«

»Bald.« »Hör einfach mal zu und genieß die Fahrt! Und versuch nicht nach unten zu schauen, nicht, dass du dich noch übergeben musst«, sagt die Reiseleiterin fürsorglich.

»Die fahren hier ja alle auf der falschen Seite«, stellt Traudl verwundert fest. Sie sitzt mit offenem Mund da und schaut aus dem Fenster.

»Das hast du gut erkannt! Australien war einmal britische Kronkolonie. Daher fährt man auf der linken Spur«, beginnt Kylie nun in ihrem Job aufzublühen.

»Also, von Anfang an: Wir sind in Sydney, dieser wunderschönen Stadt, die im Jahre 1788 – genau am 26. Januar, dem heutigen Nationalfeiertag – gegründet wurde. Damals war eine Schiffsflotte mit Sträflingen und Staatsdienern im Hafen angekommen. Heute leben hier 3,6 Millionen Menschen. Die Stadt ist sehr multikulturell, mehr als 30 Prozent der Bürger sind außerhalb Australiens geboren. Die bekanntesten Sehenswürdigkeiten sind die ›Harbour Bridge‹, der ›Darling Harbour‹ und dann natürlich das ›Opera House‹. Also, die ›Harbour Bridge‹ wurde im Jahre 1932 eröffnet und ist über 500 Meter …«

Leider hält Kylie ihren Vortrag über Sydney quasi für sich selbst, denn niemand hört ihr richtig zu. Lediglich der Taxifahrer, der ein paar Brocken Deutsch versteht, nickt hin und wieder zu ihr rüber, wenn er sich nicht gerade über den Verkehr aufregt. Aber es ist kein Wunder, dass ihr niemand zuhört: Alle sind erschöpft von der langen Reise. Tina ist noch dabei, den ganzen Alkohol auszuschwitzen. Johannes versucht krampfhaft nach vorne aus dem Fenster zu schauen und hält dabei eine Plastiktüte vor sich, um auf eine mögliche Kotzattacke vorbereitet zu sein. Und Stefan ist wie in Trance; etwa im Minutentakt hebt er kurz die Augenlider, die dann im gleichen Moment wieder zufallen. Die Schlaftabletten haben saubere Arbeit geleistet! Und Traudl gibt alle paar Sekunden ein »Autsch« oder »Huuuhhh« von sich, sobald sie ihre Füße ein wenig bewegt hat. Sie versucht möglichst starr zu sitzen, um Blase und Darm besser unter Kontrolle zu haben. Sie muss ganze 55 Minuten so ausharren, denn so lange dauert die Fahrt zu ihrem neuen Zuhause.

Neues Zuhause: Bondi Beach, Oakley Road

Martha Smith hat schon viel in ihrem Leben erlebt. Mit ihren 90 Jahren hat sie den Zweiten Weltkrieg überstanden, in dem ihr erster Mann gefallen war. Sie kennt Sydney von Kindesbeinen an und erinnert sich zu gerne an die Zeiten, als sie sonntags mit der Familie am Strand picknicken konnten und nur ein Pub zur traditionellen Cricket-Übertragung eingeladen hatte. Dies war alles sehr lange her. Denn die Backpacker, Touristen und Arbeitssuchenden aus der ganzen Welt haben den »Bondi Beach« zu einem hippen, touristischen Ort gemacht. Sie treffen sich in den überteuerten Bars, Clubs, Restaurants und Fast-Food-Läden. Oder sie laufen superdurchtrainiert am Strand entlang und feiern Partys.

Das ist auch der Grund, warum sie schon so lange nicht mehr unten am Beach war, obwohl sie nur 15 Minuten entfernt wohnt. Sie genießt lieber die Ruhe in ihrer Straße, der »Oakley Road«, einer netten kleinen Sackgasse, die mit typischen australischen Townhäusern bebaut ist. Hier kennt man alle Nachbarn und hier leben keine Touristen, denn diese Idylle gehört den echten Sydneysidern. Darauf sind die Bewohner der Straße immer ganz besonders stolz gewesen, dass man unter sich geblieben ist. Man hört die Vögel zwitschern, wie im Wald, aber dennoch verspürt man diese frische Brise, die vom nahen Ozean herüberkommt. Gerade als Martha an diesem Morgen auf ihrer Veranda sitzt, an ihrem Tee nippt und den »Daily Herald« aufschlägt, rauscht ein Großraumtaxi in die »Oakley Road« und hält mit röhrendem Motor vor ihrer Veranda.

»Schnell … schnell … ich muss kotz... DRINGEND!«, schreit Johannes durch die bis eben dagewesene Stille und springt aus dem Taxi.

»Stefan … Hilf deiner Mutter! Ich muss aufs Klo – DRINGEND!«, kreischt auch der zweite Fahrgast.

Martha Smiths Ohren sind nicht mehr die besten, doch bei diesem ausländischen Geschrei zuckt sie in ihrem Schaukelstuhl förmlich zusammen. Auch ihre Augen haben in den letzten Jahren nachgelassen, aber so manches erkennt sie immer noch – leider, wie sich herausstellt.

Johannes steht einen Meter vom Taxi entfernt auf dem breiten asphaltierten Bürgersteig und stützt sich mit beiden Händen gegen den Gartenzaun. Er übergibt sich (nun endlich). Kekse, Hühnchen und Pasta – alles, was ihm in der Economyclass auf dem langen Flug serviert worden war, rauscht wie durch einen Gartenschlauch aus seinem Magen. Und spritzt gegen den mit viel Liebe weiß gestrichenen Zaun und auf den gepflegten Rasen. Erst jetzt bemerkt er die alte Dame, die sprachlos dasitzt und nicht fassen kann, was vor ihren Augen geschieht.

»Morning, wir sind die Neuen. Wir wohnen jetzt auch hier. Auf gute Nachbarschaft ... oder wie sagt man hier bei euch auf Englisch? I hope we will be good neighbours, gell? Und sorry for that shit here, but the driver was too quick for me«, entschuldigt sich Johannes, der immer noch aschfahl im Gesicht ist.

Martha Smith hat schon oft darüber nachgedacht, die »Oakley Road« zu verlassen und zu ihrer Tochter nach Melbourne zu ziehen. In diesem Moment überlegt sie ernsthaft, es zu tun. Wie es scheint, haben die Deutschen nun auch ihre Straße erreicht und mit 90 Jahren ist sie zu alt für Kämpfe mit spuckenden Nachbarn am Gartenzaun.

Kylie hatte den schwarzen Hyundai Range Rover, der in der Einfahrt stand, schon von Weitem gesehen. Also musste Bob zu Hause sein. Gut möglich, dass er am Strand joggen war und das Handy zu Hause liegengelassen hatte. Aber nun war es Zeit ihren Gästen das Haus zu präsentieren.

»Here we are«, steht sie bereits freudestrahlend vor dem Haus, während der Taxifahrer noch ihre Koffer aus dem Wagen hievt. »Ist es nicht herrlich und wunderschön? So richtig schön australisch eben.«

Das Haus geht über zwei Etagen. Die Fassade ist grau gestrichen, und sowohl die vier Fenster des Erdgeschosses als auch die fünf Fenster im oberen Stockwerk strahlen in weißen Rahmen. Zur ebenfalls weiß gerahmten Eingangstür führt ein kleiner Pfad durch einen blühenden Garten. Dort wartet Traudl bereits ungeduldig und drängt Kylie, sie möge bitte endlich aufschließen, wenn sie kein »Donnerwetter« erleben wolle.

Etwas beleidigt darüber, dass niemand der Anwesenden auch nur einen einzigen Kommentar zu dem schönen Haus abgegeben hat, geht Kylie erhobenen Hauptes zur Haustür und schließt auf. Sie hatte sich die Ankunft wirklich etwas emotionaler vorgestellt. Im Flur wird sie von der drängelnden Traudl gegen die Wand gedrückt. Dann watschelt Traudl mit ihren dicken Füßen wie ein Pinguin an ihr vorbei, und ignoriert Kylies Einwurf, sie solle das Badezimmer in der oberen Etage benutzen.

»Schätzchen, ich kann nimmer! Nie im Leben schaffe ich die Stufen hoch«, sagt diese außer Atem. Und Kylie gibt sich geschlagen, denn sie will in den ersten fünf Minuten in ihrem neuen Zuhause nicht direkt einen Streit vom Zaun brechen.

Johannes ist immer noch käseweiß im Gesicht, Stefan kämpft nach wie vor gegen die Schläfrigkeit an. Und auch Tina fühlt sich völlig fertig. Alle stehen jetzt mitten im Wohnzimmer ihrer neuen Unterkunft. Da niemand etwas sagt, versucht Kylie die Stimmung aufzulockern, indem sie aus der angrenzenden Küche eine Karaffe mit Orangensaft holt und ihren Gästen zur

Begrüßung ein Glas einschenkt. Dann sitzen alle auf der großen braunen Eckcouch und den beiden Sesseln, genießen die Ruhe und den herrlichen Blick, den man durch die große Glasfront in den riesigen Garten hat. Doch in diesem Moment wird die Stille durch ein lautes »AHHH ... OHHH ...«, das aus Richtung des Badezimmers kommt, unterbrochen. Alle schauen sich wortlos an. Offenbar hat Traudl nun endlich ein Problem weniger.

»Will jemand noch Orangensaft oder vielleicht Kekse?«, versucht Kylie die etwas peinliche Situation zu überspielen.

»Bitte keine Kekse«, entgegnet Johannes, »mir wäre Zwieback lieber.«

»Ich hätte lieber Wodka im Orangensaft«, meldet sich Tina. Kylie tut so, als ob sie beides überhört hätte. Sie will stattdessen mit ihrem Programm weitermachen und schlägt eine Hausbegehung vor. Sie hofft sehr, dass ihr dann erste emotionale Reaktionen seitens ihrer gerade etwas schlappen Reisegruppe entgegenschwappen werden.

»Also, ich gehe jetzt zum Strand«, verkündet Tina. Dabei zieht sie (nun endlich) ihre Pelzstola aus und knöpft sich zwei Knöpfe ihrer Bluse auf, denn sie hat gemerkt, dass in Australien tatsächlich Sommer ist.

»Du gehst mir nirgendwohin! Jetzt ist die Hausbegehung. Und dann informiere ich euch über das Programm für die nächsten vier Wochen. Ihr wollt doch wissen, was euch alles erwartet und was wir mit euch so vorhaben, oder nicht?«, sagt sie in einem Reiseleiter-Ton, der Tina überhaupt nicht gefällt.

»Darauf habe ich jetzt aber so was von keinen Bock! Ich will zum Strand und schwimmen gehen«, mault sie.

»Du bleibst gefälligst hier, Tina! So voll, wie du bist, gehst du doch sofort unter wie ein Sack Zement. Ich habe keine Lust dich am ersten Tag in einem Mahagonisarg nach München zurückzuschicken.«

Normalerweise hätte Tina daraufhin einen neuen Zickenstreit eröffnet. Aber der Jetlag, den sie gerade verspürt, führt dazu, dass sie nun mit verschränkten Armen auf der Couch sitzt, demonstrativ an die Decke schaut und so tut, als ob sie das alles nix angehe.

Nachdem Traudl vom »stillen Örtchen« zurückgekommen ist, startet Kylie ihren Hausrundgang und zeigt den vieren ihre Schlafzimmer im oberen Stock. Sie und Bob würden im Erdgeschoss schlafen.

Kylie geht als Erste die Treppe hinauf, hinter ihr Johannes, dann Tina. Dann folgt Traudl, die sich mit ihren geschwollenen Füßen allerdings sehr schwertut Treppenstufen zu steigen und nun auf allen Vieren hochkrabbelt. Stefan muss hinter ihr bleiben, falls sie nicht mehr weiterkann. Sie hofft, dass ihr Sohn sie dann einfach hochschieben könnte – eine für Stefan unerträgliche Vorstellung, die ihm zum Glück erspart bleibt.

Von der Treppe aus gesehen, befindet sich im rechten Flügel Johannes' Zimmer – gegenüber wird Traudl wohnen. Links der Treppe sind die Schlafzimmer von Tina und Stefan. In der Mitte des Flurs liegt das Badezimmer, das sich alle teilen müssen. Kylie öffnet eine Tür nach der anderen und präsentiert ihren Gästen die Räume, die recht spartanisch eingerichtet sind. Im Grunde gibt es nur jeweils ein Bett, einen Kleiderschrank sowie einen kleinen Tisch mit einem Stuhl. Als Kylie nun mit großer Geste die Tür von Johannes' Zimmer öffnet, traut sie ihren Augen nicht.

In dem Queen-Size-Bett (1,50 mal zwei Meter) liegen zwei Personen, eng aneinandergekuschelt, schlafend – nur mit einem weißen Laken rudimentär bedeckt. Unschwer zu erkennen: Sie sind nackt! Alle stehen mucksmäuschenstill im Türrahmen und schauen Kylie an, die wie angewurzelt wirkt.

»Ist das nicht Bob?«, fragt Johannes schließlich. »Auf den wir am Flughafen vergeblich gewartet haben?«

Genau in diesem Moment öffnet Bob die Augen und blickt überrascht zur Tür. »Ohh! Shit!« Kylie knallt die Tür mit einer hektischen Bewegung zu und dreht sich zu den anderen:

»So, alles gut, alles okay, mir geht es wunderbar! Es ist sicher nicht so, wie es aussieht.« Dabei hechelt sie in etwa so wie die Frauen in einem Schwangerschaftskurs und bringt sogar ein verkrampftes Lächeln zustande. Ganz der Profi wirft sie ihre Haare zurück, checkt im Wandspiegel den Sitz ihrer Perlenkette ... und setzt dann souverän ihre Führung fort.

»Männer sind nun mal echt Schweine«, wirft Traudl mitfühlend ein. »Du armes Ding! Also, mein Mann hat mich ja auch nach 40 Jahren Ehe ...«

«MAMA!!! Lass das jetzt, bitte!«, fällt ihr Stefan, der jetzt überraschend wach ist, ins Wort.

»Also, und hier ist das Badezimmer, das ihr euch allerdings teilen müsst und ...«, schon wieder beginnt Kylie zu hecheln. Sie nuschelt eine Entschuldigung und behauptet, dass sie ganz dringend ihr Asthmaspray benötige. An mehr kann sie sich nicht mehr erinnern, denn in diesem Moment sackt Kylie auf dem Fußboden zusammen.

»Ups, ich glaube unsere Reiseleiterin ist hinüber«, sagt ein naiver Johannes. Da kommt Kylie Gott sei Dank wieder zu sich und blickt in vier überraschte Gesichter. Doch Kylie hatte keinen Asthmaanfall, sondern einen »krisenbedingten« Zusammenbruch. Schließlich hatte sie Bob mit einer blonden Schönheit im Bett entdeckt, die aussah wie eine junge Agnetha von »ABBA«.

Nachdem Kylie wieder einigermaßen auf den Beinen und Bob in Hose und T-Shirt geschlüpft war, verzogen sich die Eheleute zur Aussprache an einen Ort, an dem sie ungestört waren: in den Range Rover.

»Bitte nicht vor den Teilnehmern!«, hatte Kylie gebeten. Sie war der Typ Frau, der einen Seitensprung verzeihen konnte. Das hatte sie schon so oft in ihrem Leben getan. Kritischer wurde es jedoch, wenn der Gatte mitteilt, dass er sich überhaupt nicht entschuldigen will. Er habe sich in diese junge blonde Backpackerin aus Schweden verliebt und wolle mit ihr zusammen sein, erzählt Bob. Und dass er es leid sei, von ihr herumkommandiert zu werden. Und ihr ewiger Perfektionismus – es nerve ihn zum Beispiel kolossal, dass sie beim Sex immer ein Handtuch zum Schutz auf das Laken lege und dass sie nie spontan sei. All dies und viele andere unschöne Dinge wirft ihr Bob bei dieser seltsamen Unterredung im Wagen an den Kopf. Er wolle endlich einen Schlussstrich unter diese Ehe ziehen. Mit ein paar Tränen in den Augen, aber dennoch sehr gefasst steigt Kylie anschließend wortlos aus dem Wagen und geht zurück zum Haus. An der Tür prüft sie noch einmal mit einem kurzen Blick in ihren Handspiegel ihr Aussehen, wischt ein wenig verlaufene Wimperntusche weg und geht dann ins Haus. Sie will unter keinen Umständen, dass einer der anderen mitbekommt, dass sie soeben verlassen wurde. Das wäre ihr wahnsinnig unangenehm.

GOOONNNGGG! Es ist der gleiche Gong, der schon beim Speeddating den »Partnerwechsel« eingeläutet hatte. Hier im Haus in der »Oakley Road« dient er dazu, alle Bewohner darüber zu informieren, dass sie sich im Wohnzimmer zusammenfinden sollen und dass es neue Anweisungen oder Neuigkeiten gibt.

»So, liebe Gewinner! Es gibt kleine Änderungen im Ablauf. Bob muss sich leider aus beruflichen Gründen um andere Dinge kümmern und wird ab sofort nicht weiter hier im Haus mit uns leben, geschweige denn Teil dieser Gruppe sein. Aber ihr werdet davon nichts spüren, versprochen!« Kylie spricht zu den vieren in einem Tonfall, als müsse sie den eigenen Kindern mitteilen, dass sich Mama und Papa gerade getrennt hätten – und versucht vor den »Kindern« nicht zu weinen.

Nicht einmal zwei Stunden nach ihrer Ankunft in Sydney hat sich die Zahl der Singles in der Gruppe nun von vier auf fünf erhöht. Kylie ist jetzt eine von denen, die sie nie wieder sein wollte: ein Single. Ein Mensch, der nun wieder aufs Neue versuchen musste, einen anderen Menschen von seinen Vorzügen zu überzeugen, damit dieser im besten Fall sogar das Leben mit einem teilte. Sie sieht sich schon wieder beim Chatten in diesen Online-Singlebörsen, die Zeit mit oberflächlichem Small Talk vergeudend. Oder samstagabends frustriert alleine zu Hause »Wetten, dass ...?« guckend. Mit 48 Jahren wieder von vorne anfangen zu müssen, war sicherlich nicht einfach, doch sie war tough. Jetzt galt es in erster Linie für ihre »Reise-Kinder« stark zu sein. Johannes würde sie brauchen, da er wie ein kleiner Junge war, den man beschützen musste. Tina hatte ein Alkoholproblem, und Stefan wurde so von seiner Mutter beschlagnahmt, dass sie darauf achten musste, dass er noch genügend Zeit mit Tina verbringen konnte. Traudl musste endlich aufhören von ihrem Exmann zu sprechen; aber es schien ja ein absolutes Trauma zu sein, nach 40 Jahren Ehe verlassen zu werden. Auf jeden Fall stand für Kylie fest, dass die Gewinner keinerlei Einschnitte in der Betreuung haben sollten. Ihr großes Ziel, einen Singleratgeber zu schreiben und damit den Erfolg ihrer Speeddating-Agentur zu sichern, stand im Mittelpunkt. Ihrem Mitarbeiter Bob hatte sie gerade fristlos gekündigt, sie war nun alleine für das Geschäft verantwortlich.

Wenn man Kylie beobachtete, käme man nie im Leben darauf, dass sie am Morgen ihren Ehemann »in flagranti« mit einer anderen im Bett erwischt hatte und dass sich dieser dann sogar von ihr getrennt hatte. Jetzt steht sie vor den anderen Bewohnern des Hauses in ihrem roten Kostüm und mit Perlenkette – einem Outfit, das für einen normalen Nachmittag doch ein wenig »overdressed« erscheint. »Wie geht es jetzt weiter?«, will Tina wissen, die sich gerade ein zweites Glas Orangensaft mit Wodka verdünnt und ex runterspült.

Kylie erklärt, dass Tina und Stefan sowie Traudl und Johannes Teams bilden würden und in den nächsten vier Wochen gemeinsam verschiedene Aufgaben zu meistern hätten. Sie ist der festen Überzeugung, dass automatisch Gefühle ins Spiel kommen, wenn man nur viel Zeit eng zusammen verbringt. Schließlich war es kein Zufall, dass sich viele Paare bei der Arbeit oder beim Sport kennenlernten.

Kylies Ansage zur Teambildung findet leider bei den anderen wenig Zustimmung. Lediglich Johannes macht sich Notizen und nickt eifrig nach jedem zweiten Satz, den Sekten-Kylie von sich gibt, die allerdings gerade eher zu einer Oberlehrerin mutiert.

»Und wenn man den anderen blöd und nervig findet?«, unterbricht Tina. »Und was für Aufgaben sollen das bitte schön sein?«

Kylie erklärt, dass die Teams in jeder Woche bestimmte Aufgaben erfüllen müssten. Das Gewinnerteam starte dann in Woche zwei mit einem Bonus, der zum Beispiel in einem höherwertigen Mietwagen oder einem Candle-Light-Dinner bestehen könne. Außerdem gäbe es noch eine kleine Besonderheit. Jeder würde ein kleines Büchlein erhalten, das mit dem verschnörkelten Schriftzug »Kylies & Bobs Speeddating« verziert war. Erst als Kylie die Exemplare verteilen will, wird ihr bewusst, dass es keinen Bob mehr in ihrem Leben gibt. Schnell streicht sie auf allen Büchern seinen Namen durch.

»Und was sollen wir damit?«, fragt Tina.

»Das sind eure Tagebücher. Hier tragt ihr bitte all eure Erfahrungen, Erlebnisse und Gedanken ein. Und am Ende dieser Reise werdet ihr sehen, wie ihr euch verändert habt.«

»Ich führe hier doch kein Tagebuch«, nölt Tina und schüttelt den Kopf.

»Es ist kein richtiges Tagebuch. Vielleicht habe ich mich nicht klar ausgedrückt. Es ist mehr ein Urlaubsbüchlein, das jeder von euch bitte ausfüllt. Es ist extrem wichtig, dass ihr das macht. Es ist gut für eure Selbstreflexion.«

Tina ist viel zu kaputt, um weiter zu diskutieren und greift widerwillig nach dem Buch. Dabei weiß sie im Moment gar nicht, wovon sie eigentlich so fertig ist. Ist es von dem langen Flug, vom vielen Alkohol oder von Flug in Kombination mit Alkohol?

Die anderen nehmen sich schulterzuckend ihre Bücher. Auch sie wissen noch nicht so recht, was sie darin notieren sollen.

Was Kylie der Gruppe wohlweislich verschweigt, ist, dass im Kleingedruckten der Teilnahmebedingungen beim Speeddating-Gewinnspiel geschrieben stand, dass die »Tagebücher« nach Ende der Reise an die Veranstalterin zurückzugeben sind. Diese kleine Formel hatte sich Kylie einbauen lassen, um die notierten Gedanken der Gruppe – zumindest einzelne Passagen – für ihren Single-Ratgeber verwenden zu können. Außerdem stand in den Bedingungen, dass keiner die Reise vorzeitig abbrechen dürfe, es sei denn, man würde ernsthaft krank. Sie hatte jedes Detail durchdacht, wie nicht anders von ihr zu erwarten war. Nun erklärt sie den zweiten Teil der »Spielregeln«, eher allgemeine Dinge wie zum Beispiel:

a) Sex ist zu jedem Zeitpunkt erlaubt – aber bitte in den dafür vorgesehenen Räumen im ersten Stock (das Badezimmer ausgenommen).
b) Rauchen und Drogen sind im Haus nicht erlaubt, es sei denn der Konsum führt dazu, dass es zu Sex zwischen den Reisepartnern kommt.
c) Alkohol trinken ist erlaubt – ebenfalls mit der Hoffnung, dass dies zu Sex führt.
d) Gäste dürfen zwar mitgebracht werden, dürfen aber nicht über Nacht bleiben.
e) Die Reiseleiterin Kylie steht rund um die Uhr für Fragen zur Verfügung und gibt gerne Tipps, egal welcher Art – in der Hoffnung, dass sie zu a) führen.

Nachdem sich Kylie sicher ist, dass die anderen die Regeln verstanden haben, lässt sie sich dies von jedem einzeln quittieren. Sie ist und bleibt eben eine perfekt organisierte Geschäftsfrau. Jetzt zwar eine Singlegeschäftsfrau – aber eine, die weiß, wie man den Singlestatus anderer erfolgreich dazu nutzen kann, um Geschäfte zu machen. Dumm nur, dass die Teilnehmer zwar unterschrieben haben, die Bücher am letzten Tag zurückzugeben, aber nicht, dass darin auch etwas geschrieben stehen muss.

»Tag 2« Donnerstag, 6. Dezember

Tina geht an einem traumhaften, endlos langen Strand spazieren. Auf einem galoppierenden Schimmel kommt ein Mann auf sie zu geritten. Seine Haut ist braun gebrannt, er trägt eine weiße Leinenhose und dazu ein weißes Hemd. Seine pechschwarzen Haare flattern im Wind. Als er sich Tina nähert, zügelt er gekonnt den Schritt seines Pferdes. »Er sieht aus wie ein junger Gott!«, denkt sie voller Bewunderung, als Pferd und Reiter vor ihr zum Stehen kommen. »Aha, das musste er sein! Endlich bin ich angekommen.« Sie ärgert sich, dass sie nicht schon früher darauf gekommen war, dass ihr Märchenprinz am Strand von Sydney auf sie wartete. Er steht nun genau vor ihr und öffnet den Mund. Strahlend weiße Zähne blitzen hervor. Sie ist gebannt und gefesselt zugleich von diesem atemberaubenden Anblick. Er bewegt die Lippen, doch sie kann ihn nicht verstehen. »War ihr Englisch wirklich so schlecht geworden?« Sie versucht sich erneut anzustrengen und fixiert seine wohlgeformten Lippen. »Oh, mein Gott! Natürlich! Bei so einer ›Schnitte‹ musste es natürlich auch einen Makel geben: Er war wohl taubstumm! Und sie müsste die Gebärdensprache lernen, um mit ihm kommunizieren zu können. Aber für diesen Wahnsinnsadonis würde sie sogar anfangen, Ansichtskarten mit den Füßen zu malen, falls dies die Bedingung für eine Beziehung mit ihm war.«

Doch jetzt versteht sie allmählich, was ihr Traumprinz sagt. Ihr fällt ein Stein vom Herzen. Seine Stimme klingt zwar immer noch, als wäre sie sehr weit weg, wie durch einen Nebel, aber wenn sie sich richtig anstrengt, kann sie seine Worte von den Lippen ablesen. »Aber: Hä? Hatte er sie das jetzt gerade wirklich gefragt?« Die erste Konversation mit ihrem Traummann beginnt mit:

»Willst du Spiegelei oder lieber Rührei?«

Tina geht nun näher an ihn heran und versucht diese Strandschönheit zu berühren. Er wiederholt seine Frage. Und jetzt versteht sie ihn auch viel deutlicher und lauter als eben.

»Los, aufstehen Tina! Spiegel- oder Rührei, was willst du zum Frühstück? Wir warten unten schon auf dich.«

Tina blickt völlig benebelt – vom Schlaf, vom Jetlag und vermutlich immer noch von den Nachwirkungen der zahlreichen Longdrinks – mit winzig kleinen Augen in das Gesicht von Reisepartner Johannes. Der sitzt im grasgrünen Jogginganzug auf ihrer Bettkante und gähnt sie an. Tinas Traum vom Prinzen mit weißen strahlenden Zähnen zerplatzt wie eine Seifenblase. Vor ihr liegt die gelblich verfärbte Zahnreihe von Johannes, die heute Morgen garantiert noch keine Zahnpasta gesehen hat. Aus ihrer trockenen Kehle kommt ein lautes »Aaah! Hiiilllfffeee!«, da ihr Traum gerade zum Albtraum mutiert war. Nachdem Johannes, durch ihr Kriegsgeheul aufgescheucht, fluchtartig aus dem Zimmer gestürzt ist, richtet sie sich langsam auf. »So, eine Pfeife, dieser Typ! Nicht zu vergleichen mit meinem edlen Ritter vom Strand ...«, seufzt sie. Als sie nun torkelnd aus dem Bett steigen will und ein Bein über die Bettkante wirft, haut sie mit ihrem großen Zeh erst mal gegen den Schrank, der quasi direkt davor steht. Die Erkenntnis, dass sie heute wohl die hochhackigen Pumps gegen Gesundheitssandalen wird tauschen müssen, lässt ihre Laune ins Bodenlose fallen. Allerdings ist sie nun wenigstens einigermaßen wach – und in der Realität angekommen. Es ist »Tag 2« ihrer Reise, und sie ist in der »Oakley Road Nr. 16 in

North Bondi, 2026 Sydney, New South Wales«. Es ist 7:48 Uhr am Morgen und die Radiomoderatoren James und Linn von »Radio 2Day FM« begrüßen gerade die Bürger Sydneys bei zu erwartenden 31 Grad mit dem U2-Klassiker »Beautiful Day«.

Zu einem perfekten Frühstück gehören für Kylie Brötchen, Marmelade, Käse, Cornflakes, Rühr- und Spiegeleier sowie ganz viel Kaffee, um dem neuen Tag mit reichlich Koffein im Blut zu begegnen. Auch wenn sie wegen der gestrigen Trennung von ihrem Mann Bob schlecht geschlafen hat – sie sieht heute Morgen wieder blendend aus.

»Wie war die erste Nacht? Habt ihr gut geschlafen?«, erkundigt sie sich bei Johannes und Stefan, die schon am Frühstückstisch sitzen.

»Also, ich habe geschlafen wie ein Baby! Die Matratze ist superbequem und quietscht nicht«, zwinkert Johannes in die Runde. Kylie will lieber nicht wissen, was denn nachts bei ihm das Bett zum Quietschen bringen könnte, und greift daher lieber schnell nach dem »Daily Telegraph«, um sich über die aktuellen News von Sydney zu informieren.

»Wo ist eigentlich meine Mutter?«, will Stefan wissen, dessen Nacht dank der vielen Schlaftabletten ebenfalls sehr gut verlaufen war.

»Das da draußen hat irgendwie Ähnlichkeit mir ihr, oder?«, meint Johannes und zeigt mit dem Messer in Richtung Garten.

Traudl Winckelmann ist eine Frau, die sich 40 Jahre um das Wohl ihrer Familie gekümmert hat. Nie hat sie sich etwas gegönnt oder sich ihren Hobbys gewidmet. Doch damit ist jetzt Schluss! Sie hat sich verändert. Und der erste Schritt in eine neue Richtung sind ein roter Kurzhaarschnitt, Batikkleider – und Sport.

»Was zum Teufel tut sie da?«, fragt sich Stefan kopfschüttelnd.

»Sie meinte gestern, sie wolle Yogaübungen machen. Aber in der Tat, so ganz gesund sieht das nicht aus ...«, gibt ihm Kylie recht.

Verwundert beobachten die drei die 59-Jährige, die mittlerweile im Schneidersitz im Garten sitzt. Den Kurs »Yoga für Einsteiger« hatte Traudl erst vor wenigen Wochen besucht, doch leider musste sie feststellen, dass sie noch nicht alles verstanden hatte. Aber wie sollte man denn auch bei solchen Verrenkungen nach nur fünf Stunden den Durchblick haben? Doch Traudl findet diese neue Methode, die Körper und Geist in Einklang bringen soll, »très chic«. Krampfhaft versucht sie sich an das zu erinnern, was ihr der Lehrer gesagt hatte, als er ihr diese Übung vormachte – vor der versammelten Seniorengruppe des Freizeit- und Sportvereins München-Neuhausen e. V. Sind die immer noch geschwollenen Füße daran schuld, dass sie fast nicht mehr aus dieser merkwürdigen Körperhaltung aufstehen kann? Egal! Sie versucht sich auf die Atmung zu konzentrieren. Was gar nicht so einfach ist, bei über 20 Grad Außentemperatur und einem handfesten Schweißausbruch – ausgelöst durch die angespannte Sitzposition. Nun bemerkt sie, dass die anderen sie beobachten, und macht ein paar effektvolle Stretchübungen: mal die Hände senkrecht über den Kopf, mal waagerecht zur Seite ausstrecken. Sie will tunlichst vermeiden, dass die anderen mitbekommen, dass sie Yoga nur macht, weil es trendig ist, davon aber eigentlich null Ahnung hat. Jetzt schiebt sie ein paar Übungen ein, die sie sich mehr oder weniger selbst ausgedacht hat.

»Guten Morgen, Tina!«, begrüßt Kylie den zum Tisch schlurfenden, ersten weiblichen Gast. »Möchtest du Kaffee oder Orangensaft?«

»Ich hätte gerne ein Glas Prosecco«, erwidert Tina.

»Du kannst doch jetzt nicht schon wieder Alkohol trinken!«, moralapostelt Kylie.

»Wieso nicht? Ich bin hier im Urlaub, da gibts für mich immer Sektfrühstück.« Sie könnte Kylie gerade schon wieder eine reinhauen.

»Okay, Tina, hör mir mal gut zu! Das hier ist kein Fünf-Sterne-de-luxe-Urlaub! Du trinkst jetzt deinen gottverdammten Kaffee und dann bist du ruhig», spricht Kylie ein Machtwort.

Resigniert greift Tina nach ihrer Tasse: »Sag mal, wer ist denn dieser kleine Floh, der hier rumhüpft? Ist das ein Überraschungsgast oder warum ist der hier im Haus?«

Kylie winkt daraufhin schnell den kleinen dunkelhaarigen Mann an den Tisch.

»Das ist Hung, unsere gute Seele hier im Haus. Er kocht, putzt, wäscht und wird uns jeden Wunsch von den Lippen ablesen«, stellt Kylie den kleinen Vietnamesen stolz vor.

»Sehr schön, dann fang mal oben bei mir im Zimmer an, da kann das Bett frisch bezogen werden. Und Staub müsste auch dringend mal gewischt werden. Ach ja, und bitte das Klo putzen! Ich weiß ja nicht, ob sich die Männer hinsetzen ...«, rattert Tina ihre Anliegen runter, bis sie von Kylie unterbrochen wird.

»Ähm ... für den ersten Stock ist Hung nicht zuständig, nur für die Gemeinschaftsräume wie Küche und Wohnzimmer. Das Reinigen des Bads müsst ihr unter euch regeln, Tina.«

Tina ist sauer. Einen Putzmann, der nur das putzt, worauf Kylie Lust hat, findet sie nicht gut. Sie greift erneut zu ihrer Kaffeetasse und verdreht die Augen. So langsam dämmert Tina, dass sich die gewonnene Reise ganz anders entwickelt, als sie sich das vorgestellt hatte. Dann irritiert sie alle mit der Frage:

»Hung, hast du denn heute keine Schule oder habt ihr Ferien?«, will sie wissen und wundert sich gleichzeitig darüber, dass in Australien Kinderarbeit erlaubt war. Der junge Vietnamese schaut irritiert. Er versteht etwas Deutsch (besser als er sprechen kann), da er bis zu seinem zehnten Lebensjahr in Berlin gelebt hat, doch mit dieser Frage ist er überfordert. Kylie kommt ihm zur Hilfe.

»Nein, nein! Hung ist 29 Jahre alt und sieht nur so jung aus. Das ist bei Asiaten ganz normal.«

Traudl macht draußen immer noch ihre Yogaübungen, wirft allerdings alles durcheinander: Mal macht sie den »abwärtsgerichteten Hund«, dann den »Baum«, dann den »Krieger«, um schließlich wieder mit einem lauten »OMMMM« im Schneidersitz dazusitzen. In dieser Position folgt dann erneut: Hände mal senkrecht über den Kopf, mal waagerecht zur Seite usw. Plötzlich durchzieht sie ein fürchterlicher Schmerz, sie verliert das Gleichgewicht und kippt ...

»AHHH! Ich habe einen KRAAAMPFFF!!!«, kreischt es durch den Garten, dass man es bis ins Haus hinein hört. Die anderen springen wie von der Tarantel gestochen auf und rennen nach draußen. Wie ein Maikäfer liegt Traudl – die Beine immer noch im Schneidersitz verknotet – auf dem Rücken und kann sich aus dieser Position nicht mehr selbst befreien. Vorsichtig versucht Stefan seine Mutter in eine stabile Seitenlage zu bringen, was aber angesichts ihrer wild umhergestikulierenden Arme nicht so recht gelingt.

»Ich kriege keine Luft mehr, ich kriege keine Luft mehr!«, röchelt Traudl. Tina und Kylie stützen ihren Kopf und halten die Arme fest, während Johannes und Stefan vorsichtig ihre Beine aus der Verknotung lösen.

»Tut mir leid, Mama! Aber wir müssen den Schneidersitz lösen, damit wir das Bein gerade bekommen.«

»Ahhh, das tut so weeehhh!!! Ich kriege keine Luft ... ich kriege keine Luft ... Ich glaube, ich werde ohhhnnnmächtig ...«

Minuten später wird eine sichtlich mitgenommene Traudl von ihrem Sohn und Johannes gestützt ins Wohnzimmer gebracht. Sie solle sich bloß nicht hinsetzen, solle umhergehen, damit der Wadenkrampf nicht erneut beginne, empfiehlt Hobbydoktorin Tina, die angesichts der Aufregung erst mal ein »Gläschen« brauchte und daher jetzt mit einem Gin Tonic in der Hand auf der Couch sitzt.

»Das letzte Mal, dass ich solche Schmerzen hatte, war bei deiner Geburt, Stefan! Das war so eine anstrengende Geburt. Bei den fürchterlichen Schmerzen, die ich damals hatte, dachte ich eigentlich, du würdest eine Totgeburt oder zumindest eine Missgeburt werden. Auf jeden Fall mit irgendeiner Behinderung hätte ich gerechnet. Solche Schmerzen hatte ich, um dich rauszupressen, das glaubt mir kein Mensch! Da kannst du dich schon mal bei deiner alten Mutter revanchieren und ihr bei einem Wadenkrampf helfen, gell?«

»Eben geschehen«, gibt er kurz und knapp zurück. Er kann es überhaupt nicht leiden, wenn seine Mutter von ihm als Baby erzählt.

»Und der Stefan war ja so ein anstrengendes Kind, sag ich euch! Der hat jede Nacht wie am Spieß geschrien. Das hat ewig gedauert, bis er mal durchgeschlafen hat. Ich glaube, da war er zwölf oder so ...«

»Zwölf?«, fragen die anderen entgeistert.

»Ja, ja, zwölf. Er war doch Bettnässer«, verkündet die brav auf und ab laufende Traudl, und macht dabei den Anschein, als wolle sie gleich noch erzählen, wann er angefangen habe zu krabbeln oder zu sprechen.

Stefan liebt seine Mutter, aber es gibt Momente, in denen er sie hasst. Das jetzt ist genau so ein Moment. Falls ein armes Waisenkind in Uganda seine Mutter eher gebrauchen könnte, dann wäre das für ihn okay. Er würde sie garantiert nicht vermissen und sie noch eigenhändig nach Afrika bringen, um sicherzustellen, dass sie auch wirklich weit, weit weg wäre ...

Doch in diesem Moment wird Traudl in ihrer Ausführung peinlicher Kindheitserinnerungen abrupt unterbrochen. Kylie kündigt wichtige Informationen bezüglich des Tagesablaufs an und verkündet freudestrahlend, dass es eine Art »Schnitzeljagd« geben würde. So sollten die vier Teilnehmer einerseits die Stadt kennenlernen – und natürlich auch einander. Sie hoffte, damit ihrem Ziel, aus den Singles glücklich verliebte Paare zu machen, näherzukommen.

Doch Kylie zögert kurz, und überlegt, ob die Idee mit der Schnitzeljagd wirklich das Richtige für die Teams ist. Wobei, streng genommen, hat sie nur bei Team »Traudl – Johannes« ein wenig Bauchschmerzen: Traudl spricht so gut wie kein Englisch und Johannes ist nicht unbedingt der Cleverste – Informatik-Genie hin oder her. Beide Teams sollen nämlich am Nachmittag die Stadt auf eigene Faust erkunden und dabei insgesamt drei Sehenswürdigkeiten besichtigen. Damit keiner schummelt, müssen sie Beweisfotos mit der Kamera schießen. Das Team, das bis zum Abend mindestens zehn Fotos in verschiedenen Einstellungen im Kasten hat, hat das Tagesziel erreicht. Eigentlich ein einfaches Spiel, das sicherlich allen Freude bereiten müsste, denkt sich Kylie. Garantiert allen! Diesmal dürfte keiner etwas zu meckern haben, davon ist sie mehr als überzeugt.

Nachdem die beiden Teams aufgebrochen sind und die Haustür hinter dem Letzten in Schloss gefallen ist, blickt sich Kylie erleichtert um. Zum ersten Mal seit ihrer Ankunft ist sie alleine im Haus – Hung als »halbe Portion« zählt sie nicht mit. Normalerweise hätten sie und Bob jetzt sicher den Tag am »Bondi Beach« verbracht, doch daraus wurde nix, schließlich hatte er in der letzten Nacht seine Sachen gepackt und sie ohne ein weiteres »Goodbye« verlassen.

Schnitzeljagd in Sydney: Team »Tina – Stefan«

Tina und Stefan machen sich auf den Weg zur Bushaltestelle der Linie 380. Sie haben einen 20-minütigen Vorsprung vor dem zweiten Team, damit unter den Teams kein Austausch stattfinden kann. Der Bus soll sie zur »Bondi Junction« bringen, dem nahe gelegenen Bus- und S-Bahnhof. Von dort sollen sie die Bahn in die Innenstadt nehmen, um dann Fotos von der

»Harbour Bridge«, dem »Opera House« und dem »Darling Harbour« zu machen. So der Plan! Nachdem sie sich auf dem Weg zur Haltestelle erst einmal bei Starbucks einen Latte macchiato XXL im Pappbecher geholt haben, hocken beide nun an der Promenade auf einer Mauer, lassen die Beine baumeln und genießen die fantastische Aussicht. Insbesondere Tina entdeckt in diesem Moment den »wahren Reiz« des »Bondi Beach«. Der schier endlose Strandabschnitt zieht bereits am frühen Morgen Surfer, Jogger, Sonnenanbeter und Muskelmänner an – für all diese Personen gibt es aus Tinas Sicht einen einzigen Sammelbegriff: »Frischfleisch!« Warum sollte sie so blöde Grundschulspielchen wie eine Schnitzeljagd machen? Sie will hier relaxt Urlaub machen und einen »richtigen Kerl« finden. Und Stefan verdient dieses Prädikat leider gar nicht, was sie ihm noch mal deutlich zu verstehen geben muss, damit er angesichts der momentan trauten Zweisamkeit nicht auf dumme Gedanken kommt.

»Nimm es mir nicht übel, Kumpel! Aber ich steh nicht auf Muttersöhnchen«, wirft sie Stefan rüde an den Kopf, denn sie muss ihre schlechte Laune und ihren Frust an irgendjemandem auslassen.

»Ich bin kein Muttersöhnchen! Wie oft soll ich das denn noch sagen?«, verteidigt er sich.

»Na ja, also ... Zum Speeddating erscheinst du mit Mama. Die Reise hier machst du mit deiner Mama ... Also, ich nenne so was Muttersöhnchen!«

»Ich will mich ja von ihr lösen, aber wie soll ich das denn hinkriegen, wenn sie mich ständig verfolgt? Ich wusste doch nix davon, dass sie hier dabei ist. Sonst wäre ich doch im Leben nicht mitgekommen!« Tina wühlt in ihrer Tasche und zündet sich eine Zigarette an, um endlich ihr morgendliches Ritual aus einem frischen Kaffee und einer Fluppe zu genießen. Sie bläst Stefan den Qualm entgegen, sodass dieser laut husten muss.

»Ich sag dir mal was, Stefan. Ich bin nur hier, weil ich immer schon mal nach Australien wollte, alles andere juckt mich nicht. Ich suche mir hier so schnell wie möglich eine eigene Bleibe. Ich werde garantiert nicht einen Monat mit diesen Bekloppten verbringen – ähm ... sorry, auch wenn eine der Bekloppten deine Mutter ist.«

Stefan nickt ihr zu: »Ich will auch weg, ich will hier meine Erfahrungen machen.«

Tina schaut ihn verwundert an. Dabei inhaliert sie den Zigarettenrauch so tief, als wolle sie mit den Knien und nicht mit der Lunge rauchen.

»Erfahrungen?«, fragt sie, und ahnt etwas. »Aha!!! Stefan, darf ich dir drei Fragen stellen?« Er nickt.

»Magst du Karaoke?«

»Ja, gelegentlich schon. Warum?«

»Wer hat ›Can't get you out of my head‹ gesungen?«

»Kylie Minogue natürlich.«

»Hast du eine beste Freundin?«

»Ja, die Gaby. Aber warum fragst du mich solche Sachen?«

»Stefan, du bist schwul, stimmts?«, sagt sie ihm auf den Kopf zu und nimmt einen weiteren Zug an ihrer Zigarette.

»Was? Ich bin nicht schwul. Wie kommst du denn darauf?«, fragt er entsetzt und springt von der Mauer.

»Hör mal zu Schätzelein, ich komme aus Köln. Mein kleiner Bruder ist die größte Tunte der Stadt. Ich weiß, wie man euch erkennt! Aber mach dich nicht verrückt, das ist für mich kein Problem. Aber sag mal, was machst du denn dann hier überhaupt? Oder ist das etwa eine schwul-lesbische Reise und ich bin die Einzige, die davon nix mitbekommen hat?«, fragt sie jetzt leicht beunruhigt.

»Nein, ist es natürlich nicht. Und ich bin auch nicht schwul, definitiv nicht!«

»Definitiv doch! Du weißt es nur noch nicht! Ich meine, du fährst in deinem Alter noch mit deiner Mutter in den Urlaub und besuchst ein Speeddating mit ihr. Deine arme Mutter hat es wohl nicht gecheckt, dass du keine Frau heimbringen wirst, und rennt aus lauter Verzweiflung sogar mit dir Hand in Hand zur Vermittlung der einsamen Herzen. Wie krank ist das eigentlich? Du musst es ihr sagen. Das ist doch heute kein Problem mehr. Wir haben doch überall Schwule, in der Politik, im Fernsehen, beim Sport ... Das interessiert doch heute keinen mehr.«

»Was soll ich da denn sagen?«, sagt er (fast) sprachlos.

»Na, dass du ein warmer Bruder bist!« Sie nimmt einen tiefen Zug an ihrer Zigarette und stößt den Rauch dann langsam wieder aus. Dabei schüttelt sie langsam und bedächtig den Kopf.

»Super, jetzt schicken die mich mit einem verklemmten Schwulen ans andere Ende der Welt und hoffen wohl, dass ich dich umpole. Ich glaub, ich bin im falschen Film!«

»Ich bin nicht schwul, Tina! Ich war elf Jahre mit meiner Freundin zusammen. Ich bin einfach etwas verunsichert, was ich nun will«, sagt er etwas verlegen.

Stefan erzählt ihr, dass er auf der Betriebsfeier mit einen Kerl geknutscht habe, dann bei seiner Freundin ausgezogen sei und nun testen wolle, was er im Leben will. Und zwar in sexueller wie auch in beruflicher Hinsicht. Er befände sich mit seinen 36 Jahren in einer Midlife-Crisis und habe sich schließlich gerade bei Tina als »sexuell völlig offener Mensch« geoutet, der nichts gegen bisexuelle Neigungen habe. Und Erfahrungen dieser Art wolle er unbedingt in diesem Urlaub machen, um danach für sich feststellen zu können, ob eher Männer oder doch Frauen zu ihm passen.

»Was ist mit dir, Tina? Hast du bisexuelle Erfahrungen gemacht?«, will er nun von ihr wissen.

»Nee, lass mal! Ich mag Brigitte, meine beste Freundin, wirklich ganz dolle, aber mit ihr einen Zungenkuss machen, das kommt für mich absolut nicht infrage.«

Dabei kramt sie aus ihrer Handtasche zwei Piccolofläschchen Sekt: »Komm, darauf trinken wir einen! Auf dein Outing am zweiten Tag der Australien-Reise!«

»Ist es nicht noch etwas früh am Tag für Alkohol?«, überlegt Stefan.

»Mmmhhh, lass mich kurz nachdenken. Nein! Es ist nie zu früh und nie zu spät. Ich fühle mich damit grundsätzlich wohler als ohne, und wir haben ja auch einen ordentlichen Grund zum Feiern. Da gewinne ich beim Speeddating eine Reise, lande am anderen Ende der Welt – und der einzige halbwegs attraktive männliche Teilnehmer ist schwul. Prost! Da muss ich einfach saufen.«

Stefan will wissen, wie sie über Johannes, den zweiten männlichen Teilnehmer denkt. Doch sie winkt gleich ab und meint nur, dass jedes weitere Wort über diesen Freak überflüssig sei.

»Was ist mit dir, Tina? Was machst du so und wie lange bist du schon Single?«, will er weiter von ihr wissen.

Tina hätte in dem Moment ganz offen auf Stefans Frage antworten können, nachdem auch er sich geoutet hatte. Aber sie will nicht, dass ihre Fassade schon am zweiten Tag bröckelt und entscheidet sich dafür, ihm das zu erzählen, was sie sich über Jahre eingeredet hat und woran sie mittlerweile selbst fast glaubt. Sie berichtet ihm, dass sie wahnsinnig erfolgreich als PR-Beraterin arbeite (dass sie gekündigt wurde, erwähnt sie nicht) und ständig durch die Welt zu Meetings fliegen müsse (das Weiteste war Frankfurt – mit der Bahn). Außerdem erzählt sie noch, dass sie eine total selbstständige, finanziell unabhängige Frau sei (ohne das Arbeitslosengeld könnte sie sich die Wohnung gar nicht mehr leisten), gerne ausgehe (in der Hoffnung eingeladen zu werden, da sie chronisch pleite war), viel Sport treibe (Shoppen) und sich mit Anfang 30 (sie wurde bald 39) in ihren besten Jahren befände. Sie verrät ihm auch, dass sie nicht in erster Linie darauf aus ist, jemanden kennenzulernen. Wenn sie einen netten

Mann träfe, dann freue sie das, und wenn nicht, dann dauere es eben noch ein bisschen länger mit der Familiengründung (ihre biologische Uhr tickte allerdings bereits mehr als laut).

»Was? Du bist Anfang 30? Das hätte ich jetzt nicht gedacht«, wird sie in ihrem Redeschwall unterbrochen.

»Okay, ich habe gelogen – ich bin 33«, lügt sie ein weiteres Mal, so wie immer, wenn es um ihr Alter geht.

Die beiden beschließen jetzt, sich erst mal am Strand ein wenig auszuruhen, schließlich hatten sie gerade erst ein anstrengendes Frühstück hinter sich gebracht und Prosecco getrunken, was einfach unglaublich müde machte.

Schnitzeljagd in Sydney: Team »Traudl – Johannes«

Auf Mallorca würde man dafür schiefe Blicke ernten, und eigentlich tun es nur deutsche Rentner; aber in Australien wirkt es mehr als lächerlich: weiße Tennissocken in offenen Sandalen. Neben diesem Fauxpas weist Johannes' Outfit auch ansonsten alles auf, was man als echten Fehlgriff bezeichnen würde. In seinen beigen Bermudashorts, dem khakifarbenen Hawaihemd, mit weißem Sonnenhut und vor der Brust baumelndem Fotoapparat sollte er sich unbedingt vor der hiesigen Mode-Polizei in Acht nehmen ... Ungeachtet dessen, blättert Johannes voller Vorfreude auf den Tag in seinem Reiseführer, während er und Traudl auf den Bus warten. Verwundert stellt er fest, dass nun schon der dritte Bus an ihnen vorbeigefahren ist, ohne zu halten. Als sie dann beobachten, wie eine junge Einheimische, die gerade zu ihnen gestoßen ist, den nächsten herannahenden Bus mit einer simplen Handbewegung problemlos zum Stoppen bringt, wird ihnen klar, dass bereits das Busfahren die Anwendung landestypischer Sitten erfordert: Hier musste man also dem Busfahrer per Zeichensprache signalisieren, dass man nicht einfach aus Jux und Dollerei an einer Bushaltestelle rumhing ...

Anders läuft das Spielchen jedoch beim Aussteigen, wie Traudl kurz drauf lernen muss. Als sich der Bus der Station

»Bondi Junction« nähert, rennt sie hektisch nach vorne zum Fahrer und versucht ihn mit wilden Handzeichen und schließlich einem resoluten Griff ins Lenkrad zum Anhalten zu bewegen. Doch wieder falsch! Wenn man aussteigen möchte, hat man den hierfür vorgesehenen Knopf zu drücken; als Bestätigung erscheint dann auf einem Display an der Decke die Ankündigung: »Bus is stopping«. Traudl ist verwirrt, denn als brave Hausfrau und Mutter ist sie zeitlebens nur im praktischen Kleinwagen durch München gegurkt. Den öffentlichen Personennahverkehr kennt sie nur vom Hörensagen. Wie sollte man sich das denn merken können? Zum Einsteigen winken und zum Aussteigen drücken!

Nun stehen die beiden etwas ratlos am Bahnhof, denn sie haben keine Ahnung, wie sie weiter in die Innenstadt zu den Sehenswürdigkeiten kommen sollen. Traudl hat eine Idee. »Wir fragen einfach einen Einheimischen, wo diese Brücke ist. Die wird man hier schon kennen«, und wendet sich einem Zeitungsverkäufer zu.

»Sorry, we looki, looki for Brücke?«, redet sie drauf los in ihrem grottenschlechten Englisch.

Der Mann schaut die beiden Touristen an, die auf ihn wirken, als wären sie Außerirdische: »How can I help you?«

»Bridge .... big bridge«, kommt Johannes mit tiefstem deutsch-schwäbischem Akzent zur Hilfe.

»Which bridge do you wanna see, guys?«, lautet die Rückfrage des Zeitungsmanns.

Die beiden schauen sich an und zucken mit den Achseln, zücken dann aber Johannes' Reiseführer und zeigen auf ein Bild der berühmten »Harbour Bridge«. Daraufhin schickt sie der Mann zu Plattform 1, wo die sogenannte »Illawarra Line« Richtung City abfährt. »But you have to change the gates in Town Hall«, ruft er ihnen noch nach. Doch die beiden haben diesen Hinweis leider nicht mehr gehört, und sind erst mal stolz darauf, sich eigenständig ein Ticket gekauft zu haben. Erleichtert sitzen sie wenig später in dem Zug, der sie zur ersten Station ihrer Schnitzeljagd befördern soll.

Etwa 40 Minuten später erreicht der Zug die Endstation »Cronulla«. Sie haben natürlich das Umsteigen verpennt und sind jetzt mitten in der Pampa gelandet! Mithilfe eines Bahnangestellten gelingt es ihnen aber, herauszufinden, wie sie wieder zurück in die Stadt kommen. Während sie auf den Zug warten, sitzen sie auf einer Bank und nutzen die Gelegenheit für ein Gespräch zwischen Mann und Frau, beziehungsweise von reifer Frau zu unerfahrenem Mann.

»Du, Traudl, warum bist du eigentlich hier? Willst du wirklich einen Mann kennenlernen?«

»Also, in erster Linie will ich Stefan unter die Haube bringen. Es kann ja nicht sein, dass der arme Junge alleine bleibt, nachdem er und seine Freundin sich getrennt haben. Na ja, und wenn männertechnisch auch was für mich rausspringt, dann sage ich nicht ›Nein‹.«

Johannes erkundigt sich bei Traudl, wie denn der Mann sein sollte, der eine Chance bei ihr hätte.

»Also, ganz anders als mein Exmann. Er sollte auf jeden Fall jünger sein als ich, und unternehmungslustig, ausdauernd, treu, gepflegt, intelligent, sportlich ....«, rattert sie eine ganze Litanei von Eigenschaften runter. Johannes grinst, und weist darauf hin, dass dies alles auf ihn zuträfe.

»Ach, mein Junge! Ich brauche einen Mann, mit dem ich mich auf der Hochzeit meines Sohnes blicken lassen kann. Da wird nämlich auch mein Ex mit seiner Schnepfe erscheinen, und ich will ihn natürlich eifersüchtig machen, verstehst du?«

»Aber ich bin doch jünger und könnte das gerne übernehmen?«, sagt Johannes, sich förmlich anbiedernd.

Traudl überlegt, wie sie ihm auf ihre sensible Art und Weise klarmachen kann, dass er ein lieber netter Junge ist, aber für die Eifersuchtsszene leider nicht infrage kommt.

»Ich brauche einen echt heißen Typen in einem coolen Porsche oder mit Motorrad oder so was in dieser Art. Keinen Kekse mampfenden Jungen, der auf dem Rücksitz eines Autos beinahe anfängt zu kotzen.«

Johannes ist gekränkt. Mit so einem Korb hätte er nicht gerechnet, andererseits kennt er ja schon Traudls Art, die Dinge direkt anzusprechen.

»Und du stehst wohl auf diese Tina?«, versucht diese nun das Thema zu wechseln. »Etwas eingebildet kommt die rüber, denkt sie ist was Besseres.«

»Findest du, dass sie eingebildet ist?«, fragt er überrascht.

»Ja, schon. Wie sie da mit ihrer Pelzstola am Flughafen angedackelt kam ... Nee, die ist was überkandidelt. Wobei, ich sage ja immer, dass es keine besseren Leute gibt. Es geht jeder Mensch wie du und ich aufs Klo und wischt sich mit dem gleichen Papier den Hintern ab. Weißt du, da braucht keiner arrogant oder eingebildet zu sein!«

»Mmmhhh, so habe ich das noch gar nicht gesehen«, überlegt Johannes.

»Pass auf, Johannes! Ich helfe dir mit Tina und in spätestens zwei Wochen frisst sie dir Zucker aus der Hand wie ein Pferd!« Johannes ist jetzt neugierig, und will wissen, wie sie das anstellen will.

»Vertrau mir! Du musst halt etwas draufgängerisch sein, darauf stehen Frauen wie Tina, glaub mir. Aber in ein paar Wochen hast du sie im Bett, da kannst du einer erfahrenen Frau wie mir vertrauen!«

Johannes ist erleichtert, so schnell eine Verbündete gefunden zu haben, die ihm in »Frauen-Dingen« helfen kann. Er ist jetzt absolut überzeugt, dass er bald entjungfert wird – wenn nicht von Tina, dann versucht er halt bei Traudl zu landen, auch wenn die davon sicherlich nicht so angetan wäre. Schließlich steigen beide endlich in den Zug Richtung Innenstadt ein.

Die Sonne brennt an diesem Donnerstag so heftig, dass die Eisverkäufer rund um den »Circular Quay« (dort, wo die Fähren abfahren) bereits um 16 Uhr keine große Auswahl mehr in ihrer Auslage haben. Überall sitzen Touristen, schlecken an ihrem Eis und schauen den Künstlern zu, die entweder eine Pantomime vorführen, Panflöte spielen oder Comedydarbietungen zum Besten geben. Besonders viel Zulauf haben die Aborigines (Ureinwohner Australiens), die auf ihrem Didgeridoo spielen und dabei ihre Stammestänze aufführen. Es ist ein herrlicher Tag, an dem man das bunte Treiben mit der »Harbour Bridge« und dem Opernhaus im Hintergrund richtig genießen kann. Auf dem Wasser sieht man etliche Segelboote und die Möwen kreischen wie die Mädels bei einem Robbie-Williams-Konzert.

»BOAAAHHH, ist das eine Affenhitze!«, stöhnt Traudl. »Nee, also, das ist mir hier zu heiß!«

»Wir haben noch nicht alle unsere Fotos gemacht«, meint Johannes. »Wir müssten also theoretisch jetzt noch zum ›Darling Harbour‹ und dann können wir wieder heimfahren.«

»Ich gehe jetzt nirgends hin! Ich bleibe hier sitzen. Ich muss mich ausruhen. Das ist mir viel zu heiß! Ich werde keinen Schritt mehr machen«, stöhnt sie, denn nach dem morgendlichen Wadenkrampf und mit immer noch geschwollenen Füßen ist Traudl nachhaltig lädiert.

Johannes überlegt, wie er seine nervige, schwitzende Teamkollegin dazu bewegen kann, nicht den restlichen Tag vor dem Opernhaus zu vergeuden. Er schlägt vor, ein Geldinstitut zu suchen, da er sich Australische Dollar auszahlen lassen will. Traudl ist von dem Vorschlag zunächst nicht wirklich begeistert. Doch nachdem sie erfährt, dass hier die meisten Banken über eine Klimaanlage verfügen, ist sie kaum noch zu bremsen und will so schnell wie möglich dorthin.

»Neee, was sind die Häuser hier hoch! So was haben wir in unserem München nicht«, plappert sie, während sie weitergehen. Sie starrt zu den Wolkenkratzern im Finanzdistrikt hoch und trottet hinter Johannes her, der jetzt von Weitem die Bank seines Vertrauens entdeckt. Traudl hat den Blick nur nach oben gerichtet, während sie die bekannten Namen an den beeindruckenden Fassaden laut vorliest: »Deutsche Bank«, »Zurich Versicherungen«, »Hilton« ... Und: PENNNGGG!

Traudl ist mit voller Wucht gegen den Pfosten einer Fußgängerampel gedonnert. Wie in einer Art Schockstarre drückt sie die Hand gegen die Stirn und heult laut auf. Ihr ist richtig schwarz vor Augen. Johannes eilt ihr zur Hilfe, stellt aber fest, dass sie nicht blutet und höchstens etwas Eis gegen die Schwellung gebrauchen könnte. Er hofft, dass die Bank nicht nur Geld, sondern auch Eiswürfel vorrätig hat.

Patricia McDonald hat in dieser Stadt etwas erreicht, um das sie andere beneiden würden. Und das, obwohl sie einer Randgruppe angehört: Sie ist Aborigine, und die Ureinwohner gehören zu den Ärmsten der australischen Bevölkerung. Dennoch hat sie es geschafft, einen Top-Universitätsabschluss zu machen, und arbeitet jetzt seit zehn Jahren als Kundenberaterin bei der »WestPac Bank« in der »Clarence Street/Ecke Market Street«, mitten im angesehenen Banken- und Finanzviertel. Sie liebt es, mit Menschen umzugehen und ihnen mit Rat und Tat zur Seite zu stehen. Deshalb ist die Tätigkeit als Beraterin bei der Bank ihr absoluter Traumjob.

»We need ice. Do you have ice for the old lady?«, fragt Johannes aufgeregt und zeigt wild gestikulierend auf Traudls geschwollene Stirn. Patricia schaut von ihrem Schreibtisch auf. Vor ihr steht eine ältere Dame mit verweinten Augen und einer Beule an der Stirn, und ein etwas albern gekleideter Mann: Er trägt Sandalen und Tennissocken. Sie erkennt sofort, dass es sich um Deutsche handeln muss, denn sie hat eine sehr gute Menschenkenntnis.

Schnell verarztet sie Traudl. Dann versucht sie Johannes gefühlte 20 Mal zu erklären, dass der Australische Dollar derzeit sehr stark ist und dass er keinen Cent mehr ausgezahlt bekäme. Der sparsame Schwabe will sich damit nicht zufrieden geben, denn er hat das Gefühl, man will ihn übers Ohr hauen. Er hatte einen besseren Kurs erwartet, doch Patricia McDonald verweist auf die Eurokrise, die für das schlechte Abschneiden des Euros gegenüber dem Australischen Dollar verantwortlich ist. Nachdem die beiden endlich ihre Dollars und scheinbar keine Fragen mehr haben, begleitet Patricia die nervigen Deutschen höchstpersönlich zur Tür, um sicherzugehen, dass sie die Bank auch wirklich verlassen. Doch da muss Traudl noch einmal ganz dringend zur Toilette ... Sie wird von Patricia zu einer Treppe am Ende der Schalterhalle gewiesen. Johannes verspricht, vor dem Eingang des um die Ecke liegenden »Hyde Parks« auf Traudl zu warten.

Manche Gewohnheiten soll man besser nie ändern. Diese Redensart geht Traudl durch den Kopf, nachdem sie im Untergeschoss der »WestPac Bank« die Toilettentür hinter sich verriegelt und auf dem »stillen Örtchen« ein wenig Zeit für sich hat. Zeit um darüber nachzudenken, was denn nun schon wieder die Ursache für diese plötzliche Durchfallattacke ist. Ist sie zu alt für solch weite Reisen? Schlägt ihr der Jetlag auf den Magen? Oder war das Essen aus der »Holzklasse« der Etihad einfach nichts für sie? Doch da fällt ihr etwas ein! Sie hatte Rührei zum Frühstück – bei ihr ein Garant dafür, dass sie anschließend mehr Zeit in gefliesten Sanitärräumen verbringt als sonst wo.

Johannes steht nun schon seit 15 Minuten vor dem Parkeingang. Keine Traudl weit und breit! Schließlich geht er zurück zur Bank. Dort muss er allerdings erst mehrfach gegen die Scheibe klopfen, ehe Patricia herankommt und die Tür einen Spalt weit öffnet. Die wird nämlich von einer Kette gehalten. Klar, Sicherheit geht vor! Die Filiale sei bereits geschlossen, und hier sei außer ihr und dem Sicherheitspersonal niemand mehr, teilt sie ihm mit und ist auch gerade auf dem Heimweg. Aber wo war dann Traudl? Sollte sie sich alleine auf den Heimweg gemacht haben und hatte sie sich jetzt womöglich irgendwo in den Straßenschluchten dieser riesigen Stadt verlaufen? Ein Gedanke, der bei ihm erneut Angstschweiß auslöst, denn irgendwie fühlt er sich ein wenig für die Hausfrau aus München verantwortlich. Schließlich sind sie ein Team, und Teams halten zusammen, egal was kommt!

»Ich komme nicht mehr raus«, stellt Traudl fassungslos fest. Sie rüttelt vergeblich an der Tür, hinter der die Treppe vom Untergeschoss hoch in die Schalterhalle führt. Nichts! Mittlerweile hämmert sie wie eine Wahnsinnige gegen die Tür, die sich jedoch keinen Mucks bewegt. »HILFEEE!«, trommelt und brüllt sie, und macht damit dem, nach seiner Wilma schreienden Fred Feuerstein alle Ehre. »HILFEEE!« Keine Reaktion. Offensichtlich scheint kein Mensch mehr hier zu sein, vermutlich Geschäftsschluss. Ein Blick zur Wanduhr verrät ihr, dass es jetzt exakt 5:09 p. m. ist. Sie hatte anscheinend schon locker 20 Minuten in der Keramikabteilung des Bankhauses verbracht ... Wann die Bank wohl wieder öffnen würde? Schnell kommt sie zu dem Entschluss, dass sie unmöglich eine ganz Nacht in diesem Keller verbringen will – und ärgert sich maßlos. Sie fühlt sich wie in einem Käfig, gefangen im Untergeschoss einer Bank. Sie schaut sich um. In diesem Vorraum stehen in einer Ecke etliche ausrangierte Schreibtische, Stühle und Schränke. Bloß richtige Fenster gibt es weder hier noch auf den Toiletten. Nur Oberlichter – weit oben unter der Decke.

Kurz entschlossen schnappt sich Traudl einen der Schreibtische und zerrt ihn an die Wand unterhalb der Oberlichter. Dann stellt sie sich, etwas wackelig (ausgelöst von dicken Füßen, dem Wadenkrampf am Morgen und der immer noch schmerzenden Beule an der Stirn) auf den Tisch. Sie reicht nicht ganz bis an das Oberlicht, sodass sie sich auf die Zehenspitzen stellen muss. Sie rüttelt an dem kleinen Fenster, doch nichts geschieht. Jetzt holt sie sich eine alte Schreibtischlampe, die ebenfalls in dieser Rumpelkammer rumsteht, und zerschlägt damit schwungvoll die Fensterscheibe. Das wäre geschafft! Doch jetzt blickt sie in einen etwa 1,90 Meter hohen Schacht. Der führt zwar hoch zur Straße, ist oben aber mit einem dicken, eisernen Gitterdraht engmaschig abgedeckt, sodass niemand von außen hineingelangen kann. Logisch, eine Bank muss sich schon sehr gut gegen Eindringlinge absichern!

In der »Clarence Street« gehen Tag für Tag Zigtausende von Menschen die Bürgersteige hoch und runter. Die meisten sind auf dem Weg ins Büro, zur Mittagspause, in den Feierabend oder zu irgendwelchen Erledigungen. Traudl kann nun aus ihrer Perspektive wunderbar die Schuhsohlen all dieser Menschen von unten betrachten. Zahllose Absätze klappern achtlos über den Schacht der »WestPac Bank« am Rande des Bürgersteigs. Die rhythmischen »Klack-Klack«-Geräusche klingen wie ein ganzes Orchester aus Flip-Flops, High Heels, Slippern, Turn- und Businessschuhen. Die, die dieses Konzert gerade gar nicht genießen kann, hängt unten im Schacht und lässt ein mittlerweile recht klägliches »Help, help, hier unten bin ich … help!« vernehmen. Traudl möchte jetzt nur noch nach Hause. Und sie hat Glück! Nach einer gefühlten Ewigkeit hatte ein älteres Ehepaar angesichts seiner etwas gemächlicheren Gangart die Hilferufe gehört, trotz Straßenlärm, und einen Security-Mitarbeiter über die »blinde Passagierin« informiert. Kurz drauf konnte die völlig dehydrierte Traudl aus ihrem Gefängnis befreit werden. Doch jetzt müssen erst einmal ihre Personalien aufgenommen werden, denn schließlich hätte dies ja auch ein versuchter Bankraub sein können. Nachdem dieser Verdacht durch Befragung der herbeitelefonierten Zeugin Patricia entkräftet werden konnte, bietet sich freundlicherweise einer der Polizeibeamten an, die nun gänzlich entkräftete Traudl zurück in die »Oakley Road« zu fahren.

Johannes bekommt von dem ganzen Schlamassel, in dem Traudl steckt, nichts mit. Nachdem ihn Patricia so rüde abgewimmelt hatte, war er noch eine Weile planlos die Straße auf- und abgelaufen, und hatte sich dann unverrichteter Dinge alleine auf den Nachhauseweg gemacht. Während der Fahrt hatte ihn allerdings die Frage gequält, wie er sowohl der Reiseleiterin als auch Traudls Sohn schonend den »Verlust« seiner Teamkollegin beibringen sollte.

Während die arme Traudl die letzten Stunden im Untergeschoss eines Bankgebäudes verbracht hat, liegen Tina und Stefan am anderen Ende der Stadt am »Bondi Beach« in der prallen Sonne. Sie kichern und giggeln wie Teenager. Nein, sie sind nicht etwa frisch verliebt – sie sind so breit wie ein Doppelgaragentor! Nach dem Piccolo gab es noch Wodka mit Orangensaft und schließlich einige Gin Tonic von der Strandbar Jetzt liegen sie im Sand und ziehen über Kylie her, äffen Johannes nach und schließlich muss auch Mama Traudls verheerende Yogaübung am Morgen als Lästerstoff herhalten. Jeder bekommt seinen Senf ab! Zum krönenden Abschluss holt Stefan Hotdogs, denn jeder weiß, dass man zum Aufsaugen des Alkohols mal etwas Fettiges im Magen braucht. Während ihrer Sauf- und Fressorgie haben sie einen Zehn-Punkte-Plan ausgeheckt, wie sie in den nächsten Wochen ihr Ziel erreichen, einen Traummann zu finden, und dabei noch ihren Mitreisenden aus dem Weg gehen können.

Punkt 1: Sport treiben, um noch attraktiver zu werden! Ein Blick in die Runde verrät nämlich, dass alle um sie herum äußerst durchtrainiert sind. Stefans Brust hingegen gleicht der einer zwölfjährigen Pubertierenden, und Tinas Hüftpartie erinnert an einen Cheeseburger mit Bacon – so wie der käseweiße Speck über dem Hosenbund rausquillt.

Punkt 2: Sex haben! Was aber nur die logische Konsequenz aus Punkt 1 ist, denn ein straffer Körper zieht die Sexpartner an wie der Speck die Maden.

Punkt 2 a: Sex für Tina: mit allem, was dazu gehört – außer SM, Dirty Talk aber gerne

Punkt 2 b: Für Stefan erst mal nur fummeln und knutschen

Punkt 3: Eine eigene Wohnung suchen, damit Punkt 2 ungestört ausgeübt werden kann!

Punkt 4: Eine australische Handynummer besorgen, damit »Mister Right« auch anrufen kann!

Punkt 5: Das eigene Englisch verbessern – stellt sich automatisch ein, wenn Punkt 2 erst mal ordentlich läuft

Punkt 6: Kontakt mit anderen Deutschen vermeiden, da sonst das Englisch nicht verbessert werden kann; gilt ganz besonders für Verwandte und Menschen, die im gleichen Flieger angereist sind

Punkt 7: Viel ausgehen! Damit Punkt 2 und Punkt 5 praktische Anwendung finden

Punkt 8: Australische Freunde finden! (Dieser Punkt ist nur aufgenommen worden, damit die Liste nicht zu sexistisch rüberkommt)

Punkt 9: Job suchen! (gilt nur für Stefan, der nie wieder in seinen alten Job bei der Bank zurückwill; Tina hat nicht die Absicht, hier auch nur einen Finger krumm zu machen)

Punkt 10: Heiraten, um australische Aufenthaltsgenehmigung zu bekommen (in der Ferne liegendes Ziel)

Hung hat sich größte Mühe bei der Zubereitung des Willkommensessens gegeben. Nun ist er doch etwas enttäuscht, dass um 20.30 Uhr immer noch nicht alle da sind. Er bekommt allerdings auch mit, dass die Lage im Wohnzimmer sehr angespannt ist. Er hört immer wieder die Wörter »Polizei« und »Krankenhaus«, und wundert sich, was das zu bedeuten hat. Sicherheitshalber bleibt er lieber in der Küche, lauscht aber angestrengt auf das, was im Wohnzimmer vor sich geht. Gerade als er nun endlich die Vorspeise (knusprige vietnamesische Frühlingsrollen) servieren möchte, klingelt es an der Haustür. Als er öffnet, steht Traudl vor ihm. Sie wird von einem Police Officer gestützt, der sie wie eine gebrechliche Diva zur Wohnzimmercouch begleitet.

»Mama, was ist passiert? Wo warst du?«, fragt Stefan verwundert. Denn Johannes war schon lange zurück und ist jetzt heilfroh, dass die Teamkollegin noch am Leben ist. Stefan ist auch schon seit über einer Stunde wieder zurück im Haus, hatte aber erst mal »warm« geduscht und sich erst dann Sorgen um Mama gemacht.

Der Polizist erklärt ihm, dass seine Mutter in einer Bank eingesperrt war.

»WAAAS?« Stefan denkt sofort an einen Banküberfall, bei dem seine Mutter als Geisel festgehalten wurde. Aber im nächsten Moment wird ihm bewusst, dass auch Bankräuber so viel Verstand haben müssten, niemals eine derart nervige alte Frau zu kidnappen.

»Du hast doch nix mitgehen lassen, oder?«, will er nun wissen. Denn das ist die zweite mögliche Option, dass sie versehentlich ein paar Dollar eingesteckt hatte.

Doch der Polizist kommt seiner Mutter zur Hilfe und berichtet, dass es das Versäumnis einer Bankangestellten war. Diese hatte nicht gewartet, bis alle Kunden die Filiale verlassen hatten, wie es die Vorschriften verlangten, und voreilig alle Türen abgeschlossen. Der Mitarbeiterin wurde daraufhin fristlos gekündigt, denn so etwas konnte die »WestPac Bank« mit ihren strengen Sicherheitsvorschriften nicht dulden. Wenn Mitarbeiter nachlässig und unvorsichtig werden, muss man sich von ihnen trennen! Stefan bedauert, dass es derartige Trennungsregeln nicht für Mütter gibt und überlegt wieder einmal, wie er sie loswerden kann.

Für Patricia McDonald wurde an diesem Tag ein deutsches Touristenpaar aus München zum absoluten Horrortermin, der sie den Traumjob gekostet hatte. Niemals sonst wäre ein »WestPac«-Mitarbeiter wegen so einem kleinen Missgeschick gekündigt worden. Doch Patricias neuer Chef hatte förmlich darauf gewartet, dass ihr ein Fehler unterlief und er so einen Grund hätte, sie zu feuern. Denn er mochte keine Randgruppen – ganz besonders keine Aborigines. Da kam ihm dieser Fehler ganz recht, und er würde Traudl wohl am liebsten einen Orden verleihen zum Dank, dass er diese Mitarbeiterin nun endlich loswerden konnte.

Kylie ist sauer. Sie ist sogar richtig wütend, dass die Teams nicht nach ihren Anweisungen arbeiten und die Schnitzeljagd und das Anfertigen der Beweisfotos nicht richtig ernst nehmen. Die traurige Bilanz nach »Tag 2« lautet nämlich: Team «Tina – Stefan« hat überhaupt keine Fotos; Johannes und Traudl können gerade einmal vier Bilder vorweisen: eines mit Traudl und einem Aborigine, dann eines mit Johannes und dem Aborigine, sowie ein weiteres Foto von Traudl und Johannes mit der ganzen Aborigine-Gruppe. Auf dem vierten Foto ist eine dunkelhäutige Bankangestellte zu sehen, die Traudl einen Kühlbeutel auf die Stirn legt.

Kylie kann nicht fassen, dass die Teams nicht so funktionieren, wie sie sich das vorgestellt hat. Daher macht sie folgende Ansage:

»Ab morgen gibt es neue Teams, und wer nicht richtig arbeitet, der bekommt nix mehr zu essen!«, droht sie, und schaut dabei in Hungs ängstliche Augen, der um seinen Job als Koch fürchtet. Kylie wird den vier Singles schon zeigen, wer am längeren Hebel sitzt! Sie mit einer neuen Team-Kombination zu bestrafen, scheint ihr eine gute Maßnahme, damit sich diese Aufmüpfigkeit bis spätestens morgen Abend gelegt hat und alles wieder nach Plan läuft. Der Abend endet für die bösen, ungezogenen Singles damit, dass sie auf ihre Zimmer gehen müssen. Ab 22 Uhr ist Bettruhe angesagt, der selbst Tina murrend zustimmt, da sie erschöpft von zu viel Sonne und Alkohol ist und jetzt dringend ins Bett muss. Und Sekten-Kylie ist nun hochoffiziell »Frau Oberlehrerin«.

»Tag 3« Freitag, 7. Dezember

Es ist 7:30 Uhr, als der Gong durch das Haus hallt und ankündigt, dass es Zeit fürs Frühstück ist. Hung ist auf Position und steht erwartungsvoll bereit, um die Gäste des Hauses zu bedienen.

Kylie liebt die Stille am frühen Morgen, wenn noch alles friedlich ist und sie in aller Ruhe ihre Zeitung lesen und dabei zufrieden ihren Kaffee schlürfen kann. Eine Ruhe und Entspanntheit, die man allerdings nur erlebt, wenn man sich nicht zu viert ein Badezimmer teilen muss.

Tina ist es gewohnt lange, ja sogar sehr lange und vor allem heiß zu duschen. Sie liebt es, ihren leicht adipösen Körper mit Duschgel einzuseifen und dann zuzusehen, wie das dampfend heiße Wasser an der Haut abperlt. Dazu eine Haarspülung, und sie fühlt sich wie das Model aus der »Fa«-Werbung, das gerade einem Wasserfall entsteigt. De facto steht sie allerdings nicht unter einem Wasserfall in atemberaubender Naturkulisse, sondern unter einem verkalkten Duschkopf mit leichten Rostflecken und umgeben von einer wackeligen Plexiglasverkleidung, die jeden Moment zusammenzubrechen droht. Durch das viele heiße Wasser ist das Badezimmer bereits in einen wahren Nebel aus Wasserdampf getaucht und erinnert eher an eine Dampfsauna, sodass sie wie eine Blinde nach dem Hahn tasten muss, um das Wasser abzudrehen – so dicht ist der Nebel. Auch das Aus-der-Dusche-Steigen gestaltet sich schwierig als Blinde; vorsichtig tastet sie sich Richtung Handtuch vor. Aus dem kleinen Radio auf dem Badregal ertönt Alicia Keys »This girl is on fire«, wobei

Tina im Moment allerdings eher »das Mädchen im Nebel« ist. Ohne irgendetwas erkennen zu können, versucht sie nach ihrem Handtuch zu greifen – und spürt plötzlich ziemlich harte Borsten. Sie musste unbedingt mal wieder Weichspüler benutzen, denkt sie. Und überhaupt hatte sie ihr Handtuch nicht so riesig in Erinnerung. Hatte sie womöglich heute Morgen ein großes Strandlaken aus dem Schrank gegriffen? »Und was war das? Das Handtuch schien atmungsaktiv zu sein ... Gab es so was denn überhaupt?«, fragt sie sich noch, als ihr plötzlich bewusst wird, dass hier ganz eindeutig was nicht stimmt. »AHHHHHHHHHHHHHHHH!!!!!!!!!!!«

Kylie verschluckt sich bei diesem markerschütternden Schrei fast vor Schreck an ihrem Kaffee. Schnell rennt sie die Treppenstufen hoch, denn sie ist sich sicher, dass etwas Schlimmes passiert sein musste.

Sie reißt die Badezimmertür auf (Tina hatte mal wieder vergessen, abzuschließen) und mit ihr dringt ein Strom frische Luft in den kleinen Raum. Die Sicht wird klarer. Vor ihr steht eine völlig verängstigte Tina, nackt, wie Gott sie schuf, die wie am Spieß schreit und abwechselnd versucht mit der einen Hand ihren Busen und mit der anderen ihren Schambereich zu verdecken. Tina ist eindeutig mit der Situation überfordert und fängt jetzt sogar an, mit ihren dicken Beinen auf den Boden zu trampeln, vermutlich um so ihre Angst besser in den Griff zu bekommen.

Neben ihr steht Johannes, in »Adiletten« und mit einem um die Hüften gewickelten Handtuch, seinen Kulturbeutel unter den Arm geklemmt – starklar für seine »Morgentoilette«.

Johannes war klar, dass sich in diesem Urlaub viel für ihn verändern würde. Dass er allerdings schon so schnell die Hand einer Frau auf seiner behaarten Brust spüren würde, damit hatte er selbst in seinen vielen feuchten Träumen nicht gerechnet. Aber es hatte ihm gefallen, so angefasst zu werden! Wenn nur dieses ohrenbetäubende Geplärre von Tina nicht wäre, dass beinahe einen Hörsturz bei ihm auslöste, dann wäre es der perfekte Start in den Tag. »Aber es konnte wohl kein Zufall sein, dass Tina vergaß die Tür hinter sich abzuschließen. Das war doch Absicht! Die will doch was von mir!«, redet er sich ein.

Nachdem sich Kylie einen Überblick über die pikante Situation verschafft hat, trennt sie die plärrende Tina von dem breit grinsenden Johannes und versucht wieder so etwas wie Ruhe im Haus herzustellen.

Erst nachdem sich Tina etwa 25-mal die Hände gewaschen hat (diese Brust hatte sich angefühlt wie eine behaarte Nacktschnecke!) und sich so halbwegs von ihrem Schock erholt hat, kann auch sie sich wieder in den weiteren Tagesablauf einfügen.

Einige Zeit später machen sich Tina und ihre neue Teamkollegin Traudl auf den Weg, um gemeinsam Sydney zu erkunden. Heute sollen die Männer gegen die Frauen antreten. Die Aufgabe dieses Tages lautet: Beweisfotos erstellen der Wahrzeichen »Darling Harbour« (da war gestern niemand), »Haymarket« und »Sydney Tower«.

Alle wundern sich zwar, warum die Reiseleiterin nun auf gleichgeschlechtlichen Teams besteht, immerhin hatten sich doch alle bei einem (heterosexuellen) Speeddating kennengelernt. Doch Kylie weiß genau, was sie tut. Sie muss starke Teams bilden; außerdem gilt es die Querulanten Tina und Stefan zu trennen, die gestern keine einzige ihrer Aufgaben erfüllt hatten und stattdessen faul am Strand rumgehangen haben. Und ein »Familienteam« aus Stefan und seiner Mutter Traudl kann sie auch nicht bilden; da bleibt nur diese Konstellation übrig: Tina und Traudl, Johannes und Stefan.

Schnitzeljagd in Sydney: Team »Tina – Traudl«

»Neee, ist der hoch!«, staunt Traudl. Sie liest noch einmal die Aufgabenstellung laut vor: »Geht auf den ›Sydney Tower‹ hoch und macht von oben aus ein Panoramafoto von der

Stadt!«. Nach der Erfahrung von gestern, als ihr der Mast einer Fußgängerampel in die Quere kam, während sie die Wolkenkratzer des Finanzdistrikts bewunderte, bleibt sie diesmal sicherheitshalber stehen, während sie an dem Turm hochschaut.

»Ja, laut Reiseführer ist der 305 Meter hoch und es gibt eine Aussichtsplattform«, gibt Tina das Wissen des kleinen Buches preis, aus dem sie laut vorliest. Ihr wird etwas mulmig, als sie an dem langen Gebilde hochschaut. Oben an der Spitze befindet sich eine Kuppel, auf der in roter Schreibschrift das Logo »Westfield« prangt, sodass man es sicher von jedem Winkel der Stadt aus sehen kann.

Tina hat vor nichts Angst. Sie liebt gefährliche Hobbys, und beim Autofahren hat ihr angeborener Bleifuß schon für so manch brenzlige Situation gesorgt. Das Einzige, was sie nicht mag, ist Höhe. Schon, wenn sie im vierten Stock eines Hauses aus dem Fenster schaut, muss sie sich an der Fensterbank festhalten. Das ist auch einer der Gründe, weshalb sie in ihrer Wohnung schon seit Monaten keine Fenster mehr geputzt hat. Ähm, nein, sie wohnte ja im Erdgeschoss. Dann mussten die dreckigen Fenster wohl andere Gründe haben ...

Zielstrebig geht die nicht Höhenangst traumatisierte Traudl nun zum Lift und drückt den Knopf. In wenigen Minuten würden sie »die Hafenmetropole mit ganz anderen Augen betrachten können«, verspricht eine Werbetafel der Tower-Gesellschaft. Tina folgt ihrer Kollegin nur etwas zögerlich in den zu allem Überfluss auch noch gut mit Menschen gefüllten Aufzug. »Hatte sie womöglich auch noch Klaustrophobie?«, schießt es Tina durch den Kopf.

BINGGG!!! Oben angekommen öffnet sich die Aufzugtür. Sofort werden sie von den anderen Fahrstuhlgästen Richtung Plattform geschoben. Da steht sie nun: Tina Essers, 38, aus München, in 251 Metern Höhe, und das Einzige, was sich zwischen ihr und dem Nichts ist, ist eine Glasplatte. Nur eine Panzerglasplatte trennt sie von den Autos und Menschen unten am Boden, die von hier oben wie Ameisen aussehen.

»Ach, das ist ja eine tolle Aussicht, was?« Traudl marschiert mit einer Selbstverständlichkeit zu der großen Panoramaglasscheibe, als wolle sie beim Metzger ein Schnitzel in der Auslage genauer unter die Lupe nehmen.

»Guck mal, Tina! Ist das nicht unglaublich? Was für einen weiten Blick man von hier oben hat!« Sie drückt ihre Nase gegen die Scheibe und hinterlässt ihren unvergesslichen Fettabdruck auf dem Glas. »Das ist ja eine richtige Glaskuppel. Wahnsinn, was es so alles gibt!«, ergeht sich Traudl in Begeisterungsrufen.

Hingegen ist es bei dem Wort »Glaskuppel« um Tinas, bisher mühsam kontrollierte Fassung endgültig geschehen. Sie ist wie ein Sack Zement zu Boden geplumpst, kauert dort nun auf Knien und kann sich nicht mehr rühren. Verängstigt schaut sie sich um und fragt sich, wie sie dieser schwindelerregenden Situation am schnellsten entfliehen könnte: Zwischen ihr und dem Lift liegen etwa acht Meter. Bis zur Fensterfront, wo Traudl wie eine Wahnsinnige den kleinen Wesen am Boden zuwinkt und dabei »Huhuhuhu« ruft, sind es circa drei Meter. Jedoch merkt Tina jetzt, dass sie nicht das einzige Lebewesen auf dem »Sydney Tower« ist, das sich im Vierfüßlerstand befindet. Sie blickt in die Augen eines »American Staffordshire Terriers«, der anscheinend ihre Art von Spiel noch nicht zuordnen kann. Jetzt war sie in der Zwickmühle! Sie hatte gelernt, dass man einem Hund nicht in die Augen schauen sollte, denn das mache ihn wütend und dann wolle er sein Revier verteidigen. Vor allem sollte man das tunlichst vermeiden, wenn man es mit einem Kampfhund zu tun hatte. Die Alternative wäre also, demütig den Kopf zu senken und dem gefühlt freien Fall durch die Panzerglasscheibe entgegenzublicken.

»Sag mal, Tina, was machst du denn da?« Erst jetzt bemerkt Traudl, dass Tina mitten auf der gläsernen Plattform auf allen

Vieren kniet. »Bist du Muslima und betest gerade Richtung Mekka? Oder was soll das?«

»Ähm, ... also ... Ähm, ich habe eine ganz besondere Gabe mit Hunden zu kommunizieren, weißt du? Man nannte mich damals in der Schule auch ›die Hundeflüsterin‹«, lügt sie kurzerhand, denn es ist ihr doch etwas peinlich, in welch demütigender Pose sie sich gerade befindet – so Auge in Auge mit einem amerikanischen Kampfhund. Andererseits will sie aber auch nichts von ihrer Höhenangst erzählen, denn das würde ihrem Image als supercoole Businessfrau sicherlich arg schaden.

»Also, ich weiß ja nicht, was dieser Köter dir gerade zuflüstert. Aber es sieht so aus, als fände er dich gut – so, wie der gerade an dir schnuppert!« Traudls Interesse an Tina und ihren Hundeflüstererfähigkeiten ist allerdings nur von kurzer Dauer. Vielmehr möchte sie lieber mehr über die Tragfähigkeit der Panzerglasplatte erfahren (dass es so was überhaupt gab!), testet eben diese durch wildes Auf-und-ab-Springen (ihre dicken Füße scheinen wie durch ein Wunder geheilt zu sein!) und will von einem Aufseher wissen, wie viele Personen das Glas wohl aushalten könne.

Derweil fasst Tina einen Entschluss: schnell wegrennen! Allerdings ist dies leichter gesagt als getan, denn mittlerweile hat der Terrier seine schweren Vorderpfoten auf Tinas Hintern platziert und macht dabei recht merkwürdige Bewegungen.

»Terminator, out! Out, go away ... out, Terminator!«, hört sie jetzt jemanden rufen. Daraufhin löst sich die Last gefühlter 30 Kilo von ihrem Allerwertesten, und Tina nutzt die Gunst der Stunde und krabbelt wie ein geölter Blitz zum rettenden Lift. Dort angelangt lehnt sie sich erst einmal schweißgebadet an die Wand, um wieder ein wenig zu sich zu kommen.

»Was war das denn für eine lustige Hundeshow?«, will eine muntere Traudl wissen. »Was hat dir der Köter denn so ins Ohr geflüstert?«

Tina überlegt, was sie denn nun Kluges sagen könnte, um gleichzeitig möglichst schnell von diesem Tower wegzukommen.

»Terrorgefahr in Sicht! Wir sollten schnell diesen Turm verlassen«, raunt Tina, immer noch atemlos von ihrer halsbrecherischen Flucht auf vier Pfoten, ähm, Knien und Händen.

»Terrorgefahr?«, fragt Traudl ungläubig. »So, wie damals am 11. September?« Dabei wandert ihr Blick zur großen Fensterscheibe, wo gerade ein Flugzeug der »Quantas Airways« zum Landeanflug auf den »Sydney International Airport« ansetzt.

»Raus hier! Sofort, schnell! Raus!«, schreit sie, packt Tina am Arm und zerrt sie vom Boden hoch in den Lift, aus dem gerade wieder eine japanische Reisegruppe auf die Aussichtsplattform drängt.

»Terror, Terror, Terror!!!«, blökt Traudl die verstörten Touristen an, drängt sie zurück in den Lift und sorgt so für jede Menge Aufregung unter den Tower-Besuchern.

Unten angekommen, werden Tina und Traudl vom Sicherheitspersonal in Empfang genommen. Was sie veranlasst habe, eine solche Panik unter den Besuchern dieses friedlichen Wahrzeichens Sydneys auszulösen, werden sie gefragt. Nachdem Tina gegenüber dem Angestellten kleinlaut erklärt hat, dass ihre Freundin mit der vermeintlich von einem Hund durchgegebenen Terrorwarnung etwas falsch verstanden hatte, werden die beiden irgendwann gnädig in die Freiheit entlassen.

Tina ist das Ganze im Nachgang zwar schon etwas peinlich, aber die Erleichterung darüber, wieder australischen Grund und Boden unter den Füßen zu haben, überwiegt. Und auch die japanische Reisegruppe profitiert von Tinas Hundeflüsterer-Manöver, denn »nur in letzter Sekunde einem Terroranschlag entkommen zu sein«, war definitiv eine erzählenswerte Anekdote, die jeden Urlaubsbericht unglaublich aufwertete.

Schnitzeljagd in Sydney: Team »Johannes – Stefan«

Johannes und Stefan sitzen in einem Straßencafé am »Darling Harbour«, halten die Gesichter in die Sonne und genießen den Blick auf das bunte Treiben um sie herum. Zahllose Restaurants, Bars und Coffeeshops reihen sich aneinander, sodass man bei der Entscheidung, welches man aussucht, die Qual der Wahl hat. Eine Qual, die Johannes gerne einmal hätte, wenn es um Frauen geht, dann da hat er schließlich noch nie eine Auswahl gehabt.

»Mensch, Stefan! Sag mal, kannst du mir nicht ein paar Tipps in puncto Frauen geben? Also, so von Mann zu Mann«, bittet er seinen männlichen Kollegen und rutscht dabei unruhig auf seinem Stuhl hin und her.

»Tja, hm, was willst du denn wissen?«, fragt Stefan etwas gelangweilt, denn eigentlich hatte er nicht damit gerechnet, dass er in seiner momentanen Situation als sexuell Unentschlossener nun Ratschläge zum Thema Frauen geben sollte.

»Also, diese Tina! Das ist ein Mordskaliber, sage ich dir! Ich habe ja heute morgen ihre ›Hupen‹ gesehen, voll scharf«, redet Johannes einfach drauf los, während Stefan etwas überrascht ist, dass sein verklemmter Begleiter solche Ausdrücke überhaupt kennt. Daher senkt er jetzt irritiert seine Sonnenbrille etwas ab, um Johannes über den Rand in die Augen schauen zu können.

»Also, hast du doch was sehen können? Heute Morgen hast du uns versucht weiszumachen, du hättest bei dem Wasserdampf nichts erkennen können. Da hat wohl jemand ordentlich geschwindelt, was?«

Verschmitzt lächelt Johannes und gibt zu, dass er am Morgen nicht ganz die Wahrheit gesagt hatte. Er will nun aber wissen, was er tun kann, damit Tina auf ihn steht. Denn schließlich hatte ihre Hand schon seine Brust »gestreichelt«, und er ging davon aus, dass das mehr war als nur eine einfache Berührung ...

Mit dem Wissen vom Vortag, als sich Tina ihm gegenüber sehr negativ über Johannes geäußert hatte, will Stefan diesem zwar nicht die komplette Illusion rauben, musste ihm aber dennoch klarmachen, dass er null Chancen bei Tina hatte. Er rät Johannes daher, es erst mal bei »kleinen Fischen« zu probieren, bevor er sich an einen »Wal« wie Tina herantrauen würde. Er gibt ihm – nun langsam ein wenig in Fahrt kommend, angesichts der Tatsache, dass er hier als Experte gefragt war – Tipps, wie man mit Frauen flirtet und wie man mit ihnen ins Gespräch kommt. Welche Komplimente man machen muss und dass man dieses gewisse Interessante nicht verlieren darf. Man müsse Softie, aber gleichzeitig Macho sein, die Mischung mache es, beendet Stefan seinen Vortrag. Johannes hat begierig zugehört und alles so genau wie möglich in seinem Notizbuch festgehalten. Jetzt brennt er förmlich darauf, diese wertvollen Tipps in die Praxis umsetzen zu können, und will endlich Frauen ansprechen.

»Okay, lauf hier einfach mal die Straße auf und ab und tu so, als ob du was suchst. Dann fragst du einfach eine Frau nach dem Weg, sagen wir mal, den Weg zum ›Opera House‹. Okay?«, schlägt er Johannes vor.

»Aber ich weiß doch, wo das Opernhaus ist«, sagt der naiv. Stefan verdreht genervt die Augen, und meint achselzuckend, dann solle er doch nach dem »Sydney Museum« fragen. »Und am Ende bedankst du dich und fragst nach ihrer Nummer, und ob du sie als Dankeschön auf einen Drink einladen darfst.«

»Nummer? Drink? Einladen?«, fragt Johannes nach. »Ich habe doch nur ein deutsches Handy und es kostet so viel ins Ausland anzurufen. Und wieso eigentlich einladen? Hier ist doch alles so teuer. Kann die Frau nicht selbst bezahlen?«, kommt jetzt der geizige Schwabe in ihm durch.

Stefan beruhigt ihn: »Es ist doch nur ein Test, ob sie dir ihre Nummer geben würde, mehr nicht, okay? Los, versuch dein Glück!«

Stefan sieht seinem »Schüler« Johannes hinterher, als dieser nervös davontrottet, um wie befohlen eine weibliche Telefonnummer zu ergattern. Er glaubt nicht im Traum daran, dass

Johannes überhaupt in die Verlegenheit gerät sich über die Kosten einer Einladung Gedanken machen zu müssen. Er, Stefan, legt sich währenddessen lieber für ein kleines Mittagsschläfchen in den »Hyde Park« unter einen Baum. Schließlich musste er überlegen, welche Schritte er selbst unternehmen könnte, um sein kleines Problem zu lösen. Zunächst das Problem »Mutter«: Wie konnte er sie endlich loswerden?

Judy Anderson ist süße 28 Jahre alt und trägt heute ihre langen braunen Haare zu einem Pferdeschwanz gebunden. Sie spaziert bei dem schönen Wetter nur so ein wenig durch die Gegend, und geht gerade Richtung »Hyde Park«. Sie ist Single und auf einen ganz speziellen Typ Männer aus. Ihr Traummann soll anders sein, als die meisten Männer, oder als sich die meisten Frauen einen Mann wünschen. Sie sucht nicht so einen Nullachtfünfzehn-Typen, sondern eher einen Individualisten, gerne einen Eigenbrötler oder einen Sonderling. Eben etwas Besonderes. Nicht so einen Frauenheld, der immer einen ganzen Harem hinter sich herzieht und bei dem man ständig Angst haben muss, dass ihn eine andere ausspannt. Und lieber auch einen, der nicht so eine riesige Familie im Schlepptau hatte, sonst müsste man sich auch noch mit Schwiegereltern, Tanten, Nichten und Neffen rumschlagen. Sie will einen Mann schließlich ganz für sich haben! Solche Männer findet Judy spannend und herausfordernd. Als sie in diesem Moment Johannes auf sich zukommen sieht, stellt sie direkt Blickkontakt mit ihm her – und schaut ihm fest in die Augen.

Dieses Funkeln in ihren Augen fällt Johannes sofort auf, und diese freundliche Art, wie sie ihm im Park entgegenkommt.

»Hi, I'm Judy! How is your day today?«, quatscht sie ihn einfach an.

»I'm from Germany, you know? Far away, Munich ... Oktoberfest, you know?«, stottert Johannes. Judy ist begeistert. Er schien nicht so ein Draufgängertyp zu sein. Und aus Deutschland – okay, warum nicht? Das war mal was anderes. Ihren Small Talk fortsetzend will sie nun von Johannes wissen, was er denn in Sydney mache und ob er hier schon viele Leute kenne. Im Übrigen könne er ruhig deutsch reden, sie verstünde ein wenig, da sie ein paar Jahre Unterricht gehabt hätte. Allerdings sei sie ein wenig aus der Übung, insbesondere was das Sprechen anginge.

Durch ihre offene Art von jeglichen Hemmungen befreit, plaudert Johannes fröhlich und locker weiter. Redet sich alles von der Seele, dass er sich oft einsam fühle und nicht wirklich viele Freunde habe und dass er seit vielen Jahren nach der richtigen Frau suche.

Bei Judy scheint der »bekannte Blitz« so was von eingeschlagen zu haben, denn sie fragt ihn bereits, ob er ein bisschen Zeit habe und ob sie zusammen einen Film anschauen wollten.

Nach einem kurzen Blick auf seine Uhr willigt er ein. Und dann gehen Judy und er in ein Kino, das laut Judy direkt um die Ecke ist. Wobei es nicht wirklich ein Kino ist – im Kinosaal gibt es nur drei Stuhlreihen, die alle frei sind, was an einem Freitagnachmittag sicherlich nichts Außergewöhnliches ist.

Der Film dauert keine 15 Minuten. Johannes ist eigentlich ganz froh darüber, dass dieser Science-Fiction-Film nicht so lange gedauert hat, denn er will ja viel lieber seine neue Eroberung Judy besser kennenlernen, als sich so einen blöden Film anzuschauen. Doch Judy möchte von ihm wissen, wie ihm der Film gefallen habe.

»Ja, ganz okay. Vielleicht ein bisschen kurz für einen Kinofilm, aber kostet mich ja nix, oder?«, wieder ganz der sparsame Schwabe.

Sie lacht, verneint und sagt Johannes, dass er eine tolle Seele und ein gutes Herz habe.

»Ach, ja, wirklich? Danke! Das hat mir ja noch nie jemand gesagt«, lächelt Johannes ganz verlegen.

»I can feel it and I can see it with my eyes«, sagt sie und lächelt ihn an.

»Aha, du hast wohl Röntgenaugen ...«, witzelt er, und schaut verlegen zur Seite, als sie ihn fragt, ob sie ihn einmal umarmen dürfe. Er willigt ein, und wird nun von Judy, seiner erst vor 30 Minuten kennengelernten Eroberung, lange, sehr lange und intensiv umarmt. Während auch er sie an sich drückt, denkt er, dass dieser Stefan ein echter Fuchs war, denn dank seiner Tipps schien sich der Erfolg bei Frauen ja in Windeseile einzustellen. Hätte er Stefan bloß früher schon gekannt! Wobei, wenn er richtig überlegte, hatte er sich bei Judy eigentlich gar nicht so viel Mühe geben müssen. Diese Frau hatte ihn einfach angebaggert.

»I wanna meet you again and I want to know your dreams for the future«, sagt sie plötzlich.

»Wow, die Frau legt ein Tempo vor! Sie macht schon Zukunftspläne. Stefan wird ausrasten, wenn er das erfährt.« Heute schien Johannes' absoluter Glückstag zu sein. Erst die nackten Brüste von Tina am Morgen inklusive seiner Brustberührung; und am Nachmittag gab es Schmuseeinheiten mit einer Fremden, die schon Zukunftspläne schmieden wollte. Er fragt sich ernsthaft, ob das berühmte »erste Mal« vielleicht schon ganz nahe war.

Judy gibt ihm ihre Visitenkarte. »I must go to work. Please call me back and we can talk more about your life and your dreams.«

Er verabschiedet sich von Judy und geht stolz wie Oskar zurück zum Treffpunkt in den »Hyde Park«, wo Stefan gerade aus seinem Mittagsschläfchen erwacht ist.

»Na, wie ist es gelaufen?«, will er wissen.

Johannes zeigt den nach oben gereckten Daumen. »Habe eine Nummer bekommen. Das ging so was von einfach! Diese Frau ist der Hammer, sag ich dir! Einfach klasse, einfach spitze.

Wir wollen uns bald schon wiedersehen und über unsere Zukunft reden.«

»Was?« Stefan ist einigermaßen baff. Das ging ihm jetzt alles etwas zu schnell. Er ist sich nicht sicher, ob Johannes ihn gerade verarschen will. Konnte eine Frau wirklich so doof sein, sich auf ein Date mit Johannes einzulassen? Eine einigermaßen klar im Kopf denkende australische Frau, die nicht gerade unter einer Sehschwäche litt, würde ihm doch niemals so schnell ihre Telefonnummer geben. Wie war das möglich?

»Wie heißt sie denn, die Auserwählte?«, fragt er neugierig.

Johannes hält ihm die Visitenkarte entgegen und Stefan liest laut vor:

Miss Judy Anderson – Account Manager and Coach for Scientology Church in Sydney. Please call me, whenever you want and whenever you have problems.

Tina und Traudl sitzen nach dem Hunde-Szenario und der Terrorgeschichte in einem japanischen Restaurant im »Haymarket« und trinken Tee. Also, Traudl trinkt Tee, Tina hat gerade ihren zweiten Gin Tonic heruntergespült. Sie quatschen über Gott und die Welt, wobei streng genommen eigentlich nur Traudl redet, während Tina zuhört. Sie tut zumindest so, als höre sie zu, denn es interessiert sie eigentlich recht wenig, wie Traudl von der Affäre ihres Mannes mit der blutjungen Kantinenfachkraft Swetlana aus Russland erfahren hat. Und während Traudl so vor sich hin plappert, schaut Tina aus dem Fenster und beobachtet die Leute, die am Fenster vorbeilaufen. Das ist ein Hobby, das ihr große Freude macht: einfach mit einem Gläschen Gin Tonic dasitzen und Menschen beobachten. Schade, dass es hierfür noch keinen Verein gab. Sie findet diese Art der Beschäftigung viel besser, als etwa Tennis zu spielen oder in ein Fitnessstudio zu gehen. Da fällt ihr ein, dass Sport ja auf der Liste stand, die sie und Stefan erarbeitet hatten, um bessere

Chancen bei Männern zu haben. Vom Saufen und Beobachten würde sie kein Gramm verlieren.

»Wie findest du eigentlich meinen Sohn?«, will Traudl nun wissen.

»Er hat gute Manieren, arbeitet bei einer Bank, was willst du mehr?«

»Und als Bonus gibts mich als Schwiegermutter! Ist das nicht ein tolles Angebot?« Traudl hebt ihre Teetasse zum Anstoßen.

Tina dämmert gerade, dass hier eine Mutter versucht ihren Sohn »wie sauer Bier« anzupreisen. Offensichtlich ahnt Traudl nicht, was Tina längst weiß – nämlich dass Stefan nicht auf Frauen steht. Um dieses Wissen nicht preisgeben zu müssen, versucht sie Traudl und ihr »äußerst attraktives Angebot« mit einer Notlüge abzuspeisen.

»Stefan ist zu klein für mich. Ich mag große Kerle, weißt du?«, schwindelt sie.

»Das ist alles? Die Größe?«, fragt Traudl verwundert. »Wegen der Größe lehnst du meinen Sohn ab?«

»Die Größe ist wichtig!«, bestärkt Tina. »Ich trage meistens High Heels und das sieht doch dann blöd aus, wenn der Partner so klein daneben steht.«

»Dann trag doch flache Schuhe«, kontert Traudl, denn sie will noch nicht so schnell aufgeben.

Tina versucht ihr nun klarzumachen, dass es einfach nicht so sexy aussieht, wenn man in einem Club mit flachen Schuhen tanzt – das wolle sie doch wohl nicht von ihr verlangen! Doch schon wieder hat die Möchtegernschwiegermutter ein Argument parat.

Tina überlegt, wie sie Traudl begreifbar machen kann, dass aus Stefan und ihr definitiv kein Liebespaar werden kann. Schließlich weiß sie sich keinen anderen Rat mehr, als es ihr auf die harte Tour beizubringen.

»Ich stehe auf Lack und Leder und mag gerne die etwas härtere Tour in Sachen Sex! Wenn du verstehst, was ich meine?«, platzt es aus Tina heraus, während sie am Strohhalm ihres dritten Gin Tonic saugt.

Traudl verschluckt sich daraufhin fast an ihrem Tee und schaut verlegen nach unten. Sie wechselt ruckartig das Thema:

»Und wie findest du Johannes? Ist das nicht ein entzückender und ganz lieber junger Mann? So unerfahren. Der bräuchte doch mal eine Hand, die ihn führt und ihm zeigt, wo es langgeht.« Jetzt konnte sie Tina guten Gewissens mit Johannes verkuppeln, denn nach dem »Lack-und-Leder-Outing« war sie nichts mehr für ihren lieben Sohn. Traudls Aufgabe lautete also nicht mehr, den eigenen Sohn mit Tina unter die Haube zu bringen, sondern Johannes darauf vorzubereiten, dass er bei Fetisch-Tina eine ernsthafte Chance hatte. Dann käme sie auch ganz ihrem Versprechen nach, dass Johannes bald Tina im Bett haben würde.

Es hat ihn drei Kugeln Vanilleeis gekostet, Johannes wieder einigermaßen lächeln zu sehen – nach der großen Enttäuschung, einer Scientologin in die Arme gelaufen zu sein. Stefan beschließt, dass Johannes unbedingt ein neues Outfit benötige, wenn er bei Frauen gut ankommen wolle. Er schleift ihn daher in das »Bondi Junction Shopping Centre«, das mit fast 500 Geschäften auf sechs Etagen einem Labyrinth ähnelt. Allerdings weiß Stefan nicht, wo er bei Johannes' Outfit anfangen soll. Er beschließt, »sich von unten nach oben« durchzubeißen. Zuerst müssen die Trekkingsandalen und die weißen Tennissocken dran glauben; sie werden gegen Flip-Flops und nackte Füße eingetauscht – schließlich ist in Sydney Sommer!

Stefan hat als Zivildienstleistender viel gesehen und weiß, dass bei vielen älteren Menschen die Körperpflege angesichts der Gebrechen immer schwerer fällt, gerade was die Fußpflege betrifft. Was jedoch Johannes dazu veranlasst hat, nie etwas gegen die zentimeterdicke Hornhaut an den Fersen und die langen Zehennägel zu unternehmen, ist ihm einigermaßen unverständlich. Statt Klamottenkauf gibt es daher erst mal »Pediküre für den Herrn«. Johannes, der beim Berühren seiner Füße immer wieder wie ein kleines Mädchen loskichert, muss dann im Laufe der »Behandlung« (die vier Thailänderinnen tragen Mundschutz) festgehalten werden, als säße er beim Zahnarzt.

1,5 Stunden später hat jeder Klamottenladen bereits geschlossen und die jungen Thailänderinnen mussten angesichts dieses schweren Falls Überstunden schieben. Aber Johannes hat jetzt immerhin die gepflegtesten Füße seines Lebens. Die steckt er nun in seine neuen Flip-Flops, die ihm Stefan in der Zwischenzeit besorgt hatte, und ist ab sofort wie jeder coole »Aussie« unterwegs, denn Flip-Flops gehören hier zum Alltag. Johannes ist zwar noch skeptisch, ob seine neuen, pedikürten Quadratlatschen schon dafür sorgen, dass er bessere Chancen bei Tina hat. Doch um sich an diesem Abend etwas besser zu fühlen, redet er sich ein, dass sie ja theoretisch eine Fußfetischistin sein könnte. Und dann würde er mit seinen neuen Füßen einen echten Volltreffer landen können!

»TREFFER – VERSENKT!«

Am Abend spielen Traudl und Hung »Schiffe versenken«. Sie freut sich wie ein Kind, dass sie bereits zum dritten Mal in Folge gegen den kleinen Vietnamesen gewonnen hat. Die anderen sind nach dem langen Tag schon ins Bett gegangen, und so sitzen nur noch der junge Koch und sie im Wohnzimmer. Nach der dritten Niederlage will Hung keine weitere Partie spielen, stattdessen unterhalten sie sich ein wenig – zum Beispiel über Gott und die Welt, oder eher über Gott und Buddha. Eine faszinierende Religion, der Buddhismus, findet Traudl, und will alles darüber wissen. Denn sie will schließlich ihr Leben ändern, warum nicht auch mal den Glauben wechseln, denkt sie sich. Gerade fachsimpeln sie über die Wiedergeburt.

»Also, ich will wiedergeboren werden als ...«, sie überlegt und überlegt. »Hach, ich weiß es! Ich will als Hund wiedergeboren werden.«

Hung schaut sie verblüfft an. »Als Hund? Wieso das denn?«

Dann erzählt Traudl, dass Tina die Sprache der Köter versteht und dass sie es total lustig fände, in ihrem zweiten Leben als Hund mit ihr zu reden.

Hung findet deutsche Touristen irgendwie seltsam. Sie behaupten, sie können mit Hunden sprechen und wollen als diese Vierbeiner geboren werden? Oder hatte diese Fremde gar heimlich in seiner Tasche gewühlt und das Gras gefunden, das er noch schnell vor der Arbeit besorgt hatte? Gut möglich, denn wer tatsächlich glaubte, die Hundesprache zu verstehen, der musste doch eigentlich völlig »high« sein oder aber einen Hang zu Drogen haben.

»Sag mal, magst du was rauchen?«, fragt er vorsichtig. »Da kannst du frei wie ein Vogel sein – das fühlt sich besser an, als ein Hund zu sein. Vertrau mir, Traudl!«, lächelt er sie an.

An diesem Abend öffnet Tina als Einzige und zum ersten Mal ihr Urlaubstagebuch und versucht sich an einem Lagebericht:

Mein Leben in Sydney ist genauso blöd wie das in München. Es ist »Tag 3« und es gibt weit und breit keinen Mann, der meinen Hormonhaushalt einmal richtig schön durchrütteln könnte. Bisherige traurige Bilanz: Nur der Freak hat mich nackt gesehen, versehentlich. Und ich habe ihn angefasst, ebenfalls versehentlich (Igitt! Wo war noch mal das Sagrotan? Das hatte ich doch extra eingesteckt).

Und der persönliche Tiefpunkt aller Zeiten: Ein Hund hat versucht mich zu besteigen! Das ist wohl so ziemlich das Entwürdigendste, was einer Singlefrau, Ende 30, passieren kann, wenn einen nur noch Hunde bespringen wollen. Es wird Zeit, etwas zu verändern! Ein Mann muss her und es muss Sport gemacht werden. Denn

Punkt eins der Liste sagt: Wenn straffer Körper, dann klappts auch mit dem Sex!

Mit diesem Gedanken schließt sie ihr Tagebuch und fällt in einen tiefen, erholsamen Schlaf. Sie träumt von ihrem Märchenprinzen, auf den sie schon wartet, seit sie »Bunte«, »Das Goldene Blatt« und »Gala« liest.

»Tag 4« Samstag, 8. Dezember

Die Sonne zeigt sich an diesem Morgen von ihrer Schokoladenseite und verzaubert den »Bondi Beach« mit einem Glanz, dass man denken könnte, man sei im Paradies – wäre da nicht die zweispurige Straße, die parallel zur Promenade verläuft. Es ist acht Uhr morgens. Um diese Zeit ist der Strand noch nicht mit Touristen überlaufen. Nur die Jogger laufen ihre gerade Strecke von mehr als einem Kilometer, direkt am Strand und mit Blick auf den Pazifik.

Es ist ein atemberaubendes Gefühl, wenn der Köper über den glitzernden Asphalt gleitet und einen Fuß vor den anderen setzt. Dabei läuft einem der Schweiß den Rücken hinunter. Jeder Sportler kennt den Adrenalinstoß und die freigesetzten Endorphine, die beim Laufen durch den Körper schießen.

Röchel, röchel, röchel!!! Tina steht mit hochrotem Kopf mitten auf der Promenade und stemmt beide Hände in die Seiten. Sie hat Seitenstechen, und ihre Raucherlunge tut dem plötzlichen Laufwunsch auch nicht gerade gut. Stefan, mit dem sie zusammen das Projekt »Sex dank Sport« ins Leben gerufen hat, schaut sich um und versucht sie aufzumuntern:

»Na, komm, Tina! Ein bisschen kannst du schon noch laufen.«

»Nee, ich ... röchel, röchel, röchel ... kann nicht mehr! Mensch, ist das heiß hier ... Mir tut die Seite voll weh und ich bin total unterzuckert«, jammert sie.

»Wenigstens einmal die Promenade entlang«, versucht er sie zu überzeugen. Tinas Blick wandert von ihrem Ausgangspunkt zu dem geplanten Ziel. Mit Schrecken muss sie feststellen, dass sie gerade mal geschätzte 700 Meter zurückgelegt hat. Das letzte Mal, dass sie gerannt ist (Sommer- und Winterschlussverkäufe zählen nicht mit), war beim Sportfest in der achten Klasse. Seitdem hatte sie nichts mehr mit Rennen am Hut gehabt. Das machte sich nun bitter bemerkbar, denn Tina kann trotz Stefans Motivationsversuchen keinen Schritt mehr weitergehen, sodass sie an dieser Stelle abbrechen und nach Hause gehen müssen.

Als die zwei dort ankommen, Tina immer noch mit knallrotem Kopf, wartet Kylie schon mit dem Frühstück auf sie.

»Na, ihr Sportskanonen! Wie wars?«, will sie wissen.

»Schnauze!«, giftet Tina, die gerade von einer erneuten Seitenstechattacke geplagt wird. »Ich gehe duschen.« Ihre Stimmung ist gelinde gesagt im Keller, woran auch die heiße Dusche nicht viel ändern kann. Als sie dann am Frühstückstisch auch noch auf Johannes trifft, ist es mit einer Chance auf gute Laune endgültig vorbei.

»Glotz mir nicht auf die Titten!«, blufft Tina ihn an. Und Kylie ahnt, dass Tina sehr frustriert sein muss.

»Ich schau dir doch gar nicht auf den Busen«, rechtfertigt sich Johannes.

»Doch, das tust du! Ich sehe doch, wie du mich hier die ganze Zeit anstierst«, sagt sie, während sie auf ihrem Brötchen kaut. »Ich will nicht, dass der mit mir an einem Tisch sitzt«, verlangt sie nun von Kylie.

»Also, jetzt mal langsam, Tina! Wenn er sagt, dass er nicht auf deine Oberweite schaut, dann wird das schon so sein«, versucht Kylie zu schlichten.

Doch Tinas Geduldsfaden ist nach dem Sport-Fiasko endgültig gerissen. Sie verlangt jetzt, dass sich Johannes zumindest beim Essen rumdreht, wenn sie mit am Tisch sitzt.

Der sprachlose Johannes weigert sich jedoch seine Mahlzeiten mit dem Gesicht zur Wand einzunehmen, nur damit Tina ihren Frieden und keinen Blickkontakt mehr zu ihm hat.

Kylie greift ein und schlägt vor, dass Johannes den Platz mit Stefan tauscht, sodass die beiden Streithähne nicht mehr gegenüber, sondern nur noch nebeneinander sitzen. Ein Vorschlag, den Tina zähneknirschend hinnimmt.

Als sie nun die Treppe hochschauen, sehen sie Traudl, die in ihrem neuen Batikkleid die Stufen heruntergewackelt kommt.

»Einen wunderschönen guten Morgen!«, dabei reckt und streckt sie sich nach allen Seiten. »Ich fühle mich heute Morgen so frisch und frei wie ein Vogel, oder wie ein Vögelchen«, kichert sie albern.

»Guten Morgen, mein Sohn«, und sie gibt Stefan einen Kuss, woraufhin dieser ruckartig seine Wange wegzieht.

Das Erste, was Tina nun durch den Kopf schießt, ist: »So ein Mist! Jetzt hatte die alte Traudl noch vor ihr Sex gehabt! Denn wenn eine alte Frau morgens nicht mehr von dicken Füßen, Durchfall oder Beulen auf der Stirn erzählt und stattdessen von ›frisch und frei wie Vogel‹ labert, dann muss sie eine tolle Nacht gehabt haben.« Tinas Laune erreicht jetzt den absoluten Gefrierpunkt. »Doch mit wem sollte Traudl die Nacht verbracht haben?«, überlegt sie. Ihr fällt nur einer ein: Johannes! Sie schüttelt sich vor Ekel und beschließt, dass es an der Zeit ist für »Plan B«: Sie musste sich endlich eine eigene Wohnung suchen und aus diesem Irrenhaus ausziehen.

Kylie hat den Eindruck, dass die Schnitzeljagd jetzt wieder in den ursprünglichen Teams fortgesetzt werden könnte, denn am gestrigen Tag hatte sich gezeigt, dass alle schön brav durch die Stadt gegangen waren und ihre Fotos gemacht hatten. Kylie kann es gar nicht abwarten, die Gruppe schon ganz bald zu einem Ausflug in die »Blue Mountains« zu führen. Drei Tage hat sie dafür eingeplant, und als Belohnung für das bessere Team hat sie für die Fahrt dorthin einen Jeep vorgesehen. Das Verliererteam muss die Reise ins »Outback« mit dem kleinen Suzuki antreten. Tina wirkt angesichts dieses Plan noch etwas skeptisch, doch das liegt sicherlich daran, dass sie frustriert ist. Frustriert, dass bei ihr nichts richtig klappen will! Doch bei Kylie ist es gerade andersrum: Bei ihr läuft gerade alles nach Plan. Und sie hat noch mehr Überraschungen für die vier in petto. Es stehen Ausflüge zum »Ayers Rock« im australischen Outback und zum »Great Barrier Reef« als weitere Highlights auf dem Reiseprogramm. Spätestens beim Roadtrip in den Wohnmobilen wird es bei den Paaren funken, davon ist sie ganz fest überzeugt.

Schnitzeljagd in Sydney: Team »Tina – Stefan«

Stefan, der sich mittlerweile eine australische SIM-Karte von dem Anbieter »amaysim« für gerade mal zwei Dollar für sein uraltes Zweithandy besorgt hat, wählt die erste Nummer. Er hatte den ganzen Morgen auf der Website www.gumtree.com.au nach einer passenden Bleibe gesucht, und machte aus der »Schnitzel-Jagd« nun seine ganz persönliche »Wohnungs-Jagd«. Ein kleines WG-Zimmer würde ihm reichen, um endlich weit weg von seiner Mutter zu sein und um seinem Projekt »sexuelles Sichausprobieren« ein Stück näherzukommen.

»Hi, this is Stefan from Germany calling. Can I have a look for your room?«, will er von der weiblichen Stimme einer wohl älteren Dame am anderen Ende der Leitung wissen.

»Of course, you can be here in two hours in 56, Edgecliff Road«, sagt sie freundlich.

Stefan verspricht pünktlich da zu sein, legt auf und wundert sich, wie einfach das hier mit den Besichtigungsterminen funktionierte.

»Weißt du, wo das ist?«, fragt Tina, die mit Sonnenbrille, Gin-Tonic-Glas und der dritten Zigarette des Tages neben ihm auf der Bank am »Bondi Beach« sitzt.

»Hier ums Eck. Laut Karte ist Edgecliff ein Stadtviertel ganz in der Nähe«, sagt Stefan, der die Route dank »Google Maps« auf seinem Handy ganz schnell berechnet hat.

Tina hatte sich als gutes Teammitglied dazu bereit erklärt, Stefan zur Besichtigung zu begleiten, um im besten Falle auch gleich nach einer eigenen Bleibe zu suchen. Das Thema Wohngemeinschaft war zwar nach der Badezimmerszene mit Johannes für sie keine ganz so tolle Option, aber für einen ganzen Monat eine eigene Wohnung bezahlen zu müssen, schien angesichts ihrer prekären Finanzlage doch etwas unrealistisch. Sie hoffte noch auf die Variante »Mann mit Wohnung«, bei dem sie mitsamt Koffern einfach einziehen könnte. Das wäre für sie immer noch die beste Lösung. Dabei erinnert sie sich wieder an die To-do-Liste und daran, dass sie zunächst dringend einen straffen Körper benötigt. Daher schlägt sie vor, die 2,6 Kilometer bis nach Edgecliff zu Fuß zu gehen, um dem Ziel »straffer Body« schon mal ein wenig näher zu kommen. Wer Tina kennt, weiß das dies ein für sie höchst untypischer Vorschlag ist: Normalerweise gibt es für sie nicht die geringste Veranlassung sich zu Fuß von A nach B zu quälen, solange es so wunderbare Erfindungen wie ein Taxi gibt. Aber es heißt doch: »Wer schön sein will, muss leiden!«. Und außerdem bedeutet »gehen« schließlich nicht »laufen«, das sollte sie also hinbekommen.

Das kleine Townhouse wirkt sehr verschlafen, und doch strahlt es eine gewisse Gemütlichkeit aus. Also, von außen betrachtet. Als Stefan die »Bimmel« rüttelt, hört er ein Getapse und Gekläffe hinter der Tür.

Da Tina bereits am Vortag unangenehme Erfahrungen mit Vierbeinern machen musste, versteckt sie sich jetzt sicherheitshalber hinter Stefans Rücken. Allerdings könnte ihr lautes Gejapse sie verraten, denn angesichts ihrer Raucherlunge war auch »gehen« für Tina eine anstrengende Sache und sie versucht immer noch röchelnd ihre Atmung wieder in den Griff zu bekommen. Sie hofft inständig, dass sich dieser Hund nicht gleich auf sie stürzen wird – sonst hätte sie ein echtes Ego-Problem, wenn sie jetzt alle Hunde dieser Stadt wie ein Magnet anziehen würde.

Doch Rufus, der kleine Yorkshireterrier, ist so fett, dass er nicht einmal die Pfoten auf die Höhe einer Treppenstufe bekommt, und er scheint umgekehrt, mehr Angst vor der moppeligen Tina zu haben, die jetzt langsam hinter Stefans Rücken hervorkommt.

»Hi, mate. I am George«, sagt ein älterer Herr, der sich als Hausbesitzer vorstellt.

Das sind die einzigen Worte, die Stefan aus dem Mund des neuseeländischen Opis versteht, denn Neuseeländer nuscheln so sehr, dass man fast keine Chance hat, etwas von ihrem Englisch mitzubekommen.

Wie zwei ängstliche Teenager sitzen die beiden dann mit George und Rufus auf der Wohnzimmercouch, immer wieder mit dem Kopf nickend, obwohl sie rein gar nichts verstehen. George hätte den beiden auch eine Waschmaschine anstelle des WG-Zimmers anpreisen können, die zwei hätten es wohl nicht bemerkt.

Doch die Rettung naht in Form von Amanda, Georges Frau, die wie ein aufgescheuchtes Huhn und mit Händen, an denen Teig klebt, ins Wohnzimmer humpelt.

»Sorry, I am just baking a cake for tomorrow«, entschuldigt sie sich, da sie den beiden nicht die Hand geben kann.

Stefan fällt ein Stein vom Herzen, denn er hat diesen englischen Satz vollständig verstanden. Amanda gibt sich als Britin zu erkennen – wobei man auf diese Idee eigentlich selbst hätte kommen können, denn die Wohnzimmerwand hängt voller Bilder von der Queen, von Prinzessin Diana und von Charles, sodass man annehmen könnte, man sei zum WG-Casting bei der »Royal Family« höchstpersönlich.

Nach einem kurzen Small Talk und der Frage, was Stefan denn hier in Sydney mache und wie lange er bleiben wolle (er gibt vor, wenn möglich für immer zu bleiben, um bessere Chancen auf das Zimmer zu haben), gewährt ihm das Rentnerpaar einen Blick in das zu vermietende Zimmer. EIN Blick genügt hier allerdings! Stefan weiß auf Anhieb, dass er in diesem Zimmer nicht eine einzige Nacht verbringen möchte. Es sieht aus wie eine Gefängniszelle, mit den Gitterstäben vor dem Fenster. Und genau wie im Knast gibt es genau ein Bett, einen Schrank, einen Tisch und einen Stuhl – fehlt nur noch die Nasszelle mitten im Raum. Allerdings hat der ziemlich abgeranzte Teppichboden eine derart undefinierbarer Farbe und so viele Flecken, dass man den Eindruck gewinnt, zumindest Hündchen Rufus erledige hier öfter mal sein Geschäft. Denn um vor die Tür Gassi zu gehen, dazu war er wohl zu fett.

Als die beiden Vermieter dann noch berichten, dass sie ab Februar mit einer neuen Anti-Aging-Kampagne den deutschen Markt erobern wollen, und von dem zu erwartenden Millionenumsatz erzählen, ist sich Stefan sicher, dass mit den beiden was nicht stimmt. Denn wer teilt sich schon Küche und Bad, wenn er eigentlich ein Selfmademillionär ist? Seine Suche nach einem geeigneten Wohnplatz geht also erst mal weiter.

Schnitzeljagd in Sydney: Team »Traudl – Johannes«

»Das ruckelt ja so«, meint Traudl, als sie vorsichtig über den Steg balanciert, der den Fahrgästen zum Einstieg in die Fähre dient. Sie sind in »Watson Bay«, einem Vorort elf Kilometer nordöstlich von Sydney, wohin sie erst mal mit dem Bus von Bondi Beach gelangen mussten (so sah es Kylies Plan vor). Von hier aus würde die Fahrt in Richtung City gehen.

»Ach, ist das herrlich!«, meint Traudl, nachdem sie ihre Plätze eingenommen haben. »Das ist doch wie Bootfahren auf dem Starnberger See, gell?«

Johannes schaut verdutzt und murmelt, dass es zwischen dem Pazifischen Ozean und dem fünftgrößten deutschen See schon noch ein paar Unterschiede gäbe.

Kurz vor der Abfahrt hatte sich Traudl noch im »Doyles on the Wharf«, einem Takeaway und Bistro für Fisch und Meeresfrüchte, einen leckeren »Barramundi« (Speisebarsch) gekauft, den sie nun genüsslich verspeist. Sie konnte ja nicht ahnen, dass nur wenige Meter entfernt das »Doyles on the Beach« liegt, wo es seit 1885 den besten Fisch von ganz Sydney gibt, und das bereits in der fünften Generation.

Als Endziel für die Schnitzeljagd hatte Kylie »Mosman Bay« bestimmt. Angeblich sollte man von dort einen wunderschönen Blick auf das Opernhaus und die »Harbour Bridge« haben. Traudl kam mittlerweile der Verdacht, dass sich in dieser Stadt alles um diese zwei Sehenswürdigkeiten drehte, denn ständig wurden sie damit konfrontiert.

Mit einem kleinen Umstieg am »Circular Quay« (auch da waren die beiden schon) geht die Schiffsfahrt mit starkem Wellengang weiter. Vorbei an den vielen Segelbooten und einfahrenden Schiffen, sodass Traudl in eine Art Glückseligkeit und Zufriedenheit verfällt, die sie so noch gar nicht von sich kannte. Sie hatte ja keine Ahnung, was ihr Hung da gestern Nacht zu rauchen gegeben hatte. Aber es hatte ihr geschmeckt, und es machte sie noch heute so gelassen und friedlich. Sie hätte früher mit dem Rauchen anfangen sollen, denkt sie sich. Stricken und Häkeln, was sie all die Jahre neben ihrem Exmann auf der Couch sitzend zelebriert hatte, waren bei Weitem nicht so aufregend wie diese paar Züge aus Hungs komisch aussehender Zigarette. Zu diesem Zeitpunkt ist Traudl nämlich noch der Meinung, dass die Zigaretten in Australien nur einfach anders aussehen als in Deutschland. Schließlich fahren sie hier auf der falschen Seite Auto, stehen auf der anderen Seite der Rolltreppe – also, warum sollten sie nicht auch komisch aussehende Zigaretten rauchen?

Als die Durchsage »Mosman Bay« durch die Lautsprecher knattert, stehen die zwei auf und gehen von Bord. Sie spazieren ein wenig durch die Bucht und kommen aus dem Staunen nicht mehr raus. »Mosman Bay« mit seinen gepflegten Gärten, prachtvollen Herrenhäusern, einem wunderschönen Blick auf die »Harbour Bridge« (was sonst?) und dem Yachthafen lässt erahnen, dass die Bewohner hier über ein überdurchschnittliches Einkommen verfügen. Nachdem sie etwa eine Stunde durch die Bucht gewandert sind, schlägt Traudl vor, eine Rast in einer Grünanlage einzulegen. Sie will die Pause dafür nutzen, um Johannes noch ein paar Tipps in Sachen Frauen zu geben, denn schließlich will sie ihn mit Tina verkuppeln.

»Du musst an deinem Gang arbeiten, Johannes! Gerader Rücken, Schultern raus und nicht so gelangweilt«, diktiert sie ihm vor, und Johannes läuft barfuß wie befohlen durch das Gras. Mit den pedikürten Füßen ist es ein ganz anderes Erlebnis für ihn, so ohne Hornhaut über die Wiese zu gehen.

»Mehr breitbeinig, und denk an die Schultern!«, ruft sie ihm zu, während er zwischen zwei Eukalyptusbäumen auf und ab läuft.

Es hat den Anschein, als wandele Traudl auf den Spuren von Heidi Klum bei »Germany's Next Topmodel« und verpasse hier Johannes ein professionelles Laufsteg-Training. Als sie ihm dann noch sagt, dass er ein ganz bezaubernder Junge sei, aber mehr »Mann«, mehr »cooler Sunnyboy« werden müsse, geht Traudl in ihrer Heidi-Klum-Rolle für schwer vermittelbare Fälle so richtig auf.

Sie hat sich allen Ernstes in den Kopf gesetzt, die männliche Jungfrau mit der, wie sie seit gestern weiß, Lack-und-Leder-Anhängerin Tina zu verkuppeln. Nachdem sie über Tinas Vorlieben Bescheid weiß, ist diese als potenzielle Frau für ihren Sohn und damit Schwiegertochter für sie selbst absolut ausgeschieden.

»Stell dir vor, du wärst ein Löwe!«, ruft sie nun zu ihm rüber.

»Häää? Wie meinst du das denn jetzt Traudl?«, fragt er irritiert.

»Na, du musst Tina heißmachen! Du musst es bei ihr wohl wilder machen, tierisch wild, weißt du?«

Johannes tut sich zwar etwas schwer, aber er gibt sich allergrößte Mühe die wertvollen Tipps seines Frauen-Coachs umzusetzen. Er steht jetzt genau vor Traudl, die nun eindringlich raunt: »Stell dir vor, ich wäre eine Antilope!«

»Was bist du?«, fragt er entgeistert und spielt mit dem Gedanken das Projekt sofort abzubrechen.

»Na, eine Antilope! Und was will der Löwe wohl mit ihr machen? Na, was wohl, Johannes?«

»Fangen?«, kommt es zögerlich.

»Quatsch! Erlegen! Ein Löwe will die Antilope erlegen, weil er gierig nach ihr ist. Er hat Hunger. So einfach ist das in der Tierwelt und bei den Menschen ist es ähnlich.«

Johannes kann sich noch immer keinen Reim darauf machen, was ihm Traudl eigentlich mit dieser Löwen-Antilopen-Nummer sagen möchte und steht da wie ein Häufchen Elend.

»Ich will Tina doch nicht jagen und danach essen. Ich verstehe deine Tipps nicht.«

»Hör zu, Johannes! Bei Männern und Frauen ist es wie im Tierreich ...«

»Du willst mir doch jetzt nicht die Geschichte mit den Bienchen erklären, oder?«, fragt er entsetzt.

»Nein! Du musst zuhören! Aber das ist wohl etwas, was kein Mann richtig beherrscht. Und glaub mir, ich habe 40 Jahre Erfahrung mit einem Nichtzuhörer.«

Traudl beginnt von Neuem mit ihrer Geschichte aus dem Tierreich und doziert, dass Frauen nun mal gerne als Weibchen gejagt werden wollen und dass Männer gerne jagen. Sie seien das starke Geschlecht, so wie sie es sich im Tierreich abgeschaut haben. So sei der Lauf der Natur, erklärt sie ihm.

»Und was ist, wenn ein Mann gerne gefangen werden will? Oder ein ›Weibchen‹ jagen will?«, fragt Johannes.

Traudl hat mit einer solchen Frage nicht gerechnet, doch auch hier fällt ihr was ein:

»Das sind dann eben die ›andersrum‹ Gepolten. Also, die Schwulen und Lesben.« Sie hofft, damit Johannes einmal ganz einfach die Welt der Geschlechter anhand von Tieren erklärt zu haben. Und fordert ihn nun nochmals auf, sie, die Antilope, einzufangen.

Harvey Kingston geht jeden Tag mit seinem kleinen Dackel mindestens viermal Gassi. Egal ob bei Sonnenschein, Regen oder Kälte. Der Hund bestimmt seinen Tagesablauf. Als er an diesem Nachmittag seinen kleinen Vierbeiner in der grünen Parkanlage der »Mosman Bay« laufen lässt, beobachtet er Sonderbares. Ein Mann steht im Abstand von circa fünf Metern vor einer Frau. Sie kniet auf dem Boden und hält ihre Hände wie zwei tierische Vorderpfoten vor der Brust. Dabei senkt sie ganz unterwürfig den Kopf und gibt merkwürdige Geräusche von sich.

»PIEPPPPP ... MMMHHH, PIEPPP, MMMHHH!« Dazu hechelt sie. Ja, sie streckt immer wieder die Zunge raus, wenn sie nicht gerade diese Piepsgeräusche von sich gibt. Der Mann hingegen steht breitbeinig da und brüllt. Dann setzt er immer wieder einen Fuß vor den anderen. Parallel schwingt sein Arm mit weit gespreizten Fingern mit und er brüllt laut: »GRRRRR«, wobei er die Hand zur Faust ballt.

Danach wiederholt das komische Paar diesen Ablauf ein paarmal. Anschließend gibt die Frau einige Anweisungen, ehe sie wieder in ihre devote und unterwürfige Position verfällt. Der Mann brüllt jetzt doppelt so laut wie zuvor und formt die Faust mit noch größerem Schwung: »GRRRRR«. So eine merkwürdige Szene hat Harvey auf seinen Spaziergängen im »Mosman

Park« noch nie gesehen. In diesem Moment wird ihm bewusst, dass er seine kleine Dackeldame aus den Augen verloren hat. Wo steckt sie bloß?

»Stop! Stop! Stop!«, schreit Traudl.

»Was habe ich nun schon wieder falsch gemacht?«, fragt Johannes, leicht beleidigt.

»Wir haben Besuch bekommen«, und Traudl zeigt auf die kleine Dackelhündin, die sich vor Johannes auf den Rücken wirft und alle Viere von sich streckt. Sie räkelt sich im Gras, legt ihren Kopf zur Seite und wartet förmlich darauf, dass »Löwe Johannes« mal richtig zupackt.

Seit diesem Tag weiß Johannes – dank einer erfahrenen Frau als Lehrerin – alles über das Geheimnis der Natur bei Mensch und Tier, und wie man es anwenden muss, um ein richtiger Jäger zu sein, damit sich einem die Frauen unterwerfen. Wobei es ihm ja schon reichen würde, wenn sich nur eine unterwürfe: Tina.

Schnitzeljagd in Sydney: Team »Tina – Stefan«

In »Newtown« will sich Stefan das letzte Zimmer für heute bei einem alleinstehenden Mann ansehen. Bereits auf der Rolltreppe, die zur belebten »King Street« hochführt, wird ihm klar, dass dies ein Ort ist, an dem er sich wohlfühlt. Er ist in der »Food Street« gelandet, in der sich jede Menge Cafés, Restaurants, Bars, aber auch viele Shops befinden. Lebenskünstler, Studenten und Homosexuelle leben hier.

Als Tony ihm und Tina die Tür öffnet, fällt ihm zuerst das unangenehm streng riechende Rasierwasser auf. Das stinkt so aufdringlich, dass man sich fragt, ob sich Tony versehentlich WC-Reiniger ins Gesicht geschüttet hat. Er ist betont freundlich, lädt Stefan höflich ein, sich hier wie zu Hause zu fühlen, und erzählt, dass er von Beruf Drehbuchautor sei.

Um Stefans Chancen auf das WG-Zimmer bei Tony zu erhöhen behauptet Tina, dass Stefan in Deutschland auch ein bekannter Schriftsteller sei. Ein freudiges »Really? What are you writing, Stefan?«, kommt daraufhin aus Tonys Mund. Der »Autor« selbst gibt sich allerdings etwas wortkarg, gerät ein wenig ins Stottern und behauptet dann großspurig, er schreibe ein Buch mit dem Titel »How can I kill my mother in 30 days?«. Tony versteht den Titel nicht so ganz und Stefan fügt an, dass es sich um eine Komödie und nicht um einen Krimi handele. Und dass es eine rein fiktive Geschichte sei, die nichts mit seiner Mutter zu tun habe. Nach dem Autoren-Plausch soll dann aber doch noch die Wohnung inspiziert werden.

Tinas Blick wandert durch die Wohnung. Stumm zeigt sie hinter Tonys Rücken mit dem Zeigefinger auf Beweismaterial, das Tony eindeutig als potenziellen Schwulen belastet.

Rosafarbene Spülhandschuhe liegen über dem Wasserhahn. Ein Aufkleber auf dem Kühlschrank zeigt ein verliebt knutschendes Männerpaar mit einem Kind auf dem Arm. Und aus einem Fotorahmen neben der Küchenuhr lacht einem Liza Minelli im Paillettenkleid entgegen. Stefan will sich auf das Abenteuer, mit einem Schwulen zusammenzuleben, einlassen – auch wenn Tony mit seinen angeblich 41 Jahren nicht wirklich dem schwulen Mainstream entspricht. Er hat bereits eine Halbglatze und ist übergewichtig. Doch er hat ja bestimmt viele Freunde, die hoffentlich über ein besseres Aussehen verfügen. In Gedanken sieht sich Stefan schon bei Kylie aus dem Haus ausziehen und freut sich auf das entsetzte Gesicht seiner Mutter, wenn er ihr mit gepackten Koffern »Goodbye« sagt.

Wäre da nicht noch dieser Punkt mit der Miete gewesen ... Die 350 Dollar für das WG-Zimmer sind der Preis für eine Woche, nicht für einen Monat, erfahren die ahnungslosen Deutschen jetzt. Denn in Australien zahlt man immer wöchentlich seine Miete. Bankkaufmann Stefan überschlägt nun schnell, dass er für rund neun Quadratmeter Schlafzimmer und die Mitbenutzung von Bad, Küche und Wohnzimmer 1.400 Dollar, also über 1.110 Euro, im Monat zu zahlen hätte. Der Traum von einem schwulen WG-Bewohner und der sexuellen Ausschweifung ist in dem Moment geplatzt. Die eigene Bude in Sydney kann er sich erst mal abschminken, denn so viel Geld hat er nicht. Schließlich läuft die Mietzahlung für seine Münchener Wohnung ja auch weiter. Ein Punkt, den auch Tina akzeptieren muss. Bei ihr ist die Sache nur noch heikler. Sie lebt von Arbeitslosengeld und die Beamten würden wohl ziemlich komisch gucken, wenn sie einen Antrag auf »Mietzuschuss für Zweitwohnung in Sydney« stellen würde. So bleibt für sie nach wie vor nur eine Alternative: ganz schnell einen reichen Mann mit Wohnung finden.

Zwei Stunden später sitzt Tina rauchend vor dem Haus in der »Oakley Road« und wartet. Sie wartet darauf, dass Hung zum Abendessen ruft, denn ihr Magen knurrt. Er knurrt so sehr, dass sie vorhin im Zug immer wieder Hustenanfälle vortäuschen musste, damit die anderen Fahrgäste kein deutsches Magenknurren mitbekommen. Sie raucht nun schon die siebte Zigarette. Doch scheinbar will der kleine Vietnamese heute Abend nicht in die Pötte kommen, denn es ist mittlerweile schon 20 Uhr und kein Hung weit und breit in Sicht. Dafür aber jede Menge Hunger in Tinas Magen.

Howard White ist gerade dabei sein Mercedes-Cabriolet in der Garageneinfahrt so zu parken, dass noch genügend Platz zwischen Wagen und Hauswand bleibt, damit er komfortabel die Einkäufe auspacken kann.

»Fuck! Fuck! Fuck!«, schreit er plötzlich. Das sind Wörter, die Tina hellhörig machen und dafür sorgen, dass sie schnell mal einen Blick über den Gartenzaun wagt.

»Everything okay?«, fragt sie höflich und stellt sich als die neue deutsche Nachbarin vor. Sie erfährt, dass Howard morgen Abend ein Barbecue machen möchte und im Supermarkt die

Chilisoße vergessen hat, was der Auslöser für seine Schimpfkanonade war.

Tina findet ihn auf Anhieb sympathisch. Besonders gefallen ihr seine braunen Augen, die so was von in Flirtlaune sind, dass Tina nun am Zaun steht und ganz kokett an einer ihrer blonden Haarsträhnen herumzwirbelt. Ganz nach dem Motto: »Stell dich dumm! Dann bist du leichte Beute«, genießt sie das Gefühl, nun endlich auch einmal begehrenswert zu sein. Diese großen Hände des bestimmt 1,95 Meter großen Mannes und seine breiten Schultern verleiten sie zu echter Schwärmerei. »Doch Vorsicht!«, denkt sie sich. »Ein Mann dieses Kalibers ist garantiert wieder vergeben.« Und so stellt sie ihm die entscheidende Frage:

»Where is your wife?«

»Oh, she is gone«, sagt er lapidar.

»Oh, sorry! I couldn't know that«, entschuldigt sie sich, da sie ja gerade erst erfahren hat, dass die Gattin »verstorben« ist. Für die nächsten zehn Sekunden setzt sie ein mitleidsvolles Gesicht auf, während sie sich innerlich diebisch freut, endlich mal einen Single, wenn auch einen Witwer, kennenzulernen.

Howard lädt sie ein, später am Abend noch auf ein Glas Wein herüberzukommen und Tina freut sich, nach Hungs Asia-Fraß, noch ein Date zu haben.

Um 21:30 Uhr gibt sie den anderen gegenüber vor, müde zu sein und zu einem Absacker in die Strandbar nicht mitkommen zu wollen.

Tina ist vorbereitet. Sehr gut vorbereitet und eigentlich konnte ihrer Meinung nichts schiefgehen. Sie hatte sich extra frische Unterwäsche angezogen und nach dem Essen noch mal Beine und Achseln rasiert. Sie hat sich in ihr sexy Outfit geworfen und stöckelt nun zum Nachbarhaus. Für Tina ist das heute ein Date, bei dem sie sogar damit rechnet, dass es zur »Anschlusserotik« kommt. Früher nannte man dies »One-Night-Stand (ONS)«, aber das klang billig. Für Tina hatte »Anschlusserotik« so was Edles, dass sie sich gleich besser fühlte. Auch wenn ONS und Anschlusserotik im Prinzip das Gleiche waren, aber der Ton machte schließlich die Musik.

Michael Bublés Stimme säuselt »Let me go home«, während sich Tina in Howards stylishem Wohnzimmer auf der Couch räkelt, als wäre sie bei einem Fotoshooting. Sie fühlt sich hier ausgesprochen wohl und will ganz definitiv nicht »nach Hause gehen«, sondern hier bei Howard bleiben.

Auch wenn es noch ein paar Sprachprobleme zwischen ihnen gibt, Tina lacht einfach immer, wenn sie etwas auf Englisch nicht versteht und unterstreicht das Ganze mit einem dümmlich-naiven: »Really?«.

Howard erzählt ausschweifend und mit breitem australischem Akzent von seiner Firma, seinem Haus und seinem Segelboot, sodass Tina ins Träumen gerät. Ein Leben mit ihm in Sydney auf einem Boot in Strandnähe, das wäre es doch! Und als sie so überlegt, wie dieses Leben für sie sein könnte, fasst sie einen Entschluss: nicht lange fackeln, sie musste handeln.

Sie reißt sich das Kleid vom Leib und wirft sich »oben ohne« auf Howard, der sich diese Gelegenheit natürlich nicht entgehen lässt. Es folgt eine heiße Nacht für die zwei und sie fallen erst morgens gegen 2:30 Uhr in einen leichten Schlaf. Zu diesem Zeitpunkt ist Tina schon ziemlich betrunken, sie fühlt sich hemmungslos und »frei wie ein Vogel« – wohl so wie Traudl, nur kannte Letztere die Ursache ihres Beschwingtseins noch nicht.

»Tag 5« Sonntag, 9. Dezember

Tina hatte in ihrem Leben weiß Gott schon viel Sex. Oft mit verheirateten Männern, aber einen Witwer hatte sie noch nicht. Und als sie nach dieser tollen Nacht mit Howard so drüber nachdenkt, bereut sie, dass sie nicht schon früher darauf gekommen war: die Friedhöfe nach Männern abzugrasen und die etwas andere Trauerbewältigung einzuleiten.

Tina ist gerade glücklich. Zumindest für diesen Moment. Sie liegt auf dem Bauch in einem riesigen Bett, das in der Nacht ihre Spielwiese war. Und Howard hat im wahrsten Sinne bewiesen, dass er trotz Witwerdasein das Spielen nicht verlernt hat. Es ist halt wie Radfahren, man verlernt es nicht, auch wenn man schon seit Jahren nicht mehr geradelt ist. In ihrem Kopf kreisen die Gedanken. Sie überlegt, ob sie ihn mal fragen soll, wie lange er denn schon Witwer ist, denn sie will natürlich nicht gerne als »Lückenbüßerin« dastehen. Sie überlegt, wann der ideale Zeitpunkt wäre, um sich nach einem Trauerfall neu zu verlieben, und kommt zu dem Schluss, dass man das besser nicht festlegen sollte. Die Liebe kannte schließlich keine zeitlichen Grenzen! Sie nimmt sich vor, falls das mit Howard nichts werden sollte, in Traueranzeigen nach den Beerdigungsterminen zu schauen und die Männer quasi gleich nach dem Gottesdienst abzufangen.

Und schon wieder sieht sie sich im Geiste bereits in diesem Haus leben: Jeden Morgen in diesem Bett aufwachen und in die warmherzigen Augen von Howard blicken ... Plötzlich kommt es Tina so vor, als würde sie beobachtet. Sie tut zwar so, als schliefe sie noch, doch sie merkt, dass sie jemand anstarrt. Sie wird doch nicht etwa geschnarcht haben? Oder liegt sie mit offenem Mund und miesem Atem da, sodass ihr zukünftiger Ehemann gerade beschlossen hat, die Hochzeit abzublasen, weil sie morgens »Mundgully« hat? Gerade nach der ersten Nacht will sie natürlich attraktiv aussehen. Sie blinzelt nun vorsichtig mit den Augen. Und siehe da, die Augen von Howard starren sie an! Es sind allerdings nur die »Augen« von Howard, der Rest des Körpers gehört zu einer kleinen Person mit blonden langen Haaren.

»Where is my mummy?«

Tina steht plötzlich senkrecht im Bett. Vor ihr steht ein kleines, etwa fünfjähriges Mädchen. Schnell schielt sie zur anderen Bettseite, um festzustellen, ob dort noch Howard liegt. Ja, aber er schläft wie ein Stein und kommt als Retter aus dieser peinlichen Situation gerade nicht infrage. Wie kommt sie nur aus dieser Nummer wieder raus? Sie versucht dem Mädchen so behutsam wie nur irgend möglich zu erklären, was Sache ist.

»Well, your mother is now in heaven. But she loves you so much, believe me! I can never be your mother, but we can be friends«, schlägt sie vor und ist selbst von ihrem Stiefmutter-Tochter-Freundin-Vorschlag beeindruckt. Okay, er hatte eine Tochter, aber was hatte sie erwartet. Er war ein Hecht, dieser Howard! Und sie sparte sich die Schwangerschaftsstreifen, eine anstrengende Geburt und schlaflose Nächte, wenn hier das Kind schon vorhanden war. Hatte alles seine Vorteile!

»No! No! No!«, stampft die Kleine mit ihren Beinchen auf den Boden.

Tina ist sich bewusst, dass es sicher nicht ganz einfach wird, in diesem speziellen Fall die Mutterrolle einzunehmen. Und sie hätte sich das erste Treffen mit der Tochter ihres neuen Lovers auch lieber im Zoo oder auf einem Spielplatz gewünscht, anstatt in ihrem leicht bekleideten Zustand im Elternschlafzimmer.

»She is now an angel«, versucht Tina die Konfliktsituation im Bett etwas abzufedern.

»No! No! No!«, schreit das Mädchen nun so laut, dass Howard wach wird.

»She is expecting my little brother«, sagt die Kleine plötzlich.

Bei Tina bleibt nur das Wort »little brother« hängen. Wie geht das denn? Eine Tote kann doch keine kleinen Jungen gebären ... Allmählich dämmert ihr, was hier (mit ihr) gespielt wurde, sodass sie dem jetzt aufgewachten Howard mit seinen einsetzenden Erklärungsversuchen nicht mehr wirklich zuhören muss.

Tina musste an diesem Sonntagmorgen leider erfahren, dass ihr Englisch sehr viel schlechter war, als angenommen. Als Howard gestern gesagt hatte: »She is gone«, hieß das keinesfalls, dass seine Frau gestorben war, sondern lediglich, dass sie gerade weg war. Ja, sie lag im Krankenhaus und wartete auf das Einsetzen der Wehen – was ihr Mann Howard (der alte Fremdgeher!) Tina gegenüber natürlich tunlichst verschwiegen hatte.

Wie eine Geknechtete schleicht Tina nun aus dem Schlafzimmer und versucht die kleine Tochter davon zu überzeugen, dass alles, was sie heute gesehen oder gehört hat (sie überlegt kurz, wie laut sie wohl heute Nacht gestöhnt hatte), ihr kleines Geheimnis sein würde. Es wäre auch keinesfalls so, wie es aussähe, denn sie hätte sich bei Daddy nur ein paar Frühstückseier ausgeborgt, schwindelt sie die Kleine an. Die Fünfjährige lässt sich auf den Deal ein, allerdings nur unter der Voraussetzung, dass sie von Tina jeden Tag so viel Eiscreme bekäme, wie sie wolle. Tina muss sich eingestehen, dass die Stiefmutter-Tochter-Beziehung jetzt komplett aus dem Ruder gelaufen ist, da sie plötzlich diesem kleinen Balg gehorchen muss.

Ein letzter Blick in ihr »Beinah-Zuhause« – und PENGGG!, knallt auch schon die Tür ins Schloss. Tina will Howard, den Betrüger, nie wieder sehen! Notgedrungen muss sie zwar noch mit seinem eigen Fleisch und Blut den Eiscreme-Deal-Kontakt aufrechterhalten, aber das wird sie schon irgendwie hinbekommen.

Martha Smith ist eine streng gläubige Katholikin, die es liebt, sich einmal in der Woche die erlösenden Worte des Pfarrers anzuhören. Er spendet ihr Trost bei all dem Leid, das sie in den letzten Jahren erfahren musste. Und nun muss sie auch noch gegen die Gebrechen des Alters ankämpfen. Auch heute Morgen macht sie sich auf den Weg zur heiligen Messe, um weitere Stoßgebete Richtung Himmel zu schicken. Frohen Mutes schließt sie das weiße Gartentor, das mittlerweile wieder von Johannes' Kotzspuren befreit ist, hinter sich ab. Sie strahlt, denn sie ist stolz trotz ihrer 90 Jahre den Weg zur Kirche noch alleine gehen zu können. Sie ist noch keine zehn Meter von ihrem Haus entfernt, da sieht sie etwas, das sie ihren Augen nicht trauen lässt.

Auf dem Gehweg kommt ihr eine Frau entgegen, die ganz merkwürdig auf Zehenspitzen läuft und sich immer wieder umdreht, so als würde sie verfolgt. Den Blick nach hinten über die Schulter gerichtet, läuft sie geradewegs auf Martha Smith zu.

Tina verlangsamt ihren kleinen Lauf, um nicht mit der alten Nachbarin zusammenzuprallen. Freundlich grüßt sie:

»Good morning, Miss Smith! Is this not a beautiful sunday?«

»Yes, it is«, lächelt die alte Dame. »What are you doing?«

»Ohhh, nothing. I borrowed me some eggs by Howard.«

Martha nickt und ist zufrieden. Das ist genau das, was sie an der »Oakley Road« so liebt. Diese unglaubliche Nachbarschaftshilfe. Dieses Füreinander-da-Sein. Sich gegenseitig mal etwas auszuleihen, wie Butter, Mehl oder halt Eier. Ja, das ist ihre Nachbarschaft! Und während sie weiter Richtung Kirche läuft, ruft Tina ihr noch nach:

»God save the Queen!«

Martha findet es gut, dass die Touristen versuchen sich anzupassen und englische Redewendungen übernehmen. Sie versteht nur nicht, warum sich diese Deutsche ausgerechnet bei Howard Eier geborgt hat. Weiß sie denn nicht, dass seine Frau im Krankenhaus liegt? Ist ein Mann alleine, klappt das mit dem Haushalt ja meist nicht mehr so gut ... Das weiß man doch! Und noch was versteht sie nicht: Warum läuft die junge Frau in Slip und BH zum Eierholen, und trägt Schuhe und Kleid über dem Arm?

Doch plötzlich dämmert ihr, was das zu bedeuten hat ... Und aus Marthas eben noch zufriedenem Lächeln wird eine bitterernste Miene. Diese Touristen! Die sind wieder einmal an allem schuld, die bringen ein Durcheinander in die »Oakley Road«! Sie musste gleich in der Kirche unbedingt ein Gebet zum Sündenerlass für Howard und die deutsche Herumtreiberin sprechen. Und danach würde sie ihre Tochter in Melbourne anrufen. Wieder einmal überlegt sie, zu ihr zu ziehen, denn die

Zeiten und gerade die Nachbarschaft haben sich geändert – wegen der blöden Touristen.

Nach dem Frühstück ist um Punkt elf Uhr Abfahrt angesagt, denn heute steht ein Ausflug auf dem Plan. Kylie startet (wieder einmal) mit einer offiziellen Ankündigung:

»Also, nachdem sich Tina und Stefan gestern nicht wirklich an die Aufgabenstellung gehalten haben *(sie ahnt nicht, dass die beiden auf Wohnungssuche waren)*, aber wenigstens Traudl und Johannes ein paar Beweisfotos zur Schnitzeljagd abliefern konnten *(keiner scheint die Schnitzeljagd ernst zu nehmen!)*, werden die Teams mal wieder gemischt.«

Alle schauen sie verwundert an, denn mit einer nochmaligen Veränderung der Teams haben sie nicht gerechnet.

»Tina, du fährst mit Johannes zusammen im Auto, und Traudl und Stefan fahren in dem anderen Wagen in die ›Blue Mountains‹.«

»Was? Kommt nicht in die Tüte! Warum sollte ich mich mit dem Freak ins Auto setzen?«, beschwert sich Tina.

»Ganz einfach, weil Stefan und Johannes Auto fahren können. Ich selbst zwar auch, aber ich werde nicht fahren, da die Jungs das machen sollen – so einfach ist das!«, macht Kylie die knallharte Ansage an ihre Zickenfreundin. »Ach ja, und Traudl scheidet auch aus, denn keiner von uns ist so lebensmüde, eine fast 60-Jährige bei Linksverkehr hinters Steuer zu lassen.«

Tina verdrängt zu gerne, dass sie vor einiger Zeit wegen Trunkenheit am Steuer den »Lappen« verloren hat und daher keine Fahrerlaubnis mehr besitzt.

»Und warum kann ich nicht mit Stefan fahren?«, quengelt sie.

»Weil ihr gestern nicht das gemacht habt, was von euch erwartet wurde«, beschließt Oberlehrerin Kylie ihre Morgenansprache. Sie duldet keine Widerrede und bittet nun alle in die vor dem Haus wartenden Autos zu steigen.

Tina und Johannes steigen zusammen mit Reiseleiterin Kylie in den »Suzuki Swift«, Stefan und seine Mutter dürfen den Jeep nehmen.

Stefan ist glücklich, dass er einen so tollen Mietwagen bekommt, und das, obwohl er gestern nicht die Aufgabenstellung erfüllt hat. Dafür muss aber seine Kollegin Tina in das kleine Verliererauto. Tina will wissen, warum die anderen einfach so das tolle Auto bekommen, denn bei der gestrigen Schnitzeljagd habe es doch nicht wirklich ein Siegerteam gegeben. Auch hier winkt Kylie gekonnt ab: Auf der Rückfahrt würden die Wagen getauscht. So wäre es fair, denn in der Tat hatte keines der Teams die Aufgabe des gestrigen Tages zufriedenstellend gelöst. Oberlehrerin Kylie hatte also mal wieder eine perfekte Lösung gefunden, mit der alle zufrieden sein würden – dachte sie zumindest.

Johannes darf den Suzuki lenken und steigt mit dem Schlüssel in der Hand ein. Tina nimmt neben ihm Platz und Kylie verzieht sich auf die Rückbank, um von dort aus heimlich die Schwingungen zwischen ihren beiden Kandidaten zu beobachten, auch um Erkenntnisse für ihr Buch zu gewinnen.

»Ähmmm, irgendwas ist komisch an dem Auto«, stellt Johannes fest.

»Aha! Und was bitte schön, du Freak?«, will Tina wissen, die sich gerade den Anschnallgut über die Brüste zieht.

»Ich habe kein Lenkrad«, dabei wandert Johannes Blick zum Beifahrersitz. In der Tat sitzt Tina vor dem Lenkrad. Johannes hat mal wieder vergessen, dass in Australien alles andersrum ist. Man fährt auf der linken Straßenseite und das heißt, dass sich das Lenkrad rechts befindet.

Schnell steigen beide aus, um die Plätze zu tauschen. Beim Umrunden des Autos kommt es dann auf Höhe des Kofferraums zu einem Beinaheunfall. Die zwei prallen in der Eile gegeneinander, doch dank Tinas üppigen Brüsten wird Schlimmeres vermieden, denn sie dienen Johannes wunderbar als »Airbags«.

»Pass doch gefälligst auf!«, schnauzt Tina in ihrer gewohnt ruppigen Art.

Johannes springt schnell zur Seite. Er kann nicht fassen, dass er nun tatsächlich schon eine zweite körperliche Berührung mit Tina hatte. Nachdem ihre Hände schon seine Brust »gestreichelt« hatten, haben sich jetzt ihre Brüste zu ihm verirrt. Doch eine Steigerung wäre hier durchaus noch möglich, denkt er bei sich, und blickt dem Ausflug in die »Blue Mountains« mehr als optimistisch entgegen. Nach dem kleinen Fahrertausch können sie nun endlich starten.

»Pass auf! Da kommt ein Auto, Stefan«, schreit Traudl und fuchtelt wild mit den Händen um Stefan zum Bremsen zu bewegen.

»Mama! Ich sehe den Wagen, ich kann schon fahren«, versucht er zu beruhigen.

»Ja, ja! Das hast du damals auch gesagt – und schwupps!, bist du gegen einen Baum gedonnert.«

»Bitte, jetzt nicht schon wieder diese alten Geschichten, Mama!«

»Ja, ich weiß, du willst das nicht hören! Aber es ist nun mal die Wahrheit. Damals hast du mir auch hoch und heilig versprochen, dass du fahren kannst und dann bist du aber trotzdem …«

»Mama! Ich bitte dich, da war ich sieben Jahre alt! Und ich bin mit dem Roller einfach zu schnell unterwegs gewesen. Als Kind kann man die Geschwindigkeit noch nicht so einschätzen. Das kannst du mir doch nicht ewig vorhalten.«

»Aha ... Und du meinst, jetzt kannst du die Geschwindigkeit besser einschätzen?«, fragt sie kritisch.

Da Stefan keine Lust auf eine weitere Diskussion mit ihr hat, stellt er das Autoradio an. Das Familiengespann hat noch nicht mal den Highway erreicht, der aus der Stadt rausführt, da scheint die Situation im Wageninneren bereits zu eskalieren.

»Stefan, ich bekomme Kopfschmerzen! Kannst du bitte langsamer fahren und das Radio ausmachen!«

»Ich fahre ganz normal, Mama, nicht besonders schnell.«

»Du bist wie dein Vater, weißt du das? Der ist auch immer zu schnell gefahren.«

»Das stimmt doch nicht! Papa ist immer anständig gefahren«, kontert der Sohn, und versucht, sich auf den Verkehr zu konzentrieren.

»Weißt du noch, als wir damals mit dem Wohnwagen an die Adria gefahren sind? Da habe ich deinem Vater gesagt, er solle bitte nicht so rasen …«

»Mama! Also, bitte! Fang nicht wieder mit diesen alten Erinnerungen an«, fällt ihr Stefan ins Wort.

»Mir wurde so schlecht in dem heißen Wagen, dass wir so heftig gestritten haben, dass ich den Urlaub am liebsten abgebrochen hätte. Aber aus Liebe zu dir und deinem Bruder habe ich es nicht getan. Weißt du, ich habe mich all die Jahre für die Familie aufgeopfert, so wie damals bei diesem Italien-Urlaub«, klagt sie und schaut traurig aus dem Fenster. Ihr wird bewusst, dass diese Zeit endgültig Geschichte ist. Ihre Kinder sind schon lange aus dem Haus und der Ehemann lebt in einem anderen Haus – zusammen mit einer anderen Frau.

»Mama, das ist doch alles schon ewig her. Das war in den 80er-Jahren«, versucht er erneut sie zum Schweigen zu bringen.

»Es war im August 1988«, korrigiert ihn Traudl. »Das weiß ich noch ganz genau, denn da war dieses furchtbare Geiseldrama in der Bank in Gladbeck am Tag unserer Abreise. Weißt du, mein Sohn, eine Mutter kann nicht vergessen.«

Stefan denkt sich, dass er gar nichts dagegen hätte, wenn irgendjemand seine nervige Mutter als Geisel nehmen würde, zumindest bis Anfang Januar, bis es wieder zurück nach Deutschland geht. Das würde ihm schon völlig ausreichen.

»Ich kann mich da nicht mehr so genau erinnern, Mama.«

»Schon wieder bist du wie dein Vater. Du bist genau wie er. Der konnte sich angeblich auch nie an was erinnern.«

Stefan verdreht die Augen und schüttelt den Kopf.

»Dein Vater«, beginnt Traudl nun mit ihren Monolog, »konnte sich zum Beispiel nicht mehr an 40 Jahre Ehe erinnern. Die hat er einfach so über den Haufen geworfen. Weißt du, Stefan, wie ich mich gefühlt habe? Alleine, verstoßen, einsam in dem großen Haus, in dem ich meine besten Jahre mit ihm verbracht habe, diesem Arsch. Aber soll er doch mit seiner Russen-Schlampe glücklich werden! Die ist eh nur auf sein Geld scharf! Weshalb lässt sich ein junges Ding denn sonst auf einen alten Sack wie deinen Vater ein? Eine Russin, die auf das Erbe wartet! Denn eines sage ich dir mal, Stefan: Dein Vater war jetzt nicht gerade ein Tiger im Schlafzimmer, wenn du weißt, was ich meine! Also, daran kann es nicht liegen, dass die Russin ihn toll findet.«

Das ist der Moment, in dem Stefan entscheidet den Blinker zu setzen und die Raststätte anzufahren, um die dringend benötigte frische Luft zu schnappen. Er will nichts von den Geschichten seiner Mutter über die Ehe wissen, noch weniger über irgendwelche Schlafzimmerdetails. Und was sie mit dem Tiger eben meinte, kann er auch nicht nachvollziehen. Er schüttelt den Kopf, um auf andere Gedanken zu kommen. Er hat seine eigenen sexuellen Identifikationsprobleme, da will er von derartigen Problemen seiner Eltern nichts wissen und schon gar nicht, ob sein Vater »ein Tiger« war oder nicht.

»Nein, da gibt es keine Tiger oder Löwen! Du bist so doof«, schnauzt Tina ihren Sitznachbarn an.

»Woher soll ich das denn wissen? In so einem Nationalpark kann es das doch geben«, verteidigt sich Johannes, der den Suzuki irgendwie noch nicht richtig im Griff hat. Er ist es nicht gewöhnt »Automatik« zu fahren und haut beim Bremsen immer so heftig auf das Pedal, dass Kylie jedes Mal nach vorne fliegt und sich an Tinas Schulter festkrallen muss, um nicht durch die Windschutzscheibe zu donnern.

»Es gibt dort nur Dingos, Spinnen, Koalas und viele giftige Insekten«, beruhigt Kylie.

Ein Blick in den Rückspiegel verrät, dass sie die anderen mittlerweile verloren haben. Nun steuern sie den Parkplatz des »Blue Mountain Lodge Parks« an. Kylie verfällt wieder in ihre Nebenrolle als Reiseleiterin und rezitiert Nützliches und Unnützes über Fauna und Flora des Parks und wie toll es sei, dass man gerade einmal 80 Kilometer westlich von Sydney so viel Natur erleben könne. Sie steigt aus dem Wagen, streckt sich und atmet die gute Luft tief ein.

»Mmmh, das ist Natur pur. Riecht ihr das auch? Dieser Duft der Pflanzen und des nahe gelegenen Flusses … mmmh, herrlich! Na, riecht ihr das nicht auch?«, fragt sie zum wiederholten Male und atmet erneut tief über ihre Lungenflügel ein.

Tina schnuppert nach links und nach rechts und rümpft die Nase.

»Ich finde, hier riecht es nach Furz! Also, wenn du das mit Natur meinst ...«

Kylie verdreht die Augen. Sie ist schon wieder enttäuscht, dass man es Tina nie recht machen kann. Sie liebt den Duft der Eukalyptusbäume. Nun geht sie zur Rezeption der Lodge, um die Schlüssel zu ihrer Hütte abzuholen, die dort extra hinterlegt wurden, da sonntags Ruhetag ist.

Kurz darauf rollen auch Mama und Sohn Winckelmann an und staunen, was sie vorfinden.

Ein große Holzhütte, ausgestattet für sechs Personen, mit Küche, Wohnzimmer, Bad und einer Terrasse mit Grillecke, wird ihr Domizil für die nächsten drei Tage sein.

Als Tina erfährt, dass das (eine!) Schlafzimmer aus Etagenbetten besteht (ein Raum für fünf Personen!), raucht sie auf den Schreck erst einmal eine halbe Zigarettenschachtel leer. Das ist ganz sicher nicht der Standard, den sie sich für ihren Urlaub vorgestellt hat. Doch mit ausreichend Alkohol wird sie es hoffentlich irgendwie ertragen können. Sie nimmt sich vor, gleich nach einem sogenannten »Bottle Shop« zu fragen, um sich mit hochprozentiger Flüssignahrung einzudecken. Denn in Australien ist der Verkauf von Alkohol nur in solchen »Bottle Shops« erlaubt.

Nachdem sie den ganzen Nachmittag wie die Irren kreuz und quer durch den Nationalpark gewandert sind, sind abends alle todmüde. Dann hat Stefan den Grill angeworfen und Traudl hat ihm Würstchen und Steaks angereicht, genauso wie beim Familien-Grillen zu Hause in München-Neuhausen. Da alle so fertig von der Wanderung sind, wollen sie nach dem Essen nur noch in ihre Betten – und lassen auch die Bettenzuteilung ohne zu murren über sich ergehen.

Kylie schläft über Tina, Stefan über Johannes und Traudl hat sich das Bett direkt an der Tür gesichert, da sie öfters nachts zur Toilette muss. Als das Licht aus ist, fängt ausgerechnet Johannes plötzlich an Witze zu erzählen. Warum er auf diese Idee nun gerade nachts um 0:30 Uhr kommt, könnte eventuell daran liegen, dass sie am Grill trotz Müdigkeit jeder ein, zwei Bierchen getrunken hatten. Und die hauten wohl angesichts der Erschöpfung vom Wandern und der vielen frischen Luft doppelt rein.

»Kennt ihr den schon?«, fragt Johannes in die Dunkelheit.

»Aber nur noch einen Witz, dann wird geschlafen«, sagt Oberlehrerin Kylie und freut sich innerlich, dass der erste Abend des Campingausflugs doch so erfolgreich gelaufen ist.

Johannes beginnt zu erzählen:

»Sitzen zwei Blondinen in einem Café. Sagt die eine: ›Oh, schau mal! Da kommt dein Mann … Und schau, er bringt dir einen Strauß Blumen mit ... Mann, hast du einen tollen Mann!‹

Sagt die andere Blondine: ›Oh nein, hör mir bloß auf ... Wenn der Blumen mitbringt, heißt das für mich, ich muss heute Nacht wieder die Beine breit machen.‹

›Wieso?‹, wundert sich die andere Blondine. ›Habt ihr daheim keine Blumenvasen?‹«

Ein lautes Gekicher geht durch den Schlafraum. Alle amüsieren sich köstlich über diesen platten Blondinenwitz – bis auf Tina, die aufgrund ihrer blonden Haare diese Art Witze generell nicht mag. Und auch der ganze Alkohol, den sie über den Tag verteilt zu sich genommen hat, kann nicht dazu beitragen, dass sie mit den anderen über Witze auf ihre Kosten lachen könnte.

Kurze Zeit später fallen alle in einen tiefen Schlaf, was nach dem Fußmarsch vom Nachmittag absolut nachvollziehbar ist, und schlummern friedlich vor sich hin – alle bis auf zwei. Traudl schnarcht, als hätte sie die Nachtschicht in einem Sägewerk übernommen. Und Tina wälzt sich hin und her und ärgert sich, nicht noch mehr Alkohol getrunken zu haben, denn dann wäre sie garantiert schon beim Grillen weggeduselt. Und hätte sich weder schlechte Witze anhören müssen, noch müsste sie jetzt diese Schnarcherei ertragen.

Als sie nach einer Stunde immer noch nicht eingeschlafen ist, greift sie heimlich zu ihrem Urlaubstagebuch und beginnt – sich mit einer Taschenlampe Licht unter der Decke spendend – ihren ganz persönlichen Tagesabschluss festzuhalten. Sie ist immer noch die Einzige, die das Buch bisher verwendet hat.

Ich hasse Camping! Ich komme mir vor wie eine 13-Jährige im Schullandheim und muss mir das Zimmer mit vier anderen teilen. Hallo??? Ich habe schließlich eine Reise gewonnen! Aber ich will auch keine Spielverderberin sein. Meine Bilanz nach fünf Tagen Sydney: guten Sex mit dem Nachbarn gehabt, allerdings ist diese Sache ohne Zukunft, da zweites Baby im Anmarsch ist. Muss unbedingt Englisch verbessern, um Missverständnisse dieser Art auszuschließen. Zukünftig absolutes Kriterium bei der Männerwahl: Er darf nicht verheiratet sein! Nie wieder will ich von einem kleinen Kind morgens aus dem Bett geworfen und dann von ihm erpresst werden. Nächste Schritte, die zu tun sind: Männer kennenlernen, die Single sind (inklusive frisch getrennt, geschieden oder verwitwet, um größere Zielgruppe zu erreichen). Muss endlich Sport treiben, um Kilos zu verlieren. Ich hoffe, Traudl hört endlich mit dem Schnarchen auf. Und wenn nicht, dann merkt es hoffentlich keiner, wenn ich ihr mal für zehn Minuten das Kopfkissen aufs Gesicht drücke, damit sie endlich Ruhe gibt.

»Tag 6« Montag, 10. Dezember

Über der Lodge des »Blue Mountain Parks« liegt eine himmlische Ruhe. Ein paar Vögel zwitschern und von den Blättern perlen die letzten Regentropfen ab, denn in der Nacht hat es geregnet. Das in der Morgensonne verdampfende Regenwasser sorgt nun für eine ganz besondere Atmosphäre. Es verspricht ein wunderschöner Tag zu werden.

»IHHHHHHHHH!!! Oh, mein Gott! Oh, mein Gott!«, ertönt plötzlich ein Geschrei, sodass es mit der idyllischen Ruhe in der Lodge erst mal vorbei ist.

Kylie, Tina, Stefan und Johannes springen aus ihren Betten und rennen runter in die Küche. Traudl, die Frühaufsteherin, steht auf einem Küchenstuhl und schreit das halbe Haus zusammen.

»Da sind Viecher«, plärrt sie und zeigt in Richtung des offen stehenden Schrankes.

Stefan, der nur Boxershorts anhat, geht mutig zum Schrank und sieht hinein.

»Da ist nix! Was soll denn da sein, Mama?«

»Mir ist da was entgegengeflogen. Das war so ekelig ... DA!!!! DA!!!! Schaut doch!«, ihr Finger zeigt gen Decke.

Eine dicke Kakerlake fliegt genau auf Traudl zu (australische Kakerlaken können fliegen!), die nun versucht in Deckung zu gehen und eine Cornflakes-Packung als Schutzschild benutzt.

»Nicht töten!«, schreit Kylie dazwischen, als Stefan todesmutig das verwirrte Kakerlaken-Ding zusammenklatschen will.

»Bist du etwa Tierschützerin? Oder willst du das Teil bei lebendigem Leib verspeisen, und wir spielen heute zur Abwechslung mal ›Dschungelcamp‹ und nicht Schnitzeljagd«, spottet Tina, die ansonsten recht teilnahmslos, da noch verschlafen, das Treiben in der Küche beobachtet.

Kylie erklärt, dass man Kakerlaken nicht töten sollte, da sie sich dann nur noch stärker vermehren würden. Die Kakerlaken-Familie rieche dann das Blut und komme in Scharen. Dann wäre mit einer echten Plage zu rechnen, die man fast gar nicht mehr beseitigen könnte. Daher sollte man Kakerlaken einfangen und aussetzen, aber niemals töten.

Mit diesem neuen Wissen stehen nun Johannes mit einer Bratpfanne, Stefan mit einem Abtropfsieb und Kylie mit einem Kochtopf bewaffnet in der Küche und versuchen die kleine Kakerlake einzufangen. Traudl weigert sich nach wie vor, den Küchenstuhl zu verlassen. Tina hingegen kann die ganze Aufregung nicht wirklich verstehen und setzt sich an den Tisch, denn sie will frühstücken. Und während sie so dasitzt und sich ein Marmeladenbrot schmiert, grinst sie über diese absurde Situation. Drei Erwachsene schleichen durch die Küche und versuchen ein kleines Insekt einzufangen. Als Tina gerade genüsslich von ihrem Brot abbeißen will, sieht sie, wie die Kakerlake zum Landeanflug auf dem Frühstückstisch ansetzt.

Klatsch! Ein Faustschlag von Tina und die Kakerlake ist Matsch.

»Ups! Sorry! Ich wollte nur den Kaffeebecher greifen, das war wohl ein Versehen«, versucht sie sich scheinheilig zu rechtfertigen, obwohl sie genau wusste, was sie tat. Die anderen starren sie an, als hätte sie gerade Traudl ermordet.

»Hallo? Es war eine Kakerlake, sonst nichts«, versucht Tina die Situation zu entspannen. Doch Kylie versteht diesbezüglich keinen Spaß, schließlich war sie für die Truppe verantwortlich.

Sie verlangt in Feldwebeltonfall, dass sofort alle Spuren des Kadavers beseitigt werden – das Mindeste, was sie tun konnten, denn den Blutgeruch würden sie nicht tilgen können. Sie hofft, dass sie Glück hätten und bis zu ihrer Abreise von der Ankunft der Kakerlaken-Familie verschont blieben.

Und so kommt es, dass der Tag mit einer riesigen Blutspurenbeseitigungs-Aktion beginnt – ausgelöst von einer winzigen Kakerlake. Die Lodge ist anschließend nahezu klinisch rein, sodass eine Spurensuche der Kriminalpolizei gänzlich erfolglos verlaufen würde. Nach getaner Arbeit steht nun endlich wieder etwas »Natur der anderen Art« auf dem Programm. Die anschließende Wanderung ist für Kylie das absolute Highlight ihres Aufenthalts im Nationalpark.

»Das sind die ›Three Sisters‹«, erklärt sie, nun wieder ganz die routinierte Reiseleiterin, und zeigt dabei auf die drei Sandsteinfelsen, die sich vor ihnen in voller Pracht erheben. »Sie sind das Wahrzeichen der ›Blue Mountains‹ und locken täglich Tausende von Touristen an.«

Im Gegensatz zu Kylie sind die anderen etwas weniger euphorisch: Johannes schwitzt ohne Ende und sieht aus, als wäre er gerade durch eine Waschanlage gewandert. Traudl jammert mal wieder über ihre Fußschmerzen. Und Stefan hat per se genug von Natur, insbesondere in Form seiner leiblichen Verwandten, und wünscht sich, möglichst bald in das zivilisierte Sydney zurückzukehren, um endlich seine Erfahrungen mit dem eigenen Geschlecht zu machen. Tina hat sich heimlich Gin Tonic in ihre Feldflasche gefüllt und torkelt nun schon ein wenig beim Gang auf den schmalen Pfaden. Alle, außer Kylie, sind nach der letztendlich vierstündigen Odyssee heilfroh, wieder in die Lodge zurückzukehren.

Nach einem erneuten Barbecue am Abend bittet Kylie ihre Gruppe, einen Sitzkreis zu bilden, und alle scharen sich mit ihren Stühlen um sie.

»So, liebe Singles«, beginnt Kylie mit einleitenden Worten. »Heute wollen wir einmal darüber sprechen, warum ihr noch Single seid. Und warum es gerade mit einer Beziehung nicht funktioniert. Vielleicht habt ihr einfach die falsche Herangehensweise?«

Johannes erzählt, dass er bisher immer an die falschen Frauen geraten sei (er würde vor Tina niemals zugeben, dass er noch nie Sex und noch nie eine Freundin hatte – obwohl sie ihn beim Speeddating in München ja fast entlarvt hatte). Stefan druckst ein wenig herum, schließlich will er vor der versammelten Runde keinesfalls zugeben, dass er gerne mal was mit einem Mann anfangen würde – und hofft, dass Tina ihn nicht verrät.

Tina berichtet, dass sie sich als erfolgreiche, unabhängige und selbstbewusste Frau die Männer natürlich aussuchen könne. Doch hätten diese oftmals Probleme mit einer so tollen Frau wie ihr, die mit beiden Beinen im Leben stünde. Niemals würde sie den anderen erzählen, dass sie arbeitslos und verzweifelt auf der Suche nach einem (gut verdienenden) Mann war.

Irgendwie hat Kylie den Eindruck, dass keiner so richtig viel von sich preisgibt, und die Sitzkreis-Therapie-Stunde wäre wohl nach knapp fünf Minuten vorbei gewesen ... Wäre da nicht Traudl, die förmlich darauf brennt, sich den ganzen Frust über ihre Ehe von der Seele zu reden – angefangen bei dem Tag, als sie von der Affäre ihres Exmanns erfuhr und seitdem sie sich als Single neu orientieren muss. Nach zwei Stunden Dauerbeschallung durch Traudl beschließt Kylie, dass es Zeit ist, ins Bett zu gehen, denn auch heute sind alle von der ungewohnten körperlichen Aktivität an der frischen Luft sehr müde. Bis auf Traudl, die immer noch ununterbrochen quasselt, hängen alle gähnend und schlapp auf ihren Stühlen und beobachten amüsiert, wie sich die alte Frau in Rage redet.

Als Kylie wenig später in ihrem Bett liegt, überlegt sie, welche Spiele sie am nächsten Tag einsetzen sollte, damit es endlich zwischen den Kandidaten zu knistern beginnt. Aber vermutlich brauchte es einfach noch ein wenig Zeit, bis das erste Feuer bei Tina und Stefan sowie bei Traudl und Johannes entfacht war.

»Tag 7« Dienstag, 11. Dezember

Es ist gerade einmal acht Uhr am Morgen, als es an die Tür ihrer Hütte klopft. Kylie wird von der Rezeptionistin der »Blue Mountain Park Lodge« gebeten, doch einmal im Büro vorbeizuschauen. Ihr erster Gedanke ist, dass die Kakerlaken-Sache, trotz Spurenbeseitigung, doch irgendwie aufgeflogen ist. Doch dem ist nicht so. Es hat ganz andere Gründe.

»We have a problem with your credit card«, sagt die junge Dame mit den dicken Brillengläsern, die Kylie erwartungsvoll hinter ihrem Schreibtisch entgegenblickt. Kylie ist verblüfft.

»Das kann nicht sein«, schießt es ihr durch den Kopf. Sie kramt in ihrem Portemonnaie und legt die goldene Kreditkarte auf den Tisch, die sie auch bei der Onlinereservierung genutzt hatte. Klar, gestern bei ihrer Ankunft war das Büro ja nicht besetzt gewesen, sodass das Vorzeigen der Karte jetzt wohl eine reine Routinemaßnahme sein musste, denkt Kylie.

Doch als die junge Mitarbeiterin die Karte ins Lesegerät einführt, kommt eine Fehlermeldung. Kylie probiert es noch mit einer zweiten Kreditkarte, doch auch hier ist das Ergebnis negativ: Offenbar sind alle ihre Kreditkarten gesperrt! Das bedeutete, dass sie nun nichts mehr per Karte zahlen konnte. Ihr wird ganz flau im Magen. Vor ihrem geistigen Auge sieht sie Bob, der mit dem ganzen Geld über alle Berge ist – inklusive der Backpackerin aus Schweden. Denn eigentlich konnte nur Bob für dieses Dilemma verantwortlich sein. Kylie glaubt nicht an einen »dummen Zufall«, sondern dass sich offensichtlich in ein und derselben Woche sowohl Kreditkarten als auch Ehemann gegen sie »gesperrt« hatten.

Die Rezeptionistin schlägt Kylie nun vor, einfach cash zu bezahlen. Doch ein kurzer Blick in deren Geldbörse zeigt, dass das nicht so ohne Weiteres geht. 700 Dollar soll sie für Lodge und Mietwagen-Special zahlen – und das ist schon der reduzierte Preis, Ergebnis zäher Verhandlungen und unter der Bedingung, dass die Gruppe heute bereits abreist und auch den Jeep dalässt. Doch ihr fehlen 400 Dollar, und so wird sie die anderen um Hilfe bitten müssen, was ihr schon jetzt außerordentlich peinlich ist.

»Ich habe eine ganz schlechte und fürchterliche Nachricht für euch«, fängt sie an, nachdem sich beim Gongschlag (Kylie hatte den Gong tatsächlich mit auf ihren Trip in die Lodge genommen) alle am Frühstückstisch versammelt haben.

»Was denn? Gibt es womöglich keinen Alkohol mehr?«, fragt Tina ängstlich.

»Ach, du wieder mit deiner Trinkerei«, winkt Kylie ab. »Nein, wir müssen den Urlaub leider heute schon abbrechen«, fügt sie niedergeschmettert hinzu.

»Das ist doch eine super Neuigkeit!«, stänkert Tina. »Ich hatte eh keine Lust auf diese Einöde hier. Ich gehöre nach Sydney und nicht in diese Pampa.« Sie verschränkt die Arme vor der Brust wie ein trotziges Kind.

»Heute schon heimfahren? Warum das denn?«, fragt ein sichtlich enttäuschter Johannes.

»Meine beiden Kreditkarten sind defekt und ich kann die Rechnung schon jetzt nicht alleine bezahlen«, lügt sie. Nie im Leben würde sie zugeben, dass Bob die Konten geplündert hatte und alles hatte sperren lassen. »Mir fehlen derzeit rund 400 Dollar. Also, wenn mir jeder von euch 100 Dollar borgen könnte, wäre das perfekt.«

Alle nehmen diese traurige Nachricht mit Fassung auf und helfen ihr sofort mit je 100 Dollar aus. Alle, bis auf Tina.

»Wie jetzt? Ich soll Geld bezahlen, obwohl ich das hier gewonnen habe und auch keinen Lust auf diesen Ausflug hatte? Sehe ich überhaupt nicht ein! Ich bin eine Australien-Gewinnerin«, sagt sie mürrisch.

»Aber du verdienst doch so viel als PR-Frau bei deinem Haushaltsgerätehersteller«, versucht ihr Stefan zu schmeicheln.

Damit hatte Tina natürlich nicht gerechnet, dass ihr die Lügerei nun zum Verhängnis wurde.

»Ähm ... ja, aber es geht mir ums Prinzip! Dass ich ja nie wirklich in die ›Blue Mountains‹ wollte und dass ich es nicht einsehe, nun dafür was zu zahlen«, verteidigt sie immer noch ihre sture Haltung. Doch nach einigem Hin und Her zahlt schließlich auch Tina die 100 Dollar, fragt sich allerdings, ob sie dieses schlecht investierte Geld jemals wiedersehen wird.

Als die fünf in den weißen »Suzuki Swift« einsteigen (denn der Jeep wurde ja als Pfand verlangt), regnet es. Es schüttet regelrecht, sodass sich Kylie hinter dem Steuer sehr konzentrieren muss, um den Weg aus dem Park raus und wieder zum Highway zu finden. Wie die Ölsardinen zusammengepfercht hocken sie in dem Kleinwagen und keiner sagt was. Das einzige Geräusch ist das Prasseln des Regens, der gegen die Scheiben trommelt.

»Und wie geht es jetzt weiter?«, will Tina wissen, die sich bereits ernsthaft den Kopf zerbricht, wie sie weitere Ausflüge oder Dienstleistungen, wie zum Beispiel Hungs Kochkünste, bezahlen soll, wenn Kylies Kreditkarten tatsächlich defekt sind.

»Ich weiß es jetzt noch nicht. Ich muss später noch mal telefonieren. Ich muss die Bank fragen, was das alles soll. Da liegt irgendwie ein Fehler oder ein Missverständnis vor«, versucht die Reiseleiterin zu beruhigen.

»Er will die Scheidung! Stimmts oder habe ich einfach nur recht?«, fragt Traudl. »Es fängt immer so an. Erst funktioniert die Kreditkarte nicht mehr, dann werden die Schlösser ausgetauscht und irgendwann ist man nur noch Vergangenheit. Ich spreche da aus Erfahrung, bei mir war es nämlich genauso.«

»Traudl, wie kommst du denn darauf? Bob ist doch aus beruflichen Gründen abgereist, und jetzt ist halt die Karte defekt. Das kann immer mal passieren«, glaubt der naive Johannes.

Und mit diesem Kommentar merken alle in dem Kleinwagen wieder, wie unerfahren und weltfremd Johannes war. Er hatte doch mit eigenen Augen gesehen, wie Bob mit der Backpackerin »in flagranti« erwischt wurde. Wie konnte er diese »Abreise aus beruflichen Gründen«, Kylies vorgeschobene Begründung, wirklich ernsthaft geglaubt haben?

Es ist heute zum zweiten Mal der Moment gekommen, in dem Kylie über ihren Schatten springen und mit der Wahrheit rausrücken muss.

»Ja, es stimmt. Wir haben uns getrennt. Meine Ehe ist am Ende.« Dabei verliert Kylie für den Bruchteil einer Sekunde die Fassung, um dann aber wieder ganz beherrscht weiterzusprechen: »Für euch wird sich nichts ändern. Das Haus ist bis Anfang Januar bezahlt, und Hung hat sein Geld bereits im Vorfeld bekommen.«

Diese Worte beruhigen Tina, denn sie hatte sich angesichts der Zahlungsschwierigkeiten der Speeddating-Agentur schon nächste Woche mit ihrem Koffer in irgendeinem Backpacker-Hostel gesehen.

Nur von einem Problem will Kylie noch nicht sprechen, während sie sich auf den Verkehr konzentriert. Die Telefonhotline ihrer Bank hatte ihr eben mitgeteilt, dass alle getätigten Buchungen wieder zurückgeführt würden, da das Konto gesperrt wurde. Und auch ihre Vermutung, dass Bob dahintersteckte, hatte sich bestätigt. Er hatte das Privat- sowie das Geschäftskonto einfach geplündert und gleichzeitig die Kreditkarten sperren lassen.

Und so endet ein schöner Ausflug bereits nach zwei Nächten bei fürchterlichem Regen und einer Rückfahrt in einem viel zu kleinen Auto. Kylie versucht die schlechte Stimmung zu vertreiben und sich und die Gruppe aufzuheitern:

»Es gibt für alles eine Lösung! Macht euch da nicht allzu große Gedanken. Es gibt sicherlich einen Grund, warum die Kreditkarten nicht mehr funktionieren. Vielleicht einfach eine Umstellung bei der Bank«, lügt sie und macht gute Miene zu diesem bösen Spiel vor den Mitreisenden. Doch Stefan, der Banker, weiß nur zu gut, dass hier irgendwas faul ist.

Zu Hause angekommen, hört der Regen schlagartig auf, und die vier Urlauber beschließen noch an den Strand zu gehen. Nur Kylie hat Wichtigeres zu tun. Sie muss ganz dringend weitere Telefonate führen und sich Gedanken über die Zukunft machen, denn das war während der Autofahrt nicht möglich gewesen, schließlich hatte sie sich bei dem Mistwetter sehr auf den Verkehr konzentrieren müssen.

Was die Lodge angeht, wurde nach einiger Zeit bekannt, dass die Unterkunft wegen Kakerlakenbefalls schließen musste und die Hütte, in der einst die fünf Deutschen lebten, abgerissen werden musste.

»Tag 8« Mittwoch, 12. Dezember

Heute, am 12.12.12, wäre der perfekte Tag, um den Traummann kennenzulernen, überlegt Tina. Wie schön es doch wäre, ihren Kindern und Enkelkindern einmal erzählen zu können, dass sich die »alten Herrschaften« an diesem grandiosen Datum begegnet sind. Und noch dazu in Sydney! Der perfekte Ort, um den Grundstein für ihr Glück zu legen!

Sie will heute Abend ins »Slip Inn« gehen, eine der angesagtesten Bars im Stadtzentrum. Sie hatte vor ihrer Abreise nach Australien gründlich recherchiert und herausgefunden, dass sich in dieser Bar Prinzessin Mary und Prinz Frederik von Dänemark im Rahmen der Olympischen Spiele 2000 kennengelernt hatten. Das war der angemessene Ort, um am 12.12.12 auch ihrem Traummann zu begegnen. Für diesen großen Anlass hat sie sich mächtig in Schale geworfen. Mit schwarzem Kostüm und schwarzen High Heels sieht sie zwar aus, als wäre sie unterwegs zu einer Beerdigung, doch es gibt einfach keine andere Farbe, die so unglaublich schlank macht wie Schwarz.

Tina und Stefan fahren gegen 19 Uhr gemeinsam mit dem Bus in die Stadt, trennen sich dann aber, denn nun muss jeder für sich schauen, was »der Markt« hergibt.

Tina findet ihr »Slip Inn« relativ schnell in der »Sussex Street 111«, in der Nähe des »Darling Harbour«. Als sie die Bar betritt, fällt ihr sofort das stylische Ambiente mit den roten Wänden auf. Und dass es hier gewaltig nach Geld stinkt. Ein Umstand, den sie durchaus begrüßenswert findet. Etliche männliche Besucher sitzen oder stehen in ihren Businessanzügen herum, auch wenn sie die Krawatte schon längst beiseitegelegt haben. Genau so einen dieser reichen Businessmänner will sie heute abschleppen! Und mit ganz viel Glück ist ihr Prinz dabei. Allerdings versucht sie realistisch zu bleiben: So viele ledige Prinzen im heiratsfähigen Alter gibt es auf diesem Planeten nicht mehr und die Chancen auf Prinz Harry aus England zu treffen, sind am anderen Ende der Welt doch sehr gering. Wobei sie schon davon geträumt hatte, wie es wohl wäre, wenn Tina Essers aus Köln-Nippes urplötzlich britische Prinzessin wäre und aus einer Kutsche heraus dem Volk milde zuwinken würde, auf dem Weg zu einer Audienz bei der Queen ... Dabei konnte sie durchaus bereits auf Gemeinsamkeiten mit den Windsors verweisen, schließlich war das Lieblingsgetränk von Queen Mum ebenfalls Gin Tonic. Und Tina vertrat die Ansicht, dass sie mithilfe dieses Getränks ebenfalls 101 Jahre alt würde. Sie musste sich nur noch ein wenig daran gewöhnen, dass man den Drink hier typisch englisch mit Limette und nicht mit Zitrone trank. Aber wenns mehr nicht ist – das war für Tina ein geringes Problem!

Stefan macht es Tina nach. Er sucht ebenfalls nach einem Mann! Tina hatte ihm eben noch ganz viel Glück gewünscht, denn sie war die Einzige, die über seine homosexuellen Anwandlungen Bescheid wusste. Kylie war höchst erfreut gewesen, zu erfahren, dass Tina und Stefan zusammen ausgehen würden. Ganz im Gegenteil zu Traudl: Stefans Mutter hatte eher eigenartig reagiert, denn sie wollte ja nicht, dass ihr Sohn mit der »Lack-und-Leder-Tina« unterwegs war.

Man sagt ja, Mütter hätten so eine Vorahnung, wenn der eigene Sohn »andersrum« ist. Stefan macht sich ernsthaft Gedanken, wie sie auf sein mögliches Coming-out reagieren würde. Es ist schwer einzuschätzen, wie seine Mutter nun auch noch einen schwulen Sohn verkraften würde, nachdem sie schon Affäre und Verlust des Ehemannes hinnehmen musste. Er musste Rücksicht auf sie nehmen, denn mit 59 Jahren war sie nicht mehr so belastbar. Würde sie nach Reizblase und ständig geschwollenen Füßen jetzt auch noch einen homosexuellen Sohn bekommen, wäre das für Mama Traudl sicher ein Grund, den Urlaub vorzeitig abzubrechen – was ganz in Stefans Interesse lag.

Für ihn hingegen ein weiterer Grund, nun zum allerersten Mal in seinem Leben eine Schwulenbar zu betreten! Sehr nervös steht er nun vor dem »Stonewall Hotel«, einer bekannten Schwulenbar, die über drei Etagen geht und mitten in der »Oxford Street« im Stadtteil Darlinghurst liegt. Er dreht allerdings erst noch eine Runde um den Block, bis er sich endlich in die Männerbar hineintraut.

Klatsch! Und – schwups!, hat ihm der Türsteher eine Nummer aufs T-Shirt geklebt. Stefan schaut an sich herunter und stellt fest, dass er heute Nummer 333 ist. Sich als Single beim Speeddating Nummern aufzukleben, kommt ihm aus München irgendwie bekannt vor – und das war schließlich ein erfolgreicher Abend gewesen, zwar mit einer Frau namens Silke, einer bisexuellen Nymphomanin, aber immerhin. Er setzt sich erst mal an die Bar und bestellt ein »Victorian Bitter Beer«, damit ihn der Mut nicht verlässt. Diese Maßnahme, sich mit einem alkoholischen Erfrischungsgetränk in Flirtlaune zu bringen, teilt er heute Abend mit einer anderen Person.

Tina hat mittlerweile den dritten Gin Tonic heruntergekippt und stellt dennoch ernüchtert fest, dass bis auf ein paar gähnend langweilige Blicke seitens der Herrenwelt bisher nichts geschehen ist. Sie beschließt, nun »Plan B« anzuwenden, erhebt sich von ihrem Hocker und mischt sich unter das tanzende Partyvolk. Leider ist dies kein lange währendes Vergnügen, denn irgendein Depp tritt ihr so heftig auf den Fuß, dass sie nun schnell zu einem der Tische humpelt.

Doch Tina gibt nicht so schnell auf. Sie ist hier, um Singlemänner kennenzulernen! Sie bestellt sich zur Schmerzlinderung erst mal den vierten Gin Tonic, und schaut sich ein wenig frustriert in der Bar um. Sie kann einfach nicht glauben, dass keiner dieser schicken Männer auch nur den Hauch von Interesse an ihr zeigte. Oder war das Flirtverhalten »Mann – Frau« in Australien auch andersrum als in Deutschland, sodass hier die Männer darauf warteten, endlich angebaggert zu werden? Sie kommt ins Zweifeln, ob vielleicht irgendwas mit ihr nicht stimmte. Vielleicht hatte sie ja noch Zahnpasta am Mund kleben oder ein Salatblatt zwischen den Zähnen? Das ist ihr ja schon mal bei einem »Date mit Anschlusserotik« passiert. Seitdem isst sie niemals mehr Nutella-Brötchen im Beisein eines Mannes. Denn wer findet es schon sexy, wenn einen die nächtliche Eroberung am nächsten Morgen beim Frühstück mit dunkelbraunen Zähnen angrinst? Doch ein Blick in ihren Schminkspiegel verrät ihr, dass sie heute gut aussieht. Sie befragt stattdessen ihren Spiegel: »Spieglein, Spieglein in der Hand, wer ist wohl der Reichste hier im Australien-Land?«

Als Stefan mit seinem Bier in der Hand ganz cool und lässig am Tresen lehnt, dauert es nicht lange, bis der erste Mann auf ihn zukommt.

»Hi! How are you?«, fragt er Stefan.

»Oh! Mein Gott«, denkt Stefan und fasst sofort mit der Hand an seine Brust, um zu fühlen, ob sein Herz schneller schlägt. Ja, es poltert regelrecht. So muss es sich anfühlen, wenn man die »Liebe auf den ersten Blick« erlebt. Sein »Mister Right« steht vor ihm – und hat sich gerade als Jason vorgestellt. Da Stefan immer noch mit der Hand auf der Brust dasteht, fragt ihn Jason, ob er Herzprobleme habe oder die Nationalhymne für ihn singen wolle, weil er vielleicht Soldat sei. Daraufhin gerät Stefan ein wenig ins Stottern, und stammelt, alles sei in bester Ordnung. Dann lädt er Jason auf ein Bier ein. Während sie sich unterhalten, erfährt Stefan, dass Jason ein waschechter »Aussie« ist und beim Fernsehen arbeitet. Was genau er da macht, bleibt allerdings offen. Mit seinen 35 Jahren ist Jason fast genauso alt wie Stefan, doch Jason sieht viel älter aus, eher wie Anfang 40. Aber das lag wohl am TV-Business oder an der australischen Sonne, die ja bekanntlich die Haut besonders schnell altern lässt, vermutet Stefan.

Für Tina läuft es im »Slip Inn« nicht ganz so gut wie bei Stefan. Mittlerweile beim sechsten Gin Tonic fragt sie sich, ob sie überhaupt jemals Kinder oder Enkelkinder haben wird, denen sie von irgendeinem x-beliebigen Kennenlerntag erzählen kann. Sie hat das Traummanndatum 12.12.12 soeben für sich begraben, denn ein Blick auf ihre noch nicht abbezahlte Armani-Armbanduhr verrät, dass es bereits kurz vor Mitternacht ist. Sie kann einfach nicht verstehen, dass sich hier niemand für sie interessiert. Erneut greift sie zum Schminkspiegel und checkt noch einmal ihr Aussehen. Sie muss zugeben, dass sie nach den vielen Gin Tonic schon ein wenig fertig aussieht, irgendwie aufgedunsen. Sie musste morgen unbedingt neues Make-up kaufen. Ihre Laune ist mal wieder auf einem Tiefststand und es ist an der Zeit für ein wenig Nikotin. Nur das Einatmen von Tabakrauch konnte sie noch retten. Daher geht sie jetzt vor die Tür, um draußen eine zu rauchen, denn in Australien war das Rauchen in Bars und Kneipen nirgendwo mehr erlaubt.

Tina hätte es eigentlich wissen müssen! Wo könnte man besser einen Mann kennenlernen, als in der Raucherecke? Sie findet zwar die Vorstellung, ihren Enkeln erzählen zu müssen, dass sie und Opa sich auf dem Bürgersteig vor einer Bar kennengelernt haben, nicht gerade romantisch, aber immerhin schreiben wir noch den 12.12.2012. Allerdings hört sie im wahrsten Sinne schon die Uhr ticken, denn ihr bleiben nur noch vier Minuten bis Mitternacht. Dazu tickt ihre biologische Uhr, und beide Uhren ticken jetzt um die Wette den Countdown in ihrem Gehirn. Dabei muss sie sich jetzt dringend auf etwas ganz anderes konzentrieren. Nämlich Blickkontakt aufnehmen mit dem einzigen männlichen Raucher – und halten, was gar nicht so einfach war, wenn man schon so viel Alkohol im Blut hatte wie sie. Doch es gelingt!

Der junge Typ mit weißem Hemd und Fliege quatscht sie an und stellt sich als David vor. Er sei 29 Jahre alt, wäre noch nie verheiratet gewesen (nach der Witwer-Pleite ein wichtiges Detail) und mache irgendwie sein eigenes Business, erzählt David.

Tina will wissen, wie viele Mitarbeiter denn in seiner Firma arbeiten, und schluckt kräftig, als David von 25 bis 30 Leuten spricht. Sie findet ja, dass Chefs irgendwie so eine animalische Ausstrahlung haben. Das sind Männer, die wissen, was sie im Leben wollen und sich das auch nehmen. Das findet sie gut, und beschließt, dass sie ihrerseits sich David »nehmen« will. Es stört sie auch nicht, dass David fast zehn Jahre jünger ist als sie. Im Gegenteil, eigentlich ist es sogar richtig gut, dass sie einen jungen Papa für ihre Kinder bekommt. Und wenn sie alt ist, schiebt dann halt ein knackiger Surfertyp ihren Rollstuhl.

Nachdem die beiden zusammen bestimmt eine halbe Schachtel Zigaretten geraucht haben, gehen sie wieder nach drinnen und setzen sich an die Bar. Doch irgendwie sind ihnen jetzt die Gesprächsthemen ausgegangen, oder es ist, wie so oft, wenn nach dem ungeplanten Zusammenstehen beim Rauchen plötzlich das quasi hochoffizielle Zusammensein folgt. Hinzu kommt, dass Tina längst nicht alles versteht, was David sagt – er ist in Cairns, im Norden Australiens aufgewachsen, und spricht mit breitem australischem Dialekt. Doch dank einer Vielzahl weiterer Drinks fluppt die Kommunikation auch so ganz gut, akzentuiert durch gezielte nonverbale Flirtschachzüge seitens Tina (lachen und bewundernde Blick, wenn er von sich erzählt, Rock etwas hochziehen, Beine übereinanderschlagen, effektvolles Saugen am Gin-Tonic-Strohhalm etc.).

Als die zwei später zusammen im Taxi sitzen, wird es offenkundig, dass sie sich eigentlich nicht viel zu erzählen haben. Doch Tina ist glücklich, an diesem denkwürdigen Datum doch noch einen offensichtlich vermögenden, gut aussehenden Mann kennengelernt zu haben. Sie freut sich schon darauf, gleich sein luxuriöses Penthouse zu sehen, denn ein Chef mit 30 Angestellten würde wohl richtig nobel wohnen.

Als sie nach gefühlten zwei Stunden Taxifahrt immer noch kein Wort gesprochen haben, versucht Tina etwas krampfig, doch irgendwie ein Gespräch zu führen:

»Do you have a brother or a sister?«, will sie nun halb interessiert wissen.

»No, I have no siblings«, ist die kurze, knappe Antwort. Dabei schaut er eher gelangweilt aus dem Taxi.

Tina überlegt, was er wohl mit »siblings« meinen könnte. Sie kann sich keinen Reim darauf machen und ärgert sich, dass ihr Englisch so eingerostet ist. Das war mal deutlich besser gewesen, immerhin hatte sie früher sogar Interviews für englische Zeitungen übersetzt, wobei das allerdings auch schon mal zu fatalen Folgen geführt hatte ...

Aber so schnell gab sie nicht auf. Daher schießt sie gleich eine Frage hinterher, deren Antwort sie garantiert verstehen wird.

»What is your favourite colour?«

David schaut sie an und überlegt bei sich, ob die Deutsche wohl begriffen hatte, dass sie gerade auf dem Weg zu seiner Wohnung waren, um zu poppen – und nicht um mit Buntstiften zu malen. Auch wenn er ihr natürlich seinen ganz besonderen »Stift« zeigen wollte. Er hofft, dass die Alte endlich mal ihren Schnabel hielt und ihn nach dem Sex bloß nicht nach seiner Telefonnummer fragte. Auf so was hatte er nämlich überhaupt keinen Bock! Er wollte nur Spaß haben, denn den hatte er sich nach einem langen und anstrengenden Arbeitstag mehr als verdient.

Doch noch bevor David seine Lieblingsfarbe nennen kann, erlöst sie der Fahrer mit den Worten »Here we are, Margaret Street, 17, Redfern« aus der etwas peinlichen Situation.

Als Tina aus dem Taxi gestiegen ist, ist sie erst mal überrascht, denn statt vor einer Luxusvilla stehen sie vor einem ganz normalen Mehrfamilienhaus. Und das erträumte Penthouse entpuppt sich wenig später als regelrechte Bruchbude. In der Wohnung liegen überall Pizzakartons herum, leere Bierflaschen stapeln sich auf dem Boden und das Sofa ist so versifft, dass sie beschließt sich lieber nicht hinzusetzen. Sie kann nicht glauben, dass ein Chef mit so vielen Angestellten in einer solchen Bude hauste. Aber sie will noch nicht aufgeben und redet sich daher ein, dass dies seine Zweitwohnung sein müsse und dass er sicher draußen am Stadtrand ein Penthouse mit Blick auf den Ozean besitze. Von der Zweitwohnung aus schaut man lediglich auf die Waggons des Hauptbahnhofs, inklusive der entsprechenden Geräuschkulisse.

David weiß, was Frauen wollen. Daher fackelt er nicht lange und zieht Tina in sein Schlafzimmer. Der Raum ist dunkel, und wird es auch bleiben, für das, was nun folgt. »Sex im Dunkeln«

findet Tina eigentlich blöd, aber sie ist so müde, kaputt und fertig, dass sie die Situation nicht weiter hinterfragt. Auch nicht, als ihr David beim Sex den Mund zuhält und meint, sie solle etwas leiser sein. Dabei hatte sie nur ihrer Lust, die sie bei dem Geruckel auf sich verspürt, freien Lauf lassen wollen. Sie ist ein wenig verwundet, denn sie hätte David und die Australier allgemein nicht als so prüde eingeschätzt. Aber als braver »Anschlusserotik-Gast« macht sie, was der Chef verlangt und versucht ihre Lustschreie zu unterdrücken.

Nach dem Beischlaf möchte sie sich noch etwas für die Bettruhe frisch machen und läuft barfuß zur Toilette. Als sie mit Höschen in den Kniekehlen auf dem dreckigen Klo sitzt und sich im Bad umschaut, wird ihr bewusst, dass Chef David unbedingt eine Haushälterin braucht. Überall kleben Haare, in der Dusche, auf dem Boden. Lange schwarze Haare. In ihrer Erinnerung war der Mann, mit dem sie gerade Geschlechtsverkehr hatte, dunkelhaarig – ja. Aber Davids Kopfhaar war höchstens drei Millimeter lang. Und da fällt es ihr wie Schuppen von den Augen! Der Grund, warum das Licht ausbleiben sollte, lag wohl in seiner Schambehaarung, die sie nicht hatte sehen sollen. Die Vorstellung, dass sie eben Sex mit einem Mann gehabt hatte, dessen langes Schamhaar sich zum Zöpfeflechten eignen würde, ekelt sie an. Sofort muss sie würgen, wenn sie daran denkt, was sie eben alles mit Davids Geschlechtsteil gemacht hatte. Es wird nicht besser, als sie in die Badewanne schaut und darin noch weitere lange schwarze Haare entdeckt.

Hatte er sie etwa angelogen? War David in Wirklichkeit Friseur oder betrieb er zu Hause einen privaten Hundesalon? Auch das war denkbar, denn die ganze Wolle könnte durchaus von einem schwarzen Pudel stammen. Diese und viele andere Dinge kreisen durch Tinas besoffenes, frisch gevögeltes Hirn. Doch erst einmal kann sie an gar nichts mehr denken, außer an den starken Würgereiz. Kurz drauf kniet sie über der Kloschüssel und übergibt sich. Dreimal. Mit Tränen in den Augen und völlig ausgelaugt tastet sie sich zurück ins Schlafzimmer und macht dann einen folgenschweren Fehler. Sie schaltet versehentlich das Licht an. David reißt sich ruckartig die Decke über den Kopf. Und Tina, die schnell zurück ins warme Bett hüpfen will, steht vor einem Problem. In dem Raum stehen zwei Betten.

Sie ist einigermaßen irritiert. Noch mehr verwundert sie, dass sich in dem zweiten Bett eine Gestalt erhebt und sie auffordert, endlich das verdammte Licht auszuschalten. Allmählich realisiert Tina die Situation und schaut vom linken zum rechten Bett und wieder zurück. Zwischen beiden Betten lieg ein Abstand von rund drei Metern. Die schwarzen Haare aus dem Bad gehören definitiv zur Person in dem zweiten Bett, denn dort lugt eine lange Haarpracht unter der Decke hervor.

»I wanna speak with you! Now!« Tina steht halbnackt und mit einem Bein aufstampfend zwischen den Betten und macht David um zwei Uhr nachts eine Szene. Sehr zum Leidwesen von David, der sich das Kissen über die Ohren zieht. Aber Tina hat nun Redebedarf. Dringenden Redebedarf!

»I want to speak! Now! Now! Now!«, plärrt sie wie von Sinnen durch den Raum.

Schließlich reißt sie von beiden Betten die Decken weg und legt die »Schläfer« offen. Tina ist sprach- und fassungslos. So langsam realisiert sie, was hier vor sich geht: Sie hatte eben Sex mit David in seinem dunklen Schlafzimmer gehabt, während im gleichen Raum ein weiterer Typ lag, der sich jetzt als Miguel, Austauschstudent aus Spanien, vorstellt.

In Tinas Hirn rattern die Zellen. Wie konnte es sein, dass ein Chef mit vielen Angestellten im »Slip Inn« verkehrte, sich aber das Schlafzimmer mit einem langhaarigen Studenten teilen musste? Jetzt zerrt sie David und Miguel aus den Betten und stellt sie zur Rede.

David klärt Tina auf, dass er »Lebenskünstler« sei und derzeit als Kellner im »Slipp Inn« arbeite. Als sie sich beim Rauchen kennenlernten, hatte er nur schon früher Feierabend gemacht.

Aus Kostengründen teile er sich das Schlafzimmer mit Miguel. Das war in Sydney nichts Außergewöhnliches, denn die Mieten waren überall unverschämt hoch. Tina fühlt sich nach diesem Geständnis noch schlechter als zuvor. Sie kann nicht fassen, dass sie bei seinen Worten »doing my own business« wirklich gedacht hatte, einen Chef mit vielen Angestellten vor sich zu haben. Der Ort, an dem sich das dänische Prinzenpaar kennengelernt hatte, war für Tina gerade zum absoluten Albtraum-Ort geworden. Sie hatte eben mit einem Aushilfskellner Sex in einem WG-Zimmer gehabt – so etwas sollte man ihrer Meinung nach als Enddreißigerin nicht mehr machen müssen. Auf der Stelle schnappt sie ihre Sachen und verschwindet aus dieser verlotterten Männer-WG. Unten auf der Straße wirft sie sich einem Taxi fast auf die Motorhaube, um so schnell wie möglich nach Hause zu kommen. Eines ist klar: Sollte sie jemals Kinder haben, sie würde ihnen niemals von diesem grauenvollen 12.12.12. berichten.

»I wanna marry the night« ertönt es in ohrenbetäubender Lautstärke aus den Boxen der »Stonewall Bar«. Stefan, der kurz über diesen eigenartigen Titel nachdenkt, weiß ganz genau, dass er garantiert nicht die »Nacht« heiraten möchte, sondern sich erst mal ausprobieren will. Ausgelassen tanzen er und Jason nicht nur zu Lady-Gaga-Klängen, sondern auch zu Madonna, Pink und Kylie Minogue. Stefan hat jede Menge Spaß und flirtet wie wild mit Jason. Während sie auf der kleinen Tanzfläche herumzappeln, wundert sich Stefan einmal mehr, dass all die Männer um ihn herum auf Männer stehen. Alle sehen so »normal« aus. Fast alle, denn auf der Bühne hampeln zwei Dragqueens in ziemlich auffälligen Kostümen rum, um für noch mehr Stimmung zu sorgen.

Stefan genießt es mit Jason zu lachen, zu trinken, zu tanzen – und ihm, als sie wieder an der Bar sitzen, zu erzählen, dass er ein »Writer« aus Germany sei. Er findet Tinas Idee mit der Schriftstellermasche, die sie schon bei der Wohnungssuche eingesetzt hatten, so genial, dass er nun dabei bleiben will. Denn wer wollte schon einen Bankkaufmann kennenlernen? Das Einzige, was ihn an Jason ein wenig störte, war, dass er so viele Leute in der Bar kannte. Ständig klopft ihm einer auf die Schulter oder prostet ihm zu. Als Stefan wissen will, woher er denn all die Leute kenne, gibt Jason zu, schon seit vielen Jahren im »Stonewall« ein- und auszugehen. Die Bar sei sein Stammlokal, und so kenne er halt viele Gäste und auch Leute vom Personal.

In diesem Moment wird ihre Unterhaltung jäh unterbrochen: Die beiden Dragqueens stürzen sich jetzt, ganz im Stil wild kreischender Mädels, auf Jason, und begrüßen ihn mit »Küsschen rechts und links«. Stefan ist ein wenig verunsichert und weiß gar nicht, wie er mit den »Mädels« umgehen soll. Auch versteht er nicht viel, von dem, was sie in ihrem schnellen Australisch-Englisch reden. Allerdings verraten die Blicke, die sie mit Jason tauschen, dass sie irgendwie nichts Gutes im Schilde führen. Und ehe Stefan begreifen kann, was los ist, zerrt ihn Dragqueen Coco mit einem Mikrofon in der Hand auf die Bühne.

»Ladies and Gentlemen! I wanna introduce you tonight our german friend, Stefan. He is a writer from Munich«, kreischt sie in das Mikrofon und grinst dabei breit mit ihren dick geschminkten Lippen. Stefan ist das Ganze sehr unangenehm. Auch findet er es ziemlich blöd von Jason, dass er der Transe direkt was Persönliches über ihn erzählt hatte.

Er steht wie angewurzelt auf der Bühne und schwitzt. Dabei weiß er nicht, ob es von der Nervosität kommt oder von den Scheinwerfern, die ihn so blenden, dass er nur mit verkniffenen Augen ins Publikum blinzeln kann. Stefan erkennt nur, dass vor ihm viele Menschen wie wild aufgescheuchte Hühner applaudieren und herumgrölen. Jetzt fangen die Dragqueens an zu singen. Und vor Stefan erscheinen auf einem großen Bildschirm kleine Buchstaben. Er ist nun der Showact inmitten einer Karaokeparty, umgeben von zwei Männern, die in Frauen-Fummeln stecken und völlig schief und falsch ins Mikrofon plärren.

Eigentlich mag er Karaoke und hat das auch schon ein paarmal gemacht. Allerdings hatte er sich immer Titel ausgesucht, die leicht zu singen waren. Nie im Traum hätte er daran gedacht, dass er mal in Sydney mit zwei Dragqueens den Song »Single Ladies« (»Put a ring on it« von Beyoncé Knowles) trällern würde. Er fragt sich, wie er dieser peinlichen Situation ganz, ganz schnell entfliehen könnte. Allerdings bleibt ihm nicht viel Zeit zum Überlegen, denn schon hält ihm Coco das Mikrofon unter den Mund und kreischt ihm fürchterlich laut ins Ohr: »Oh, oh, oh ... Oh, oh, oh ... Oh, oh, oh ... 'Cause if you liked it, then you should have put a ring on it ... Oh, oh, oh.«

Die beiden Transen, die nun auch noch versuchen auf der viel zu kleinen Bühne eine Choreografie à la Beyoncé Knowles hinzulegen, werden jetzt leider nicht mehr mit seiner Unterstützung rechnen können, denn er ist absolut überfordert. Doch andererseits will er vor Jason auch nicht den spießigen Deutschen geben, und so beschließt er einfach das Beste aus der Situation zu machen. Er krallt sich das Mikrofon von Coco und brüllt wie von Sinnen: »Oh, oh, oh ... all the single ladies«. Coco und die andere Transe, deren Namen er nicht verstanden hatte, flippen total aus. Die haben wohl nicht damit gerechnet, dass ein Deutscher so viel »Eier in der Hose« hat und bei dieser Show mitmacht. Die Stimmung in dem Laden kocht. Nach fast vier Minuten ist der Zirkus glücklicherweise vorbei. Und Stefan merkt, dass er bei Jason mit seiner Darbietung voll ins Schwarze getroffen hatte.

Der ist nämlich hin und weg, dass Stefan so spontan reagiert hat, und schwärmt, wie toll er das gemacht habe. Jason erklärt ihm, dass seine beiden »Mädels« checken wollten, ob er fürs Rampenlicht tauge. Und in der Tat: Stefan hatte die Prüfung bestanden und war selbst überrascht, wie gut er sich auf einer

Bühne in einer Schwulenbar geschlagen hatte mit seiner nicht ganz so heterosexuellen »Single Ladies«-Darbietung.

»Tag 9« Donnerstag, 13. Dezember

Als Kylie an diesem Morgen den Gong schlägt und die anderen Bewohner daraufhin brav am Frühstückstisch erscheinen, stellt sich raus, dass Stefan fehlt. Er ist auch nicht in seinem Bett. Jetzt wird Tina befragt, wo sie denn gestern Nacht ihren Teampartner gelassen habe. Tina lügt sich mal wieder was zusammen und behauptet, dass ihr schlecht gewesen war und dass sie daher alleine nach Hause gefahren war, da Stefan noch bleiben wollte.

»Mein Gott, Kylie! Mein Sohn wird sicher eine tolle Frau getroffen haben und ist dann mit zu ihr gegangen. Lass ihn doch! Er ist alt genug«, nimmt Traudl den Verlust des Sohnes ganz locker.

»Traudl, ich habe hier die Verantwortung! Und ich kann ehrlich gesagt überhaupt nicht verstehen, dass du das als Mutter so lapidar siehst«, entgegnet die Reiseleiterin.

»Ach, komm schon! Das sind junge Leute, die sollen Spaß haben.« Eigentlich ist Traudl fast froh, dass zwischen Tina und ihrem Sohn offenbar nichts gelaufen war, denn eine »Lack-und-Leder-Schwiegertochter« will sie weiß Gott nicht haben. Stattdessen hofft sie natürlich, dass Stefan endlich die Frau seiner Träume getroffen hat.

Johannes sitzt breitbeinig am Tisch und kratzt sich im Schritt, so wie er es gestern mit Mama Traudl ausgiebig geübt hat.

»Oh nein! Der hat sich wohl Sackläuse in den ›Blue Mountains‹ eingefangen«, ist Tinas erster Gedanke.

»Ich kotze hier gleich! Sag mal, hast du da unten Flöhe oder eine Schuppenflechte? Du kratzt da unten rum, da wird einem ja schlecht«, giftet sie ihn wieder einmal an und schüttelt fassungslos den Kopf. Johannes schaut Hilfe suchend zu Traudl, die nun betont laut behauptet, Johannes sei halt ein »echter Kerl«. Doch Tina bleibt bei ihrer ersten Einschätzung, dass er sich im Nationalpark irgendwas eingefangen haben musste. Vielleicht wusch er sich auch nicht regelmäßig? Denn eigentlich hatte sie ihn seit dem einen Mal, als sie versehentlich seine Brust berührt hatte, nicht noch einmal in der Nähe des Badezimmers gesehen.

Während sich Kylie nun echte Sorgen um Stefan macht, schlägt Traudl vor, doch etwas Frühstücksfernsehen zu schauen um die weiteren Wetteraussichten zu erfahren, denn aktuell regnete es ausnahmsweise mal in Sydney. Mit TV-Glotzen könnte man dann vielleicht auch die giftende Tina zum Schweigen bringen. Also sitzen sie gemeinsam vor dem Fernseher und erfahren immerhin, dass das Wetter in den nächsten Tagen wieder besser wird und welches die besten Backrezepte zu Weihnachten sind. Insgesamt ist das Programm eher einschläfernd, vor allem da es auf Englisch ist und da sie nicht alles verstehen. Aber bei manchen Berichten braucht es keine Sprachkenntnisse, da reicht ein Bild und man kapiert sofort, was los ist. Gerade kündigt eine Ansagerin die »VIP News« an, und der Einspielfilm startet. In diesem Moment fallen alle Münder in der »Oakley Road, Nr. 16« nach unten und bleiben offen stehen. Fassungs- und sprachlos starren sie in die Flimmerkiste, denn sie können nicht glauben, was sie sehen:

Stefan tanzt auf einer Bühne neben zwei Männern in Frauenklamotten, eindeutig Tunten. Danach sieht man ein Bild von Stefan in enger Umarmung mit einem Mann, zwar einem sehr gut aussehenden, aber eben einem Mann. Es sieht sogar so aus, als würden sich die beiden küssen, doch auf dem etwas unscharfen, offensichtlich mit einem Handy aufgenommenen Foto erkennt man es nicht genau.

Als ob das nicht schon genug Info am Morgen wäre, folgt nun noch ein Filmbeitrag. Er zeigt Stefan, wie er, angeblich gegen 8:15 Uhr heute Morgen, ziemlich übernächtigt und zerknittert aussehend ein Haus in »Potts Point« verlässt. Dabei schleicht er auf Zehenspitzen über den ausladenden Vorgarten eines ziemlich pompösen Anwesens und es hat den Anschein, als wolle er möglichst nicht erkannt werden – als hätte er etwas Verbotenes angestellt ...

»Is he the new boyfried of Jason Bloomberg?«, fragt die Moderatorin ganz aufgeregt. Und während die Frage offen in allen Räumen nachhallt, wird der Einspieler ausgeblendet und es folgt ein Werbespot.

Stille. Absolute Stille herrscht im Wohnzimmer des Hauses in der »Oakley Road«. Keiner sagt ein Wort. Erst als sie das Zuschlagen der Haustür hören, kommt wieder ein wenig Bewegung in die Zuschauer.

»Hi, guten Morgen! Was ist denn mit euch los? Hat euch der Schlag getroffen oder warum schaut ihr mich so an?«, will Stefan wissen. Sind seine Mitbewohner etwa über Nacht zu Wachsfiguren geworden? Sie sitzen einfach nur reglos da und starren ihn an.

»Bist du schwul?«, bricht Johannes als Erster das Schweigen.

»Was? Wer sagt denn so was? Wie kommst du denn darauf?«, tut er entrüstet, wirkt dabei allerdings leicht nervös. Johannes deutet zum Fernseher, auf dessen Mattscheibe nach der Werbeunterbrechung nun wieder die Moderation von eben zu sehen ist. Sie stellt ihren Zuschauern erneut die brisante Frage, ob es sein könne, dass sich der allseits bekannte und beliebte Schauspieler Jason Bloomberg nach so kurzer Zeit neu verliebt habe. Und ob dieser noch unbekannte junge Mann der wahre Grund dafür sei, dass sich Jason erst kürzlich von seinem langjährigen Freund, dem italienischen Modedesigner Francesco, getrennt habe. Die Moderatorin kündigt nun ein Exklusivinterview an. Sie sagt, es gäbe eine Person, die genau wisse, wer der unbekannte Fremde sei. Die Kamera schwenkt nun auf einen Gast im Studio, der extrem stark geschminkt ist und ein wenig müde lächelt. Stefan erkennt sie sofort wieder. Coco, die Transe!

Mit der er noch vor wenigen Stunden ein Lied gesungen hat. Sie berichtet den Fernsehzuschauern nun, dass es sich bei dem Unbekannten um einen deutschen Schriftsteller aus München mit Namen Stefan handele. Coco erwähnt noch, dass sie sofort gemerkt hätte, dass es zwischen Jason und Stefan gefunkt habe und dass sie dieser neuen Liebe alles Gute wünsche. Danach wird erneut der Filmausschnitt gezeigt, der Stefan beim Verlassen von Jasons Anwesen zeigt und wie er vorsichtig versucht unerkannt einem Kamerateam zu entfliehen.

Moderatorin Mary bedankt sich und verspricht, in den nächsten Tagen weiterhin über die neue Liebe von Jason Bloomberg zu berichten. Sie verabschiedet sich von den Zuschauern, nicht ohne noch zu erwähnen, wie gigantisch es sei, dass sich an einem Datum wie dem 12.12.12. ein neues Traumpaar gefunden habe. Bei Tina löst die Nennung dieses, für sie traumatischen Datums blankes Entsetzen aus. Kylie schaltet mit einem energischen Handgriff den Fernseher aus. Und Traudl realisiert so langsam, was sie da gerade erfahren hat.

»Da ist nix gelaufen«, versichert Stefan. »Ich habe da nur auf der Couch übernachtet, weil es schon so spät war. Das könnt ihr mir glauben«, stammelt er, denn alle wissen, dass er heute Nacht bei dem Schauspieler genächtigt hat.

»Ach, Stefan! Jetzt hör auf dich zu rechtfertigen«, meldet sich Tina zu Wort. »Hör auf rumzulügen! Das Spiel ist aus. Ganz Australien und wir wissen, dass du schwul bist! Also, wen kümmerts? Ist doch kein Problem mehr heutzutage.«

Stefan erklärt, dass seine Mutter an der ganzen Situation schuld sei. Wäre nämlich Silke statt seiner Mutter auf die Reise mitgekommen, dann wäre es niemals zu einem solchen TV-Beitrag gekommen. Er berichtet nun zu seiner Verteidigung von seiner tollen Nacht mit »Schlampen-Silke«, die er nach dem Speeddating verführt hatte.

»Es gibt also noch Hoffnung«, sagt Traudl, die völlig benommen dahockt und immer noch auf den jetzt schwarzen Bildschirm starrt.

»Ich bin in einer Midlife-Crisis«, gesteht Stefan. »Ich bin einfach verunsichert und weiß im Moment nicht so genau, was ich will.«

Plötzlich wird Traudl wieder wacher. »Ich dachte, du hättest so viel von deinem Vater, Stefan. Als der seine Midlife-Crisis hatte, fing er an, mit einer blutjungen Russin ins Bett zu gehen. Ich verstehe nicht, wieso du plötzlich was mit Typen anfängst, wenn du in einer Krise bist?«

»Ich bin jetzt 36 und will mich ausprobieren. Ja, auch mit Männern, Mama! Warum nicht? Man hat doch nur dieses eine Leben«, versucht er sich zu rechtfertigen.

Traudl steht jetzt breitbeinig und mit den Händen in der Hüfte vor ihm: »Hör zu Stefan! Du hörst sofort auf mit dem Quatsch. Okay, du hast es jetzt mal ausprobiert. Gott sei Dank weit, weit weg von daheim und jetzt ist es gut. Es gibt doch so tolle Frauen hier«, dabei schaut sie Tina an, die schnell nach unten schaut. Nach ihrem gestrigen Reinfall mit dem Kellner hat sie keine Lust sich auch noch mit einem Bisexuellen abzugeben. Traudl allerdings wäre unter den jetzigen Umständen sogar bereit, eine »Lack-und-Leder-Schwiegertochter« zu akzeptieren. Das wäre immer noch besser, als einen Schwiegersohn vorgestellt zu bekommen, bei dem das einzig Weibliche seine affektierte Stimme ist.

»Moment mal«, schreitet Tina ein, die gerade kapiert hat, dass Traudl sie verkuppeln will. »Ich will doch hier keine Schwulenmutti sein, die in einer Scheinbeziehung lebt. Also, so nötig habe ich es auch wieder nicht!«

»Noch mal! Ich bin nicht schwul!«, wiederholt Stefan. »Ich bin höchstens bisexuell und das sind ganz viele Menschen. Selbst Inge Meysel bekannte sich zur Bisexualität. Hast du das gewusst, Mama?« Jetzt hatte er bei Traudl einen wunden Punkt getroffen, denn sie war der größte Inge-Meysel-Fan aller Zeiten und hatte diesen dunklen Teil in deren Biografie bisher ausgeblendet.

»Also, ich mag Schwule«, ist Johannes trockener Kommentar. Er rechnete sich natürlich gleich bessere Chancen bei den Damen im Haus aus, wenn Stefan nun aus dem Rennen war. Er versteht nun auch, dass Stefans Tipps zum Anmachen von Frauen nicht besonders gut gelungen waren und er so in die Hände einer Scientologin geraten war. Aber was wollte er auch von einem erwarten, der die Frauenwelt verlassen hatte und nun am anderen Ufer mitspielte? Und Kylie realisiert nun auch, dass es aussichtslos war, Stefan mit Tina verkuppeln zu wollen. Sie sieht plötzlich neben ihrem Geld und ihrer Speeddating-Agentur nun auch noch ihren Singleratgeber über ein glückliches Paar davonschwimmen. Und zum allerersten Mal verliert sie die Fassung. Ihr laufen dicke Tränen über die Wangen und sie schluchzt jämmerlich:

»Das tut so weh! Schluchz! Das tut einfach so verdammt weh«, flennt sie.

Traudl schaut sie verdutzt an: »Ich dachte, ich als Mutter sollte heulen, nachdem ich erfahren habe, dass mein Sohn lieber mit Ken als mit Barbie spielt. Oh Gott, ich bin eine schlechte Mutter! Ich muss nicht mal heulen, weil du eine Tunte bist. Bin ich wirklich so eine herzlose und gefühlskalte Mutter?«, will sie von ihrem Sohn wissen. »Ich kann nicht fassen, dass jetzt unsere Reiseleiterin rumflennt, die dich nicht mal richtig kennt. Oh, mein Gott, ich habe alles falsch gemacht!«, jammert Traudl kopfschüttelnd.

»Nein, Mama, du hast nichts falsch gemacht«, versucht Stefan sie zu beruhigen.

»Ich weiß noch, wie du als Kind zu Fasching einmal als Prinzessin gehen wolltest. Da hätte ich was merken müssen! Doch ich habe dich immer nur in das Cowboykostüm gezwängt ... Aber ich konnte doch nicht wissen, dass dies schon erste Anzeichen waren«, erinnert sie sich, immer noch fassungslos.

»Mama, bitte, hör jetzt auf!« Stefan ist es unangenehm sein Coming-out vor einer Gruppe zu haben, die er erst seit ein paar Tagen kennt.

»Aber eines muss ich noch sagen, Stefan. Ich hätte niemals gedacht, dass du andersherum bist. Und weißt du auch warum?«

»Nee, weiß ich nicht.« Und auch die anderen schauen interessiert zu Traudl rüber.

»Du wolltest als Kind doch nie ein Zäpfchen eingeführt bekommen. Das war immer ein totaler Kampf. Und jetzt erfahre ich, dass du schwul bist.«

Mit der etwas ekeligen Vorstellung von Stefan als schreiendem Sechsjährigen mit nacktem Po, der sich weigert ein Zäpfchen gegen Fieber anal eingeführt zu bekommen, verlässt Tina den Raum. Als sie auf der Treppe steht, dreht sie sich noch einmal um:

»Weißt du, was ich echt richtig scheiße finde?« Alle blicken zu ihr empor.

»Das hätte gestern MEIN Tag werden sollen, und nicht deiner, Stefan! Aber nein, jetzt klauen mir die Schwulen auch noch das perfekte Kennlerndatum 12.12.12. Als ob es nicht schon ausreichen würde, dass ihr uns die besten Männer wegschnappt?« Beleidigt zieht sie davon und sperrt sich in ihrem Zimmer ein. Die Stimmung im Haus hat den Gefrierpunkt erreicht, denn alle wissen jetzt, dass einer »außer Konkurrenz« mitspielt.

Tina hat Heimweh. Aber nicht Heimweh nach ihren Freunden oder der Familie. Sie wünscht sich ein Meeting bei Dr. Weber. Gerade jetzt, wo sie die einmalige Chance verpasst hat, am 12.12.12 den Mann fürs Leben kennenzulernen. Sie wählt schnell seine Nummer in der Praxis, doch leider geht nur der Anrufbeantworter an, und sie erfährt, dass die Praxis wegen Krankheit vorübergehend geschlossen ist. Sie beschließt, sich wenigstens per Urlaubserinnerungstagebuch ein paar Dinge von der Seele zu schreiben.

Traurige Bilanz nach neun Tagen: Sex mit Fast-Witwer war ganz gut, werde aber jetzt von seiner fünfjährigen Tochter erpresst. Hatte Sex in einem WG-Zimmer mit Möchtegernchef, der sich als popeliger Aushilfskellner entpuppte. Außerdem doofe Szene vor seinem Mitbewohner hingelegt und etwas blamiert. Bin frustriert und verzweifelt, viel trinken und rauchen daher momentan unumgänglich. Muss irgendwann Lebensstil ändern. Blick auf die Waage gerade nicht angeraten, da sicher depressionsauslösend. Zu allem Überfluss hat mich auch noch ein Schwuler um mein Traum-Kennenlerndatum betrogen. Mist!

Nächste Schritte: Muss endlich Englisch verbessern, denn dann wäre »doing my own business«-Sache und Chef-Kellner-Pleite nicht passiert. Werde zukünftig alle Männer vor dem Kennenlernen nach Beruf, Beziehungsstatus und tabellarischem Lebenslauf fragen, um Missverständnisse zu vermeiden.

Nach Stefans Coming-out am Morgen ist der Tag für alle gelaufen, noch ehe er richtig angefangen hat. Tina hat sich traurig in ihrem Zimmer eingeschlossen. Und Stefan tut es ihr gleich, da er erst mal verarbeiten muss, dass er vor Australiens Fernsehzuschauern nun als neuer Freund von Jason Bloomberg dasteht – eine Tatsache, die für einen 36-Jährigen, der bisher rein hetero lebte, nicht ganz so einfach ist. Auch Traudl ist traurig und presst sich endlich ein paar Tränen aus den Augen, was sie dann schon wieder ein wenig aufheitert. Sie war also doch eine gute Mutter, die die Homosexualität ihres Kindes nicht kaltließ. Kylie geht noch mal ihre miserablen Finanzen durch und stellt fest, dass es im weiteren Verlauf der Reise wohl ein paar Änderungen wird geben müssen. Sie hatte kein Geld mehr für die ursprünglich geplanten Ausflüge zum »Ayers Rock« und zum »Great Barrier Reef«. Sie beschließt, dass die Urlauber heute erst mal ohne weitere Kennenlernspiele in den Tag starten dürfen. Denn was sollte sie machen, wenn keine Knete mehr da war?

»Tag 10« Freitag, 14. Dezember

Stefan hat beschlossen, das Haus nicht zu verlassen. Die Titelseite des »Daily Telegraph« ziert ein Foto von ihm, zusammen mit zwei Dragqueens auf einer Bühne. Daneben zeigt Sydneys größte Boulevardzeitung ein Bild, auf dem er eng umschlungen mit Jason zu sehen ist.

»WHO IS THIS GERMAN GUY?« und »JASON IS FALLING IN LOVE« lauten die ebenfalls unübersehbaren Schlagzeilen. Ob jetzt wohl schon Paparazzi vor dem Haus rumlungerten? Er versucht noch einmal Jason zu erreichen, zum bestimmt 40. Mal an diesem Morgen. Aber seit heute Morgen ist das Handy des Schauspielers ausgeschaltet, und auch auf Stefans »WhatsApp«-Nachrichten hat er bisher nicht reagiert. So müssen sich also Frauen fühlen, wenn sie voller Sehnsucht auf den erlösenden Anruf eines Mannes warten. Jetzt ist er einer von ihnen. Er will ein Gespräch mit Jason, denn er weiß nicht, was dieser plötzliche Rummel um ihn bedeutet und wie er damit umgehen soll. Stefan hat sich im Haus verbarrikadiert. Er wird einfach den Verdacht nicht los, dass – würde er das Haus verlassen – im Garten plötzlich ein Reporter über den Zaun spränge und ein Exklusivinterview von ihm wollte. Doch zum Glück weiß ja niemand, wo er wohnt, von daher ist die Befürchtung wohl grundlos.

PR-Profi Tina hatte ihm geraten, sich drei Tage im Haus aufzuhalten und stillzuhalten. Dann würde es in den Medien schon irgendeinen neuen Skandal geben, auf den sich alle stürzten und er wäre wieder ein Niemand. Ein absoluter Niemand, hatte ihm die eifersüchtige Tina prophezeit, da sie sich selbst gerne an seiner Stelle befunden hätte. Stattdessen wurde dem »Nobody Stefan« alle Aufmerksamkeit geschenkt. Sie merkt immer mehr, dass sie schwule Männer nicht leiden kann. Sie stehlen ihr das Traum-Kennenlerndatum, die besten Typen und schließlich auch noch die Aufmerksamkeit der australischen Medien. Das bedeutete für sie, dass sie flüchten musste. Eine

Flucht zum Strand, mit Johannes und Traudl – aber ohne Kylie, die mal wieder Buchhaltung machen muss, obwohl man bei »null Knete« ja eigentlich nicht viel zu rechnen hatte.

Braun gebrannte, durchtrainierte Körper reihen sich am »Bondi Beach« aneinander. Zwischen den vielen Muskeln und wohlgeformten Männerbrüsten fällt eine Person ganz besonders auf: Johannes. Seine käseweiße behaarte Brust lässt deutlich erkennen, dass er sich noch nie an einer Hantel oder Brustpresse versucht hat. Dennoch liegt er betont lässig auf seinem Handtuch und stellt Tina eine Frage, die ihm schon lange unter den Nägeln brennt.

»Wie findest du eigentlich meine Füße?«, streckt er ihr seine Füße, Schuhgröße 43, entgegen. Tina, die darauf bestanden hatte, dass er nur mit zum Strand dürfe, wenn er genug Abstand zu ihr halte, fällt vor Schreck fast die Zigarette aus dem Mund.

»Was soll das denn? Geh mir mit deinen Quadratlatschen aus dem Blickfeld«, befiehlt sie.

»War übrigens eine Idee von Stefan, dass ich mir mal die Füße machen lasse.«

»Mein Sohn hat dich zur Pediküre geschickt?«, schaltet sich Traudl sichtlich irritiert ein, und muss leider feststellen, dass er wohl doch schwuler war, als sie bisher angenommen hatte. Es war für sie schier unvorstellbar, dass Stefan zusammen mit einem anderen Mann seine Zeit in einem Fußpflegesalon verbrachte.

Weil Tina irgendwie nicht so recht auf Johannes' Füße reagiert, beschließt Johannes eine Runde schwimmen zu gehen. Jetzt kommen die beiden Damen ins Gespräch. So erfährt Tina, dass Traudl die ganze Nacht wach gelegen und beschlossen hatte, jetzt nur noch an sich zu denken. Und das ohne Rücksicht auf Verluste! Als sie ihr offen gesteht, dass sie Hung recht süß findet und ihn verführen will, nimmt Tina vor Schreck in ihrer liegenden Position einen heftigen Schluck Gin Tonic. Daraufhin verschluckt sie sich so massiv an der Limette, dass sie hustend auf ihrem Handtuch umherrollt. Die Limette muss sich in ihrer Luftröhre verfangen haben. Traudl kann nicht anders, als plötzlich für Tina um »Help, help« zu schreien, denn darin ist sie nach ihrem Erlebnis in der »WestPac Bank« ja bestens geübt.

Auch ein paar andere Badegäste bekommen nun mit, dass irgendetwas mit Tina nicht stimmt, denn sie hustet und hustet. Dabei hält sie sich beide Hände an den Hals und stöhnt hechelnd nach Luft:

»Ich kriege keine Luft mehr. Keine Luft ...«

In diesem Moment bemerkt einer der Rettungsschwimmer vom »Bondi Beach«, dass sich eine Menschentraube um ein Strandlaken herum gebildet hat. Und diesmal ist kein Hai in Sicht und kein in den Fluten ertrinkender Nichtschwimmer. Beim Blick durch sein Fernglas sieht er nur eine etwas korpulente Frau, die sich röchelnd auf ihrem Badetuch wälzt. Aber irgendetwas scheint da nicht zu stimmen. Ohne zu zögern, sprintet er los, um seinem Job als Held und Retter gerecht zu werden. Wie in Trance sieht Tina von Weitem, wie der durchtrainierte, eingeölte Muckimann mit Rettungsboje unterm Arm (wofür eigentlich?), in roten Badeshorts und mit schwarzer Sonnenbrille auf sie zukommt. Wie in Zeitlupe läuft die ganze Szene für sie ab, und sie überlegt kurz, ob sie mitten in einer Folge »Baywatch« gelandet ist. Nur, dass hier kein David Hasselhoff herumläuft und sie auch bei Weitem nicht die Maße von Pamela Anderson hat.

Der heiße Typ kommt näher, während sie immer noch nach Luft hechelt. Ihre ganz persönliche Rettung naht! Doch in dem Moment merkt sie, dass sie ohnmächtig wird. Das Einzige, was sie noch von ihrer Lebensrettung mitbekommt, ist, dass plötzlich ein Schatten wie aus dem Nichts auftaucht und ihr die Sicht auf den Rettungsschwimmer nimmt. Johannes wirft sich auf Tina und beginnt sofort mit einer Mund-zu-Mund-Beatmung. Eine super Idee, wird er von dem »echten Retter« belehrt, wenn Tina am Ertrinken wäre. Der Profi übernimmt die Angelegenheit daher selbst und umklammert Tina von hinten und beugt sie nach vorne. Dann presst er mehrfach kräftig mit seiner Hand auf ihren Oberbauch. In Sekundenschnelle löst sich die Verstopfung in ihrer Luftröhre und etwas fliegt in hohem Bogen aus Tinas Mund. Im Sand liegen nun zwei kleine Limettenstückchen, da sich die eine, Verschluckte, beim Ausspucken aus der Luftröhre irgendwie gespalten haben musste.

Unter dem tosenden Beifall der Umstehenden liegt Tina wie ein dicker Käfer auf dem Rücken. Vom vielen Husten laufen ihr Tränen übers Gesicht. Dabei blickt sie in die Gesichter der vielen Schaulustigen, die sich um sie versammelt haben und applaudieren. Somit hat Tina, zwar mit einem Tag Verspätung, wenigstens am 13.12.12 ihren ganz besonderen Auftritt gehabt. Auch wenn sie sich diesen etwas anders vorgestellt hatte, als im unvorteilhaften Bikini und mit ihr in der Rolle der Erstickenden. Doch das Allerschlimmste war, dass sie jetzt diesen pelzigen Geschmack im Mund hatte. Den Geschmack von Johannes, der sie von Mund zu Mund beatmet hatte und scheinbar glaubte ihr »Lebensretter« zu sein. Tinas schnippischer Kommentar hierzu lautet allerdings nur trocken, er habe »vielleicht Limetten gerettet, aber keinesfalls ihr Leben«. Denn sie wäre lieber tot, als noch einmal seine Zunge an ihren Mandeln zu spüren.

Als Traudl, Johannes und Tina früher als erwartet nach Hause kommen, bemerkt Stefan direkt, dass Tina total fertig aussieht. Er nimmt an, dass sie wohl einen Sonnenstich abbekommen hat, denn sie macht ein Gesicht wie sieben Tage Regenwetter. Außerdem: Warum sonst kämen sie schon um 15 Uhr vom Strand zurück?

»Wie? Ihr seid schon wieder da? Zu heiß oder was ist los?«, erkundigt er sich.

»Frag nicht! Wehe, du stellst irgendwelche Fragen!«, droht Tina, die mit sperrangelweit geöffnetem Mund als Erste den Raum betritt.

»Ich muss ins Bad meinen Mund ausspülen«, nuschelt sie kaum verständlich, denn sie hält ihre Kiefer so weit auseinander wie möglich.

Stefan vermutet nun, dass Tina ein Zahn abgebrochen ist oder dass sie eine Plombe verloren hat.

»Sie hat eine Beatmung von Johannes gekriegt«, platzt es aus Traudl heraus.

»Was? Wieso das denn? Tina, stimmt das?«, ruft er ihr in den ersten Stock nach. Er hört im Bad das Wasser laufen.

»Darüber wird nicht gesprochen! Das ist nie passiert, nie, nie, nie, verstanden?«, schreit sie runter, immer noch schwer verständlich, denn ihren Mund hält sie immer noch weit aufgerissen. Tina weiß nicht, was bei ihrem Limetten-Luftröhren-Dilemma schlimmer war – nicht mehr atmen zu können und dem Tod ins Antlitz zu blicken, oder Johannes' völlig unangebrachte Rettungsaktion. Die Erinnerung an seine pelzige, wulstige Zunge bereitet ihr immer noch einen derartigen Ekel, dass sie mittlerweile seit über einer Stunde die Zähne putzt. Aber sie hat immer noch das Gefühl, diesen Geschmack nicht loszuwerden.

Johannes kann Tinas Verhalten ganz und gar nicht verstehen. Zum wiederholten Mal stellt er klar, dass er die Mund-zu-Mund-Beatmung genau so angewendet habe, wie er es bei der freiwilligen Feuerwehr gelernt habe. Tina will diesen Tag aus ihrem Leben streichen und beschließt, Johannes nun endgültig wie Luft zu behandeln. Egal, was er zu ihr sagt oder um was er sie bittet – sie wird ihn kategorisch ignorieren, denn seine Aktion war total unnötig. Schließlich hätte sie sich viel lieber von der Baywatch-David-Hasselhoff-Kopie retten lassen!

Kylie, die den ganzen Tag in der Stadt unterwegs war und sich dann noch mit einem Anwalt getroffen hatte, freut sich riesig auf das »Green Curry«, das Hung mit viel Liebe für sie alle gezaubert hat. Auch wenn der Termin mit dem Advokaten sehr ernüchternd war, so will sie heute Abend nicht für schlechte

Stimmung sorgen. Beim Abendessen eskaliert jedoch die Situation zwischen Tina und Johannes, da seine Bitten ihm mal den Reis oder das Wasser zu reichen, von ihr partout ignoriert werden. Stefan versucht Tina wieder auf den Boden der Tatsachen zu holen: »Liebe Tina, vergiss bitte nicht, dass Johannes derjenige ist, der dir heute Mittag das Leben gerettet hat! Wäre er nicht gewesen, dann würdest du jetzt in einer riesigen Kühlbox liegen und darauf warten in den Frachtraum eines Flugzeugs verladen zu werden. Ohne ihn wärst du nämlich schon tot!«

»Ja, genau! Ich bin dein Lebensretter!«, meldet sich ein verschüchterter Johannes.

»Nein, kein Lebensretter. Du bist ein Limettenretter! Das ist ein riesengroßer Unterschied«, entgegnet Tina.

Alle am Tisch schauen sie verwundert an und Tina wiederholt, dass sie großen Wert darauf lege, dass Johannes nicht ihr Leben gerettet habe, sondern allenfalls das einer Limette, die sich in ihrer Luftröhre verfangen hatte.

Kylie ist das zu blöd. Sie fragt Tina ernsthaft, ob sie an einer Persönlichkeitsstörung leide oder was sie hier sonst für ein bekopptes Spiel treibe. Den armen kleinen Johannes einfach so zu ignorieren und zu behaupten, er wäre ein Limetten- und kein Lebensretter, tztztz!

Und nachdem sich Tina ihren Schmerz und Ekel über das Züngeln mit Johannes von der Seele geredet hat, meint Traudl:

»Ja, ist ja gut, Tina! Sprich darüber! Reden hilft. Du wirst schon sehen, es wird alles wieder gut. So habe ich es nach dem Ende meiner Ehe auch getan. Einfach reden, reden, reden und nochmals darüber reden.« Dabei tätschelt sie Tina mütterlich die Hand. Die kommt sich vor wie in einer Irrenanstalt und als wäre sie die Oberbekloppte, so wie die anderen mit ihr umgehen. Da sie nun eh schon wie eine Schizophrene behandelt wird, beschließt sie sich in ihre »Gummizelle« zurückzuziehen und dort ihr Abendessen zu beenden. Wie ein trotziger Teenager springt sie auf und schmeißt dabei den Stuhl um. Auf der Treppe bleibt sie noch mal stehen und schreit wie eine Furie, sodass sie alle erschrocken anschauen:

»Limetten retten – das kannst du, Johannes! Aber niemals mein Leben retten, verstanden?!?«

Hung macht an diesem Abend Überstunden, denn nach dem Kochen steht noch Aufräumen und Putzen auf seinem Plan. Es ist schon nach 23 Uhr und in der dunklen Küche brennt lediglich eine Kerze. Er hat gerade die letzte Schüssel in den Schrank gestellt, als ihn etwas fürchterlich erschreckt. Eine Person steht im Türrahmen und hält eine Flasche Rotwein in der Hand. Eigentlich lehnte es Hung ab, während der Arbeit Alkohol zu trinken, doch von Traudl lässt er sich nun doch zu einem Glas überreden. Nach dem vierten Glas (sie haben mittlerweile bereits eine zweite Flasche geöffnet!) glaubt er Traudl besser zu kennen, als jeden anderen Menschen zuvor. Insbesondere kennt er sämtliche Geschichten über ihren Exmann, die beiden Söhne als Säugling, die pubertierenden Söhne, die erwachsenen Söhne und das Ende ihrer Ehe. Natürlich spricht sie mit ihm auch darüber, wie schwer es für sie ist, nicht nur mit einen untreuen Ehemann, sondern nun auch noch mit einem Bi-, Homo- oder Was-auch-immer-Sohn fertigzuwerden. Beim Öffnen der dritten Flasche Rotwein hatte sie beschlossen, dass diese Flasche das Zeichen eines Neubeginns in ihrem Leben sein sollte. Sie wollte nicht mehr jammern und zurückblicken. Sie wollte leben und lieben, so wie es auch die anderen in ihrer Familie taten. Sie hatte keine Lust mehr die ewig traurige, zurückblickende Mama und Exfrau zu sein.

Hung findet diese Einstellung sehr lobenswert und stößt mit dem mittlerweile fünften Glas auf ihre neue Zukunft an.

Plötzlich greift sie nach seiner Hand und zieht sie an sich.

»Was spürst du, Hung?«, will sie von ihm wissen.

Er überlegt, denn so ganz kann er nicht zuordnen, welchen Teil von Traudl er da gerade berührt. Er spürt nur etwas Wabbeliges ... Die Kerze ist schon fast runtergebrannt, sodass er in dem Schummerlicht auch nichts erkennen kann.

»Na, komm schon! Was spürst du, Hung? Trau dich, sag es mir!«, fordert sie ihn auf. Dabei versucht die bayrische Mama mal auf sexy Vamp zu machen, und formt jetzt sogar einen echten Schmollmund.

Hung vermutet angesichts ihrer komischen Lippenbewegen jedoch eher, dass vielleicht ihre Zahnprothese verrutscht ist. Immer noch weiß er nicht, was sich unter seiner Hand befindet. Es fühlt sich schwabbelig und weich an. Er fühlt sich unter Druck gesetzt und sagt zögerlich:

»D-e-i-n-e-n B-a-u-c-h?«

Traudl schaut ihn entsetzt an. »Nein, das ist mein Busen! Und unter diesem Busen pocht ein Herz, das gutmütig, aufrichtig, ehrlich, treu, witzig, verständnisvoll und liebevoll ist«, dabei schnappt sie sich erneut seine Hand und packt sie nun fester an ihre Brust. Mit diesem Wissen und sehr viel Fantasie kann sich Hung jetzt auch tatsächlich unter dem Gewabbel eine weibliche Brust vorstellen.

»Was denkst du, Hung? Mein kleiner, süßer Hung«, versucht Traudl weiterhin ihn mit einer sexy Stimme zu bezirzen. Immerhin hat sie nun die Schmollschnute eingestellt, denn das sah wohl wirklich zu albern bei ihr aus.

Hung fühlt sich unwohl und weiß nicht so recht, wie er der deutschen Hausfrau klarmachen soll, dass sie ihm entschieden zu alt ist. Abgesehen davon, er steht auch nicht auf Hängetitten. Aber um ihr das zu gestehen, ist er als Vietnamese viel zu höflich. Und das wäre auch kein Vorwurf, sondern lediglich eine anatomische Feststellung, die ihm ungewollt aufgedrängt wurde. Seine Kultur ist anders als die der Deutschen, bei denen es üblich ist, anderen offen und auf den Kopf zu einen Korb zu geben, sobald man merkt, dass der Funke nicht übergesprungen ist.

»Ä-H-M, Ä-H-M«, stottert er und überlegt wie er möglichst diplomatisch aus dieser Situation herauskommt.

»Geduldig bin ich übrigens auch«, unterbricht sie sein Gestammel. »Sehr geduldig, Hung, mein kleiner Hung, Hung, Hung.« Traudl zieht eine peinliche Show ab, indem sie mit ihm redet, als wäre er ein kleines Baby.

Als Traudl klar wird, dass Hung nicht so richtig in die Puschen kommt, fährt sie schwerere Geschütze auf.

»Wie ist das eigentlich mit deiner Aufenthaltsgenehmigung, Hung? Wie sieht es damit aus?«, fragt sie nun etwas ernster. Verdutzt erfährt sie, dass er eine unbegrenzte Aufenthaltsgenehmigung besitzt. Hm, dann musste sie sich wohl etwas anderes überlegen.

»Sag mal, Hung, wie lange willst du das hier denn noch machen? Also, für andere kochen, putzen und so?«, fragt sie und verfolgt nun einen neuen Plan.

»Ä-H-M, keine Ahnung! So lange es mir Spaß macht, gibt es keinen Grund aufzuhören.«

»Ich habe in Deutschland ein Haus, da muss auch geputzt und gekocht werden. Ich würde mich gerne bedienen lassen und das nicht nur im Haushalt«, dabei zwinkert sie ihm vieldeutig zu. So langsam realisiert der kleine Vietnamese, worauf sie hinauswill. Er überlegt, wie er ihr am besten beibringen kann, dass er null Interesse daran hat, für sie zu arbeiten oder andere Dienstleistungen an ihrem Körper zu verrichten.

»Hast du Lust etwas zu rauchen?«, fragt er spontan.

Traudl schaut ihn verwundert an. Sie weiß nicht, dass sie, ohne es zu ahnen, schon einmal an einem Joint gezogen hat und sich deswegen frei wie ein Vogel gefühlt hatte. Doch dann stimmt sie zu. Sie will viele verrückte Dinge machen und dazu gehört auch, sich einen Vietnamesen aufzureißen, um den Exmann eifersüchtig zu machen. Und mit ein wenig pflanzenbasierter Dröhnung im Hirn sieht auch Hung so manches anders.

Er erkennt plötzlich Dinge an Traudl, die bei vollem Bewusstsein nie zu spüren oder zu ertasten gewesen wären.

»Tag 11« Samstag, 15. Dezember

Für Tina, die trotz der Geschehnisse wie ein Murmeltier schläft, endet die Nacht um drei Uhr in der Früh.

»Ja, bitte?«, gähnt sie in ihr deutsches I-Phone. »Wer stört mich mitten in der Nacht?«

»Grüß Gott! Hier spricht die Bundesagentur für Arbeit, Abteilung Berufliche Weiterbildung, München. Mayerhuber am Apparat. Spreche ich mit Frau Tina Essers?«, kommt es ihr in tiefstem Bayerisch entgegen.

Tina schreckt in ihrem Bett hoch. Sie sitzt jetzt kerzengerade und hellwach da. Vor nichts in der Welt hatte sie mehr Angst, als vor Anrufen des Arbeitsamtes (das kam sogar noch vor der Höhenangst!). Und natürlich vor Anrufen von verheirateten Männern, die ihr mal wieder absagen, da Frauchen wegen eines Migräneanfalls doch nicht zum Weiberabend geht.

»Was gibt es denn so Dringendes?«, fragt sie vorsichtig und hofft, dass man ihr jetzt nicht einen Job als Glühwein-Verkäuferin auf dem Weihnachtsmarkt anbietet, den sie innerhalb der nächsten 24 Stunden antreten muss.

»Sie sind doch jetzt schon fast zwei Wochen da unten in Australien. Wir brauchen den Bescheid, dass sie an der Sprachschule teilnehmen, denn sonst müssen wir Ihr Arbeitslosengeld kürzen, Frau Essers«, sagt Herr Mayerhuber in sachlichem Tonfall. Da wird Tina bewusst, dass sie tatsächlich verpennt hatte, sich bei einer Schule anzumelden. Der Hinweis vom Amt mit der Androhung von Geldkürzungen (die sie keinesfalls verkraften könnte) kommt allerdings gar nicht so ungelegen: Mit dem Besuch einer Sprachschule könnte sie doch eigentlich zwei Fliegen mit einer Klappe schlagen. Erstens könnte sie den Punkt »Englisch verbessern« von ihrer To-do-Liste abhaken, und so die australischen Männer bald besser verstehen. Und zweitens würde sie weiterhin die dringend benötigte Kohle vom Amt bekommen. So wirkt Tina denn auch recht überzeugend, als sie Herrn Mayerhuber verspricht, sich umgehend um die Bescheinigung zu kümmern. Nachdem sie aufgelegt hat, dreht sie sich zufrieden für eine weitere Runde Schlaf um. Sie hat die Vorahnung, dass jetzt alles gut wird und sie bald perfekt Englisch kann.

Stefan hatte mal wieder sehr schlecht geschlafen. Genauso schlecht wie gestern, als bekannt wurde, dass er sich mit Jason Bloomberg eine Nacht lang vergnügt hatte. Es machte ihn wahnsinnig, dass sich dieser Idiot einfach nicht meldete! Stefan war noch nie im Leben in der Zeitung – zumindest nicht in einer großen Tageszeitung oder gleich in mehreren. Und schon gar nicht auf einer Titelseite oder im Fernsehen. Er wälzt sich im Bett hin und her und denkt an seine Exfreundin Steffi. Wie sie wohl darauf reagieren würde, wenn sie erführe, dass er seit zwei Tagen Gesprächsthema Nummer eins in Australien war. Er beschließt, aufzustehen und mithilfe des PCs im Wohnzimmer nachzuschauen, ob schon was von den Neuigkeiten nach Deutschland rübergeschwappt war. Doch Entwarnung: Weder auf »bild.de«, »bunte.de« noch auf »gala.de« stand auch nur ansatzweise etwas über ihn geschrieben. Bei Wikipedia erfährt er, dass Jason Bloomberg aus einer echten Schauspielerdynastie stammte. Bei ihm steht unter »aktuelle Projekte«, dass er seit über fünf Jahren die Figur des »Dr. Shannon« in einer australischen Arztserie spielte, von der Stefan noch nie im Leben gehört hatte. Außerdem soll er letztes Jahr die Castingshow »X-Factor« in Australien moderiert haben. Allerdings nur für eine Staffel, denn es war herausgekommen, dass er eine Affäre mit dem Kandidaten Harry hatte, der als Viertplatzierter von Mentor Ronan Keaton (diesem irischen Sänger) aus der Show gekickt worden war. Stefan ist verwundert. Hatte Jason nicht angeblich eine Beziehung mit so einem Modefuzzi? Als Stefan weiterliest, erfährt er, dass »sein« Jason wohl ein ganz schlimmer Finger ist. Denn seine Affäre mit »X-Factor-Harry« wird für das Beziehungsaus mit dem Designer verantwortlich gemacht. Und beim Lesen des letzten Satzes wird Stefan käseweiß: »Im Dezember 2012 wurde Jason zusammen mit seinem neuen Freund, einem deutschen Schriftsteller, in der Öffentlichkeit gesehen.«

Stefan stockt der Atem. Er fragt sich, wie man eigentlich solche Einträge bei Wikipedia löschen konnte. Das war doch Rufmord, was man da mit ihm machte! Er, der unbescholtene Bankkaufmann aus München, geht nur ein Mal in seinem Leben zu einem Speeddating, gewinnt eine Reise und muss sich dann urplötzlich in den Mühlen der Regenbogenpresse wiederfinden – nur weil er ein Mal in einer Männerbar war! Das war doch nicht fair, das war so was von ungerecht, findet er.

»Einen wunderschönen guten Morgen!« Kylie kommt wie immer perfekt gestylt an den Frühstückstisch. Während sie sich etwas von dem frisch aufgebrühten Kaffee einschenkt, will sie wissen: »Und, gibts was Neues in der Zeitung über dich?«

»Keine Ahnung! Ich lese keine Zeitung mehr, dann geht es mir besser«, antwortet Stefan, der schon seit ein paar Stunden das Internet nach Einträgen über sich und sein »Outing« durchforstet und jetzt übermüdet ist.

Johannes begrüßt die beiden mit einem derart herzhaften Gähnen, dass nun alle wissen, dass er mehrere plombierte Backenzähne besitzt. Eine müde Tina gesellt sich wortkarg zu ihnen. Jetzt stellen sie fest, dass jemand fehlt.

»Wo bleibt denn deine Mutter, heute?«, will Kylie wissen und deutet auf die große Uhr im Wohnzimmer, die 9:10 Uhr anzeigt. »Das ist doch mehr als untypisch für sie, um diese Zeit noch zu schlafen.«

Auch beim dritten Gongschlag von Frau Oberlehrerin regt sich nichts im oberen Stockwerk. Stefan geht nach oben, hat dabei aber irgendwie ein komisches Bauchgefühl. Sie würde sich doch nicht wegen ihm etwas angetan haben? Jetzt, wo sie die Wahrheit über ihn wusste und einen Sohn hatte, dem eine Affäre mit einem Schauspieler nachgesagt wurde. Gründe, sich von dieser Welt mit Selbstmord zu verabschieden, hätte Traudl wohl schon: vom Ehemann sitzengelassen, eine laufende Klage vor Gericht wegen Unterhaltszahlungen und nun auch noch ein schwuler Sohn.

Als er vor ihrer Zimmertür steht, zögert er. Sie wird doch wohl nicht den Tod durch Erhängen gewählt haben? Wenn ja, dann wäre er richtig sauer auf sie, denn diese Art von Tod fand er fürchterlich. Er klopft erst einmal ganz vorsichtig an die Tür. Keine Reaktion. Dann ein zweites Mal. Als auch nach dem dritten Klopfen kein Lebenszeichen kommt, drückt er vorsichtig die Türklinke runter. Mit leisen Schritten betritt er das Schlafzimmer und sieht seine Mutter ganz friedlich wie ein Engel im Bett liegen. Sie hat die Hände über dem Bauch gefaltet, als würde sie beten, und ihr Mund ist leicht geöffnet. Stefan tritt näher an sie heran.

»Mama? Mama? Mama!«, ruft er und wird bei jedem Mal etwas lauter. Auf ihrem Gesicht liegt ein Lächeln, aber es ist so starr. Es scheint, als wäre sie in einem wunderschönen Moment einfach aus dem Leben geschieden. Stefan steht da und schaut seine Mutter an. Das konnte doch jetzt nicht wahr sein, dass so was ausgerechnet im Urlaub passieren musste. Er will den Moment der Ruhe nutzen und betet. Ein stilles Stoßgebet, damit Mama im Himmel gut aufgehoben ist.

Plötzlich merkt er, dass sich am Fußende etwas bewegt. Ganz leichte Bewegungen, die er nicht zuordnen kann. »Oder ist das der Durchzug, denn die Schlafzimmertür steht immer noch offen?«, fragt er sich. Er erinnert sich plötzlich an komische Geschichten aus dem Religionsunterricht, in denen die Seele von Verstorbenen zum Himmel hochfährt. Allerdings rutschte die Seele da nicht erst ans Fußende des Bettes, um von dort den

Weg Richtung Himmel anzutreten. Oder war das wieder dieses Australien-Ding, das hier alles andersrum war?

»Oh, mein Gott!«, entfährt es dem verblüfften Stefan. Dann hört man seinen Schrei. Einen Schrei angesichts eines Nervenzusammenbruchs, da seine geliebte Mutter nicht mehr unter den Lebenden weilte? Schnell kommen die anderen die Treppe hochgesprintet und stehen geschockt neben Stefan und seiner toten Mutter. Diese entpuppt sich jetzt allerdings nur als scheintot.

Am Bettende schaut zwischen Traudls Füßen ein kleiner Vietnamese unter der Bettdecke hervor, und winkt fröhlich: »Huhu, Morgen!«

Durch Stefans lauten Schrei ist Traudl schlagartig von den Toten auferstanden, und kommt jetzt langsam zu sich.

»Was geht hier vor sich, Mama?«, will Stefan wissen. Er ist immer noch ganz aufgewühlt.

»Na, was wohl?«, fragt die zurück, gähnt und streckt sich erst mal. »Ich habe geschlafen.«

»Du bist so ekelig, weißt du das, Mama? Ich dachte, du bist tot.«

»Wieso soll ich denn tot sein?«

»Wie kannst du mit diesem halben Kind in die Kiste steigen! Pfui, bäh! Ist das ekelhaft, das ist so ekelhaft. Mama, schäm dich!« Stefan rennt wütend aus dem Zimmer.

»Was hat er denn?«, fragt Traudl, die irgendwie immer noch völlig benebelt ist. Das viele Gras hatte sie so zugedröhnt, dass sie wie ein Stein geschlafen hatte, und jetzt gar nicht richtig auf Touren kam.

»Er dachte, du bist tot. Und nun bist du es doch nicht«, sagt Johannes trocken. »Da ist es wohl ganz natürlich, dass man geschockt ist.«

»Aber da müsste er sich doch freuen, dass ich lebe, oder nicht?«, entgegnet sie.

»Wir sind ja froh, aber irgendwie hat es ihn wohl mehr getroffen, dass du noch lebst«, stellt Johannes fest.

»Nein, nein«, versucht sie Kylie zu beruhigen. »Weißt du, es ist für einen Sohn sicher nicht ganz leicht die Mutter mit einem bedeutend jüngeren Mann im Bett zu erwischen.« Dabei kommen Erinnerungen an Bob hoch und daran, wie sie ihn vor Kurzem mit einer Jüngeren erwischt hatte.

»Könntest du vielleicht endlich mal da unten rauskommen, Hung!«, fordert ihn Kylie nun auf. »Du bist hier zum Arbeiten eingestellt und nicht um unsere Gäste zu verführen«, sagt sie streng. Daraufhin hüpft Hung aus dem Bett und verzieht sich in Richtung seines Arbeitsplatzes, der Küche.

Als sie später dann doch zusammen frühstücken, kann Traudl die ganze Aufregung nicht verstehen. Sie findet, sie dürfe sich mit fast 60 Jahren doch wohl auch die sexuellen Freiheiten erlauben, die sich ihr Sohn herausnähme. Stefan will so was allerdings nicht hören, denn für ihn haben Eltern einfach keinen Sex zu haben. Und wenn doch, dann will er es nicht wissen. Darauf fragt ihn Traudl, ob er denn allen Ernstes glaube, sein Vater halte mit der Russin nur Händchen. Aber Stefan schüttelt nur den Kopf und hämmert sich mit dem Frühstücksbrett wie ein Wahnsinniger gegen die Stirn, um endlich die schlimmen Bilder aus dem Kopf zu bekommen – seine Mutter mit dem Vietnamesen im Bett und sein Vater mit der Russin ...

Als Johannes dann wissen will, warum Hung mit dem Kopf am Fußende lag und nicht mit dem Gesicht neben Traudl, reicht es Stefan. Er will nichts mehr darüber wissen und verlässt auf der Stelle das Haus. Aber wohin sollte er gehen? In die Stadt konnte er nicht, denn dort würde er garantiert gleich erkannt und dann folgte eine Hetzjagd durch die Papparazzi wie bei Lady Di – und die endete immerhin tragisch mit ihrem Tod in einem Pariser Tunnel. Und schon wieder kommen bei ihm an diesem Samstag Todesgedanken auf. Aber diesmal denkt er an seinen eigenen Tod. Selbstmord! Er ist sich absolut sicher, dass bei ihm kein Polizist nach einem Abschiedsbrief suchen würde, denn das Motiv war glasklar: Nach schwulem Medien-Coming-out und Erwischen der eigenen Mutter in flagranti mit Asia-Mann, nachdem man sie eben noch für tot gehalten hatte – da können schon mal die Nerven mit einem durchgehen. Aber bloß nicht erhängen, sagt er sich. Dann entscheidet er sich für einen messerscharfen Schnitt.

Stefan macht das, was man eigentlich nur von Frauen kennt, wenn sie gerade verlassen wurden: Er geht zum Friseur! Auf dem Frisierstuhl sitzend greift er selbst zum Rasierer und beginnt sich zu scheren, nachdem sich die doofe Friseurin geweigert hat, ihm alles abzurasieren. Am Ende bleiben dann zwar doch noch circa drei Millimeter Haar stehen, aber er ist dennoch fast nicht wiederzuerkennen. Dieser Kahlschlag auf dem Kopf ist für ihn gleichbedeutend mit einem Neubeginn in seinem Leben. Er weiß zwar noch nicht genau, was jetzt ohne die Wolle auf dem Kopf anders wird, aber zumindest hat diese Maßnahme Symbolcharakter.

Johannes braucht schon wieder Tipps von Traudl, die ja nun Gott sei Dank wieder unter den Lebenden weilt, und so üben sie noch einmal das volle »Frauen-Anmach-Programm« im Garten. Dabei steht die Löwen-Antilopen-Nummer mit Anschleichen, »GRRRRR«-Schreien und Krallen-Ausfahren an erster Stelle.

»Also, mein lieber Johannes. Erstens: Die GRRR-Rufe sind nur eine Metapher, hörst du? Das ist nur dafür da, dass du ein Gefühl dafür bekommst, wie das zwischen Mann und Frau läuft – also, nicht in der Praxis anwenden! Das ist nur ein bildhafter Einstieg, damit du weißt, wie du zu jagen hast!«

Johannes nickt und macht sich Notizen. Danach wird das breitbeinige Sitzen bis zum Erbrechen einstudiert, gefolgt von dem Sich-im-Schritt-Kratzen. Traudl hofft, dass er als Macho richtig gut bei Frauen und ganz speziell bei Tina landen wird. Dann lernt er noch was Neues, das Mentorin Traudl ihm heute mit auf den Weg geben will. Er soll mehr angeben und mehr

»einen auf dicke Hose machen«. Sie rät ihm, vom eigenen Porsche, von Golfturnieren und einer Weltreise zu erzählen.

Johannes schaut sie ungläubig an und merkt zaghaft an, dass er nur einen Twingo besäße, höchstens Minigolf spiele und bisher nur im Allgäu oder im Schwarzwald Urlaub gemacht habe.

Und da wird Sexberaterin Traudl wieder einmal bewusst, dass noch viel Arbeit vor ihr lag, wenn sie aus Jungfrau Johannes einen coolen Macho-Typen machen wollte. Auf einmal ruft Kylie aus dem Wohnzimmer:

»Kommst du mal bitte, Traudl! Telefon für dich!«

»Och, nee! Muss das sein? Ich bin immer noch so was von fertig von der letzten Nacht, ich geh keinen Schritt mehr«, stöhnt sie und Frau Oberlehrerin bringt ihr freundlicherweise das Telefon nach draußen. Das Gespräch dauert nicht mal 25 Sekunden und das Einzige, was Traudl sagt, ist: »Yes, yes! No. Oh, yes, yes! Einverstanden. Good, ähm, Glück. Bye.«

Dabei hat sie keine Ahnung, ob klappt, was sie vorhat. Aber sie hat eine Überraschung für Johannes geplant. Sie hofft, er würde Freude daran haben, denn sie wollte ihn bald in die Wildnis der Liebe entlassen. Damit alles gelang, musste sie noch viel mit ihm üben:

»Porsche, Golf, Weltreise, verstanden? Ansonsten einsam alt werden und sterben, ohne jemals eine Beziehung gehabt zu haben!«, versucht sie Johannes im Kasernenton einzutrichtern.

Gegen 20 Uhr machen sich Tina und Stefan auf den Weg zum »Sushi Train« in der Oxford Street 183-193 nahe der »Bondi Junction«, wo es das beste Sushi der ganzen Stadt gibt. Beide lieben es die kleinen, rohen Fischhäppchen in ein Sojasoßen-Bad zu werfen und mit Stäbchen zu essen. Stefan hatte nach dem morgendlichen Fiasko mit seiner Mutter keine Lust, sich von Hung, dem eventuellen Stiefvater in spe, bekochen zu lassen.

Tina lobt seinen neuen Haarschnitt, und meint, er lasse ihn viel männlicher erscheinen. Die drei Millimeter Haare, die noch übrig geblieben sind, sind fast so lang (beziehungsweise kurz) wie der Bart, den er sich seit ein paar Tagen wachsen lässt und der ihn etwas verwegen aussehen lässt.

»Ich als PR-Beraterin sage dir, dass jetzt genau der richtige Zeitpunkt ist, wieder unter Leute zu gehen und sich auf die Straße zu trauen. Du musst den Schritt nach vorne wagen und allen sagen: ›Hier bin ich! Ich verstecke mich nicht. Und ja, fotografiert mich! Es ist mir scheißegal!‹,« sagt sie und schiebt sich dabei ein Stück von ihrer »California Roll« in den Mund.

»Und was mache ich, wenn mich jemand nach Jason fragt, und danach, wie wir zueinander stehen?« Dabei schaut er wieder einmal auf sein Handy, um enttäuscht festzustellen, dass sich der Idiot immer noch nicht gemeldet hatte.

»Ähm, dann verweist du ans Management! Also, an mich. Wir geben dazu keinen Kommentar ab. Sie sollen auf eine Pressemitteilung warten«, kommt es von Tina wie aus der Maschinenpistole. Tina verspricht ihm, dass man sich mit so einem Satz wahnsinnig interessant mache. Und dann erzählt sie von ihrer langjährigen PR-Erfahrung und davon, welche Persönlichkeiten sie schon so in ihrem Job getroffen habe und wie wichtig sie doch sei. Und für einen kleinen Moment hat sie das Gefühl, dass sie gerne wieder arbeiten und Teil der Gesellschaft sein würde. Aber dann findet sie, dass die Gesellschaft noch ein bisschen auf sie warten könnte, denn sie war schließlich im Urlaub und suchte nach ihrem Traummann und erst mal nicht nach einem neuen Job.

In australischen Restaurants ist es erlaubt, seinen eigenen Alkohol mitzubringen. Hintergrund ist, dass die Regierung hohe Lizenzgebühren für den Alkoholausschank verlangt und es den Wirten daher lieber ist, dass sich die Gäste selbst darum kümmern. Gegen ein geringes Korkgeld bekam man dann die Gläser zur Verfügung gestellt. Tina hatte zuvor zwei Flaschen Weißwein im »Bottle Shop« besorgt, die sie beim Essen bis auf den letzten Tropfen geleert haben. Daher sind sie schon leicht angeheitert, als sie jetzt beschließen, noch ein wenig um die Häuser zu ziehen. Als gute PR-Managerin will Tina ihren Mandanten nicht alleine in einen Männerclub gehen lassen und begleitet ihn. Auch wenn er ihr das Kennenlerndatum »geklaut« hatte, ist sie mittlerweile zu einem Friedensschluss bereit.

Im »ARQ«, einer riesigen Schwulendisco über zwei Etagen direkt am »Taylor Square« der Oxford Street, sorgen die DJs für gute Stimmung mit House-, Techno-, R&B- und Popmusik. Stefan staunt nicht schlecht, als sich alle Jungs auf der Tanzfläche nach und nach ihre T-Shirts ausziehen und sich mit blankem Oberkörper zu den Beats bewegen. Der Schweiß läuft ihnen über Gesicht, Brust und Rücken. Mit offenem Mund steht er da und hält sich verkrampft an seinem Plastikbecher mit Wodka Red-Bull fest (Gläser wurden aus Sicherheitsgründen nicht ausgegeben).

»You should take your shirt off«, sagt ein Muskelpaket zu ihm; er will, dass Stefan auch »oben ohne« tanzt.

»No, no, that is nothing for me. I am from Germany, that is not our style«, antwortet er verlegen.

Das Muskelpaket lächelt ihn an und meint, dass er nicht gewusst habe, dass Deutsche so prüde waren.

Beim Anblick der ganzen Muskeln erinnert sich Stefan an ihren Zehn-Punkte-Plan und meint schließlich zu Tina, dass sie unbedingt ab Montag einen Fitnessclub aufsuchen müssten. Die nickt eifrig und wackelt im Takt mit dem Kopf hin und her, als wäre sie ein Flummi.

Dann tanzen Stefan und Tina zu Britney Spears' neuem Nummer-eins-Hit »Scream and shout« so wild und ausgelassen, als würden sie sich anschreien, wie vom Songtext befohlen.

Stefan ist glücklich, dass ihn dank seines neuen Erscheinungsbildes niemand erkennt und schlägt völlig durchgeschwitzt nach einer Weile vor, eine Pause einzulegen. Er bestellt sich ein Carlton-Draught-Bier und für Tina gibt es natürlich wie gewohnt Gin Tonic. Diesmal bittet sie den Barmann allerdings, die Limette wegzulassen.

Zu frisch ist die Erinnerung an ihre Bei-Nah-Toderfahrung, und die Vorstellung, bewusstlos auf der Tanzfläche einer Schwulenbar zu liegen, findet sie nicht so prickelnd. Als die zwei gerade mit ihren Drinks anstoßen, bemerken sie, dass sich auf der Tanzfläche eine Menschentraube gebildet hat. Tina will nachschauen, ob ihre schlimmste Befürchtung eingetreten ist und sich Jason Bloomberg unters Partyvolk gemischt hatte, sodass sie dann ihren Mandanten schnell durch den Notausgang nach draußen bringen müsste.

»Und, ist es Jason?«, will Stefan wissen, der auch vermutet, dass irgendjemand Berühmtes die Ursache für die Ansammlung ist. Doch Tina antwortet nicht.

»Na, komm schon! Du kannst es mir ruhig sagen. Ich stehe da drüber. Soll der Arsch, der weder auf meine Anrufe noch SMS reagiert, doch einfach hier reinspazieren. Das ist mir so was von egal!«, lügt er sich selbst in die Tasche.

»Du musst jetzt sehr tapfer sein, Stefan! Hörst du? Verdammt tapfer«, warnt sie ihn.

Stefan stellt sich schon vor, wie Jason mit einem anderen Typen tanzt oder knutscht, sodass klar würde, dass er nur ein kleines Abenteuer für den Herrn Schauspieler war. Er leert sein Carlton-Draught-Bier in einem Zug und will auf die Tanzfläche gehen, um Jason zur Rede zu stellen. Tina versucht ihn davon abzuhalten, denn sie ahnt Schlimmes.

»Lass mich los! Ich will die Aussprache, hörst du? Ich will ihm sagen, was ich davon halte, hier plötzlich aufzutauchen und nicht auf meine Anrufe zu reagieren. Ich fühle mich benutzt«, und bei diesen Worten hat Stefan das Gefühl, dass er wohl doch ganz schön schwul war, denn so einen Satz kennt man eigentlich nur von Frauen. Als er sich von Tina wegdreht und mutigen

Schritts zur Tanzfläche gehen will, bleibt er plötzlich wie angewurzelt stehen. Seine Kinnlade klappt nach unten, Tina eilt ihm zur Hilfe.

»Ich habe dich gewarnt. Du musst ganz tapfer sein, ganz tapfer«, redet sie beruhigend auf ihn ein.

»Hier fliegen gleich – die Löcher aus dem Käse, und schon geht sie los – unsre Polonaise von Blankenese bis hinter Wuppertal ... und jetzt ALLE!«

Stefan kann nicht glauben, was er sieht. Mama Traudl steht mitten auf der Tanzfläche und veranstaltet mit rund zehn Männern eine Polonaise. Sie führt die Männerschlange an und genießt es ganz offensichtlich sehr, eine Horde »Oben ohne«-Jungs hinter sich zu haben. Alle haben die Hände auf den Schultern des Vordermanns und Traudl versucht noch mehr Jungs zum Mitmachen zu animieren. Die Australier haben Spaß an dieser seltsamen Showeinlage, auch wenn sie den Liedtext der Polonaise nicht verstehen. Sie nehmen wohl an, dies sei eine neue Idee des Betreibers, um in dem Club schneller Anschluss finden zu können.

Nur einer findet es nicht lustig. Stefan. Er steht wie angewurzelt da und kann nicht fassen, was seine Mutter da gerade für eine Show abzieht. Er erkennt seine Mutter gar nicht wieder, denn sie wirkt wie eines dieser Duracell-Häschen. Sie ist völlig aus dem Häuschen, sodass es scheint, als hätte sie irgendwelche Tabletten eingenommen.

Doch es kommt noch schlimmer! Sein Blick wandert weiter nach links und er entdeckt Johannes auf der Tanzfläche. Der zappelt ziemlich eigenartig rum, sodass sich Stefan gerade fragt, ob Johannes wohl mal auf einer Waldorfschule war und dort gelernt hatte seinen Namen vorzutanzen, oder was auch immer er da veranstaltete.

»Ach, du Scheiße! Was macht der denn da?«, fragt Tina, die nun auch mitbekommen hat, dass ihr Lebensretter die Tanzfläche »besprungen« hat. Auf Anraten von Traudl soll er das am Nachmittag Erlernte zunächst in einer Schwulendisco ausprobieren, da dies für ihn als Hetero ein gutes Übungsgelände sei. Allerdings hat Johannes nicht alles verstanden, was Traudl ihm erklärt hat. Er tanzt den Löwen-Antilopen-Tanz, obwohl der doch nur bildlich verstanden werden und nie in die Praxis umgesetzt werden sollte. Johannes, der Löwe, hat »seine Antilope« in einem kleinen Latino-Boy gefunden, der über die Tanzfläche hoppelt und einen Wahnsinnsspaß daran hat, von einem Löwen mit »GRRR«-Gebrüll verfolgt zu werden.

Stefans Blick wandert nun wieder zurück zu seiner Mutter, die immer noch als Stimmungsrakete unterwegs ist und sich so schnell wohl nicht wieder beruhigen wird. Die Situation ist für Stefan mehr als absurd. Er kann nicht glauben, was gerade vor ihm passiert. Als dann auch noch Hung neben ihm auftaucht und ihm zuraunt: »I like your mother, she is crazy«, platzt ihm der Kragen. Er will von dem kleinen Asiaten auf der Stelle wissen, was das alles zu bedeuten habe und woher sie überhaupt gewusst hätten, dass er in dieser Disco sei.

»Uppps!«, meldet sich Tina zu Wort. »Das ist wohl meine Schuld. Ich habe Kylie auf eine SMS geantwortet, dass wir hier sind«, und zeigt dabei auf die Mitte der Tanzfläche.

Kylie, die an der Trennung von Bob und ihren Geldsorgen zu knabbern hat, will heute einfach mal die Sorgen daheim lassen. Und da ist sie als Frischgetrennte im »Männerclub« genau richtig. Hier kann sie nicht enttäuscht werden und sie weiß von Anfang an, dass sie nur die nette, beste Freundin für alle sein kann. Und da sie mit ihren 48 Jahren noch lange nicht zum »alten Eisen« gehört, zeigt sie was Frau kurz vor den Wechseljahren noch so alles draufhat. Allerdings tanzt auch sie nicht ganz normal, sondern bewegt sich in einem Stil, der eher aussieht als würde sie trampen. Er überlegt, ob er der armen Anhalterin sagen sollte, dass die Chancen »mitgenommen, geschweige denn abgeschleppt« zu werden in diesem Laden bei null lagen. Kylie hüpft wie wild auf der Stelle und bewegt dabei immer abwechselnd einen Daumen nach oben, während der andere gerade nach unten zeigt. Dabei trägt sie natürlich wie immer ihre Perlenkette, die ihr ständig gegen das Kinn knallt, sodass Stefan befürchtet, dass sie sich auf diese Weise noch einen Zahn ausschlägt. Aber all das ist für ihn irgendwie noch ertragbar, verglichen mit dem, was nun auf ihn zukommt.

»Huhu, huhu, huhu, STEEEFAAAN«, hört er die nervige Stimme, die ihm mehr als vertraut ist. Traudl hat ihn entdeckt und watschelt nun mit mittlerweile rund 25 Typen im Schlepptau genau auf ihn zu.

»Ach, ist das hier eine tolle Stimmung! Und die sind alle so nett!«, kommt sie völlig verschwitzt und aus der Puste bei ihm an.

»Was um alles in der Welt machst du hier, Mama?«

»Ich habe Spaß und will dir zeigen, dass deine Mama kein Problem damit hat, dass du jetzt andersherum bist«, sagt sie ganz friedfertig. Sie hat sich jetzt von der Männerschlange gelöst, die nun alleine über die Tanzfläche marschiert.

»Mama! Nach dem, was heute Morgen los war, habe ich keine Lust meine Partynacht mit dir zu verbringen.«

»Ach, wegen Hung? Jetzt stell dich nicht so an!«, spielt sie die Angelegenheit vom Morgen runter. »Jetzt sei bitte nicht so spießig, Stefan! Ich kann mich an überhaupt nix mehr erinnern. Ein absoluter Blackout.« Hung gesellt sich dazu und überreicht ihr einen weiteren Wodka mit Red Bull. Was Traudl nicht weiß, ist, dass Hung noch etwas anderes in ihren Energydrink gemixt hat. Während er ihr gestern Nacht noch Marihuana verabreicht hatte, gibt es heute zur Abwechslung mal ein Ecstasy-Tablettchen für die alte Frau. Traudl ahnt von all dem nichts und glaubt, es sei der Sydney-Urlaub, der ihr ganz neue Energieschübe verleihe. Schübe, von denen sie nie ahnte, dass sie diese in ihrem Alter noch spüren könnte.

Stefan findet seine Mutter nur noch peinlich und kann nicht verstehen, warum sie sich so verhält. Außerdem findet er, dass das »ARQ« nicht der geeignete Ort für eine Konfrontation mit seiner Mutter und ihrem jungen Lover ist. Er musste sofort weg hier! Am Ausgang entdeckt er Tina, die als Sandwich zwischen zwei »Oben-ohne«-Boys tanzt und das offenbar reichlich genießt. Auf sie konnte er jetzt wohl auch nicht mehr bauen, denn wenn irgendwo nackte Männerhaut zu sehen war, dann war Tina wie ausgewechselt. Auf einmal läuft ihm dann auch noch Johannes über den Weg.

»Hast du vielleicht einen kleinen Mann, maximal 1,65 Meter groß, gesehen? Mit schwarzen Haaren? Der vor mir davonläuft? Ich suche den und habe ihn im Getümmel irgendwie verloren, weil er so klein ist«, lacht Johannes und schaut sich suchend um.

Stefan dreht sich um und zeigt Richtung Decke. »Such mal da oben, Johannes! Viel Glück – ich bin weg!«

Und Johannes' Löwenaugen wandern zur Decke, unter der ein Käfig hängt. Da hat sich der Latino-Boy versteckt und kreischt jetzt ganz aufgeregt, als er Johannes mit »GRRR«-Gebrüll auf sich zukommen sieht. Der Kleine wirkt allerdings eher wie ein aufgescheuchtes Huhn, so wie er hinter den Gitterstäben auf und ab läuft – er hatte offenbar vergessen, dass er eigentlich eine Antilope und kein Hühnchen sein sollte.

Als Stefan schon am Ausgang steht, hört er einen lauten, pfeifenden Ton aus dem Mikrofon, woraufhin die Musik sofort stoppt.

»Test, Test, Test ... 1, 2, 3 ... Test, Test«, kommt es aus den Lautsprechern.

Was konnte jetzt noch kommen? Gerade als er eigentlich dachte, die kuriose Polonaise-Nummer sei nicht mehr zu toppen, hatte er die Rechnung ohne seine Mutter gemacht. Die steht nämlich jetzt in ihrem Batik-Hippiekleid auf der Bühne und umklammert mit beiden Händen das Mikrofon, als wäre es eine Schnabeltasse.

Traudl hält in gebrochenem Englisch eine Rede, die sie sich vorher von Hung hatte übersetzen lassen. Sie beginnt mit den Worten: »My lovely son, Stefan ...«

Die Plaudertasche erzählt, wie sehr sie ihren Sohn liebe, obwohl er schwul sei, was er selbst noch gar nicht so genau wisse – was sofort Buhrufe auslöst. Sie erzählt dann natürlich von der Affäre ihres Mannes, und dass sie verlassen wurde und dass sie heute Morgen mit einem extrem viel jüngeren Mann aufgewacht sei und sich an nichts mehr erinnern könne – was verständnisvollen Beifall auslöst. Als sie dann verkündet, dass sie sich von ganzem Herzen wünsche, dass ihr Sohn immer ihr Sohn bleibe, egal welche Sexualität er habe, wird sie mit Standing Ovations minutenlang gefeiert.

Für Stefan ist diese Szene zwar mehr als unangenehm, aber er ist auch gerührt. Er denkt sich, dass er ihr nach so einer Rede verzeihen möchte. Aber seine Mama wäre nicht seine Mama, wenn es nicht noch eine kleine Zugabe gäbe.

»And I wish you and your new boyfriend Jason Bloomberg all my best for your future!« Und als sie merkt, dass das Publikum etwas unruhig wird und sich fragend umschaut, fügt sie hinzu, dass ihr Sohn Stefan derjenige sei, über den die Medien seit Tagen berichteten. Und bei der Gelegenheit stellt sie gleich klar, dass er Bankkaufmann sei und kein Schriftsteller und dass er dahinten an der Tür stehe. Sie winkt ihm jetzt freudestrahlend zu. Alle Köpfe wandern in Stefans Richtung, der nun trotz neuer Frisur und Dreitagebart ein für alle Mal entlarvt ist – und sofort wütend die Bar verlässt und mit dem nächsten Taxi nach Hause fährt.

»Tag 12« Sonntag, 16. Dezember

Bis auf Stefan waren alle erst um sechs Uhr morgens nach Hause gekommen und haben nun den ganzen Tag verschlafen. Erst gegen 15 Uhr füllt sich das Haus langsam wieder mit Leben. Traudl hat fürchterliche Kopfschmerzen und einen Höllendurst. Sie geht daher auf direktem Weg ins Bad, um etwas Wasser zu trinken. Sie überlegt, woran das wohl liegen mochte, dass sie nur noch trinken wollte und sich an nichts mehr von der letzten Nacht erinnern konnte. Ein Blick in den Spiegel verrät ihr, dass sie aussieht, als wäre heute Nacht eine Planierraupe einmal über sie hinweggefahren. Nur ein Kaffee konnte sie aufmuntern, daher geht sie runter in die Küche.

Kylie sitzt da und wischt sich ein paar Tränen aus den Augenwinkeln. Sie konnte einfach nicht glauben, dass sie kein Geld mehr hatte. Sie war wirklich bankrott. Bob hatte ihr restlos alles genommen – nicht nur das Herz, sondern auch alles Geld von sämtlichen Konten.

»Es ist wegen ihm, stimmts?«, fragt Traudl und setzt sich neben sie. Kylie nickt und beißt sich auf die Zähne, damit sie nicht noch mehr heulen muss.

»Schätzchen, weißt du? Was du hier alles mitmachst, kenne ich nur zu gut! Aber ich habe es so gut wie geschafft, darüber hinwegzukommen. Klar, ich denke oft an meinen Exmann, aber das Reden hilft mir. Das befreit, das löst einen Kloß im Hals, weißt du, Kylie? Du musst einfach mal darüber sprechen, dann geht es dir garantiert besser.«

»Mhhhmmm«, druckst Kylie mit zusammengepressten Lippen, denn sie muss nach wie vor ihre Tränen unterdrücken.

Traudl hat eine Idee und will wissen, ob sie ein Bild von Bob habe. Kylie bejaht und holt ein postkartengroßes Foto aus der Schublade, auf dem Bob freundlich in die Kamera lächelt.

»Ich weiß, was dir helfen wird, Kylie.« Traudl verschwindet kurz, um dann mit einer Puppe und Klebeband wiederzukommen.

»Was gibt das denn?« erkundigt sich Kylie mit weinerlicher Stimme.

»Das ist meine Art und Weise, Aggressionen abzubauen. Das hilft. Glaub mir!« Traudl reißt der Puppe das Fotogesicht ihres Exmanns ab, um nun das von Bob aufzukleben.

Traudl befiehlt Kylie nun, die Puppe in die Hand zu nehmen und sie mit dem Gesicht auf die Tischplatte zu schlagen.

Kylie ziert sich etwas und fragt, was das bringen solle, doch sie probiert es. Fast schon zaghaft nimmt sie die Ernie-Puppe (genau! der aus der Sesamstraße) in die Hand und führt sie mit dem Gesicht nach unten an die Tischkante.

»Doch nicht so!«, reißt Traudl ihr Ernie aus der Hand und zeigt ihr, wie man das macht.

RUMS! RUMS! RUMS! »Ja, so musst du das machen!«

RUMS! RUMS! Mit voller Wucht haut Traudl Bobs Gesicht, das über der Nase von Ernie klebt, auf den Küchentisch.

»Jetzt du wieder!« Sie übergibt die Bob-Ernie-Puppe an Kylie.

Kylie nimmt die Puppe und beginnt zu schlagen. Nach und nach werden ihre Schläge immer heftiger und heftiger, wobei sie von Kampfmentorin Traudl stimmgewaltig angefeuert wird.

»Richtig! Zeig es diesem Schuft! Los, zeigs ihm! Hau ihm eine rein, ja! Hau im so was von eine aufs Maul!«, feuert sie Kylie an. Und mit jedem Schlag lösen sich Kylies zusammengepresste Zähne mehr und sie brüllt los: »Du Schwein, du blödes Schwein!« Jetzt kommt alles raus. Wie eine echte Psychopathin donnert sie Ernie mit Bobs Bild auf den Tisch.

Doch plötzlich hält sie inne. Sie schaut um sich und meint, der Tisch sei zu weich für Bob. Sie wolle gegen eine Mauer schlagen. Das ist für Traudl absolut nachvollziehbar und sie erlebt jetzt, wie die Reiseleiterin die Puppe gegen Wände, Herdplatte, Garagentor und Motorhaube pfeffert und dabei ihren Frust über Bob ablädt. Danach fehlen dem armen Ernie zwar der Kopf und eine Hand, aber wenigstens hat Kylie ihre perfekte

Fassade mal für einen Augenblick fallen gelassen und sitzt nun heulend am Küchentisch. Traudl versucht sie zu trösten und nimmt sie in den Arm, was zur Folge hat, dass sie danach erst mal ihr Nachthemd zum Trocknen auf eine Wäscheleine hängen muss, da es von dem Geheule völlig durchnässt ist.

Und auch Kylie merkt, wie gut es tut, einfach mal alles rauszulassen. Sie schluchzt nach wie vor herzzerreißend und baut immer wieder ihre Aggressionen mit der Puppe ab, als Stefan, Tina und Johannes in die Küche kommen.

Es ist für alle eine schlimme Nachricht, zu erfahren, dass tatsächlich Bob dafür verantwortlich war, dass die Kreditkarten in den »Blue Mountains« nicht funktionierten, und dass er alle Konten geplündert hatte, sodass sowohl die Speeddating-Agentur als auch Kylie pleite waren.

»Und welche Auswirkungen hat das für uns?«, will Tina wissen, die sich dabei auch um ihre eigene Existenz sorgt. Schließlich konnte sie Kylie nicht ständig Geld vorstrecken.

Unter bitteren Tränen erzählt Kylie, dass die siebentägige Rundreise, die sie vom 23. bis 30. Dezember geplant hatte und die eine Überraschung sein sollte, soeben geplatzt war. Es würde kein »Ayers Rock« im Outback geben. Auch das Weltkulturerbe »Great Barrier Reef« inklusive dem weißen Strand »Whiteheaven Beach« fiel ins Wasser. Ebenso würde die Gruppe keine »Gold Coast« mit kilometerlangen Stränden und kein »Frasier Island«, geschweige denn die »Great Ocean Road« jemals zu Gesicht bekommen. Alles war jetzt mit einem Schlag vorbei, da keine Knete mehr da war.

Die Australien-Gewinner sind traurig, dass sie von Australien nichts anderes als Sydney sehen würden. Aber viel geschockter und fassungsloser reagieren sie, als klar wird, dass sie in Sydney regelrecht festsitzen. Kylie hatte die gesamte Reise erst kurz vor dem Abflug gebucht. So waren sie bereits hier, als sich herausstellte, dass die Kreditkarte gesperrt war. Die Buchung und Sperrung mussten sich überschnitten haben. Die Airline kam jetzt also nicht mehr an ihr Geld und so waren sie alle quasi kostenlos mit Etihad geflogen.

»Ähm, wie jetzt? Was heißt das genau?«, will Johannes wissen.

»Das heißt, wenn wir zurückwollen, muss jeder den regulären Flugpreis zahlen, und zwar für Hin- und Rückflug, da ja auch der Hinflug noch nicht abgerechnet wurde«, erklärt die bankrotte Reiseleiterin.

»Versteht ich nicht«, fällt ihr Johannes ins Wort. »Wie kann das denn sein?«

»Weil Bob alles geplündert hat. Er hat sowohl von unserem Geschäftskonto als auch vom Privatkonto alles abgehoben – da ist nix mehr«, gesteht Kylie.

»Und wo ist er?«, nervt Johannes weiterhin.

»Das weiß ich nicht«, kreischt es aus Kylie raus. Traudl reicht ihr die schon arg lädierte Ernie-Puppe und Kylie beginnt wieder mit festen Schlägen, um auch diese Misslage zu verarbeiten.

Auf den Schreck braucht Tina erst mal einen Gin Tonic, den sie fast in einem Zug runterkippt. Die anderen verlangen ebenfalls nach Alkohol, am liebsten nach was Hochprozentigem. Aber Schnaps gibt es nicht und so trinken sie zu fünft Gin Tonic mit Eis, aber ohne Limetten – aus Solidarität zu Tina.

Tina konnte unmöglich Anfang Januar rund 1.800 Euro aufbringen, um Hin- und Rückflug zu bezahlen. Es war Sommerzeit in Australien, und gerade nach den Weihnachtsfeiertagen waren die Preise unverschämt hoch. Das konnte sie sich auf keinen Fall leisten. Auch früher als gebucht heimzufliegen machte keinen Sinn, denn dann würden Umbuchungskosten anfallen. Sie macht dann einen folgenschweren Fehler, der ihr wohl nur angesichts einer kleinen alkoholbedingten Unachtsamkeit unterläuft.

»Dann verlängern wir halt und bleiben so lange in Australien bis die Flüge wieder günstiger sind. Ich habe alle Zeit dieser

Welt und in München wartet kein Mensch auf mich. Solange das Amt mitspielt, finde ich es hier ganz schön.«

Alle schauen sie entgeistert an. Erst jetzt bemerkt sie, was sie gerade von sich gegeben hat.

»Wie lange hast du denn Urlaub in deinem Job als PR-Beraterin? Und was für ein Amt eigentlich?«, fragt Traudl

Tina stammelt ein wenig und überlegt, wie sie aus der Nummer wieder rauskommt. Doch sie merkt jetzt selbst, dass das Versteckspiel, in das sie sich hineinmanövriert hat, aus ist.

»Ähm ... also ...ja, ich bin arbeitslos«, stammelt sie herum. »Ja, ich bin eine Arbeitslose, die vom Amt leben muss«, schreit sie plötzlich heraus, schnappt sich die Ernie-Puppe und beginnt auf die Tischkante zu kloppen, so wie sie es eben bei Kylie beobachtet hatte.

»Arbeitslos, arbeitslos, jawohl – arbeitslos! Hört ihr? Ja, ich bin eine von denen, die Geld vom Staat bekommen!«, brüllt sie ihnen entgegen.

Nachdem Tina ihre Nerven wieder einigermaßen im Griff hat, erzählt sie die ganze Geschichte, warum sie gekündigt wurde.

Nachdem sich nun bereits zwei Damen geoutet haben, fragt Traudl, ob vielleicht noch jemand etwas »beichten« wolle. Sie verspricht, dass niemand ausgegrenzt werde, egal ob bankrott, arbeitslos oder schwul.

»Bisexuell, Mama, noch nicht schwul«, korrigiert sie Stefan, der nicht im Raum stehenlassen möchte, er wäre komplett ans andere Ufer gewechselt.

Johannes ist nervös. Er rutscht auf seinem Stuhl hin und her und glaubt, dass jetzt auch für ihn der Moment gekommen wäre. Dann greift er zur Ernie-Puppe. Auch er prügelt mit dem Stoffteil heftigst auf die Tischkante ein und brüllt dabei:

»Ich bin eine männliche Jungfrau. Jungfrau. Jungfrau. Jungfrau. Jungfrau!«

»Ach, du Scheiße! Ich wusste es doch von Anfang an, schon als ich den beim Speeddating getroffen habe, dass der nicht normal ist«, kommentiert Tina seinen Befreiungsausbruch.

Johannes beichtet nun, dass er noch nie Sex mit einer Frau gehabt hat, und gibt zu, dass er Tinas Brüste im Badezimmer doch gesehen hatte – und mit diesem Bild in Erinnerung auch Sex mit sich selbst gehabt hatte. An dieser Stelle unterbricht Traudl seinen Redefluss und meint, dass sie nicht alles und jedes Detail wissen müssten.

Tina ist schlecht. Der Gin Tonic am späten Sonntagnachmittag war nicht daran schuld. Vielmehr war es wohl die Tatsache, dass die männliche Jungfrau Johannes sie als Wichsvorlage missbraucht hatte und es womöglich immer noch tat, wenn er unter seiner Bettdecke lag. Der Gedanke daran, dass sie ihn bereits berührt hatte und sogar schon mal seine Zunge im Hals gehabt hatte ... Andererseits, überlegt sie jetzt: Wenn der kurze Anblick ihrer Brüste für Johannes offensichtlich ein solches Highlight war, dass er das hier überhaupt erwähnte, dann musste er schon eine ziemlich arme und bemitleidenswerte Person sein. Jetzt tat es ihr fast leid, dass sie ihn oft so schlecht behandelt hatte. Und mit dem Wissen, dass sie jetzt hat, sieht sie ihn mit anderen Augen. Sie sieht ihn als kleinen pubertierenden Jungen, der einfach nur versuchte mal seinen »kleinen Johannes« zu versenken, bisher ohne Erfolg.

Traudl fragt nun wieder in die Runde, ob noch jemand etwas beichten wolle. Stefan betont, sein Outing wäre ja wohl medienträchtig genug gewesen, er hätte seinen Beitrag zur allgemeinen Belustigung geleistet und habe dem nichts mehr hinzuzufügen. Als Traudl die Outing-Runde gerade beenden will, möchte Stefan noch wissen, was das mit Hung vorletzte Nacht zu bedeuten habe und wieso sie im Club eine Polonaise getanzt habe. Doch Traudl schaut ihn nur verwundert an und behauptet, sie könne sich an nichts erinnern.

Nach der großen Beichte endet der Sonntag mit Pizza vom Bringservice und einer halben Staffel »Friends« auf DVD. Heute ist alles gesagt worden, was es zu sagen gab. Jeder weiß jetzt über den anderen Bescheid. Es gibt fast keine Geheimnisse mehr. Und alle zermartern sich das Hirn, wie sie 1.800 Euro für einen Flug »Sydney – München« (inklusive bereits absolviertem Hinflug) aufbringen sollen.

Tina, die arbeitslos ist, kann es sich keinesfalls leisten. Stefan, der erst vor Kurzem einen Kredit für die eigene Wohnung und für neue Möbel aufgenommen hatte, auch nicht. Traudl klagt immer noch gegen ihren Exmann, da sie von dem geringen Unterhalt, den er ihr zahlt, nicht leben kann. Johannes, der geizige Schwabe, hat sein ganzes Geld in Bausparverträgen und Sparbriefen angelegt, sodass er da im Moment nicht rankommt. Und Kylie ist nun mal pleite. Höchstens ihr Buchprojekt, ein Ratgeber für Singles, könnte sie retten. Aber von diesem Geheimnis hatte sie erst mal noch nichts erzählt, denn schließlich waren sie hier ja keine Freunde – für sie war es immer noch eine geschäftliche Verbindung. Damit Geld in die Kasse kam, war sie bereit alles zu tun. Und das meinte sie auch so. Wirklich alles – Hauptsache, es gab wieder Kohle!

»Tag 13« Montag, 17. Dezember

Um 6:45 Uhr schellt der Wecker in Tinas Zimmer. Eine sehr ungewohnte Zeit für sie, denn selbst zu Arbeitszeiten war sie nie vor acht Uhr aufgestanden. Als sie fertig angezogen und aufgestylt ist, muss sie sich sputen, denn in 20 Minuten fing der Unterricht an. Es war ihr erster Tag in der Sprachschule.

Natürlich zehn Minuten zu spät, nimmt sie bei Cheryl im Sekretariat Platz und muss zunächst einen Test zu ihren Englischkenntnissen ablegen. Im Gegensatz zu früher gibt es leider niemanden, bei dem sie abschreiben könnte. Sie ist ganz auf sich gestellt und muss ohne Hilfe ihr Lese- und Hörverstehen beweisen sowie einen Aufsatz über ihren letzten Urlaub schreiben. Anschließend folgt noch eine mündliche Prüfung durch Cheryl. Bis das Ergebnis kommt, raucht Tina ganze drei Zigaretten um ihre Nervosität in den Griff zu bekommen. Sie versucht sich selbst einzureden, dass dies ja nur ein dämlicher Test sei, um dann zwei Wochen lang ihr Englisch verbessern zu dürfen. Danach müsste es mit dem Traummann richtig gut klappen – zumindest was die Verständigung anging.

Nach gefühlten vier Stunden Wartezeit erfährt Tina das Ergebnis von Cheryl: Ihr Englisch sei ganz okay, aber sie hätte doch noch große grammatikalische Probleme sowie viele Rechtschreibfehler. Da Tina mit dem Traummann ja keine Aufsätze schreiben möchte, sondern sich lediglich missverständnisfrei unterhalten will, findet sie Cheryls Entscheidung, sie in einen Anfängerkurs zu stecken, etwas ungerecht. Dennoch lässt sie sich von Cheryl in ihre Klasse bringen, die bereits vor einiger Zeit mit dem Unterricht angefangen hat.

»Hey, I am Linda! So, how are you?«, lächelt ihr die Lehrerin entgegen. Tina wird schnell klar, dass sie und Linda keine besten Freundinnen werden.

»I am okay, a little bit tired«, antwortet Tina kurz angebunden, denn um diese Uhrzeit ist sie nicht zu einem Small Talk aufgelegt.

Lehrerin Linda dreht sich zur Klasse und sagt:

»Hey, everybody! Please say ›hello‹ to Tina! She is our new member in the beginner class.«

Und eine Gruppe von acht Personen, garantiert keiner über 20 Jahre alt, sitzt ihr winkend gegenüber und gehorcht artig wie eine Horde dressierter Affen: »Hello Tina, nice to meet you«, sagen alle im Chor.

Und dann geschieht das, was Tina hoffte, nie wieder in ihrem Leben machen zu müssen. Sie muss sich vor die Klasse stellen und etwas über sich und ihre Hobbys erzählen. Doch was sollte sie diesen Teenagern nur erzählen? Dass sie gerne rauchte, trank, Party machte und Sex mochte? Wohl eher nicht. Daher entscheidet sie sich für: Reisen, Schwimmen, Lesen und Joggen. Also, die Klassiker, die typischen Hobbys, die man problemlos überall einfach mal so nennen kann, ohne dass man damit auffällt oder dass es jemand überprüfen kann.

Zu dumm nur, dass just diesen Freitag ein »Christmas Run« in Sydney stattfand und Tina jetzt quasi von der ganzen Klasse dazu genötigt wird, im Team der Sprachschule mitzulaufen – schließlich war das Joggen ja ihr Hobby.

Der Vormittag plätschert mit Fragen zu jedermanns Lieblingsessen und Lieblingstieren und mit der Frage danach, wie man in Deutschland Weihnachten feiert, so dahin. Gegen zwölf Uhr scheint Tinas erster Schultag nach über 20 Jahren vorbei zu sein. Aber auch nur fast, denn bevor die Schüler der Klasse C in die Freiheit entlassen werden, müssen sie noch ein Weihnachtslied singen. Tina sitzt also mit ihren 38 Jahren zusammen mit Heranwachsenden aus Südamerika und Asien in einem Stuhlkreis und singt: »Rudolph, the red-nosed reindeer«. Die Schulglocke erlöst sie nach dem dritten Refrain. Tina braucht jetzt erst mal Zigaretten und Alkohol, denn was sie heute erlebt hatte, durfte man keinem erzählen.

RING! RING! RING! Stefans Handy klingelt. Die Stimme, die sich jetzt meldet, hätte er am wenigsten erwartet. Aber es ist, wie so oft im Leben – plötzlich meldet sich jemand, mit dem man fast schon nicht mehr gerechnet hätte. Jason hatte sich in der Tat nach fünf Tagen erbarmt und rief ihn endlich zurück. Stefan tut jedoch genau das Falsche: Er macht ihm Vorwürfe! Was ihm denn einfallen würde, ihn in diesen Medienzirkus reinzuziehen und sich dann aus dem Staub zu machen! Er wirft ihm sogar vor, dass er sich extra eine eigne PR-Managerin hatte zulegen müssen, da er sonst völlig überfordert gewesen wäre.

Doch Jason behauptet, er hätte zu Dreharbeiten nach Tasmanien gemusst, um dort für eine neue Liebesschnulze vor der

Kamera zu stehen. Aber es interessiert Stefan nicht, ob er irgendwo eine australische Rosamunde-Pilcher-Variante abdreht. Er möchte Jason gerne noch einmal persönlich treffen und wissen, wie es denn nun weitergehen solle. Stefan will keine Aussprache am Telefon. Nach dem, was in der gemeinsamen Nacht passiert war, will er ihm dabei in die Augen schauen und im nüchternen Zustand feststellen, ob er wirklich Gefühle für Jason hatte oder ob es eher dieses Neue, Aufregende und Unbekannte war, was ihn so fasziniert hatte. Als Jason am anderen Ende der Leitung seinen Kalender zückt, um ein Treffen mit Stefan irgendwo zwischen Drehplan, Promotionterminen und Interviews einzuschieben, ist die Leitung plötzlich tot. Mausetot. Genauso tot wie diese Beziehung, die nie wirklich richtig starten konnte.

Machte sich Stefan vielleicht einfach nur etwas vor? Interpretierte er einfach zu viel in die ganze Sache hinein? Er überlegt, und ihm wird bewusst, dass ja in der Nacht gar nicht sooo viel zwischen ihnen gelaufen war. Als völlig Unerfahrener in Sachen gleichgeschlechtlicher Liebe hatte er die Nacht auf dem Bettsofa im Gästezimmer verbracht. Oder war es genau dies? Dass er anscheinend nicht interessant genug für Jason war? Er grübelt und grübelt, wie es weitergehen soll, bis ihm eine bekannte Redewendung einfällt: »Mach dich rar – und du bist ein Star!« Diesen Trick hatte er bei Jason wahrlich nicht angewandt, im Gegenteil. So oft, wie er ihm auf die Mailbox gesprochen hatte, könnte man fast denken, er sei ein Stalker. Er beschließt seinen Plan zu ändern und Jason von jetzt an zu ignorieren. Er würde ihm zeigen, dass er ihn nicht brauchte! Und was das gerade sollte, einfach am Telefon aufzulegen? Das hatte ein Stefan Winckelmann nicht nötig! Er würde nur noch eine einzige SMS schreiben, und ab dann wäre Jason für ihn Vergangenheit.

(Die SMS wird zum besseren Verständnis gleich ins Deutsche übersetzt.)

Hallo Jason, ich werde mich nicht mehr bei dir melden, also musst du jetzt schon auf MICH zukommen. Und das meine ich so, wie ich es sage!

Als die Nachricht im Postausgang ist, fühlt er sich gleich viel besser. Zwei Minuten später fällt ihm ein, dass er noch was vergessen hat:

Ach ja, meine australische Handynummer gehört zu einem Prepaidhandy. Es könnte also sein, dass mich deine Nachricht aus irgendeinem Grund nicht erreicht. Hier noch meine deutsche Nummer, unter der ich immer für dich erreichbar bin: 0173 885 369 1299. Also, für den Fall der Fälle.

Stefan ist stolz auf sich, dass er diesem arroganten Schauspieler gezeigt hatte, dass man so nicht mit ihm umgehen konnte. Und er würde sich rarmachen, denn er wollte interessant bleiben. Zumindest gibt er sich Mühe, sich rarzumachen, denn gleich darauf schickt er noch eine dritte SMS hinterher:

Denk an die deutsche Vorwahl! Nicht, dass ich deine SMS nicht erhalten kann. Die Vorwahl lautet: 001149 und dann die Null weglassen. Gruß Stefan. PS: War ein netter Abend letztens. Schade, dass es so auseinandergeht. PPS: Bin nur noch bis 3. Januar in Sydney!!! Bitte beachten.

Als nach 15 Minuten weder Antwortnachricht noch Anruf eingegangen ist, tut Stefan das, was wohl jeder in dieser Situation schon mal gemacht hat: Er ruft sich mit seinem deutschen Handy selbst auf dem australischen Mobiltelefon an, um zu schauen, ob es funktioniert. Danach testet er umgekehrt das deutsche Handy. Zusätzlich checkt er, ob sich die Mailbox nicht versehentlich abgeschaltet hat, während dort Hunderte von Nachrichten von Jason darauf warteten, abgehört zu werden. Aber alles funktionierte – bis auf die Kommunikation mit Jason.

Als Tina mit ihrer Luis-Vuitton-Tasche – ein Geschenk eines verheirateten Mannes in München – in die »Oakley Road« einbiegt, merkt sie, wie unpraktisch so eine Designertasche war, wenn man Lehrhefte, Schnellhefter, Schreibblock und ein Mäppchen transportieren musste. Und während sie sich aufregt, was für einen blöden Tag sie in der Schule hatte, wird sie vom Gebimmel eines Eiswagens aus ihren wütenden Gedanken gerissen.

Tina kauft vier Kugeln Schokoladeneis, davon gehen drei Kugeln an die Erpresser-Göre, die über den Rasen sprintet und sich dummerweise bestens an die Wette mit Tina erinnern kann. Auch Martha Smith kommt aus ihrem Haus, denn in ihrem Alter ist das Gebiss nicht mehr das beste und das Lutschen von Eiscreme tut ihr gut. Während die kleine Erpresserin wieder wegrennt, wünscht sich Tina, dass dieses Mädchen bis zu ihrem 15. Lebensjahr so viel Eiscreme futtert, dass sie das dickste und hässlichste Mädchen der ganzen Schule würde. Ja, Frauen können hassen! Da spielte es keine Rolle, ob man fünf, 35 oder 65 Jahre alt war.

Mit 90 Jahren ist man dann in einem Alter, in dem man nur noch außer Konkurrenz irgendwie mitmacht. Man plaudert dann nur noch belangloses Zeug – oder über schlimme Dinge. So erfährt Tina beim Plausch am Eiswagen von Martha, dass Nachbarin Susan mit gerade mal 43 Jahren bei einem Motorradunfall verstorben sei. Und wie schrecklich das wäre, da sie doch gerade frisch verheiratet gewesen war. Außerdem meint die Greisin noch, dass der liebe Gott Susan wohl für ihre Lebensweise bestraft habe. Während sich Tina noch wundert, was die alte Mrs. Smith damit wohl gemeint hatte, denn Motorradfahren war doch wirklich eine wunderbare Sache, macht es plötzlich Klick in ihrem Kopf. Und anstelle großer Mitleidsbekundungen stellt sie Martha eine Frage:

»Do you know, if they have children?«, will sie ganz vorsichtig wissen.

»No, they couldn't get children«, antwortet Martha, und leckt dabei recht unappetitlich an ihrem Eis herum.

Toll, denkt sich Tina, dann gab es hier in der Nachbarschaft also tatsächlich einen Witwer, der auch keine Kinder hatte und auf Motorräder stand. Sie ist überzeugt, dass der trauernde Mann dringend etwas Ablenkung benötigt. Morgen sollte die Trauerfeier sein, und Tina weiß jetzt schon, was sie nach der Schule machen würde. Keine Hausaufgaben, sondern Trauerhilfe leisten auf ihre ganz persönliche Art und Weise. Denn das Leben ging weiter und sie musste in ihrem Alter auch langsam schauen, wo sie blieb. Und sie konnte ja noch Kinder bekommen – das würde dem trauernden Ehemann sicherlich imponieren, da war sie sich ganz sicher.

Heather Robinson arbeitet seit über fünf Jahren in einer der bekanntesten Werbeagenturen Australiens. Von ihrem Büro im 29. Stock eines Gebäudes in der George Street aus, ganz in der Nähe vom »Circular Quay«, genießt sie einen fantastischen Ausblick auf die »Harbour Bridge«. Sie arbeitet hart und viel und dennoch weiß sie, dass sie allein mit ihrer Tätigkeit niemals reich werden wird. Sie verlässt gegen 17:45 Uhr das Büro und erzählt den Kollegen, dass sie noch einen Arzttermin habe, denn normalerweise wurde hier bis 20 Uhr geschuftet. Diese kleine Notlüge hatte sie erfunden, denn sie wollte nicht, dass die Kollegen erfuhren, dass sie auf dem Weg zu einem Date in der »Cockle Bay« war. Die Bucht ist eigentlich nur als »Darling Harbour« bekannt und ein Erholungsgebiet am Hafen mit vielen Restaurants und Cafés, und dem »Sydney Aquarium« mit »Madame Tussauds« (Eintritt: zusammen 54 Dollar!!!).

Johannes sitzt ganz unruhig im Außenbereich der »Pontoon Bar« (dort gibt es für weniger als zehn Dollar die günstigsten Burger mit Pommes in der Bucht) und schaut den Möwen zu, die immer wieder versuchen ein paar Essensreste von einer Parkbank aufzupicken, während ein kleiner Junge sie ständig verscheucht. Ein Blick auf die Uhr verrät Johannes, dass es bereits zehn Minuten nach 18 Uhr ist. Er fühlt sich unwohl. Am liebsten würde er weglaufen, denn bei einem Blind Date war es so, wie bei einer Lotterie: Man konnte auch eine Niete ziehen. Und es gab bekanntlich sehr viele Nieten in einem Lostopf. Er wusste auch nicht so recht, warum er sich überhaupt auf Traudls Idee eingelassen hatte, eine unbekannte Frau zu treffen. Sie hatte ihm erzählt, dass die Unbekannte die Tochter einer alten Brieffreundin von ihr sei, die seit Kurzem in Sydney lebe und sich so alleine fühle. Und während er ungeduldig auf seinem Plastikstuhl rumrutscht, sieht er sie auch schon winkend auf sich zukommen. Schnell springt er auf und überreicht ihr eine rote Rose. Dieses kitschige Erkennungssymbol hatte ihm Traudl mit auf den Weg gegeben. Doch sein Date scheint davon nichts zu wissen, denn sie reagiert überrumpelt und etwas überrascht. Nachdem sie sich zu ihm an den Tisch gesetzt hat, macht ihr Johannes die auswendig gelernten Komplimente und findet beim Herunterrattern selbst, dass er hier wohl maßlos übertrieb. Die Tochter der Brieffreundin hatte sicherlich schon bessere Zeiten gehabt, denn sie war ganz schön fett. Johannes überlegt zeitweise sogar, ob er ihr einen zweiten Stuhl besorgen sollte. Ihr Po und die Oberschenkel quetschen regelrecht unter der Armlehne heraus, sodass er sich ernsthaft Sorgen macht, wie sie wieder aufstehen will, ohne gleich den ganzen Stuhl mitzunehmen.

Wenigstens lachte sie süß, denkt sich Johannes. Obwohl man angesichts ihrer Zahnspange Zweifel bekommen könnte, ob sie wirklich schon 28 Jahre alt war, so wie Traudl ihm erzählt hatte. Während sie mit ihren Speisekarten dasitzen, beginnt Johannes einen Small Talk über gesunde Ernährung: Er rät ihr von Cola ab, ebenso von einem Beefburger, den sie gerade bestellen will. Außerdem fragt er, ob es ihr Ernst sei, nach 18 Uhr überhaupt noch etwas und dann noch so etwas Schweres essen zu wollen. Gerade will er ihr statt eines Essens lieber einen Spaziergang um den Hafen vorschlagen, damit er wenigstens später erzählen könnte, dieses Mammut zu ein bisschen Bewegung motiviert zu haben – da werden sie gestört.

Eine junge, attraktive Frau tritt an ihren Tisch, an dem Johannes mit der zwar ebenfalls jungen, aber hässlichen und dicken Frau sitzt.

»Excuse me, bist du Johannes?«, sagt die dunkelblonde Schönheit mit Modemaßen.

Das musste eine göttliche Fügung oder ein Wunder sein! Allein schon, dass diese grandiose Frau gerade seinen Namen ausgesprochen hatte! Jetzt konnte er den Fettkloß loswerden, denn es stellt sich schnell heraus, dass er eben die »falsche Heather« angesprochen hatte. Die Dicke muss nun traurig den Tisch verlassen und darf zum Trost die Rose behalten. Doch weit kommt sie nicht. Zwei Tischreihen weiter warten nämlich ihre Freundinnen, denen sie vorhin zugewunken hatte, als sich Johannes so voreilig auf sie gestürzt hatte. Ein Blick in deren Richtung lässt erkennen, dass alle ebenfalls fett sind und sich hier anscheinend die Lebensfrage stellen, ob sie den »Weight Watchers« beitreten sollen.

Doch nun will sich Johannes voll auf die Brieffreundin-Tochter Heather konzentrieren. Er ist vom ersten Moment an hin und weg von ihrer Schönheit. Er erzählt Heather von seiner Arbeit als Informatiker, seiner fürchterlichen Flugangst und davon, dass er bei der freiwilligen Feuerwehr tätig sei. Als er dann noch erwähnt, dass er täglich mit dem Fahrrad ins Büro fahre, kann sie ein Gähnen nicht mehr unterdrücken. Aber sie lässt es über sich ergehen und bestellt sich noch einen starken Kaffee, um die Müdigkeit angesichts des langweiligen Gesprächs zu unterdrücken. Sie will bis 22 Uhr durchstehen, so wie sie es Traudl versprochen hatte, doch das waren noch über zwei Stunden.

Johannes redet nun von seinem großen Traum eine Familie zu gründen, ein Haus zu bauen und glücklich und zufrieden auf der Schwäbischen Alb zu leben, was bei ihr ein erneutes Gähnen auslöst.

Als er dann noch von ihr wissen will, ob sie denn schon viele Männer in ihrem Leben getroffen habe, weiß sie nicht, wie sie darauf reagieren soll. Wollte er sie verarschen oder einfach nur testen, wie sie reagierte? Sie entscheidet, nicht darauf zu antworten und gibt gegen 21 Uhr vor, unter fürchterlichen Kopfschmerzen zu leiden und auf der Stelle nach Hause zu müssen.

Johannes ist zwar sichtlich enttäuscht, denn er wollte ihr noch ganz viele Geschichten erzählen, doch sie winkt ab, zeigt nur auf ihren Schädel und bittet um Verständnis. Johannes bedankt sich für den tollen Abend und fragt sie, wann er sie wiedersehen könne. Doch Heather antwortet nur, dass sie sich melden würde und geht ganz schnell zur U-Bahn. Zu Hause angekommen, schreibt sie eine E-Mail an die angebliche »Brieffreundin« ihrer Mutter.

Hi Traudl,
sorry, aber ich bin schon um 21 Uhr anstatt 22 Uhr gegangen. Ich werde mich auch leider nicht mehr mit ihm treffen, da ich für eure restliche Sydney-Zeit komplett ausgebucht bin. Selbstverständlich überweise ich dir für die Verkürzung des Dates um eine Stunde 90 Dollar zurück. Ich habe für mich entschieden, dass Geld doch nicht alles ist. Ich hoffe auf dein Verständnis, aber dies war der langweiligste Abend, den ich in meinem Zweitjob jemals hatte.

Grüße

Heather
Escortservice »Sydney Girls with german background«

Allein fühlt sich Traudl ganz und gar nicht, denn sie verbringt den Abend mal wieder mit Hung. Zusammen sitzen sie mitten in der Nacht im Garten und rauchen Gras. Nachdem Traudl dreimal tief an der komischen aussehenden Zigarette gezogen und den Rauch tief in ihre Lungenflügel inhaliert hat, macht sie ihm ein unmoralisches Angebot. Sie lädt ihn zu sich nach München ein, um dort eine Zeit lang mit ihr zu leben. Doch Hung lehnt ab und gesteht, dass er leider kein sexuelles Interesse an ihr habe und für ihn das Ganze nur Freundschaft sei.

Damit hatte Traudl irgendwie gerechnet. Dennoch erzählt sie ihm ganz offen von ihrem Plan, dass sie ihren Exmann auf der Hochzeit ihres jüngsten Sohnes eifersüchtig machen wolle und gerne mit Hung an ihrer Seite dort erscheinen würde.

Sie wollte ihn also ausnutzen, um ihre eigenen Bedürfnisse zu befriedigen. Aber in einer Zweckgemeinschaft will immer auch die andere Person einen gewissen Nutzen haben! Hung hatte nämlich ebenfalls einen Plan. Das Marihuana-Rauchen war nur der Anfang, um sie langsam an Drogen zu gewöhnen. Hin und wieder schmiss er ihr ein paar Ecstasy-Pillen ins Getränk oder mischte es heimlich ins Essen. Bald würde sie so was von abhängig sein, dass er eine neue Kundin in Deutschland hätte. Er glaubte nämlich, dass Traudl von allen im Haus das meiste Geld besaß. Das musste sie auch haben, wenn seine Berliner Vietnamesen-Freunde die Bayerin in Deutschland mit »Stoff« versorgen sollten und er eine fette Provision fürs Vermitteln erhalten wollte. Aber erst mal war für Traudl noch alles kostenlos. Er würde erst dann Geld verlangen, wenn sie an seine Tür klopfte und nicht mehr ohne seinen »Stoff« leben könnte.

Als Kylie an diesem Abend im Bett liegt, kann sie nicht schlafen. Immer wieder wälzt sie sich hin und her. Sie wusste einfach nicht, wie es weitergehen sollte. Musste sie wirklich Insolvenz anmelden? Und wie sollte die Reisegruppe wieder zurück nach Deutschland kommen? Diese Fragen kreisen in ihrem Kopf. Und gerade, als sie etwas eingenickt ist und vom Rückflug träumt, hört sie Schritte. Oder ist es ein Kratzen? Zuerst denkt sie, dass es sich um ein Opossum handelt. Diese australischen rattenartigen kleinen Tiere gehen in der Nacht oft auf Nahrungssuche und machen auf dem Hausdach Lärm. Kylie setzt sich auf und horcht. Da hört sie wieder etwas. Sie sitzt mucksmäuschenstill in ihrem Bett und vergisst fast das Atmen. Durch die komplett zugezogenen Jalousien fällt ein kleiner Lichtkegel auf ihre Schlafzimmertür. Dorthin hat auch Kylie ihren Blick gerichtet und lauscht ganz gespannt. Sie sieht, wie sich der Türknauf langsam dreht. Sie ärgert sich, dass sie die Tür nicht abgesperrt hatte.

Kylie hört neben dem Klicken der Tür auch ein leise gehauchtes »Hui buh ... Hui buh!« Ängstlich greift sie die Wasserflasche, die auf dem Nachttisch steht. Erneut hört sie dieses »Hui buh ... Hui buh ... Hui buh«.

Kylie stockt der Atem. Sie steht vorsichtig auf und versteckt sich im Wandschrank. Durch die kleinen Ritzen des alten Schrankes kann sie beobachten, was nun passiert.

Eine Gestalt betritt den Raum. Sie ist komplett in Weiß gehüllt. Kylie weiß, dass sich kein Mensch weiß kleidet, wenn er vorhat, in Häuser einzubrechen oder Frauen zu vergewaltigen. Doch was machte diese Person dann in ihrem Schlafzimmer? Schweißgebadet schaut sie durch den Schrankritz. Erst jetzt merkt sie, dass die Gestalt etwas seltsam durch den Raum geht. Sie hält die Arme wie ein Schlafwandler vor sich – und schwenkt sie hin und her, als wäre sie gerade auf einem Howard-Carpendale-Konzert.

Das weißgekleidete Wesen steht nun mit nackten Füßen auf Kylies Bett. Jetzt weiß Kylie sicher, dass es kein Einbrecher sein konnte. Kein Einbrecher stieg ohne Socken und Schuhe in ein Haus ein. Diese Furcht einflößende Gestalt suchte anscheinend ganz gezielt nach ihr, da war sie sich ganz sicher. Kylie überlegt, was sie tun soll, um einer möglichen Vergewaltigung zu entgehen. Und als der Eindringling dem Schrank den Rücken zudreht, springt Kylie heraus und prügelt mit ihrer Plastikflasche wie von Sinnen auf ihn ein. Immer und immer wieder prügelt sie und schreit: »GO AWAY, GO AWAY, GO AWAY!« Sie ist dabei so laut, dass die anderen oben im ersten Stock wach werden und die Treppen heruntergelaufen kommen. Stefan ist als Erster unten. Er haut auf den Lichtschalter in Kylies Schlafzimmer. Da sieht er Kylie, die wie in Trance mit einer Plastik-Wasserflasche auf eine weiß verhüllte Gestalt einschlägt, die am Boden liegt und wimmert. Nein, es war kein Wimmern, es war vielmehr ein Kichern. Er zieht das weiße Bettlaken weg und sagt verblüfft:

»Mama?«

Traudl liegt auf dem Boden und lacht sich halbtot darüber, dass sie Kylie als Gespenst so erschrecken konnte. Jetzt merkt auch Kylie, dass sich ihre Mitbewohnerin Traudl einen ganz üblen Scherz mit ihr erlaubt hatte. »Ich hätte einen Herzinfarkt bekommen können!«, sagt sie immer noch sichtlich aufgewühlt, während Stefan und Johannes die immer noch kichernde Traudl aufs Bett hieven. Tina steht nur ruhig mitten im Raum und versucht ihren Bademantel ganz dicht am Körper zu halten, damit Johannes nicht irgendein Körperteil von ihr zu sehen bekommt, was ihn auf dumme Gedanken bringen könnte.

Doch Traudl steht völlig neben sich und ruft immer wieder: »Hui buh ... hui buh, ich bin ein Gespenst! Hui buh, hui buh«, und rollt dabei albern kichernd auf Kylies Bett rum.

Plötzlich wird Stefan klar, was mit seiner Mutter los ist. Er versucht sie zu beruhigen und nimmt sie in den Arm, um sie zu trösten. Seine Mama wurde bald 60, und anscheinend setzten bei ihr der Alterungsprozess und eine leichte Verwirrtheit schon sehr früh ein. Wenn er darüber nachdachte, passte auch alles zusammen: ihre Wesensveränderung, und dass sie ständig aufgedreht war, sich dann aber an nichts mehr erinnern konnte. Für ihn hatte das Ganze nur einen Namen: Demenz.

Er glaubte, dass seine Mutter an Demenz erkrankt war und dass ihr merkwürdiges Verhalten nur der Anfang einer Reise in die Vergesslichkeit war. Dieser Sydney-Urlaub würde garantiert ihre letzte gemeinsame Reise sein. Er versucht sie zu beruhigen.

»Ja, Mama, du bist heute ein Gespenst. Aber alles wird gut, Mama! Alles wird wieder gut.«

Er konnte ja nicht ahnen, dass Traudl völlig zugekifft war und daher auf solch seltsame Ideen in der Nacht kam. Und dass für dies »Wesensveränderung« Hung verantwortlich war. Er bringt seine Mutter wieder zurück ins Bett. Und Tina sperrt vorsorglich ihre Tür ab, da sie Angst hat, dass die irre Mutter vielleicht in der Nacht noch auf viel beklopptere Ideen käme.

»Tag 14« Dienstag, 18. Dezember

Tina tut das, was sie auch zu Schulzeiten immer gerne gemacht hat: Sie macht »blau«! Heute geht sie mal nicht in die Sprachschule. Trotz des für sie schulfreien Tags, muss sie aber dennoch früh aufstehen, denn sie hat einen Termin mit Stefan. Sie wollen endlich mit sportlicher Betätigung in einem Fitnessstudio anfangen. Tina will ein paar Kilos verlieren, damit sie sich besser fühlt. Und auch Stefan möchte dafür sorgen, dass er sein T-Shirt in der Disco und am Strand ohne schlechtes Gewissen ausziehen kann. Als die beiden vor der Spiegelfront im »Premium Fitness First Club« im sechsten Stock der »Bondi Junction Shopping Mall« stehen, fühlen sie sich jedoch erst einmal unwohl. Tina sieht in ihrem getigerten Gymnastikanzug mit passendem Stirnband aus wie Jane Fonda, die »Aerobic Queen« der 80er-Jahre. Und Stefan trägt eine schwarze Trainingshose und ein weißes Muskelshirt, nur halt ohne Muskeln.

Ihr Personal Trainer, den sie sich trotz finanzieller Probleme ausnahmsweise gegönnt haben, stellt sich als Bruce vor. Er hat so viele Tattoos am Körper, dass sich Tina überhaupt nicht auf die Übungen konzentrieren kann, die er ihnen vormacht. Immer wieder ist sie von der Schlange am Oberarm, dem Adler am Hals oder dem Schmetterling an der Wade abgelenkt. Er musste ein echter Tierfreund sein, denkt sie sich, während sie in der Beinpresse sitzt und dabei Töne von sich gibt, von denen sie bisher dachte, dass sie diese erst bei einer Entbindung machen würde.

Stefan hingegen steckt in der Brustpresse, denn er will was gegen seine leicht speckige Brust unternehmen, die ihn schon lange stört. Aber er weiß auch, dass er für eine stahlharte Männerbrust wohl sehr, sehr viel mehr machen müsste. Stefan ist durch den Personal Trainer ebenso irritiert wie Tina. Bruce sieht aus, als hätte er mehr Jahre im Knast als in einer Schule verbracht. Ihm würde man nachts nur sehr ungern begegnen.

Als Bruce die beiden Sportskanonen nach 45 Minuten zu den Spinning-Rädern bittet, mault Tina schon rum, dass es ihr für heute reiche, und fragt, ob sie aufhören könnten. Doch da hat sie nicht mit Bruce gerechnet. Der bäumt sich nämlich jetzt vor ihr auf und zeigt auf sein T-Shirt, das sich straff über seine Brustmuskeln spannt:

»DON'T ASK ME BECAUSE I AM YOUR MASTER!«, steht dort in Riesenlettern.

Sie verkneift sich jede weitere Frage nach einem eventuellen Päuschen, und beginnt stattdessen kräftig in die Pedalen zu treten, um ihrem Master zu gehorchen. Sie merkt jedoch nach wenigen Minuten, dass sie gleich entweder ihren Puls oder ihren Kreislauf verlieren würde – aber wenigstens hatte sie sich an die Anweisungen ihres Drillmeisters gehalten. Sie hofft nur, dass der Pfarrer dies bei ihrer Grabrede auch würdigen würde, dass sie bis zum Schluss alles gemacht hatte, was der Personal Trainer von ihr verlangte.

Als sie gefühlte 20 Stunden später den Club verlassen, steuern sie geradewegs einen Sushiladen an, der sich praktischerweise direkt neben dem Fitness-Club befindet.

»ALL YOU CAN EAT« ist das heutige Motto. Das haben sie sich nach so viel Sport mehr als verdient! Und obwohl sie zusammen mehr als 30 kleine Tellerchen mit Reis und Rohfisch leer geputzt haben, werden sie das Gefühl nicht los, bald ihre neuen straffen Körper am Strand zeigen zu können.

Johannes hat Heimweh. Er fühlt sich an diesem Nachmittag so einsam und verlassen, dass er beschließt, dass dieser erste richtige gleichzeitig sein letzter Urlaub sein sollte. Er vermisst München, seine Arbeitskollegen, obwohl sie ihn ständig mobben, und seine Wohnung. Aber am allermeisten vermisst er seine Computerspiele. Er ahnt bereits, dass er keine von den Frauen im Haus abbekommen würde: Tina ekelte sich vor ihm, Traudl stand auf den Asia-Boy und Kylie war gerade frisch getrennt. So sehr er sich auch gewünscht hatte, in Sydney seine Jungfräulichkeit zu verlieren, so sah er dennoch ein, dass er auch nichts erzwingen konnte. Die einzigen interessanten Frauen, die er hier kennengelernt hatte, waren die Scientologin und die bildhübsche Heather. Letztere hatte sich leider noch nicht bei ihm gemeldet. Er musste unbedingt mal wieder mit Traudl sprechen, ob sie nicht noch ein paar Brieffreundinnen mit Töchtern im heiratsfähigen Alter hatte.

Er weiß heute gar nicht so richtig, was er mit sich anfangen soll und tut das, was er schon die letzten Wochen abends heimlich gemacht hatte. Er sucht online nach Sex. Er schaut sich Filme und Bilder von nackten Frauen an und kann sich dann in seinen Träumen sehr gut vorstellen, wie das wäre, mit einer Frau zu schlafen. Aber er wollte endlich mit einer »echten« Frau Liebe machen, bei der man nicht nach 15 Minuten wieder Luft auffüllen musste.

Tina ist in Eile. Nach der Sushi-Fressattacke muss sie schnell in die Küche. Sie macht das, was sie am besten kochen kann: Gurkensalat!

»Mmmh, lecker! Ist der für heute Abend?«, fragt Kylie, die plötzlich hinter ihr steht.

»Nein, der ist für die Trauerfeier«, sagt Tina hektisch.

»Trauerfeier? Wer ist denn gestorben?«, kommt es vorsichtig von Kylie, die annimmt, ein Verwandter Tinas sei verstorben, und sich gerade vorstellt, wie Tina den Gurkensalat in Tupperware verpackt und auf die Reise nach Deutschland schickte.

»So eine Susan aus der Nachbarschaft. Hat mir diese alte Nachbarin von gegenüber gestern am Eiswagen erzählt«, antwortet sie etwas gereizt, denn sie muss sich auf das Rezept konzentrieren. Im Kochen war sie nämlich alles andere als routiniert.

35 Minuten später steht Tina vor dem Haus der Verstorbenen. Die Angehörigen hatten sich bereits auf dem »Waverly Cemetry« im Stadtteil »Bronte« von der toten Susan verabschiedet und haben sich jetzt zu einem kleinen Imbiss im Haus versammelt.

Tina steht mit ihrer Porzellanschüssel, die randvoll mit Gurkensalat ist, und einer zu viel gekauften Gurke in der Eingangstür und hofft, bald dem trauernden Witwer vorgestellt zu werden – und ihn dann mit ihrem Gurkensalat beeindrucken zu können (Kuchen backen konnte schließlich jeder! Außer ihr). Sie wundert sich ein wenig, dass bei dieser Trauerfeier so viele Frauen anwesend waren. Entweder musste Susan Mitglied im Landfrauenverein Sydneys gewesen sein oder ihre Idee vom Witwer-Fangen bei solchen Anlässen hatte sich bereits in Windeseile herumgesprochen. Aber als sie sich so umschaut, denkt sie, dass sie ganz selbstbewusst aufspielen könnte, denn gegen die Damen hier hatte sie auf jeden Fall einen mordsmäßigen Vorsprung. Manche von denen sollte man definitiv nur nachts rauslassen, so hässlich wie die waren!

Tina erkundigt sich jetzt, wo denn der Witwer sei, sie wolle ihm doch persönlich ihr Beileid bekunden – und man deutet ihr mit stummer Kopfbewegung den Weg zur Küche. Tina drückt ihre Brüste raus und schreitet mit der Schüssel in der linken und der Salatgurke in der rechten Hand ihrem Blind Date entgegen. Sie geht ganz langsam und bedächtig, und blickt dabei immer wieder nach links und nach rechts, damit die anderen ja sehen können, wie sie ihrem neuen Glück entgegenschreitet. In der Küche angekommen, erblickt sie mehrere traurig dreinschauende, ungeschminkte Frauen. Sie vernimmt nur eine einzige männliche Stimme, die hinter einem Rücken hervorkommt. Tina ist sich ganz sicher, dass dies der Witwer sein musste. Sie geht langsam auf den gigantisch breiten Schwimmerrücken zu, der wie ein »V« vor ihr steht. Sie will ihre Chance umgehend nutzen und ist schon jetzt auf die neidvollen Blicke der hässlichen Hühner gespannt, wenn sie gleich mit ihrem Gurkensalat beim Witwer punkten würde. Ganz vorsichtig tippt sie ihm auf die Schulter.

»Excuse me! I am Tina from Munich. I'm so sorry, what happened with your wife. When you need any help, then ...«, sagt sie, doch dann stoppt sie ruckartig.

Das Erste, was Tina durch den Kopf geht, als sich »der Witwer« umdreht, ist, dass sie nicht wirklich auf Bürstenhaarschnitt, schwarz-weißes Karo-Hemd und hauchdünne blonde Bartstoppeln über der Oberlippe steht. Aber so funktionierte dieses Blind-Date-Trauerfeier-Konzept halt nun mal: Keiner wusste, was einen erwartete! Tina hofft, dass der Mann ihr Typ ist. Aber leider weit gefehlt, denn nicht mal das Attribut »Typ« passte. Sie hätte nicht im Traum erwartet, dass »der Witwer« eine Frau war und versuchte durch das Schlucken sehr vieler testosteronhaltiger Medikamente extrem männlich rüberzukommen.

Nun steht Tina also mit Schüssel und Gurke in der Küche von Kampflesbe Paula, die gerade ihre Frau Susan beerdigt hat.

»Ähm ... maybe, you need some cucumbers in this terrible period of your life. I made a salad for you.«

Und als Tina diesen Satz sagt, merkt sie selbst, wie absurd die Situation ist. Ein Dutzend bissige Weiber starren sie an, als käme sie von einem anderen Stern, während sie versucht einem Mannsweib Gurke und Salat zur Trauerbewältigung anzubieten. Paula, die garantiert alles dafür geben würde, das hintere »a« ihres Vornamens kostengünstig loszuwerden, fällt Tina nun um den Hals, schluchzt wie ein Schlosshund und sabbert ihr ins Dekolleté, was Tina ziemlich ekelig findet.

»Cucumbers?«, fragt er/sie und flennt sofort wieder los.

Tina ist mit der Situation überfordert. Die Idee mit den Gurken war wohl etwas blöd, aber sie konnte ja nicht ahnen, dass es sich um eine tote Lesbe handelte. Und während sie nach einer gescheiten Rechtfertigung sucht, beginnt Paula erneut mit dem Geschluchze.

»Susan loved cucumbers so much. It was her favourite vegetable. How could you know that?«, kommt es jetzt zwischen mehreren Schniefern aus Paula raus.

Tina antwortet sehr spontan, dass es sich um weibliche Intuition handele und dass sie leider gleich wieder los müsse, denn ein paar Straßen weiter sei auch eine Frau gestorben und da müsse sie noch einen Nudelsalat vorbeibringen.

Tina wusste jetzt nur zu gut, dass auch die Methode »Witwer-Fang auf Trauerfeiern« keine Alternative für sie war. Sie musste jetzt wieder ganz normale Dates haben und ausgehen, feiern, rauchen und Gin Tonic trinken, um endlich unter die Haube zu kommen. Aber zumindest konnte sie behaupten, dass sie wirklich alles im Leben ausprobiert hatte, um ihrem Singledasein entgegenzuwirken. Sie hatte dafür sogar diese Totenfeier besucht – nichtsahnend, dass es mittlerweile auch lesbische Witwen gab. Schließlich, so viel wusste selbst Tina, war die Homo-Ehe in Australien nicht erlaubt. Aber wie sie jetzt erfährt, hatten die beiden in Kanada geheiratet, in Down Under hatte die Ehe keine Gültigkeit.

»Tag 15« Mittwoch, 19. Dezember

Kylie sitzt im Wohnzimmer und rechnet. Sie rechnet hoch und runter, um zu wissen, ob sie den Gewinnern das Geld für die Flugreise im Nachgang auszahlen kann. Sie könnte zwar fragen, ob alle das Geld erst mal vorstrecken können, aber sie musste ihnen trotzdem spätestens in Deutschland das Geld zurückgeben. Doch laut ihrer Buchhaltung war das fast unmöglich, denn derzeit hatte sie keine Einkünfte. Die fünf Tickets kosteten zusammen rund 9.000 Euro. Um diesen Betrag einnehmen zu können, müsste sie mindestens 20 Speeddates veranstalten, und sie musste in München ja auch von irgendwas ihren Lebensunterhalt bestreiten. Von daher würde es einige Monate dauern, bis sie den vier Singles das Geld würde zurückzahlen können. Aber die Frage war, ob diese im Moment überhaupt so viel Geld hatten, um »in Vorkasse« zu treten.

Kylie brauchte dringend eine pfiffige Idee, wie sie ganz schnell an viel Geld kommen konnte. Ihr fällt zunächst ihr Singleratgeber ein, für den sie aber noch keinen einzigen Buchstaben geschrieben hatte.

»Hi, Kylie! Na, was machst du denn da?«, fragt Tina, die gerade nach Hause kommt.

»Ich mache Kassensturz«, sagt sie seufzend. »Wie war deine Schule?«

»Oh, bitte frag nicht! Ich musste meine Wunsch-Weihnachtsgeschenke malen«, dabei nimmt sich Tina einen Joghurt aus dem Kühlschrank und setzt sich zu Kylie.

»Und, was macht die Buchhaltung?« Sie zeigt mit dem Löffel auf die vielen Zahlen vor Kylie.

Kylie gesteht ihr, dass Bob nicht einen Cent auf dem Konto gelassen hat, und Tina wird ganz schlecht, als sie das hört.

»Das mit Bob und dem Geld geht dir ganz schön an die Nieren, was?«, versucht sie abzulenken.

Kylie nickt und wirkt verzweifelt. Die beiden Damen, die beim Speeddating in München nicht gerade den Anschein machten, als würden sie mal Freundinnen werden, reden jetzt das erste Mal alleine unter vier Augen.

»Hast du denn für hier eine Arbeitserlaubnis?«, will Tina wissen.

Kylie schüttelt den Kopf und blickt traurig auf den Tisch mit den vielen gekritzelten Zahlen.

Tina überlegt und macht ihr dann einen merkwürdigen, aber lukrativen Vorschlag.

»Du, der liebe Gott hat uns Frauen doch was gegeben, was dem anderen Geschlecht sehr gut gefällt ...«

Kylie schaut irritiert. »Also, bitte! So was mache ich nicht! Ich weiß auch nicht, ob das überhaupt jemanden interessieren würde ...«, sagt sie kopfschüttelnd.

»Doch, bestimmt! Die Geschmäcker sind nun mal verschieden, Kylie. Du kannst es online machen und brauchst keine Arbeitserlaubnis. Nur eine Kamera und schwups, wird die Kohle reinkommen. Gerade hier sind deutsche Produkte doch beliebt. Probier es einfach mal aus!«

Kylie ist nicht gerade erfreut, dass offenbar ihr Körper gerade als »Produkt« beschrieben worden war, und bittet Tina das Thema zu wechseln.

»Weißt du was? Wir machen mal einen schönen Mädelsabend. Na, was hältst du davon? Nur wir zwei!«, schlägt Tina vor und will das Kriegsbeil zwischen ihnen endgültig begraben.

Kylie zögert, willigt dann aber doch ein, denn sie musste unbedingt mal auf andere Gedanken kommen. Sie konnte sich nicht ständig mit dem Finanzkram beschäftigen, sonst würde sie noch depressiv und spränge womöglich von einer Brücke. Allerdings hätte sie dann garantiert eine Schlagzeile in der »Süddeutschen Zeitung«, welche die bankrotte Speeddating-Agentur bekannter und vielleicht wieder zahlungsfähig machen würde:

»Münchner Unternehmerin springt in Sydney von Harbour Bridge!«

Mama und Sohn sind im »Westfield Shopping Centre« in »Bondi Junction« und staunen nicht schlecht, denn auf den sechs Etagen befinden sich fast 500 Geschäfte. Dieses Einkaufsparadies erfüllt garantiert jeden Wunsch. In einer Espressobar legen sie eine Pause ein und gönnen sich einen Latte macchiato. Da er jetzt weiß, dass seine Mutter Gedächtnislücken hat, die er für Demenz hält, will Stefan nun die letzten Jahre mit ihr noch so schön wie möglich gestalten. Seine Demenz-Diagnose behält er allerdings lieber für sich, denn er will sie nicht aufregen. Wer weiß, wie sie reagieren würde, wenn sie nach Scheidung und bisexuellem Sohn nun auch noch von ihrem geistigen Verfall erfahren würde?

So sprechen sie sich in diesem Urlaub endlich einmal richtig aus und räumen viele Missverständnisse aus dem Weg. Stefan hat jetzt auch kein Problem mehr damit, ihr zu erzählen, wie es zu seinem plötzlichen Interesse an Männern gekommen ist. Er berichtet ganz ausführlich, denn er weiß ja nur zu gut, dass Mama dies bald wieder vergessen wird.

Traudl beichtet ihm von ihrem Vorhaben, dem Vater eins reinzuwürgen und mit Hung in Deutschland etwas anzugeben. Sie glaubt, dass in der Nacht, als sie mit ihm in einem Bett aufgewacht war, nichts gelaufen war. Mit 100-prozentiger Sicherheit konnte sie es aber nicht sagen, da sie sich an nichts mehr erinnern konnte.

Doch mit Stefans Reaktion hat Traudl nun nicht gerechnet. Er freut sich für sie, dass sie nach dem harten Trennungsjahr endlich wieder ein Liebesglück gefunden hat. Traudl ist von seiner Toleranz geradezu überwältigt und gibt ihm einen dicken Kuss auf den Mund, was er etwas unangenehm findet. Er wischt den feuchten Schmatzer schnell mit dem Handrücken weg. Traudl kann nicht ahnen, aus welch eigennützigen Gründen sich Stefan, der sie bereits auf dem sicheren Weg ins Pflegeheim sieht, über ihr neues Glück freut. Denn er selbst hattte keine Lust, seine Mama dann zu füttern, zu duschen und aufs Klo zu bringen. Da käme ihm als Alternative zum teuren Pflegeheim Hung als billige Pflegekraft – anstelle einer Polin – ganz gelegen, um Mama in den eigenen vier Wänden zu versorgen.

Traudl denkt, was sie doch für einen tollen Sohn hatte. Er war halt andersherum, aber irgendwie war er so verständnisvoll und wollte ja nur das Beste für sie. Das findet sie so gut, dass sie eine Idee hat. Sie will ihm ein Weihnachtsgeschenk kaufen und schlägt vor, dass sie sich doch mal für eine Stunde in der Shoppingmall trennen. Stefan ist davon erst nicht angetan, da er befürchtet, dass sich die demenzkranke Mama in diesem Konsumtempel ganz schnell verläuft. Letztendlich kann er ihr diesen Wunsch aber nicht abschlagen und so rennt Traudl los, um der Mutter-Sohn-Beziehung ein Highlight zu setzen.

GONGGGGGGGGGG! Kylie beruft alle Bewohner zu einer Versammlung ein. Ein Termin, der ihr sehr schwerfällt, denn sie muss den anderen nun eingestehen, dass definitiv kein Geld für den Rückflug zur Verfügung steht. Sie bittet jeden den Flugpreis selbst zu zahlen und verspricht, dass sie im nächsten Jahr die Kosten in Raten abstottern wird. Sie schaut in die Runde, denn jeder soll auf einem Zettel notieren, wie viel er flüssig machen könnte. Nachdem Kylie alle Zettel auf dem Tisch herumgedreht hat, kommt sie auf eine Summe von fast 6.500 Euro. Sie ist erleichtert, dass sich Johannes doch dazu bereit erklärt hat, etwas mehr von seinem Ersparten zur Verfügung zu stellen. Auch Stefan hat trotz seiner privaten Probleme noch Geld locker machen können. Bei beiden kommt die gerade eingegangene Weihnachtsgeldzahlung glücklich zum Tragen. Traudl und Tina bitten um Verständnis, dass sie am Existenzminimum leben und keinen Betrag beisteuern können.

Kylie rechnet vor, dass zwar immer noch über 2.500 Euro fehlten, damit alle in zwei Wochen nach Hause fliegen könnten, aber sie verspricht, dass sie schon irgendwie eine Lösung finden würde.

Aus Dankbarkeit, dass die beiden Jungs so spendabel waren, lädt sie dann die komplette Gruppe zum Italiener ein, was beim geizigen Schwaben eine runzelige Stirn und die Bemerkung auslöst, ob denn nicht »alle sparen« sollten. Doch Kylie versucht ihn zu beruhigen.

»Das ist hier immer noch ein Urlaub – auch wenn er etwas anders verläuft, als ich mir das vorgestellt habe. Ich habe noch ein wenig Taschengeld übrig, das ich im Schlafzimmer aufbewahrt habe, und es ist mir ein großes Bedürfnis euch wenigstens ein Mal einzuladen. Und noch eine Bitte habe ich: Denkt immer schön daran, eure Urlaubstagebücher zu führen!«, dabei schaut sie jeden Einzelnen ermahnend an.

»Sollen wir eintragen, dass wir chronisch pleite sind und hoffen, bald wieder heimzukommen, oder was?«, fragt Tina spöttisch. Dabei war Tina nach wie vor die Einzige, die dieses Büchlein bisher benutzt hatte. Stefan konnte damit nichts anfangen. Traudl fand, dass sie für so was zu alt ist, und Johannes hatte nichts, worüber er berichten könnte.

An diesem Abend gehen die fünf zur »Gelbison Pizzeria«, einem kleinen italienischen Restaurant in Strandnähe (Campbell Parade/Ecke Lamrock Avenue).

Noch bevor sie überhaupt etwas bestellt haben, kommt die freundliche Bedienung mit Bruschetta als »kleinem Gruß« aus der Küche zu ihnen an den Tisch. Tina sagt daraufhin nur: »Dann grüß mal schön zurück! Und sag dem Koch, ich brauche eine XXL-Pizza, denn ich habe einen Mordshunger. Und er soll bloß nicht am Käse sparen!«

Sie sitzen an einem Tisch draußen, um das rege Treiben auf der Promenade zu beobachten, trinken viel Rotwein zu leckerer Pizza und Pasta und amüsieren sich allesamt königlich.

Es ist der beste Abend, den die Gruppe bisher hatte, und es zeigt sich wieder einmal, dass Notlagen die Menschen näher zusammenrücken lassen. Selbst Johannes und Tina können sich plötzlich miteinander unterhalten, ohne dass blöde Sprüche fallen. Er entschuldigt sich sogar für die Duschszene, und Tina hat mit dem Jüngling mittlerweile so viel Mitleid, dass sie vorschlägt, alles einfach zu vergessen. Sie wünscht ihm sogar ganz bald viel Sex – und hat nur die Bitte, dass sie dabei keine Rolle spiele. Johannes lacht und meint ironisch, das sei natürlich nicht ganz einfach, aber er werde sich Mühe geben.

Irgendwann schlägt Stefan vor, noch weiterzuziehen. Und da sie alle gerade einen ordentlichen Koffeinschub in Form von Espresso zu sich genommen haben, landen sie ohne größere Überredungskünste in der chinesischen Karaokebar »Bambusia«, die ein paar Straßen entfernt in der »Curlewis Street« liegt.

Das Erste, was Tina beim Betreten des China-Restaurants auffällt, ist der Teppichboden. Der wirkt so unhygienisch, dass sie sich fragt, wie viele vergessene Reiskörner da wohl drin steckten. Voller Selbstironie schlägt sie vor: »Wenn wir total pleite sind, dann kommen wir hierher und kratzen die Reiskörner aus dem Teppich. Da kommt garantiert ein Drei-Gänge-Menü zusammen.«

Stefan freut sich wie verrückt, als er das Liedbuch durchblättert. Er überlegt, welches Lied er zuerst vortragen sollte. Tina ist sich sicher, dass sie niemals im Leben vor Leuten singen wird – ebenso wie Johannes und Kylie, die auch nicht wollen. Lediglich Traudl gibt an, dass sie unter Umständen einen deutschen Hit zum Besten geben würde, falls die Chinesen so etwas Exotisches im Programm hätten. Es sieht also so aus, als wäre Stefan der einzige Deutsche in dem ultrakitschig eingerichteten China-Restaurant, der darauf brannte ein Mikrofon in den Händen zu halten. Anders als bei seinem »Auftritt« kürzlich mit den zwei Dragqueens, wo er überrumpelt und überfordert worden war, will er es heute richtig krachen lassen. Allerdings mit einem guten Song, und nicht mit Stücken, die er nicht kennt, wie dieses »All the single ladies«. Er findet, dass er eher die Stimme für Hits von Frank Sinatra oder Elton John hat als für Beyoncé-Knowles-Stücke. Dumm nur, dass er sein Gesangstalent damit gnadenlos überschätzte.

Sie sitzen an einem kleinen Tisch in der ersten Reihe, jeder mit einem Glas Rotwein – außer Tina, die trinkt natürlich Gin Tonic. Allmählich füllt sich das kleine Lokal und es kommt Stimmung auf – auch angeheizt durch Stefans Bühnenshows. Er liefert sich nämlich einen erbitterten Konkurrenzkampf mit einer jungen Australierin, die offenbar glaubt, sie sei die uneheliche Tochter von Mariah Carey. Im Wechsel springen die beiden auf die Bühne, reißen sich gegenseitig das Mikro aus der Hand und schmettern einen Song nach dem anderen.

Die Gäste im mittlerweile rappelvollen Lokal sind daher schon etwas genervt, als der Moderator nun zum siebten Mal ankündigt: »Stefan from Munich!« Der will nun (nach seinem vierten Rotwein) »I will always love you« von Whitney Houston singen, um der kleinen Möchtegern-Mariah zu zeigen, dass er auch das Zeug für eine Frauenstimme hatte. Da greift Traudl ein, der es dann doch etwas zu schwul vorkommt, wenn ihr Sohn plötzlich eine Frauenstimme imitiert und hier womöglich noch die »Tina Turner« mimt. Sie schlägt stattdessen Folgendes vor:

»Lasst uns doch gemeinsam ein schönes Lied aufführen. Jetzt, wo wir als Gruppe so zusammengewachsen sind.«

Auf diesen Vorschlag hin herrscht Stille, von Begeisterung keine Spur. Kylie, Tina und Johannes wollen überhaupt nicht auf die Bühne, und Stefan möchte das Mikrofon nur ungern mit jemandem teilen. Traudl meint, dass das Publikum schon etwas gelangweilt sei, da sich auf der Bühne immer nur zwei Leute das Mikro in die Hand gäben und dass etwas Abwechslung im Programmablauf nicht schaden könne.

Stefan hat schließlich ein Einsehen, da er sich an die fortschreitende Demenz seiner Mutter erinnert und ihr noch mal eine Freude machen möchte – in ein paar Jahren würde sie überhaupt nicht mehr wissen, was singen bedeutet. Er sieht sie schon im Pflegeheim mit den Krankenschwestern Kinderlinder trällern, um so etwas von der verloren gegangenen Erinnerung zurückzubekommen. Nur aus diesem Grund unterstützt er ihr Vorhaben.

Tina bleibt jedoch dabei, dass sie nicht vor Publikum singen wird. Sie berichtet, dass der Kinderchorleiter ihre Mutter damals auf Knien gebeten hatte, sie doch lieber dem Flötespielen oder dem Ballett zuzuführen, anstatt dem Gesang. Kylie sieht in der Gruppendynamik eine gute Chance, Stoff für ihren Singleratgeber zu bekommen. Wenn also ein gemeinsamer Bühnenauftritt dem Ratgeber hälfe, wäre sie dabei. Auch Johannes ist schnell überredet, nachdem Traudl behauptet hat, der Karaokeauftritt sei quasi die Abschlussprüfung ihres Frauen-Kennlernprogramms. Sie prophezeit, dass er anschließend über so viel Mut verfüge, dass er in die Wildnis entlassen werden könne, um nach seinem Weibchen zu suchen.

Traudl steht nun auf und geht zu dem chinesischen Moderator, der andauernd grinst, als habe man ihm in jeder Pause eine Portion Lachgas eingeflößt. Sie flüstert ihm was ins Ohr, und entreißt ihm dann das Mikrofon.

»Ladies and Gentlemen«, beginnt sie.

Diese Situation kommt Stefan mehr als bekannt vor. Er hofft inständig, dass ihn seine Mutter – trotz Demenz – jetzt nicht vor den Chinesen als »schwul« outet, denn so vergesslich war Mama dann doch noch nicht.

»We are five people from Germany and want to sing for you. But we have one problem. This girl – her name is Tina – doesn't like to sing with us.«

Sie zeigt auf Tina, die sich vor Schreck an ihrem Gin Tonic verschluckt und anfängt zu husten.

»She has so a nice ... Stimme ... ähm, voice, you want hear Tina?«, fragt sie das Publikum in ihrem grottenschlechten Englisch.

Die Antwort darauf sind laute »TINA, TINA, TINA«-Sprechchöre der hauptsächlich asiatischen Besucher.

In diesem Moment wird Tina klar, dass sie die Gruppe doch nicht so gut findet, wie sie eben in der Pizzeria noch dachte. Und nachdem sie den Klatschgesang mit ihrem Namen mehr als zwei Minuten lang ertragen hat, gibt sie auf. Sie kippt ihren

Drink runter und wackelt etwas torkelnd auf die Bühne, denn sie spürt den Alkohol des ganzen Abends schon ein wenig.

Schließlich stehen alle erwartungsvoll auf der klapprigen Holzbühne.

»Was singen wir eigentlich, Mama?«, fragt Karaokefan Stefan.

»Keine Sorge«, beruhigt Traudl. »Ich habe ein Lied ausgesucht, das ihr alle kennt. Wir werden den Sydneysidern mal zeigen, wie gut die Deutschen Stimmung machen können!«

Traudl hält erneut eine Ansprache und Stefan fragt sich, wen sie denn jetzt noch auf die Bühne zerren will.

Sie erzählt dem Publikum, dass sie fünf Singles seien, die hier in Sydney ihre große Liebe finden wollten. Anschließend gibt sie dem Lachgas-Mann ein Zeichen, dass er mit dem Abspielen der Musik beginnen kann. Im China-Restaurant ist es schlagartig mucksmäuschenstill, alle Augen sind auf die fünf gerichtet, die nun auf einer hell erleuchteten Bühne stehen. Schon bei den ersten Klängen vom Band weiß jeder, was nun kommen wird: »LOVE IS IN THE AIR« von John Paul Young aus dem Jahr 1978.

Stefan beginnt sofort mitzusingen. Er steht in der Mitte der Bühne. Rechts neben ihm teilen sich Traudl und Kylie ein Mikrofon. Links von ihm steht Johannes und ganz am Rand Tina, die das Mikrofon anfasst, als ob es etwas Ansteckendes oder Giftiges wäre – bisher diente ihr bei Gesangseinlagen nur ihre Haarbürste als Mikro.

Stefan gibt den Takt vor und dank dieser kleinen Hilfe kommen alle relativ schnell in das Lied rein, vor allem beim Refrain:

»LOVE IS IN THE AIR ... OH, OH, OH ...«, brüllen die fünf ins Mikrofon, als gäbe es kein Morgen mehr.

Ein tosender, nicht enden wollender Applaus – von einer kleinen Runde chinesischer Männer noch mit »TINA, TINA, TINA«-Rufen untermalt – ist der Dank. Doch Tina entscheidet, dass dies heute ihre einzige Darbietung war. Ihren Fans gegenüber behauptet sie, sie habe sich bereits vor Jahren komplett ins »Privatleben« zurückgezogen und dies wäre ein einmaliges Comeback gewesen – sehr zum Leidwesen der kleinen China-Männer. Tina steht darüber, denn für sie steht fest, dass sie niemals so viel Alkohol saufen könnte, um mit einem Chinesen etwas anzufangen. Denn egal, wo sie ist – sie denkt natürlich immer an ihr Ziel, die Aufgabe ihres Singlelebens.

Die Gruppe kommt erst gegen zwei Uhr in der Früh nach Hause. Doch sie gehen mit einem guten Gefühl ins Bett, denn sie hatten einen schönen Abend und haben eine tolle Show hingelegt. Sie haben gezeigt, dass sie als Gruppe wirklich gut harmonieren. Die Hälfte ihres Sydney-Urlaubs war vorbei. Was würden wohl die nächsten zwei Wochen in Down Under bringen?

Während die anderen tief und fest schlafen, hat Tina wieder Probleme mit dem Einpennen – und schreibt stattdessen lieber in ihr Urlaubstagebuch.

Heute war der peinlichste Tag in meinem Leben! Ich stand vor einer Horde Chinesen und habe einen peinlichen Schnulzen-Song geträllert. Ich bin doch hier, um reichen Mann zu treffen und nicht um billige Castingshow zu gewinnen! Habe mich immerhin endlich im Fitness-Club angemeldet, war aber erst ein Mal da. Und ich muss laufen gehen und trainieren, denn am Freitag ist ja dieser bescheuerte »Christmas Run« mit dem Team der Sprachschule. Nach wie vor von »Mister Right« weit und breit nix zu sehen! Witwer-Methode hat sich als absoluter Flop entpuppt, birgt Risiko Kampflesben anzuziehen. Und stehe ich jetzt etwa auf Frauen? NEIN! Nächste Schritte:

1. *Weiterhin Sport treiben und abnehmen!*
2. *Jetzt dringend Traummann finden, denn bin nur noch zwei Wochen hier*
3. *Eventuell weniger trinken und rauchen (aber erst, wenn Mann gefunden)*

»Tag 16« Donnerstag, 20. Dezember

Tina ist aufgrund ihrer Einschlafproblematik am nächsten Tag so fertig, dass sie die Sprachschule nach der zweiten Stunde wegen »dringender privater Angelegenheit« verlassen muss. Sie raunt der Lehrerin zu, sie habe überraschend Migräne bekommen und müsse auf der Stelle heim. Die Lehrerin ist zwar etwas traurig über die kranke Schülerin, entlässt sie aber gnädigerweise in die Freiheit.

Tina fährt nach Downtown, ins Stadtzentrum. Sie will Großstadtluft schnuppern und tut so, als wäre sie eine dieser Büro-Tussis, die in ihrer Mittagspause mit Starbucks-Kaffee durch die Straßenschluchten hetzen. Zu gerne wäre sie jetzt eine von ihnen und würde in einem der Bürotürme im 30. Stockwerk als Public-Relations-Beraterin arbeiten.

Sie fragt sich, was bloß aus ihrem Leben geworden war, im Vergleich zu dem ihrer Freundinnen. Sie war arbeitslos und Single, während die anderen alle unter der Haube waren und als Beruf »Vollzeit-Mama« angeben konnten. Der Kontakt zu ihren Mädels war eh ziemlich eingeschlafen. Doch sie wusste ja, dass sich Freundschaften veränderten, wenn erst mal Nachwuchs unterwegs war. Aber sie war die Einzige, die bei Gesprächen über Hechel-Kurse, Schwangerschaftsstreifen oder abnehmende sexuelle Lust nicht mitreden konnte. Hinzu kam noch, dass jede der Frauen natürlich Angst hatte, dass Single-Tina ihr den Mann ausspannen würde, während sie selbst mit dickem Bauch und Wasser in den Beinen zum x-ten Mal den Beischlaf so kurz vor der Geburt verweigerte.

Tina fragt sich, ob sie denn überhaupt bereit wäre, ihren heiß geliebten Gin Tonic gegen Babybrei einzutauschen. Könnte es ihr wirklich gefallen, sich nicht mehr auf Partys zu amüsieren und dafür auf Kinderspielplätzen zu hocken und Windeln statt Dessous einzukaufen? Andererseits könnte man sich ja schließlich auch an der Schaukel einen Longdrink gönnen, während man auf das Balg aufpasste. Doch dafür brauchte sie halt erst mal den richtigen Partner. Und den fand man bekanntlich am besten, wenn man attraktiv war! Wie gut, dass sie sich heute morgen trotz Müdigkeit in schwarzen Blazer, luftigen Rock, weiße Bluse und rote High Heels gezwängt hatte. Das sorgte dafür, dass sich so mancher Geschäftsmann im Finanzviertel nach ihr umdrehte. Und während sie umherläuft, fühlt sie sich direkt ein bisschen so wie ihre Vorbilder aus »Sex and the City« in New York. Erfolgreich, schön, sexy! Tina marschiert gut gelaunt durch die Rushhour und atmet Auspuffgase ohne Ende ein. Dabei hört sie das »KLACK, KLACK, KLACK«-Geräusch ihrer High Heels, was sie automatisch an frühere Herrenbesuche und wichtige Businesstermine im Job erinnert. Denn allein zu Haus bevorzugte Tina doch eher den bequemen Schlabberlook. Aber High Heels: Das bedeutete »wichtig im Job« und »begehrenswert für Männer« – zwei Attribute, die Tina sehr wichtig waren. Daher freut sie sich wahnsinnig daran, ihren Absätzen zu lauschen, die immer schön im Takt »KLACK, KLACK, KLACK« machen. Dabei hofft sie inständig, dass sie der Kioskbesitzer an der Ecke nicht für bekloppt hält, da sie bereits seit 45 Minuten immer um den gleichen Häuserblock rannte.

KLACK, KLACK, KLACK. AUTSCH! Was war das?, fragt sie sich.

Tina versucht weiterzugehen, doch nichts passiert. Sie kann zwar ihren rechten Fuß bewegen, aber beim linken geht gar nichts. Sie schaut an sich herunter und stellt fest, dass sie in einem Luftschachtgitter der »Wynyard Station« festhängt. »Verdammter Mist!«, schimpft sie und versucht an dem verkeilten Absatz zu ziehen. Ohne Erfolg. Der linke Absatz hat sich so unglücklich in dem Gitter verkeilt, dass sich Tina ernsthaft fragt, wie sie den da je wieder herausbekommen soll. Plötzlich hört sie ein lautes und donnerndes, immer näher kommendes Geräusch. Sie schaut nach oben, doch der strahlend blaue Himmel lässt kein bevorstehendes Gewitter erahnen. Sie schaut nach unten und sieht, dass ein Zug in die »Wynyard Station« einfährt. Tina ärgert sich, dass sie sich für Rock anstatt Hosenanzug entschieden hatte, denn durch das Einfahren der Bahn entsteht ein fürchterlicher Luftzug ... Tina steht jetzt original wie Marilyn Monroe da und versucht mit Mühe ihren umherwirbelnden Rock in den Griff zu bekommen. Das war nicht ganz einfach, wenn man mit einem Bein im Gitter festsaß und so jegliche Flucht ausgeschlossen war. Dummerweise wird noch jede Menge Staub aufgewirbelt, sodass sie einen fürchterlichen Hustenanfall bekommt und nun eine Hand vor den Mund halten muss – die dann nicht mehr fürs Rock-runter-Halten zur Verfügung steht.

Der Kioskbesitzer staunt nicht schlecht, als er Tina in ihrer Marilyn-Pose auf der gegenüberliegenden Straßenseite sieht.

»Help, can anybody help me?«, kreischt sie in den Pulk aus Businessfrauen und -männern, die sie fast umrennen. Der Kioskbesitzer erkennt jetzt ihre Notlage und rennt zu ihr rüber. Ganz Gentleman hilft er Tina, ihren Fuß aus dem Luftschacht-Gefängnis zu befreien. Leider rüttelt er dabei so fest an dem Schuh, dass der Absatz abbricht und Tina nun mit einem halben Schuh in der Hand dasteht.

Eine halbe Stunde später sitzt Tina in der »Eastern Suburb«-U-Bahn-Linie mit violetten Flip-Flops an den Füßen, die sie für fünf Dollar in einem Souvenirladen erstanden hat. Und mit so viel Dreck und Schmutz an ihren Klamotten und im Gesicht, dass man annehmen könnte, sie käme direkt von ihrer Schicht in einem unterirdischen Bergwerk. Die Blicke der anderen Fahrgäste lassen erahnen, dass der Traum von ihr als australischer Businessfrau ausgeträumt war.

Stefan hatte immer noch nichts von Jason gehört und war es nun leid auf ihn zu warten. Er hatte beschlossen heute Abend um die Häuser zu ziehen und fragt Tina, ob sie mitkäme. Doch Tina lehnt ab. Sie wollte nicht irgendwann als unverheiratete Schwulenmutti enden, die mit Mitte 40 immer noch in der Therapie hing, weil sie keinen Typ abbekommen hatte – und dafür beste Freundin von Hunderten warmer Brüder war. Außerdem war sie nach dem ausgiebigen Duschen hundemüde und null in Partylaune. Gegen 22 Uhr fährt Stefan mit der Buslinie 380 wieder einmal in die »Oxford Street« und geht wie schon vor einer Woche in die »Stonewall Bar«. Tief in seinem Inneren hofft er natürlich, dort den Schauspieler zu treffen. Eine eigens hierfür einstudierte Szene hatte er parat. Doch leider war Jason nicht da. Aber dafür gab es eine andere Konstante: Es war wieder Karaokenacht. Aber zum Glück war diesmal Coco, die Dragqueen, nicht da. Sie hätte ihn garantiert trotz neuer Frisur und Dreitagebart erkannt. Aber er vertraute seiner PR-Beraterin Tina und wollte sich nicht mehr verstecken. Er überlegt, ob er sich nach dem Training im China-Restaurant auch mit einem ausgewählten Lied anmelden sollte.

»And the next singer is Harry«, plärrt die Moderatorin und kündigt den nächsten Laiensänger an.

»Verdammt«, denkt Stefan, während er einen Schluck von seinem Victoria-Bitter-Bier trinkt und auf den Bildschirm schaut. Dieser Harry sang genau sein Lied von Elton John: »Your Song«. Doch der kleine 1,70 Meter große Harry singt dieses Lied so grandios, dass alle applaudieren und Zugabe rufen. Selbst Stefan ist von dem gewaltigen Stimmwunder Harry angetan. Als dieser die Bühne herunterkommt, fackelt Stefan nicht lange und sagt Harry, dass er seine Stimme einfach genial fände. Harry bedankt sich, und schon kommen die beiden ins Gespräch. So erfährt Stefan, dass Harry ein echter »Aussie« ist und erst vor drei Tagen seinen 31. Geburtstag gefeiert hat. Er träume von einer Gesangskarriere, was ihm bis jetzt leider verwehrt geblieben war.

Als ein Junge zu ihnen an den Tisch kommt und ein Foto von Harry machen möchte, entdeckt Stefan Parallelen zu letzter Woche. Er sieht sich morgen schon wieder als Opfer der australischen Regenbogenpresse mit der Schlagzeile: »Deutsche Schriftsteller-Schlampe schlägt erneut zu«.

Stefan erfährt, dass Harry letztes Jahr Teilnehmer einer Castingshow war, leider aber nur den vierten Platz belegt hatte und so weder Plattenvertrag noch sonst was für ihn rausgesprungen war. Auch die Affäre mit dem Moderator, der ihn dann sitzengelassen hatte, hatte sich als Luftnummer entpuppt. Und plötzlich dämmert es Stefan und er fragt Harry, ob er die Affäre von Jason gewesen sei.

Harry nickt verblüfft. Und Stefan outet sich als der Deutsche, der als angeblicher Neu-Freund des Schauspielers gehandelt wurde. Er beteuert, dass dies absolut unwahr sei, da er Jason nur einmal gesehen habe. Harry, der erst gestern aus seinem Urlaub auf Bali zurückgekommen war, weiß von all den Klatschnachrichten nichts. Ein weiterer Grund, weshalb Stefan diesen kleinen Sänger interessant findet – dass er so unbelastet war. Sie reden an diesem Abend noch sehr lange, trinken viel und kommen auf merkwürdige Ideen.

Sie überlegen, wie sie Jason eins auswischen könnten und kommen auf die Schnapsidee, zusammen durch Australien zu touren. »Harry und Stefan – das neue Pop-Duo« war somit geboren. Stefan sieht sich schon auf Autobahnraststätten und in Schulturnhallen performen. Ein bisschen bizarr findet er die Idee schon, als er sich die Blicke seiner Kollegen zu Hause vorstellt, wenn sie sein erstes Album auf CD in Händen halten. Aber er steckte schließlich in einer Midlife-Crisis. Warum sollte er sich da nicht auch mal als Sänger ausprobieren? Erst recht, wenn man sich mit 1,5 Promille im Blut einen Plan überlegte, wie man einem Mann einen reinwürgen konnte, der zwei andere Typen beschissen hatte.

Kylie steht in ihrem Schlafzimmer und fühlt sich unwohl. Diesmal hat sie keine Angst, dass wieder ein Gespenst durchs Haus schleicht. Nein, es ist mehr die Angst ertappt zu werden, bei dem was sie vorhat. Sie fällt vor dem Bett auf die Knie – und betet! Dabei war Kylie bisher nie besonders religiös gewesen und nach ihren drei Scheidungen auch nicht gerade ein gern gesehener Gast in der katholischen Kirche. Doch heute musste sie einfach beten! Sie bittet um Verzeihung – nicht für Sünden, die sie bereits begangen hat, sondern eher wegen Sünden, die gleich und eventuell in Zukunft folgen würden. Sie führt ein Zwiegespräch mit dem lieben Gott und bittet ihn ausdrücklich um Nachsicht bei dem, was sie tun muss. Sie machte es ja nur aus absoluter Verzweiflung, weil sie sonst nicht wusste, wie die Gruppe wieder nach Deutschland kommen sollte. Außerdem gibt sie vor Gott vor, dass ihre Mitbewohnerin schuld sei, da diese sie erst auf eine solch unmoralische Idee gebracht hatte. Und Bob! Der war sowieso an allem schuld!

Nach ihrer kleinen Gebetseinlage nimmt sie die kaputte Ernie-Puppe und haut damit mehrfach gegen den Bettpfosten.

»Du bist schuld daran! Nur du, du, du, dass ich so tief sinken muss. Nur du, du, du!« Dabei löst sich Bobs Foto und segelt seelenruhig auf den Fußboden.

Kylie versperrt die Zimmertür, und zieht T-Shirt und Hose aus. Dann holt sie aus der Schublade eine Zorro-Maske und streift sie sich über das Gesicht. Nun sitzt sie in schwarzer Spitzenunterwäsche und schwarzer Maske vor ihrem Computer. Sie schaltet die Webcam an und loggt sich bei www.cameragirls24.com ein. Sie hofft, dass sie trotz Maske kein Mensch beziehungsweise Mann erkennen wird. Und Kylie beginnt mit dem, was Männer heißmacht und ihnen gefällt. Zumindest geht sie davon aus, dass es ihnen gefällt. Sie sitzt auf ihrem Bett, die Beine übereinandergeschlagen und haucht in die Kamera:

»Mmmhhh, BED GIRL ist online. Mmmh ... mmmh! Na, wer will mir beim Bettenmachen zuschauen? ... Ohhh, mhhh!«

Keine 50 Sekunden später ist der erste Kunde in dem privaten Chat mit ihr verbunden, und Kylie beginnt »das Bett zu machen«. Ja, sie gibt vor ein Zimmermädchen zu sein und verrät Tipps, wie man erotisch die Kissen aufschüttelt und die Decken faltet. Dabei achtet sie darauf, dass die Webcam immer so eingestellt ist, dass man genau sehen kann, wie sie das Laken um die Matratze schlägt oder dem Kopfkissen einen Schlag in die Mitte gibt, damit es perfekt auf der Tagesdecke liegt.

Dabei haucht sie immer wieder: »MMMHHH! Wie kuschelig diese Decke ist.« Oder auch mal ein: »OHHH, OHHH, diese Zipfel von den Kissen, wie hart die doch sind!«

Nach 30 Minuten ist das Bett gemacht und sie schaut auf das Endergebnis. 44 Besucher haben ihr zugeschaut und sie hat rund 180 Euro verdient. Schnell und einfach verdientes Geld, denkt sie. Und Geschäftsfrau Kylie wäre keine richtige Geschäftsfrau, wenn sie nicht gleich schon die nächste Idee hätte. Gleich morgen in der Früh wollte sie den Zuschauern zeigen, wie man erotisch bügelt oder die Spülmaschine ausräumt, Kuchen backt oder staubsaugt. Kylie fallen viele Möglichkeiten ein, sodass sie garantiert bis zum Abflug das restliche Geld zusammenbekäme. Und danach würde sie so etwas Billiges und Niveauloses niemals mehr machen. Sie schaut Richtung Himmel und dankt dem lieben Gott für sein Verständnis. Das Online-Dessous-Model »BED GIRL« muss halt schauen, wie es seine Existenz sichern kann und dabei auch mal zu etwas anderen Methoden greifen. Schnell durchwühlt Kylie ihr Bett wieder, denn in einer Stunde will sie eine weitere Show machen: Dann wird sie wieder als »BED GIRL« mit Zorro-Maske online sein.

»Tag 17« Freitag, 21. Dezember

Tina war schon um sieben Uhr aufgestanden und steht jetzt in der Küche. Sie schüttet sich ausnahmsweise mal keinen Alkohol, sondern Vitamingetränke in den Rachen. Sie brauchte Vitamine, denn gleich startete der große »Christmas Run«, an dem sie mit dem Team ihrer Sprachschule teilnahm. Sie wusste noch nicht genau, wie sie die Fünf-Kilometer-Strecke durchstehen sollte und hatte sogar extra seit einem Tag keine Zigarette mehr geraucht. Sie ärgerte sich, dass sie die letzten Tage nicht mehr mit Bruce, dem Fitnesstrainer, geübt hatte.

»Wie siehst du denn aus?«, macht Stefan sie in der Küche an, während er sich Kaffee eingießt.

»Na, nach was siehts wohl aus? Ich gehe zum Stricken, weißt du?«, giftet sie ihn an, denn blöde Kommentare hatten ihr jetzt gerade noch gefehlt.

»Na, ich hätte jetzt eher getippt, du machst heute mal einen auf Steffi Graf«, lächelt er ihr zu und trinkt einen Schluck von seinem Kaffee.

Und in der Tat, mit ihrem weißen Stirnband, den etwas zu eng sitzenden weißen Shorts und dem weißen T-Shirt sieht sie eher aus, als würde sie gleich Tennis spielen und nicht laufen. Doch nun musste sie sich auf den Weg machen, natürlich mit dem Bus, denn sie wollte ja nicht schon erschöpft am Start ankommen.

Johannes leidet mal wieder an Heimweh. Er klopft bei Traudl an die Tür und fragt, ob er mit ihr reden könne.

»Aber natürlich, was gibts denn?«, gibt sich Traudl verständnisvoll und lehnt sich mit dem Rücken gegen das Kopfteil ihres Bettes, denn sie hatte bis eben noch geschlafen.

»Ich habe Angst, dass wir nicht mehr nach Hause kommen und in Sydney festsitzen«, sagt Johannes schüchtern.

Traudls Muttergefühle setzen sofort ein, als sie Johannes so traurig im Türrahmen stehen sieht. Sie kann gar nicht anders, als ihn trösten. Sie sagt, er solle sich zu ihr setzen. Johannes trottet zum Bett, setzt sich auf die Kante und legt dann seinen Kopf an Traudls Schulter. Die bemerkt plötzlich etwas Feuchtes. Und während sie noch darüber nachdenkt, wann sie zuletzt bei ihrem Sohn morgens etwas Feuchtes bemerkt hatte, hört sie auch schon das Schluchzen.

Ihm laufen dicke Tränen über die Wangen und er fragt sie ganz vorsichtig:

»Darf ich dich mal drücken? Einfach nur drücken?«

Traudl willigt ein, denn er tut ihr sehr leid.

»Weißt du«, schluchzt er, »mir hat immer eine Mutter gefehlt, die mich mal in den Arm nimmt.« »Und gerade in der Weihnachtszeit ist es besonders schlimm«, sagt er mit zitternder Stimme.

»Ja, das glaube ich dir. Gerade diese melancholisch stimmenden Tage sind schlimm, wenn es draußen schneit und kalt ist und bereits um 16 Uhr dämmert. Da kann man schon traurig werden.« Dabei richtet Traudl ihren Blick zum Fenster und starrt in einen wolkenlosen blauen Himmel und strahlenden Sonnenschein bei über 25 Grad.

Johannes erzählt ihr, wie es war nur mit einem gefühlskalten Vater und ohne Mutter aufzuwachsen. Traudl will jetzt seine komplette Geschichte hören und drückt ihn ganz fest an sich. So fest, dass Johannes fast keine Luft mehr bekommt und versucht, sich aus dem Klammergriff zu lösen.

Traudl drückt und drückt und streichelt seinen Hinterkopf und sagt: »Alles wird gut, mein Kleiner! Du kommst wieder nach Hause, das verspreche ich dir. Kylie wird alles tun, damit wir hier wegkommen. Alles wird gut!«

Johannes droht angesichts Traudls Umarmung bereits blau anzulaufen, da kommt die Rettung wie aus heiterem Himmel.

»Was macht ihr zwei denn da?«, will Stefan wissen, der seine Mutter wecken wollte. Beim letzten Mal hatte er sie mit Hung erwischt und nun lag sie mit Johannes im Bett und streichelte ihn.

»Du störst!«, teilt Traudl ihrem Sohn unmissverständlich mit.

»Na, das sehe ich. Was treibt ihr denn da am frühen Morgen?«, will er dennoch neugierig wissen.

Traudl löst ihren Klammergriff um Johannes, der daraufhin etwas peinlich berührt aufsteht und Richtung Tür geht.

»Danke. Das hat echt gut getan«, sagt er, sich an der Tür noch einmal umdrehend.

Stefan befürchtet allmählich, dass die Demenz seiner Mutter bereits Ausmaße angenommen hatte, die er so nicht geahnt hatte. Sie schien wohl extreme sexuelle Bedürfnisse zu haben und es war an der Zeit für ein Gespräch.

»Mama, was soll das alles hier? Erst Hung und nun Johannes! Findest du das nicht ekelig, als alte Frau mit allen Typen hier im Haus etwas anzufangen?«

»NEIN! Ich fühle mich derzeit so gut, wie nie zuvor, und ich bin dir keine Rechenschaft schuldig«, sagt sie kurz und knapp.

»Ich finde das unangenehm, dass sich meine fast 60-jährige Mutter hier als Flittchen durch die Betten poppt.«

PENNNGGG!!!

Stefan steht wie versteinert und hält sich die Hand an die linke Wange. Er kann nicht glauben, dass er mit 36 Jahren noch einmal Prügel von seiner Mutter bezogen hatte.

»Raus! Sofort raus aus meinem Zimmer, aber ganz flott!«, brüllt sie ihn an und zeigt auf die Tür. »Du hast dich im Ton vergriffen! Was fällt dir ein, mich als Flittchen zu betiteln? Wenn ich lediglich einen armen, einsamen Jungfrau-Mann tröste, der nie Zuneigung oder Zärtlichkeit bekommen hat und hier unter Heimweh leidet. Na, was ist schon dabei?«

Stefan entschuldigt sich, denn er weiß ja, dass er mit ihr ganz behutsam umgehen musste, damit sich der Krankheitsverlauf nicht noch verschlimmerte.

»Alles wird gut, Mama! Alles wird gut, Mama«, streichelt er sie und fragt: »Sollen wir heute Weihnachtslieder singen, so wie früher?«, dabei tätschelt er ihre Hand. Er versucht, die Demenz mit Erinnerungen aufzuhalten.

Traudl war kein nachtragender Mensch, daher verzeiht sie ihm sofort. Sie überlegt ernsthaft, später noch mit ihrem Söhnchen »Leise rieselt der Schnee« zu trällern, denn sie ahnt, dass

Johannes nicht der Einzige im Haus war, der in der Weihnachtszeit melancholisch wurde und sich an seine Kindheit erinnerte.

»TI-NA, TI-NA, TI-NA!!!«, schreien die Schüler der Sprachschule am Rand der Laufstrecke des »Christmas Run«. Tina kommt dieses Geplärre mit ihrem Namen irgendwie bekannt vor. Allerdings sollte sie beim letzten Mal noch eine Zugabe für eine Horde chinesischer Männer einlegen und nicht einen Fünfkilometerlauf bestreiten. In der Tat würde sie jetzt alles dafür geben, sich einfach auf den glühenden Asphalt setzen und irgendeinen Blödsinn singen zu dürfen, anstatt in der Affenhitze rumzurennen. Nach ihrem Augenmaß waren die Abstände zwischen den Kilometermarken viel zu groß, und sie nahm sich vor, sich später (typisch deutsch) beim Veranstalter zu beschweren.

Tina bemerkt, dass sie weder Puls noch Herzschlag spürt, und fragt sich zum wiederholten Mal, warum sie sich das überhaupt antat. Sie rannte bei gefühlten 30 Grad durch die Landschaft und drohte jeden Moment aus den Latschen zu kippen. Als Tina die Dreikilometerhürde erreicht, denkt sie ans Aufhören, doch ihr innerer Schweinehund ermutigt sie überraschenderweise weiterzumachen. Bei Kilometer vier sieht sie sich bereits wieder einmal in einem Mahagonisarg den Kontinent verlassen, Todesursache: Kreislaufkollaps. Positiv daran wäre, dass sich Kylie das Rückflugticket für sie sparen könnte, denn eine Auslandsreisekrankenversicherung mit kostenlosem Rücktransport hatte sie schon vor Jahren abgeschlossen.

Am liebsten würde sie den Schulfreunden eine reinhauen, falls die nicht endlich mit ihren »TI-NA, TI-NA, TI-NA«-Gesängen aufhörten. Doch es schien, als wäre die komplette Strecke mit Sprachschülern gepflastert, die sie alle kannten. Sollten die doch bei dieser Hitze laufen und sie endlich in Ruhe lassen, rattert es in ihrem überhitzten Gehirn. Auf den letzten Metern vorm Ziel spürt sie noch mal ein bisschen Antrieb in ihren Beinen, die sich ansonsten wie Zementblöcke anfühlen. Die Massen jubeln ihr mit Fähnchen zu und ein Konfettiregen ergießt sich über ihr, als sie die Ziellinie durchläuft. Mit hochrotem Kopf, japsend, hechelnd und völlig durchgeschwitzt steht sie da und wird von den kleinen Südamerikanerinnen und Asiatinnen aus ihrer Klasse hysterisch beglückwünscht. Doch gerade als Tina anfängt, sich auch ein wenig über ihren sportlichen Erfolg zu freuen, wird sie auf den Boden der Tatsachen geholt.

»We are very happy! All runners have arrived the end«, teilt der Sprecher über Mikrofon mit. Tina hatte mit einer Zeit von einer Stunde und 38 Minuten den letzten Platz von 2.579 Läufern beim »Christmas Run« in Bondi belegt.

Hung sitzt in seinem Auto und wartet auf Traudl. Er will ihr heute den »Paddy's Market« in der Innenstadt zeigen. Direkt neben Chinatown werden Früchte, Gemüse, Fisch, Kleidung und Geschenkartikel verkauft. Traudl hat sich in einen Kimono, ein traditionelles japanisches Kleid, hineingezwängt und will heute mal ganz auf asiatischen Spuren wandeln. Neuerdings interessierte sie sich für alles, was nichts mit Bayern zu tun hatte und wollte andere Kulturen kennenlernen.

Das hektische Treiben und Gewusel der vielen kleinen Asiaten und der Touristen macht ihr dann aber doch mehr zu schaffen, als angenommen. Traudl kann diese Unruhe nicht ertragen, wie hier die Waren über den Tisch geworfen werden. Und dazu dieses asiatische Geschnatter, das sich ihrer Meinung so anhört, als herrsche immer »dicke Luft« zwischen den Leuten.

Hung schlägt vor, in den »Chinese Garden« ums Eck zu gehen. Dort sieht Traudl die schönsten Pflanzen, die sie je gesehen hat, und genießt in ihrer traditionsreichen Kluft eine dazu passende Tasse Tee. Sie wird zwar von vielen Leuten komisch angesehen, da sie mit einem jungen Vietnamesen unterwegs ist und ein japanisches Kleid im Chinesischen Garten trägt, aber das stört Traudl nicht. Sie fühlt sich gut mit ihrem jungen Begleiter, die Sonne kitzelt auf ihrer Haut ... Plötzlich springt sie auf, denn sie hat die Straßenmusiker vom »Darling Harbour« gehört. Dort will sie hingehen, denn sie ist in Tanzlaune – was garantiert wieder das Resultat der Ecstasy-Pille ist, die Hung ihr heimlich in den Tee gerührt hatte.

Ein paar Minuten später steht sie am »Darling Harbour« vor den irischen Musikern und tanzt auf »Jingle Bells« und »Santa Claus is coming to town«. Sehr zur Freude der Künstler, denn endlich bleiben viele Schaulustige stehen und werfen ein paar Münzen in ihren Hut. Einige Passanten machen Fotos, denn Traudl bevorzugt eine Tanzvariante, die bisher wohl noch keiner zu Weihnachtsmusik angewendet hat. Sie springt wie verrückt umher und fühlt sich dabei wie Uma Thurman in der weltberühmten Filmszene mit John Travolta. Traudl tanzt »Pulp Fiction« auf von irischen Straßenmusikern intonierte Weihnachtslieder.

Als sie anfängt, die umherstehenden Touristen zum Mitmachen aufzufordern, greift Hung ein. Er will sie schließlich nicht lächerlich machen, sondern nur abhängig. Abhängig von ihm und seinen kleinen Pillen, die Traudl in eine andere Welt eintauchen lassen, in der sie nicht mehr an ihren Exmann denken muss.

Schnell verfrachtet er sie in sein Auto. Und während er darüber nachdenkt, wie lange er Traudl noch mit kostenlosem Stoff versorgen sollte und ab wann sie zahlen müsste, fuchtelt Traudl ihm ständig ins Lenkrad, denn sie tanzt immer noch ihren sehr speziellen Pulp-Fiction-Tanz – nur diesmal auf dem Beifahrersitz.

Kylie ist genervt, denn über ihr tanzt und singt Traudl laut in ihrem Zimmer. Unter diesen Bedingungen konnte sie unmöglich ihren Nebenjob als »BED GIRL« ausführen! Jedes Mal, wenn sie gerade auf die »PLAY«-Taste ihrer Webcam drücken will, trällert die Furie oben wieder »Jingle Bells« oder »Santa Claus is coming to town«.

Erst gegen 23 Uhr lässt Traudls Energie nach und sie verstummt. Kylie hofft, dass nicht etwa einer der Mitbewohner der nervigen Traudl ein Kissen auf Mund und Nase gedrückt hatte, um sie mundtot zu machen, sondern dass sie von alleine eingeschlafen war. Und während andere Bewohner bereits in den Schlaf fallen, beginnt für Kylie die Nachtschicht. Sie will heute mindestens vier Stunden Betten machen, denn sie musste Geld verdienen.

Tina ist trotz des überstandenen Weihnachtslaufs noch so fit, dass sie beschließt mit einem Taxi in den Party-Stadtteil »Kings Cross« zu fahren. Schließlich hatte sie heute ein super Gesprächsthema für den vermeintlichen »Mister Right«. Sie war eine Marathonläuferin, denn fünf oder 42 Kilometer waren ja wohl kein allzu großer Unterschied.

Im »Soho«, einer Disco in der »Victoria Street«, die 2011/12 Gewinner de Wettbewerbs »Club night of the year« war, will sie noch mal richtig zeigen, was eine Frau in ihrem Alter so draufhat. Sie steuert gleich die Bar an und bestellt sich den gewohnten Gin Tonic. Und während sie am Tresen steht, dauert es keine vier Minuten, bis sie angesprochen wird. Tina will eigentlich zuerst nach seinem Ausweis fragen, denn sie befürchtet, dass er höchstens 17 Jahre alt ist. Bei der lauten Musik versteht sie ihn aber kaum und somit ist eine Konversation fast unmöglich. Sie weiß gar nicht, zu was sie alles »Yes« gesagt hatte. Doch als der Teenager ihre Hand greift, verspürt sie urplötzlich den unbändigen Drang zu tanzen – und macht sich aus dem Staub, denn auf ein halbes Kind hatte sie doch keine Lust. Die Tanzfläche platzt aus allen Nähten und Tina steckt zwischen den Leuten fest, sodass tanzen fast unmöglich ist. Sie versucht wenigstens ab und zu ihre Hand in die Höhe zu halten, um auf diese Art etwas Rhythmusgefühl zu beweisen. Nach kurzer Zeit verwandelt sich ihre Tanzlust in Tanzfrust. Sie merkt, dass sie von den starken Housemusic-Beats Herzrasen bekommt. Bei der Masse an jungen Tanzwütigen um sie herum, die alle höchstens Mitte 20 sind und sie ständig anstoßen, kommen noch Schweißausbrüche und Platzangst hinzu. Ihr ist angesichts der Hitze und der Beats gerade etwas schwummerig. War sie doch schon zu alt für diese exzessiven Partys? Sie merkt, wie ihr der Schweiß den Rücken herunterläuft und dass sie sich gar nicht mehr wohlfühlt. Am Rand der Tanzfläche sieht sie einen Sicherheitsmann stehen, der die Meute im Blick hat. Sie versucht, ihm ein Zeichen zu geben, was gar nicht so einfach ist, denn alle Tanzenden strecken ihre Hände ständig hoch, um im Takt zu bleiben. Sie glaubt nicht mehr daran, dass sie hier alleine rauskommt, und merkt, wie ihr Blutdruck absackt. Sie zeigt dem Security-Mann den Stinkefinger und hofft dadurch auf etwas Aufmerksamkeit. Und in der Tat, er kommt auf sie zu, indem er sich den Weg zu ihr freischaufelt und die Leute einfach wie Puppen wegschubst.

»Please help me! I am feeling so sick here, please bring me out«, sagt sie zu ihm und entschuldigt sich für den Stinkefinger, sie habe sich nicht anders zu helfen gewusst.

Der Security-Mann fackelt nicht lange und waltet seines Amtes. Er hebt Tina hoch und legt sie sich über die Schulter, sodass ihr Kopf fast an seinem Hintern baumelt. Aus den Boxen ertönt der neueste Club-Mix der »Swedish House Mafia«. Und Tina denkt sich, dass es wohl keinen schöneren Abgang für sie gäbe, als bei »Don't you worry child« von der internationalen Tanzfläche getragen zu werden. Das war es dann wohl mit ihr und den wilden Partynächten! Sie musste sich eingestehen, dass sie dafür dann doch etwas zu alt war, denn das »Soho« war bekannt für ein sehr junges Publikum. Sie nimmt sich vor, von jetzt an nur noch in Bars mit Piano-Gedudel zu gehen.

»Tag 18« Samstag, 22. Dezember

Stefan war endlich im Training. Er hatte immer noch das Ziel, so auszusehen, wie diese Beach-Muskelmänner. Daraufhin hatte ihm Bruce allerdings gesagt, er sei Fitnesstrainer und kein Chirurg. Damit hätte Stefan ein paar Jahre früher anfangen müssen. Mit Mitte 30 würde es schwierig. Er lernt dann aber Übungen kennen, mit deren Hilfe seine Brust straffer wird; doch während er sich umschaut, kommt er sich irgendwie blöd vor. Alle um ihn herum sind durchtrainiert und haben Oberarme, die so dick sind wie Stefans Oberschenkel. Aber egal, er trainiert wie ein Irrer, schwitzt und stemmt die Gewichte. Das Einzige, was ihn stört, ist Personal Trainer Bruce. Dieser Sadist legt immer höhere Gewichte auf und schreit ihn permanent an. Stefan solle schneller machen, Stefan sei ein Schwächlich, ein Niemand. Stefan würde sich da eigentlich nichts draus machen, wenn sich nicht das halbe Fitnessstudio köstlich über Bruces Offizierston amüsieren würde. Er glaubt, dass alle über ihn lachen, und Bruce schien es zu gefallen, sich endlich nach Jahren im Knast mal bei Stefan austoben und ihn bestrafen zu können. Und während er seine Übungen mit Personal Trainer Bruce absolviert, überlegt er, was wohl Tina in diesem für ihn so schweißtreibenden und schmerzvollen Moment machte.

Tina liegt am Strand und träumt. Sie träumt in der prallen Sonne von einem besseren Leben und von einem Mann mit Kindern in einem wunderschönen Haus. Es ist eigentlich der gleiche Traum, den sie immer und immer wieder träumt. Aber sie kann davon einfach nicht genug bekommen. Seit sie mal gelesen hatte, dass es vor der Küste Australiens Haie gab, die 2012 bereits fünf Menschen getötet hatten, mied sie das Wasser. Ihr reichte es völlig, am Strand zu liegen und das zu machen, was ihr am meisten Spaß machte – nämlich nichts. Und während sie so daliegt, trinkt sie ihren mitgebrachten Gin Tonic ohne Limette und nuckelt am Strohhalm. Auf einmal kommt

Kylie und legt sich mitsamt Strandtuch neben sie. Sie ist völlig fertig von der Nacht und möchte sich etwas in der Sonne ausruhen.

»Hast du etwa auch Johannes mitgebracht?«, erkundigt sich Tina vorsichtshalber, denn sie will keine erneute Lebensretter-Aktion erleben. Doch Kylie beruhigt sie, der hocke still in seinem Zimmer und spiele am Computer.

»Was machst du heute Abend, Kylie?«, fragt Tina und schaut sie lächelnd an.

»Ich wollte Betten mach... Ähm ... Papierkram erledigen«, sagt die ausweichend. Fast hätte sie ihr kleines Geheimnis ausgeplaudert.

»Nix da, das kannst du auch ein anderes Mal erledigen. Heute Abend machen wir einen Mädelsabend und reißen ein paar Australier auf!«, sagt die schon leicht angeschwipste Tina, die die Wirkung von Alkohol in Kombination mit 31 Grad am Nachmittag unterschätzt hat.

Kylie zögert erst, willigt dann aber doch ein, denn sie konnte ja nicht jeden Tag das »BED GIRL« mimen. Auch die hatte irgendwann mal frei. Und sie musste auch mal wieder Männer treffen, mit denen sie mehr als »OHHH!« oder »MHHH!« austauschte und denen sie nicht nur zeigte, wie eine Tagesdecke perfekt zu sitzen hatte.

Traudl hat sich heute Abend ausnahmsweise mal in ein fesches Dirndl geworfen. Sie will Hung ihre deutsche Herkunft näherbringen, nachdem sie schließlich gestern für ihn im japanischen Kimono rumgelaufen war. Er hatte zwar immer wieder betont, Vietnamese zu sein und dass dies ein Unterschied sei, aber Traudl sah das nicht so eng.

An der »Bondi Beach«-Strandpromenade liegt das kleine »Bavarian Café«, in dem es jede Menge Paulaner-Bier, Brezen und Hendl gibt. Der perfekte Ort, um Hung »Deutschland« zu zeigen.

Hung hat Traudl zuliebe ein rot-weiß kariertes Hemd angezogen, um mit ihrem Dirndl zu harmonieren. Jetzt sitzen sie auf einer Holzbank an einem riesigen Tisch, zusammen mit Touristen aus Frankreich, Japan und Chile. Sie essen typisch bayerische Köstlichkeiten, dazu gibt es Blasmusik. Traudl kann nicht glauben, dass sie am anderen Ende der Welt sitzt und das Gleiche macht wie daheim in einem Münchener Biergarten. Allerdings mit einem kleinen Unterschied: Das Personal hier versteht kein Wort deutsch außer »Dankeschön« und »Guten Tag«. Sie versucht der kleinen blonden Bedienung ein »Servus« beizubringen, doch die ist zu schüchtern und kichert nur verlegen, sodass ihre kleinen Brüste in dem eng zugeschnürten Dirndl immer wieder drohen herauszuhüpfen, was den japanischen Gästen sehr gut gefällt.

Als Traudl auf der Toilette ist, mischt ihr Hung schnell ein paar Ecstasy-Pillchen in den Wurstsalat. Und so tanzt Mama Traudl denn auch kurze Zeit später ausgelassen auf der Holzbank und sorgt für jede Menge Stimmung. Die anderen Gäste sind schwer begeistert von der deutschen Tanzeinlage und auch Hung macht es Freude, sie so lustig zu sehen. Irgendwann singt und hüpft Traudl sogar auf dem großen Holztisch wie eine Wahnsinnige herum. Hung beschließt, dass dies der letzte Abend sein sollte, an dem sie kostenlos von ihm Stoff bekam. Die Gäste des »Bavarian Cafés« erleben einen unvergesslichen Abend. Die meisten vermuten allerdings, dass Traudl eine von der Geschäftsleitung engagierte Unterhaltungskünstlerin ist. Aber auch für Hung und Traudl würde dieser Abend garantiert unvergesslich bleiben ...

Tina und Kylie sitzen nach einem gemeinsamen thailändischen Abendessen nun in der »Orbit Bar«, im 47. Stock eines Wolkenkratzers in der »George Street« in Downtown. Diese superstylische Bar ist ein absoluter Geheimtipp von Kylie: Die Bar dreht sich in einer Stunde einmal um die eigene Achse und man sieht Sydney mit seinen vielen Lichtern blitzen. Beide haben sich heute Abend so richtig rausgeputzt: Tina mit der Absicht, mal wieder den Mann fürs Leben zu treffen; Kylie eher mit der Absicht, auf andere Gedanken zu kommen und ein nettes Gespräch zu führen. Und während sie ihre Cosmopolitans (Tina konnte auch mal was anderes trinken!) schlürfen und sich die Bar in Zeitlupe dreht, sehen sie auch viele interessante Männer. Zwei Typen in dunklen Anzügen, aber ohne Krawatte, fallen Tina ganz besonders ins Auge.

»Die schauen nicht einmal rüber«, stellt sie fassungslos fest und bestellt gleich mal Cocktailnachschub beim Kellner.

»Wer schaut nicht?«, will Kylie wissen. Tina zeigt auf die zwei Auserwählten an der Bar, die sich angeregt unterhalten, aber immer noch keine Notiz von den beiden Deutschen genommen haben.

»Ist mir egal. Ich will eh keinen Mann mehr haben. Männer sind Schweine! Manchmal glaube ich, dass es die wahre Liebe nur unter Frauen gibt«, sagt eine bald vierfach geschiedene und traurige Kylie.

Bei diesen Worten verschluckt sich Tina fast an ihrem Drink. Sie hofft, dass ihr Kylie nicht heute Abend ihre lesbische Liebe gestehen will. Schnell kann Tina das Gespräch umleiten, indem sie mit dem Finger auf eine größere Gruppe zeigt, die gerade mit lustigen Weihnachtsmützen dekoriert in die Bar einfällt. Wenige Sekunden später sitzt Tina mit einer Rentiergeweih-Mütze auf dem Kopf da. Kylie hat es besser getroffen, sie trägt nur eine rote Weihnachtsmann-Mütze. Als sich Tina das unvorteilhafte Geweih abnehmen will, kommt gleich ein angetrunkener Australier, der ihr das Teil wieder aufzieht. Das ganze Spielchen wiederholt sich noch dreimal, bis sich Tina geschlagen gibt und den nächsten Cocktail mit Geweih auf dem Kopf einnimmt. Wie sich herausstellt, ist die Rentier-Sache gar nicht so unnütz und albern wie angenommen, denn die beiden Männer an der Bar werden endlich Kylie und sie aufmerksam.

»Merry Christmas«, ruft der Jüngere und Gutaussehende rüber und hebt dabei sein Glas zum Anstoßen.

Tina grinst, hebt ihr Cocktailglas und lässt Kylie dann allein am Tisch zurück. Mit eleganten Schritten und einem Lächeln läuft sie dem Mann quasi in die Arme. Auch sie wünscht ihm »Frohe Weihnachten« und erzählt, dass sie aus Deutschland sei. Der Australier, der sich als Peter vorstellt, will wissen, ob die Frau mit der Weihnachtsmann-Mütze eine Freundin von Tina sei. Sie nickt und will gerade fragen, was Peter so beruflich macht, als dieser aufsteht. Nun steht Tina da und schaut seinem Hintern zu, wie sich dieser immer weiter von ihr weg bewegt und auf dem Sessel Platz nimmt, auf dem sie eben noch gesessen hatte. Tina ist entsetzt. Sie wurde gerade von Peter versetzt, weil der lieber mit Kylie reden wollte? Das war eine große Niederlage, dass sie jetzt schon einen Mann an eine 48-jährige Reiseleiterin mit Perlenkette und Weihnachtsmütze verlor. Das war auch der Grund, warum sie eigentlich lieber alleine ausging, als mit Singlefrauen in ihrem Alter, denn sonst war der Kampf ums andere Geschlecht vorprogrammiert. Eigentlich hatte sie gedacht, die spießige Kylie wäre keine Konkurrenz, da sie in einer anderen Altersliga spielte. Aber da hatte sie sich wohl mächtig geirrt. Sie merkt selbst, dass sie der Vierzig immer näher rückt und hört wieder mal das Ticken ihrer biologischen Uhr.

»Hi, your outfit is so funny«, sagt eine Stimme hinter ihr, und Tina dreht sich um. Peters Kumpel hatte sie ganz vergessen! Der sitzt nun mit strahlenden Augen vor ihr und grinst etwas unvorteilhaft. Er grinst sogar so dämlich, dass er dabei ein Doppelkinn hat. Auch ansonsten kann sie nichts Attraktives an ihm feststellen, auch wenn sie seinen Körper zum x-ten Mal von oben bis unten abscannt. Da ist nichts, was ihr imponieren könnte, außer vielleicht die dicke Brieftasche, die neben seinem BMW-Autoschlüssel auf dem Tresen liegt und sich in Tinas Blick festgefangen hat. Immer wieder schaut sie auf Schlüssel und Portemonnaie und sieht sich dabei den Körper an. Seine wenigen grauen Haare hat er von einer Seite zur anderen gekämmt, um die Halbglatze zu verdecken. Sein dicker Bauch quillt über den Gürtel, und wenn er lacht, dann droht der Hocker zu krachen und sein Doppelkinn wippt hin und her. Nach einem kleinen Small Talk weiß sie jetzt, dass er Robert heißt, Geschäftsführer einer kleinen IT-Firma und geschieden ist. Mehr will Tina auch eigentlich nicht wissen, denn er ist mit seinen 55 Jahren null ihr Typ, auch wenn er Chef einer Firma ist und ein Haus mit Ozeanblick besitzt. Aber so billig war sie auch nicht, dass sie sich davon beeindrucken ließ und die äußerlichen Defizite in Kauf nehmen würde. Sie trinkt noch einen Cocktail, zu dem Robert sie gerade eingeladen hat. Er versucht die ganze Zeit ein richtiges Gespräch mit ihr anzufangen, doch Tina zeigt sich gelangweilt. Er sieht dies offenbar als Ansporn und gibt sich noch mehr Mühe, Tina zu beeindrucken. Plötzlich winkt er mit dem BMW-Schlüssel in der Hand und sagt, er habe seiner Exfrau genau das gleiche Auto zum 40. Geburtstag geschenkt.

Dieser Satz beeindruckt Tina selbstverständlich, doch sie bleibt dabei, dass Robert langweilig und unattraktiv war. Die Einladung zu einem weiteren Cocktail nimmt sie dann aber doch an. Während sie an ihrem Cosmopolitan schlürft, schaut sie neidisch zu Kylie rüber. Dort schien die Kommunikation etwas besser zu laufen. Sie sieht die beiden lachen und flirten. Kylie hält ihm jetzt sogar die vorderen Perlen ihrer Kette entgegen, da Peter die wohl ganz toll findet. Er fasst die Perlen an und dabei lacht Kylie so affektiert, dass es Tina fast schlecht wird. Warum konnte es bei ihr nicht auch einfach mal klappen, fragt sie sich. Ihr Blick wandert zu Robert und sie stellt fest, dass sie in einer tollen Bar saß, mit einem hässlichen alten Sack, der sie mit seinem Geld beeindrucken wollte. Und zur Krönung des Ganzen trug sie eine Mütze mit Rentiergeweih auf dem Kopf! Doch immerhin hatte die wenigstens dazu geführt, dass sie überhaupt mit einem männlichen Lebewesen ins Gespräch gekommen war.

»Wir gehen jetzt, Tina«, flüstert ihr Kylie plötzlich ins Ohr.

»Was? Wie? wohin?«, will Tina wissen, die damit nicht gerechnet hatte.

»Du kannst gerne noch bleiben, aber ich bin müde und Peter will mich nach Hause fahren«, sagt Kylie und wirkt dabei so was von nüchtern im Gegensatz zu Tina.

»Ja, ja, geh du nur!«, lallt Tina und macht dabei eine Handbewegung, dass sie endlich abhauen solle. Tina ist angepisst, dass Kylie sie alleine in der Bar sitzen lässt. Doch das würde sie ihr gegenüber nie zugeben, denn dafür war sie zu stolz. Jetzt erzählt sie Robert, wie scheiße sie Sydney fände und dass sie von der Stadt eine ganz andere Vorstellung gehabt hätte. Eigentlich hatte sie damit gerechnet, dass er ihr daraufhin eine knallen würde, da sie doch so schlecht über seine Stadt sprach – doch: Fehlanzeige! Er erzählt, dass ihn seine Frau nach 18 Jahren Ehe mit dem Nachbarn betrogen habe. Da waren sie gerade vom 160 Kilometer nördlich gelegenen Newcastle nach Sydney umgezogen. Er habe sich nie vorstellen können, dass dieser Umzug solch fatale Folgen hätte haben können.

So langsam findet sie diesen hässlichen Mann etwas sympathischer und stößt mit ihm und einem weiteren Cocktail an. Auch Tina erzählt von ihrem Pech in Liebesdingen, seit sie in dieser Stadt war: dem angeblichen Firmenchef sowie dem Witwer, der bald zum zweiten Mal Vater würde. Die beiden schimpfen gemeinsam auf diese oberflächliche Stadt und darauf, dass niemand wirklich eine ehrliche und treue Beziehung eingehen wolle. Alle wollten sich sämtliche Optionen offenhalten und das sei auch der Grund, warum es gerade in der Großstadt so viele Singles gäbe. Während Tina ihre Zunge beim Sprechen nicht mehr kontrolliert bekommt, nutzt Robert den Moment für ein Kompliment. Er sagt ihr, dass ihn »ihre zwei Teile« ganz verrückt machen würden, wenn sie so hin und her wippten, und dass er gar nicht wüsste, wo er hinschauen solle.

»Robert!!!«, sagt sie daraufhin leicht verlegen. Dabei hält sie sich die Hände vors Dekolleté und merkt zugleich, dass es irgendwie guttut, mal wieder Komplimente für ihre Möpse zu bekommen.

»No, no! I mean this.« Robert zeigt auf die zwei Hörner auf Tinas Kopf, die immer hin und her wackeln, wenn sie redet. Die Tatsache, dass Doppelkinn-Robert mehr vom Rentiergeweih als von ihren Brüsten beeindruckt ist, führen bei Tina zu einer erneuten Getränkebestellung, diesmal Gin Tonic. Den hatte sie jetzt nämlich mehr als nötig. In einem Ruck kippt sie den Drink weg und schaut Robert tief in die Augen. Dabei rutscht sie ganz nah an ihn ran und fragt:

»What do you think about my boops?«

Robert macht große Augen, denn mit so einer Frage hatte er nicht gerechnet. Und seine Augen werden noch größer, als er merkt, dass sie seine Hand nimmt und er plötzlich mit seinen Leberwurstfingern ihre Brüste angrapscht.

»Do you like this, Robert?«, fragt sie und erklärt ihm, dass ihre Brüste für eine Frau Ende 30 wohl noch sehr hart seien. Sie begründet es damit, dass sie noch nie im Leben ein Kind gestillt habe und bei ihr nix hänge.

Robert ist verstört und weiß nicht, wie er damit umgehen soll, dass ihn eine sturzbetrunkene Frau plötzlich so massiv anbaggert. Er versucht, seine Hand wegzuziehen, doch er kommt nur bis zu ihrem Knie.

»And what are you thinking about my legs?« Tina berichtet ihm stolz, dass diese Sportlerbeine erst gestern einen Marathon gelaufen waren.

Robert fühlt sich sichtlich unwohl und sieht zu, wie Tina nun noch einen weiteren Gin Tonic in einem Zug herunterschüttet, als wäre es Wasser. Er will jetzt nach Hause, doch noch bevor er aufstehen kann, spürt er diese Lippen beziehungsweise die fremde Zunge in seinem fetten Gesicht.

Tina knutscht Robert. Nach reichlich Alkohol im Blut hat sie sich ihn im wahrsten Sinne schön gesoffen. Dabei tut sie das nur für ein bisschen Selbstbestätigung nach all den frustrierenden Erfahrungen, die sie bisher in Sydney machen musste. Sie will sich heute Abend beweisen, dass sie immer noch jeden Typen kriegen kann, selbst dann, wenn sie Weihnachtsschmuck auf dem Kopf trägt.

Zum Glück ist die »Orbit Bar« eine Bar, die sich dreht. Sie dreht sich zwar langsam, aber sie dreht sich. Und dieses Drehen rettet Tina vor weiteren Selbstbestätigungsaktionen, die sie vielleicht schon bald bereut hätte. Tina verspürt Übelkeit, springt plötzlich vom Hocker und rennt Richtung Damentoilette. Dort schafft sie es gerade noch bis zum Waschbecken und feiert dann ein Wiedersehen mit dem »Green Curry« vom Thailänder, etlichen Cosmopolitan und Gin Tonic. Sie muss sich am Beckenrand festhalten und ihr laufen die Tränen über die Wangen. Ein Blick in den Spiegel zeigt ihr, dass sie so nicht weitermachen konnte. Der viele Alkohol und die Sexgeschichten in ihrem Alter taten ihr körperlich und seelisch nicht gut. Tina sieht ihr Leben im 47. Stock hoch über Sydney davonschwimmen und bekommt einen Heulanfall. Sie rutscht auf den kalten Toilettenboden, mit von den Tränen verschmierter Wimperntusche unter den Augen. Dort gewinnt sie ihre Fassung halbwegs zurück und ihr wird klar, dass sie Hilfe brauchte. Sie durchwühlt ihre Handtasche nach dem I-Phone. Schnell wählt sie eine Nummer, aber es springt nur der Anrufbeantworter an. Mit weinerlicher Stimme spricht Tina darauf.

»Ich bins! Tina Essers aus Sydney. Ich brauche Sie! Ich muss ganz dringend mit Ihnen sprechen. Mir gehts verdammt schlecht. Ich weiß nicht mehr weiter. Ich liege in einer sich drehenden Bar auf dem Klo, trage ein dämliches Geweih auf dem Kopf und habe mit einem dicken Mann geknutscht. RUFEN SIE MICH ZURÜCK: BITTE, BITTE, BITTE RUFEN SIE MI...«

PIEP. Der Anrufbeantworter zeigt an, dass das Band voll ist. Diese Erkenntnis lässt sie nun in einen noch heftigeren Heulkrampf verfallen, denn sie befürchtet, dass ihre Nachricht irgendwo im Nirwana verschwindet.

Eine Barangestellte kommt kurze Zeit später zu ihr und berichtet, dass ihr Begleiter nach Hause gegangen sei und die Rechnung bezahlt habe. Er habe Tina auch 50 Dollar für ein Taxi dagelassen. Die Angestellte schaut verdutzt, als Tina daraufhin hysterisch aufheult.

»Der ist so gut, dieser Mann! Der ist so gut, weißt du?«, heult Tina. »Und ich blöde Kuh merke es nicht, weil ich immer nach den falschen Männern suche, weißt du?« Doch die australische Barmitarbeiterin versteht kein Wort von Tinas besoffenem Gejammer.

Dann hievt sie Tina aus ihrer entwürdigenden Position auf den Fliesen hoch und geleitet sie eigenhändig mit dem Aufzug nach unten, wo bereits ein Taxi wartet. Und während Tina mit dem Geweih auf dem Kopf auf der Rückbank des Wagens sitzt und aus dem Fenster schaut, trifft sie einen Entschluss: Sie wollte ihr Leben ändern! Denn wie sollte sie einmal Verantwortung für ein Kind übernehmen, wenn sie bei jeder kleinen Krise die Nummer ihres Therapeuten wählen musste? Nur weil sie mal wieder einen totalen Absturz hatte und zur Selbstbestätigung mit einem übergewichtigen, hässlichen Typen rumgeknutscht hatte. Und die erste und einfachste Veränderung nimmt sie nun schon im Taxi vor: Sie nimmt sich die bescheuerte Rentier-Mütze vom Kopf und schenkt sie dem Fahrer mit den Worten »Happy Christmas!«. Und hofft, für ihre Barmherzigkeit doch noch mal irgendwann das Bundesverdienstkreuz oder mindestens einen BAMBI zu bekommen.

»Tag 19« Sonntag, 23. Dezember

Stefan wurde in dieser Nacht zweimal aus dem Bett geklingelt. Beim ersten Mal war es Tina, die gegen 1:30 Uhr betrunken von einem Taxifahrer zur Tür gebracht wurde und die er mit viel Mühe ins Bett schaffen musste. Alleine! Denn Johannes, der auch vom Klingeln geweckt worden war, durfte Tina nicht anfassen, sondern lediglich die Türen aufhalten. Tina wollte sich nur von einem Schwulen ins Bett bringen lassen, nicht von einem Lüstling, der sie womöglich noch unsittlich anfassen würde. Kylie hingegen schaute nur kurz rein, hielt dabei einen Staubwedel in der Hand und meinte, sie hätte noch viel zu tun, müsse aufräumen und Staub wischen. Warum die Reiseleiterin nachts putzte, war Stefan nicht ganz klar, aber er hatte sich ohne weiteren Gedanken darüber wieder ins Bett gelegt. Seine Gedanken waren bei seiner Mutter. Er wusste nicht, wie das Leben mit ihr und der Demenzerkrankung eines Tages werden würde und was sie in diesem Moment anstellte, denn sie war auch noch nicht daheim. Er machte sich Sorgen um seine Mutter. Und während er so grübelt, klingelt es ein zweites Mal an der Tür. Diesmal ist es die Polizei.

Ein Police Officer bittet ihn unverzüglich mit aufs Revier zu kommen, da seine Mutter verhaftet worden wäre. Morgens um 4:15 Uhr sitzt Stefan auf dem kleinen Polizeirevier in der »Roscoe Street, 91-93« in »Bondi Beach«, knapp fünf Minuten vom »Bavarian Café« entfernt. Der Officer erzählt, dass sich Anwohner beschwert hätten, weil es im »Bavarian Café« zu laut gewesen war. Daraufhin wären die Kollegen ausgerückt, um für Ruhe zu sorgen. Als der Drogenspürhund bei einem Gast wie verrückt gebellt hätte, wäre die Person kontrolliert und mit einer großen Menge Mariuhana und Ecstasy im Gepäck verhaftet worden.

Stefan will wissen, was das alles mit seiner Mutter zu tun habe. Er versucht sie in Schutz zu nehmen und erzählt, dass sie an beginnender Demenz leide und manchmal etwas neben der Spur sei. Der Polizist hört zwar aufmerksam zu, teilt ihm dann aber mit, dass ein Drogenproblem nix mit Demenz zu tun habe. Stefan reagiert fassungslos. Hier konnte nur eine Verwechslung vorliegen. Doch der Polizist hält ihm einen Zettel unter die

Nase, der eindeutig bewies, dass sich in Traudl Winckelmanns Blut Drogen befanden – und das nicht zum ersten Mal.

Er kann nicht glauben, dass seine Mutter eine Drogenabhängige war, und macht sich Vorwürfe, dass er nichts mitbekommen und ihre Wesensveränderung als Demenz gedeutet hatte. Er will sie unbedingt mit nach Hause nehmen und sie keine Sekunde länger in dieser Zelle lassen.

Doch Traudl kann man nicht so einfach mitnehmen, als warte sie irgendwo an einer Haltestelle auf den Bus. Sie wurde schließlich verhaftet! Und Stefan erfährt, dass sich Traudl als Hungs feste Freundin ausgegeben hatte und dass dieser als Drogendealer unter Verdacht stünde, denn die Polizei hatte in seinem Kofferraum noch mehr Drogen sichergestellt.

Stefan schluckt, denn so etwas Kriminelles hatte er dem kleinen Hung wirklich nicht zugetraut. Er kann aber immer noch nicht verstehen, warum er Traudl jetzt nicht mit nach Hause nehmen durfte. Der Polizist erklärt weiterhin, dass man davon ausgehe, dass Traudl als Dealer-Freundin eine Mitwisserin sei und sich ebenso strafbar gemacht habe. Auch ihr drohe in Australien eine Anklage und im schlimmsten Fall sogar eine Freiheitsstrafe.

Diese Worte klingeln in Stefans Ohren. Er kann nicht fassen, was ihm der Gesetzeshüter hier gerade erzählt. Er versichert, dass er seine Hand dafür ins Feuer lege, dass seine Mutter sicherlich noch nie vorher etwas mit Drogen zu tun gehabt habe und von Hung dazu verleitet worden sein musste. Dass sie seine Freundin sei, sei eine absolute Unwahrheit. Er gibt zu Protokoll, dass sich die beiden gerade einmal zwei Wochen kennen würden und dass alles ein großes Missverständnis sein müsse.

Der Officer hat Mitleid mit Stefan, nachdem ihm dieser alles über seine Mutter, die schlimme Trennungsschlacht mit seinem Vater, das Speeddating und die gewonnene Reise nach Sydney erzählt hat. Wobei der Polizist der Meinung ist, dass eine Scheidung durchaus ein Indiz für den Drogenkonsum sein könnte – schließlich hätte man da allen Grund sich abzulenken! Stefan ärgert sich, dass er von der Trennung der Eltern erzählt hatte, und schwindelt nun, dass seine Mutter das Leben im Knast nicht überleben würde.

Der Polizist sieht noch eine Chance, wie er Traudl vor weiteren Problemen bewahren könnte. Sie könne gegen eine Kaution von 5.000 Dollar freikommen; allerdings unter der Bedingung, dass sie unverzüglich den Rückflug anträte und sich in Deutschland einer stationären Drogentherapie unterziehe.

Stefan nickt eifrig und gibt an, sich sofort um das Geld zu kümmern, um seine Mutter zu befreien. Er bittet darum, sie jetzt endlich sehen zu dürfen, denn er könne sich vorstellen, wie traurig, einsam und verängstigt sie sich in einer Zelle am anderen Ende der Welt fühlen musste.

Traudl sitzt in einer riesigen Zelle. Zusammen mit drei britischen Backpackerinnen, die am Strand besoffen aufgegabelt worden waren, und mit einer Prostituierten, die auch mit Drogen erwischt wurde. Doch anstatt Demut oder Traurigkeit zu zeigen, sorgt Traudl für Stimmung und macht gute Miene zum bösen Spiel. Auf besonderen Wunsch der Engländerinnen, die im letzen Jahr beim Oktoberfest waren, singt Traudl mit ihnen.

»Komm, hol das Lasso raus, wir spielen Cowboy und Indianer, wir reiten um die Wette ohne Rast und ohne Ziel ...«

Dabei übernimmt Traudl den Gesang, während die Engländerinnen und die Nutte die passende Performance liefern. Erst mal mimen sie das Lasso-Auswerfen, dann geben sie vor Indianer zu sein und tun anschließend so, als würden sie reiten.

»Here, we are. Is this your mother or not?«, fragt der Polizist, denn Stefan war völlig entsetzt und wie angewurzelt vor den Gitterstäben stehengeblieben.

Langsam nickt er und sagt zögerlich: »Yes, she is my mother.« Doch er sieht nicht glücklich dabei aus, seine Mutter im Dirndl den Cowboy- und Indianer-Song performen zu sehen. Wie sehr hätte er sich in diesem Moment eine Demenz gewünscht! Allerdings für sich selbst, damit er gegenüber dem Polizisten sagen könnte, diese Frau nicht zu kennen.

Da Traudl immer noch unter der Wirkung des Ecstasys steht, ist sie bester Laune und winkt nun ihren Sohn durch die Gitterstäbe herbei.

»Die sind alle so lieb hier, Stefan. Aber wo ist Hung?«, will sie wissen. Stefan streichelt ihre Hand und sagt mal wieder zu ihr: »Mama, es wird alles gut. Ich bring dich hier raus, ganz sicher. Mama, alles wird gut.« Irgendwie kommt ihm die Situation mehr als bekannt vor, nur wusste er jetzt, dass Drogen und nicht Gedächtnisprobleme für ihre Wesensveränderung verantwortlich waren.

Ein paar Stunden später ist Krisensitzung in der »Oakley Road, Nummer 16«. Alle Mitreisenden sind erschüttert, als Stefan ihnen berichtet, dass Hung ein Drogendealer sei und seine Mutter nur gegen Kaution und bei sofortigem Rückflug nach Deutschland aus dem Gefängnis freikomme. Aufgrund der fatalen Umstände sind sich alle einig, dass die bisher zusammengetrommelten Euros für Traudls Freilassung verwendet werden sollen, obwohl die eigentlich für ihre fünf Rückflugtickets gedacht waren. Alle sehen ein, dass es nicht zumutbar wäre, Traudl länger im Gefängnis zu lassen. Auf einmal beginnt Kylie zu weinen und Stefan wird klar, wie sehr seine Mutter der Reiseleiterin in dieser kurzen Zeit ans Herz gewachsen sein musste.

»Ich glaub das einfach alles nicht«, schnieft sie in ihr Taschentuch. Johannes nimmt sie in den Arm und sagt tröstend, dass sie das Geld bis zum Rückflug am 3. Januar schon irgendwie auftreiben würden. Und schon wieder kullern ihr dicke Tränen über die Wangen, doch sie denkt dabei gar nicht so sehr an Traudl. Sie sieht sich Tag und Nacht als »BED GIRL« arbeiten, um die Kohle für den Flug für dann immerhin noch vier Personen reinzubekommen.

»Dann müssen wir halt doch arbeiten gehen, um die Tickets zu bezahlen. Denn ich will so schnell wie möglich heim«, meldet sich Tina zu Wort, die immer noch genug Restalkohol im Blut hat, um auf eine solche Idee zu kommen. Die anderen schauen sie verwundert an. Sie war doch diejenige, die am liebsten hier bleiben oder verlängern wollte. Doch Tina hat nach dem Absturz in der Bar ihre Meinung geändert. Sie kann es nicht abwarten, endlich wieder in der gewohnten Umgebung ihrem Therapeuten die Ohren vollzuheulen. Sie weiß, dass sie auch in Sydney ihr Glück nicht finden wird, davon ist sie seit letzter Nacht absolut überzeugt.

Stefan fragt in die Runde, wer denn noch gerne so schnell wie möglich nach Hause wolle, und Johannes schließt sich Tinas Meinung an. Er leidet unter schrecklichem Heimweh und hat das mit den Frauen in Sydney aufgegeben. Kylie hat sowieso allen Grund schnell das Land zu verlassen, um sich in Deutschland um die Finanzen zu kümmern. Auch Stefan will bald heim, denn er fühlt sich verpflichtet, sich um seine drogenabhängige Mutter zu kümmern. Hinzu kommt, dass sein Versuch mit dem gleichen Geschlecht anzubandeln (dank Jason Bloomberg) kläglich gescheitert war und dass er seine Exfreundin Steffi vermisste und sich fragte, ob es nicht ein Fehler gewesen war, sich von ihr zu trennen.

Schließlich kommt die Reisegruppe zu folgendem Entschluss:

Sie wollten alle so schnell wie möglich weg aus Sydney. Nur Traudl hatte jetzt gezwungenermaßen die Chance, vorzeitig »Goodbye« zu sagen – dabei war sie diejenige gewesen, die hier am meisten Spaß gehabt hatte und gerne noch geblieben wäre. Das zusammengekratzte Geld war für Traudls Kaution und ihr Flugticket draufgegangen, sodass die finanzielle Lage der Zurückgebliebenen jetzt erdrückend war. Es fehlte die Kohle für vier Flugtickets und der 3. Januar nahte. Es musste dringend eine Lösung her!

Kylie sperrt sich in ihrem Schlafzimmer ein, nachdem sie Stefan die gemeinsamen »Ersparnisse« übergeben hat. Sie läuft im Zimmer auf und ab und weiß nicht, was sie zuerst machen soll. Sollte sie ihre Brüste 24 Stunden in die Kamera halten, um so in zehn Tagen 7.200 Euro (vier Tickets zu je 1.800 Euro) zu verdienen? Das war völlig unrealistisch, das wusste sie selbst. Sie ärgert sich, dass wegen dieses dummen Dealers Hung das Geld für Traudls Freilassung draufgegangen war. Aber bevor sie dasitzt und nichts tut, lässt sie die Jalousien runter und begrüßt die Kunden zu: »BED GIRL – Premiumfassung«. Dabei schmeißt sie den Staubwedel in die Ecke und hängt sich den Staubsauger um den Hals, denn die Show musste weitergehen. Sie würde arbeiten bis zum Umfallen, denn sie wollte die Gruppe wieder nach München bringen. Dafür war sie zu pflichtbewusst. Zum Glück trägt sie ihre Zorro-Maske und niemand kann ihre Augenringe sehen. Denn nachdem sie gestern Tina in der Bar verlassen hatte, hatte sie die ganze Nacht durchgearbeitet. Dieser Peter hatte sie netterweise nach Hause gebracht und ihr seine Handynummer gegeben. Aber was sie im Moment am wenigsten brauchte, war ein Mann. Kylie brauchte Geld. Doch dafür musste sie halt arbeiten. Sie lässt sich auf das Bettlaken fallen, um sich in Pose zu werfen, denn die Webcam würde gleich starten.

Nach der ereignisreichen Nacht schläft Tina erst mal bis ein Uhr mittags. Sie beschließt ab sofort keinen Alkohol mehr anzurühren und nicht mehr zu rauchen. Während sie diesen Entschluss fasst, sitzt sie bereits in der Strandbar an der Beach-Promenade und raucht, sozusagen zum Abschied, eine letzte Zigarette.

»Sorry, but no smoking inside«, befiehlt ihr der Kellner kopfschüttelnd.

Tina meint zwar, sie sitze ja am Fenster, wo der Rauch gut abziehen könne, doch der Kellner versteht keinen Spaß: Er reißt ihr die Zigarette aus der Hand, geht mit der noch brennenden Fluppe hinaus und steht jetzt damit auf der anderen Seite des geöffneten Fensters. Vor Tinas Augen tritt er den Glimmstengel demonstrativ mit seinen Flip-Flops aus und wirft ihn anschließend in den Aschenbecher.

Tina sitzt mit offenem Mund da. Sie kann nicht glauben, dass der blöde Kellner gerade ihre letzte Zigarette brutalst vernichtet hat. Sie will nur noch weg aus dieser Strandbar und verlangt die Rechnung für ihren Beefburger mit Pommes und die XXL-Cola.

Tina soll 28 Dollar zahlen, doch leider stellt sie fest, dass sie kein Bargeld dabeihat.

»Oh, I think, we have a problem«, sagt sie kleinlaut, und bringt ein gequältes Lächeln zustande.

»WE?«, fragt der Kellner ironisch und korrigiert sie mit offensichtlicher Genugtuung (wohl ein echter Sadist!): »I think, YOU have a problem. You can't pay your bill.«

Tina überlegt, wie sie aus dieser peinlichen Situation rauskommen könnte, und entscheidet sich für eine Mitleidsnummer.

»I am a german girl from Munich. I have forgotten my money. So, can I pay tomorrow?«, dabei versucht sie einen waschechten Dackelblick aufzusetzen.

Der Kellner will daraufhin ihren Personalausweis sehen. Nichtsahnend gibt sie ihm den Ausweis, den er einsteckt und mit dem er wieder hinter seinem Tresen verschwindet.

»HELLLO? Excuse me! What are yo doing with my identification card?«, Tina springt vom Stuhl auf und läuft zum Tresen.

»YOUR ID is now MY ID«, sagt der freche Kellner und teilt ihr mit, sie bekäme den Ausweis erst wieder, wenn sie morgen ihre Schulden bezahlt hätte. Tina findet das Verhalten des Kellners unmöglich und stapft wütend aus der Strandbar. Sie fühlt sich mal wieder beschissen. Als wäre es nicht schon schlimm genug, dass sie weder Mann, noch Kind, noch Job hatte – nein, jetzt hatte sie nicht mal mehr einen Pass! Und ohne Ausweis, so viel stand fest, würde sie dieses blöde Sydney niemals verlassen können.

Sie kann sich jetzt nicht mal mehr 2,20 Dollar für ein Busticket leisten und muss den rund 30-minütigen Fußweg antreten. Bei dem Geldautomaten um die Ecke brauchte sie ihr Glück gar nicht erst zu probieren: Das Konto war überzogen, kein Automat der Welt spuckte für sie was aus. Vom Amt gab es erst wieder am nächsten Ersten Geld.

Sie überlegt zu trampen, denn sie will jetzt nur noch ganz schnell nach Hause und sich unter die Decke verkriechen. Das letzte Mal, dass sie getrampt ist, war als 16-Jährige mit einer Freundin: Da wollten sie nach Holland zum Zelten. Ein Fernfahrer hatte sie bei Aachen aufgegabelt, nachdem sie auf seine Frage »Bock auf l'amour?« hin eifrig genickt hatten. Der Lkw-Typ hatte sie dann nach vier Kilometern wieder rausgeschmissen, als ihm klar wurde, dass die Mädels unter »L'amour« was ganz anderes verstanden hatten, denn ihre Freundin hatte die ganze Zeit verzweifelt auf der Landkarte nach dem Ort »L'amour« in Holland gesucht.

Die Erinnerung an diese Negativerfahrung in Sachen Trampen bewirkt, dass Tina zu Fuß heimgeht. Als sie endlich die »Oakley Road« erreicht, steht – welch ein Zufall! – gerade wieder der Eiswagen in der Straße. Sie versucht schnellen Schrittes das vermeintliche Witwer-Haus zu passieren, doch Fehlanzeige! Die kleine Göre hat sie bereits entdeckt, rennt über den Rasen auf sie zu und verlangt ihr »Schweigegeld« in Form von Eiscreme. Tina versucht ihr glaubhaft zu machen, dass Tante Tina keine Kohle habe und dass so viel Eiscreme nicht gesund für kleine Kinderzähne sei und außerdem jede Menge Kalorien habe. Die Kleine ist zwar traurig, gibt aber Ruhe und schaut Tina nach, wie sie erhobenen Hauptes an dem Eiswagen, an Martha Smith und weiteren Nachbarn vorbeistolziert. Tina glaubt allen Ernstes, sie habe den Kampf gegen die Fünfjährige gewonnen. Just in dem Moment schreit das kleine Miststück so laut, dass es garantiert die ganze Straße hören kann:

»MUMMY, MUMMY! THIS IS THE WOMAN, WHO WANTED THE EGGS OF DADDY!«

Daraufhin kommt eine hübsche Frau mit einem Säugling auf dem Arm aus dem Haus. Die vor dem Eiswagen versammelten Nachbarn starren Tina an, die grad ziemlich verlassen und verloren auf der Straße steht und nicht weiß, was sie machen soll. Sie möchte am liebsten im Erdboden versinken, doch der Asphalt ist härter als angenommen, wie sie gerade unter Einsatz eines stampfenden Beines feststellen muss. Sie versucht sich zu rechtfertigen, in Deutschland sei es ganz üblich, sich von einem Nachbarn ein paar Eier auszuleihen.

Martha Smith, die sich plötzlich an die morgendliche Begegnung mit Tina in Unterwäsche erinnert, versucht sie zu verteidigen, um einen Familienstreit unter den Nachbarn zu verhindern.

»Yes, it must be a true german thing to share food with neighbours. Paula, the lesbian, got some cucumbers by Tina last week«, versucht die alte Dame zu schlichten.

Tina nickt eifrig und mit hochrotem Kopf schleicht sie ins Haus. Sie ist froh, dass ihr die Witwer-Frau die Geschichte mit den Eiern abgekauft hatte. Als sie sich in ihr Zimmer verkrochen hat, fragt sie sich ernsthaft, was ihr wohl als Nächstes noch passieren würde. Sie ist fix und fertig, und will nur noch an »ihre starke Schulter zum Ausheulen« in München. Aber Dr. Weber ist weit weg und hat sich (typisch Mann!) nicht auf ihre Nachricht auf dem Anrufbeantworter hin bei ihr gemeldet.

Martha Smith braucht keine starke Schulter, denn ihr reicht erst mal ein Ohr. Das Ohr ihrer Tochter in Melbourne, um mal wieder zu besprechen, ob sie nicht doch zu ihr ziehen solle, denn die Zustände in ihrer Umgebung wurden immer dramatischer.

Stefan ist auf dem Polizeirevier und unterschreibt die letzten Papiere, um seine Mutter gegen Kaution freizubekommen. Er hat den ganzen Vormittag damit verbracht, für Traudl noch einen Platz in einer Etihad-Maschine zu organisieren. Auch der polizeilichen Auflage, sich unverzüglich in eine stationäre Drogentherapie zu begeben, konnte er gerecht werden: Traudl würde nach der Landung in München gleich in eine Entziehungsklinik nach Starnberg gebracht werden.

Zusammen mit dem Polizisten geht er nun zur Gefängniszelle, um seine Mutter rauszuholen.

Während die inhaftierten Frauen heute Morgen noch für reichlich Stimmung gesorgt hatten, herrscht jetzt eine geradezu himmlische Ruhe. Der Polizist schlägt mit seinem Schlüsselbund gegen die Gitterstäbe und das laute Metallgeräusch lässt alle hochschrecken, inklusive Stefan, der glaubt, gerade einen Hörsturz zu erleiden.

Als Traudl erfährt, dass ihr Sohn gekommen ist, um sie abzuholen, freut sie sich – aber nur bis sie die ganze Wahrheit erfährt: Heute endete ihr Australien-Aufenthalt! Schuld war angeblich ihr Drogenkonsum, von dem sie bis eben nicht die geringste Ahnung gehabt hatte. Sie behauptet allerdings allen Ernstes und unklugerweise, dass sie diesen Stoff zukünftig regelmäßig nehmen wolle, da man sich danach so gut fühle.

Stefan versucht ihr ein Zeichen zu geben, solche Äußerungen vor der Polizei bitte zu unterlassen, doch Traudl gibt ihm zu verstehen, dass auf dem Polizeirevier ohnehin keiner deutsch verstünde.

Mit Tränen in den Augen geht sie jetzt – mit ihrem Sohn an der Seite und gefolgt von dem Polizisten – den langen Flur entlang, um in die Freiheit zu gelangen. Stefan ist sich nicht ganz sicher, ob es Tränen des Glücks oder der Trauer sind, angesichts der Tatsache, dass sie nach Hause fliegen muss.

Doch plötzlich bleibt Traudl stehen.

»Ich habe noch etwas vergessen«, sagt sie und dreht sich um. Sie läuft zurück zu ihrer Gemeinschafts-Party-Zelle. Die Prostituierte, die die ganze Zeit ihren schwarzen Perückenkopf zwischen die Stäbe gesteckt und Traudl nachgeblickt hatte, freut sich, als diese nun auf sie zugerannt kommt.

»You didn't forget your promise of last night?«, fragt die Nutte überglücklich.

»I love you, Jacky O.! We are friends forever and I give you my ... ähm ... Versprechen«, ruft Traudl der Prostituierten zu, die nach eigener Angabe »Jacky O.« hieß und irgendwie null Gemeinsamkeiten mit der Witwe von John F. Kennedy und der ehemaligen First Lady der USA hat. Stefan und der Polizist sind fassungslos, dass Häftling Traudl Winckelmann offenbar lieber zurück in ihre Zelle als in die Freiheit wollte und blicken ihr kopfschüttelnd nach.

Martha Smith sitzt mal wieder auf ihrer Terrasse, isst friedlich zu Abend und trinkt dazu eine Tasse Tee. Plötzlich fährt ein Polizeiauto vor, ihm entsteigen zwei der Touristen-Nachbarn zusammen mit einem Polizisten. Martha traut ihren Augen nicht und überlegt, ob ihre Augen doch so schlecht geworden waren. Sie sieht die ältere Deutsche in einem Rock mit Leopardendruck, schwarzem Pailletten-Top und schwarzen Nuttenstiefeln, die ihr bis weit über die Knie gehen, zur Haustür stöckeln.

»Mama, du bist so peinlich! Muss dieses Auftreten denn wirklich sein?«, fleht Stefan.

»Ich habe es Jacky O. versprochen! Sie war so scharf auf mein Dirndl ... Da habe ich ihr versprochen, ihr meine bayerische Tracht zu schenken, wenn ich vor ihr aus dem Gefängnis käme.«

»Aber, Mama ...«

»Nix da, Stefan! Ein Versprechen muss man halten, und so ist deine Mutter! Wie das Versprechen, dass ich deinem Vater vor Gott gegeben habe. ER hat sich ja nicht dran gehalten, wie wir alle wissen.«

»Mama, nicht schon wieder die Geschichte!« Stefan öffnet die Haustür und verdreht dabei die Augen. Er bittet seine Mutter, sich doch wenigstens für den Rückflug umzuziehen, denn er will sie nicht als »PRETTY (OLD) WOMAN« zum Flughafen fahren.

Traudl hat 20 Minuten Zeit, um ihre Sachen zu packen. Sie ist sehr traurig, denn sie will nicht abreisen. Sie kann auch nicht glauben, dass Hung ein Drogendealer sei und sie mit Pillen versorgt haben soll. Ihr ging es in seiner Gegenwart immer fantastisch und nur zähneknirschend hatte sie zugestimmt, sich für eine Woche in die Entzugsklinik einliefern zu lassen. Sie wusste, dass sie keine Drogenberatung brauchte; sie wollte lieber die Trümmer ihrer Ehe aufarbeiten. Nur aus diesem Grund hatte sie zugestimmt, gleich nach der Ankunft in München nach Starnberg in die Klinik zu fahren, denn dort würde es sicher genügend Psychotherapeuten geben.

Zuerst verabschiedet sie sich von Johannes, der sie mit Tränen im Gesicht herzlich drückt. Er verliert in ihr einen Mutterersatz und weiß nicht, wie er ohne Traudl mit seinem Heimweh umgehen soll. Tina, die auch verheulte Augen hat – was allerdings auf ihre demütigenden Erlebnisse an diesem furchtbaren Tag zurückzuführen ist – umarmt sie ebenso. Kylie, die mit einem Staubsauger im Wohnzimmer steht, kullern auch die Tränen runter. Ihre Traurigkeit ist darauf zurückzuführen, dass sie jetzt rund um die Uhr als Online-Dessous-Model »BED GIRL« arbeiten musste, da ja mit der Auslösung und Heimschickung Traudls ihrer aller Geld dahin war.

»Wir sehen uns am 4. Januar zur Hochzeit von Stefans Bruder. Ich werde nämlich um Mitternacht 60 Jahre alt und ihr seid natürlich herzlich eingeladen«, sagt eine aufgelöste Traudl.

Dann gibt ihnen der Polizist mit einem Blick auf die Uhr das Zeichen, dass sie aufbrechen müssten, denn er würde die Ex-

Gefangene höchstpersönlich zum Flughafen bringen. Traudl hatte sich dann doch das Prostituierten-Outfit ausgezogen, nachdem sie Stefan mehrmals darum gebeten hatte, da er der Meinung war, dass sie so nicht in das Flugzeug einsteigen könne.

Martha Smith telefoniert an diesem Abend ein zweites Mal mit ihrer Tochter. Sie berichtet von merkwürdigen Zuständen in ihrer Nachbarschaft und dass sie vermute, eine der Nachbarinnen gehe dem ältesten Gewerbe der Welt nach. Und dass ihr jetzt wohl die Polizei auf die Schliche gekommen sei. Nach diesem Bericht ist auch die Tochter der Meinung, dass ihre Mutter bald zu ihr nach Melbourne ziehen solle, denn sie könne ja unmöglich in einer solchen Umgebung bleiben.

Bevor Traudl durch den Sicherheits-Check geht, bittet sie den Polizisten darum, zwei Minuten alleine mit ihrem Sohn sprechen zu dürfen.

»Stefan, mein lieber Sohn! Egal, was du bist, ob schwul, hetero, oder bisexuell – sei immer du selbst! Deine Mama ist immer für dich da, das weißt du, gell?«, dabei fällt sie ihm um den Hals. Stefan nickt. Irgendwie tut es ihm jetzt auch leid, dass sie schon, und dann noch unter diesen außergewöhnlichen Umständen heimfliegen muss.

»Allerdings, mir wäre ja schon lieber, wenn ich von dir mal Enkelkinder bekäme – und zwar keine adoptierten oder welche von einer Leihmutter, sondern selbstgemachte mit einer Frau. Wenn du verstehst, was ich meine?«, und dabei lacht sie ganz laut.

Stefan nickt eifrig und weiß ganz genau, dass sie meint, er solle doch einfach wieder ganz normal werden.

»Hier habe ich noch was für dich.« Sie reicht ihm eine winzige Schachtel.

»Was ist das denn, Mama?«, fragt er neugierig. Traudl öffnet die Schachtel für ihn und sagt, dies sei eine Halskette, die sie letztens in der Shoppingmall für ihn besorgt habe, als sie sich für eine Stunde getrennt hatten.

»Komm, ich hänge sie dir um. Weißt du, Stefan, damit wirst du immer an mich denken, egal wo du bist. Ich bin immer bei dir«, sagt eine jetzt zutiefst gerührte Traudl.

Stefan weiß nicht, was er davon halten soll, dass seine Mutter ihm nun am Flughafen eine Kette um den Hals hängt. Aber als guter Sohn lässt er es über sich ergehen, denn sie wäre ja bald weg.

»Das sieht entzückend aus«, sagt sie. Nachdem der Polizist einen kurzen verwunderten Blick auf Stefans Geschenk geworfen hat, mahnt er zum Aufbruch.

Mutter und Sohn drücken sich herzlich, und Stefan winkt ihr noch nach, als er sieht, wie sie von einem Security-Mann abgetastet wird. Die Sicherheitskontrolle hatte mit lauten Pieps-Geräuschen angezeigt, dass hier etwas nicht in Ordnung war. Wie sich herausstellte, waren die Sicherheitsnadeln für das Gepiepse verantwortlich, die Traudl unter ihrem Batikkleid hatte, um die Nuttenstiefel von Jacky O. zusammenzuhalten. Sie hatte wenigstens die Schuhe ihrer neuen besten Freundin anbehalten wollen, um so etwas Verbundenheit auszudrücken.

Punkt 22:40 Uhr hebt die Etihad-Maschine in Sydney ab; aufgrund der Zeitverschiebung würde sie erst am 25. Dezember Ortsdatum in München ankommen.

Als Stefan wieder neben dem Polizisten im Wagen sitzt, wirft er einen kurzen Blick in den Rückspiegel, um genauer zu begutachten, was ihm seine Mutter eben für eine Kette um den Hals gehängt hatte. Ihn trifft der Schlag! Er kann nicht glauben, dass dies ihr Ernst war: In fünf großen Goldbuchstaben steht über seinem Brusthaar: »M-U-M-M-Y«.

»Tag 20« Montag, 24. Dezember

Mitten in der Nacht um 3:41 Uhr geht ein Schrei durch das Haus.

»AAAUUUUUTSCHHHHH!«

Johannes schreckt auf. Und auch Tina und Stefan kommen einigermaßen verpennt im Schlafanzug aus ihren Zimmern. Das Geschrei kam eindeutig aus dem Erdgeschoss. Johannes rüttelt an Kylies Schlafzimmertür, doch sie ist abgesperrt.

»AUTSCHHH!«, hört man Kylie hinter der Tür immer und immer wieder kreischen.

Tina, Johannes und Stefan schauen sich ratlos an und überlegen, wie sie ihr helfen könnten. Johannes sieht nur eine Möglichkeit: Er wirft sich mit seinem ganzen Körper gegen die Tür, die sofort aus den Angeln springt und ihn »hereinlässt«. Durch die Wucht seines Aufpralls liegt er nun direkt vor Kylie auf dem Boden. Stefans und Tinas Blicke richten sich allerdings nicht auf den verunglückten Johannes, sondern auf Kylie.

Kylie liegt auf dem Bett. Sie trägt nichts außer einer Zorro-Maske und schwarzer Spitzenunterwäsche. Und Kylie kämpft – einen Kampf mit sich selbst, wie es scheint. Wild gestikuliert sie mit den Händen vor ihrem Hals herum, doch keiner versteht, weshalb.

Johannes, der sich etwas verdattert aufgerichtet hat, erkennt das Dilemma jetzt. Kylies Perlenkette hat sich im Staubsauger verfangen, und sie kämpft jetzt um jede Perle, damit diese nicht in den Schlauch gesogen werden.

Johannes stellt den Staubsauger aus. Dann löst er den Verschluss ihrer Kette, und rettet sie damit vor dem Ersticken.

»Na, wenigstens hat sich das mit dieser blöden Kette endlich erledigt«, stellt Tina trocken fest.

»Warum trägst du denn eine Maske?«, will Stefan wissen. »Und warum hast du diese Unterwäsche beim Saugen an?«

»Ähm ... das ist eine Schlafmaske, da es hier nicht richtig dunkel im Zimmer wird«, schwindelt sie.

»Aha, und warum sind wir jetzt zu viert auf dem Computer zu sehen?«, will Tina wissen, die in die Kamera winkt, um zu testen, ob sie wirklich eingeschaltet ist.

Ihr Winken wird sofort von mehreren Kunden erwidert, die irgendwo auf der Welt vor ihrem PC sitzen und darauf hoffen, dass gleich eine wilde Orgie losgeht. Doch daraus würde nichts! Stefan zieht den Stecker und der Bildschirm wird schlagartig pechschwarz.

»Was soll das alles hier?« Stefan verlangt jetzt für sie alle eine Erklärung.

Kylie, die nun ihre Maske absetzt, muss sich erst mal an das grelle Licht gewöhnen. Sie hatte seit einigen Stunden geputzt, Betten gemacht, Staub gewischt und gesaugt. Allerdings hatte sie versucht, mit dem Schlauch irgendwie erotisch rüberzukommen, was ihr dann zum Verhängnis geworden war und sie fast das Leben gekostet hätte. Sie hätte sich fast selbst stranguliert, wenn nicht Johannes die Tür aufgebrochen und sie in letzter Minute gerettet hätte. Aber sie lebte! Ihr kleines Geheimnis war jedoch tot, denn es war keines mehr. Alle wussten jetzt, dass Kylie ein Doppelleben als Online-Dessous-Model führte. Sie versucht sich allerdings herauszureden, dass es Tinas Idee gewesen wäre, mit so einem Schmuddelkram das schnelle Geld zu machen.

Tina schaut sie verwirrt an und fragt, wann sie das gesagt haben soll. Sie kann sich an nichts Derartiges erinnern und vermutet, da wieder sturzbesoffen gewesen zu sein.

»Na, neulich in der Küche. Als du meintest, der liebe Gott habe uns Frauen was gegeben, das dem anderen Geschlecht gut gefalle ...«

Tina ist sichtlich irritiert, doch so langsam erinnert sie sich an das Gespräch in der Küche. Sie hatte allerdings nie im Leben daran gedacht, dass sich die Reiseleiterin vor laufender Kamera mit Maske und in Unterwäsche räkeln sollte. Das war für sie natürlich nur ein »Witz« gewesen, wie sie den anderen gegenüber jetzt zu ihrer Verteidigung behauptet.

Kylie schämt sich und erzählt nun die ganze Wahrheit. Dass dies ihr letzter Versuch sei, das restliche Geld für die Tickets zusammenzubekommen. Doch nachdem sie den ersten großen Batzen für Traudls Freilassung und Rückflug hatten hergeben müssen, schien es jetzt fast aussichtslos, den Betrag in der kurzen Zeit jemals zusammenzubekommen.

Stefan meint, dass sie auch dieses Problem irgendwie gelöst bekämen. Doch könne er nun wirklich keine weiteren Ersparnisse mehr auftreiben, denn er habe bei der Finanzkrise mit Spekulationen viel Geld verloren. Johannes hatte fast alles in Bausparverträgen oder als Festgeld geparkt, sodass er so kurzfristig und dann noch über die Feiertage eh an kein Geld käme. Bei Tina lohnte sich keine Nachfrage, da sie total pleite war.

»Wir müssen arbeiten gehen«, schlägt Tina vor. »Anders geht es nicht.«

Doch es gibt das Problem mit der Arbeitserlaubnis. Die deutschen Urlauber könnten höchstens illegale Jobs als Spülkraft, Bedienung oder Weihnachtsmann annehmen – wobei letzterer Job nun auch wegfiel, da es bereits der 24. Dezember war. Doch selbst wenn alle bis zum 3. Januar rund um die Uhr durcharbeiten würden, sie kämen nie auf die Summe, die sie für die Flugtickets benötigten. Sie brauchten etwas, womit sie ganz, ganz schnell auf legale Art und Weise viel Kohle machen könnten. Sie sitzen auf Kylies Bett und grübeln. Auf einmal hat Johannes eine zündende Idee.

»Wir machen einfach ein Speeddating hier in Sydney! Das hat doch schon in München super funktioniert. Also, warum soll es hier nicht auch klappen?«

Die anderen schauen sich an und wissen noch nicht, wie sie darauf reagieren sollen. Aber es war immerhin ein Strohhalm, an dem sie sich festhalten könnten. Er gibt auch Kylie Halt, die nach ihrer Onlinetätigkeit nun zu ihrer eigenen Berufung zurückkommen könnte – zudem gäbe es so vielleicht wieder ein wenig Input für ihren Singleratgeber. Und je länger sie darüber nachdenkt, um so besser findet sie die Idee. Sie hatte noch ein paar Kontakte zur hiesigen Gastronomie, und könnte einige Bar- und Restaurantbesitzer fragen, ob sie das Speeddating in deren Räumen veranstalten könnten. Sie sieht endlich wieder Licht in ihrem ureigenen Tunnel. Vor lauter Erleichterung und aus Dankbarkeit angesichts seines guten Einfalls, fällt sie Johannes um den Hals und gibt ihm einen dicken Knutscher auf die Wange.

»Danke für deine Rettung! Danke für diesen genialen Einfall!«

Johannes steht wie angewurzelt da und hält die Hand an seine Wange, dort, wo ihn Kylie geküsst hatte. Tina versucht ihn zu provozieren:

»Bild dir bloß nichts drauf ein! Bei einer Frau, die sich halbnackt vor der Kamera herumtreibt, gehört ein Bussi zum Berufsalltag!«

Doch Johannes will das nicht hören. Er ist froh, nach den Umarmungen von Traudl (und der Scientologin) endlich mal wieder ein kleines bisschen Zärtlichkeit erfahren zu haben. Dabei war es ihm egal, dass diese Frau eben noch eine Zorro-Maske trug und sich Männern auf der ganzen Welt mit einem Staubsaugerschlauch in der Hand präsentiert hatte. Wenn er eines in Sydney gelernt hatte, dann war es, dass man Kompromisse eingehen musste! Und er war dazu bereit. Er war bereit für Kylie, die ihn doch tatsächlich geküsst hatte. Schließlich war er auch ihr Lebensretter – nachdem Tina ja darauf bestanden hatte, dass er in ihrem Fall nur Limetten gerettet hätte.

Am Nachmittag brechen Tina und Stefan auf, um im Woolworth-Supermarkt letzte Einkäufe für Weihnachten zu machen. Da Hung im Gefängnis sitzt, muss sich die Gruppe im Haushalt neu organisieren. Angesichts Kylies nächtlich entwickelter Putzqualitäten ist sie weiterhin für die Sauberkeit der

Gemeinschaftsräume zuständig. Tina und Stefan versuchen sich nun an der Zusammenstellung eines preisgünstigen Weihnachtsmenüs, denn sie müssen schließlich mit den Dollars haushalten. Nur Produkte zur Grundbedarfsdeckung, wie Cornflakes, Nudeln, Brot, Wurst, Käse, Salat, Tomaten, Klopapier und Milch, finden den Weg in den Einkaufswagen.

Als sie nach dem Einkauf im Auto sitzen, fragt Tina: »Bist du eigentlich traurig, dass du Heiligabend nun nicht mit deiner Mutter feiern kannst?«

»Wenn ich ehrlich bin – nein! Letztes Jahr hat Mama den ganzen Abend unterm Baum geheult. Das war das erste Mal ohne Papa. Und irgendwann fing sie an, die Krippe auseinanderzunehmen, die mein Vater mal selbst gebaut hatte. Und als Maria, Josef und das Jesuskind im hohen Bogen durchs Wohnzimmer flogen, war Weihnachten für mich irgendwie vorbei.«

»Aha, verstehe! Nicht die besten Erinnerungen an Weihnachten.«

»Und danach hat sie den Weihnachtsbaum mitsamt Christbaumständer aus dem Fenster geschmissen«, setzt Stefan noch einen drauf, um Tina ganz eindeutig klarzumachen, dass er keine Sehnsucht danach verspürte, mit Mama das heilige Fest zu zelebrieren.

Tina schluckt. Sie war immer wieder überrascht, dass Frauen, die eigentlich total lieb und friedlich wirkten, dann in Extremsituationen so ausrasten konnten. Sie hat dabei auch Kylie vor Augen, wie sie die arme Ernie-Puppe fast totgeschlagen hatte. Sie hofft nur, dass sie nicht selbst einmal als eine solche Furie endete, und sich immer weitgehend unter Kontrolle haben würde. Zumindest bis zur nächsten Therapiestunde bei Dr. Weber.

RING, RING, RING!!! Kylie, die gerade das Wohnzimmer staubsaugt, hebt den Hörer ab. Johannes, der das Staubwischen übernommen hatte, beobachtet, wie sich ihre Gesichtsfarbe von normal zu kalkweiß verändert und dass sie anfängt zu schwitzen.

Nachdem sie aufgelegt hat, setzt sie sich erst mal hin. Johannes nimmt an, dass vielleicht einer ihrer weltweiten Kunden ihre wahre Identität herausgefunden hatte und ihr nun das unmoralische Angebot gemacht hatte, für eine Million Dollar mit ihm zu schlafen.

»Was ist los, Kylie, du schwitzt ja voll?«

»Das war das Altenheim«, sagt sie traurig.

»Oh nein, ist jemand gestorben?«, fragt Johannes neugierig.

Sie schüttelt den Kopf. »Nein, ganz und gar nicht. Sie ist wieder topfit. Sie will morgen zum ›Christmas Day‹ vorbeikommen.«

»Wer will kommen? Ich verstehe nur Bahnhof.«

»Tante Claire hat ihren Besuch angekündigt. Die Krankenschwester hat angerufen, dass sie morgen zum Mittagessen erscheinen wird. Es ist ihr großer Wunsch, noch einmal ihr Haus zu sehen, in dem wir seit fast drei Wochen leben.«

Nachdem Tina und Stefan vom Einkaufen zurück sind, versammeln sich alle beim gewohnten Gongschlag im Wohnzimmer, um zu erfahren, welche Hiobsbotschaft Kylie nun für sie parat hält.

Kylie gibt zu, dass sie das Haus nicht wirklich für einen Monat gemietet hatte. Es gehöre eigentlich Bobs Tante Claire, die sich allerdings auf einer Kreuzfahrt einen Oberschenkelhalsbruch zugezogen hatte und im Anschluss an den Krankenhausaufenthalt gleich ins Altenheim gezogen war.

»Oh, die Arme! Das hatte meine Oma auch mal und dann ist sie bald darauf gestorben«, meint Johannes.

»Ja, das hatten wir uns auch so vorgestellt. Aber Tante Claire ist zäh. Sie hat sich mit ihren 87 Jahren noch mal richtig aufgepeppelt und will morgen kommen.«

»Aber wo ist das Problem?«, will Tina wissen. »Dann soll sie doch kommen und kochen, jetzt wo Hung weg ist. Omas können doch immer gut backen und kochen.« Tina wittert eine

Chance, morgen doch noch eine Gans serviert zu bekommen, und Weihnachten nicht bei Spaghetti mit Tomatensoße verbringen zu müssen.

»Von der willst du nix essen, glaub mir!«, kommt es in barschem Ton von Kylie. Sie erzählt, dass Tante Claire nichts davon wisse, dass in ihrem Haus fremde Menschen wohnten, die bei einem Speeddating gewonnen hatten. Die Tante wisse nur, dass sich Bob, ihr Neffe, und sie im Haus aufhielten und Ferien machten.

Kylie nimmt an, dass die Tante ausflippen wird, wenn sie erfährt, dass Bob überhaupt nicht mehr hier ist und sich stattdessen ein paar Münchener in ihrem Haus aufhalten. Kylie ist verzweifelt angesichts der Achterbahn ihrer Gefühle: erst das erniedrigende Outing als Online-Dessous-Model, dann der Lichtblick mit dem australischen Speeddating und nun wieder der drohende Absturz, wenn sie ihre Unterkunft wegen der anrückenden Tante verlieren würden.

»Wir finden auch hier eine Lösung«, versucht Johannes sie zu beruhigen. Tina will wissen, wann Tante Claire denn käme, damit sie sich dann verstecken könnten.

»Morgen um 12:30 Uhr. Und sie wird zwei Nächte bleiben. Das halte ich nicht aus. Wo ist denn diese verdammte …?«

Johannes weiß, was sie braucht, und gibt ihr schnell die Ernie-Puppe mit dem Foto von Bob, das nun mit Reiszwecknadeln festgepinnt war. Sekunden später sieht man Kylie die Puppe gegen den Tisch schleudern und immer wieder brüllen: »Du bist an allem schuld! Nur du, du, du! Ich hasse dich, ich hasse dich!«

In Australien kommt der Weihnachtsmann erst am Morgen des 25. Dezember. Daher wissen sie nun überhaupt nicht, was sie am Heiligabend machen sollen, denn richtig Lust auf Weihnachten hat keiner. Die Stimmung ist mächtig im Keller. Dazu fehlt es ihnen auch noch an einem bezahlbaren Weihnachtsessen. Kylie ist jetzt noch mal losgefahren, um mit den letzen Kröten für ein anständiges Essen einzukaufen, um Tante Claire zu beeindrucken. Als Kylie wieder zur Tür hereinkommt, strahlt sie bis über beide Ohren.

»Ich habe tolle Neuigkeiten!«

»Tante Claire ist tot?«, fragt Johannes.

»Ach, Quatsch, so was meine ich nicht! Ich habe eben im Supermarkt unsere Nachbarn, die McCains, getroffen und sie haben uns zu ihrer ›Christmas Party‹ eingeladen. Es ist allerdings eine Kostümparty mit dem Motto ›Kindheits-Traumberufe‹.«

Kylie kann alle dazu überreden, diese Alternative einem armseligen und vermutlich langweiligen Heiligabend zu Hause vorzuziehen. Sie weiß, dass Tante Claire auf dem Dachboden eine Kiste mit vielen Kostümen hat, die sich schnell aufgeklappt mitten im Wohnzimmer wiederfindet.

Um kurz nach 20 Uhr finden sie sich auf einer Party wieder, auf der anscheinend alle Gäste als Kind Weihnachtsmann oder Engel werden wollten. Alle, bis auf die vier Münchener, die sich jetzt in ihren Kostümen etwas albern vorkommen. Johannes trägt ein Feuerwehrmann-Outfit und nervt, da er jedem gerne mal seinen Schlauch zeigen will, was zu einigen Missverständnissen führt. Kylie mimt die Queen und trägt eine Krone auf dem Kopf. Kaum vorstellbar, dass Ihre Hoheit noch wenige Stunden zuvor halbnackt und für Geld die Betten gemacht hatte. Wenn das die Presse erführe, wäre die englische Monarchie endgültig nur noch Geschichte! Stefans Kostüm lässt sehr schnell Rückschlüsse auf seine sexuelle Orientierung zu, denn er ist als Matrose unterwegs. Dabei hatte er noch nie im Leben ein Kreuzfahrtschiff betreten und war bisher nur einmal an Bord einer Autofähre. Der Knaller ist Tina: Sie ist Krankenschwester in einem wirklich sexy Outfit. Allerdings schnürt sie dieses Kleid mächtig ein, sodass sich die Knöpfe bald selbstständig machen wollen. Ihre Kurven passen nicht ganz in das Kleid und so versucht sie am Heiligen Abend nur Salzstangen zu knabbern und beim Reden die Luft anzuhalten, damit die Nähte nicht platzen.

Nachdem zum achten Mal an diesem Abend »Last Christmas« von Wham und »All I want for Christmas is you« von Mariah Carey gespielt wurde, bricht Tina ihr Gelübde, dem Alkohol abzuschwören. Sie braucht dringend Alkohol, um das alles ertragen zu können. Ansonsten platzte ihr im wahrsten Sinne des Wortes gleich der Kragen – oder in ihrem Fall das Kleid. Leider ist auf die Schnelle kein Gin Tonic aufzutreiben und so macht sie sich an den Punsch heran. Gerade als sie sich das ekelhaft aussehende Gesöff mit der Kelle in ein Glas schaufelt, stoppt die furchtbare Musik. Tina hofft, dass der Abend jetzt endlich eine angenehmere Wendung nehmen würde.

Doch weit gefehlt! Denn jetzt wird ganz traditionell gewichtelt. Kylie hatte zu Hause noch schnell für alle ein paar Dinge eingepackt, da sie so was schon geahnt hatte. Und Tina ist nun die Erste, die in den Sack greifen und ein Geschenk herausziehen darf.

»Please, sing a german christmas song!«, rufen ihr die Partygäste zu, denn anscheinend ist es ebenfalls eine Tradition, beim Geschenkeauspacken ein Lied zu singen.

Tina, die sich schon beim Karaokeabend hartnäckig gesträubt hatte ihr Stimme einem Publikum zu offenbaren, steht nun mit ihrem Punschglas wie verloren da und weiß nicht, was sie machen soll. Stefan, der anscheinend hofft, dass sich unter den Gästen ein Plattenboss befindet, springt plötzlich auf und schlägt vor, diese Aufgabe gemeinsam zu meistern. Und so singen Krankenschwester Tina, mit verzerrten Gesicht, und ein ganz aufgeregter Matrose Stefan voller Hingabe: »Oh, Tannenbaum, oh, Tannenbaum, wie grün sind deine Blätter!«

Danach heuchelt Tina verhaltene Freude über ihr neues Waffeleisen und steuert aus Frust darüber gleich den Weg zur Punschschale an, um sich ein weiteres Gläschen zu gönnen.

Matrose Stefan ist glücklich über eine Nagelfeile, und unterhält sich dann mit einem »Pfarrer«, der ihn entweder bekehren oder aber angraben will. Vielleicht will er ihm auch die

Beichte abnehmen, denn die beiden verziehen sich ins Nebenzimmer.

Queen-Elisabeth-II.-Kylie lacht – wie immer affektiert – darüber, dass ihr der Weihnachtsmann Garfield-Hausschuhe geschenkt hat und weigert sich als Oberhaupt des Vereinigten Königreichs, diese vor allen Leuten anzuziehen. Neben ihr sitzt Johannes, der ein Kamasutra-Buch in englischer Sprache ausgepackt hat, und glaubt, es handele sich um ein »Malen nach Zahlen«-Buch.

Tina merkt ziemlich schnell, dass diese Party nicht so recht das Wahre für sie ist und beschließt ihre guten Vorsätze, was das Trinken und das Rauchen angeht, auf Silvester zu verschieben. Sie hält ihr drittes Glas Punsch fest umklammert, als sie von einem Police Officer angesprochen wird.

»Hi, young Lady! I think, you were bad yesterday and I have to arrest you«, flirtet er sie an. Tina verschluckt sich fast bei der Vorstellung, von dieser Schnitte mal ins Verhör genommen zu werden. Sie will ihm die Sonnenbrille abnehmen, um zu sehen, ob sich dahinter nicht einer der Witwer (Paula, das Mannsweib, oder Howard, der Ehebrecher) befindet. Doch der Mann für Recht und Ordnung hält ihr Handgelenk fest und stoppt sie. Als Tina ihm mit der anderen Hand wenigstens die Mütze abziehen will, wird auch diese Hand umklammert. Einen Mann, der sich nimmt, was er will, findet sie gut. Und Sex mit einem australischen Polizisten wäre etwas, wogegen sie grundsätzlich nichts einzuwenden hätte.

»I was a very, very bad lady«, flüstert sie ihm ins Ohr. »Very, very bad«, wiederholt sie hauchend.

»I know«, lächelt er verschmitzt. Tina sieht sich dabei immer selbst in seinen gespiegelten Sonnenbrillengläsern.

»Can I see your ...« Der Officer räuspert sich und schaut verlegen zur Seite.

Tina rechnet mit allem. Was der Gesetzeshüter wohl von ihr sehen will? Sie haucht ihm entgegen:

»Yes, I show you, whatever you want to see.« Sie merkt schon das Kribbeln in ihrem Bauch, das allerdings auch vom Luftanhalten kommen könnte, damit das Kleid nicht platzte.

»I wanna see your Identification Card, because I want to know, with which person I am talking.«

»Yes, sure«, sagt Tina. Sie ist von der simplen Frage etwas enttäuscht. Der Polizist befreit jetzt ihre Handgelenke und sie rennt schnell zu ihrer Luis-Vuitton-Tasche, die auf der Couch liegt. Sie kramt darin herum, doch sie findet ihren Ausweis nicht.

»Goodbye, Tina Essers«, sagt der Polizist plötzlich hinter ihr. Er zieht Sonnenbrille und Mütze ab und grinst sie an: »I want my 28 Dollar. Very, very bad Tina Essers.« Daraufhin verlässt er die Party.

Da fällt es Tina wieder ein. Sie hatte vergessen ihre Schulden zu zahlen – und soeben mit dem ekelhaften Kellner geflirtet! Sie ist so sauer, dass sie auf dieses Spiel hereingefallen war, dass sie beschließt sich gleich morgen über ihn zu beschweren. Sie würde dafür sorgen, dass dieser unhöfliche und eingebildete Kellner in hohem Bogen aus der Beachbar rausflog.

»Queen« Kylie amüsiert sich heute Abend prächtig. Zwar fällt das Tanzen mit der Krone auf dem Kopf etwas schwer, doch sie schlägt sich wacker. Auch als ihr Feuerwehrmann Johannes mehrfach auf die Füße steigt, ist sie zwar »not amused«, überspielt das Ganze aber souverän. Johannes klebt den ganzen Abend förmlich an ihr. Es scheint, als habe er in ihr einen Traudl-Ersatz gefunden.

Matrose Stefan bringt an diesem Abend noch weitere deutsche Weihnachtslieder zum Besten. Dabei nervt ihn dieser Weihnachtsengel neben ihm, der die ganze Zeit so hoch singt, dass fast die Fensterscheiben zerbersten. Ein Blick auf sein Handy verrät, dass sich Jason immer noch nicht gemeldet hatte, trotz mehrerer Warn-SMS seitens Stefan, dass er nicht mehr lange in Sydney wäre. Dafür hatte sich aber Harry, der Ex-Castingshow-

Kandidat, gemeldet und ihn für morgen zum Abendessen eingeladen.

Nachdem Tina bereits vor Mitternacht von der für sie nicht ganz so erfolgreichen Party nach Hause gekommen ist, versucht sie nochmals Dr. Weber zu erreichen. Wieder meldet sich nur sein Anrufbeantworter. Sie hat gerade ganz starken Redebedarf und mal wieder niemanden, dem sie sich mitteilen kann. Außer ihr Urlaubstagebuch.

Ich will unbedingt nach Hause. Die Männer in Sydney sind genauso blöd wie in München. Nur hier ist es wärmer und sie sprechen eine andere Sprache, die ich trotz Sprachschule aber immer noch nicht richtig verstehe. Traudl musste heimfahren und ich bin froh, dass ein Esser weniger am Tisch ist, da wir bald kein Geld mehr haben. Zum Glück haben meine Eltern mir 200 Euro zu Weihnachten geschickt, wovon die anderen aber nichts wissen. Ich brauche unbedingt lebensnotwendige Dinge wie neuen Haarschnitt, Handcreme und Bimsstein für Hornhautentfernung. Vom Amt gibt es ja erst wieder am 1. Januar Geld und irgendwie muss ich hier über die Runden kommen. Lage ist ernst, wenn sich sogar schon die Reiseleiterin für Kohle ausziehen muss.

Bin Samstag total abgestürzt und habe beschlossen, keinen Alkohol mehr zu trinken (heute leider rückfällig geworden) und mein Leben zu ändern. Und das Erste, was ich ändern werde, ist, dass ich mir meine »Identität« zurückhole. Gleich morgen werde ich zur Strandbar gehen, die Schulden bezahlen und meinen Ausweis zurückverlangen. Ich komme mir vor wie eine Asylbewerberin, der man die Papiere weggenommen hat. Danach werde ich mit dem Chef sprechen, dass der seinen Kellner rauswerfen soll, dieses arrogante Arschloch!

»Tag 21« Dienstag, 25. Dezember

Pünktlich um 12:30 Uhr fährt ein weißer Jeep vor. Der Fahrer, ein junger Pfleger, steigt aus und geht zur Beifahrerseite, um die Tür zu öffnen. Sehr schwerfällig steigt eine kleine, alte Dame aus. Der Pfleger hilft ihr dabei, da ihre Knochen wohl nach der zweistündigen Autofahrt etwas eingerostet sind. Sie ist höchstens 1,60 Meter groß, trägt flache Schuhe, eine weiße Leinenhose und eine geblümte Bluse. Der Pfleger geht zum Kofferraum und holt einen Gehwagen hervor, damit die Dame etwas sicherer laufen kann. Mit einem großen weißen Schlapphut, unter dem ein paar dünne graue Haare hervorlugen, rollt sie nun in kleinen Schritten zum Haus. Sie freut sich sehr darauf, ihren Lieblingsneffen Bob nach über drei Jahren endlich wiederzusehen.

»Tante Claire, Tante Claire!«, kommt Kylie ihr entgegen und umarmt sie. »Wie schön dich endlich nach so vielen Jahren wiederzusehen. Gut siehst du aus! Und wie gut du schon wieder laufen kannst!«, lügt sie ihr ins Gesicht.

»Hör auf zu schleimen, Kylie! Ich sehe aus wie 100 und laufe wie ein zweijähriges Kind, das sich ständig und überall auf die Fresse legt. Du bist aber auch alt geworden, meine Liebe. Ich habe dich ganz anders in Erinnerung«, sagt die alte Dame mit einer Stimme, wie der von »Sophia«, der Ältesten der »Golden Girls«. Dabei spricht sie sehr gut deutsch, mit einem verrauchten britischen Akzent. Tante Claire war in erster Ehe mit einem deutschen Kaufmann verheiratet, der sich aus unerklärlichen Gründen auf dem Dachboden erhängt hatte. Neben den Sprachkenntnissen hatte er ihr aber zum Glück so viel Geld hinterlassen, dass sie aus Dankbarkeit und in ewiger Erinnerung immer deutsch sprach, wenn Kylie oder Bob zu Besuch waren.

»Merry Christmas, liebe Tante Claire«, versucht Kylie schnell von ihrem Aussehen abzulenken, denn sie weiß, wie direkt und ehrlich die Tante sein konnte, und dass sich diese damit nicht viele Freunde in ihrem Leben gemacht hatte.

»Wo ist mein Neffe? Ich habe ihn schon so lange nicht mehr gesehen«, sagt sie mit verrauchter Stimme.

Kylie bedankt sich bei dem Pfleger und trichtert ihm ein, die Tante unbedingt am 27. Dezember wieder abzuholen. Als sie im Haus sind, fragt sie Claire, ob sie denn durstig sei.

»Cognac, Kylie! Und bitte laber mich nicht voll! Ich bin dieses viele Geschnatter nicht gewöhnt. Im Heim wird ja kaum geredet, denn die meisten sagen gar nichts mehr und warten nur darauf, endlich in die Hölle oder in den Himmel entlassen zu werden.«

Kylie springt zum Barfach und serviert ihr das Lieblingsgetränk, sodass sich das alte Tantchen ganz schnell wieder zu Hause fühlt.

»Kylie, mach mal diese Schublade auf!« Tante Claire deutet auf den Schrank neben dem Barfach.

»Aber Tante Claire! Du willst doch nicht etwa um diese Zeit rauchen? Und das an Weihnachten!«

»Na, und ob! Ich bin 87 Jahre und kann machen, was ich will, verstehst du?« Dabei bläst sie ihr schon den Qualm einer dicken Zigarre ins Gesicht, sodass Kylie heftig husten muss. Endlich kommt auch Bob die Treppe herunter und begrüßt seine Tante:

»Tante Claire! Wie schön, dass du hier bist und wie schön dich endlich mal wiederzusehen!«

Kylie betet. Sie hofft, dass der kleine Trick nicht auffliegt und dass das Tantchen ihnen abkauft, ihr Lieblingsneffe stehe vor ihr. Immerhin hatte sie den seit über drei Jahren nicht mehr gesehen. Johannes trägt Sonnenbrille und Baseballkappe. In der Nacht zuvor hatten Kylie und er beschlossen, dass er in die Rolle von Bob schlüpfen würde. Er war sich zwar noch unsicher, wie er einen 50-jährigen George-Clonney-Verschnitt spielen sollte, doch er wollte nichts unversucht lassen, um ihre Unterkunft in Sydney zu sichern. Sie wollten alles daransetzen, dass Tante Claire schon früher abreiste und nicht ganze zwei Nächte blieb.

Sie hatten einen Plan ausgearbeitet, der den Pfleger dazu bringen würde, schon bald wieder vorzufahren.

»Bobby, komm her! Lass dich drücken, mein Junge!« Johannes wird von ihren alten Knochen umklammert und lässt sich abknutschen. Eigentlich gefällt es ihm, Zärtlichkeiten zu bekommen, aber nicht von einer alten Frau, die nach Zigarre, Cognac und Altenheim stinkt.

Tante Claire will wissen, warum er nicht Brille und Mütze abnehme, doch Kylie erklärt, dass sich Bob einer Augenoperation unterzogen habe und daher sehr lichtempfindlich sei. Vorsorglich trage er sogar noch die Kappe, damit wirklich kein Licht an die Augen gelange.

»Wo ist eigentlich Hung, meine gute und geschätzte Haushaltskraft?«, will die Tante nun wissen.

»Oh, Tante Claire! Er ist nach Vietnam zurück. Er hat Sydney vorerst verlassen«, schwindelt Kylie.

Tante Claire ist darüber sehr verwundert und stellt gleich die nächste Frage. Und noch eine Frage und immer so weiter. Immer wieder antwortet Kylie anstelle von Bob, der eigentlich die Fragen gestellt bekommt, aber sie wollen verhindern, dass Tantchen den Bluff an seinem nicht vorhandenen australischen Akzent erkennt.

»Hunger«, kommt plötzlich aus dem Mund der alten Frau und sie bestimmt, dass Kylie doch endlich in die Küche gehen und ihr was Ordentliches servieren solle. Sie will die Zeit nutzen, um einmal alleine mit Bob zu reden.

Tina klopft gegen die Scheibe der Strandbar, die den einfallsreichen Namen »Bondi Beachbar« trägt und auf einer Anhöhe liegt, sodass man von dort einen fantastischen Blick auf den Ozean hat. Drinnen sieht sie den Kellner, wie er Gläser poliert. Sie ärgert sich, dass er nicht auf ihr Klopfen reagiert. Erst als sie fast schon mit der Faust die Scheibe durchschlägt, sperrt er auf.

»We are closed«, sagt er unfreundlich.

Sie quetscht sich an ihm vorbei und geht zielstrebig zum Tresen, auf dessen Glasablage sie jetzt ungeduldig mit ihren Nägeln tippt.

(Zum besseren Verständnis wird hier gleich ins Deutsche übersetzt.)

»Ich will sofort mit dem Chef sprechen. Das ist eine absolute Unverschämtheit, wie Sie mit mir umgehen. Hier in der Bar, als ich mein Geld vergessen hatte, und dann dieser Auftritt gestern auf der Kostümparty. Ich will sofort meinen Ausweis zurück, aber flott!«

Der Kellner grinst und verlangt, dass sie erst mal ihre Schulden begleichen solle. Sie knallt ihm 28 Dollar in Münzen auf den Tisch und fragt erneut nach seinem Chef.

»Und wo ist der Rest?«, fragt er. Tina schaut irritiert und fragt, was er denn meine.

»Na, die Zinsen. Ich warte ja schon eine Weile auf meine Kohle und mit einem Zinssatz von zehn Prozent pro Tag bekomme ich ganz genau 32,60 Dollar.« Dabei grinst er sie frech an.

»Wollen Sie mich verarschen? Zinsen? Ich glaube, ich spinne! Wo ist Ihr Chef? Das ist eine absolute Katastrophe mit Ihnen. Sie gehören gekündigt, und zwar sofort.« Der Kellner grinst nur und macht sich einen Spaß daraus, Tina so aufbrausend zu sehen.

»Sehr süß, Frau Essers! Vor allem wenn die Halsschlagader so hin- und herzuckt, Frau Essers, das gefällt mir.« Der rotzfreche Kellner versucht Tina zu veräppeln, indem er immer ganz bewusst »Frau Essers« sagt und dabei schadenfroh grinst.

Tina kann nicht fassen, dass der Kellner nun auch noch versucht sie anzubaggern. Noch schlimmer findet sie aber den Hinweis auf ihre hervorstehende Ader. Das findet sie nämlich ziemlich unsexy und sie hatte tatsächlich schon bei mehreren Schönheitschirurgen angefragt, ob man das weglasern könne. Er wirft ihr nun ein Geschirrtuch rüber und sagt, dass sie das fehlende Geld ja abarbeiten könne.

»Nein, ich will Ihren Chef sprechen und mich beschweren«, beharrt Tina.

Er lacht auf. »Ja, die Deutschen immer mit ihren Beschwerden! Das ist so lustig, ich kenne kein anderes Volk, das sich so gerne beschwert, wie das deutsche.« Sie bittet ihn nun ein weiteres Mal, den Chef zu rufen.

»Hier bin ich! Er steht vor dir, Tina Essers«, sagt er verschmitzt grinsend.

Tina schluckt. Also war der Kellner der Boss des Ladens! Sie ist gerade etwas sprachlos, denn damit hatte sie nicht gerechnet. Sie stammelt herum und versucht Worte zu finden.

»Ich bin hier eine ›Two-Men-Show‹. In der Küche habe ich einen Koch, aber den Service mache ich komplett alleine und kann immer etwas Hilfe gebrauchen. Also, mein Angebot steht: Du hilfst mir und kannst das komplette Geld behalten. Dafür arbeitest du aber auch vier Stunden hier. Ist das ein Deal?«

Tina überlegt, ob sie wirklich am 1. Weihnachtstag in einer Strandbar arbeiten möchte. Aber sie hat eigentlich keine andere Wahl, wenn sie ihren Ausweis zurückhaben will. Auch wenn ihr der Chef sehr suspekt vorkommt, willigt sie gönnerhaft ein. Der Chef stellt sich als »Jack« vor, und erzählt, dass er Halbitaliener sei, mit einer australischen Mutter und einem Vater, der aus Sizilien stamme.

»Wenn du gut gearbeitet hast, gibt es sogar den Ausweis zurück. Wie hört sich das an?«

Tina findet, dass es sich bescheuert anhört, dass sie Gläser polieren soll um so ihre Staatsbürgerschaft zurückzubekommen. Lustlos greift sie zum Geschirrtuch und beginnt das Besteck abzutrocknen. Aber sie sagt sich immer und immer wieder, dass sie das alles nur wegen des Geldes macht und hoffentlich bald wieder nach Hause fliegen kann.

Stefan kommt mit 15 Minuten Verspätung in Harrys Wohnung an. Harry lebt im Stadtteil »Pyrmont«, in unmittelbarer Nähe des »Darling Harbour« in einem riesigen Apartmentkomplex mit Namen »Palladium«. Stefan entschuldigt sich für die Verspätung, aber er hatte den öffentlichen Nahverkehr nutzen müssen, da Kylie ihr Auto in der Nähe haben wollte, falls sie die Tante ganz schnell wieder ins Heim fahren müsste.

Harry hat Känguru gekocht und schwärmt, dies sei eine absolute australische Köstlichkeit. Stefan bedankt sich noch mal für die Einladung, und dann unterhalten sich die beiden angeregt, während sie auf dem Känguru rumkauen.

Harry erzählt, dass er sich seit Jahren als Servicekraft bei »Starbucks Coffee« herumschlage und dass die Teilnahme an der Gesangsshow »X-Factor« für ihn das Wichtigste in seinem Leben gewesen sei. Doch nach dem Ausscheiden mit dem vierten Platz und dem Ende seiner Affäre mit Jason war er wie so viele andere Casting-Teilnehmer in Vergessenheit geraten. Er verdiente sein Geld immer noch mit Kaffeekochen und träumte nach wie vor von einer großen Gesangskarriere.

Stefan hört interessiert zu. Er ist überrascht, wie unterschiedlich Lebensläufe sein konnten. Aber er findet es beeindruckend, dass Harry versuchte, an seinem Traum als Sänger festzuhalten.

Harry will wissen, ob sich Jason mittlerweile bei Stefan gemeldet habe, doch der schüttelt den Kopf.

»It is typical for a gay guy and very typical for Jason Bloomberg«, sagt Harry und klärt ihn über das typische, oberflächliche schwule Leben auf. Danach will er etwas mehr von Stefans Leben erfahren.

Stefan beginnt zu erzählen und es ist, als kennten sie sich schon ewig. Er berichtet von seiner Lebenskrise und davon, nicht zu wissen, ob er hetero, bi oder schwul sei. Von der Trennung von seiner Freundin Steffi, mit der er elf Jahre zusammen gewesen war und die er derzeit fürchterlich vermisse. Er fragt sich, ob es das alles wert war, die Beziehung für seine persönliche Midlife-Crisis aufzugeben.

Harry tut das, was man von einem Freund erwartet: Er hört zu. Und Stefan hat endlich das Gefühl jemanden gefunden zu haben, der verstand, was er gerade durchmachte. Weder sein Therapeut, noch seine Mutter oder Tina konnten Harry darin das Wasser reichen. Er ist sich sicher, in ihm ein echten Freund gefunden zu haben. Und da Freunde ehrlich miteinander umgehen, will er ihm etwas beichten.

»I hate kangoroo. It's not my favourite meal.«

Harry lacht laut los, denn er dachte eher, Stefan wolle ihm gerade seine Liebe gestehen. Er liebt diese deutsche, ehrliche und direkt Art, die man bei Australiern oft vermisst.

Plötzlich druckst Stefan herum, denn es gibt noch eine Sache, die ihn brennend interessiert. Er würde gerne wissen, wie das zwischen zwei Männern im Bett läuft, denn zwischen Mann und Frau ist die Rollenverteilung im Bett schließlich genau definiert. Harry versucht es ihm am Beispiel einer Fluggesellschaft zu erklären und meint, dass einer der Pilot sei und der andere der Flugbegleiter. Stefan versteht nur »Bahnhof« und schaut irritiert. Aber Harry erklärt ihm, dass der Pilot in der Rangordnung über dem Flugbegleiter stehe und er das Kommando habe. Er wisse, wo die Reise hingehe, nach seinen Anweisungen würde gespielt. Stefan nickt, da er so langsam versteht, was Harry meint. Stefan ist diese Metapher allerdings etwas zu kompliziert und so speichert er in seinem Hirn nur ab, dass der Pilot immer oben liegt und der Flugbegleiter unten. Nachdem dies geklärt ist, erzählt Stefan von den finanziellen Problemen der Gruppe und dass sie nicht wüssten, wie sie schnell an Geld kämen, um Sydney wieder verlassen zu können. Er fragt seinen neuen Kumpel Harry, ob er denn wisse, wie man ganz schnell an Geld komme.

Und in der Tat fällt Harry was ein. Er hat einen Plan, für den erst ein bisschen Überredungskunst nötig ist, aber dann willigt Stefan angesichts der Notlage doch zähneknirschend ein. Er sieht keine andere Wahl als zu solchen Mittel zu greifen und ein Racheplan schien auch irgendwie angebracht. Dennoch bittet Stefan um etwas Bedenkzeit.

Tante Claire stochert in ihrem Essen, während Kylie mühsam versucht ein Gespräch aufzubauen.

»Na, wie gefällt es dir denn in dem Heim, in dem du jetzt lebst?«

»Wenn alles gut geht, komme ich nächste Woche endlich heim. Ich wollte an diesem Weihnachtswochenende mal probieren, wie ich zu Hause klarkomme«, gesteht die alte Dame.

KLIRRR! Vor Schreck fällt Kylie die Gabel aus der Hand. Denn wenn Tante Claire jetzt schon bald nach Hause käme, dann hätte sie ein weiteres Problem zu bewältigen, nämlich das, wo die Gruppe bis zur Abreise nach Deutschland wohnen sollte. Eine Wohngemeinschaft mit der alten, versoffenen und verrauchten Claire kam für sie nicht infrage.

»Da fehlt Salz am Essen«, meckert Claire. Kylie springt auf und rennt in die Küche.

»Du hättest nie diese Deutsche heiraten sollen. Eine junge Australierin oder Britin, das wäre die Richtige für dich gewesen, aber doch nicht so eine Schlampe, die schon dreimal geschieden ist«, wendet sich die alte Tante an ihren Neffen.

Johannes ist geschockt von der Ausdrucksweise der 87-Jährigen und fragt sich, ob sie solche Ausdrücke im Altenheim gelernt hatte.

»Aber liebe Tante Claire, wie kommst du denn darauf, dass sie eine Schlampe ist?«, will er wissen.

»Weil ich alt bin und das sehe. Die nutzt die Männer nur aus. Vertrau mir, mein Bobbylein!«

Sofort muss Johannes an Kylies Onlineaktivitäten als Dessous-Model denken, kann sich aber eigentlich nicht vorstellen, dass die Bewohner des Altersheims über einen Internetanschluss verfügten und dass Tantchen daher Rückschlüsse auf Kylie hatte ziehen können.

Kylie vertauscht Salz- und Pfefferstreuer in der Hoffnung, dass der alte Drache gleich im Wohnzimmer kollabierte und heute Abend wieder von einer Schwester zu Bett gebracht werden würde – und bis mindestens zum 3. Januar dort auch bleiben würde. Doch es kommt anders.

»Hab keinen Hunger mehr! Ich werde mal rüber zu Martha gehen und ihr schöne Weihnachten wünschen.« Mit langsamen Schritten schlurft Tante Claire rollatorgestützt Richtung Tür. Kylie und Johannes-Bob überlegen, was sie als Nächstes tun könnten, um die nervige Tante endlich wieder loszuwerden, und zwar so, dass sie noch für längere Zeit im Heim bleiben müsste.

»Wir könnten Olivenöl auskippen und hoffen, dass sie darauf ausrutscht«, schlägt Johannes vor.

Kylie schüttelt den Kopf und meint, dass der Boden nicht mehr richtig sauber würde und dass sie mit ihren Schuhen daran klebenbleiben würde. Die beiden grübeln und grübeln, was die beste Art eines Unfalls wäre, damit Tantchen wieder fahren musste. Von A wie »Abführmittel ins Essen mischen« bis Z wie »zur Zahnprothesenreinigung Sekundenkleber anstatt Zahncreme bereitstellen« ist alles dabei. Doch sie wollten sie ja nicht umbringen, sondern nur vorübergehend loswerden. Und während sie im Wohnzimmer nebeneinandersitzen, nimmt Johannes Kylies Hand und reißt seinen ganzen Mut zusammen.

»Du bist eine fantastische Frau, Kylie, weißt du das? Du bist so stark, so tapfer, nach all diesen Rückschlägen mit Bob, dann die Pleite des Geschäfts, deine ›BED GIRL‹-Geschichte und jetzt das mit der Tante, die ins Haus zurückwill. Ich bewundere dich, Kylie! Für deine Ehrlichkeit uns gegenüber, und dafür, wie du mit deinen Problemen umgehst. Du bist so eine tolle, attraktive und ehrliche Frau!«

Sie schluckt und schaut ihm in die Augen. Sie weiß gar nicht, was sie sagen soll. Ihre Stimme zittert ein wenig.

»Bob ... ähm, Johannes! Das hat noch nie ein Mann zu mir gesagt.«

Er nimmt ihre Hand fester und denkt daran, was Traudl ihm für Anmachtipps gegeben hatte – und gibt ein lautes »GRRR« von sich! Kylie muss lachen und sagt, er solle sich nicht verstellen, sondern einfach er selbst sein. Die Jungfrau aus Schwaben eben. Sie findet es auch bewundernswert, wie er damit umgehe. So offen allen zu sagen, dass er noch null Erfahrung in sexuellen Dingen habe. Was sie übrigens viel besser fände, als einen Ehemann zu haben, der einen ständig betrügt. Die beiden blicken sich tief in die Augen:

»Oh, Johannes, was passiert hier gerade mit uns?«, haucht Kylie.

»Ich kann deinen Magen hören. Ähm, Mist! Ich wollte sagen, ich kann dein Herz hören«, verbessert er sich schnell. Und schon wieder muss Kylie lachen. Sie weiß gar nicht, wann sie das letzte Mal über einen Mann lachen musste, und dann schauen sie sich wieder tief in die Augen. Johannes denkt sich »jetzt oder nie!« Er schließt die Augen und nähert sich Kylies Lippen ...

RUMMMS!!! »Ich brauche meine Blutdrucktabletten«, sprengt Tante Claire die Situation, indem sie sich mitsamt Gehhilfe durch die Tür schiebt.

Wie zwei Teenager, die gerade bei etwas Verbotenem erwischt wurden, springen die beiden auseinander. Claire berichtet, dass Martha nicht daheim und wohl in der Kirche sei. Kylie und Johannes schauen sich an, denn sie sind sich jetzt ganz sicher: Die Tante musste weg. Und das ganz, ganz schnell!

Stefan hatte einen tollen Abend mit Harry. Er hat viel über die Welt der Schwulen erfahren und so einen anderen Blick dafür bekommen. Er war sich nicht mehr sicher, ob er ein solches Leben wirklich leben wollte. Jetzt will er einfach nur noch nach Hause, denn die beiden haben sich total verquatscht und es ist bereits nach 22 Uhr. Da am »Christmas Day« fast keine Busse fahren, beschließt er, ein Taxi zu nehmen, auch wenn es ein Vermögen kostet. Er nimmt auf der Rückbank Platz und teilt dem Fahrer die Adresse mit.

Der Taxifahrer, Mitte 20, südamerikanischer Background, erweist sich als sehr gesprächig.

»Can I ask you something?«, meint er, kurz nachdem sie losgefahren sind. Stefan nickt.

»Are you gay?« Stefan ist etwas überrascht, denn er hätte nicht gedacht, dass man ihm nach ein paar Stunden mit Harry seine Neigungen schon ansehen würde.

»No, I am bisexual«, sagt er. Der Fahrer erzählt ihm, dass er sich auch gerne mal ausprobieren würde und dafür noch den richtigen Typen suche, denn er suche etwas ganz Besonderes.

Stefan erzählt ihm von seiner Midlife-Crisis, und dass er sich auch etwas ausprobiert habe. Er empfehle ihm, einfach mal zu testen, welches Geschlecht ihm besser gefalle. Der Fahrer hört eifrig zu und als das Taxi vor dem Haus stehen bleibt, zahlt Stefan die 45 Dollar.

Plötzlich steigt der Fahrer aus und öffnet ihm die hintere Tür zum Aussteigen. Diesen Service findet Stefan überraschend, aber ausgesprochen nett. Noch überraschter ist er allerdings angesichts dessen, was dann folgt:

»Do you want a little bit fun with a hot guy from Argentina?«, und der Fahrer schaut ihn lüstern an. Stefan ist schockiert, denn er hatte nicht damit gerechnet, dass der Taxifahrer ihn als »den besonderen Typen« ansehen würde. Ihm fällt in dem Moment nichts Besseres ein, als:

»Fun? ... Ähmmm, not in this moment, I need my bed for me alone because I am very tired«, und gähnt ihn demonstrativ an.

Der Fahrer schaut ihn daraufhin enttäuscht an und sagt: »Oh, no problem, mate! Good night!«

Stefan sperrt die Haustür auf und schleicht auf leisen Sohlen nach oben, um nicht von Tante Claire entdeckt zu werden. Er kann nicht fassen, dass er soeben auf billigste Art und Weise von einem Taxifahrer angebaggert worden war. Eigentlich hätte er ihm für diese derbe Anmache ganz maskulin eine Ohrfeige geben müssen, anstelle mitzuteilen, dass er in diesem Moment keine Lust auf ein Techtelmechtel mit dem Taxifahrer habe. Aber irgendwie passte es zu dem, was Harry über die oberflächliche schwule Welt erzählt hatte. Er schaut auf sein Handy und sieht, dass er zwei Nachrichten hat. Endlich hatte sich Jason anscheinend dazu herabgelassen, sich bei ihm zu melden. Er öffnet die erste SMS:

Hallo! Ich bin gut angekommen. Flug war okay. Jetzt auf dem Weg zur Drogenklinik. Hoffe, ihr habt schön Weihnachten gefeiert und du trägst die Kette, die ich dir geschenkt habe. Kuss, Mama

Nachricht 2 lautet:

Hallo Stefan, deine Mama hat mir diese Nummer gegeben. Ich wünsche dir schöne Weihnachten und hoffe, dass es dir gut geht. Drück dich! Steffi

Als er die zweite Nachricht liest, merkt er wie sein Herz anfängt zu klopfen. Seine Exfreundin hatte ihm wirklich geschrieben. Das freute ihn total und er überlegt, was er darauf antworten sollte.

Johannes, der den ganzen Tag als Bob unterwegs war, muss am Abend mal eine Runde um den Block drehen und nachdenken. Er überlegt, wie er Kylie davon überzeugen konnte, dass er der richtige Mann für sie war. Er beschließt, dass sein Testosteron wohl am ehesten mit Bier in Wallung käme, auch wenn er sonst nicht so der Biertrinker war. Aber besondere Situationen erforderten besondere Maßnahmen! Daher betritt Johannes nun todesmutig einen der typischen australischen Pubs, um sich mit einigen Bierchen Mut anzutrinken. Der Pub ist bis auf ein paar tätowierte Halbstarke, die am Tresen rumlungern, nahezu leer.

Da Johannes – immer noch im Bob-Outfit mit Sonnenbrille und Basecap – und angesichts dreier, in Sekundenschnelle runtergekippter Bier einen geradezu verruchten Eindruck macht, kommen die einzigen Besucher des Lokals schnell ins Gespräch. Johannes erzählt den tätowierten Saufkumpanen am Tresen von seinem Problem und die geben daraufhin ein paar Tipps, wie man eine Frau anmacht, sodass sie nicht wiederstehen kann. Nach schätzungsweise fünf Litern Carlton-Draught-Bier hat Johannes genug Gerstensaft im Blut und beschließt, seiner Kylie mal zu zeigen, was ein richtiger Kerl so draufhat.

Wieder zurück im Haus, schleicht er leise (und leicht schwankend) zu Kylies Schlafzimmertür. Er zieht sich schon mal Hose und Socken aus. Dann schiebt er die Tür, die nach Kylies Rettung letztens immer noch kaputt ist, einen Spalt auf, schiebt sich ins Zimmer und schleicht zu ihrem Bett. Er hebt die Decke hoch und schlüpft darunter. Sie liegt auf der Seite im linken Teil des Bettes. Er rutscht ganz nah an sie heran und flüstert:

»Hallo, ich bin es. Ich musste einfach zu dir kommen. Ich habe so eine Sehnsucht!« Dabei legt er seinen Arm um ihren Körper und rutscht noch näher heran. Er schwitzt etwas, da er so aufgeregt ist. Ihm gehen all die Tipps von Traudl, Stefan und den Saufkumpels im Kopf herum. Er will nichts falsch machen, denn die Sache mit Kylie war ihm extrem wichtig.

»Ich mag dein heißes Gestell, das ist sehr hot!« Als ihm diese Worte über die Lippen gehen, denkt er gleich, dass er hier gerade einen riesigen Scheiß redete, aber die Kneipenjungs hatten ihm so was empfohlen.

Allerdings führt der Satz zu keiner Reaktion, sodass er es erneut versucht. Diesmal etwas romantischer.

»Ich weiß, dass wir zueinandergehören. Du bist so eine tolle, erfahrene Frau, genau das, was ich suche. Du bist zwar älter als ich, aber das stört mich nicht. Du bist die Frau, die mein Herz berührt. Es wäre das Allergrößte für mich, dich endlich zu küssen. Ich glaube, ich habe mich in dich verliebt«, flüstert er der auf der Seite liegenden Kylie ins Ohr.

Allmählich reagiert sie und dreht sich zu ihm. Johannes ist überglücklich, dass er diese tollen Worte gefunden hat, und will ihr jetzt nur noch tief in die Augen schauen, sie in den Arm nehmen und sinnlich küssen. Aber er schaut in eine leere Mundhöhle, die gierig darauf wartet, von seiner Zunge beglückt zu werden. Er wusste nicht, dass Kylie mit ihren 48 Jahren bereits über Zahnprobleme in diesem Ausmaß verfügte. Und er wusste auch nicht, dass sie eine Perücke trug und aus dem Mund stank wie ein Aschenbecher.

»Hallo, Bobbylein! Ich wusste doch immer schon, dass du auf dein Tantchen stehst.«

Johannes springt ruckartig auf, denn er muss mit Schrecken feststellen, dass er sich soeben an Tante Claires alten, faltigen Rücken geschmiegt hatte.

»Wo willst du denn hin, mein Bobbylein?«, fragt sie, als er fluchtartig das Bett verlässt.

»Ähm, ich habe meine Sonnenbrille vergessen, denn durch die Augen-OP, weißt du, tränen meine Augen ganz krass«, sagt er mit einem deutsch-australischen Akzent, damit der Bluff nicht auffliegt.

»Kylie wird nix davon erfahren, Bobbylein. Das verspreche ich dir.«

Johannes kann nicht glauben, dass er soeben eine 87-jährigen zahnlosen, grauhaarigen Frau seine Liebe gestanden hatte. Aber woher sollte er auch wissen, dass sie und Kylie die Zimmer getauscht hatten? Die Tante konnte aufgrund ihrer Gehbehinderung nicht in den ersten Stock gelangen und da hatte Kylie ihr freundlicherweise ihr Bett überlassen. Allerdings mit Folgen für Johannes, der davon nichts ahnen konnte. Er schleicht jetzt ganz schnell in sein eigenes Bett und hofft, dass Tante Claire neben der Gehbehinderung auch an Alzheimer leidet und das eben Geschehene niemals Kylie erzählen würde.

»Tag 22« Mittwoch, 26. Dezember

Tina hat heute Nacht geschlafen wie ein Stein. Nach dem vielen Herumrennen zwischen Küche und Lokal hatte sie gefühlte zehn Kilometer zurückgelegt und damit ihr Sportpensum für den gesamten restlichen Urlaub absolviert. Das Erste, was sie nach dem Aufstehen macht, ist die Körperwaage im Bad aufzusuchen. Sie glaubt, dass sie durch das Laufen und den Stress mindestens zwei Kilo abgenommen hat. Der Blick auf die Waage verrät aber, dass sie sogar eher noch zugenommen hat. Sie kommt zu der Überzeugung, dass australische Waagen wohl nicht richtig geeicht sind (oder andersherum funktionieren?) und begibt sich unter die Dusche.

Jack wartet bereits auf Tina, die 15 Minuten zu spät zur Arbeit erscheint. Er hatte ihr gestern noch angeboten, dass sie weiterhin für ihn arbeiten könne. Angesichts ihrer finanziellen Situation hatte sie zähneknirschend zugestimmt. Er gibt ihr nun die Anweisung schnell die rund 20 Tische einzudecken; anschließend solle sie ihm in der Küche helfen und überhaupt: es gäbe jede Menge zu tun. Und während Tina mürrisch und in aller Seelenruhe Messer, Gabeln und Löffel auf die Tische verteilt, bekommt sie schon den nächsten Anschiss von ihrem »Chef«.

(Zum besseren Verständnis werden ab sofort Jacks und Tinas Dialoge ins Deutsche übersetzt.)

»Wir müssen reden, Tina! Du bist zu langsam, du musst das alles viel schneller machen!« Er greift in den Besteckkasten und macht vor, in welchem Tempo er sich das vorstellt. Tina versucht sich zu verteidigen, dass sie schon schnell genug arbeite und schließlich hätte es doch gestern super funktioniert, als sie die italienische Mafia-Familie beim Weihnachtsmenü bedient hatte.

Jack lacht. »Gestern hatten wir zwölf Gäste. Wir haben heute zehn Reservierungen mit insgesamt über 40 Gästen – und das ist nur das Mittagessen. Für heute Abend erwarten wir noch mal 60 hungrige Mäuler.«

»Und wann kommen die anderen Servicekräfte?«, will Tina wissen, die ihm am liebsten das Messer in den Unterleib rammen würde, denn ihr geht der neue Chef schon tierisch auf die Nerven. Doch Jack sagt ihr, sie seien die einzigen, bis auf den Koch – dabei mache er die Bar und Tina hätte sich um den Service zu kümmern.

»Ich soll das alles alleine machen? Ich glaub, ich spinne!«, meckert Tina in ihrer gewohnten Art und zieht ein Gesicht wie sieben Tage Regenwetter.

»Das macht auch einen knackigen Po«, dabei klatscht er ihr auf den Allerwertesten und zwinkert ihr zu. Wie beim berühmt-berüchtigten Dominoeffekt rutscht ihr – im gleichen Moment, als sie den Hieb auf den Po bekommt – die Hand aus und landet mit einem heftigen Knall auf Jacks Wange.

»Mach das ja nie wieder, hörst du! Ich muss nicht arbeiten, ich mache das, weil es mir Spaß macht und ich kann dich auch ganz schnell hier alleine sitzen lassen«, droht sie ihm. Jack beginnt laut zu lachen und hält sich mit der Hand die rechte Wange fest.

»Na, komm! Du machst das, weil du die Kohle brauchst, du bist doch so eine abgebrannte deutsche Backpackerin ... Und weißt du, warum ich das weiß? Weil sonst niemand freiwillig im Urlaub und noch dazu an Weihnachten arbeiten würde.«

Tina hasst ihren Chef für seine Macho-Art und weil er ihr unterstellt, sie wäre eine Rucksacktouristin. Aber es war nur noch eine Frage der Zeit, bis sie einen Racheakt gegen ihn starten würde. Sie überlegt, wie sie ihm schaden könnte, und fragt sich, ob es in Australien ein Gesundheitsamt gab und wie die wohl reagieren würden, wenn sich in der Küche plötzlich Kakerlaken neben Pizzateig und Nudeln einfänden. Kein Mann durfte sich jemals mit Tina anlegen, denn das würde er bereuen. Mit dem Klaps auf ihren Po hat er quasi die Schlacht eröffnet. Die Schlacht am kalten Arbeitsplatz-Pasta-Pizza-Buffet.

Kylies größter Wunsch, und seit der gestrigen Nacht auch der von Johannes, war nicht in Erfüllung gegangen. Tante Claire hatte die Nacht überlebt. Sie sitzt nun morgens um elf Uhr am Frühstückstisch und mampft Spiegeleier mit Speck und Würstchen. Ein typisches englisches Frühstück eben. Als sie nach frischem Kaffee verlangt, begibt sich die perfekte Hausfrau Kylie in die Küche, um dort mal für ein paar Minuten allein zu sein und der blubbernden Kaffeemaschine anstelle der alten Frau zuzuhören.

»Na, willst du heute Abend mal wieder zu deiner Tante kommen, Bobbylein?«, zwinkert Tante Claire und kneift Johannes dabei in die Backe.

»Ähmmm, also, Tante Claire, ich weiß nicht so recht. Das war alles ein großes Missverständnis«, druckst Johannes rum.

»AHHH, ich habe gerade solche Schmerzen in der Hüfte von diesem Oberschenkelhalsbruch«, unterbricht sie ihn mit lautem Gejammer und will nichts davon hören, dass Bob heute Nacht gar nicht wirklich zu ihr wollte.

»Liebe Tante Claire, du musst mir versprechen, dass du Kylie nie und nimmer etwas erzählen ...«

»Ahhh, komm her, mein Bobbylein! Schnell, los, komm her!«, sagt sie bestimmt, denn sie ahnt schon, dass sich Bobby herausreden will und keine Lust auf seine Tante hat. Aber der hat nicht mit dem Dickschädel und den Waffen der 87-jährigen Altenheimbewohnerin gerechnet.

Als Kylie mit der Kanne Kaffee in der Hand die Schwingtür zum Wohnzimmer aufreißt, bleibt sie wie angewurzelt stehen. »Was zum Teufel macht ihr denn da?« Ihr Mund will sich vor Staunen gar nicht mehr schließen.

Johannes trägt Tante Claire huckepack und rennt mit ihr um den Wohnzimmertisch herum.

»Tante Claire sagt, dass das ihr Krankengymnast auch immer macht, wenn sie einen Krampf hat. Angeblich kommt das vom Oberschenkelhalsbruch«, sagt Johannes, der jeden Moment unter ihrem Gewicht zusammenzuklappen droht.

Nach ein paar Runden um den Tisch fragt Tante Claire, wie denn das Nachmittagsprogramm aussähe, und Kylie antwortet schnippisch: »Es gibt sicher irgendwo ein Pferderennen, Tante Claire. Da kannst du auf einem richtigen Pferd reiten und musst nicht meinen Mann als Pony missbrauchen. Das wird dir sicher gefallen!«

Ein paar Stunden später sitzen Johannes, Kylie und die liebe Tante Claire auf der Tribüne der »Royal Garden Pferderennbahn« in »Randwick«, einem kleinen Stadtteil im Osten Sydneys, der für seine Pferderennen bekannt ist. Kylie weiß, dass Claire eine Pferdenärrin ist, und wollte ihr diese Freude machen, in der Hoffnung, dass sie sich zukünftige Rennen vom Himmel aus anschauen würde. Sie ging ihr nämlich mächtig auf die Nerven! Allein schon auf der Fahrt hierher hatte Claire ständig ihren Fahrstil bemängelt: mal fuhr sie ihr zu langsam, mal zu schnell. Und sie hatte mindestens fünfmal erwähnt, dass hier Linksverkehr herrsche und dass dies für sie als Deutsche ja eine unglaubliche Umstellung sein müsse. Für einen kurzen Moment hatte Kylie sogar überlegt mit ihrem Suzuki den Rückwärtsgang einzulegen und ganz aus Versehen gegen eine Hauswand zu donnern. Aber Johannes hatte sie beruhigt. Er tat ihr gut. Er ließ sie viel ruhiger und gelassener werden. Das gefiel ihr sehr gut an Johannes.

Die alte Glücksspielerin Claire hatte soeben 500 Dollar auf die Stute »My Fair Lady« gesetzt und hockte jetzt mit einem Fernglas bewaffnet und dem Rennstart entgegenfiebernd zwischen Johannes und Kylie, und nervte.

»Willst du auch mal schaun, Bobbylein?«, und sie reicht ihm das Fernglas. Er fühlt sich richtig betüdelt von der alten Dame.

Zudem ist es ihm reichlich unangenehm, dass sie Kylie die ganze Zeit so runtermacht. Aber er weiß als unerfahrener Beziehungsmann überhaupt nicht, wie er mit so einer Situation umgehen soll.

»Heiße Stute, so schnell, wie die ist!«, sagt er nur und grinst verlegen.

»Ich liebe ›My Fair Lady‹! Sie hat schon so viele Rennen gewonnen«, sagt Tante Claire selbstsicher, da sie fest davon ausging, dass dieses Pferdchen auch heute wieder den Sieg einfahren würde. Kylie ist gelangweilt, denn sie fühlt sich wie Luft. Sie überlegt, ob sie nicht die Ställe aufsuchen und einem Stallburschen ein paar Münzen die Hand drücken sollte, damit das Pferd der Tante mal kräftig mit den Hufen gegen die Birne donnerte. Und während sie so überlegt, was sie alles unternehmen könnte, damit Tantchen bald für immer im Altenheim säße, hört sie den Drachen neben sich schon wieder nörgeln.

»Ach, Bobbylein, ich bin so durstig. Kaufst du mir ein Bier? Ich komme auch mit.«

»Aber Tante Claire, du bist doch nicht so gut zu Fuß. Bleib doch lieber hier«, rät er ihr.

Aber sie winkt ab, denn sie will jede freie Minute mit ihrem Lieblingsneffen verbringen, der nur leider die falsche Frau geheiratet hatte. Kylie bleibt allein auf der Tribüne zurück. Sie findet dieses Pferderennen mehr als langweilig. Sie schaut zu, wie sich die Tante mit riesigem Schlapphut und Gehstock in der rechten Hand die Stufen hinauf zum Ausgang tastet. Und als sie nur noch drei Stufen zu erklimmen hat, stolpert Tantchen plötzlich – und schwups!, kullert sie die Tribüne 14 Stufen weit runter. Kylie sieht nur, wie etwas Lawinenartiges auf sie zukommt, und erkennt sofort den weißen Schlapphut.

»Oh, Gott! Johannes hat mir zuliebe Tante Claire die Stufen hinuntergestoßen. Dieser Mann ist genial, der muss mich wirklich lieben, wenn er so weit geht!«, ist ihr erster Gedanke.

Doch Tante Claire hat Glück im Unglück. Sie landet auf einem Tribünenvorsprung und liegt dort nun stöhnend wie ein Marienkäfer auf dem Rücken. Das Einzige, was sie sagt, ist: »Bobbylein, Bobbylein, ich liebe dich. Für immer und ewig.«

Sie überlebt den Sturz mit einem erneuten Oberschenkelhalsbruch und wird mit einer Bahre von der Pferderennbahn abtransportiert. Kylie erkundigt sich beim Arzt, wann mit ihr wieder zu rechnen sei. Als sie die Antwort »in vier bis sechs Monaten« vernimmt, dankt sie Gott. Das Problem, wo sie bis zum Abflug wohnen würden, hatte sich schlagartig in Luft aufgelöst beziehungsweise ins Altenheim verlagert!

Dann schlagen die Krankenwagentüren zu und Kylie ruft: »Viel Glück liebes Tantchen, wir bleiben hier und schauen für dich, ob ›My Fair Lady‹ gewinnt.« Das Geld könnte die Gruppe gut gebrauchen, und sie ist sich sicher, dass sie Tante Claire nie wieder in ihrem Leben ertragen muss. Sie hätte nie gedacht, dass sie einmal mit einer 87-jährigen Pflegeheimbewohnerin um eine männliche Jungfrau hatte kämpfen müssen, denn Kylie war eifersüchtig gewesen. Aber jetzt wusste sie ganz sicher, dass sie Johannes wollte.

Gegen 23 Uhr haben die letzten Gäste die Strandbar verlassen. Tina spürt weder ihre Beine noch ihre Füße. Ihr Kopf dröhnt so stark, wie sie es selbst nach dem schlimmsten Alkoholsuff noch nie erlebt hat. Jack setzt sich mit einem Glas Rotwein zu ihr.

»Einen guten Job hast du heute gemacht, Glückwunsch!«, und der Macho-Italiener sagt zur Abwechslung mal etwas Nettes zu ihr.

»Ich will meine Kohle und dann muss ich ins Bett«, sagt sie leicht gereizt, denn sie ist definitiv überarbeitet.

»Geld gibt es erst nach einer Woche arbeiten, nicht nach einem Tag«, sagt er knallhart.

»Willst du mich hier verarschen oder was? Ich rackere wie eine Blöde und jetzt sagst du mir, ich bekomme mein Geld erst in sieben Tagen?«

»Du bist clever und kapierst schnell. Das gefällt mir. Aber ich habe eine kleine Überraschung für dich.«

Tina rechnet damit, dass er jetzt das Trinkgeld mit ihr teilt, doch weit gefehlt. Er gibt ihr den Personalausweis zurück.

»Toll«, denkt sie sich. Sie schuftete hier zwei Tage lang und bekam dann lediglich ihre Identität in Form eines Ausweises wieder. Sie krallt sich das eingeschweißte Kärtchen, dreht sich um und geht mit schnellen Schritten zur Tür.

»Ach, noch was Tina ...« Was wollte der Macho-Chef denn jetzt noch, fragt sie sich.

»Morgen beginnt deine Schicht um zehn Uhr. Es sind bereits viele Touristen für Silvester in der Stadt. Ich gehe davon aus, dass der Laden aus allen Nähten platzen wird. Sei pünktlich und mach dich hübsch, klaro? Und noch was, kleines deutsches Mädchen: Ich mag es, wenn du so temperamentvoll bist wie heute morgen. Und du stehst doch drauf, wenn ich dir mal ein paar Klapse auf den Po gebe, oder?«, dabei lacht er schadenfroh.

Tina steht sprachlos da und das Einzige, was sie noch machen kann, ist ihm den Stinkefinger zu zeigen. Dann knallt sie die Tür so heftig zu, dass die dünnen Wände wackeln. Ihr Chef war ein Riesen-Arschloch und sie fühlte sich irgendwie gemobbt. Sie will nur noch heim und spürt dabei ihre Füße nicht mehr, da sich bei der vielen Rennerei eine dicke Hornhautschicht gebildet hatte. Sie musste sich unbedingt morgen einen Bimsstein kaufen, ansonsten würde sie in diesem Urlaub keine High Heels mehr tragen können und bald nur noch in Birkenstock-Sandalen rumlaufen müssen, was die Erreichung des Ziels »Mister Right finden« ernsthaft gefährden könnte.

Kylie hat heute Abend ein romantisches Essen für Johannes gekocht, um ihm noch mal ganz herzlich dafür zu danken, wie toll er die Rolle von Bob gespielt hatte. Denn das war bis zuletzt nicht aufgeflogen.

Nach dem Essen sitzen sie dicht nebeneinander auf der Couch. Kylie ist sehr nervös, denn sie würde gerne einen erneuten Versuch starten ihn einfach mal zu küssen.

»Du bist ein ganz toller Mensch, Johannes, weißt du das?«, und dabei schaut sie ihm tief in die Augen. Ihr Kiefer vibriert ein wenig, so als hätte sie Parkinson.

»Oh, Kylie ...« Johannes weiß nicht, was gleich passieren wird. Er ist wahnsinnig aufgeregt.

»Oh, Johannes«, haucht sie ihm zum wiederholten Male zu.

»Oh, Kylie ...«, flüstert er schon wieder und schließt die Augen.

Auch Kylie schließt ihre Augen und ihr Lippen steuern seine an.

»Boahhhh, ich brauche eine Hornhautraspel! Ich kann keinen Schritt mehr machen!« Tina platzt stampfend ins Wohnzimmer, sodass Kylie und Johannes erschreckt auseinanderspringen.

»Was macht ihr denn da?«, will sie wissen, als sie die Kerzen, das gedimmte Licht und die beiden Weißweingläser auf dem Tisch entdeckt.

»Wir schauen Fernsehen«, stammelt Johannes verlegen. Tina schaut auf den schwarzen Bildschirm und wundert sich.

»Ähm ... ich wollte gerade ins Bett gehen«, sagt Kylie und verlässt den Raum. Tina nimmt an ihrer Stelle auf der Couch Platz, legt ihre Füße auf den Fernsehtisch und stöhnt, wie anstrengend ihr Tag war und was für ein Idiot ihr Chef doch sei. So hatte sich Johannes den Abend nicht vorgestellt. Statt heißen Küssen mit Kylie darf er jetzt einer fluchenden Tina die dicken, verhornten Füße massieren.

»Tag 23« Donnerstag, 27. Dezember

»5, 4, 3, 2, 1 – ON AIR!«

»Good morning Australia!« Mary von der »Morning Show« begrüßt die Zuschauer und verkündet, dass sie heute morgen exklusiv das neue Traumpaar von Sydney zu Gast habe. Die Kamera schwenkt herum, und da sitzen sie strahlend und Händchen haltend in ihren schicken weißen Anzügen, die sie gestern in einer stundenlangen Shoppingtour erstanden hatten: Stefan und Harry.

Dann läuft ein Einspielfilm, der noch mal im Schnelldurchlauf Bilder von Jason Bloomberg, dem Ex-Moderator, und Harry zeigt, wie sie im Backstagebereich der Castingshow »X-Factor« beim Flirten erwischt werden. Danach sieht man Bilder von Stefan und Jason, eng umschlungen in der »Stonewall Bar«, und von Stefan, wie er Jasons Haus verlässt.

Moderatorin Mary kann kaum fassen, wie sich das Liebeskarussell gedreht hat und will natürlich im Interesse der Zuschauer wissen, wie sich Stefan und Harry denn nun kennengelernt haben. Wo doch die ganze Welt dachte, Jason sei mit dem deutschen Schriftsteller Stefan glücklich, der sich optisch allerdings leicht verändert hatte (raspelkurze Haare und Dreitagebart).

Wie abgesprochen beantwortet Harry schnell die Fragen, denn Stefan schwitzt unter dem Schweinwerferlicht und fühlt sich sichtlich unwohl.

»It was on a christmas party«, sagt Harry und schaut seinen neuen Freund ganz verliebt an. Mary stellt die nächste Frage an Stefan und will wissen, welche »Rolle« denn Jason Bloomberg, der Superschauspieler, in diesem Liebeschaos spiele.

»Ähm ... he is definitely a flight attendant«, plappert Stefan einfach drauf los, und denkt sich nichts Böses. Harry verschluckt sich daraufhin an seinem Mineralwasser und muss laut husten, denn er ahnt, dass Stefan hier gerade intime Details ausplaudert.

Währenddessen fragt Mary schnell, den Faden aufgreifend, ob Jason an einer neuen TV-Serie arbeite, in der er einen Flugbegleiter spiele.

»No, no, it is the flight attendant and pilot thing«, stottert Stefan und schaut dabei verstört zu Harry, der plötzlich ganz fest seine Hand drückt, um ihm zum »Mund-Halten« zu bewegen. Harry hatte nämlich sofort kapiert, dass Stefan die Frage nach der »Rolle« auf Englisch komplett falsch verstanden hatte.

Er versucht schnell das peinliche Thema zu wechseln und gibt vor, an einem neuen Lied zu arbeiten, das bald erscheinen werde. Leider interessiert Mary die vermeintliche Veröffentlichung eines viertplatzierten »X-Factor«-Kandidaten aus dem Vorjahr herzlich wenig. Sie bohrt weiter nach, was es mit der Flugbegleiter-Story und Jason Bloomberg auf sich habe. Mary vermutet jetzt, dass Jason vor seiner Schauspielkarriere als Flugbegleiter gearbeitet hat, und stellt Stefan diese Frage. Der merkt, wie seine Schweißdrüsen aufklappen und sich ein Rinnsal von der Schläfe über den Rücken bis in die Socken bildet. Das Scheinwerferlicht blendet ihn und er merkt, dass Harry seine Hand losgelassen hat. Stefan überlegt, wie er die Frage beantworten könnte, und erzählt immer noch etwas unbedarft, dass es bei gleichgeschlechtlichen Paaren einen Flugbegleiter und einen Piloten gäbe. Er versucht Mary diese Metapher zu erklären, so gut er es noch im Kopf hat. Harry sitzt neben ihm und hält sich die Hände vors Gesicht, denn er kann nicht glauben, was der Deutsche gerade für einen Mist erzählt. Der Höhepunkt des Interviews ist erreicht, als Mary, die gewiefte Journalistin, wissen will, um welche Art von Flugbegleiter es sich denn bei Jason handele: »Is he an economy, business or first class flight attendant?«

Stefan schüttelt den Kopf: »No, no, he is like a chief flight attendant of the cheapest airline like Ryanair.«

Mary und Harry schauen sich verwundert an. Dann zerrt Harry Stefan von seinem Sessel, während Mary Gott sei Dank die Werbeunterbrechung ansagt. Die ganze Geschichte nimmt gerade einen Verlauf, der so nie und nimmer vorgesehen war. Harry muss Stefan jetzt erst mal »aufklären«, was er da gerade Peinliches ausgeplaudert hatte.

Kylie fällt vor Schreck das Brötchen aus dem Mund, als sie auf den Bildschirm schaut und schon wieder Stefan im Fernsehen sieht. Auf einer Couch neben einem, ihr völlig unbekannten Mann. Der frisch geoutete Stefan ließ wohl nichts anbrennen und wechselte die Männer in Sydney wie manche die Unterwäsche!

Auch Johannes sitzt fassungslos neben ihr. Er fragt sich, warum ihm Traudl so einen Quatsch von Löwen und Antilopen erzählt hatte. Die Rollenverteilung verglichen mit einer Fluggesellschaft konnte er viel besser nachvollziehen. Er ärgert sich, dass er nicht mehr Tipps von Stefan angenommen hatte, anstatt von Traudl.

»Wie läufts mit der Suche nach einer Speeddating-Location?«, will er nun von Kylie wissen, während die Werbung läuft. Er versucht einen Small Talk zu starten, denn der frühe Morgen war seiner Meinung nicht der richtige Zeitpunkt für eine Liebeserklärung. Da waren der späte Abend oder die Nacht viel geeigneter.

»Es sieht nicht gut aus«, und sie streicht einen weiteren Namen auf ihrer Liste durch. Sie wirkt bedrückt. Da versuchte sie einen Raum für das Speeddating zu organisieren, doch alle Locations schienen um den Jahreswechsel ausgebucht zu sein. Auch ihre vermeintlichen Freunde mussten ihr eine Absage erteilen, da bereits eine Taufe und ein Geburtstag für diese Woche auf dem Programm standen. Johannes steht auf und stellt sich hinter Kylie, die immer noch am Tisch sitzt. Er streichelt ihre Schultern und sagt:

»Auch das bekommen wir hin! Wir finden eine Lösung«, sagt er verständnisvoll und aufbauend, denn er hat schon eine

Idee. Er musste nur noch Tina und Stefan davon überzeugen, denn er konnte nicht mit ansehen, wie traurig Kylie dasaß. Leider hatte ihnen auch »My Fair Lady« beim Pferderennen kein Glück gebracht. Das Pferdchen hatte es seinem größten Fan – Tante Claire – nämlich fast gleichgetan: Die Stute war vornübergestürzt und man munkelte, dass sie aufgrund der starken Schmerzen gleich zum Pferdemetzger gebracht worden war. Kylie weiß, dass Tante Claire ein solches Schicksal erspart bleiben wird, und wünscht ihr in Gedanken, ganz versöhnlich, schöne Jahre im Heim.

Im TV-Studio von Marys »Morning Show« läuft es nach der Werbung etwas besser mit dem Interview von Stefan und Harry. Sie hatten sich in der Pause mit Mary darauf geeinigt, nur noch Fragen zum aktuellen Beziehungsstatus zu beantworten und mehr auf die Karrierepläne von Harry einzugehen. Da die aufstrebende Moderation hofft, dass es nicht das letzte Mal ist, dass sie über dieses Paar berichten darf, lässt sie sich darauf ein. Sie hat allerdings noch eine letzte Frage zu Jason, denn es interessiert sie, wie der denn darauf reagiert habe, dass seine beiden Ex-Typen nun ein Paar waren.

»We couldn't talk to him until now«, antwortet Harry. Mary ist hocherfreut, dass Jason die Nachricht über das neue Traumpaar also aus ihrer »Morning Show« erfahren würde. An die Fernsehzuschauer gerichtet sagt sie lächelnd in die Kamera, dass sie bald Jason zu einem Exklusivinterview einladen würde. Schließlich wolle die Nation ja wissen, wie es sei, wenn die eigene Ex-Affäre (»X-Factor«-Kandidat) plötzlich mit einem anderen Ex-Freund (deutscher Schriftsteller) durchbrenne.

Als die 20 Minuten Interview endlich vorbei sind, zieht Stefan erst mal seinen durchgeschwitzten Anzug aus und wäscht sich das Gesicht. Er fühlt sich schmutzig. Er kommt sich vor, wie eine Medienschlampe, die den Namen Jason Bloomberg dafür nutzt, Geld für die Flugtickets zu kassieren. Denn die Gage für das TV-Interview wollte er hierfür verwenden.

Harry versucht ihm derweilen einzureden, dass Jason es verdient habe, so behandelt zu werden, und erinnert ihn daran, dass der sich bis heute nicht bei Stefan gemeldet hatte. Er beruhigt ihn, dass Jason diesen kleinen Rachefeldzug schon überleben würde, und redet ihm ein, dass sie dieses Interview quasi für einen guten Zweck gemacht hätten (außer der Flugbegleiter-Story, die war so niemals vorgesehen).

Stefan hatte sich einen guten Zweck bisher ganz anders vorgestellt. Er dachte immer eher daran, sich für Hochwasser-Opfer einzusetzen oder für eine Tierheim Geld zu sammeln. Aber dass er jemals mit einer erfundenen schwulen Liebesstory mit Harry, bei der die Rolle eines Flugbegleiters erörtert wird, einen »guten Zweck« verbinden würde, daran hätte er nie im Traum gedacht. Er will jetzt nur noch seine Ruhe haben. Aber daraus würde nichts! Der »Daily Telegraph« hat gerade im Studio angerufen und will sie beide auf der Titelseite haben, Interview mit Foto. Dafür bietet der Reporter 2.000 Dollar. Stefan denkt an den guten Zweck – und gibt Harry ein Zeichen, dass sie pünktlich bei den »Zeitungsfritzen« zum Interview erscheinen würden.

Tina bekommt in der Strandbar von all dem Trubel um ihren Mitbewohner nichts mit. Sie hat gerade nach zwölf Stunden Schufterei die letzten Gäste freundlich verabschiedet, als Jack vor ihr steht und sie lobt.

»Du warst heute sehr gut, Tina! Kompliment! Du hast dich echt sehr wacker geschlagen, denn der Laden war ja rappelvoll.«

Sie kann nicht glauben, dass sie der Macho-Chef gerade für ihre mühsame Pizzateller-Schlepperei gelobt hatte! Doch sie tut so, als ließe sie das völlig kalt, und arbeitet einfach weiter. Sie geht an ihm vorbei, um in der Küche die letzten Essensreste wegzuwischen.

»Aua, aua, verdammter Mist«, kommt plötzlich ein Geschrei aus der Küche. Jack sieht noch, wie sie ihre rechte Hand ruckartig hochzieht und dabei das Gesicht verzieht. Er erkennt schnell die Situation, greift nach ihrer schmerzenden Hand und hält sie unters kalte Wasser. Eine nicht ausgeschaltete Herdplatte war schuld daran, dass Tinas Hand spätestens morgen mit einer riesigen Brandblase überzogen sein würde. Nun stehen beide da und Jack hält ihre Hand minutenlang unter das eiskalte Wasser.

»Ich glaube, es ist gut jetzt. Es reicht schon«, meint Tina, denn sie spürt, dass sie durch das Geräusch des fließenden Wassers irgendwie den Drang verspürt, bald auf Toilette zu müssen. Jack dreht den Hahn zu und holt einen Verbandskasten, um die Wunde zu verarzten. Ganz vorsichtig wickelt er den Mull um ihre verbrannte Hand. Tina sitzt auf der Arbeitsplatte neben dem Spülbecken und versucht auf die Zähne zu beißen, denn sie will vor ihrem Macho-Chef kein Schwächling sein. Um den Schmerz besser auszuhalten, will sie nicht zuschauen und guckt demonstrativ in eine andere Richtung. Sie spürt, wie er den Mull um ihre Hand wickelt. Dann spürt sie auf einmal etwas Feuchtes an ihrer Hand. Ihr erster Gedanke: Die Brandwunde nässt! Doch wenn sich nässende Brandwunden so anfühlten, dann würde sie ihre Flossen zukünftig nur noch auf brennende Bügeleisen, Herdplatten und pfeifende Kessel halten. Langsam traut sie sich, den Kopf zu drehen, um nun zu erkennen, das Jack zärtlich ihr Finger küsst. Sie schluckt und weiß gar nicht, wie sie damit umgehen soll. Sie sitzt neben dem Spülbecken in der Küche einer Strandbar und ihr verdammter Chef nuckelt an ihrem Zeigefinger. Aber es fühlte sich nicht schlecht an. Jetzt schaut er sie an und kommt näher:

»Tina, du bist eine verdammt hammerharte Frau, die auch richtig anpacken kann! Du verbrennst dir zwar manchmal im wahrsten Sinne des Wortes die Fingerchen mit deiner temperamentvollen Art, aber genau so was liebe ich an einer Frau«, sagt er mit seinem italienisch-englischen Akzent und pustet sich dabei eine schwarze Strähne aus der Stirn, die sich aus dem gegelten Haar gelöst hatte.

Tina stockt der Atem. Sie glaubt nicht, was sie hier gerade erlebt. Und während sie noch darüber nachdenkt, wie arrogant sie ihren Chef eigentlich findet, spürt sie auch schon seinen Atem an ihrem Mund und bekommt eine kräftige Gänsehaut. Als er ihr dann noch zuflüstert: »Ich will dich, Tina, jetzt und hier! Du hammergeile Frau!«, schließt sie ihre Augen und ist eine brave Mitarbeiterin, die macht, was der Boss von ihr verlangt. Sie machte schließlich Dienst nach Vorschrift.

Während Tina nun mit ihrem Hintern halb im Spülbecken hängt, spürt sie den ungebändigten Trieb des Italieners und weiß jetzt, warum Südländer einen gewissen Ruf hatten – auch wenn sie in zweiter Generation in Australien lebten. Er öffnet ihre Bluse und ihren Rock und Tina vermutet irgendwie, dass der Chef an diesen Körperstellen keinen Mullverband anlegen will.

»So ein Mist!«, denkt Tina. Da hatte sie nun endlich die Möglichkeit, ganz spontan in der Küche ihres Arbeitgebers einen heißen Quicki zu haben, doch was machte sie? Sie schnüffelte an ihren Achseln und stellt fest, dass sie nach dem langen Arbeitstag ganz schön müffelte. Und die Beine hatte sie auch nicht rasiert. Im Kopf geht sie noch mal durch, ob sie wenigstens heute Morgen ein sexy Unterhöschen angezogen hatte, doch diese Frage muss sie nicht mehr beantworten. Sie merkt wie Mister Macho-Chef den Slip bereits an ihren borstigen Beinen herunterschiebt. In der Hoffnung, dass Jack kein Fußfetischist war, denn den Bimsstein hatte sie immer noch nicht gekauft, gibt sie sich ihm hin. Sie will sich keine Gedanken mehr machen, sondern einfach nur noch genießen und sich auch innerlich fallen lassen.

PLUMPPPS!!! Das Fallenlassen hatte sie wörtlich genommen, denn jetzt hängt sie mit ihrem Hintern im Spülbecken fest. Sie ärgert sich, dass sie nie mit ihren Freundinnen zum Bauch-Beine-Po-Kurs gegangen war. Jetzt kassierte sie die Rache dafür. Aber Gentleman Jack hilft dem Tollpatsch aus der Klemme oder wie jetzt, aus dem Becken. Danach zeigt er ihr dann endlich, was man auf einer Arbeitsplatte noch so alles zubereiten kann außer Pizza. Und während Tina in dieser Nacht den heißesten Sex ihres Lebens in jedem Winkel der »Bondi Beachbar« hat, sind Kylie und Johannes noch bei Ringelpietz mit Anfassen. Denn zwischen den beiden läuft immer noch nicht so richtig was – außer klägliche Versuche sich näherzukommen, bis mal wieder jemand dazwischenplatzt. Heute Abend war dieser jemand Stefan, der sich zwischen beide auf die Couch warf und erklärte, dass er dieses TV-Interview nur wegen der Kohle für die Flugtickets gemacht hätte. Da er noch nicht so schnell ins Bett wollte, haben die zwei Turteltäubchen mal wieder nichts gemacht – außer Stefan zuzuhören.

»Tag 24« Freitag, 28. Dezember

Gegen acht Uhr wird Tina wach und schaut sich um. Sie kann sich trotz ihres nüchternen Zustands nicht mehr erinnern, wie sie in dieses Bett und in dieses Schlafzimmer gekommen war. Sie weiß nur noch, dass sie und Jack wilden Sex hatten ... Und als sie zu seiner Seite rüberrollt, um mit ihm zu kuscheln, stellt sie zu ihrer Überraschung fest, dass kein Jack mehr da ist.

Sie überlegt. Hatte sie das alles nur geträumt? Sie schaut an sich herunter und stellt fest, dass sie nackt ist. Das war ein eindeutiges Indiz dafür, dass die Nacht der Realität entsprach, denn sie würde niemals alleine nackt schlafen. Seit sie mal eine heftige Blasenentzündung gehabt hatte, trug sie sogar lieber Biberunterwäsche als aufreißende Dessous, wenn sie alleine schlief.

»Guten Morgen, meine kleine Tina!« Jack kommt mit einer Tasse Kaffee herein und zu ihr ans Bett.

Da sie nicht will, dass ihr Chef sie nackig sieht, wickelt sie sich schnell in die Bettdecke ein und liegt nun da wie ein verpacktes Geschenk, bei dem nur der Kopf herausschaut.

»Alles okay mit dir?«, fragt er etwas irritiert, da sie so steif daliegt.

Tina nickt, aber sie denkt an ihre Fettpölsterchen. Sie will nicht, dass ihr nächtlicher Sexpartner gleich aus den Latschen kippte, wenn er ihren dicken Bauch und ihre Brüste sah. Denn wenn man aufrecht im Bett sitzend einen Kaffee schlürft, sieht der Körper – insbesondere der Bauch – generell etwas unvorteilhaft aus.

»Du, Tina, ich muss dir noch was sagen, was ich dir bisher verschwiegen habe ...«, beginnt Jack. Diese Worte hatte Tina schon oft gehört. Meistens endeten sie damit, dass sie sich für ein weiteres Jahr in Therapie begeben musste. Was war es diesmal, das man ihr so dringend am frühen Morgen nach einer fabelhaften Nacht beichten wollte? Sie tippt darauf, dass er verheiratet ist. Auf Platz zwei ihres Rankings steht »er sei gerade zu diesem Zeitpunkt beziehungsuntauglich«, gefolgt von »er habe sich erst vor ein paar Wochen getrennt und brauche seine Freiheit«.

Tina überlegt schon, wie sie gleich reagieren sollte. Sie will möglichst cool bleiben, denn im Grunde lag sie im Bett ihres Arbeitgebers; es sollte daher besser ein einmaliger Ausrutscher bleiben. Sicherlich legte Jack jede Bedienung flach, wenn seine Frau mal unterwegs war, glaubt Tina. Doch sie liegt völlig falsch.

»Ich bin Vater von zwei entzückenden Kindern. Das solltest du einfach nur wissen, denn sie sind das Wichtigste für mich.«

Kinder? Hatte er gerade was von Kindern gesagt? Damit hatte sie nun wirklich nicht gerechnet, denn sie hatte noch nie wegen der Kinder einen Korb von einem Typen bekommen. Das war mal was ganz Neues für sie. Eine komplett neue Erfahrung, die sie unbedingt bald mit Dr. Weber besprechen musste. Neuerdings wurde sie also schon wegen dieser kleinen Quälgeister sitzengelassen.

»Ich will, dass du sie kennenlernst. Denn es ist mir wichtig, dass ihr drei miteinander klarkommt«, sagt er plötzlich wie aus dem Nichts.

»Ja, verstehe. Ich habe absolutes Verständnis dafür, dass du im Moment mit der Situation überfordert bist. Dann gehe ich am besten mal. Und meld dich, wenn du so weit bist«, rasselt Tina ihren Standardspruch herunter, den sie schon so oft den Männern gesagt hatte, nachdem diese sie loswerden wollten.

Jack schaut sie irritiert an. Er fragt, ob sie das eben Gesagte nicht verstanden habe. Er wolle, dass sie seine beiden Kinder kennenlerne.

Und erst jetzt kapiert Tina, dass sie überhaupt nicht trotz toller Nacht schon wieder abgesägt worden war, sondern dass es hier jemanden gab, der sie wiedersehen und ihr sogar seine Kinder vorstellen wollte.

»Wie jetzt? Kinder und ich kennenlernen?« Sie hätte jetzt lieber einen Schnaps anstelle eines Kaffees gehabt.

Jack erklärt ihr, dass die Kinder Weihnachten bei seiner Exfrau in Brisbane verbracht hätten, von der er seit zwei Jahren geschieden war. Aber die beiden würden ansonsten bei ihm leben.

»Aber was wirst du zu ihnen sagen? Dass ich deine Arbeitskraft bin oder ein One-Night-Stand oder die neue Partnerin oder wie oder was?«, fragt sie entgeistert.

»Ich sage, dass du Tina bist, so einfach ist das!« Dabei lächelt er, wie nur ein Halbitaliener lächeln kann.

»Ach, noch was, Tina«, sagt er, während er aus dem Zimmer geht. »Wir sind jetzt zusammen und probieren einfach mal, wie es beziehungstechnisch so läuft, einverstanden?«

Völlig teilnahmslos nickt sie. Das ist ihr gerade alles etwas zu viel. Sie fühlt sich wie in der Fernsehserie »Ich heirate eine Familie«, nur dass sie nach einer einzigen Sexnacht gleich einen Partner mit zwei kleinen Kindern bekam.

»Gut, ich freue mich darauf, deine ›Kleinen‹ kennenzulernen«, sagt sie plötzlich bestens gelaunt. »Ich mag Kinder und die mögen mich generell auch.«

»Super, dann dusch mal und zieh dich um! Sie kommen in zwei Stunden.«

»Was? In zwei Stunden?« Tina weiß überhaupt nicht, wie sie in so kurzer Zeit die Rolle der Stiefmutter oder einfach nur als Papas neue Freundin einstudieren sollte, und ist absolut mit der Situation überfordert.

RING, RING, RING!!! Stefan geht an sein Handy. Johannes ist dran. Er erzählt ihm von seiner Idee, wie sie Kylie wegen einer Location für das Speeddating helfen könnten. Er habe auch schon mit Tina gesprochen und sie habe »grünes Licht« gegeben, dass der Event in der »Bondi Beachbar« stattfinden könnte. Nachdem Stefan aufgelegt hat, hat er eine noch viel bessere Idee, wie man das Speeddating toppen könnte. Dafür musste er aber unbedingt mit Tina sprechen. Und mit seinem neuen »Partner« Harry, der neben ihm auf dem Beifahrersitz im Auto hockte, während sie durch die Stadt rasten, um pünktlich zum nächsten Termin zu kommen.

Harry ist von der Idee sofort begeistert. Er soll als ehemaliger Viertplatzierter ein Lied bei Kylies Speeddating in der »Bondi Beachbar« präsentieren. Das einzige Problem: Er hatte noch kein fertiges Lied. Man hatte ihm zwar vor einiger Zeit mal eine Melodie vorgeschlagen, doch der Text dazu war ihm zu banal. Stefan bittet Harry, ein Blatt Papier und einen Kugelschreiber aus der Tasche zu nehmen. Dieser schaut ihn verwundert an und Stefan erwidert frohgemut, dass sie sich eben als Songwriter unter Beweis stellen müssten. Eine Melodie hätten sie ja bereits, und er sei immerhin ein deutscher Schriftsteller, da würde er wohl auch einen Liedtext hinbekommen.

Nach einigen Minuten Autofahrt versucht Stefan, pragmatisch zu denken. Er schlägt Harry vor, doch am besten eine Ballade über Freundschaft oder Liebe zu singen, da so etwas doch immer gut beim Publikum ankäme. Ganz schnell ist dann der Titel »This is a moment of love« auf das leere Blatt gekritzelt, von einem fertigen Liedtext waren sie allerdings noch weit entfernt.

»We need inspiration«, überlegt Stefan, und bittet Harry dann, zu beschreiben, was er sähe, wenn er aus dem Auto schaue.

Ein völlig unkreativer Harry antwortet, dass er ganz viele Menschen an einer Bushaltestelle stehen sähe.

Und Stefan ist glücklich. Denn damit steht die erste Zeile des neuen Stücks fest:

»This is a moment of love, when people are waiting for their bus.«

Kylie ahnt nichts von den Plänen ihrer Mitbewohner. Sie ist mit Johannes alleine, der auf eine etwas ungewöhnliche Art und Weise versucht, ihr endlich etwas näherzukommen. Er hatte ihr heute Morgen erzählt, dass er schreckliche Rückenschmerzen habe und eine Massage bräuchte. Nun liegt er oberkörperfrei auf dem Bauch und wartet darauf, dass Kylie von der Apotheke zurückkam, wo sie nur schnell Massageöl und andere pflanzliche Heilmittel gegen Rückenprobleme kaufen wollte. Da hört er schon den Schlüssel in der Haustür und beginnt vor lauter (simulierter) Schmerzen zu stöhnen, um möglichst echt zu wirken.

»AHHH, das tut so weh! Mein Rücken tut so weh«, jammert er und freut sich darauf, bald ihre zarten Hände auf seinem Rücken zu spüren. Und während sie schön am Kneten wäre, würde er sich einfach mal umdrehen, damit sie dann auf seinem Bauch läge. Dann würde er sie anschauen und versuchen, sie zu küssen. So stellt er sich das vor beziehungsweise so hatte er es in einem Video gesehen, in dem das Ganze dann in einer wilden »Rangelei« auf der Massage-Pritsche endete.

»Hast du immer noch so starke Schmerzen?«, fragt Kylie, als sie zur Tür hereinkommt.

»Oh, ja ... alles ist so steif und verkrampft ... ahhh, das tut so weh, ich kann mich kaum noch drehen«, sagt er auf dem Bauch liegend.

»Entspann dich! Du bekommst jetzt eine professionelle Massage und dann ist alles wieder gut«, sagt Kylie bemutternd.

»Okay, wenn du meinst.« Johannes freut sich, dass sie auf seinen Trick reingefallen war, und grinst zufrieden, da er gleich ihre Fingerchen auf seiner Haut spüren würde.

»Ich war in der Apotheke und habe Paula getroffen. Sie ist ausgebildete Masseurin und hat lange bei der Armee die Soldaten massiert. Sie wird das übernehmen, denn sie braucht Ablenkung, nachdem ihre Frau Susan so tragisch verstorben ist.«

»Ähm, wie jetzt? Du massierst mich gar nicht? Und wer ist diese Paula ...?«, stammelt ein entsetzter Johannes.

»SHUT UP!«, erklingt eine tiefe Männerstimme, die ihm außerdem sagt, er solle nicht nur still sein, sondern auch still liegen. Dann spürt er, wie anstatt Kylies zierlichen Klavierfingerchen nun grobe Leberwurstfinger eines Mannsweibs seinen Rücken kneten, als wäre er ein Stück Schnitzel, das dünn gekloppt werden müsste.

Tina hat die freie Zeit, in der Jack seine Kinder vom Flughafen abholt, genutzt und bei »Google« schnell recherchiert, wie man als neue Partnerin am besten mit den Kindern umging. Dabei findet sie die Bezeichnung »neue Partnerin« in ihrem Fall noch etwas befremdlich. Allerdings gibt es keine Einträge zu der Frage »Wie geht man mit den Kindern des Chefs um, mit dem man gerade gevögelt hat?«. Sie sucht daher nach ähnlichen Einträgen. Als sie den Wagen vorfahren hört, geht sie das gerade Gelernte noch mal im Kopf durch und überprüft im Spiegel ihr Aussehen.

Wie in einem klischeehaften US-Familienfilm öffnet Tina die Tür und geht ihrer neuen Familie entgegen. Dabei hält sie zwei knallrote Luftballons in der Hand, die sie in der Bar gefunden hatte, um so den ersten Bezug zu seinen Kindern herzustellen.

»Das ist Tina«, sagt Jack. Tina winkt und lächelt, als wäre sie taubstumm, denn sie kann gerade nicht reden. Sie ist sprachlos.

Die Kinderaugen schauen sie etwas komisch an und Tina ärgert sich, dass sie sich nicht vorher erkundigt hatte, wie alt die Kinder waren. Dann hätte sie nämlich gewusst, dass Laura bereits 15 Jahre und Lucas schon elf Jahre alt war. Die Idee diesen Teenagern einen Luftballon zur Begrüßung zu überreichen, findet selbst sie dämlich.

Jack übergibt seine Kinder in die Obhut von Tina und will noch mal schnell in der »Bondi Beachbar« nach dem Rechten sehen. Er findet, es sei besser, wenn sich die drei erst mal alleine miteinander beschäftigten.

»Du bist also aus Deutschland?«, fragt der elfjährige Lucas, der wie »Harry Potter« aussieht. »Spürst du etwas von der Finanzkrise und glaubst du, dass Frau Merkel ihren Job gut macht?«

Tina schluckt. Sie sitzt einem Dreikäsehoch gegenüber und soll mit ihm über Politik sprechen? Selbst mit Erwachsenen unterhält sie sich nie über solche Themen, die sie auch nicht sonderlich interessieren. Entweder waren die Google-Einträge von heute Morgen absoluter Mist oder dieses Kind war kein normales Kind, denn sie wollte über Lieblingsessen oder Tiere sprechen. Eben ganz banale Dinge, so wie in der Sprachschule, wo sie sich auch schon ewig nicht mehr hatte blicken lassen.

Die ältere Schwester, Laura, kommt ihr zur Hilfe und erklärt, dass er ein Wunderkind sei und bereits zwei Klassen übersprungen hätte, aber alle mit seinen Politikfragen nerve.

»Wow, Lucas! Sehr gut. Ich bin zweimal sitzen geblieben«, und sie merkt selbst, wie unpassend das war angesichts der Tatsache, dass eines der Kinder des neuen Partners ein Hochbegabter war.

»Du hast also Sex mit unserem Vater?«, übernimmt die 15-jährige Laura die Gesprächsführung. Sie hatte offensichtlich ein ganz bestimmtes Vorbild: Amy Winehouse. In der Tat könnte Laura ihre kleine Schwester sein, allerdings nur in dick. Tina merkt schon, dass in diesem Haushalt sehr viele Kohlehydrate zu sich genommen wurden, was ihr nicht unsympathisch war. Zum Glück war der Vater ganz anders und hatte ihr mit seinem Surfer-Körper von 44 Jahren letzte Nacht gezeigt, dass man trotz regelmäßigem Pasta-Essen nicht übergewichtig sein musste. Tina versucht auf die Frage ganz diplomatisch zu antworten: »Ähm, wir stehen in einer Geschäftsbeziehung zueinander«, das war schließlich nicht gelogen.

»Er bezahlt dich?«, fragt Laura.

»Ja und nein«, antwortet Tina wiederum ehrlich.

»Oh mein Gott, du bist eine Professionelle!«, meint Lucas.

»Ähm, nein, ich arbeite in der Strandbar, aber euer Vater hat mich bisher noch nicht bezahlt.«

»Und jetzt wirst du in Naturalien bezahlt oder wie?«, fragt Laura.

Tina versucht gerade sich vor zwei Teenagern rein- und rauszureden. Sie weiß selbst, dass es etwas eigenartig klingt, mit dem Chef ins Bett zu steigen und gleichzeitig noch keinen Cent für die eigentliche Arbeit als Bedienung bekommen zu haben. Sie ist mit der Situation überfordert und versucht das Thema zu wechseln.

»Wie gefällt es euch denn in der Schule?«

Damit hatte sie leider einen wunden Punkt im doppelten Sinne angeschnitten. Wunderkind Lucas bombardiert sie gleich mit Fragen zum Zweiten Weltkrieg. Laura hingegen berichtet, dass sie beim Rauchen auf der Schultoilette erwischt worden war und mächtig Ärger bekommen hatte.

Na, also, denkt sich Tina, man musste nur etwas nachbohren und schon stellte man Gemeinsamkeiten fest. Selbst wenn es nur das Rauchen auf dem Schulklo war, aber immerhin war das eine erste Leidenschaft, die sie mit der Tochter ihres neuen Partners verband. Tina beschließt, erst mal mit Laura eine Zigarette auf dem Balkon zu rauchen und bricht damit ihren guten Vorsatz. Aber als »gute Stiefmutter« musste man manchmal auch Dinge tun, die der guten Beziehung förderlich waren.

Stefan und Harry haben endlich ihren Liedtext fertiggestellt und sitzen nun bei einem Kumpel von Harry in dessen Tonstudio, um das Lied einzusingen. Doch für Stefan gibt es noch mehr zu tun, denn er musste noch eine zweite Person von seiner Idee überzeugen. Auch Tina sollte für den guten Zweck tätig werden, damit die Flugtickets bezahlt werden konnten.

Er wählt ihre Nummer, während sie noch bei ihrer neuen Familie ist und sie gerade eine Folge von »Two and Half Man« schauen. Als er ihr von seinem Vorhaben berichtet, ist sie nicht besonders begeistert. Mit dem Speeddating in Jacks Bar ist sie nach Rücksprache mit ihrem Neu-Partner durchaus einverstanden. Aber jetzt scheint Stefan der Medienrummel etwas zu Kopf gestiegen zu sein, wie sie findet.

»Nein, das mache ich auf keinen Fall, Stefan! Irgendwann ist auch mal Schluss.« Schließlich war sie jetzt eine Frau mit Familie und Verantwortung.

»Komm schon, nur dieses eine Mal«, fleht er sie an.

»Vergiss es! Das ist Betrug, Stefan, absoluter Betrug!«

»Seit wann bist du denn unter die Moralapostel gegangen? Habe ich was verpasst?«, versucht er sie herauszufordern.

Tina holt tief Luft und sagt: »Seit ... seit, seit ... ähm ... seit ich in einer Beziehung bin«, und legt auf. Sie denkt über das nach, was sie da gerade gesagt hatte. Sie kann es selbst kaum glauben. Sie hatte gesagt, sie befände sich in einer Beziehung! Das war so surreal, dass sie sich vor den Spiegel stellt und mehr als 20 Mal den einen Satz sagt: »Hallo, mein Name ist Tina Essers und ich befinde mich in einer Beziehung.«

Allerdings weiß sie selbst, dass es eine kurze Beziehung werden würde, denn sie würde in sechs Tagen schon wieder abreisen.

Stefan schaut auf sein Handy und überlegt. Er hatte ein Problem. Morgen würde ganz Sydney aus der Zeitung erfahren, dass in der »Bondi Beachbar« ein Speeddating stattfand. Als Highlight würde Harry dort seinen neuen Song »This is a moment of love« präsentieren. Zusätzlich würde es für vier Teilnehmer eine vierwöchige Reise nach München zum Oktoberfest zu gewinnen geben. Allerdings würden die Gewinner nicht direkt an dem Abend ausgelost, sondern im Verlauf der nächsten Monate. Um Kylies Business langfristig zu unterstützen sollte bis August ein Mal im Monat ein Speeddating in Jacks Bar stattfinden. Dies war ein guter Geschäftsplan, dank Bankkaufmann Stefan. Doch damit die Singles aus Sydney auch daran glaubten, dass man auf der Veranstaltung wirklich seinen Traumpartner kennenlernen konnte, hatte er Folgendes arrangiert:

In der Zeitung würde stehen, dass aus den Singles Tina und Johannes aus München während ihres Sydney-Aufenthalts ein glückliches Paar geworden war. Die zwei würden das Aushängeschild dafür sein, dass Kylies Idee von einer Kombination aus Speeddating und anschließender Reise tatsächlich funktionierte. Er konnte verstehen, dass Tina nicht erfreut darüber war, Jack gegen Freak Johannes einzutauschen. Aber die Alternative, Kylie als neue Freundin von Johannes vorzustellen, schied aus, da sie als Veranstalterin neutral und außen vor bleiben musste. Und Stefan selbst war ja nun, wenn man TV-Berichten glauben durfte, offiziell mit Harry zusammen. Damit blieben nur noch Tina und Johannes für diese Scharade übrig!

Er hoffte, dass sein Plan funktionieren und Tina ihn nicht verklagen würde (sie konnte ja manchmal schon ein wenig überreagieren). Aber sie musste mitmachen, denn immerhin war sie ja die PR-Fachfrau. Und nicht wie er ein Banker, der lieber hinter der Kamera die Fäden zusammenhielt und plante, wie man aus »Nichts« etwas Gewinn Bringendes machte.

»Tag 25« Samstag, 29. Dezember

Tina spuckt Cornflakes über den Tisch ihrer Neu-Familie, sodass sie alle verwundert anstarren.

»Sorry, für dieses kleine Missgeschick!« Sie holt schnell einen Lappen, um die Sauerei wegzuwischen.

»Ich muss euch was sagen, und das ist jetzt nicht so, wie ihr denkt. Das müsst ihr mir glauben«, beginnt sie den dreien zu erklären. Jack vermutet, dass ihr vielleicht alles zu schnell gehe mit Beziehung und Kindern, doch Tina verneint. Sie öffnet den »Daily Telegraph« und zeigt auf Seite neun der Zeitung. Dort war ein Bild von ihr und Johannes abgedruckt, wie sie in einer Karaokebar angeblich »Love is in the Air« singen. Darüber stand in großen Lettern: »Dream couple after Speeddating-Party!«

Jack, Laura und Lucas überfliegen den Text, und Laura sagt: »Wow, du hast noch einen anderen Kerl und treibst es mit unserem Vater. Das ist ja echt krass!«

Doch Tina versucht das Missverständnis aufzuklären und erzählt, dass es nur darum ginge, ein Vorzeigepaar für den Erfolg des Speeddatings abzugeben, damit sie schnell an Geld kämen.

»Dann bist du eine Lügnerin und Bigamistin!«, resümiert der altkluge Lucas.

Tina fühlt sich schlecht, von einem Elfjährigen entlarvt und gemaßregelt zu werden. Aber was wollte man auch von einem Wunderkind, das den vollen Durchblick hatte, anderes erwarten? Sie hoffte nur, dass er nicht noch rausfände, dass sie eine Arbeitslose war, die in der kurzen Zeit in Sydney bereits mit zwei anderen Männern geschlafen hatte und vom Amt einen Englisch-Sprachkurs bezahlt bekam. Das wäre ihr doch sehr unangenehm, ebenso wie ihr Total-Absturz mit Rentiergeweih in der »Orbit Bar«.

Kylie ist fassungslos. Aber diesmal vor Glück. Dass ihre drei Teilnehmer eine so fantastische Idee entwickelt hatten, um Sydney verlassen zu können! Und noch besser findet sie die Tatsache, dass ihre Speeddating-Veranstaltung in »Bondi Beach« einen festen Platz in Jacks Bar haben würde. Selbst auf die Frage, wo denn die vier australischen Gewinner, die dann im August gezogen würden, wohnen sollten, hat Stefan eine Antwort parat. Angeblich habe er mit Traudl abgesprochen, dass sie in ihrem Haus in München-Neuhausen wohnen könnten. Dabei ging er ein wenig voreilig davon aus, dass sie das Haus nach dem Scheidungskrieg würde behalten können.

»Wow, ihr habt aber wirklich an alles gedacht!«, staunt Kylie nicht schlecht. »Wessen Idee war das denn alles?«

Johannes zeigt auf Stefan, dieser entgegnet aber gönnerhaft: »Es war eine gemeinschaftliche Idee von uns dreien.«

Er verschweigt natürlich, dass die nicht anwesende Tina keinesfalls damit einverstanden war, nun eine Beziehung mit Johannes vortäuschen zu müssen. Das war auch der einzige Punkt, der Kylie nicht so besonders gefiel, dass sie nun Johannes vor der Presse mit Tina teilen sollte. Sie war immer schon eine sehr eifersüchtige Person gewesen. Doch Johannes versucht das etwas herunterzuspielen: »Das hat überhaupt nichts zu bedeuten, Kylie. Wir sagen einfach nur vor den Leuten, dass wir uns nähergekommen sind. So glauben die anderen, dass sie auch eine Chance auf die große Liebe haben, wenn sie die Reise nach München gewinnen.«

»Genau, es ist eine super Marketingidee«, fügt Stefan hinzu.

Kylie nickt und will ihnen vertrauen, denn in Sachen Marketing hatte sie in der Vergangenheit wohl einiges falsch gemacht.

Stefans Handy klingelt. Er befürchtet, es wäre Tina, die nun mit einem Anwalt drohte, nachdem sie den Bericht in der Zeitung gelesen hatte. Doch es ist Jason Bloomberg. Stefan geht nicht dran, sondern wartet, bis seine Mailbox anspringt und hört diese danach ab.

(Gleich ins Deutsche übersetzt)

Hi Stefan, hier ist Jason! Sorry, dass ich mich erst jetzt melde. Ich habe mein Handy bei den Dreharbeiten in Tasmanien verloren und konnte dich daher nicht erreichen. Der Journalist vom »Daily Telegraph« hat mir deine Nummer gegeben, nachdem ich heute Morgen lesen durfte, dass du mit Harry zusammen bist. Glückwunsch! Aber kannst du mir bitte mal diesen Flugbegleiter-und-Piloten-Schwachsinn erklären, den du da über mich erzählt hast! So einen Mist habe ich ja noch nie gehört. Ruf mich bitte zurück!

Stefan überlegt, was er nun tun sollte. Bei Tina konnte er sich eigentlich einigermaßen sicher sein, dass sie sowieso keine Kohle für einen Anwalt hätte. Aber gegen Jasons Anwälte sähe er sicherlich alt aus. Würde ihm das gleiche Schicksal wie seiner Mutter drohen und würde er in einem australischen Gefängnis landen? Bei ihm würde die Anklage allerdings auf »Rufschädigung eines Schauspielers« lauten, und in der Nebenanklage würde man ihm vermutlich »Öffentliche Vortäuschung einer homosexuellen Beziehung« vorwerfen. Das einzig Gute an dieser Vorstellung war, dass er sicher ganz schnell zurück nach München käme. Doch wer würde für ihn die Kaution stellen? Er traute Jason zu, dass seine Anwälte sicherlich auch die morgige Speeddating-Party zum Platzen bringen könnten, und dann wäre kein Geld in ihrer Reisekasse. Er hatte ein Problem und griff zum Handy. Er wählt instinktiv die Nummer von Steffi, die er nach wie vor schrecklich vermisste. Es war schon merkwürdig, dass sie die Erste war, an die er denken musste – aber nach elf Jahren Beziehung auch wiederum nachvollziehbar. Doch während sich die Verbindung aufbaut, legt er wieder auf. Was sollte er ihr denn auch sagen? »Sorry, Schatz. Ich habe mich mal ein bisschen mit Männern ausprobiert. Habe jetzt aber gemerkt, dass ich nur dich liebe. Und außerdem lande ich demnächst wegen Rufschädigung eines australischen TV-Stars im Knast. Kannst du mir mal ein paar Tausend Euro schicken? Und nimmst du mich zurück, denn ich glaube, ich will doch nicht homo- oder bisexuell sein, sondern lieber hetero?«

Er steckte in der Klemme, oder nach wie vor in der Midlife-Crisis, und wusste keinen Rat, wie er seiner Ex Steffi glaubhaft machen sollte, dass sie doch die Richtige für ihn war. Er wählt eine zweite Telefonnummer. Sein Therapeut Dr. Weber sollte ihm sagen, wie es weitergehen konnte. Doch es meldet sich nur die Mailbox. Er spricht ihm aufs Band.

»SOS hier aus Down Under! Ich glaube ernsthaft, doch nicht mehr schwul oder bisexuell zu sein, und würde gerne wieder mit meiner Exfreundin zusammenkommen. Weiß aber nicht, wie ich das machen soll. Bin also nach wie vor in der Krise. Bitte um Rückruf!«

Seit vielen Jahren hat Tina auf diesen Moment gewartet. Sie sitzt nervös vor Jacks Computer. Neben ihr steht ein Glas Gin Tonic, denn sie hat doppelten Grund zum Feiern. Zum einen ist Macho-Jack nach stundenlangen Gesprächen mit seinen Kindern damit einverstanden, dass sie einen Abend lang die Freundin eines anderen spielte. Aber der viel bedeutsamere Anlass zum Feiern war ein anderer: Sie würde ihren Beziehungsstatus bei Facebook von »Single« auf »in einer Beziehung« umstellen! Als sie im Drop-down-Menü die neue Auswahl angeklickt und anschließend den »Speichern«-Button gedrückt hat, kriegt sie eine richtige Gänsehaut. Sie will, dass ihre 397 Freunde es lesen und sehen können, dass sich Tina endlich nach jahrelangem Singlestatus in einer Beziehung befand.

Tina schaut sich die Facebook-Profile ihrer Freunde an und stellt fest, dass ganz viele die Bilder ihrer Babys zusammen mit Sprüchen wie »Willkommen im Leben, Sophia« oder »Das ist unser Sonnenschein Maximilian« gepostet haben. Sie überlegt, ob sie sich nun auch offiziell als Stiefmutter outen sollte. Allerdings konnte sie kein Neugeborenes anbieten, sondern nur ein Harry-Potter-Wunderkind und eine fette Amy-Winehouse-Kopie. Tina war allerdings im wahrsten Sinne über Nacht Mutter geworden. Sie findet es nicht fair, dass sich »richtige Mütter« neun Monate auf die neue Rolle vorbereiten können, während sie gerade mal zwei Stunden hatte, um zu lernen, wie sie sich als Stiefmutter verhalten sollte. Aber wen sollte sie fragen, was sie nun machen oder besser vermeiden sollte, da es ja immerhin noch eine echte Mutter der beiden gab? Sie geht im Kopf die Namen derjenigen durch, die ihr helfen könnten.

Kylie? Eine Frau, die keine eigene Kinder hatte, vor ihrer vierten Scheidung stand und gerade einer Insolvenz entgegensteuerte, konnte wohl kaum eine große Hilfe sein. Sie könnte aber Traudl fragen, die hatte immerhin zwei Söhne großgezogen. Andererseits, sollte sie sich von einer Person beraten lassen, die sich gerade in einer Entzugsklinik befand? Eigentlich blieb nur noch eine Person übrig: Dr. Weber. Und wieder spricht sie ihm auf die Mailbox.

»Hallo, Tina Essers hier. Ähm ... also, es gibt eine gute und eine schlechte Nachricht. Ich bin kein Single mehr und eigentlich habe ich sogar zwei Männer, aber das ist jetzt schwer zu erklären. Und die schlechte Nachricht: Ich bin jetzt auch Mutter von zwei, na ja, nicht ganz so kleinen Kindern. Ich brauche Ihre Hilfe, wie ich mich als Stiefmami verhalten soll. Habe Angst, irgendwas falsch zu machen. Bitte Rückruf – danke!«

Kylie hat gekocht. Aufgrund der finanziellen Notlage gibt es mal wieder nur Nudeln, doch sie will Johannes damit überraschen. Nach all dem, was er für sie getan hatte, will sie ihm die Spaghetti auf eine ganz bestimmte Art und Weise präsentieren. Sie hat den Tisch schön eingedeckt und ihr reizvollstes Kleid angezogen.

Mit einem Glas Rotwein sitzen sie sich nun gegenüber und kauen auf den bissfesten Nudeln herum. Nachdem Johannes ein wenig über das Wetter von heute und der nächsten Tage gesprochen hat, versucht Kylie alle Register zu ziehen. Mit gesenktem Kopf blickt sie kokett von unten nach oben zu ihm auf. Diesen schüchternen Lady-Di-Blick hatte sie heute beim Kochen hart trainiert. Dabei lutscht sie lasziv an einer Nudel, um Johannes in die richtigen Bahnen zu lenken. Doch vergeblich.

»Ist alles okay mit dir? Du schaust mich so komisch an.« Er vermutet, dass Kylie womöglich eine Genickstarre hatte, da sie so komisch verrenkt zu ihm hochschaute. Er konnte als Jungfrau ja nicht ahnen, dass dies ein lüsterner Blick sein sollte und dass Kylie ihn regelrecht anmachte.

»Küss mich! Sofort! Los, mach! Ich will es. Ich brauche es. JETZT!!!«, schreit sie wie aus heiterem Himmel, denn sie konnte einfach nicht länger warten. Johannes lässt die Gabel klirrend auf den Teller fallen. Sein Herz fängt an zu rasen. Jetzt war der Zeitpunkt endlich gekommen! Er sollte sie küssen. Darum lässt er sich nicht zweimal bitten. Doch Kylie kommt ihm zuvor und packt ihn. Ihre sinnlichen Lippen pressen sich auf seinen noch mit Tomatensoße verschmierten Mund.

Kylies Herz pocht. Es war ein tolles Gefühl, Johannes endlich zu küssen und ihn zu spüren. Allerdings hatte Johannes manches wohl wieder falsch verstanden. Sie spürt seine Zunge weit hinten, fast schon an ihren Mandeln, anstelle im vorderen Mundhöhlenbereich. Hätte sie doch bloß nicht dieses romantische Abendessen angeleiert! Denn im Moment fühlt sie sich eher wie bei einer Magenspiegelung, nachdem sie eben den kleinen

Kameraschlauch geschluckt hatte. Denn Johannes' Zunge versucht offenbar, ihre Speiseröhre nach weiteren Spaghetti abzusuchen, als ob er nicht satt geworden wäre. Plötzlich überfällt sie ein Würgereiz, doch Johannes hängt nun auf ihrem Schoß und hat sich scheinbar zum Ziel gesetzt, mit seiner Zunge ihren Hals zu durchbohren. Sie stößt ihn weg, denn sie hat das Gefühl keine Luft mehr zu bekommen.

»Na, ist das nicht wahre Leidenschaft?«, fragt er und strahlt. Kylie, der nach der Atemnot die Schweißperlen die Stirn herunterlaufen, fehlen die Worte. Sie läuft erst mal in die Küche und muss den Speichel ausspucken. Und während sie über dem Spülbecken hängt, geht die Schwingtür auf und Johannes kommt mit heraushängender Zunge auf sie zu.

»Ich will mehr, Kylie! Ich will die ganze Nacht mit dir knutschen. Du bist so heiß, so verdammt heiß!«

Sie überlegt, wie sie ihm erklären sollte, dass man so nicht küsste, und ahnt wieder einmal, dass noch jede Menge Arbeit auf sie zukam.

»Genau, gute Idee! Ich bin schon so heiß, dass wir erst mal eine Abkühlung brauchen.« Sie reicht ihm ein paar Eiswürfel aus dem Gefrierfach in der Hoffnung, dass dadurch seine Zunge etwas lahmgelegt und beim zweiten Anlauf nicht mehr so wild in ihrem Mund herumwirbeln würde.

Und in der Tat, diesmal ist es schon viel besser. Kylie weiß nur nicht genau, ob es auch daran lag, dass sie ebenso viele Eiswürfel in ihrem Mund hatte und im Prinzip auf ihrer gelähmten Zunge nichts mehr spürte. Die beiden gehen an diesem Abend dennoch getrennt in ihre Betten, denn Kylie besteht darauf, dass sie für den Speeddating-Event morgen fit sein müsse. Tatsächlich aber hat sie nach der Zungenattacke etwas Panik, dass Johannes' Technik in der Horizontalen ähnlich »überwältigend« ausfallen könnte. Sie konnte es sich allerdings nicht leisten, morgen als Gastgeberin im Rollstuhl zu erscheinen, weil sie nicht mehr sitzen könnte – nur weil sie Sex mit einem Anfänger hatte, der meinte sie aufspießen zu müssen.

Nachdem sie sich in ihrem Schlafzimmer eingesperrt hat (die Tür war endlich repariert!), braucht sie dringend Rat. Sie ruft ihren Therapeuten an und spricht ihm auf den Anrufbeantworter.

»Hallo, Dr. Weber! Entschuldigen Sie die Störung, aber ich habe vor, demnächst Sex mit einer männlichen Jungfrau zu haben. Leider kann er überhaupt nicht küssen, doch ich hoffe der Sex wird besser. Können Sie mir Tipps geben, wie ich ihm das schonend beibringen kann ohne ihn zu verletzen?«

Eine Etage höher liegt Johannes in seinem Bett und schwebt auf Wolke sieben. Er ist froh, dass Kylie vorgeschlagen hatte, heute noch in getrennten Betten zu schlafen. Das wäre ihm eh etwas zu viel geworden, gleich zwei aufregende Dinge an einem Tag zu machen: küssen und »das erste Mal«. Aber er weiß, dass der Moment bald kommen würde, und fühlt sich etwas unsicher. Schnell greift er zum Hörer um den Menschen zu fragen, der ihm bisher immer Mut zugesprochen hatte.

»Hallo, Johannes Läberle hier! Es ist so weit, Dr. Weber. Ich stehe kurz vor meinem ›ersten Mal‹. Ich will alles richtig machen und das Küssen war schon so genial. Bitte mal melden für weitere Tipps – dringend!!!«

Stefan ist am späten Abend noch zu Harry gefahren und schüttet ihm sein Herz aus. Er fühlt sich schlecht, Jason in die ganze Sache hineingezogen zu haben. Doch Harry beteuert, dass er Jason anrufen und über das Flugbegleiter-Missverständnis aufklären würde. Er glaubt, dass sich spätestens übermorgen keiner mehr für diese Geschichte interessieren würde, denn der Star in dieser Dreiecksgeschichte sei Jason Bloomberg. Und nicht ein gescheiterter Castingshow-Teilnehmer oder ein deutscher Möchtegernschriftsteller.

Aber eines belastete Stefan noch viel mehr. Er war sich seiner Gefühle nicht sicher und wusste nicht, ob er wirklich zu Steffi zurückkehren wollte und ob das mit den Jungs für ihn nur eine verspätete Ausprobierphase war. Harry hat daraufhin einen genialen Vorschlag. Er lädt ihn zu einer privaten Silvesterparty mit über 100 schwulen Männern ein. Dort solle er entscheiden, ob er tatsächlich zu Jungs »Nein« sagen könne.

Stefan bezweifelt zwar, dass er nach einer Silvesterparty eine Entscheidung treffen könnte, willigt aber dennoch ein. Er weiß, dass er sich irgendwann würde entscheiden müssen und dass ihm kein Harry und kein Therapeut helfen konnten, denn für sein Sexualleben war er immer noch ganz alleine verantwortlich.

»Tag 26« Sonntag, 30. Dezember

Das Erste, was Tina nach dem Aufstehen macht, ist sich mit einer Tasse Kaffee im Schlafanzug vor Jacks Computer zu setzen. Sie freut sich wie ein kleines Kind darauf, bei Facebook die Glückwunschbekundungen zu ihrer Beziehung entgegenzunehmen.

Doch als sie ihr Profil öffnet, ist die Ernüchterung groß. Kein Einziger hatte ihren neuen Status kommentiert. Sie überlegt, woran das liegen könnte, und beschließt ein Familienfoto zu posten, denn ein Bild sorgte immer für mehr Aufmerksamkeit. Schließlich machten das alle stolzen Mütter und Väter und bekamen daraufhin immer ganz viele Kommentare. Sie ist sich ganz sicher, dass ihre Freundinnen vor Neid erblassen werden, wenn sie sie mit dem tollen Hecht Jack sehen. Was sie allerdings zur Wiedergeburt von Amy Winehouse und dem Wunderkind Harry Potter sagen würden, kann sie nicht einschätzen.

Sie steht nun mit der Zahnbürste im Mund vor dem Spiegel und schaut sich an. Sie sah beschissen aus. Sie hatte Ränder unter den Augen und ihre Haut war in den letzten Tagen durch die Restaurantarbeit um mindestens fünf Jahre gealtert. Auch ihre Fingernägel waren total verschlissen, als Folge davon, dass sie immer die angebrannten Backbleche sauber rubbeln musste. Jetzt war sie seit drei Tagen in einer Beziehung, sah aber aus wie nach 20 Jahren Ehe. Tina brauchte einen Plan, wie sie für Jack weiterhin attraktiv bleiben konnte. Denn wenn er sie so sehen würde, wie sie hier ungeschminkt und verknittert rumstand, würde es nicht verwundern, wenn er beschlösse sich in die Fluten des Pazifiks zu stürzen. Außerdem musste sie endlich abnehmen! Sie beschließt ab sofort mehr asiatisch zu essen, da das nicht so dick machte wie die viele Pasta, die in diesem Haushalt gefuttert wurde. Wie sie allerdings einer Familie aus eingefleischten Halbitalienern klarmachen sollte, dass es ab sofort nur noch Sushi-Rollen gegen die Fett-Röllchen gäbe, weiß sie noch nicht. Und während sie so nachdenkt, hört sie Jack rufen.

»Beeilst du dich bitte, Tina! Unten in der Bar wartet heute jede Menge Arbeit auf dich, und es ist gleich neun Uhr.«

Tja, da wird ihr wieder bewusst, dass diese Beziehung ganz anders war, als alles, was sie jemals zuvor erlebt hatte. Statt romantischem Sektfrühstück und anschließendem Sex auf dem Küchentisch musste sie Tische eindecken, beim Buffet helfen, Stiefmutter sein und auch noch Fragen zur Finanzkrise beantworten. Und sie tut das, was man als selbstständige, erfolgreiche und gut aussehende PR-Frau mit Ende 30 tut, wenn man plötzlich in einer Beziehung steckte und wollte, dass diese funktioniert:

»Ja, Schatzi! Ich komme sofort und mache die Tische für heute Abend startklar. Gib mir nur noch zwei Minuten für eine Katzenwäsche.«

Kylie ist sehr nervös, denn heute würde sich zeigen, ob sie mit dem neuen Konzept das Geld für die Flugtickets zusammenbekämen. Sie musste noch eine kleine Investition tätigen, denn wenn die Presse kam, musste sie gut aussehen. Sie will deshalb gleich zum Friseur und versucht sich gerade aus dem Haus zu schleichen, als ihr Johannes entgegenkommt.

»Guten Morgen, meine Mausi!«, sagt er, nachdem er in der Nacht nach tollen Kosenamen für Kylie gesucht hatte, sich allerdings nicht als besonders kreativ erwiesen hatte. Sie will gerade antworten, als sie schon seine Zunge im Mund hat. Leider war das Küssen mit ihm immer noch so schlecht wie gestern, sodass sie ihn wegstößt.

»Sorry, aber so geht das nicht«, sagt sie ihm jetzt sehr offen und ehrlich.

Er schaut sie verdutzt an, denn damit hatte er nicht gerechnet.

»So küsst man keine Frau, Johannes! So kannst du die Ecken mit einem Putzlappen wischen, aber das funktioniert so nicht mit diesem Herumgestochere in meinem Mund.«

»Dann zeig es mir, ich kann es lernen.« Dabei schließt er die Augen und streckt seine Zunge raus, als wolle er dem Kinderarzt seine belegte Zunge zeigen.

Kylie, die eigentlich zu ihrem Friseur will, möchte ihn nicht enttäuschen. Sie legt Handtasche und Autoschlüssel auf die Kommode und zeigt ihm nun, wie man richtig küsste. Sie hätte nie im Traum daran gedacht, dass sie mit 48 Jahren noch mal einem Kerl die Grundregeln des Küssens beibringen müsste. Aber es scheint sich gelohnt zu haben. Nach 1,5 Stunden Knutsch-Crash-Kurs spürt auch Kylie die Schmetterlinge in ihrem Bauch, und dass ihr Herz ganz langsam hüpfte. Leider war ihr Friseurtermin auch weggehüpft und statt der Chefin erwartete sie im Salon eine indische Aushilfe, die heute ihren zweiten Arbeitstag hatte. Sie war von der Tätigkeit in einem Hundesalon aufgestiegen, wie sie ihr berichtet, während Kylies Gesichtszüge unter der Trockenhaube allmählich entgleiten. Sie hofft nur, dass sie nachher nicht noch ein Leckerli bekäme, falls man sie mit einer Pudelhündin verwechselte.

Tina, Johannes und Stefan laufen in der kleinen Strandbar auf und ab. Es gab jede Menge zu tun, denn in knapp drei Stunden würden sich hier einsame australische Herzen daten. Die Einzige, die noch fehlte, war Kylie.

»Das kann doch nicht sein, dass sie mehrere Stunden die Haare geschnitten bekommt?«, motzt Tina, die es unmöglich findet, dass die Veranstalterin nicht zur Vorbereitung erschien. Und während sie die Tische auseinanderzieht und die Stühle aufreiht, hält sie sich immer wieder die Ohren zu, denn sie befürchtet, dass ihr sonst gleich das Trommelfell durch den Raum fliegen würde. Harry probt sein Lied »This is a moment of love« und ständig gibt es Rückkopplungen. Der Soundcheck brauchte eindeutig noch etwas Zeit. Plötzlich geht die Tür auf und eine, ihr unbekannte Person steht in der »Bondi Beachbar«.

»Ach, du grüne Neune! Wie siehst du denn aus?«, platzt es aus Tina heraus, als Kylie in ihrem schwarzen Kleid und auf High Heels hereingestöckelt kommt. Auch die Jungs blicken zu ihr herüber. Stefan bringt nur ein »Oh, mein Gott!« über die Lippen. Und Johannes ist ebenso sprachlos und überlegt, ob er den Knutsch-Kurs angesichts des jetzigen Anblicks wirklich fortsetzen wollte. Kylie sieht aus, als hätte sie einen Nahkampf mit einer Steckdose hinter sich. Ihre langen dunkelbraunen Haare sind nun lockig und stehen unkontrolliert zu Berge. Wäre Kylie eine schwarze Afroamerikanerin, würde sie nicht groß auffallen, aber als Weiße mit einer solchen Frisur ... Da würde garantiert keiner der Reporter (die hoffentlich in Scharen kommen würden!) mehr über Harrys neues Lied berichten, sondern alle würden denken, die »Jackson Five« hätten sich wiedervereinigt. Allerdings ohne Michael Jackson, dafür aber mit Kylie, einer bankrotten Reiseleiterin aus München mit Afro-Look.

»Diese indische Aushilfe hat mich einfach unter die Trockenhaube gesetzt und mich da vergessen. Ich kann doch so nicht rumlaufen. Ich sehe aus wie ein explodiertes Vogelnest!«, heult sie los.

»Hier ist Plan B«, sagt Tina und kommt mit einem Bügeleisen um die Ecke. »Wir werden diese Lockenpracht doch irgendwie glatt bekommen.«

»AUUU ... das ist heiß!«, kreischt Kylie. »Du versenkst mir die Haare! Und dann habe ich eine Glatze und jeder denkt, ich käme gerade von der Chemotherapie.«

»Glatze?«, denkt Johannes. Das würde er allerdings gar nicht gut finden. Schließlich wollte er seinen Arbeitskollegen nächste Woche seine Traumfrau vorstellen, und wollte wirklich nicht, dass alle dachten, sie wäre ein Skinhead, heiße garantiert Mandy und käme aus Rostock.

Während die Damen irgendwie versuchen Kylies Haarpracht unter Kontrolle zu bringen, hat Stefan eine Idee: Er greift sich eine Baseballkappe und setzt sie Kylie auf das aufgedonnerte Haar.

Die schaut sich im Spiegel an und meint, dass sie wie ein billiges Flittchen wirke: unten ein tolles Kleid und oben eine Baseballkappe der »New York Yankees«. Hinzu komme, dass ihr Kopf damit aussähe, als wäre sie Herman von der »Addams Family«, denn sie hatte durch den Haarberg eine Riesenbirne.

»So gehe ich heute Abend nicht vor die Tür! Ich werde mich doch nicht zum Gespött der Leute machen«, sagt sie trotzig.

»Hör mal, meine liebe Kylie! Wir machen diesen ganzen Scheiß nur, um deinen Arsch zu retten«, teilt Tina nun aus, der gleich der Kragen platzt. »Du wirst schön hier mithelfen und anwesend sein. Dabei ist mir es so was von egal, wie du aussiehst, verstanden?«

Kylie schluckt. Sie weiß, dass Tina recht hatte, und entscheidet noch einmal nach Hause zu fahren. Sie hatte noch Tante Claires weißen Schlapphut, der ihr als Andenken nach der Rettungsaktion auf der Pferderennbahn geblieben war. Vielleicht könnte sie damit wenigstens etwas Eleganz vermitteln, wenn sie schon mit Afro-Look rumlaufen musste?

Stefan bittet nun das Pseudo-Traumpaar Johannes und Tina, sich mit möglichen Reporter-Fragen auseinanderzusetzen. Er will wissen, was sie antworten würden, wenn man sie fragte, wie ihre Liebe entstanden sei.

»Ich bin blind, taub und stumm«, sagt Tina ironisch.

»Du musst sagen, dass ich ein fantastischer Küsser bin! Oder erzähl von der Rettungsaktion, als ich die Mund-zu-Mund-Beatmung bei dir gemacht habe, und dass du dich daraufhin in deinen Lebensretter verliebt hättest!«, schlägt Johannes vor.

»Du hast Limetten gerettet und bist verdammt noch mal kein Lebensretter!!!«, verbessert sie ihn unverzüglich.

Stefan macht den Vorschlag, dass sie erzählen sollten, sie wären sich beim Herumreisen in diesem tollen Land nähergekommen.

»Herumreisen?«, fragt Tina spöttisch. »Das Einzige, was ich von Australien gesehen habe, ist die Kakerlaken-Bruchbude in den ›Blue Mountains‹. Dank Kylies Pleite haben wir nichts vom Land gesehen. Und ich darf jetzt auch noch den ganzen Tag Backbleche schrubben und Pizzateller durch die Gegend schleppen!« Stefan ahnt schon, dass sie sich gerade in etwas hineinsteigerte.

Er, der Bankkaufmann, Neu-Schriftsteller und Songwriter, gibt nun der PR-Frau Tipps, wie sie der Presse eine tolle Story auftischen könnten, damit ganz viele Singles bis August die monatlich stattfindenden Speeddatings besuchen würden. Die würde dann im Übrigen Jack alleine organisieren müssen.

Beide sollen Australien sowie Sydney loben, damit sich die Australier gebauchpinselt fühlen. Und als krönenden Abschluss hätten in diesem wundervollen Land zwei Menschen auch noch die Liebe ihres Lebens gefunden. Stefan findet diese Geschichte so toll, dass er hierzu am liebsten einen neuen Song für Harry schreiben würde. Doch erst mal musste er diese Scheinbeziehung medienwirksam inszenieren, bevor er sich dem nächsten Projekt widmen konnte.

GOOONGGG!!! Kylie läutet um Punkt 20 Uhr das erste australische Speeddating in »Bondi Beach« ein. Sie sieht dabei aus wie eine aufgekratzte Neu-Millionärin, denn ihr Schlapphut wirkt doch ein wenig sehr »overdressed«. Zwei Stunden waren für die Veranstaltung angesetzt. Die 20 männlichen und weiblichen Gäste haben insgesamt sechs Minuten Zeit sich mit wechselnden Partnern zu unterhalten – und sollen dann ihr Kreuz setzen, wen sie näher kennenlernen wollen und ob sie an dem Gewinnspiel für die Reise nach Deutschland teilnehmen wollen. Stefan greift Kylie etwas unter die Arme und hilft den Billigsekt unter die Leute zu bringen, die ihre Tickets online über die Zeitung gebucht hatten, nachdem der Artikel erschienen war.

»Von dem Gesöff bekomme ich Kopfweh!«, beschwert sich Tina, die nicht bedienen darf, denn sie musste sich heute Abend als glücklich Verliebte präsentieren. Was grundsätzlich auch voll und ganz zutraf – nur leider nicht in den Typen, der neben ihr saß. Sie hat beschlossen, sich zu betrinken, was sie schon seit ein paar Tagen nicht mehr gemacht hatte. Sie schüttet sich wie gewohnt ein paar Gin Tonic rein und genießt es, Jack dabei zu beobachten, wie er schuftet und schwitzt.

Plötzlich steht ein Reporter vor ihnen, der sie fotografieren und interviewen möchte. Neu-Eventmanager Stefan und Veranstalterin Kylie stehen nun wie zwei Trauzeugen neben dem vermeintlichen Traumpaar. Und dann wird die erste Frage an Tina gerichtet, was sie denn am meisten an Johannes schätze.

»Ähm, mmmhhh, he is so fresh, you know?«, und sie meint damit, dass er im Gegensatz zu anderen Männern noch so unverbraucht sei. Der Reporter versteht das zwar nicht so ganz, will aber dann von Johannes wissen, was er denn umgekehrt an Tina am meisten möge.

»Her boops«, sagt er offen und direkt, denn Johannes erinnert sich an ihre nackten Brüste, die er vor einiger Zeit im Badezimmer zu sehen bekommen hatte. Diese Spontanäußerung endet für Johannes mit einem kräftigen Schlag in die Seite. Als der Reporter wissen möchte, welche Situation letztendlich dazu geführt hatte, dass sie zusammengekommen waren, versucht es Johannes nun mit einem Friedensangebot.

»Beim Limetten-Retten«, sagt er, und glaubt ihr damit eine Freude zu machen, dass er eben nicht erzählte, dass er eigentlich ihr Lebensretter war. Der australische Reporter schaut verwirrt und Johannes übersetzt:

»Ähm ... I rescued lemons and now we are a couple.«

Der Reporter schreibt eifrig mit. Jetzt will er von Tina wissen, ob sie denn ihren Kindern später erzählen wollte, dass sich die Eltern beim Speeddating getroffen hätten.

»No, I met the father of my kids a little bit later.« Dabei schaut sie erneut zu Jack, denn den Traumvater ihrer Kinder hatte sie ja erst kurze Zeit später getroffen.

Nach dem Interview trällert Harry seinen Song in der rappelvollen Strandbar. Die rund 250 Gäste – denn nach dem offiziellen Dating-Teil waren auch andere Besucher in die Bar gelassen worden – scheinen ganz zufrieden zu sein. Stefan hatte sogar ein paar gesehen, die mit dem Fuß mitgewippt hatten. Er glaubt, dass dies ein gutes Zeichen dafür sei, dass der Song wohl bald ein Hit würde, und überlegt ernsthaft nur noch als Songwriter zu arbeiten. Nach 3:29 Minuten ist alles vorbei, Harry hatte eine tolle Premiere von »This is a moment of love« hingelegt.

Gerade als Harry die letzten Takte seines Liedes singt, scheppert es hinter ihm in der Küche gewaltig. Die Gäste stehen mucksmäuschenstill da, und Harry muss auf seinen Applaus verzichten. Alle werden jetzt Zeuge, wie ein eifersüchtiger Südländer auf Italienisch flucht, denn er hatte mitbekommen, dass Johannes auf Tinas »boops« abfuhr. Das Spektakel wird von Tinas Wutausbrüchen untermalt, die mit Töpfen und Pfannen um sich haut. Dazu brüllt sie ihn an, sie wolle endlich ihr Geld haben, für das sie seit Tagen schufte. Wütend stampft sie aus der Küche und bemerkt, dass sie rund 500 Augen anstarren.

»Ähm, also, ich hatte eine etwas verbrannte Pizza Hawai und will nur mein Geld zurück. Ich bin eben typisch deutsch und beschwere mich beim Wirt höchstpersönlich«, sagt sie in die verwunderte Gesellschaft.

Stefan kann nicht fassen, dass Tina mit ihrer Aktion eben fast die Party gesprengt hätte. Schnell springt er auf die Bühne und kündigt an, dass Harry – auf besonderen Wunsch des Traumpaares Tina und Johannes – nun noch einmal »This is a moment of love« singen würde. Dann schnappt er sich die beiden, platziert sie mitten auf der Tanzfläche und befiehlt ihnen für den Reporter miteinander zu tanzen, damit alles glaubwürdiger rüberkäme.

Tina weigert sich erst, doch Stefan schaut sie scharf an und erinnert an den guten Zweck, den sie damit erfülle. Die begehrten Flugtickets und reichlich Alkohol im Kopf tanzt sie kurze Zeit später eng umschlungen mit Johannes auf Harrys Song, während sie der Reporter mehrfach fotografiert. Sie prostituierte sich für ein Foto mit Johannes und riskierte dabei ihre Beziehung mit Jack. Als sie Jack an der Küchentür stehen sieht, befürchtet sie schon, dass er gleich ihre Klamotten auf die Tanzfläche werfen und ihre drei Tage alte Beziehung wegen einer männlichen Jungfrau beenden würde. Doch nichts passiert. Er geht einfach nach draußen, um sich ein wenig abzureagieren. Dabei gibt er sich die Klinke mit einem in Australien äußerst bekannten Gesicht in die Hand: Jason Bloomberg.

Als Stefan seine Ex-Affäre hereinkommen sieht, befürchtet er, dass das heutige Speeddating-Event wohl niemals eine Fortsetzung haben würde. Denn gleich würden sicher Stühle und Tische durch die Gegend fliegen, wenn ihm Jason vor allen Leuten eine Szene machen würde. Hinzu kam noch, dass seine neue Scheinbeziehung Harry im gleichen Raum war und nun zum dritten Mal sein Lied trällerte. Stefan würde am liebsten im Erdboden versinken. Der Zeitungsreporter war auch immer noch da und dankte sicher bereits dem Himmel dafür, hergekommen zu sein. Denn angesichts der Vielzahl medienwirksamer Szenen hatte er sich heute Abend garantiert schon ein goldenes Näschen verdient. Wenn jetzt noch der ganze Stefan-Harry-Jason-Schwindel aufflog, wäre er ein gemachter Mann! Doch nichts geschieht. Jason applaudiert nach Harrys Song und prostet Stefan mit einem Glas Sekt zu. Der weiß überhaupt nicht, wie er damit umgehen soll und tut das, was auch jede Frau machen würde: Er ignoriert Jason. Oder er versucht zumindest, ihn zu ignorieren, was nicht ganz einfach ist, denn der kommt nun geradewegs auf ihn zu.

Jason ist superfreundlich. Er bedauert, dass Stefan nicht mehr auf seine letzte Nachricht geantwortet hatte, da er doch gerne eine Erklärung für die Flugbegleiter-Sache gehabt hätte. Doch bevor Stefan nach einer Ausrede suchen kann, kommt schon der Reporter angerannt und macht ein Foto von den beiden. Dann bittet er noch Harry hinzu. Er hofft auf einen waschechten Männer-Zickenterror und damit auf eine tolle Story. Jason steht in der Mitte und legt seine Arme um Harry und Stefan, die rechts und links von ihm stehen. Dabei flüstert Jason in Stefans Ohr, dass er von Harry über alles informiert worden war und wüsste, was hier gespielt würde, um die Presse wegen des Traumpaares vorzuführen.

Stefan weiß überhaupt nicht, was er tun soll und macht das, was auch Jason und Harry machen: Er strahlt in die Kamera für ein geniales Dreier-Bild.

Stefan hört das Klicken der Kamera und das Getuschel der Leute und merkt, dass er wieder anfängt zu schwitzen. Er weiß nun ganz sicher, dass er nicht der Typ war, um vor der Kamera zu stehen, sondern lieber der Mann hinter den Kulissen blieb. Und er weiß jetzt auch, dass er kein Interesse mehr an Jason hatte. Der Reiz war irgendwie weg. Er legt sich zum Test die

Hand auf sein Herz und es pocht gewaltig. Aber er geht fest davon aus, dass das an der ganzen Aufregung dieses ereignisreichen Abends lag.

Spät in der Nacht haben Johannes und Kylie gewisse Differenzen. Er hatte sich tausendmal bei ihr entschuldigt, dass er gegenüber dem Reporter Tinas Brüste erwähnt hatte, und versichert, dass er das nur für die Flugtickets gemacht hätte, denn allgemein hatte man ihnen das glückliche Paar tatsächlich abgekauft. Kylie hatte ihm dann tatsächlich verziehen und so darf er nun zum ersten Mal in ihrem Bett übernachten.

Doch der erste Schock trifft sie, als er in seinem Frottee-Schlafanzug vor ihr steht. Zum Glück ist dieser Liebestöter bald ans Fußende gerutscht und die beiden liegen sich knutschend in den Armen. Dabei denkt sie, dass an der Redewendung »Übung macht den Meister« wirklich was dran war, denn heute Abend war die Knutscherei mit Johannes schon viel, viel besser. Oder kam es ihr nur so vor, da sie so viel Sekt getrunken hatte? Sie weiß keine Antwort darauf, merkt aber, dass sie gerade enorm erregt war. Und auch Johannes ging es wohl so, der sehr erleichtert war, dass ihn eine 14 Jahre ältere Frau doch so heißmachen konnte. Und während er ihre Brüste liebkost, schließt sie die Augen, um besser genießen zu können. Nach einiger Zeit fühlt sie sich jedoch irgendwie beobachtet. Auch spielt kein Johannes mehr an ihr herum. Als sie die Augen öffnet, hat sie das Gefühl, sie befände sich gerade eher bei einem Sehtest als beim Vorspiel: Johannes hängt direkt über ihrem Gesicht und starrt sie an.

»Und wie war ich?«, fragt er zufrieden.

»Wie jetzt? Wie du warst? Was meinst du?«, fragt sie irritiert.

»Na, ich hatte gerade meinen Spaß«,und grinst sie dabei an.

Kylie kann zuerst nicht ganz verstehen, was er meint. Doch als sie sieht, wie er mehrere, offenbar benutzte Taschentücher zum Papierkorb bringt, fällt es ihr wie Schuppen von den Augen. Das war es schon mit dem Sex! Aber sie war eine starke Frau und würde auch diese Herausforderung mit Johannes knacken. Wobei es wohl eher darum ging, wie er sie am besten »knackte«, und nicht nach kurzer Zeit quasi »abkackte«.

»Tag 27« Montag, 31. Dezember

Stefan will nach dem gestrigen, erfolgreichen Event, dessen genaue Umsatzzahlen er morgen von Jack erfahren würde, heute zum Strand. Er will endlich zeigen, wie toll er die letzten Tage mit seinem Personal Trainer Bruce gerackert hatte und steigt in seine viel zu kleine, schwarze Mini-Badehose. Es schien, dass die Australier in Sachen Bademode einen komplett anderen Geschmack hatten – die trugen nämlich »Speedo Shorts«. Obwohl sie es sich mit ihren durchtrainierten Körpern weit eher hätten erlauben können, eine knappe Badehose zu tragen, als er. Johannes begleitet ihn, denn er wollte noch mal ein Mann-zu-Mann-Gespräch mit Stefan führen. Er erzählt ihm von seiner Liebe zu Kylie, und Stefan freut sich, dass sich nun wohl doch ein Pärchen in der Gruppe gefunden hatte – auch wenn es sich dabei um die Veranstalterin selbst handelte, die ja ursprünglich gar nicht zur Vermittlung anstand. Stefan versucht ihm Tipps in Sachen Sex zu geben und wie er es schaffen könnte, dass nicht alles schon vorbei war, bevor es überhaupt losging. Johannes quetscht jedes kleine Detail aus ihm raus und notiert sich alles wieder fein und säuberlich in seinem Notizbuch. Wenn er diese Liste jemals bei Kylie abarbeiten würde, dann wäre das kein Sex, sondern Fließbandarbeit mit Schichtwechsel alle drei Minuten.

Aber nun glaubt Stefan, genug Tipps preisgegeben zu haben, und stürzt sich in die Fluten. Das kühle Nass auf seinem Körper tut ihm gut. Es ist wie ein Befreiungsschlag am letzten Tag im Jahr noch einmal am »Bondi Beach« mit vielen Hunderten von Menschen den Ozean zu spüren. Seine kleinen Speckröllchen und seine immer noch kleinen Männerbrüste waren zwar auch nach elf Fitnessstudio-Besuchen nicht ganz verschwunden, aber er fühlt sich besser als je zuvor.

Auf dem Wasser sind viele Surfer unterwegs, aber auch Menschen, die einfach nur wie er über die Wellen springen. Bei seinem nächsten Sprung in die Fluten hüpft allerdings nicht nur Stefans Hüftspeck in die Luft – die Wucht einer Welle ist so heftig, dass er unter Wasser gedrückt wird. Und als er taumelnd und nach Luft japsend wieder die Orientierung gefunden und den Kopf über Wasser hat, stellt er fest, dass die Mini-Badehose weg ist.

Er schaut nach links und rechts. Nichts! Weit und breit war keine Badehose in Größe M zu sehen (er hatte sie extra etwas zu klein gekauft hat, damit sie strammer am Po säße). Was sollte er tun? Der Strand war voller Menschen und wenn er als nackter, etwas unsportlicher Wassergott aus dem Meer käme, gäbe das sicherlich Ärger. Die Alternative wäre um Hilfe zu rufen und von einem tollen durchtrainierten Lifeguard gerettet zu werden. Er glaubt aber, dass die es nicht so witzig fänden, einen scheinbaren Exhibitionisten zu retten, und dass sie ihn sicherlich an die Haie verfüttern würden. Die Angst vor den Haien war dann aber der ausschlaggebende Grund, der ihm klarmachte, dass er irgendwie aus dem Wasser kommen musste – möglichst so, dass ihn keiner bemerkte. Er versucht nach Johannes zu rufen, doch ohne Erfolg. Johannes lag mit geschlossenen Augen auf seinem Handtuch und hing sicher wieder irgendwelchen schmutzigen Fantasien nach, die Stefan lieber gar nicht kennen wollte ...

»Jetzt oder nie!«, sagt er sich. Er rennt aus dem Wasser und hält sich dabei beide Hände vor sein Geschlechtsteil. Keine drei Sekunden später beginnen die ersten Frauen und Kinder zu kreischen, sodass manche Strandgäste schon befürchten, es handele sich um einen Haialarm, was in Australien nicht unüblich war. Stefan, der nun Ähnlichkeit mit einem Nacktflitzer hat, läuft wie bei einem Hindernislauf um Strandlaken und schreiende Frauen herum und versucht die Orientierung und vor allem seinen Liegeplatz mit seinen Klamotten zu finden.

»What the fuck are you doing here?«, will eine ältere Frau um die 70 Jahre wissen, die sehr oft in der Sonne gelegen haben musste, denn ihr Gesicht sah aus wie ein Stück Baumrinde, da es komplett mit Furchen übersät war.

»Swimming«, entgegnet er selbstverständlich.

»But you are naked!« Als ob er das nicht schon selbst gemerkt hätte!

»What?«, tut er allerdings ganz ahnungslos. Er schaut an sich herunter und erlaubt sich einen Scherz, indem er behauptet, dass man dort, wo er herkomme, ausschließlich textilfrei bade.

»Ok, you are from EAST Germany!«, stellt die Alte fest. Stefan weiß nicht, was schlimmer für ihn war: für einen Ossi oder einen FKK-Anhänger gehalten zu werden. Doch bevor er weiter darüber nachdenken kann, hört er eine tiefe Tenorstimme hinter sich.

»Here ist the police. Hands up!« Die Stimme befiehlt ihm, mit erhobenen Händen vorneweg zu gehen. Stefan wusste bereits, dass man mit australischen Polizisten nicht scherzen sollte. Und auch wenn er sich jetzt wirklich richtig dämlich vorkommt, tut er, wie befohlen und geht mit erhobenen Händen, jedoch gesenktem Kopf und splitterfasernackt in die Richtung, die der Mann hinter ihm ansagt. Was eben noch ein Kreischen der vielen weiblichen Strandgäste war, ist jetzt zu allgemeinem Gelächter geworden. Plötzlich sieht Stefan sein Strandlaken, er steht jetzt genau davor. Er sagt zu dem Polizisten, dass er das alles erklären könne und dass er nur seine viel zu kleine Badehose in den Fluten verloren habe und nun seinen Kumpel suche ...

»Und wo ist dieser Freund?«, will die Stimme wissen. Stefan wundert sich noch, warum der australische Polizist plötzlich auf Deutsch mit ihm sprach.

Als er sich rumdreht, stellt er fest, dass sich Johannes einen Riesenscherz mit ihm erlaubt hatte. Er steht laut lachend hinter ihm. Mit Daumen und Zeigefinger hatte er die Pistole simuliert, die er ihm in den Rücken gehalten hatte. Stefan findet das alles überhaupt nicht witzig. Er schnappt sich schnell sein Handtuch, wickelt es um die Speckhüfte und schwört Rache.

»Ach ja, Johannes, ich habe noch einen heißen Tipp für dich wegen Kylie. Frauen stehen auf Handschellen und Fesselspiele. Das solltest du unbedingt mal ausprobieren und sie von oben bis unten ans Bett fesseln. Vertrau mir, mein Freund! Sie wird dich bis in alle Ewigkeit lieben.«

Zwei Straßenblöcke weiter findet eine Planscherei der ganz anderen Art statt. Tina liegt in der Badewanne. Sie hat Kopfschmerzen, allerdings nicht vom Alkohol des Vorabends, sondern weil ihr Kopf letzte Nacht ständig an das Kopfende des Betts gestoßen war. Sie hatte sich nämlich mit Jack versöhnt – und wenn so Versöhnungssex funktionierte, dann wollte sie gerne jeden Tag mit ihm streiten. Denn nach dem, was sie heute Nacht erlebt hatte, nahm sie gerne auch das Pochen in ihrer linken Schläfe in Kauf. Heute, an Silvester, blieb die Strandbar geschlossen. Jack hatte in den letzten Jahren schon so viele Schäden an der Einrichtung hinnehmen müssen, da immer wieder ein paar Besoffene meinten, das Geschirr als Feuerwerkskörper missbrauchen zu müssen. Er brachte nun Lucas, seinen Sohn, zu einem Camp für Hochbegabte, wo man garantiert um Mitternacht mathematische Formeln lösen würde anstatt sich »Happy New Year!« zu wünschen. Und Laura war seit gestern bei einer Freundin und wollte erst morgen Mittag wieder nach Hause kommen. Das bedeutete, sie hatte sturmfreie Bude!

Die Ruhe im Haus tut Tina gut. Sie liebt es, sich unter dem Schaum einfach nur zu entspannen und die Seele baumeln zu lassen. Um den Wannenrand herum hatte sie Kerzen aufgestellt und so für romantische Stimmung gesorgt. Sie erwartete Jack innerhalb der nächsten halben Stunde zurück und wollte mit ihm schon mal ein Vor-Neujahrsfeuerwerk in der Wanne veranstalten. Jetzt, wo die Kinder aus dem Haus waren, wollte sie es mal so richtig krachen lassen – trotz Kopfschmerzen. Gestern hatten sie immer wieder auf Lucas Rücksicht nehmen müssen. Sie hatte dann am Frühstückstisch versucht, dem Elfjährigen klarzumachen, dass das Poltern in der Nacht damit zu tun hätte, dass sie das Bett nach Feng-Shui ausrichten wollten. Der Kleine hatte es ihr abgekauft. So hochbegabt schien er dann doch nicht zu sein, dass er von Biologie schon eine echte Ahnung gehabt hätte. Auf einmal hört Tina, wie die Haustür aufgeschlossen wird und Schritte die Treppe nach oben kommen.

Endlich, da kam er ja, freut sie sich. Sie drapiert sich in eine erotisch-laszive Pose und zeigt ihm die zwei weiblichen Attribute, die Jack besonders gut an ihr gefallen. Mit dem Lippenstift, der am Beckenrand liegt, zieht sie noch einmal die Lippen nach und macht einen sexy Kussmund. Jetzt konnte es losgehen, sie war bereit für eine sexy Schaumparty! Im nächsten Moment wird die Badezimmertür aufgerissen und der Klodeckel wird mit einem Affenzahn hochgeknallt.

»Ich habe ganz, ganz schlechte Laune! Ich sag dir, ich bin so was von sauer!«

Tina in der Wanne schaut irritiert nach rechts und stellt fest, dass sie sich auf Augenhöhe mit zwei dicken Beinen befindet. Dabei hört sie ein vertrautes, prasselndes Geräusch aus Richtung des Klos.

»Was machst du denn schon hier?«, fragt Tina.

»Meine Freundin hat mir meinen Typen ausgespannt. Das war es für mich mit Silvester«, bricht es aus Laura hervor.

Tina, die sich noch an ihre neue Mutterrolle gewöhnen muss, weiß nur zu gut, was Laura gerade durchmacht. Sie hat so was auch schon einmal erlebt. Sie schnappt sich jetzt ein Handtuch und pustet die Kerzen aus. Das war es dann mit ihrem erotischen Überraschungsmanöver für Jack! Sie versucht nun ihre Stieftochter zu trösten und schlägt vor, erst mal auf dem Balkon eine rauchen zu gehen. Tina weiß nur zu gut, wie hilfreich Nikotin in so einer Situation sein konnte. Sie erzählt Laura auch von ihren Geschichten mit Männern. Danach hat sie zwar eine neue Freundin gewonnen, doch der Effekt war nicht ganz so wie gewünscht. Laura meint, wenn alle Männer solche Pfeifen wären, wie die, die Tina in den letzten Jahren getroffen hatte, wolle sie lieber lesbisch werden. In Tinas Kopf rattert es, wie sie einem katholischen Italiener klarmachen sollte, dass es vom Töchterchen keine Enkelkinder geben würde und wenn, dann höchstens von der Samenbank.

»Ähm, aber dann traf ich deinen Vater und alles wurde gut! Und wir sind seit vier Tagen ein glückliches Paar«, fügt sie schnell hinzu und hofft die Tochter doch noch in die richtige Bahn gelenkt zu haben.

»Wow, vier Tage! Voll lange, was?«, meint die ironisch.

Tina berichtet ganz stolz, dass dies ihre erste Beziehung sei, nach fast neun Jahren Singledasein. Jetzt legt ihr Laura die Hand auf die Schulter:

»Tina, vielleicht solltest du es auch mal mit Frauen versuchen! Also, wenn du neun Jahre lang nix gebacken bekommen hast ...«

Tina muss sofort an Paula denken und die Gurken, die sie ihm/ihr gebracht hatte, und schüttelt sofort den Kopf.

»Nein, ich könnte niemals lesbisch sein. Ich stehe auf große Sch...«, und macht dabei eine etwas zweideutige Handbewegung. Doch dann fällt ihr ein, dass sie neben einer Minderjährigen saß, die noch dazu die Tochter ihres neuen Lovers war, und versucht zu retten, was zu retten ist.

»Ähm ... Schultern .... große und breite Schultern, meine ich«, und formt aus der eben gemachten Handbewegung nun eine Schulter. Sie weiß nicht, ob Laura ihr das mit der Schulter abgekauft hat. Doch die Kleine meint jetzt, dass sie eine Masseurin namens Paula kenne, die ein Kreuz wie eine Schwimmerin und mordsmäßig breite Schultern hätte. Tina solle sich das mit den Frauen doch noch mal überlegen, sie selbst würde sich auch noch mal Gedanken machen.

Irgendwie hatte sich Tina diesen »Stiefmutter-Tochter, auf Beste-Freundin-machen«-Quatsch ganz anders vorgestellt. Sie dachte an lustige Mädelsabende mit viel Gin Tonic oder an gemeinsame Shoppingtouren. Doch jetzt sah alles danach aus, als stünde sie irgendwann mit Laura in Latzhosen und Karohemd auf dem Fußballplatz und würde sich im Fitness-Club die Möpse steinhart trainieren. Und alles nur, weil die neue Stiefmutter von ihren ätzenden Männererfahrungen erzählt hatte.

Der Countdown lief. Nur noch wenige Stunden, bis das Jahr 2012 endgültig Geschichte war. Stefan ist mit Harry auf der privaten Silvesterparty in »Kings Cross«. Ein reicher Geschäftsmann, Mitte 50, schmiss hier eine umwerfende Party in seinem Penthouse im 25. Stockwerk. Stefan ist tief beeindruckt von dem Ausblick auf die Stadt. Vom Rundum-Balkon sieht man Sydney an diesem Abend in seiner ganzen Pracht. Die erleuchteten Hochhäuser und die »Harbour Bridge« funkelten einem regelrecht entgegen.

Harry zieht ihn vom Balkon weg und stellt ihm ein paar Leute vor, sodass Stefan plötzlich ganz viele Begrüßungsküsschen »links und rechts« bekommt. Viele erkennen die beiden als das neue Liebespaar aus Marys »Morning Show« oder aus den Zeitungsberichten. In der Tat musste er noch für heute Abend seine Rolle in der Scheinbeziehung spielen, aber danach wollte er damit aufhören. Er glaubt, das Geld für die Tickets zusammenzuhaben, und will heute Abend noch mit Harry »Schluss« machen, damit er als besserer Mensch und ohne Lügen ins neue Jahr starten konnte.

Aber am letzten Tag des alten Jahres will Stefan noch einmal testen, ob sein Herz nicht doch für die Männerwelt schlug. Jetzt ist er umgeben von über 100 Typen und hält sich ständig die

Hand aufs Herz, um es auf Pochen, Klopfen oder Rumpeln zu überprüfen.

Sein Blick wandert durch die Menge. Dieses schrille, aufgekratzte Verhalten mancher Gäste ging ihm entschieden gegen den Strich. Zum Glück waren nicht alle so aufgedreht. Ein Mann, Anfang 40, kommt auf ihn zu und stößt mit seinem Weinglas mit ihm an. Nach den üblichen Standardfragen, was er denn hier so mache und wie lange er bleibe und woher er aus Deutschland komme, wird der Mann, dessen Namen er sich nicht gemerkt hatte, etwas deutlicher. Gerade als Stefan beginnt, sich in seiner Gesellschaft recht wohl zu fühlen, spürt er dessen Hand an seinem Po. Schnell zieht er die Hand weg und teilt ihm mit, dass sein Freund Harry auf der Party sei und er das bitte unterlassen solle.

Der Mann grinst ihn daraufhin an. Er zeigt auf einen bärigen Fleischklops mit Vollbart, der mit einem Lederkerl in der Ecke knutschte, und meint: »Das ist mein Mann, wir sind seit ein paar Monaten zusammen.« Stefan ist entsetzt. Und dieser Zustand wird auch nicht besser, als der Po-Grapscher meint, es sei doch nur eine Party und er solle nicht so spießig sein, denn das Motto laute schließlich: »Fun for everybody«.

Stefan könnte in diesem Moment laut losschreien, wobei er nicht genau weiß, ob es vom immer fester zupackenden Po-Grapscher kommt oder von der Tatsache, dass Jason zur Tür reinkommt.

Schnell rennt er zu seinem Schein-Freund Harry, um ihm von dem neuen Partygast zu berichten. Doch der sieht ihn nur mit großen Augen an und versucht ihn zu beruhigen, er habe Jason höchstpersönlich eingeladen.

Stefan versteht die Welt nicht mehr. Diese schwule Welt war ihm mit seinen 36 Jahren einfach zu viel. Er versucht dem Po-Grapscher sowie Jason aus dem Blickfeld zu gehen und versteckt sich auf dem Balkon. War dies das Leben, das er sich wirklich wünschte? Oder wollte er doch lieber wieder in sein gewohntes Umfeld mit Steffi und seinem Job in der Bank zurückkehren? Er überlegt, wie es 2013 für ihn weitergehen sollte. Dabei schaut er ins Wohnzimmer und sieht, wie Harry, der bereits ein paar Gläser Weißwein intus hatte, nun eine A-cappella-Version von »This is a moment of love« schmettert und das anschließende Bad im Applaus seines Publikums genießt. Als Harry erwähnt, dass diesen Song sein Manager geschrieben habe und daraufhin alle zu Stefan auf dem Balkon starren, fühlt sich dieser zum ersten Mal so richtig gut an diesem Abend. Er, Stefan Winckelmann aus München, arbeitete als Song-Schreiber, Schriftsteller, Eventmanager und jetzt sogar auch als Künstler-Manager. Er findet, das hörte sich sehr gut an und lächelt zufrieden. Er will heute Nacht noch eine Entscheidung treffen, wie es mit ihm weitergehen sollte. Nur eines wusste er bereits ganz sicher: In seinen Bankjob ging er nicht mehr zurück, nachdem er offensichtlich so viele kreative Begabungen hatte.

Tina und Jack haben sich für ein romantisches Candle-Light-Dinner zu zweit entschieden, das am Strand der »Watson Bay« stattfinden soll. Tina hat sich in ihren schärfsten Fummel geworfen und versucht, den Kampf gegen den Wind zu gewinnen. Ihre Haare flattern umher und an Romantik ist nicht wirklich zu denken. Erst recht nicht, als plötzlich ihr Löffel von einem Windzug erfasst wird und eine ordentliche Portion gelbes Curry auf Jacks weißem Poloshirt landet. Sie rechnet damit, dass er jeden Moment ausflippen und sie am letzten Tag im Jahr alleine in der verlassenen Bucht mit dem Kellner hocken lassen würde. Doch Jack fängt laut an zu lachen. Dann lädt er etwas von den Nudeln auf seine Gabel. Und, PLOPPP!!!, landet ein Teil der Hauptspeise in Tinas Ausschnitt. Auch sie muss nun lachen, und greift dann beherzt nach einem Stück Brot, das zusammen mit einer ordentlichen Ladung Knoblauchdipp wenig später auf Jacks Hose landet.

So geht es eine Zeit lang hin und her, und die beiden amüsieren sich köstlich. Wirklich satt werden sie allerdings nicht, denn bei der Essensschlacht in der windigen Bucht gelangt kaum etwas von der Nahrung in ihre Mägen.

Dann nimmt Jack Tina in den Arm und sie machen sich auf zu einem romantischen Spaziergang durch die Bucht. Es stört sie nicht, dass sie von den zwei, drei anderen Spaziergängern etwas merkwürdig angeschaut werden. Aber so war das halt mit Frischverliebten, dass man sich ständig küssen musste. Doch daran stört sich eigentlich niemand. Es ist vielmehr die Tatsache, dass sie aussehen wie die Schweine, die das Kopfschütteln auslöst. Denn sie sind von oben bis unten mit Essensresten vollgekleckert.

Überhaupt nicht albern, sondern todernst geht es bei Kylie und Johannes zu. Sie haben beschlossen ganz ruhig zu Hause ins neue Jahr reinzufeiern. Obwohl sie ein straffes Programm vor sich haben: Sie sind in ihrem Schlafzimmer und Kylie versucht, Johannes' Anweisungen zu folgen.

»Du musst dich rumdrehen, Kylie«, sagt er zu ihr, und schaut dabei immer wieder in sein Notizbuch.

»Was? Ich habe mich in den letzen zehn Minuten schon so oft hin und hergedreht. Ich bin doch kein Pflegefall, der zur Wundversorgung ständig umgelagert werden muss«, sagt eine mittlerweile genervte Kylie.

»Aber ich will, dass du es richtig genießt!«, entgegnet er.

»Mmmh, also. Was hältst du davon, wenn ich mich einfach auf den Rücken lege und du dich auf mich?«, schlägt sie vor.

»Ah, okay, einverstanden«, und Johannes geht auf ihren Vorschlag ein, schließlich war sie die Erfahrenere von ihnen.

»Nein, Johannes, nicht so rum! Du musst dich schon so auf mich legen, dass dein Gesicht auch über meinem Gesicht ist. Du sollst doch nicht meine Füße anschauen!«

Daraufhin entreißt sie ihm das Notizbuch, denn sie hält es eh nicht für sehr hilfreich. Nun macht sie die Ansagen, wie und was er als Nächstes tun solle. Und als sie ihn dann mal machen lässt, erinnert sie sich an ihre Zeit mit Bob und vergleicht ihn mit Johannes. Bob war sicherlich der bessere Liebhaber. Allerdings waren in den Genuss auch andere Frauen gekommen. Sie wollte gar nicht genau wissen, wie oft er sie hintergangen hatte, denn dass würde nur noch mehr schmerzen. Johannes hingegen war sicher eine absolut treue Seele, da würde sie die Hand für ihn ins Feuer legen. Und so wichtig war das mit dem Sex auch nicht, wenn man einen Partner hatte, der einem treu war und einen auch unterstützte. Das zählte für Kylie viel mehr als dieser Bettensport. Sie beschließt, die Zeit mit Bob endgültig ein für allemal hinter sich zu lassen – und das in absolut jeder Beziehung. Sie will für klare Verhältnisse sorgen.

»Du sagst ja gar nix mehr?«, meint plötzlich Johannes.

»Ähm, also, ähm … entschuldige bitte, ich war gerade ... ähm … also ...«, stammelt Kylie.

»Ja, was ist denn los? Ist es nicht gut, was ich da mache? Sag es mir, ich will alles richtig machen und lernen.«

»Nein, also, ähm ... Ich muss dir was sagen, Johannes. Und es tut mir leid, dass ich es noch nicht früher getan habe. Aber ich will nicht mit einer Lüge ins neue Jahr starten. Du sollst alles von mir wissen, okay?«

Er nickt und wird ganz nervös. Was wollte sie ihm wohl beichten? »Du arbeitest noch als Online-Dessous-Model, stimmts?«

Sie schüttelt den Kopf und hat Tränen in den Augen.

»Was ist es dann, Kylie?«

»Genau das ist es!«

«Wie jetzt? Ich kann dir nicht folgen«, und er legt sich neben sie auf das Bett und stützt sich mit dem Arm auf, sodass er sie anschauen kann. Ihre Stimme zittert und ihr Kiefer wackelt.

»Mein Name ist überhaupt nicht Kylie. Ich habe euch alle angelogen.« Sie nimmt tief Luft und sagt leise und ganz langsam: »Mein Name ist Helga.«

Daraufhin entgleiten Johannes die Gesichtszüge, denn Helga hieß doch auch seine letzte »Frau«. Ob das ein Zeichen war? Er hoffte nicht, denn Tante Helga war ein halbes Jahr nach ihrer Knutscherei gestorben.

»10, 9, 8, 7, 6, 5, 4, 3, 2, 1 – HAPPY NEW YEAR!!!« Um Mitternacht stößt Stefan mit Harry, Jason und vielen anderen mit einem Glas Champagner an. Kurz drauf steht er auf dem Balkon und sieht sich das Spektakel draußen an, wie die Feuerwerkskörper in die Luft geschleudert werden und am Himmel ein traumhaftes Farbenspiel auslösen. Es sieht alles so unwirklich aus, dass er nicht wirklich fassen kann, dass er diesen Moment gerade erlebte. Ein Blick ins Wohnzimmer lässt ihn aber wieder auf die nackte Realität schauen. Harry und Jason knutschen wild und hemmungslos auf der Couch herum, und für ihn wird klar, dass dies das Ende seiner Schein-Beziehung war. Während er den beiden Jungs so zuschaut, führt er wie gewohnt seine Hand auf sein Herz um nachzufühlen, wie es reagierte. Nichts! Doch das stimmte nicht so ganz. Es vibrierte. Das Handy in der Hemdtasche hatte gerade eine SMS bekommen. Darin stand:

Frohes neues Jahr! Ich denke an dich! Drück dich ganz doll, deine Steffi

Stefan glaubt, dass der Moment nicht passender sein könnte, als genau jetzt diese Nachricht zu erhalten. Seine Exfreundin hatte ihm trotz zehnstündiger Zeitverschiebung eine liebe SMS geschickt, und wenn er es nicht total falsch interpretierte, dann empfand sie noch was für ihn.

Um 0:04 Uhr trifft er eine Entscheidung. Er wollte Steffi wieder zurück! Egal, was käme, denn für sie schlug sein Herz. Er hofft nur, sie würde ihm seine bisexuelle Ausprobierphase verzeihen können. Ein Versuch war es wert. Und, klatsch!, versucht der Po-Grapscher schon wieder bei ihm zu landen. Und, PENG!, knallt ihm Stefan ganz männlich eine um die Ohren:

»STOP! I AM NOT A GAY MAN – for four minutes«, und meint damit, er sei seit vier Minuten nicht mehr schwul.

Am anderen Ende der Stadt schauen sich Tina und Jack unterm Sternenhimmel am »Bondi Beach« das etwas kleinere Feuerwerk an. Eng aneinandergekuschelt sitzen sie auf einem Felsen und blicken in den Himmel. Plötzlich greift Jack nach einer kleinen schwarzen Plastikbox und hält sie Tina vors Gesicht.

»Oh, mein Gott!«, sie ahnt, was jetzt kommt, und kann kaum glauben, dass Jack ihr nach so kurzer Zeit schon einen Heiratsantrag machen will. Sie überlegt, was sie antworten sollte. Sie wurde immerhin in ein paar Wochen 39 und wartete schon so lange darauf, unter die Haube zu kommen und eine Familie zu gründen. Aber was hatte sie schon groß zu verlieren? Im schlimmsten Fall würde es halt schiefgehen. Tina sagt überglücklich und freudestrahlend:

»JA – ich will.«

»Aber mach doch erst mal die Box auf und schau rein, was drin ist!«, flüstert er ihr ins Ohr.

»Ich weiß doch, was da drin ist und ich sage: ›JA, JA, JA, ich will!‹« Tina hat schon vor Augen, wie sie als Jacks Braut am »Bondi Beach« zum Altar geführt wird. Dazu würden ihre dicken Stiefkinder Blumen streuen und ihre blöden Facebook-Freundinnen würden vor Neid erstarren, wenn plötzlich aus Tina Essers eine Tina an der Seite eines feschen Australiers wurde.

Tina öffnet nun strahlend die kleine Box und jault beim Öffnen:

»Ohhh, der ist ja ... ähm ...«, und nun realisiert sie erst, was sich darin befindet. »OHHH, ein Schlüssel?«, sagt sie nun etwas enttäuscht.

»Ja, das ist der Schlüssel zu meinem Haus, der auch gleichzeitig der Schlüssel zu meinem Herzen ist.

Sie muss zugeben, dass sie mit dem Facebook-Eintrag »einen Haustürschlüssel zu haben, anstelle eines Eherings« nicht wirklich groß punkten könnte. Aber sie ist trotzdem zufrieden. Einen Schlüssel zu bekommen, hatte ja etwas Symbolisches und der Heiratsantrag würde sicherlich auch irgendwann noch kommen. Hoffentlich bald, denn ihre biologische Uhr tickte und so viele Silvester blieben nicht mehr, bis ihre Eizellen die Produktion wegen Überalterung einstellen würden.

In der »Oakley Road« beschäftigen sich die zwei Liebenden mit ganz anderen Problemen. Aus nicht ganz unerheblichen Gründen wurde der Beischlaf für kurze Zeit unterbrochen, als Johannes feststellen musste, dass die Identität seiner Gespielin nicht ganz geklärt war. Sie hatte ihm erklärt, wie es zu der Kylie-Helga-Namensanpassung gekommen war. Und Johannes akzeptierte das und versprach, sie ab sofort mit »Helga« anzusprechen und gab sich fortan allergrößte Mühe, den neuen Namen so oft wie möglich zu verwenden. Er hatte das Gefühl, dass jedes Aussprechen ihres tatsächlichen Namens bei ihr einen kleinen Orgasmus auslöste. Er sitzt irgendwann nur noch da und sagt: »HELGA, HELGA, HELGA.« Ex-Kylie windet sich auf dem Laken hin und her. Sie weiß, dass sie nun endgültig mit ihrem alten Leben abgeschlossen hat und gerade eine innerliche Reinigung durchgemacht hatte.

Sie hören die Feuerwerksknaller von draußen und Kylie denkt, dass sie nun auch mal Johannes die Gelegenheit zum »Knallen« geben sollte. Sie spürt, dass er nur mit dem Nennen ihres Vornamens nicht ganz so auf seine Kosten kam, wie sie. Sie gibt ihm ein paar Hilfestellungen und, schwups!, liegt er auf ihr drauf. Und ganz langsam spürt sie den »kleinen Johannes«. Als der große Johannes dazu weiterhin ihren Namen im Rhythmus seiner Hüftbewegungen ruft, merkt auch Helga, dass ihr der

Bettensport mit ihm durchaus gefiel und sie sehr wohl auf ihre Kosten kommen konnte.

Martha Smith hat nicht mehr die besten Ohren mit ihren 90 Jahren. Doch als sie kurz vor halb eins von lautem Schreien geweckt wird, setzt sie ihre Brille auf und geht in den Vorgarten um nachzusehen, woher die Geräusche kommen. Auf der anderen Hausseite bemerkt sie Licht im Zimmer und nimmt an, dass die lauten Schreie von dort kommen. Sie glaubt, dass es sich um einen typischen Silvester-Streit kurz nach Mitternacht handele, aber sie kann nicht ganz verstehen, was genau geschrien wird. So, wie sie die Situation interpretiert, musste es der Person ganz schön schlecht gehen, denn sie schrie wie am Spieß und brüllte immer wieder dieses Wort. »Ob das ein Hilferuf ist?«, denkt Martha. »Ein Hilferuf von den deutschen Touristen?«

Und gerade als Martha Smith überlegt, andere Nachbarn zu alarmieren, die für Rettung sorgen könnten, hört sie einen lang gezogenen, sehr lauten Schrei der Person, die schon die ganze Zeit am Grölen war.

»HEEEEEEELLLLLLLLGGGGGGGGAAAAAAA!«

Danach ist es mucksmäuschenstill. Johannes hatte seine Unschuld verloren und Kylie vermutlich ihr Trommelfell. Nach dem lauten Geschrei ihres Partners hörte sie nämlich nichts mehr auf dem rechten Ohr.

Martha Smith beschließt, im neuen Jahr endlich mit ihrer Tochter wegen des Umzugs nach Melbourne zu sprechen. Ihr wurde das mit den Touristen hier einfach viel zu laut.

»Tag 28« Dienstag, 1. Januar

Stefan ist verkatert, da er nach der Silvesterparty in »Kings Cross« noch mit Harry und Jason um die Häuser gezogen war. Besoffen hatte er den beiden beim Knutschen zugeschaut und gemerkt, dass ihm das wirklich nichts ausmachte. Gegen vier

Uhr war er mit dem Taxi nach Hause gekommen und wird jetzt, nach nur sechs Stunden unruhigen Schlafs, von einem lauten Geräusch geweckt.

GONGGGGG!, schlägt Kylie freudestrahlend den Klöppel. Sie und Johannes grinsen um die Wette, und auch Tina ist ausnahmsweise mal pünktlich, obwohl sie den weitesten Weg von Jacks Haus hierher hatte. Sie ist ebenso bester Laune, da sie immerhin zum ersten Mal in ihrem Leben von einem Kerl einen Wohnungsschlüssel bekommen hatte. Hinzu kommt, dass sie noch etwas anders mitgebracht hat. Die Einnahmen aus dem Speeddating, die sie in einem Briefumschlag an Stefan, den neuen Eventmanager, übergibt. Nachdem sich alle noch einmal »Happy New Year!« gewünscht haben, erfasst Stefan die Zahlen in seiner Bilanz und präsentiert das Ergebnis, was bei allen für viel Freude sorgt.

»Also, wir haben vorgestern ganz genau 3.600 Euro Gewinn gemacht, aus dem Verkauf von Eintrittskarten und unserem Getränkeanteil, und dank der tollen Lied-Premiere von Harry. Die Kosten für die Musikanlage und das Dekomaterial und so weiter sind da schon abgezogen.«

»Und was heißt das jetzt für uns?«, will Tina wissen, die von Buchführung nicht so viel Ahnung hat.

»Es fehlen noch genau 1.600 Euro, um für uns alle Flugtickets zu bekommen, denn ich werde die Einnahmen aus meinen Interviews auch noch beisteuern.«

»Und was machen wir jetzt, wenn uns immer noch so viel Geld fehlt und wir in zwei Tagen eigentlich heimfliegen sollen?«, will Tina immer noch wissen.

»Dann muss wohl einer hier bleiben«, meint Johannes und schaut in die Runde.

Alle Augen fallen auf Tina, die dank ihrer brandaktuellen Beziehung mit einem Australier am ehesten geeignet wäre, auf den Rückflug zu verzichten. Die schüttelt aber heftigst den Kopf, denn sie musste unbedingt nach Hause, um neue Klamotten und Schuhe zu besorgen. Sie weiß, dass sie spätestens bis übermorgen mit Jack über ihre Zukunft sprechen musste. Und sie findet es schon sehr komisch, dass ihre Beziehung nach nur einer Woche schon wieder abrupt enden sollte

Alle sitzen um den Tisch herum und grübeln, wie sie das restliche Geld besorgen könnten. Tinas Vorschlag, Kylie könne doch wieder als Online-Dessous-Model arbeiten, ist für diese absolut ausgeschlossen. Stefan kratzt sich am Hinterkopf und fragt sich, ob er noch mal ein Interview geben könnte. Allerdings hatte das Interesse der Medien an seiner Person in den letzten Tagen erheblich nachgelassen. Nun standen (wieder) Jason und Harry im Mittelpunkt, da sie jetzt wohl ein Paar waren.

Auf einmal hat Kylie eine Idee. Sie hatten ja noch Tante Claire, die sehr an ihrem Neffen Bobby hing, und dabei schaut sie Johannes an. Dieser starrt sie entsetzt an. Doch als sie einen verführerischen Helga-Blick aufsetzt und ihn mit einem zweideutigen Augenaufschlag anhimmelt, verspricht er, mal mit Tante Claire zu sprechen, um so vielleicht das restliche Geld auftreiben zu können.

Kylie bedankt sich bei Stefan für die tolle Organisation des Speeddatings, bei Tina dafür, dass ihr Freund die Location zur Verfügung gestellt hatte und natürlich bei Johannes, der die geniale Idee einer australischen Speeddating-Ausgabe gehabt hatte und sie immer unterstützt hat. Sie nimmt seine Hand und sagt:

»Wir müssen euch was sagen ...«

Tinas Kinnlade fällt herunter, denn im Gegensatz zu Stefan hatte sie von einer Verbindung zwischen den beiden bisher nichts mitgekriegt.

»Ja, wir sind ein Paar«, sagt Kylie, und Johannes fügt hinzu: »Und ich bin seit Mitternacht keine Jungfrau mehr.«

Stefan und Tina klatschen in die Hände und freuen sich mit den beiden. Auch wenn Tina nicht ganz nachvollziehen kann, was Kylie an ihm fand, so war sie heilfroh, dass sie selbst ihn damit endgültig von den Fersen hatte.

»Und ich möchte euch noch was sagen«, beginnt Kylie mit zitternder Stimme. »Ich war nicht ganz ehrlich zu euch und ab dem neuen Jahr soll damit Schluss sein. Ich will eine ehrliche Person sein. Ich bin nicht die Frau, für die ihr mich haltet.«

»Oh Gott, du bist ein Kerl!«, platzt es aus Tina heraus. »Ich wusste doch, dass irgendwas mit dir nicht stimmt. Dieses ewige Perlenketten-Getue und dann immer dein perfektes Äußeres ...«

Kylie schüttelt energisch den Kopf und erzählt, dass ihr richtiger Name Helga sei. Bob habe ihr den Namen Kylie verpasst, weil er ein großer Kylie-Minogue-Fan war und den Namen schöner fand als Helga.

»Kylie-Fan?«, fragt Stefan nach. Er erinnert sich an ein Gespräch mit Tina, bei dem sie anhand der Tatsache, dass er Kylie Minogue hörte, darauf geschlossen hatte, dass er schwul sei.

»Du bist sicher, dass Bob nicht schwul ist, wenn er ihre Musik hört? Denn laut Tina stehen alle Schwulen auf diese kleine australische Popsängerin.«

»Also, wenn der schwul ist, dann werde ich bis zur Rente als Online-Dessous-Tänzerin an der Stange tanzen! Nie im Leben ist der andersrum, aber er ist trotzdem ein großer Fan von ihr. Sie ist halt eine australische Ikone«, fügt Kylie zu Bobs Verteidigung hinzu. Die Vorstellung, dass ihr Noch-Mann plötzlich andersrum geworden sein könnte, war für sie eine noch größere Erniedrigung, als dass er sie mit einer schwedischen Backpackerin betrogen hatte.

»Würdet ihr bitte ab sofort Helga zu mir sagen? Ich will mit dem Thema Bob endgültig abschließen.« Stefan und Tina nicken. Und Tina hat noch eine tolle Neuigkeit für die anderen.

»Jack hat ein Segelboot in ›Pittswater‹. Dahin lädt er uns heute ein, um ein bisschen durch den Hafen zu fahren. Also, umziehen – in zwei Stunden gehts los!«, freut sich Tina.

Sich Sydney von einem Boot aus anzuschauen, ist ein atemberaubendes Erlebnis. Die Stadt zeigt sich am Neujahrsmittag bei 33 Grad von seiner Schokoladenseite und bringt jedes Herz zum Schmelzen. So hatte sich Tina ihr Leben vorgestellt! Mit einer Yacht über die Weltmeere schippern, dazu zur Abwechslung mal Champagner trinken und sich auf dem Deck sonnen. Allerdings ist es bei ihr nur ein Segelbötchen, und es gibt Billigsekt. Zum Sonnen ist auch nicht genug Platz, da es mit fünf Personen schon sehr eng war. Aber dennoch genießt sie es, ihren Traummann schmachtend anzuschauen, wie er sie Richtung »Harbour Bridge« segelt.

Wenn da nur nicht Stefan wäre, der diese perfekte Idylle zerstört. Er hängt über der Reling und kotzt sich die Seele aus dem Leib. Der viele Alkohol der letzten Nacht und das Geschaukel auf dem Boot haben dazu geführt, dass sein Magen auf Ausflüge dieser Art überhaupt nicht eingestellt ist. Er ist kreidebleich im Gesicht und Helga versucht ihn zu stützen. Johannes macht wie ein Bekloppter Fotos von der Frau, die ihn entjungfert hatte, bis Helga ihm sagt, er solle sie nicht ständig mit dem spuckenden Stefan knipsen.

An der »Mosman Bay« legen sie an und machen ein Picknick. Lediglich Stefan hat keinen Appetit und fragt andere Picknicker, ob sie rein zufällig Zwieback dabeihätten – was aber nicht der Fall ist. Tina könnte vor Glück schreien. Mit ihrem Traummann an der Seite und dem herrlichen Blick auf die anderen Segelboote, die Brücke und das Opernhaus beschäftigt sie sich zum allerersten Mal mit der Frage, ob sie hier tatsächlich leben könnte. Was erwartete sie schon in München? Das Arbeitsamt würde ihr garantiert das Geld sperren, wenn sie herausfänden, dass sie die Sprachschule nur ein paar Tage anstatt zwei Wochen lang besucht hatte. Sie schaut sich Jack ganz genau an. Und sie ist sich sicher, dass sie eine gute Frau, Stiefmutter und Bondi-Beachbar-Chefin sein könnte. Sie setzt sich ihre Sonnenbrille auf, lehnt sich an Jacks Seite und braucht jetzt das, was ihr immer hilft. Einen Gin Tonic. Da keiner da ist, musste es halt Billigsekt sein sowie eine Zigarette. So ganz kann sie auf ihre Laster trotz frischer Beziehung und neuem Jahr dann doch nicht verzichten.

Bei Johannes und Helga scheinen die Gefühle derzeit total verrücktzuspielen. Sie betatschen sich wie zwei Teenager und kichern herum, sodass Stefan gar nicht mehr genau weiß, ob ihm vom Bootfahren oder vom Anblick der beiden schlecht ist. Als Johannes dann anfängt, Helga mit Weintrauben zu füttern, beschließt er einen Spaziergang zu machen. Er musste überlegen, wie er Steffi sagen sollte, dass er es gerne noch mal mit ihr versuchen wollte.

Als Tina wieder zu Hause bei Jack ist, sieht sie aus wie ein Indianer. Ihre Haut ist total rot, denn sie hatte die heiße Sonne Australiens mal wieder kräftig unterschätzt. Jack schmiert sie mit einer After-Sun-Creme ein, und sie hofft, dass sie ganz schnell wieder ohne Schmerzen vor die Tür gehen kann.

Später sitzt sie vor seinem Computer und stellt traurig fest, dass bei Facebook immer noch keiner ihrer fast 400 Freunde auch nur ein klitzekleines Wörtchen zu ihrem neuen Status »in einer Beziehung mit Jack Montebello« verloren hatte. Nicht mal ein »Gefällt mir«-Button wurde angeklickt. Sie fragt sich, wie viele »Freunde« darauf reagieren würden, wenn sie ein aktuelles Foto von sich als Brandopfer posten würde. Sie schaltet den Computer aus und macht das, was jede gute Stiefmutter macht. Sie geht in Lauras und Lucas Zimmer und sagt ihnen »Gute Nacht«. Als Dankeschön bekommt sie ein Kopfkissen gegen die Birne geschleudert, da beide schon am Schlafen waren und sich beim Anblick des Sonnenbrandopfers mit weißer Creme im Gesicht fürchterlich erschrocken haben.

Stefan wird mitten in der Nacht wach und hört komische Geräusche. Ein lautes Kratzen, das vom Dachboden zu kommen scheint, lässt ihn hochschrecken. Er hört genauer hin. Es klingt wie ein Kampf von zwei Tieren. Er drückt sich das Kopfkissen auf die Ohren, doch die ungebetenen Gäste lassen sich nicht aufhalten und kratzen und rascheln immer weiter. Er überlegt, wie er sie vertreiben könnte. Er stellt sich auf einen Stuhl und klopft gegen die Decke. Doch das führt nur dazu, dass sie noch wilder kratzen und auch anfangen zu schreien. Mit seinem I-Phone schaut er im Internet nach, was man am besten machte, um unangenehme Tiere auf dem Dach zu vertreiben.

Helga wird von einem Klopfen geweckt. Zuerst denkt sie, es wäre Johannes, der schon wieder gegen ihre Schulter tippte, um noch mal eine Runde Spaß zu haben. Sie fühlt sich derzeit wie in einem Sex-Trainingslager, da sie ständig für ihn als Übungsstück herhalten musste. Aber diesmal täuscht sie sich. Sie hört ein Klopfen, das irgendwo aus dem Haus kam. Sie kann es nicht ganz zuordnen, doch sie denkt sofort an Einbrecher, die nun das mühsam zusammenverdiente Geld entwenden wollen. Sie sitzt nun senkrecht im Bett und lauscht in die Dunkelheit. Und ganz deutlich kann sie neben Johannes' Schnarchen auch diese eigentümlichen Geräusche hören. Sofort weckt sie ihn und bittet den verstörten Johannes nachzusehen. Völlig schlaftrunken springt er auf und rennt aus dem Bett.

»Die haben uns eingesperrt! Die haben uns hier eingesperrt!«, schreit er und rüttelt an der Tür.

Voller Angst nun Opfer einer brutalen australischen Einbrecherbande geworden zu sein, schaltet Helga die Nachttischlampe an. Ihre Augen müssen sich erst mal an die Helligkeit gewöhnen und erst jetzt sieht sie, was Johannes da machte.

Er saß im Schlafzimmerschrank. Vor lauter Müdigkeit und total überrumpelt von der Weck-Attacke hatte er die Türen verwechselt. Wie Fred Feuerstein, der nach seiner »Wilma« ruft, saß er im Schrank fest. Der Anblick war zu komisch, ihn im Frottee-Schlafanzug im Schrank sitzen zu sehen, dass Helga ein lautes Lachen unterdrücken muss, damit die Einbrecher davon nichts mitbekommen.

Die unangenehmen Geräusche von oben sind immer noch deutlich zu hören. Das Klopfen ist nun zu einem immer wiederkehrenden, hellen und schrillen Gejaule geworden. Johannes und Helga schleichen mit je einer leeren Wasserplastikflasche bewaffnet durch das Erdgeschoss, können jedoch nichts feststellen. Johannes macht ihr ein Zeichen, und beide gehen vorsichtig die Treppenstufen hinauf. Wie zwei Kommissare, die einen Verbrecher suchen, öffnen sie in der ersten Etage eine Tür nach der anderen. Tinas Zimmer ist natürlich leer. Traudls Raum und Johannes Zimmer sind es auch. Das Ermittlerteam steht jetzt vor Stefans Zimmer. Johannes hält sein Ohr gegen die Tür. Er kann ganz deutlich hören, dass da etwas Merkwürdiges ist.

»Was sollen wir tun?«, flüstert Helga.

»Ich werde die Tür öffnen und du bleibst dicht hinter mir.«

»Aber was ist, wenn sie Stefan schon als Geisel haben und nur darauf warten, auch dich zu überwältigen?«, will Helga ängstlich wissen.

»Ähm, dann läufst du schnell raus zu den Nachbarn und holst Hilfe, okay?« Johannes hat sich fest vorgenommen, sich den Einbrechern in den Weg zu stellen, sodass für Helga genug Zeit bliebe über die Treppe zu flüchten.

Er hat einen Schweißfilm auf der Stirn und drückt nun ganz vorsichtig die Klinke hinunter. Helga duckt sich hinter ihm, sie hält die Wasserflasche fest umklammert, sodass sie jeden Moment zuschlagen könnte.

Das jaulende Geräusch wird lauter, nachdem die Tür einen Spalt weit geöffnet ist. Johannes nimmt allen Mut zusammen und knipst das Licht an. Er rechnet damit, dass Stefan gefesselt und geknebelt in der Ecke sitzt und man ihm die Einnahmen geklaut hat, doch er täuscht sich.

»Wau, wau, wau ...«, mal mit hohen, mal mit tiefen Tönen macht er ein Hundekläffen nach, während er auf seinem Bett sitzt.

»Was zum Teufel machst du denn da?«, will Johannes von ihm wissen.

»Ich vertreibe die Opossums. Diese kleinen Biester haben sich auf dem Dachboden eingenistet und ich dachte, ich könnte sie mit Hundegebell vertreiben.«

»Wie bitte?«, meldet sich nun auch Helga zu Wort. «Ich glaube, ich spinne! Wir denken hier, weiß Gott was mit dir passiert ist und du versuchst mit einer Hundeimitation diese kleinen Beutelsäugetiere zu vergraulen?« Sie steht fassungslos im Zimmer.

Auch wenn Stefan zugibt, dass seine Methode vielleicht etwas gewöhnungsbedürftig sei, so wollte er diesen Versuch einfach starten, um wieder in Ruhe schlafen zu können. Leider hatte es nichts gebracht, denn die Opossums schienen einen riesigen Spaß daran zu haben, auf den Köpfen mehrerer Hunde auf dem sicheren Dach herumzutollen. Wahrscheinlich lachten sie sich darüber kaputt, dass man versuchte, sie mit einem so billigen Trick vertreiben zu wollen.

Die drei gehen nun wieder zurück in ihre Betten, doch wirkliche Nachtruhe kehrt noch nicht für alle ein.

Johannes tippt Helga an die Schulter, und obwohl sie krampfhaft vorgibt zu schlafen, gibt der nervende und notgeile Johannes nicht auf. Schließlich gibt sie nach und sagt sich, dass das Trainingslager in zwei Tagen ja erst mal vorbei wäre. Dann musste sie mit ihm reden, denn für diese nächtlichen Attacken war sie mit ihren 48 Jahren einfach zu alt.

»Tag 29« Mittwoch, 2. Januar

Tina steht in der Beachbar und hantiert an der Kaffeemaschine. Bis die ersten Gäste kämen, würde es noch ein wenig dauern und sie will die Zeit nutzen, um sich und Jack eine kleine Koffeinspritze zu verpassen. Denn sie wollte über ihre Zukunft sprechen! Sie gesteht ihm, dass sie traurig sei, morgen schon wieder nach München fliegen zu müssen, wo sie doch seit sechs Tagen eine Beziehung hätten. Sie macht ihm folgenden Vorschlag:

»Ich hätte gerne, dass du mit nach Deutschland kommst.« Jack schaut ihr tief in die Augen und sagt das, was garantiert jede Frau in so einem Moment gerne hören möchte:

»Das Geschäft ist wichtiger. Ich kann hier nicht einfach alles stehen und liegen lassen. Das ist meine Existenz! Und bitte vergiss nicht, ich habe auch noch zwei Kinder, um die ich mich kümmern muss. Es ist völlig ausgeschlossen, dass ich mit dir komme.«

Autsch! Da fällt es der frisch gebackenen Stiefmutter wieder ein, dass sich ihr neuer Partner ja noch um zwei Kinder kümmern musste. Sie findet, dass sie sich beide etwas vormachten und dass diese Beziehung so keine Zukunft hätte. Hysterisch rennt sie aus der Bar und läuft ins Bad. Sie hockt weinend auf der Toilettenschüssel und findet das alles sehr ungerecht. Da traf sie nach fast neun Jahren Singledasein endlich mal wieder auf einen Mann, der ihr auch noch gleich einen Job als Bedienung verschaffte, und dann sollte nach einer Woche schon wieder alles vorbei sein? Und das nur, weil er am anderen Ende dieser Welt lebte und zwei Kinder hatte? Sie heult Rotz und Wasser. Jack kommt zu ihr ins Bad.

»Geh weg! Los, hau ab!« Sie will nicht, dass er sie so sieht.

»Tina, ich habe dir doch meinen Schlüssel gegeben. Und das hat eine Bedeutung! Ich will, dass du hier bei uns einziehst. Ich weiß, dass es etwas plötzlich ist und wir uns noch nicht lange kennen, aber wir sind in einem Alter, wo man nicht mehr so lange warten sollte und die Dinge einfach anpacken muss.«

Tina horcht auf. Ihr fehlen die Worte und sie weiß überhaupt nicht, was sie antworten soll. Auf der einen Seite fühlt sie sich geschmeichelt, soeben eine Einzugseinladung bekommen zu haben. Auf der anderen Seite weiß sie nicht, ob es nicht etwas überstürzt war nach einer Woche schon Umzugskisten zu packen. Schließlich zöge sie nicht von München nach Hamburg oder Berlin, sondern ans andere Ende der Welt!

Und dann sagt Tina etwas, wovon sie nie im Leben gedacht hätte, dass sie so etwas jemals in einer solchen Situation sagen würde:

»Jack, du musst jetzt Lucas abholen und ich muss in die Bar. Die Arbeit ruft! Lass uns ein anderes Mal weitersprechen.« Sie wischt sich die Tränen aus den Augen und zum allerersten Mal weiß sie, was es hieß, nach außen hin perfekt sein zu müssen. Die Kinder und das Geschäft gingen vor. Ihre eigenen Probleme mussten hinten anstehen. Auch wenn es dabei um ihre Zukunft mit ihrem Traumpartner ging. Zum ersten Mal fühlt sie sich ein wenig wie Kylie, die auch immer versuchte perfekt zu sein. Allerdings hatte deren Perfektionismus in einer bevorstehenden Scheidung geendet.

Nach 2,5 Stunden Autofahrt mit einer kaputten Klimaanlage bei 32 Grad Außentemperatur kommen Helga und Johannes alias Bob (oder auch Bobbylein) am Altenheim »Senior Garden Park« an. Er hat wieder die Baseballkappe ins Gesicht gezogen und trägt eine Sonnenbrille. Johannes ähnelt eher einem Bankräuber als dem braven Neffen, der seiner alten Tante Claire einen Besuch abstatten möchte.

Helga will auf dem Parkplatz warten, denn sie will die alte Frau niemals wieder sehen. Johannes marschiert durch die Automatiktür und bemerkt sofort den Geruch nach »alten Menschen«. Er hatte zuerst ein schlechtes Gewissen die Rolle des Neffen noch einmal anzunehmen, aber Tante Claire war für alle die letzte Chance, um an die fehlende Kohle zu kommen.

»Happy New Year! Hier ist dein Neffe Bob«, sagt er aufgesetzt freundlich, als er ihr Pflegeheimzimmer betritt. Die alte Frau wirkt schwach und hilflos, wie sie so in ihrem Bett daliegt. In ihrem verschrumpelten Gesicht ist aber plötzlich ein Lächeln zu entdecken, als sie ihr Bobbylein erkennt. Die beiden drücken sich und Johannes fällt ein Stein vom Herzen, dass sie ihn tatsächlich wieder für den Neffen hält. Johannes kommt gleich zum Punkt, denn er will nicht riskieren, dass Helga draußen einen Sonnenstich erleidet.

»Ich habe mich von Helga, ähm ... ich meine von Kylie getrennt. Sie wird zurück nach Deutschland gehen. Und ich dachte mir, dass wir zwei zusammen in deinem Haus leben könnten, liebe Tante Claire. Wie findest du das?«, und er versucht dabei ganz besonders lieb auszusehen.

Sie ist von diesem Vorschlag mehr als begeistert und noch glücklicher darüber, dass er sich von dieser blöden Deutschen endlich getrennt hatte.

»Ich habe dir immer schon gesagt, dass sie eine Schlampe ist! Gut, dass sie weg ist. Aber wir werden es uns jetzt schön machen, mein Bobbylein«, und dabei tätschelt sie ihm die Hand.

»Es gibt nur noch ein Problem. Ich muss noch ein paar Umbaumaßnahmen für dich vornehmen lassen, damit du ganz schnell hier rauskannst. Das ist ja keine Umgebung für dich, hier bei diesen alten Leuten«, flunkert er ihr vor. Johannes erzählt ihr, dass er Geld für eine Rollstuhlrampe benötige und ein paar behindertenfreundliche Änderungen im Bad vornehmen lassen möchte, damit alles perfekt für sie wäre.

Er hat noch nicht richtig zu Ende gesprochen, da greift sie schon in die mittlere Schublade ihres Nachttischs, zückt ein Lederportemonnaie und fragt ihn nach der Summe.

»2.000 Dollar reichen völlig aus, Tante Claire«, und sein Blick klebt an den Dollarscheinen.

Sie legt ihm das Geld auf die Bettdecke, und er ärgert sich schon, dass er keinen höheren Betrag genannt hatte. Denn er tippt, dass die alte Dame hier locker 15.000 Dollar gebunkert hatte. Plötzlich läutet sein Handy. Er geht dran, beendet das Gespräch aber nach ein paar Sekunden wieder. Er erklärt Tante Claire, dass die Handwerker bereits heute kämen, um das Bad umzubauen. Er stellt in Aussicht, dass sie schon Anfang nächster

Woche wieder in ihren eigenen vier Wänden sein könnte. Die Betrogene ist überglücklich und drückt ihn noch einmal herzlich zum Abschied. Als Johannes auf dem Parkplatz ankommt, hat er erst recht ein schlechtes Gewissen. Noch nie im Leben hatte er jemanden um Geld betrogen oder sonst etwas in dieser Art getan. Er hatte Helgas Idee auch nur zugestimmt, da sie ihm hoch und heilig versprochen hatte, der alten Frau das Geld irgendwann zurückzuzahlen.

»Und hat sie es dir abgekauft?«, will sie wissen, als er wieder im Auto sitzt.

»Ja, und sie hat auch nicht gemerkt, dass du das eben am Handy warst. Aber, sag mal Helga, was machst du eigentlich, wenn die Tante tot sein sollte und du ihr bis dahin das Geld noch nicht zurückgezahlt hast?«

»Dann bekommt sie von mir einen tollen Mahagonisarg und einen riesigen Blumenkranz spendiert, auf dem stehen wird: *In ewiger Liebe, Deine Ex-Kylie*«.

Stefan staunt, als Harry ihm die Zeitung des Tages auf den Tisch legt. Der Ex-Castingshow-Kandidat hatte es tatsächlich auf die Titelseite geschafft! Allerdings nur mit Jason Bloomberg an seiner Seite, wie sie am Neujahrstag frisch verliebt in einem Café ein Katerfrühstück zu sich nehmen. Über dem Foto steht in großen Buchstaben: »LOVE CHAOS WITH JASON«.

Harry gesteht ihm, dass er sich erneut in Jason Bloomberg verliebt habe, und Stefan muss sich in den nächsten Stunden einen Vortrag über dessen Vorzüge anhören. Er ist sich ganz sicher, dass sich ab sofort kein Journalist mehr für ihn, den deutschen Schriftsteller, interessieren würde. Erst recht nicht, als ihm Harry mitteilt, dass er und Jason in Marys »Morning Show« eingeladen worden waren. Stefan ist heilfroh, dass er keine diesbezügliche Anfrage bekommen hat, denn der Auftritt vor der Kamera hatte ihm eh keinen großen Spaß gemacht. Er wollte lieber im Hintergrund agieren und sah sich als Harrys Manager oder als Songwriter. Allerdings war abzuwarten, wie lange noch. In dem Bericht über die Speeddating-Party hatte es nämlich jede Menge Kritik gehagelt. Der Text von Harrys neuem Song würde sich anhören, als wäre er zwischen Tür und Angel geschrieben worden. Womit der Journalist nicht ganz falsch lag, allerdings war der Text zwischen Anschnallgurt und Armaturenbrett entstanden. Nach der Prognose des Journalisten würde dieses Lied der größte Flop eines Ex-Castingshow-Kandidaten werden.

Stefan ist unsicher, ob er sich als Song-Schreiber nicht doch etwas zu viel vorgenommen hatte und ob dies doch nicht sein Talent war. Aber was war dann seine Gabe? Sicherlich nicht wieder in die Bank zurückzukehren. Doch es würde ihm wohl nichts anderes übrig bleiben, wenn kein Mensch Harrys Lied »This is a moment of love« hören, geschweige denn kaufen wollte.

Helga hatte sich als Dankeschön für die Rettung aus den finanziellen Schwierigkeiten sowie als Ersatz für das ausgefallene Reiseprogramm etwas ganz Besonderes einfallen lassen. Sie lädt alle zu einem Sushiessen in den »Sushi Train« in die »Oxford Street« ein, was nun mit Tante Claires Kohle ein Klacks ist. Freudestrahlend berichtet sie Stefan und Tina, dass sie vom Altenheim gleich zum Flughafen gefahren seien und am Etihad-Schalter alles geklärt hätten. Dem Rückflug morgen stünde also nichts mehr im Wege! Als Tina wissen will, was denn passiert wäre, wenn sie das Geld nicht hätten auftreiben können, klärt Helga auf:

»Die hätten uns hier schon nicht im Land gelassen, das Touristenvisum gilt drei Monate. Allerdings hätte ich mich total verschulden müssen, um euch die Tickets zu bezahlen. Also, noch mal ganz, ganz herzlichen Dank an euch alle!« Sie hebt ihr Weinglas und stößt mit jedem an.

Tina weiß nicht so recht, ob sie es so schlimm gefunden hätte, noch etwas länger zu bleiben. Dann hätte sie mehr Zeit gehabt, um zu überprüfen, ob das mit Jack wirklich die große Liebe für sie war.

Sie erzählt den anderen nun, dass sie tatsächlich vorhabe, ihre Wohnung in München erst mal möbliert unterzuvermieten und in vier bis sechs Wochen zu Jack und seiner Familie zurückzukehren. Sie wusste zwar noch nicht, wie sie das Flugticket bezahlen sollte, hoffte aber insgeheim auf einen Zuschuss von der Bundesagentur für Arbeit. Wenn Tina auswanderte, hatte der deutsche Staat schließlich einen »Esser« weniger.

»Wow!«, rutscht es Stefan heraus. Und auch die anderen freuen sich für Tina. Doch Tina lächelt ein wenig gequält, da sie immer noch nicht wusste, ob es richtig war, ihr Leben nach nur einer Woche auf den Kopf zu stellen und in Down Under neu anzufangen. Allerdings würde sie es sich ewig vorwerfen, wenn sie es nicht täte und dann mit 74 Jahren immer noch als Single apathisch vor Facebook säße, darauf hoffend, dass ihr jemand schrieb.

»Aber was ist denn jetzt mit dir und Harry? Oder doch mit Jason?«, fragt sie neugierig.

Stefan schüttelt den Kopf und erzählt, dass Harry und Jason frisch verliebt seien und er ihnen alles Glück dieser Welt gönne. Harry sei für ihn ein sehr guter Kumpel geworden. Aber er wäre sich jetzt ganz sicher, dass er zu seiner Steffi zurückkehren wolle.

»Und wie geht es mit euch weiter?«, fragt Stefan, an Helga und Johannes gerichtet.

»Also, ich werde gleich nach der Ankunft erst mal die Scheidung von Bob einreichen. Und dann werden Johannes und ich es ganz langsam angehen lassen«, und sie gibt ihrem neuen Lover einen Kuss.

Der nickt nur und meint, dass er 34 Jahre lang gewartet habe, da könne er jetzt auch noch ein wenig länger mit dem Zusammenziehen warten. »Aber wir sind jetzt auf jeden Fall zusammen«, fügt er hinzu, da ihm Helgas Antwort doch etwas zu ungenau war.

»Dann hat meine Speeddating-Idee in Kombination mit einer Reise also doch funktioniert! Jeder hat sein Glück gefunden oder weiß, wo er es finden muss«, und dabei schaut sie Stefan an. Ihren Plan mit dem Singleratgeber hatte sie allerdings erst einmal auf Eis gelegt, denn sie hatte Wichtigeres zu tun, als ein Buch zu schreiben. Ihre neue Herausforderung würde sein, als zweites Standbein ein australisches Speeddating in Jacks Bar aufzubauen, mit Tinas Unterstützung vor Ort.

Gegen 22 Uhr verlassen die vier das Sushilokal. Morgen Abend würden sie um 19:30 Uhr mit einem Shuttle zum Flughaben aufbrechen müssen. Jeder möchte den Rest des letzen Abends noch auf ganz eigene Art verbringen: Tina mit Neu-Freund Jack, Stefan mit Harry, seinem neuen Kumpel, dem er »Auf Wiedersehen« sagen möchte. Und Johannes halt mit seiner Helga, für die er sich eine ganz besondere Überraschung überlegt hat.

Johannes, der immer schon ein Streber war und in allem der Beste sein will, möchte Helga heute zeigen, dass er genau weiß, worauf Frauen stehen. Als die beiden im Bett kuscheln, zieht er zwei Metallringe aus der Schublade und dann macht es »KLICK, KLICK« und sie ist am Bettpfosten festgekettet.

»Was hast du denn vor?«, fragt sie entsetzt, während er nun mit einem dünnen Seil nun auch ihre Fußgelenke rechts und links an die Bettpfosten knotet. Er weiß genau, was er tut, und erinnert sich nur zu gut an das, was ihm Stefan am Strand geraten hatte. Dass Frauen auf solche Spielchen total abführen!

Auch wenn Helga es etwas albern findet, so ausgeliefert auf dem Laken zu liegen, so will sie dem Kleinen seinen Spieltrieb lassen und macht mit. Als nach ein paar Minuten alles vorbei ist, bittet sie darum von den Handschellen befreit zu werden. Doch es gibt ein Problem. Das Schloss der linken Handschelle klemmt! Mit Gewalt versucht er daran zu rütteln, doch nichts geschieht. Er befürchtet nun, dass Helga mit einem Bettpfosten am Handgelenk würde schlafen müssen.

Helga bekommt langsam ein wenig Panik, da ihr Handgelenk mittlerweile auch schon ziemlich angeschwollen ist. Johannes sucht in der Küche nach einem passenden Werkzeug – doch vergeblich. Er wusste auch nicht, ob Tante Claire überhaupt so etwas wie eine Werkzeugkiste besaß.

»Mach mich endlich los!«, brüllt Helga aus dem Schlafzimmer. Doch weder eine Haushalts-, noch eine Geflügel- oder eine Nagelschere erfüllen ihren Zweck. Helga sieht sich schon ans Bett gefesselt daliegen, wenn Tante Claire nächste Woche wieder einzog, und befürchtet, dass die sie elendig verhungern lassen würde.

»Hol Hilfe! Frag die Nachbarn, ob die eine Zange haben!«, befiehlt sie jetzt.

Johannes rennt schnell aus dem Haus und überlegt, welchen Nachbarn er nach Mitternacht noch belästigen konnte. Die alte Martha Smith garantiert nicht. Die lesbische Masseurin wohl auch eher nicht, da die – nach dem Tod ihrer Frau liebeshungrig – sicher eher über Helga herfallen würde, als sie zu befreien. Im Nachbarhaus bei Howard sieht er noch Licht und klingelt.

Howard wundert sich, wofür Johannes beim Aufbauen eines Bettes eine Zange brauche, aber dem ist im Moment keine bessere Lüge eingefallen.

Leider will Hobby-Handwerker Howard gleich selbst Hand anlegen. Sämtliche Abwehrversuche von Johannes scheitern. Er bittet ihn aber, einen kurzen Moment vor dem Haus zu warten, eher er Howard einlässt.

Howard hat mit vielen Einzelteilen eines Bettgestells gerechnet, doch davon ist weit und breit nichts zu sehen. Das Einzige, was er sieht, ist eine auf dem Bett liegende Gestalt, die von oben bis unten in ein weißes Laken gehüllt ist, und offenbar dringend »Zangenhilfe« braucht.

Seine Augen wandern weiter und er entdeckt, dass unter dem Laken ein Arm hervorlugt, der schon blau angelaufen, geschwollen und mit einer Schelle am Bettgestell befestigt ist. Er schaut Johannes fragend an und dann wieder den Arm.

»Please, don't ask me!«, bittet Johannes, denn er will nicht, dass der Nachbar irgendwelche Fragen stellt.

Howard, der nicht erkennen kann, wer sich unter dem Laken verbirgt, beginnt mit der Zange zu hantieren. Absichtlich stößt er dabei auch an das Handgelenk, denn er will feststellen, ob sich unter dem Laken nicht womöglich eine Leiche befindet. Nicht dass hier noch versucht wurde, einen Mord zu vertuschen, und er zum Mittäter würde! Als er jedoch ein weibliches Stöhnen vernimmt, weiß er zumindest, dass hier eine Frau lag und dass die auch noch lebte.

Als sich die Schelle endlich löst und Helgas Arm aufs Bett plumpst, bleibt sie einfach mucksmäuschenstill liegen. Ihre Bedingung war, dass der Nachbar nur in ihr Schlafzimmer durfte, wenn er sie auf keinen Fall zu sehen bekäme. Es wäre ihr viel zu peinlich, wenn die Nachbarschaft so etwas über ihr Sexleben erführe.

Johannes geht schnell mit Howard aus dem Raum und bedankt sich für seine Hilfe. Er hoffe auf seine Diskretion. Hilfsbereit wie Johannes nun mal ist, gibt er an, ihm gerne auch mal in einer peinlichen Situation zu helfen. Das müsse dann bloß innerhalb der nächsten 20 Stunden passieren, da er morgen nach Hause flöge.

Doch was Howard ihm dann erzählt, verwundert ihn sehr. Der Nachbar gesteht ihm, dass er mit der »Kleinen« auch schon mal in der Kiste war. Aber unter Männern wäre es wohl Ehrensache, darüber zu schweigen.

Johannes steht da, wie ein begossener Pudel. Hatte Tante Claire doch recht und Helga oder Kylie oder »BED GIRL« war tatsächlich eine Schlampe? Was wusste er eigentlich über diese Frau, außer dass sie unter drei Namen agierte, dreimal geschieden war, ihre vierte Ehe in Scherben lag und dass sie es offenbar auch mit dem Nachbarn trieb? Er will sie jetzt und sofort zur Rede stellen und geht zu ihr. Sie liegt immer noch auf dem Bett und schaut sich ihren Arm genauer an.

»Ich weiß, warum du nicht wolltest, dass Howard dich sieht und dass du angekettet bist!«

»Was?«, fragt sie entgeistert. »Natürlich will ich so nicht gesehen werden, wenn man sich sonst nur am Gartenzaun ›Guten Tag‹ sagt. Das kann man doch verstehen, oder nicht?«

»Ich muss dich was fragen und ich will, dass du ehrlich zu mir bist. Wer bist du eigentlich und mit wie vielen Männern hast du noch was laufen?«, fragt er und schaut sie dabei herausfordernd an.

»Sag mal, sind dir die Handschellen ins Gehirn gestiegen oder warum stellst du mir solche Fragen?«

Gerade als Johannes ihr sagen will, dass eine entfernte Verwandte immerhin behauptet hatte, sie sei eine Schlampe, geht die Schlafzimmertür erneut auf.

Howard steht mitten im Raum und teilt mit, dass er seine Zange vergessen habe.

»AHHH!!!«, schreit Helga wie verrückt, wirft sich aufs Bett und zieht das Laken über den Kopf, damit Howard sie nicht erkennt. Allerdings ist sie ein paar Sekunden zu spät dran und es ist völlig albern, da Howard sie bereits gesehen hat. Der geht nun wortlos zum Bett und befreit die Zange aus der bizarren Situation.

Johannes begleitet ihn erneut zur Tür, um sicherzustellen, dass er nun auch tatsächlich das Haus verlässt.

»You had sex with this old lady?«, fragt Howard draußen. »I thought it is Tina.« Johannes stellt mit Erleichterung fest, dass der Nachbar offensichtlich was mit Tina gehabt hatte, und nicht mit Helga.

Johannes fühlt sich schäbig, dass er seiner Herzdame zugetraut hatte ein wildes Lotterleben zu führen, und will sich auf der

Stelle bei ihr entschuldigen. Doch es ist nicht sicher, ob ihm das heute Nacht noch gelingen wird. Denn als er wieder in ihr Zimmer kommt, schmeißt sie ihm Kopfkissen, Decke und Handschellen vor die Füße.

»Du schläfst wieder oben in deinem Zimmer, gute Nacht!« Johannes kratzt die nächsten Stunden wie ein reumütiger Hund an ihre Tür und bittet tausendmal um Vergebung. Erst als er seinen »Diskretions-Eid« bricht und ihr erzählt, dass Howard wohl einen Seitensprung mit Tina gehabt hätte, lässt sie ihn wieder zu sich. Beide stellen fest, dass die wahre Schlampe in der Reisegruppe ein paar Straßen weiter schlief. Aber die hatte ja jetzt hoffentlich ihren Traummann gefunden und würde fortan ihr sündiges Leben beenden.

»Tag 30« Donnerstag, 3. Januar

Tina schält Kartoffeln und kommt sich dabei erst recht vor, als wäre sie seit Jahren ein festes Mitglied der Familie. Jack versucht ein Stück Brot durchzuschneiden und macht dabei Geräusche, dass sich ihr die Zehennägel hochstellen.

»Kinder, was würdet ihr davon halten, wenn Tina bei uns einzieht?«, überrascht er seinen Nachwuchs mit einer Frage, zu der die Entscheidung eigentlich schon getroffen war.

»So lange wir nicht ›Mama‹ zu dir sagen müssen, soll es mir recht sein«, meint Lucas.

»Und was ist mir dir, Laura?«

»Ich finde deine Männergeschichten toll, da kann ich noch viel lernen, glaube ich. Also, ich freue mich auf dich, Tina!«, und dabei lacht sie zu Tina rüber.

»Männergeschichten?«, fragt Jack nun und schaut seine Tochter intensiv an. Er wüsste gerne, was genau sie damit meine. Und während Jack seine Tochter fragend anschaut, schüttelt Tina hinter seinem Rücken wild gestikulierend den Kopf um zu signalisieren, dass Laura bloß nicht erzählen solle, was sie ihr zuletzt beim Rauchen auf dem Balkon anvertraut hatte.

Laura stammelt daraufhin ein wenig und versucht Tinas Bewegungen richtig zu deuten. Jack dreht sich ruckartig zu Tina um, die an Schüttellähmung in weit fortgeschrittenem Stadium zu leiden scheint.

»Was in aller Welt tust du da?«

»Ich, ähm, also, ich habe Wasser im Ohr ...« Dabei springt sie vom Stuhl, hüpft mit seitwärts gelegtem Kopf auf und ob und hält sich abwechselnd mal das linke, mal das rechte Ohr zu, um so für einen Druckausgleich zu sorgen.

»Genau, das habe ich auch!«, ruft Laura und macht es Tina gleich.

Nun stehen beide hüpfend, mit schiefem Kopf und der Hand am Ohr in der Küche und versuchen sich irgendwie aus dieser peinlichen Situation zu retten.

»Oh, es ist schon so spät! Wollten wir nicht einkaufen gehen?«, versucht Tina ein Ablenkungsmanöver. Laura willigt sofort ein und beide springen hüpfend aus der Küche, um ein letztes Mal ein (Stief-)Mama-Tochter-Programm zu absolvieren.

Tina will Jack ein anderes Mal von der Sache mit dem verheirateten Ex-Kollegen bei der Firma für Bügeleisen und Staubsauger berichten und dann auch gleich das Kloproblem ansprechen. Der Macho-Italiener pinkelte nämlich im Stehen, was ihr tierisch auf die Nerven ging, denn seitdem benutzte sie das »stille Örtchen« nur noch mit Sagrotan-Tüchern im Gepäck.

Doch nun brauchte sie erst mal ein neues Outfit für den Heimflug und da sollte sie die dicke Laura beraten. Wenn sie allerdings in den Spiegel schaute und ihr sonnenverbranntes Gesicht betrachtete, war die Klamottenauswahl wohl nicht so riesig. Eigentlich käme am ehesten eine Burka infrage, um den Sonnenbrand zu verdecken. Doch wo bekam sie jetzt in Sydney ein arabisches Frauengewand her?

Stefan, Harry und Jason treffen sich zum letzen Mal am »Darling Harbour« zu einem gemeinsamen Fischessen. Sie nehmen im Außenbereich des »Blue Fish« Platz. Am Morgen waren die beiden Australier noch in Marys »Morning Show« und hatten ausführlich darüber berichtet, dass sie beide nach dem ganzen Hin-und-Her jetzt das neue Paar waren. Dann durfte Harry noch »This is a moment of love« singen, was aber später aus der Sendung rausgeschnitten worden war. Angeblich wäre es der größte Quatsch und so was könne man dem Zuschauer nicht zum Frühstück präsentieren, da der sich sonst am Brötchen verschlucken würde. Jason versucht den enttäuschten Songwriter, Manager und auch Schriftsteller aufzuheitern, was ihm aber nicht so recht gelingt.

Jason, der ein absoluter Medienprofi ist, rät seinem neuen Freund Harry unverzüglich das Management zu wechseln und das Schreiben der Liedtexte in professionelle Händen zu geben. Es sei an der Zeit, Berufliches und Privates zu trennen. Nach reiflicher Überlegung ist Stefan damit einverstanden, den Job abzugeben, denn er hatte ja immer noch seine Tätigkeit als Eventmanager beim Speeddating – vorausgesetzt Helga stellte ihn langfristig ein.

Zum Abschluss geben die zwei ihm einen Kuss. Auf den Mund. Und Stefan fühlt hoffentlich zum letzen Mal auf sein Herz. Doch er spürt nichts. Es fühlt sich an, als würde ihm seine Mutter einen Kuss auf die Lippen pressen. Allerdings verspürte er danach immer den Wunsch sich ganz schnell zu waschen. Dieses Verlangen hat er jetzt nicht, was ihm dann doch wieder etwas zu denken gibt, ob er tatsächlich schon wieder 100-prozentig heterosexuell war.

Helga und Johannes putzen das Haus. Von oben bis unten wird alles ordnungsgemäß gereinigt. Auch wenn sie für Tante Claire keine Sympathie hegen, so wollen sie doch zumindest das genutzte Haus in ordentlichem Zustand hinterlassen. Und während sich Helga mit Lappen und Wischmob austobt, kommt Johannes ständig um die Ecke und gibt ihr ein paar Klapse auf den Po. Doch ihr ist überhaupt nicht nach Sex zumute, daher versucht sie ihn abzuwehren. Doch plötzlich wirft er sich vor sie und brüllt wie ein Löwe: »GRRR!!!«. Helga blickt ihn an und überlegt. Eigentlich hatte sie keine Lust, denn sie wollte lieber weiterputzen. Allerdings wäre es ihr natürlich eine echte Freude, noch ein letztes Mal Sex auf Tante Claires Wohnzimmertisch zu haben, an dem sie bald schon ihr »Essen auf Rädern« einnehmen würde.

»Fang mich doch!«, sagt sie kokett und läuft ins Wohnzimmer. Johannes rennt mit Löwengebrüll hinter ihr her. Helga hatte sich nicht wirklich Mühe gegeben, sich vor dem Löwen zu verstecken, denn sie liegt jetzt auf dem Rücken auf dem Tisch und schaut in den Kronleuchter, der von der Decke hängt. Johannes will seiner Traumfrau am letzen Tag noch mal zeigen, dass Traudls Metapher doch nicht ganz falsch war und schmeißt sich zähnefletschend auf sein Opfer. Sie fordert ihn auf ihre Bluse, die sie mal von Bob geschenkt bekommen hatte, in Stücke zu zerreißen. Und mit jeder Naht, die sie platzen hört, merkt sie, wie glücklich und zufrieden sie nun war. Sie hatte mit ihrem Noch-Mann endgültig abgeschlossen und fand, dass Johannes mit immer mehr Übung seine Sache sehr gut machte. So gut, dass sie sich auf dem Tisch hin und her räkelt, während Johannes auf ihr liegt. Er hat jetzt allerdings nicht mehr viel von einem Löwen, sondern eher Ähnlichkeit mit einem Karnickel. Johannes gibt alles und rackert wie ein Wahnsinniger auf Helga. Und kurz vor dem Finale macht es »PENG!« – und Tante Claires Tisch gibt dem Gewicht von knapp 130 Kilo und den heftigen Bewegungen nach. Jetzt liegen beide verstört auf dem Fußboden. Sie waren mit den Köpfen gegeneinandergeprallt. Helga blutet an der Stirn und Johannes hält sich die Nase und nuschelt:

»Na, wie war ich, Schatz?«, denn trotz Schmerzen will er, dass sie mit ihm zufrieden ist.

»Das war echt mehr als heftig«, keucht sie. »Aber irgendwie sieht deine Nase komisch aus«, und sie fährt mit dem Zeigefinger über seinen Nasenbeinknochen, woraufhin er losbrüllt wie ein Löwe, Tiger oder besser wie ein ganzer Raubtierkäfig angesichts der höllischen Schmerzen. Schnell zieht sie sich etwas an, schnappt Johannes und fährt mit ihm ins nächste Krankenhaus. In fünf Stunden kam der Shuttleservice! Sie hatte sich den letzen Tag in Sydney wirklich anders vorgestellt, als wartend in der Unfallambulanz des »St. Vincent Hospital« in »Darlinghurst«.

Tina hasste Abschiedsszenen. Leider hatte sie davon schon mehr erlebt als Willkommenszenen, was natürlich damit korrelierte, dass sie weit öfter verlassen worden war. Sie wartet im Flur auf den Shuttleservice, der zuerst sie abholen und danach weiter in die »Oakley Road« fahren würde, um die anderen einzusammeln. Ganz unüblich für Tina, ist sie bereits seit einer halben Stunde fertig und läuft wie ein ruheloser Tiger auf und ab.

»Du machst mich total nervös«, sagt Jack, der ruhig dasitzt und ihr mit den Blicken folgt, sodass seine Augen wie bei einem Tennisspiel hin- und herwandern. Tina läuft von der linken zur rechten Wand und schaut dabei ständig auf die Uhr.

»Ich will die Kinder noch sehen!« Sie ertappt sich dabei, dass sie in der kurzen Zeit ihre neue Rolle als Stiefmutter gut angenommen hatte. Neben den zwei Teenagern könnte sie sich auch sehr gut noch ein eigenes Kind vorstellen. Viel Zeit blieb ihr nicht mehr, denn ihr Ziel war immer gewesen, bis zum 40. Geburtstag ein Baby zu bekommen. Blöd nur, dass man in der Regel auch einen Typen dafür brauchte und da war in den letzten Jahren leider niemand auch nur annähernd infrage gekommen. Denn wie sollte sie ihrem Kind erklären, dass Papa über die Feiertage immer mit seiner Erst-Familie feierte und sie und das Kind immer nur die zweite Geige spielten. Darauf hatte sie bisher keine Lust gehabt. Doch für ein weiteres Kind war es in ihrer Beziehung mit Jack noch zu früh. Sie wollte das Thema aber von Deutschland aus mal über »WhatsApp« oder Facebook mit ihm besprechen beziehungsweise mal vorfühlen, ob er überhaupt noch ein drittes Kind haben wollte.

Plötzlich kommt eine völlig abgehetzte, dicke Ausgabe von Amy Winehouse mit ihrem Wunder-Bruder um die Ecke. Sie haben ihr zum Abschied ein Koala-Stofftier gekauft und hoffen, dass sie ganz bald wieder zurückkomme. Tina ist so gerührt davon, dass die beiden sie als Stiefmami angenommen haben, dass ihr ein paar Tränen aus den Augen kullern. Sie will beide gleichzeitig umarmen, was aber aufgrund der Fettleibigkeit der Kinder nicht möglich ist, sodass sie dann einzeln vorgeht.

Als der Shuttleservie bereits in der Auffahrt hupt, hat sie noch einen kurzen Augenblick mit Jack.

»Komm her, meine Traumfrau!«, sagt er und drückt sie ganz fest. Ihre Augen ähneln nun den Niagarafällen, denn die Tränen sind nicht mehr zu stoppen. »Gibt es noch irgendwas, das du mir sagen möchtest?,« flüstert er ihr ins Ohr.

»Ich habe dich lieb«, haucht sie mit weinerlicher Stimme. Jack drückt sie jetzt noch fester und sagt ihr, dass sie sich ja schon bald wiedersähen und er sie auch ganz doll lieb habe.

»Da ist nur noch eines, was ich dir sagen muss ...«, sagt sie zu ihm und Jack schaut sie erwartungsvoll an.

»Ich wollte damit eigentlich warten, aber ich muss es dir jetzt einfach sagen.«

Und Jack ahnt, was jetzt kommt, von einer Enddreißigerin, deren biologische Uhr laut tickte ...

»Bitte setz dich beim Pinkeln hin, das ekelt mich total an!«

Auch wenn das nicht der romantischste Abschiedssatz aller Zeiten war, Tina konnte einfach nicht anders als dieses Unausgesprochene noch zu sagen. Sie fühlt sich jetzt einfach wohler und hat ein besseres Gefühl, da er wusste, was er ändern musste, wenn sie bei ihm einzog. Danach wirft der Fahrer des Shuttlebusses den Motor an und fährt mit der aufgewühlten Tina davon. Sie winkt ihrer neuen Familie nach, die traurig im Garten steht und sich wünscht, dass sie ganz bald wieder da wäre.

In der »Oakley Road« ist es sehr ruhig, als der Shuttle-Pickup einbiegt. Die Straße wirkt wie ausgestorben, was vermutlich daran liegt, dass viele noch am Strand sind, da abends um 19.30 Uhr immer noch 27 Grad herrschen. Lediglich ein großer Umzugswagen zwingt den Shuttlefahrer dazu, plötzlich auf die Bremse zu treten, damit es zu keinem Unfall kommt. Tina schaut aus dem Fenster und sieht neben den Möbelpackern eine kleine, alte Frau sitzen und erkennt sie sofort. Auch für Martha Smith war heute Umzugstag. Nach langem und reiflichem Überlegen hatte sie den Kampf gegen die Touristen aufgegeben und zog jetzt zur Tochter nach Melbourne. Nachdem ihre einzige Freundin Claire nun im Altenheim lebte, hatte sie keinen Grund mehr gesehen, weiter in »Bondi Beach« zu bleiben.

Als der Umzugswagen außer Sichtweite ist, gehen die Nachbarstüren auf und die Menschen kommen heraus. Sie klatschen, jubeln und lachen, was Tina zuerst gar nicht versteht. Sie steigt aus dem Wagen, und erst als sie die trauernde Lesbe Paula fragt, was denn hier los sei, erfährt sie, dass Martha Smith ein Drache war. Sie hatte die Nachbarn seit Jahren mit ihrer katholischen Moral terrorisiert. Sie hatte was gegen Homosexuelle, Ausländer – speziell Touristen –, Ehebrecher und eigentlich gegen alle, die nicht so ein religiöses Leben führten wie sie. Keiner in der »Oakley Road« weinte ihr eine Träne nach und alle waren froh, dass sie endlich weg war. Genau wie bei Tante Claire, die auch jedem auf den Keks gegangen war.

Stefan kommt nun mit seinem Rollkoffer aus dem Haus und verkündet, dass sich die beiden anderen im Krankenhaus befänden und von dort direkt zum Flughaben kämen. Tina fragt, was denn passiert sei, doch Stefan weiß auch nichts Genaues. Er hatte nur gesehen, dass der Tisch zerbrochen war, und hatte telefonisch die Anweisung bekommen, die Sachen der beiden zu packen. Als sie im Shuttle losfahren, blicken Tina und Stefan noch lange durch die Heckscheibe zurück in die »Oakley Road«. Sie sehen ein großes Barbecue, herumtollende Kinder, bunte Luftballons und Nachbarn, die ihnen hinterherwinken und scheinbar ein großes Freudenfest veranstalten. Der Werbeaufdruck des Shuttles verrät jedermann, dass hier ein paar Touristen Sydney »Goodbye« sagen müssen. Auch Nachbar Howard mit seiner kleinen Tochter auf dem Arm winkt dem Auto nach. Er war heilfroh, dass seine Frau nie etwas über die kleine Episode erfahren hatte und dass er Tina nie wiedersehen würde. Er konnte allerdings nicht wissen, dass Tina schon ganz bald wieder nach Sydney zurückkehren würde.

Tina, die nun doch nicht hinter einer Burka verhüllt, sondern in weißer Leinenhose und rotem T-Shirt auf ihrem Sitz in der Wartehalle herumrutscht, ist nervös. Ihr Flug wurde bereits aufgerufen, doch weit und breit sind weder Johannes noch Helga in Sicht. Stefan versucht zum wiederholten Male, die beiden anzurufen, doch es meldet sich immer nur die Mailbox, da wohl beide Handys ausgeschaltet sind.

»Was machen wir, wenn die nicht kommen?«, fragt Tina.

»Wir haben ja unsere Tickets. Dann müssen wir alleine fliegen, denn wir haben schließlich hart für diese Tickets geschuftet«, sagt Stefan fest entschlossen, denn er erinnert sich nur zu gut daran, was er die letzen Wochen alles über sich hatte ergehen lassen müssen.

»Oh, mein Gott!«, sagt Tina. Sie reicht Stefan eine Zeitschrift, die auf einem der Tische lag. Er liest laut die Headline des Szenemagazins »The (Sydney) Magazine« vor, die über die besten Events der Stadt berichtet:

»Love couple – after rescue of the limes« (Liebespaar – nach Limettenrettung). Darunter sieht man ein Foto von Tina und Johannes, wie sie eng umschlungen tanzen.

Und da kommt eine weitere Durchsage, die die Passagiere des Etihad-Flugs nach München zum Einsteigen auffordert. Stefan ist der letzte Gast, der das Flugzeug betritt, als er plötzlich ein lautes Rufen hinter sich hört.

»Stop, stop, wir müssen noch rein!« Er dreht sich um und sieht Helga, die einen bandagierten Johannes hinter sich herzieht.

»Da seid ihr ja endlich!«, motzt jetzt ausnahmsweise mal Stefan und erkundigt sich, was denn los war.

Helga muss erst mal kräftig Luft holen und erklärt, Johannes habe sich die Nase gebrochen und stehe nun unter Morphiumeinfluss. Nur auf eigene Verantwortung durfte er die Unfallambulanz verlassen, denn man wollte ihn so nicht 22 Stunden fliegen lassen. Johannes sagt überhaupt nichts und grinst nur dämlich, denn er ist von den vielen Schmerztabletten völlig benebelt und hängt wie ein nasser Sack in Helgas Arm.

Die Blicke der Crew, aber auch der anderen Passagieren machen deutlich, dass Helga für einen Langstreckenflug gänzlich unpassend gekleidet ist. Sie trägt Flip-Flops und ein blumiges Sommerkleid, das sie sich nach dem Sex-Unfall schnell übergeworfen hatte. Außerdem stinkt sie fürchterlich nach Schweiß, was nach dem ganzen Stress zuvor kein Wunder ist. Tina sagt gar nichts, denn sie hält sich ein Taschentuch vor die Nase, da sie keinen Schweißgeruch ertragen kann. Sie hofft, einen Sitzplatz weit weg von Helga ergattern zu können. Und sie hat Glück, sie darf neben Stefan sitzen; die beiden anderen sitzen 15 Reihen weiter hinten. Auf einem Mittelplatz liegt Patient Johannes und tatscht an Helga herum, die ihm ständig wie einem kleinen Kind auf die Finger hauen muss. Die Schmerztabletten haben anscheinend seine Lust mächtig gesteigert und das Empfinden dafür, dass er sich in einem Flugzeug mit über 300 anderen Passagieren befindet, gänzlich ausgeschaltet. Er trägt ein dunkelgrünes T-Shirt mit der Aufschrift »I love Sydney«, was Helga noch schnell im Vorbeirennen am Flughafen gekauft hatte. Sie hatte nämlich befürchtet, dass man ihn mit einem blutverschmierten T-Shirt nicht einsteigen lassen würde. Ansonsten trägt auch er Flip-Flops, sowie Bermudashorts und diese Bandage über der Nase, deren bloßer Anblick schon in den Augen schmerzt.

Doch Helga atmet tief durch. Sie ist heilfroh, endlich im Flugzeug zu sitzen und zu wissen, dass es jetzt heimging. Allerdings hat sie ein Déjà-vu: Bereits beim Hinflug musste sie auf Johannes aufpassen. Da war er noch einer von vier Single-Teilnehmern gewesen. Nun reiste er als ihr Freund zurück und sie musste ihn wieder im Auge behalten. Nur diesmal musste sie darauf achten, dass er seine Pfoten von ihr ließ. Der Flugbegleiter hatte auch schon böse geschaut, was ihr total peinlich war. Sie spürt, wie ihr Rücken durch die Schwerkraft gegen die Rückenlehne gepresst wird, und weiß, dass jetzt alles überstanden war. Sydney war für sie nun endlich Geschichte. Eine Geschichte, die nach vielen Aufs und Abs am 3. Januar um 22:46 Uhr – mit sechs Minuten Verspätung – vollendet war, sodass es für sie endlich zurück in die Heimat München ging.

Teil III

Freitag, 4. Januar: Rückflug nach München

Als die Boeing 777-300 von der Startbahn abhebt, macht sich jeder noch einmal Gedanken darüber, was das Ergebnis nach 30 Tagen Sydney war.

Tina

Sie hatte in Jack ihren Traummann gefunden. Von daher hatte sich für sie der Trip nach Down Under mehr als gelohnt. Er war zwar nicht reich und hatte auch schon zwei Kinder, aber sie war verliebt und glücklich und bald irgendwie Frau des Chefs. Wenn alles so liefe, wie sie es sich vorstellte, würde sie schon in ein paar Wochen wieder diesen Mammuttrip mit ein paar Koffern mehr auf sich nehmen, um bei ihrem Jack zu sein. Und bei den beiden dicken Kindern. Sie wollte unbedingt mit ihnen gemeinsam mehr Sport treiben. Oder sie könnten sich zu dritt bei »Weight Watchers« anmelden, denn gemeinsame Aktivitäten stärkten bekanntlich den Familienzusammenhalt. Allerdings musste sie sich erst mal schlaumachen, ob die auch Klugscheißer-Kinder aufnahmen. Gleich am Montag wollte sie zum Arbeitsamt und sich bei Herrn Mayerhuber abmelden. Auf das blöde Gesicht freute sie sich jetzt schon, wenn sie ihm mitteilen würde, dass sie in das Land der Kängurus umziehe. Aber erst mal mussten sie morgen noch zum 60. Geburtstag von Traudl. In welchem Gesundheitszustand die wohl sein würde, fragt sie sich. Sie hofft, dass sie nicht noch tiefer in den Drogensumpf abgerutscht war und dass man ihr in der Klinik geholfen hatte. Hoffentlich würde sie morgen Tortenstücke auf dem Löffel haben und kein weißes Pulver, das man mit einem Feuerzeug erhitzen musste.

Stefan

Er weiß jetzt, dass er definitiv nicht schwul ist, sondern lediglich Spaß daran hatte, sich ein wenig auszuprobieren. Ihm ist in den letzten Wochen klargeworden, dass Steffi seine Seelenverwandte war und dass diese schnelllebige Schwulenwelt nichts für ihn war. Er bereute es aber auf keinen Fall, es mal getestet zu haben, denn schließlich war in Down Under irgendwie ja alles »andersrum«. In Harry hatte er einen tollen Freund gefunden und allein dafür hatte sich der Ausflug zum anderen Ufer schon mehr als gelohnt. So schnell wie möglich wollte er Steffi fragen, ob sie ihm noch eine zweite Chance gäbe. In beruflicher Hinsicht wusste er nur, dass er nicht mehr in seinen Bankjob zurückwollte. Er wusste noch nicht genau, was er beruflich machen wollte, und hoffte, dass ihn Dr. Weber noch ein paar Monate lang mit der Diagnose »Burn-out« vor der Bank verschonen konnte. Er wollte schließlich vermeiden, dass er bald aus Langeweile im Job zu Steffi sagen müsste, dass er gerne mal Gasmasken und Auspeitschen ausprobieren würde.

Vom Liedtexte-Schreiben würde er wohl Abstand nehmen; und darauf, vor irgendeiner Kamera Interviews zu geben, legte er auch keinen großen Wert.

Er freut sich auf die Hochzeit seines kleinen Bruders und wünscht sich, dass es zwischen Mama und Papa keinen Streit gäbe. Papa kam sicher mit seiner jungen Russin und seine Mutter würde im schlimmsten Fall mit einem Krankenpfleger ankommen, der sie durch die Kirche rollte. Hoffentlich war sie mit Medikamenten ruhiggestellt und sorgte nicht für sein Comingout vor der gesamten Verwandtschaft. Das wäre ihm doch mehr als unangenehm. Vor allem wenn er dann klarstellen müsste, dass dies alles nur ein »Ausprobieren« war und er wieder ganz der Alte sei.

Johannes

Johannes kann nicht so richtig klar denken, da er so viele Schmerztabletten bekommen hatte, dass er sich wie in Trance fühlte. Seine Gedanken kreisten im Moment nur um Sex und um Helga. Er sah sie mal als Online-Dessous-Model, dann wieder mit den Handschellen am Bettpfosten. Oder aber auch unter dem kaputten Tisch liegend. Er lächelt dabei glücklich und zufrieden. Denn Johannes Läberle reiste als ein richtiger Kerl nach Hause. Sein Wunsch in Sydney die Jungfräulichkeit zu verlieren, hatte sich erfüllt. Alles andere war ihm gerade scheißegal. Er stellt sich vor, wie es Helga wohl fände, wenn er jetzt wie ein Rockstar im Flugzeug randalieren würde und sie sich anschließend für ein kleines Schäferstündchen in die Flugzeugtoilette verziehen würden. Diese Tabletten machten ihn übermütig und seine Hand wandert unter Helgas Kleid, um schon mal den Lustfaktor seiner Gespielin zu checken ...

PENG! Er bekommt eine gescheuert und wird schlagartig aus seinem Traum gerissen. Er wird von einer mindestens 108-jährigen Inderin beschimpft und versteht dabei kein Wort. In seiner Trance hatte er wohl links und rechts verwechselt. Helga zieht ihn schnell auf den Gangplatz und hockt sich neben die wild gewordene, nach Curry stinkende Inderin. Es schien, als ob Johannes nun wirklich nichts mehr anbrennen ließ und sich voll und ganz zum Draufgänger entwickelt hatte.

Helga/Ex-Kylie

Für Helga ist in diesem Urlaub einfach alles anders gekommen, als erwartet. Sie hatte ihren Mann, ihren Job und dann noch ihren Vornamen verloren. Von ihrem Plan einen Singleratgeber zu schreiben, war sie Lichtjahre entfernt, denn da müsste sie ja auch von sich und Johannes erzählen. Allerdings war sie unsicher, ob sich ein Buch verkaufen ließe, dass Singles Tipps geben sollte die Liebe des Lebens zu finden, wenn die Autorin erst kürzlich vom Ehemann verlassen worden war und dann mit einem der Kandidaten ihres eigenen Speeddatings ins Bett sprang. Die Urlaubstagebücher hatte sie gar nicht zurückgefordert, da sie ja als Gruppe so zusammengewachsen waren und sie niemanden damit hatte stressen wollen, nachdem sie so viele andere Sorgen hatten. (Sie konnte nicht ahnen, dass nur Tina hin und wieder mal was eingetragen hatte, womit sie aber garantiert kein ganzes Buch füllen könnte.)

Sie will in München erst mal versuchen wieder Boden unter die Füße zu bekommen. Das bedeutete, die Speeddating-Agentur wieder von Neuem aufzubauen, denn sie wollte natürlich auch Tante Claire das Geld zurückgeben, dass man ihr unter falschem Vorwand entlockt hatte. Aber erst mal musste sie schauen, wie das mit ihr und Johannes weitergehen würde. So ein Urlaub war halt kein Alltag und sie wollte alles ganz langsam angehen, was nach dem Fiasko mit Bob auch nachvollziehbar war.

Freitag, 4. Januar, 18:35 Uhr
Landung

Bei Minus zwei Grad und Schnee wartet ein Pick-up-Service auf die vier und bringt sie auf direktem Weg nach Starnberg zur Hochzeit, zu der sie von Traudl eingeladen wurden. Da ihr Flug verspätet in München gelandet war, bekommen sie von der Trauung nichts mehr mit und es geht gleich zum »Berg-Restaurant«, wo die Feier stattfindet.

Als sie gegen 20:30 Uhr eintreffen, suchen alle zuerst einmal die Toiletten auf, um sich umzuziehen und sich etwas frisch zu machen.

»Wir haben überhaupt kein Geschenk für das Brautpaar«, fällt Helga auf. Aber Stefan gibt zu verstehen, dass er und seine Mutter ein teures Kaffeeservice und Biberbettwäsche gekauft hätten, woran sie sich im Nachgang gerne beteiligen könnten.

Als sie endlich zur Hochzeitsgesellschaft stoßen, werden die vier Gestalten aufgrund ihrer Freizeit-Outfits komisch angesehen, denn sie hatten natürlich keine eleganten Klamotten für eine Vermählung im Urlaubsgepäck gehabt. Und dann steht plötzlich das Brautpaar vor ihnen. Stefan stellt alle nacheinander vor und meint, dass dies seine neuen Freunde aus dem Urlaub seien.

»Wo ist denn Mama?«, will er wissen. Er rechnet schon mit dem Schlimmsten: dass sie einen Rückfall hatte und zugedröhnt in der Ecke liegt oder sich gerade mit Papas Freundin prügelt. Aber sein Bruder zeigt in Richtung Bowle, und da steht sie: Mama Traudl, im knallrot leuchtenden Hosenanzug, in dem man sie aus 100 Kilometern Entfernung gesehen hätte. Stefan nimmt an, dass sie nach einer Woche Drogenentzug nun dem Alkohol verfallen war, denn sie schaufelt sich gerade große Mengen Bowle in ihr Kristallglas.

»Stefan, da bist du ja endlich! Wie war der Flug? Wo sind die anderen?«, überfällt sie ihn mit tausend Fragen, sodass er sich erst mal sortieren muss.

»Wie geht es dir denn, Mama?«

»Ach, ganz gut. Wenn dein blöder Vater nicht hier wäre, würde ich glatt aus der Torte springen, so toll fühle ich mich!« Dabei wirkt sie so aufgedreht, dass Stefan nicht sicher ist, ob sie nicht doch illegale Substanzen im Blut hatte.

»Wo ist denn Papa? Ich habe ihn noch gar nicht entdeckt«, versucht er abzulenken.

»Er steht mit seiner Russin da hinten, neben der Toilette, da muss sie wohl ständig hin. So schlank, wie die ist, hat die garantiert Bulimie und kotzt das ganze tolle Essen wieder aus. Nur damit sie sich in diesen engen Fummel reinquetschen kann«, lästert Traudl und füllt sich ihr Glas erneut mit Bowle.

»Ach, komm Mama! Bitte nicht heute bei der Hochzeit wieder mit Zankereien anfangen!«, bittet Stefan seine Mutter.

Traudl begrüßt nun auch Tina, danach Kylie (sie weiß noch nichts von ihrer Namensänderung) und schließlich den übel zugerichteten Johannes, der mit zwei Tampons in der Nase langsam merkt, dass die Wirkung der Schmerztabletten nachlässt.

»Oh, mein armer Johannes! Wer hat dich denn so verprügelt?«, will sie wissen. Helga antwortet schnell für ihn, da sie befürchtet, Johannes könnte seiner Sex-Ratgeberin Traudl die wahre Ursache des Nasenbeinbruchs verraten.

»Das Garagentor ist ihm ganz unglücklich auf den Zinken gefallen. Er ist halt manchmal ein Pechvogel ...«, und dabei lacht sie affektiert, so, wie man es von ihr gewohnt ist.

Und als alle fünf wieder vereint zusammenstehen und sich an ihre gemeinsame Zeit in Sydney erinnern, verkündet Traudl plötzlich laut.

»Ich habe mich verliebt! Jawohl, ich habe mich in der Entziehungsklinik verknallt, und zwar so richtig.«

Stefan kennt ihren Plan, auf der Hochzeit mit einen jungem Typen aufzukreuzen, nur um den Vater eifersüchtig zu machen. Daher glaubt er, dass gleich ein eingeschüchterter, 19-jähriger Zivildienstleistender um die Ecke käme.

»Oh, das ist ja großartig! Wer ist es denn? Ist er auch hier?« Helga überschlägt sich fast vor Freude, dass nun auch Traudl ihr Singledasein beendet hatte.

Traudl winkt zu einem Tisch hinüber, woraufhin ein gesetzterer Herr im Anzug auf die Reisegruppe zukommt. Die sind alle fassungs- und sprachlos und starren ihn völlig versteinert an.

»DR. WEBER?!?«, sagen die vier im Chor und schauen die zwei verliebten Senioren an, als hätte man ihnen gerade erzählt, dass sie noch ein gemeinsames Kind zeugen wollten.

»Ach, ihr kennt euch? Alle?«, fragt Traudl und schaut zu Dr. Weber, der nickend sein Glas Wasser hebt.

»Ja, das hier sind alles Patienten von mir, liebste Traudl.«

»Du bist in Therapie, Stefan? Wieso weiß ich davon nichts? So etwas muss ich als Mutter doch wissen!«

»Mama, du musst nicht alles wissen!«, versucht Stefan von sich abzulenken und sie abzuwürgen.

»Ach, ich verstehe schon, wegen dieser Schwulensache, oder?«

»Mama!«, versucht er sie zum Schweigen zu bringen. »Es ist alles wieder gut, ich stehe wieder auf Frauen.«

»Echt? Na, das ging ja schnell! Du bist ja ziemlich sprunghaft. Auch wieder was, das du von deinem Vater geerbt hast. Ach, bevor ich es vergesse: Steffi ist auch hier!« Innerlich freute sie sich diebisch darüber, dass der Sohn wieder »zur Vernunft« gekommen war.

Und Stefan freut sich, zu hören, dass Steffi da ist, ist aber gleichzeitig total nervös. Denn er hatte keine Ahnung, wie er ihr erklären sollte, was mit ihm in den letzten Wochen passiert war. Er brauchte dringend einen kühlen Kopf und geht raus an die frische Luft.

Währenddessen wundert sich Traudl, warum auch Helga, Tina und Johannes zum Seelenklempner mussten. Die Patienten hatten bisher nicht gewusst, dass sie diese Gemeinsamkeit – den gleichen Therapeuten – hatten.

»Ich wusste doch gleich, dass du niemals das Patenkind von Dr. Weber bist«, sagt eine eingeschnappte Helga zu Tina. Sie ist ein bisschen sauer, dass niemand offen über sein »kleines Geheimnis« gesprochen hatte.

Johannes kann es nun kaum abwarten Traudl zu erzählen, dass er keine Jungfrau mehr sei. Tina beschließt sich im Saal unter den 130 geladenen Gästen sicherheitshalber umzuschauen, ob nicht noch ihr Arbeitsamt-Berater oder eine ihrer Ex-Affären da war, nachdem sie gerade schon auf ihren Psychotherapeuten gestoßen war.

Helga, die ein wenig abseits allein mit Dr. Weber steht, fragt ihn, was er denn eigentlich in der Entziehungsklinik mache. Er gesteht, dass er nach der Trennung von seiner Frau mit dem ein oder anderen Problem zu kämpfen gehabt und dabei immer etwas zu tief ins Glas geschaut habe. Whisky zu trinken gehörte irgendwann so sehr zu seinem Tagesablauf, dass er sich das Gelaber seiner Patienten ohne ein, zwei Gläser gar nicht mehr anhören konnte. Er sei auf der Alkoholstation und Traudl bei den Drogenabhängigen. Es habe in der Töpfergruppe zwischen ihnen gefunkt. Helga freut sich natürlich für die beiden; sie war froh, dass nun auch Ex-Reisemitglied Traudl ihre Liebe gefunden hatte – wieder ein Beweis für ihr erfolgreiches Konzept! Gerade als sie zufrieden lächelnd ausatmet, saust etwas mit rasender Geschwindigkeit auf sie zu. Sie duckt sich, nein, sie fängt »es« aus Angst, sonst umgefegt zu werden. Ehe sie richtig begreifen kann, was los ist, schaut sie in die Gesichter der über 130-köpfigen, klatschenden Gästeschar. Helga hatte soeben den Brautstrauß gefangen.

Doch Helga strebt auf keinen Fall Ehe Nummer fünf an, und so schmeißt sie den Strauß schnell zu Traudl rüber, da die ihr am nächsten steht. Traudl freut sich nun wie verrückt und geht sofort auf Dr. Weber zu, um gemeinsam mit ihm wie ein Film-Paar den Beifall der klatschender Menge zu genießen. Dabei hofft sie, dass ihr Exmann sie sähe und vor Neid platzte, da sie nun bald heiraten würde. Doch so richtig lange kann sie diesen Traum nicht träumen. Um genau zu sein, nur ganze 35 Sekunden lang.

»Das geht nicht! Die Scheidung ist noch nicht durch. Du darfst den noch nicht fangen«, schreit Tina durch den Saal, alle Gäste drehen sich ruckartig um und schauen sie verdutzt an. Die im Urlaub noch um ein paar Kilo schwerer gewordene Tina stampft jetzt zu Traudl und reißt ihr vor allen Leuten den Strauß aus der Hand. Dann wendet sie sich an die Hochzeitsgesellschaft:

»Hallo, erst mal! Also, mein Name ist Tina. Mein Freund lebt in Australien und ich werde in ein paar Wochen dort hinziehen. Ich finde, ICH habe es verdient diesen Strauß zu fangen, denn ich war noch nie in meinem Leben verheiratet«, sagt sie selbstbewusst. Und zum dritten Mal klatschen die Leute, die eigentlich ganz froh sind, dass auf dieser Hochzeit mal etwas Ungewöhnlicheres passierte als immer nur die üblichen Spielchen. Man fragt sich jetzt, ob es wohl noch eine vierte Person gab, die den Strauß nach Helga, Traudl und Tina als Wanderpokal übernähme. Doch die Chancen stehen eher schlecht, denn Tina umklammert den mittlerweile etwas zerrupften Strauß wie ihr eigenes Baby, das sie niemals mehr loslassen möchte.

Stefan hat nun endlich Steffi entdeckt, die im Wintergarten steht und sich an dem Blumen-Fang-Spiel nicht beteiligt hatte. Die beiden begrüßen sich zwar noch etwas schüchtern, doch dann platzt es aus Stefan raus:

»Ich vermisse dich so sehr, Steffi! Das kann ich dir gar nicht sagen, wie sehr ich dich vermisse!«

Sie nickt, während ihr ein paar Tränen aus den Augen laufen. Sie meint, dass wohl alles irgendwie ganz blöd gelaufen sei. Jetzt nickt auch Stefan:

»Ich weiß jetzt, was ich will. Ich will dich und keine andere! Das weiß ich jetzt sicherer als alles andere.«

Er nimmt sie in den Arm und sie stehen für ein paar Sekunden einfach nur so da, stillschweigend und sich in den Armen liegend. Bis sie ein störender Gast jäh hochschrecken und auseinanderfahren lässt.

»Hier seid ihr!« Traudl kommt mit zwei Gläsern Bowle in der Hand auf sie zu. »Ich suche euch schon die ganze Zeit. Habt ihr euch endlich wieder vertragen?«, will sie neugierig wissen.

»Wir müssen noch über vieles sprechen, Traudl. Das braucht Zeit und geht nicht so schnell«, sagt Steffi.

»Ach, Steffi! Na, jetzt stell dich mal nicht so an! Stefan wollte halt auch mal was im Mund haben und vor einem Typen auf den Knien rumrutschen. Das hat er nun mal gemacht und weiß, dass dieses schwule Leben nix für ihn ist. Also, das kann man doch nun wirklich verzeihen. Na, komm, gib dir einen Ruck, Steffi!«

»Er hat bitte schön was?«, fragt die entgeistert, da nichtsahnend. Stefan gibt seiner Mutter ein Zeichen, bitte sofort den Mund zu halten.

»Ähm, also, er wollte mal ausprobieren, wie ....«

»Mama! Es reicht! Halt deinen Mund!«, schreit er sie an.

»Ups ... ähm, will noch jemand Bowle? Erdbeerbowle, sehr lecker«, und bietet ihnen die randvollen Gläser an.

Steffi rennt fluchtartig aus dem Garten, und Stefan sprintet hinter ihr her. Er will aufklären, was seine Mutter gerade auf sehr undiplomatische Art rausgelassen hatte. Und während sie ihrem Sohn hinterherblickt, ruft Traudl ihm noch nach: »Und wo ist eigentlich die Kette, die ich dir damals beim Abflug geschenkt habe?« Doch Stefan kann sie nicht mehr hören und will sie auch erst mal nicht hören, denn er befürchtet, dass ihm seine Mutter gerade seine große zweite Chance bei Steffi vermasselt hatte.

Tina hatte Johannes so lange genervt, bis er mit ihrem I-Phone ein passables Foto von ihr und dem Brautstrauß gemacht hatte. Rund 17 verschiedene Posen mussten ausprobiert werden, bis das passende Foto gefunden war – um damit ihrer Facebook-Community mitteilen zu können, dass sie nach Sydney zu ihrem Freund ziehen und bald heiraten würde. Als sie das Bild danach mit ihrem I-Phone bei Facbook postet, stellt sich auch die ersehnte Resonanz ein: Innerhalb von ein paar Minuten haben mehrere Freunde den »Gefällt mir«-Button gedrückt und Tina ist überglücklich. Jeder wusste jetzt, dass ihre Zeit als frustrierter, einsamer und therapiesüchtiger Single abgelaufen war!

Stefan sitzt auf der Damentoilette in Kabine vier, während er mit Engelszungen auf Steffi in Kabine fünf einredet, durch Wände und die verschlossene Tür. Er erzählt ihr die ganze

Wahrheit – alles, was er die letzten Wochen durchgemacht hatte. Nach über einer Stunde öffnet Steffi die Klotür:

»Aber warum hast du mir nie etwas davon erzählt? Ich dachte, da sei eine andere Frau im Spiel. Aber so eine Ausprobierphase finde ich gar nicht so schlimm. Ich glaube, das kann ich verzeihen, denn ein Typ ist keine Konkurrenz für mich«, sagt sie versöhnlich.

Stefan ist überrascht, denn mit einer solch relaxten Reaktion hatte er nicht gerechnet. Es könnte aber auch daran liegen, dass sie keine Lust hatte, den Rest der Hochzeitsfeier im Januar auf einer unbeheizten Toilette zu verbringen. Aber egal! Er war froh, dass ihn seine Mutter eben quasi (mal wieder!) geoutet hatte, denn so hatte er gar keine andere Wahl gehabt als Steffi alles zu erzählen. Die beiden liegen sich jetzt wieder in den Armen, werden aber erneut unterbrochen. Diesmal von Helga.

»Stefan, hier bist du also! Wir suchen dich. In zehn Minuten hat deine Mama Geburtstag!« Dabei zeigt sie wild gestikulierend auf ihre Armbanduhr, als ob Stefan mit seinen 36 Jahren keine Uhr lesen könne.

Als Helga und Steffi zur Hochzeitsgesellschaft zurückkehren, staunen sie nicht schlecht: Johannes und Traudl tanzen. Doch sie tanzen nicht irgendeinen lahmen Foxtrott oder Wiener Walzer. Nein, sie tanzen den Löwen-Antilopen-Tanz! Zur Verwunderung ihrer Zuschauer. Selbst Helga steht mit offenem Mund da und fragt sich, warum ihr neuer Freund wilde »GRRR«-Rufe von sich gibt. Tina kippt gerade einen Gin Tonic runter, denn sie ist tierisch nervös wegen dem, was gleich passieren würde. Dr. Weber fragt sich, ob seine neue Freundin Traudl sexuelle Vorlieben hatte, die er noch nicht kannte und irgendwie auch nicht kennenlernen wollte. Er stellt sich vor, wie sie ihm als Antilope vor der Nase rumspringt, und überlegt direkt, an welchen Kollegen er sie mit diesem perversen Problem überweisen könnte. Doch Traudl scheint sich prächtig zu amüsieren und lacht sich schlapp, während sie immer wieder ihren Kopf zur Seite legt und vor Johannes davonläuft. Ihr Tierreich-Paarungstanz wird allerdings jäh unterbrochen, als die Band mit der Musik stoppt und Stefan auf die Bühne steigt. Er hält ein Mikrofon in der Hand und beginnt eine Rede.

Zuerst gratuliert er dem Brautpaar, und wünscht ihnen mindestens eine Fußballmannschaft an Kindern, was bei den Gästen zu Beifall und Gelächter führt.

»Doch jetzt kommen wir zu einem anderen Menschen, der dafür verantwortlich ist, dass der Bräutigam – mein Bruder – und ich heute Abend überhaupt hier sind: unsere Mutter!« Es wird mucksmäuschenstill im Saal.

Die Gäste blicken erwartungsvoll zu Stefan. Er zeigt nun von der Bühne auf seine Mutter, die mit Dr. Weber am Tanzflächenrand steht, und setzt dann seine Rede fort:

»Liebe Mama, du wirst in wenigen Augenblicken 60 Jahre alt und ich sage ›danke‹. Danke für alles, was du meinem Bruder und mir beigebracht hast. Auch wenn du und ich unsere Problemchen hatten, so liebe ich dich von ganzem Herzen und wünsche dir zu deinem Geburtstag ganz viel Gesundheit, Glück und natürlich auch eine neue Liebe!« Dabei schaut er zu seinem Therapeuten Dr. Weber. Und dann will Stefan doch noch eine klitzekleine Racheaktion gegen seine Mutter starten, denn er erinnert sich gerade an die Situation in der Schwulendisco, als sie auf der Bühne allen erzählt hatte, dass er der neue Typ von Jason sei.

»Ach ja, liebe Gäste, der neue Partner meiner Mutter ist übrigens mein ehemaliger Psychotherapeut. Er ist Alkoholiker und hat meine Mama, die ein Drogenproblem hatte, in der Entziehungsklinik kennengelernt.«

Die Gäste stehen mit offenen Mündern da, und Traudl weiß, dass es nun 1:1 zwischen ihr und ihrem Sohn stand. Doch lange kann sie über das gerade Geschehene nicht nachdenken, denn Stefan brüllt:

»Happy Birthday, Mama, happy Birthday!« Er gibt Tina, Helga und Johannes ein Zeichen.

Nun stehen alle vier auf der Bühne, teilen sich zwei Mikrofone und die Partyband beginnt zu spielen.

»LOVE IS IN THE AIR … lalala … Love is in the air …«

Traudls Lied, das sie unbedingt in der Karaokebar in Sydney hatte singen wollen, und dass die Gruppe irgendwie zusammengebracht hatte, wird nun live für sie aufgeführt. Den Aufenthalt am Flughafen von Abu Dhabi hatten sie genutzt, um wenigstens einen Probelauf zu machen, bevor sie Traudl mit so einem persönlichen Geschenk überraschten.

Traudl ist überwältigt von dieser Darbietung. Und sie zeigt mal wieder, dass sie auch mit 60 noch megacool sein konnte: Sie springt zu ihren Ex-Mitbewohnern auf die Bühne und schmettert den Refrain so laut in Stefans Mikro, als wolle sie aller Welt mitteilen, dass die Sache mit ihrem Exmann nun endgültig vorbei und sie bereit für einen neuen Partner an ihrer Seite sei.

»LOVE IS IN THE AIR … yeah, LOVE IS IN THE AIR … juhuuu!« Plötzlich füllt sich die Tanzfläche und die Hochzeitsgäste singen immer wieder den Refrain mit: »LOVE IS IN THE AIR.«

Die Reisegruppe ist also wieder vereint – halt nur nicht in Sydney, sondern in Starnberg. Und diesmal ist auch keiner mehr Single.

Traudl hatte nach 40 Ehejahren ihr neues Glück mit Dr. Weber gefunden. Stefan schien seine sexuelle Identität endlich gefunden zu haben und nach seiner umfänglichen Beichte stand einem Neubeginn der Beziehung mit seiner Exfreundin Steffi nichts mehr im Wege. Helga und Johannes waren das Paar, das sich tatsächlich durch das Speeddating und die Reise kennen- und liebengelernt hatte und nun eine gemeinsame Zukunft plante. Und Tina hatte nach einigen Fehlversuchen ihren »Mister Right« endlich gefunden und war überglücklich, sich bald mit ihm in Sydney ein neues Leben aufzubauen.

Und so ist das nun mal mit der Liebe – man kann sie in einer Entziehungsklinik, bei der Arbeit oder in einer Wohngemeinschaft finden. Oder man kann feststellen, dass der Expartner doch das Beste ist, was einem passieren kann und will wieder zurückkehren. Aber ganz egal, ob man die Liebe in Sydney, München oder an irgendeinem anderen Platz auf dieser Welt findet. Eines trifft immer und überall zu: »LOVE IS IN THE AIR«.

Fünf Monate später, Mittwoch, 5. Juni

So hatte sie sich das alles nicht vorgestellt. Tina geht es verdammt schlecht. Seit fast drei Monaten war sie nun in Sydney und sie zieht Bilanz: Sie hatte dicke Beine, verquollene Augen, mittlerweile sieben Kilo zugenommen und ihr war kotzübel. Anstatt bei einem Glas Gin Tonic saß sie nun um kurz nach ein Uhr nachts vor ihrem Laptop mit einer Tasse Tee und machte sich Gedanken über ihre Zukunft. War das nicht alles etwas zu schnell gegangen? Und würde sie mit dieser ungewöhnlichen, neuen Lebenssituation umgehen können? Mit Jack und seinen Kindern und ihr als neuer (Stief-)Mutter?

Aber jetzt war es zu spät, es gab kein Zurück mehr! Und irgendwie freute sie sich ja auch darauf, denn es war ein Neubeginn. Wenn ihr nur nicht immer so schlecht wäre. Dabei war es nicht etwa Heimweh, das sie quälte, denn dank Facebook war sie mit ihren Freunden in engem Kontakt. Und während sie an die aufregende Zeit zurückdenkt, die sie mit Helga, Johannes, Stefan und Traudl erlebt hatte, wird ihr klar, dass das Speeddating ihr Leben komplett auf den Kopf gestellt hatte. Sie lebte jetzt mit ihrem Traummann dort, wo andere Urlaub machten. Und als sie gerade merkt, dass sie sich schon wieder übergeben muss, tippt sie noch schnell eine Facebook-Nachricht an alle Freunde, inklusive der Reisegruppe:

»Liebe Grüße aus Sydney! Ich bin schwanger!«

Jetzt Fan werden!
www.facebook.com/limetten.retten
www.limetten-retten.de